Das Buch

Als Abraham Glitzky um zwei Uhr nachts einen Anruf seiner Kollegen von der Mordkommission in San Francisco erhält, scheint es sich zunächst um einen ganz ›normalen‹ Mordfall zu handeln. Die Leiche einer jungen Frau wurde auf der Straße in einem zwielichtigen Viertel gefunden. Der mutmaßliche Täter, ein drogensüchtiger Mann, konnte auf der Flucht von Streifenpolizisten gefasst werden. Doch dann erfährt Glitzky die Identität der Toten: Es handelt sich um Elaine Wager, eine bekannte schwarze Anwältin – und Glitzkys uneheliche Tochter. Als er den Namen hört, setzt sein Herz für Sekunden aus. Nur er und die Mutter Elaines wussten darum. Kurzerhand übernimmt Glitzky – gegen die Vorschriften – selbst den Fall und seine Kollegen wundern sich, als der sonst so besonnene Lieutenant dem Verdächtigen auf ziemlich brutale Weise ein Geständnis abringt. Dieser nimmt ausgerechnet Glitzkys Freund Dismas Hardy zum Anwalt und bald tauchen die ersten Zweifel auf, ob der wahre Schuldige in diesem Aufsehen erregenden Fall tatsächlich schon gefasst wurde ...

Der Autor

John T. Lescroart studierte in Berkeley und war mehrere Jahre als Anwalt tätig, ehe er mit dem Schreiben von Justizthrillern begann. Heute lebt er als freier Schriftsteller in Davis, Kalifornien. Der internationale Durchbruch gelang ihm mit dem Thriller *Das Indiz* (01/10298).

Im Wilhelm Heyne Verlag sind außerdem erschienen: *Der Deal* (01/9538), *Die Rache* (01/9682), *Das Urteil* (01/10077), *Die Farben der Gerechtigkeit* (01/10488), *Der Vertraute* (01/10685), *Gnade vor Recht* (01/13028) und *So wahr mir Gott helfe* (01/13330).

John T. Lescroart

Die Anhörung

Roman

Aus dem Amerikanischen
von Karin Dufner

Wilhelm Heyne Verlag
München

HEYNE ALLGEMEINE REIHE
Band-Nr. 01/13581

Die Originalausgabe
THE HEARING
erschien bei Dutton, New York

Umwelthinweis:
Dieses Buch wurde auf
chlor- und säurefreiem Papier gedruckt.

Taschenbucherstausgabe 06/2002

Printed in Denmark 2002
Umschlagillustration: Nele Schütz Design, München
Umschlaggestaltung: Eisele Grafik-Design, München
Satz: Leingärtner, Nabburg
Druck und Bindung: Nørhaven, Viborg

ISBN 3-453-21137-5

http://www.heyne.de

Für Barney Karpfinger
und Lisa M. Sawyer, die Liebe meines Lebens

Wenn das Leben schrecklicher ist als der Tod,
Dann ist es wahrhaft mutig, dennoch leben zu wollen.

– Thomas Browne –

Erster Teil

1

Neben Lieutenant Abraham Glitskys Bett läutete – gedämpft, aber beharrlich – das Telefon.

Glitsky war Witwer und wohnte mit seinem jüngsten Sohn Orel sowie Rita, die als Haushälterin und Kindermädchen für ihn arbeitete, im oberen Stockwerk eines Zweifamilienhauses. Während der Krankheit seiner Frau hatte er das Telefon leiser gestellt, damit nicht das ganze Haus wach wurde, wenn es – wie so oft – mitten in der Nacht klingelte.

Nachdem er die Geräuschquelle in der Dunkelheit ausfindig gemacht hatte, hob er ab. »Glitsky«, flüsterte er heiser. »Was gibt's?«

Während er allmählich zu sich kam, wurde ihm klar, dass sich diese Frage eigentlich erübrigte. Schließlich war er Leiter der Mordkommission von San Francisco. Und wenn er spätnachts einen Anruf bekam, war es für gewöhnlich kein Vertreter, der wissen wollte, ob er mit seinem augenblicklichen Telefonanbieter zufrieden war. Es war Montag, der 1. Februar, etwa zwei Stunden nach Mitternacht. In diesem Jahr hatte es in der Stadt erst zwei Morde gegeben – ein ruhiger Januar also. Dennoch war Glitsky sicher, dass er wohl nie um seinen Arbeitsplatz würde bangen müssen.

Nicht die Zentrale war am Apparat, sondern einer seiner Mitarbeiter, Inspector Ridley Banks, der direkt vom Tatort anrief. Da er damit normalerweise bis zur Rückkehr ins Büro wartete, musste es ein außergewöhnlicher Mordfall sein. Ridleys Ton war zwar knapp und gleichmütig, doch Glitsky hörte trotz seiner Schläfrigkeit eine gewisse Aufregung heraus.

Die Besatzung eines Streifenwagens hatte in der Innenstadt etwas Verdächtiges bemerkt, und zwar in der Maiden Lane, einer Fußgängerzone, die vom Union Square abging. Als die

Beamten den Scheinwerfer einschalteten, entdeckten sie einen Mann, der sich über etwas beugte, das sich bei näherer Betrachtung als Leiche entpuppte.

Der Verdächtige floh und wurde von den Polizisten verfolgt. Er war offenbar betrunken, taumelte gegen einen Hydranten, sackte in sich zusammen und wurde zu guter Letzt festgenommen. Nun saß er, mit Handschellen gefesselt, hinten im Streifenwagen und wartete darauf, dass man ihn ins Gefängnis brachte.

»Anscheinend gehört der Typ zu unseren Mitbürgern mit Sesshaftigkeitsproblemen«, spöttelte Ridley. »Und einen Namen hat er auch nicht.«

»Und natürlich auch keinen Ausweis.« Glitzky war nun beinahe wach. Die Digitaluhr auf dem Nachtkästchen zeigte 1:45 an.

»Jedenfalls keinen, der ihm gehört. Aber er hatte die Brieftasche.«

»Das Opfer besaß eine Brieftasche?« Bis jetzt hatte Glitsky gedacht, dass dieser Mord wieder einer in der Reihe tragischer Tötungsdelikte war, in denen die Auseinandersetzungen zwischen San Franciscos Obdachlosen immer wieder gipfelten. Die Nicht-Sesshaften wurden immer gewalttätiger und prügelten sich – zuweilen mit Todesfolge – um die besten Bettelplätze in der Innenstadt. Gerade in der Umgebung des Union Square kam so etwas häufiger vor.

Doch wenn das Opfer eine Brieftasche hatte, die es sich zu stehlen lohnte, handelte es sich aller Wahrscheinlichkeit nach nicht um einen mittellosen Stadtstreicher.

»Er hat sie ihr aus der Handtasche geklaut.«

»Es ist eine Frau?«

»Ja.« Eine Pause entstand. »Wir kennen sie. Elaine Wager.«

»Und was ist mit ihr?«

»Sie ist die Leiche.«

Glitsky spürte, wie ihm schwindelig wurde. Unwillkürlich griff er sich mit der freien Hand an die Herzgegend.

Er wusste nicht, ob Ridley weitergesprochen hatte. »Abe, sind Sie noch dran?«

»Ja. Was ist?«

»Ich habe mir gedacht, dass Sie vielleicht herkommen möchten. Wenn es sich herumspricht, wimmelt es hier sicher noch vor Sonnenaufgang von den Blutsaugern von der Presse.«

»Bin schon unterwegs«, erwiderte Glitsky. »Geben Sie mir eine Viertelstunde.«

Doch auch nachdem das Gespräch zu Ende war, rührte er sich nicht von der Stelle. Eine Hand massierte geistesabwesend seine Brust, die andere umklammerte den Hörer. So lag er da und starrte blicklos in die Dunkelheit. Das laut piepsende Telefon in seiner Hand erinnerte ihn schließlich daran, dass er noch nicht aufgelegt hatte, und holte ihn in die Wirklichkeit zurück. Rasch hängte er ein, schleuderte die Bettdecke beiseite und setzte sich auf.

Plötzlich hielt er inne.

Elaine Wager.

»Oh, Gott, bitte nicht.« Er bemerkte nicht, dass er diese Worte laut ausgesprochen und seine Stimme sich dabei überschlagen hatte.

Elaine Wager war die einzige Tochter der vor einigen Jahren verstorbenen Loretta Wager, einer charismatischen afroamerikanischen Senatorin aus Kalifornien. Ihre Tochter Elaine – das Opfer der heutigen Nacht – hatte einige Jahre als Staatsanwältin im Justizgebäude gearbeitet.

Eigentlich durfte es niemand wissen, aber Abe Glitsky war ihr Vater.

Irgendwie schaffte es Glitsky, sich anzuziehen und zum Auto zu gehen. Nun fuhr er durch die dunklen, fast menschenleeren Straßen.

Soweit Glitsky informiert war, hatte bisher niemand eine Ahnung, nicht einmal Elaine selbst. Sie hielt den viel älteren Ehemann ihrer Mutter, Dana Wager – weiß, reich, nicht ganz koscher und mit guten Beziehungen –, für ihren leiblichen Vater.

Die Senatorin hatte den tatsächlichen Erzeuger ihrer Tochter streng geheim gehalten. Selbst Glitsky hatte sie die Vaterschaft verschwiegen, bis sie den Zeitpunkt für gekommen hielt, dieses Wissen als Verhandlungsmasse einzusetzen. Und zwar, um Glitsky davon zu überzeugen, dass eine Senatorin unter gewissen Umständen auch einen Mord begehen durfte.

Doch diese Strategie war nicht aufgegangen.

Auch später – nach Lorettas ›Unfall‹ mit einer geladenen Pistole in ihrer Villa – hatte Glitsky es nicht über sich gebracht, seiner Tochter die Wahrheit zu sagen. Sie war eine charmante, schöne Frau und eine ehrgeizige und kluge junge Anwältin. Glitsky hatte nie die richtige Gelegenheit und auch keinen Grund für diese Beichte gesehen. Wozu sie damit belasten?, hatte er sich gefragt. Was hätte sie davon, wenn sie es wüsste?

Und nun war es plötzlich – und endgültig – zu spät.

Selbstverständlich hatte er sich für ihr Leben interessiert und ihre Karriere auch nach dem Abschied von der Staatsanwaltschaft weiterverfolgt. Sie hatte die politischen Beziehungen ihrer Mutter genutzt und bei der Kanzlei Rand & Jackman angeheuert, einer der größten in der Stadt, die fast ausschließlich Afroamerikaner beschäftigte.

Glitsky waren Gerüchte zu Ohren gekommen, sie habe sich mit einem Arzt aus Tiburon verlobt. Außerdem stehe ihre Ernennung zur Richterin kurz bevor. Sie halte fingierte Gerichtsverhandlungen an der juristischen Fakultät von Hastings ab und spende ihr Salär einer Stiftung für Stipendiaten.

Ihre Zukunftsaussichten waren glänzend und sie würde es noch weit bringen, auch ohne dass er sich in ihr Leben einmischte. Also beschloss Glitsky, sie aus der Ferne zu bewundern und sich an ihren Erfolgen zu freuen.

Sie brauchte ihn nicht als Vater.

Und nun brauchte sie überhaupt niemanden mehr.

Glitsky beherrschte sich mit aller Macht. Die Hände in den Hosentaschen, ging er von seiner Parklücke an der Stockton Street unweit des Union Square die vielleicht hundert Meter lange Maiden Lane entlang. Die Leiche lag am anderen Ende der Straße, etwa sechs Meter entfernt von der Grant Avenue. Inzwischen hatten sich einige wenige Beamte und Schaulustige eingefunden. Während des Fußmarsches versuchte Glitsky, sich innerlich auf den Anblick vorzubereiten.

Zwei schwarzweiße Streifenwagen, einige Zivilfahrzeuge und der Kleintransporter des Leichenbeschauers standen in wildem Durcheinander auf dem Gehweg und auf der Straße. Glitskys Schritte hallten auf dem Pflaster wider, zu beiden Seiten ragten dicht neben ihm Gebäude empor. Auf halbem Wege blieb Glitsky plötzlich stehen, holte tief Luft und ließ den Atem wieder entweichen. Er war erstaunt, eine Dampfwolke vor seinem Mund zu sehen, denn er empfand es nicht als kalt. Eigentlich hatte er keinerlei körperliche Empfindung.

Als er kurz nach oben blickte, sah er über den eng beisammen stehenden Häusern den Sternenhimmel. Unten auf dem Boden jedoch war es stockfinster. Die zierlichen Straßenlaternen – vier, zwei auf jeder Seite – brachten kaum mehr als ein Schimmern zustande. Die Straße hatte das nasse Glänzen, das Filmregisseure so lieben, obwohl der Asphalt trocken war.

Ein Mann löste sich aus der Gruppe und kam auf Abe zu. Es war Ridley Banks. Etwa fünf Meter vor dem Lieutenant blieb er stehen. Vielleicht spürte er, dass Glitsky am liebsten allein gelassen werden wollte, denn er wartete ab, bis sein Vorgesetzter ihn erreicht hatte. Glitsky war eher für seine Sachlichkeit bekannt, eine Eigenschaft, die ihm heute besonders nützlich war. »Was ist passiert?«, fragte er knapp.

»Es könnte nicht eindeutiger sein, Abe. Eine Leiche, ein Schütze, eine Waffe und ein Motiv.«

»Was für ein Motiv?«

Sie standen immer noch abseits von den Menschen, die sich um die Leiche drängten. Banks sprach leise. »Raub. Er hat ihr Handtasche, Uhr und Goldkette abgenommen …«

Glitsky setzte sich wieder in Bewegung. Er hatte den Weg von zu Hause hierher so schnell geschafft, dass die Experten von der Spurensicherung eben erst fertig geworden waren. Als er sich der Leiche näherte, glitt der Lichtkegel eines Autoscheinwerfers über die Straße. Unwillkürlich hielt Abe schützend die Hand vor Augen, drängte sich durch die Umstehenden und kniete sich neben die Tote.

Die Frau lag, auf der rechten Seite, ausgestreckt auf dem Pflaster, so, als würde sie schlafen. Glitsky hatte den Eindruck, dass der Täter sie vorsichtig zu Boden hatte sinken lassen. Auf den ersten Blick bemerkte er kein Blut. Das Gesicht war unverletzt. Sie hatte die Augen geschlossen.

Wie sehr war ihm dieses Gesicht ans Herz gewachsen. Im vergangenen Jahr hatte der *Chronicle* ein Foto von ihr abgedruckt, das Glitsky ausgeschnitten und in der Krimskramsschublade seines Schreibtisches versteckt hatte. Zwei- oder dreimal hatte er die Bürotür zugemacht, das Bild herausgeholt und es betrachtet.

In ihrem Gesicht sah er ihre Mutter. Und auch sich selbst.

In den letzten Monaten hatte er sich gesagt, dass es vielleicht doch keine Belastung für sie bedeuten würde, wenn sie einander kennen lernten. Möglicherweise konnte so etwas wie Freundschaft zwischen ihnen entstehen. Er wusste es nicht, derartige Dinge waren noch nie seine Stärke gewesen. Doch das Gefühl hatte immer mehr zugenommen. Er war kurz davor gewesen, es ihr zu beichten und abzuwarten, was sich daraus entwickeln würde.

Die Leiche war mit einem eleganten, bis zum Hals zugeknöpften Mantel bekleidet. Der Mantel war dunkelblau oder schwarz und sah mit seinem Pelzkragen und dem roten Satinfutter sehr teuer aus. Einer der schwarzen Pumps war ihr vom Fuß gerutscht und lag nun kläglich im Rinnstein.

Sie trug eine schwarze Nylonstrumpfhose, ebenfalls völlig unversehrt. Offenbar hatte sie sich beim Sturz nicht einmal eine Laufmasche zugezogen. Unter dem Mantel lugte ein Stück eines schwarzen oder blauen Rockes mit weißen Nadelstreifen hervor.

Doch dass kein Blut zu sehen war, erschien Glitsky merkwürdig. Er stand auf, trat hinter die Leiche und musterte das Straßenpflaster. Ridley, der ihm gefolgt war, hatte schon mit seiner Frage gerechnet. Er reichte dem Lieutenant einen wieder verschließbaren Plastikbeutel, in dem sich eine winzige Pistole befand. »Ein Schuss aus nächster Nähe, in den Haaransatz am Nacken. Keine Austrittswunde.«

Glitsky öffnete die Tüte, spähte hinein, hielt die Nase an die Mündung der Pistole und schnupperte: Kordit. Die Waffe erkannte er als einen fünfschüssigen Revolver von North American Arms, wahrscheinlich die kleinste Pistole, die je in den Vereinigten Staaten seriell hergestellt worden war. Für gewöhnlich trug man sie einfach als Gürtelschließe, da sie jeder wegen ihrer geringen Größe für eine Spielzeugpistole hielt. Sie wog weniger als dreißig Gramm und passte mühelos in Glitskys Handfläche. Ridley gab nun ununterbrochen Beschreibungen und Theorien von sich und Abe hätte ihn am liebsten gebeten, endlich den Mund zu halten.

Doch hatte er Angst, seine Gefühle zu verraten, wenn er jetzt etwas sagte, also hoffte er lieber, dass seine Körpersprache ausreichen würde. Er verschloss den Plastikbeutel mit der Pistole, reichte sie Banks wortlos und entfernte sich ein paar Schritte, die Hände tief in den Hosentaschen vergraben. Die Botschaft war unmissverständlich: Abe dachte nach und prägte sich den Tatort ein. Wehe dem, der ihn dabei störte.

Ridley blieb bei der Leiche stehen und begann nach einer Weile, den Leuten von der Spurensicherung Anweisungen zu erteilen.

Zwanzig Minuten später hatten sie die Leiche mit grellem Scheinwerferlicht ausgeleuchtet und die Straße wirkte unnatürlich hell. Die Spurensicherung hatte den Tatort mit einem gelben Band abgesperrt. Uniformierte Polizisten und geschickt platzierte schwarzweiße Streifenwagen verwehrten jedem Unbefugten den Zutritt zur Maiden Lane – obgleich das um diese Uhrzeit ohnehin kein großes Problem war. Immer noch gab ein halbes Dutzend Funkgeräte Sprachfetzen von sich. Das erste Reporterteam traf ein – ein Kleintransporter und eine Mannschaft von einem Lokalsender. Die Verhandlungen über den Zutritt zum Tatort, die ein hochnäsiger, ruppiger Nachrichtensprecher mit dem Dienst habenden Sergeanten führte, weckte in Glitsky das Bedürfnis, den Revolver zu ziehen und jemanden zu erschießen.

Stattdessen begleitete er Ridley Banks zum Streifenwagen und den Polizisten, die die Leiche entdeckt und den Verdächtigen festgenommen hatten. Die beiden uniformierten Beamten entstiegen gleichzeitig ihrem Fahrzeug und stellten sich als Medrano und Petrie vor.

»Ist das der Verdächtige?«, erkundigte sich Glitsky und zeigte auf die Rückbank, wo der Mann saß. Er war gegen die Tür gesackt. »Ich glaube, ich rede mal mit ihm.«

Die beiden Polizisten wechselten einen Blick und zuckten die Achseln. Dann erwiderte Medrano, der ältere der zwei: »Sie können es ja versuchen, Sir. Aber er hat sich seit einer Stunde nicht mehr gerührt.«

»Betrunken?«

»Voll wie eine Strandhaubitze. Anscheinend hat er eine ganze Menge intus.« Der andere Beamte, Petrie, ergänzte nach kurzem Zögern: »Offenbar ist nicht nur Alkohol im Spiel. Einstichstellen an den Armen. Ich denke, der muss erst mal auf Entzug.«

Glitsky nahm die nicht sehr überraschende Nachricht schweigend auf. Dann nickte er, umrundete den Streifenwagen, wo der Verdächtige schwer an der Tür lehnte, und riss diese mit einem Ruck auf. Der Mann, dessen Hände auf dem Rücken gefesselt waren, stürzte auf die Straße. Während seine Füße im Auto hängen blieben, prallte sein Kopf mit einem dumpfen Krachen auf den Asphalt. Der Mann stöhnte und wälzte sich auf den Rücken.

»Klingt, als käme er wieder zu sich«, meinte Glitsky.

Rasch eilte Ridley Banks um die Kühlerhaube des Streifenwagens herum und stellte sich zwischen seinen Lieutenant und die Scheinwerfer am Anfang der Straße. In der letzten Zeit hatte es so viele Beschwerden wegen gewalttätiger Übergriffe der Polizei gegeben, dass die Medien überall einen Skandal witterten. Und nun war Glitsky im Begriff, ihnen Stoff zu liefern. Ridley wies warnend mit dem Kopf in Richtung der Journalisten und flüsterte: »Kameras, Abe. Die Leute gucken schon.«

»Was ist?«, erwiderte Glitsky in gespielter Unschuld. »Der Arme ist doch nur hingefallen.« Reglos lag der Verdächtige Abe zu Füßen. Seit er sich herumgewälzt hatte, hatte er sich nicht mehr gerührt. Der Lieutenant warf, über die Kühlerhaube hinweg, einen Blick auf Medrano und Petrie. »Lasst dieses Stück Dreck im Streifenwagen sitzen, bis er aufwacht.«

Wieder wechselte Petrie einen Blick mit seinem Partner. Obwohl keiner der beiden Glitsky kannte, hatten sie sich rasch ein Bild von ihm gemacht: Offenbar gehörte er nicht zu den modernen, einfühlsamen Beamten, die Polizeiarbeit als Sozialdienst verstanden. Als der junge Polizist sich räusperte, sah Glitsky ihn finster an: »Was ist?«

Petrie schluckte. »Im Streifenwagen, Sir?«, stieß er schließlich hervor.

»Warum nicht?«

Medrano übernahm: »Der Typ muss anscheinend ärztlich untersucht werden, Lieutenant. Wir wollten ihn eigentlich den Sanitätern vorführen.«

Glitsky wusste, was das bedeutete. Der Verdächtige würde vermutlich ins Krankenhaus gebracht werden, wo es für Häftlinge, die ärztliche Behandlung brauchten, eigens gesicherte Räume gab. Diese Vorstellung gefiel ihm gar nicht. »Wozu?«

Medrano zuckte die Achseln. Das Schicksal des Mannes war ihm eigentlich gleichgültig, aber der Lieutenant verstieß mit seinem Befehl gegen die Vorschriften, weshalb er sich lieber absichern wollte. »Jedenfalls sollten wir ihn untersuchen lassen, bevor wir ihn irgendwo hinbringen. Man müsste mit der Entgiftung anfangen, ehe er Entzugserscheinungen kriegt.«

Schon seit vielen Jahren hatte Glitsky eine alte Narbe, die über seinen Mund verlief. Als er nun die Lippen schürzte, leuchtete sie wie eine weißliche Ritze zwischen seiner Adlernase und dem vorstehenden Kinn auf. Glitskys Mutter war schwarz gewesen, sein Vater war Jude, ein Umstand, dem er seine dunklen, eindringlichen und schwer durchschaubaren Züge verdankte. »Und woher wissen wir, dass er einen Arzt braucht?«

Medrano riskierte einen Blick auf den Verdächtigen, der wieder auf dem Rücksitz an der Tür lehnte. Er war bestenfalls nur halb bei Bewusstsein, schmutzig und blutete aus einer Kopfwunde, die er sich beim Sturz auf die Straße zugezogen hat. »Wir können das nicht feststellen, Sir. Aber die Sanitäter sind hier. Nur um auf Nummer sicher …«

Glitsky fiel Medrano ins Wort. »Der ist bloß betrunken. Ich will, dass er in die Mordkommission gebracht wird. Und das werden Sie übernehmen. Ende der Diskussion.«

Petrie und Medrano wechselten erneut wortlose Blicke und gingen zum Wagen.

Ridley Banks biss sich auf die Zunge. Er fand Glitskys Anordnung unnötig grausam und zudem nicht sonderlich klug. Und das Aufreißen der Tür war ganz sicher kein Versehen gewesen. Die Sanitäter und die Ärzte im Krankenhaus würden den Verdächtigen bestimmt rasch wieder auf Vordermann bringen, falls er wirklich heroinsüchtig sein sollte. Mit Medikamenten ließen sich die Entzugserscheinungen um einiges lindern. Und von einem Verdächtigen, der im General Hospital von San Francisco medikamentös behandelt worden war, würde man eine aufschlussreichere Aussage erhalten als von einem, der schwitzend im Justizgebäude saß und sich unter Entzugserscheinungen krümmte. Wenn der Mann wirklich nur betrunken war, würde er ohnehin spätestens bis zum Vormittag in einer Zelle sitzen. Ganz gleich, wie man es anging, das Verhör würde in jedem Fall warten müssen. Und Glitskys Befehl zögerte die Sache eher hinaus.

Allerdings schien Glitsky fest entschlossen, das Problem erst anzuerkennen, wenn beim Verdächtigen die ersten Entzugserscheinungen auftraten. Offenbar wollte er dem Mann diese Hölle auf Erden nicht ersparen.

Petrie und Medrano wagten nicht aufzumucken. Sie nickten, schoben den Mann in den Wagen und fuhren zum Justizgebäude.

Ridley Banks stand neben Abe, blickte dem Streifenwagen nach, der die Maiden Lane verließ, und fragte sich, was wohl hinter dem Verhalten des Lieutenants steckte. Sie beide hatten Elaine Wager gekannt und mit ihr zusammengearbeitet, als sie noch eine aufstrebende junge Anwältin bei der Staatsanwaltschaft gewesen war. Auch Ridley stellte fest, dass ihm der Mord mehr als gewöhnlich zu schaffen machte, seit er wusste, wer das Opfer war. Er fühlte sich mit Elaine solidarisch, denn schließlich hatte sie ebenfalls bei einer Strafverfolgungsbehörde gearbeitet und war schwarz, so wie er. Also war er von dieser Tat persönlich betroffen, weshalb sie ihm sehr nah ging, obwohl Mord bei ihm eigentlich zum Alltag gehörte.

Dennoch erschien ihm Abes Reaktion übertrieben. Inzwischen kannte Ridley die meisten Launen seines Chefs, von latenter Brummeligkeit bis hin zu tiefer Niedergeschlagenheit. Doch noch nie hatte er ihn so erlebt wie heute Nacht; diese offenkundige und gleichzeitig unerklärliche Wut war neu. Und noch nie war er Zeuge geworden, wie Glitzky gegen seine eigenen geheiligten Grundsätze im Umgang mit Verhafteten verstieß und sämtliche Vorschriften in den Wind schlug.

Auf dem Weg zurück zu der Stelle, wo die Leiche lag und sich die Menschen drängten, wagte Ridley eine Frage: »Alles in Ordnung, Abe?«

Der Lieutenant blieb unvermittelt stehen. Seine Nüstern blähten sich und er starrte Ridley aus geweiteten Augen an, sodass dieser sich an ein verängstiges Pferd erinnert fühlte. Dann seufzte Abe laut auf, holte tief Luft und betrachtete die Leiche. »Na klar«, erwiderte er. »Warum auch nicht?« Eine Pause entstand. »Ich fühle mich scheißwohl.«

Für gewöhnlich verstieß Fluchen ebenfalls gegen Abes Grundsätze. Er hielt sogar seinen Mitarbeitern ständig Vorträge darüber, dass es sich nicht gehörte, mit Schimpfwörtern um sich zu werfen. Seine ganze Mannschaft witzelte hinter seinem Rücken darüber. Deshalb war Ridley erstaunt, was ihm offenbar anzusehen war. Der Lieutenant musterte ihn argwöhnisch. »Haben Sie ein Problem, Ridley?«

»Nein, Sir«, erwiderte Banks. Offenbar lag hier wirklich etwas im Argen. »Alles okay.«

2

Am selben Tag – es war Montag, der 1. Februar kurz nach siebzehn Uhr – versuchte Dismas Hardy, einen Anwaltskollegen in San Francisco zu erreichen.

Die Füße auf den Schreibtisch gelegt, lauschte er dem Läuten des Telefons und der Ansage auf der Mailbox und wartete auf den Pfeifton. »Mr. Logan«, sagte er dann, »hier ist wieder Dismas Hardy. Nun rufe ich Sie schon zum vierten Mal an, falls Sie mitgezählt haben sollten. Ich würde mich wirklich über Ihren Rückruf freuen. Die Nummer müssten Sie ja inzwischen kennen.«

Hardy legte auf. Nachdem er etwa eine halbe Minute missmutig vor sich hin gestarrt hatte, stand er auf und verließ sein Büro im Freeman-Gebäude in der Sutter Street in der Innenstadt von San Francisco. Sein Büro war das einzige im oberen Stockwerk. Hardy ging die Treppe hinunter in die Empfangshalle, die eine Etage tiefer lag. Er hatte das Büro von David Freeman gemietet und war der einzige Anwalt im Gebäude, der nicht für dessen Kanzlei arbeitete.

Sein Vermieter war inzwischen fast siebzig Jahre alt, gedrungen, ein wenig dicklich und stets schlampig gekleidet. Selbst seine größten Bewunderinnen – und von denen hatte er eine ganze Menge – mussten zugeben, dass seine Hässlichkeit jeder Beschreibung spottete: struppiges Haar, Augenbrauen, die weißer Stahlwolle ähnelten, eine Knollennase, verunstaltet von Hautausschlag und übermäßigem Alkoholgenuss, Hängebacken und wulstige Lippen. Allerdings verfügte Freeman über Charme, auch wenn der ein wenig gewöhnungsbedürftig sein mochte. Und niemand konnte bestreiten, dass er ein brillanter Jurist war, der für seinen Beruf lebte. Seit Mel Bellis Tod galt er als der berühmteste Anwalt der Stadt.

Der Empfangstisch war das dominierende Möbelstück in der Vorhalle. Phyllis, eine attraktive ältere Dame, mit der Hardy schon so manche Schlacht ausgefochten hatte, thronte dahinter und fertigte offenbar mehrere Anrufer gleichzeitig ab. Lässig schlenderte Hardy an ihr vorbei. Er nickte ihr sogar freundlich zu, während er sich Schritt für Schritt den langen Flur voranarbeitete, an dem die stickigen Bürozellen der anderen Anwälte lagen. Es war ein schlau ausgeklügelter Plan, der dem Zweck diente, Freeman bei der Arbeit zu stören, ohne sich seiner Torwächterin gegenüber rechtfertigen zu müssen. Und als Hardy eine scharfe Rechtskurve machte und sich der Tür des großen Mannes näherte, glaubte er schon für einen Moment an seinen Erfolg.

Doch es sollte nicht sein.

»Er ist beschäftigt, Mr. Hardy. Er will nicht gestört werden.«

Hardy blieb stehen. Phyllis blickte in die andere Richtung. Wie hatte sie ihn bloß gesehen? Ein weiterer Beweis dafür, dass sie mit dem Teufel im Bunde stand. Offenbar konnte sie ihren Kopf um dreihundertsechzig Grad drehen wie das Mädchen in *Der Exorzist*.

Nun bedachte sie ihn mit dem bösen Blick Nummer eins: streng und strafend. Er erwiderte das mit einem gewinnenden, reizenden, ein wenig verwegenen irischen Lächeln und zwinkerte ihr zu. »Sprechen Sie mit mir?«

Sie ließ die Telefone Telefone sein und erhob sich mit einer geschmeidigen Bewegung. Doch sie ging nicht auf Hardy, sondern direkt auf Freemans Tür zu, anscheinend bereit, sich ihm nötigenfalls in den Weg zu werfen. »Er arbeitet gerade an einem Antrag. Und er hat mir strikte Anweisungen erteilt.«

Hardy grinste weiter und wies mit dem Kopf in Richtung Flur, wo die Arbeitssklaven schwitzten. »Das hat er nur gesagt, damit die Kinder ihn in Ruhe lassen. Über die Gesellschaft eines Erwachsenen wird er sich sicherlich freuen.« Blitzschnell wie eine Schlange fuhr Hardys Hand an der Empfangsdame vorbei und klopfte rasch zwei Mal an die Tür.

»Es ist offen!«, rief Freeman von drinnen. »Komm rein.«

Hardy trat einen Schritt zurück und breitete selbstzufrieden die Hände aus. »Was habe ich Ihnen gesagt? Wenn er mich weggeschickt hätte, wäre ich sofort verschwunden. Ehrenwort.« Er drehte den Türknauf um und machte die Tür auf.

»Pardon«, meinte er höflich, schob sich an Phyllis vorbei und schloss die Tür hinter sich.

Einen Stift in der Hand und eine zerkaute Zigarre zwischen den Lippen, starrte Freeman auf einen Notizblock. Nun blickte er auf. Dichter, blauer Qualm lag in der Luft. Hardy erkannte eine Flasche Silver Oak Cabernet neben dem Telefon – Einzelhandelspreis mindestens fünfzig Dollar und außerdem schwer aufzutreiben. Der alte Mann rückte seinen Stuhl zurecht, leerte sein Weinglas und schmatzte genießerisch mit den Lippen. »Ein Tropfen, der Gottes würdig wäre«, verkündete er.

»Meinst du, der kann sich das leisten?« Hardy ging zum Fenster und riss es auf. Auch wenn er sich selbst hin und wieder gern eine Zigarre genehmigte, raubte ihm der Qualm in dem Zimmer fast den Atem. »Und wenn wir schon mal beim Fragen sind: Wie kriegst du hier drin bloß Luft?«

Freeman tat das mit einer Handbewegung ab. »Wenn du mich bei der Arbeit störst, um an meiner Lebensführung herumzumäkeln, schlage ich vor, du benutzt die Tür, durch die du gerade reingekommen bist. Warum suchst du dir kein Glas? Du musst ein Schlückchen von dem Zeug probieren.«

Hardy blieb am Fenster stehen und lehnte sich ans Fensterbrett. Der Wind hatte aufgefrischt, wehte die Sutter Street entlang und blies den Rauch aus dem Zimmer. »Erst wenn es hier wieder aufklart, dass man auch was schmecken kann. Außerdem habe ich einen tollen Vorschlag für dich.«

»Und der wäre?«

»Du könntest Phyllis fristlos kündigen. Das wäre sicher ein Riesenspaß. Ist dir klar, dass man zu üblen Tricks greifen muss, wenn man dich sprechen will?«

»Genau dafür bezahle ich sie ja.« Freeman schenkte sich noch ein Glas ein. »Wie ich sehe, hast du sie wieder einmal besiegt. So bleibst du im Training.« Er schlürfte einen Schluck und seufzte genüsslich auf. »So. Und was hast du sonst noch auf dem Herzen? Du wolltest doch sicher nicht mit mir über Phyllis plaudern.«

»Nein, über Dash Logan.«

Freeman runzelte heftig die Stirn. »Was ist mit ihm?«

»Auf dem üblichen Wege – per Telefon zum Beispiel – kann ich ihn nicht erreichen. Ich dachte, du könntest mir vielleicht einen Tipp geben.«

»Was willst du denn von ihm?«

»Einer meiner Mandanten ist von einem seiner Mandanten verklagt worden. Außerdem sind auch noch ein paar Strafanzeigen im Spiel. Deshalb wollte ich mich mal mit ihm unterhalten und feststellen, was er so für ein Mensch ist.«

Freeman lehnte sich zurück und holte tief Luft. »Wenn du meinen Rat hören willst: Verzichte auf das Gespräch. Ich würde die nötigen Klagebeantwortungen einreichen und mich auf eine Schlammschlacht gefasst machen.«

Hardy, der immer noch am Fenster stand, verschränkte die Arme. »Scheint ja ein reizender Zeitgenosse zu sein.«

»Und das war nur eine Kurzzusammenfassung.« Angewidert schüttelte Freeman den Kopf. »Der Mann ist eine Schande, Diz, sowohl für unseren Berufsstand als auch menschlich betrachtet. Wenn die Anwaltskammer mehr Mumm hätte, hätte sie ihm schon vor Jahren die Zulassung entzogen.«

»Weshalb?«

»Das kannst du dir aussuchen. Standeswidriges Verhalten, Unterschlagung von Mandantengeldern, Erpressung, Meineid, Drogenmissbrauch, Alkoholismus. Kaum zu fassen, dass dir sein Name nichts sagt.«

Hardy zuckte die Achseln. »Klar, ich habe Geschichten über ihn gehört. Aber über dich wird ja auch eine Menge geredet.«

»Das sind aber keine Geschichten, sondern Legenden«, verbesserte ihn Freeman. »Logan also. Du kennst ja sicher sämtliche Anwaltswitze.«

»Die meisten.«

»Nun, und die meisten handeln von Dash Logan. Vor allem der: Was ist der Unterschied zwischen einem Wels und einem Anwalt – der eine ist ein Schlammkriecher, der Scheiße frisst, und der andere ist ein Fisch. Ein kleiner Tipp: Logan ist kein Fisch.«

»Offenbar magst du ihn nicht besonders.«

Freeman kicherte böse. »Ich glaube wirklich fest daran, dass in vielen Menschen etwas Gutes steckt, Diz. Jedenfalls in den meisten. In manchen.« Er beugte sich wieder vor, ließ sein Weinglas kreisen und trank einen Schluck. »Bei der bloßen Erwähnung seines Namens wird einem fast der Wein sauer, und dazu gehört bei diesem Tröpfchen einiges.«

Hardy nahm ein Glas von der Anrichte und hielt es David hin. »Dann lass mal einen Profi testen, wie sauer er geworden ist.«

Freeman griff nach der Flasche und schenkte ein. »Was riechst du?«

»Tabak.« Er hob die Hand – das war nur ein Witz gewesen. Dann nahm er einen Schluck. Seine Augen leuchteten auf. »Obwohl ich zugeben muss, dass der Abgang etwas Weinähnliches hat.« Er schlenderte zum Sofa hinüber und setzte sich. »Und wenn Logan mich doch zurückruft?«

»Ich erzähl dir mal was.« Freeman schob seinen Stuhl zurück, sah Hardy an, schlug die Beine übereinander und trank. »Vor fünfzehn Jahren habe ich mit Logan zwei Angeklagte wegen gemeinsam verübten Mordes verteidigt. Vergiss nicht, das war noch zur Stummfilmzeit, als wir noch einen richtigen Staatsanwalt hatten, Chris Locke, der wirklich ab und zu mal jemanden ins Gefängnis steckte. Es war eines der wenigen Male in meiner illustren Karriere, dass ich meinen Mandanten – ich weiß noch, dass er Aaron Washburn hieß – wirklich für unschuldig hielt. Er saß vielleicht hinter dem Steuer des Wagens, mehr aber auch nicht. Er war viel zu jung und zu ängstlich, um bei einem Mordanschlag den Fahrer zu spielen. Sein Hauptfehler war falsch verstandene Treue gegenüber dem Schützen, Logans Mandanten, einem echten Verlierertypen namens Latrone Molyneux.

Locke verkündete, dass er gegen unsere beiden Mandanten gemeinschaftlich verhandeln lassen wollte – entweder sollten sich beide auf einen Schuldhandel einlassen oder vor Gericht gehen. Allerdings verlangte er, dass sich mein Mandant fünfzehn Jahre aufbrummen ließ. Also habe ich entschieden, einen Prozess zu riskieren, denn schließlich war mein Mann, Aaron, ja nicht der Täter. Er hatte weder geschossen noch von der geplanten Tat gewusst – und falls er doch etwas gewusst haben sollte, konnte ihm die Staatsanwaltschaft das nicht nachweisen. Außerdem widerstrebt es mir persönlich, meinen Mandanten Unsummen abzuknöpfen, nur damit sie sich schuldig bekennen und ihr halbes Leben im Knast verbringen.

Aber ich wollte Logans Mandanten wirklich nicht schaden. Mein Mann behauptete, er habe die ganze Zeit im Auto gesessen und nichts mitgekriegt.« Inzwischen war Freeman aufgestanden. Offenbar durchlebte er die Situation noch einmal. Er ging zwischen Tür und Fenster hin und her wie ein Bär im Käfig. »Also gut. Ich arbeite an der Verteidigung meines Mandanten und halte meinen miesen Kollegen Mr. Logan auf dem Laufenden, weil es nun mal so üblich ist. Doch dann fällt mir auf, dass er zu viele unserer Anhörungen verpasst und meine Zeugen unter Druck setzt. Gerüchte kommen mir zu Ohren, dass er von einigen dieser Leute Stoff bezieht. Allmählich werden dem Richter die vielen Verschiebungen, geplatzten Termine und der Papierkrieg zu viel.

Aber der alte Dash schert sich nicht drum. Ich behandle ihn weiter fair, wie es sich unter Berufskollegen gehört. Da uns ein Prozess bevorsteht, muss er genauso gut im Bilde sein wie ich, richtig?

Und rate mal, was zwei Wochen vor dem Termin für die Geschworenenauswahl passiert. Nein, lass es lieber, ich erzähl es dir. Logan kommt zu mir in die Kanzlei und verkündet, er habe beschlossen, Latrone einen Schuldhandel eingehen zu lassen. Schließlich habe er sein Honorar schon erhalten. Für einen Prozess habe er keine Zeit.

Wie du dir sicher vorstellen kannst, hat es zwischen uns ziemlich gekracht. Ich erinnere ihn daran, dass aus dem Schuldhandel nichts wird, wenn ich auf einen Prozess bestehe, und dazu sei ich fest entschlossen. Also droht er mir: Wenn ich vor Gericht gehe, wird Latrone Aaron die gesamte Schuld in die Schuhe schieben und einfach behaupten, er wäre ganz harmlos rumgestanden, als Aaron mit dem Auto vorbeikam und ihn bat, doch mitzukommen, weil er jemanden erschießen wolle. Latrone habe also gar nicht gewusst, dass eine Schießerei stattfinden würde. Aaron habe ihn angestiftet. Aaaron sei der Schütze gewesen.

Um die Geschichte abzukürzen – was blieb mir anderes übrig? Die beiden ließen sich auf einen Schuldhandel ein und wurden zu zwanzig Jahren verdonnert. Und jetzt kommt das Beste, willst du es hören?«

»War das etwa noch nicht alles?«

»Nein. Sperr die Ohren auf. Schon ganz zu Anfang hatte ich mir überlegt, für die beiden Jungs Kaution zu beantragen. Der Fall war uneindeutig. Die zwei hatten keine Vorstrafen. Und sie hatten sowieso keine Möglichkeit, den Gerichtsbezirk zu verlassen. Aber Dash Logan war strikt dagegen. Er laberte irgendeinen Unsinn, es wäre zu riskant, und wir könnten den Richter gegen uns aufbringen. Es sei doch besser, auf den Prozess zu warten und den Richter nicht schon im Vorfeld um einen Gefallen zu bitten. Den Prozess! Hahaha! Also hat er mich überredet. Wenn ich den Antrag für meinen Mandanten stellte, musste er dasselbe für seinen tun, und er weigerte sich. Der Richter würde ohnehin ablehnen. Welchen Sinn hätte es also?«

»Ich gebe mich geschlagen«, meinte Hardy. »Worauf willst du hinaus?«

»Weißt du, was wirklich dahinter steckte?«, brüllte Freeman. »Er wollte, dass Latrone im Knast bleibt. Und warum? Er vögelte mit Latrones siebzehnjähriger Freundin. Das ist der Grund.«

»Ich verstehe«, sagte Hardy. »Wenigstens kann man seine Motive nachvollziehen.« Er schüttelte den Kopf und schnalzte missbilligend mit der Zunge. »Das ist schockierend.«

Freeman keuchte. Er kehrte zu seinem Schreibtisch zurück, trank zuerst einen Schluck Wein und schenkte dann nach. »Der Typ ist ein mieser …«

Auf dem Schreibtisch des alten Mannes läutete das Telefon. Er hob ab, lauschte und hielt dann Hardy den Hörer hin. »Es ist Phyllis. Sie sagt, draußen ist eine Frau, die dich sprechen will.«

»Das ist eine Lüge. Ich habe keine Termine. Phyllis versucht nur, mich hier rauszulocken, damit du wieder deine glückselige Einsamkeit genießen kannst. Ob dieser Dash Logan wohl eine Empfangsdame braucht?«

Freeman brachte ihn mit einer Handbewegung zum Schweigen und lauschte noch einmal. »Dorothy Elliot? Jeffs Frau?«

Hardy ließ sein Glas mit dem ausgezeichneten Wein – bis auf einen Schluck unberührt – auf dem Couchtisch stehen, sprang auf und eilte zur Tür. »Er kommt sofort«, hörte er Freeman hinter sich noch zu Phyllis sagen.

Dorothy begrüßte ihn mit einem Nicken, einem entschuldigenden Lächeln und ein paar leisen Worten. Hardy war auf den ersten Blick klar, dass etwas schrecklich im Argen lag, denn ihre sonst so fröhliche Art war heute wie weggeblasen. Aber ganz offensichtlich wollte sie ihm ihr Anliegen nicht in der Vorhalle erläutern. Hardy ließ sie auf der schmalen Treppe vorangehen.

Als er ihr folgte, fiel ihm ihre steife Haltung auf. Sie hatte die breiten Schultern gestrafft, ihre Arme hingen seitlich herunter. Während sie Schritt für Schritt die Treppe hinaufstieg, wirkte sie wie eine Frau, die, bepackt mit einem schweren Rucksack, einen steilen Berg erklomm.

Hardys erster Gedanke war, ihr Mann Jeff, einer seiner Freunde und Kolumnist beim *Chronicle*, der an multipler Sklerose litt, könnte plötzlich gestorben sein. Auf dem Treppenabsatz blieb sie stehen. Hardy legte ihr von hinten den Arm auf die Schulter und sie lehnte sich für einen Moment an ihn. Dann öffnete er die Tür und sie betraten sein Büro.

Während er die Tür schloss, fand sie die Sprache wieder. »Tut mir Leid, dass ich dich so überfalle, Dismas. Ich wusste nicht …« Sie hob die Hände und ließ sie wieder sinken. Ihre Lippe zitterte. Vor Trauer? Vor Zorn? Sie schob den Kiefer vor und fing noch einmal von vorne an. »Ich weiß nicht …«

»Schon gut.« Er wartete ab, ob sie weitersprechen würde, und als sie schwieg, fragte er leise: »Was weißt du nicht? Ist etwas mit Jeff?«

Sie schüttelte den Kopf. »Nein, Jeff geht es gut. Mit Jeff ist alles in Ordnung.« Sie seufzte tief auf.

Als Hardy für Dorothy einen Stuhl zurechtrückte, starrte sie das Möbelstück eine Weile an, als hätte sie so etwas noch nie gesehen. Schließlich setzte sie sich erleichtert. »Danke.« Erschöpft schüttelte sie den Kopf. »Ich bin völlig ratlos. Zuerst wollte ich zu Jeff in die Redaktion, aber dann fand ich es besser, ihn nicht zu stören – er hat bald Redaktionsschluss. Also bin ich einfach ziellos durch die Stadt gelaufen, und dann ist mir eingefallen, dass du hier arbeitest. Offen gestanden, habe ich schon vorhin an dich gedacht.«

»Vorhin? Wann war das?«

»In der Mordkommission.«

Hardy tastete nach seinem Schreibtisch und ließ sich auf der Kante nieder. Er lächelte wie ein Arzt am Krankenbett und erkundigte sich leise: »Ich glaube, über die Sache mit der Mordkommission bin ich noch nicht im Bilde, Dorothy. Wollen wir nicht da anfangen? Warum warst du dort?«

»Mein Bruder. Hast du gehört, dass Elaine Wager ermordet worden ist?«

Hardy bejahte das. Die Nachricht hatte ihn erschüttert. Er hatte Elaine zwar nur beruflich gekannt, hielt sie aber für eine integre Persönlichkeit.

»Sie haben meinen Bruder wegen Mordverdachts festgenommen.«

Hardy schüttelte den Kopf. »Da kann doch etwas nicht stimmen, Dorothy. Soweit ich weiß, wurde ein Obdachloser verhaftet.«

Dorothy presste die Lippen fest zusammen und nickte. »Mein Bruder ist Junkie. Mein Bruder Cole. Cole Burgess.«

Unmöglich, dachte Hardy. Einfach unmöglich. Dorothy Elliot, die hier vor ihm saß, war der Inbegriff der Bodenständigkeit und Vernunft. Er kannte sie nun schon seit über zehn Jahren, seit sie mit Jeff zusammen war. Inzwischen hatten die beiden drei Kinder. Dorothy sah immer noch aus wie ein Mädchen vom Lande – breitschultrig, kräftig gebaut, leuchtende Augen, so blau wie Glockenblumen, unzählige Sommersprossen auf Nase und Wangen.

Dorothy Elliot war hübsch, fröhlich, ausgeglichen und glücklich. Und deshalb war es für Hardy unvorstellbar, dass ihr Bruder der heruntergekommene Dreckskerl sein konnte, der Elaine Wager nur wegen etwas Schmucks und des Inhalts ihrer Handtasche in den Hinterkopf geschossen hatte.

Er zermarterte sich das Hirn nach einer passenden Antwort, meinte, es täte ihm Leid, und fragte dann: »Kannte dein Bruder Elaine? Waren sie befreundet? Haben sie mal zusammen gearbeitet?«

»Nein. Nichts dergleichen. Doch die Polizei sagt, er sei bei seiner Verhaftung nicht ganz bei Bewusstsein gewesen. Seine Identität konnte erst heute Morgen festgestellt werden. Und als er endlich wieder zu sich kam, rief er meine Mutter an, die ihm natürlich keine Hilfe war.«

»Und wo wohnt deine Mutter?«

»Jody.« Missbilligung malte sich in Dorothys Gesicht. »Sie wohnt inzwischen in San Francisco. In Haight Ashbury. Mit Cole.«

»Mit Cole? Dann ist er also gar nicht obdachlos?«

»Nun, das hängt von der Betrachtungsweise ab. Er lässt sich nicht oft bei Mutter blicken, aber sie war für ihn da, wenn er Ruhe brauchte. Er hatte bei ihr ein mietfreies Zimmer. Sie ist von zu Hause – Ohio – hierher gezogen, um in seiner Nähe zu sein.« Wieder ein verächtlicher Blick. »Um ihm zu helfen.«

»Aber sie konnte nicht viel für ihn tun?«

Ein angewidertes Schnauben. »Trotzdem hat er sie vom Justizgebäude aus angerufen. Natürlich hat sie reagiert wie ein aufgescheuchtes Huhn und überhaupt nichts erreicht. Und schließlich hat sie mich angerufen.«

»Was wollte sie denn erreichen?«

Allmählich wurde Dorothy ruhiger. Sie hatte die Hände im Schoß liegen und die schlanken Beine an den Knöcheln überkreuzt. Ihre fröhliche Art war nach wie vor abwesend, doch kehrte allmählich ihr Selbstbewusstsein zurück. Auch wenn das Thema noch so unerfreulich war, musste sie Hardy die ganze Wahrheit sagen. »Er leidet an Heroinentzug, Diz. Er braucht Medikamente.« Sie hielt inne, mehr musste er nicht wissen. »Jedenfalls hat die Polizei meine Mutter schon nach zehn Sekunden nicht mehr ernst genommen. Sie hat alle beschuldigt, ihr armes, kleines Söhnchen umbringen zu wollen.«

Dorothy seufzte tief auf. »Aber er muss sofort in eine Entzugsklinik.«

Wie sie bemühte auch Hardy sich um einen sachlichen Ton. »Für solche Fälle gibt es Entzugsprogramme. Nachdem sie ihn erkennungsdienstlich behandelt haben ...«

Doch sie schüttelte den Kopf. »Die Polizei behauptet, Cole sei nur betrunken und sie müssten ihn noch weiter vernehmen.«

»Und deiner Ansicht nach ist er nicht betrunken?«

»Wahrscheinlich zusätzlich.« Ungeduldig strich sie sich die hellblonden Haare aus der Stirn. »Aber wenn er so verzweifelt war, dass er jemanden auf der Straße überfallen hat, brauchte er bestimmt Bargeld für Heroin. Und das heißt, dass er bereits Entzugserscheinungen hatte und versucht hat, die Schmerzen mit Alkohol zu betäuben, bis sich eine Gelegenheit bot, sich Stoff zu beschaffen.«

Eine Weile herrschte Schweigen. Schließlich verschränkte Hardy die Hände im Schoß. Er hatte genug gehört und wusste, dass er mit dieser Sache nichts zu tun haben wollte. Er mochte Jeff und Dorothy und traf sich drei- oder viermal im Jahr privat mit ihnen. Und nun wollte Dorothy, dass er die Verteidigung eines Mannes übernahm, der eine seiner Kolleginnen getötet hatte. Obwohl Hardy schon drei Mordprozesse gewonnen und sich dadurch einen guten Ruf erworben hatte, hatte er keine Lust, sich mit diesem Fall zu befassen.

Er hatte Elaine Wager gekannt, gemocht und bewundert. Und ihm lag nichts daran, ihrem Mörder aus der Patsche zu helfen. Schließlich gab es jede Menge Anwälte, denen es um einiges leichter fallen würde als ihm, Dorothys Bruder zu verteidigen. Und sie würden sich gewiss um den Fall reißen. Je länger dieses Gespräch dauerte, desto mehr würde sich Dorothy in dem Glauben wiegen, dass er in Erwägung zog, das Mandat zu übernehmen. Dennoch konnte er sich die nächste Frage nicht verkneifen: »Was erwartest du von mir, Dorothy?«

»Er muss in eine Entzugsklinik und mir fehlen die Beziehungen. Ich brauche jemanden, auf den sie hören und der weiß, wie man mit diesen Leuten redet.« Ihr Blick sagte ihm, dass ihr die Situation ebenso wenig behagte wie ihm. Doch es war ihre Familienpflicht. Und die Werte, mit denen sie aufgewachsen war, gestatteten ihr nicht, sich davor zu drücken.

Hardy hielt sich vor Augen, dass er sich schließlich nicht bereit erklärt hatte, Elaines Mörder zu verteidigen. Er würde nur sehen, was sich machen ließ, damit ein Verdächtiger in die Entzugsklinik kam. Er half lediglich einer Freundin, eine Pflicht, der er sich wiederum aufgrund seiner Wertvorstellungen nicht entziehen konnte. Aber mehr wollte er nicht tun.

Hardy hielt es für die effektivste Methode, sich direkt an den Leiter der Mordkommission zu wenden, der zufällig sein bester Freund war. Als er im dritten Stock des Justizgebäudes dem langsamsten Aufzug der Welt entstieg, stand er vor Inspector Sarah Evans von der Mordkommission, die mit einem von David Freemans Mitarbeitern verheiratet war. Hin und wieder trafen er und seine Frau Frannie sich privat mit Sarah und Graham. Er betrachtete sie als Freundin und normalerweise fiel ihre Begrüßung herzlich aus. Heute aber musterte sie ihn argwöhnisch.

»Wenn du den Lieutenant sprechen willst, solltest du besser ein andermal wiederkommen.«

»Offenbar sprüht er heute wieder vor guter Laune.«

Sie schüttelte nur den Kopf und sagte: »Viel Glück. Ich habe dich gewarnt.« Dann drängte sie sich an ihm vorbei in den Aufzug.

Also hatte Hardy seine Vorbehalte, als er den langen Flur hinunter in die Mordkommission ging. Es handelte sich um einen riesigen Saal mit einer Reihe schmutziger Fenster an der hinteren Wand. Die zwölf Mitarbeiter der Abteilung hatten hier ihre Schreibtische stehen, meist so, dass sie ihrem jeweiligen Partner gegenübersaßen. Überall im Büro war das übliche Behördenmobiliar verteilt: grüne und graue Aktenschränke aus Metall, ein Trinkwasserbereiter, eine Kaffeemaschine, die aussah, als stamme sie noch aus den fünfziger

Jahren, dazu eine funktionstüchtige Verkehrsampel, die dem Raum eine gewisse individuelle Note verlieh.

Rechts von Hardy befanden sich drei Türen. Zwei führten in Vernehmungszimmer, durch die mittlere kam man in den Raum, wo sich Video- und Lautsprecheranlage befanden. Links von ihm lag das Büro des Lieutenants, ein drei Quadratmeter großes Rechteck, das irgendein architektonisches Genie offenbar erst im Nachhinein eingeplant hatte.

Vor Glitskys Tür blieb er wie angewurzelt stehen.

Glitskys Büro hatte jahrelang überhaupt keine Tür gehabt. Schließlich, vor drei Jahren, nachdem der Lieutenant monatelang versucht hatte, der Bürokratie eine Tür zu entlocken, hatte er endgültig die Schnauze voll gehabt. Eines Wochenendes war er mit einer aus eigener Tasche bezahlten Tür erschienen und hatte sie höchstpersönlich angebracht.

Und damit hatte er eingestanden, wie wichtig ihm diese Tür war.

Ein schwerwiegender Fehler.

Denn Glitskys Tür verwandelte sich sofort in ein gefundenes Fressen für jeden Psychologen, der sich für die Auswirkungen von Stress auf ganz gewöhnliche Menschen interessierte, deren Job es nun einmal war, Mordfälle zu untersuchen. Nach der ersten Welle von Schmierereien und Sachbeschädigungen schon am ersten Wochenende, wurde es für Glitsky Ehrensache, über jeden weiteren Akt von Vandalismus stoisch zu schweigen. Dennoch taten sich seine Mitarbeiter auch weiterhin keinen Zwang an.

Nach einer Weile wurde die Tür zum lebendigen Denkmal, das von tiefer liegenden und nicht sonderlich schmeichelhaften Eigenschaften des Personals der Mordkommission von San Francisco kündete. In der Mitte hing ein durchgestrichenes Poster von Bozo, dem Clown, eine der ersten – wenn auch noch gemäßigten – Verunstaltungen. Bei Hardys letztem Besuch vor einigen Wochen war auf der Tür kein Plätzchen mehr frei gewesen: Brandlöcher, mit Spucke angefeuchtete Papierkügelchen, Kaugummireste, drei Einschusslöcher, verschiedene Aufkleber, bebilderte Sexanzeigen und Fotos von Mordverdächtigen längst aufgeklärter Fälle.

Die Mitarbeiter fanden das komisch. Glitsky sah die Sache zwar nicht so, hatte aber auch nicht die Absicht, sich darüber zu ereifern. Schließlich gab es andere Mittel und Wege.

Als er eines Nachts wegen eines Notrufs spät ins Büro gekommen war, hatte er einen seiner Inspectors, den inzwischen verstorbenen Carl Griffin, dabei ertappt, wie er einen von einem Kollegen angebrachten Steckbrief durch einige obszöne Details ergänzte. Griffin war so vertieft in sein Kunstwerk gewesen, dass er Glitsky gar nicht eintreten hörte. Daraufhin hatte Glitsky ihn mit seinem Gummiknüppel k.o. geschlagen.

Eine ausgesprochen witzige Retourkutsche, fand Glitsky.

Und noch besser war, dass Griffin sich bei niemandem ausweinen konnte, wenn er nicht als Idiot dastehen wollte. Doch irgendwie hatte es sich trotzdem herumgesprochen. Und man hatte den Einsatz erhöht.

Nun starrte Hardy entgeistert auf die Tür. Er konnte die frische Farbe noch riechen. Außerdem war die Tür geschlossen – an einem Werktag eine Seltenheit. Angesichts der jungfräulich weißen Tür stieß Hardy einen erstaunten Pfiff aus und blickte sich in dem großen Raum um. Er kannte die meisten Inspectors vom Sehen und bemerkte Marcel Lanier, der an seinem Schreibtisch saß. Sein Stift schwebte über einem Blatt Papier.

Der Inspector erwiderte seinen Blick, schüttelte den Kopf und meinte leise, aber mit Nachdruck: »Ich würde es lieber lassen.«

»Ist jemand bei ihm?«

»Nein.«

»Wann ist denn das mit der Tür passiert?«

Lanier zuckte die Achseln. »Nach der Mittagspause kreuzte er mit einem Eimer und einem Farbroller auf. Es hat nur zehn Minuten gedauert.«

»Wie geht es ihm?«

Wieder ein Achselzucken. Einem Sergeant stand es nicht zu, das zu beurteilen.

Hardy überlegte. Schon zwei Warnungen von Profipolizisten. Wahrscheinlich war es klüger, den Besuch auf einen günstigeren Zeitpunkt zu verschieben.

Andererseits war er eigens mit dem Auto vom Büro hierher gefahren, hatte für einen Parkplatz bezahlt und war hinaufgekommen, um seinem Freund einen Besuch abzustatten. Außerdem war ohnehin bald Feierabend. Ganz gleich, wo Abe der Schuh auch drücken mochte, er würde schon darüber hinwegkommen. Vielleicht konnte er, Hardy, ihn ja ein bisschen aufmuntern. Für heute hatte Hardy die wohlmeinenden Torwächter satt, die ihn von den Leuten fern hielten, die er unbedingt sprechen musste. Erst Phyllis und nun Sarah Evans und Marcel Lanier.

»Ich schaue mal, wie es ihm geht«, meinte er deshalb. »Wer nicht wagt, der nicht gewinnt.«

Er klopfte an den Rahmen der strahlend weißen Tür und erhielt ein ihm vertrautes Knurren als Antwort: »Es ist offen.«

Drinnen streckte Hardy automatisch die Hand nach dem Lichtschalter aus. »Lass das«, brummte Glitsky. Es war zwar nicht vollständig dunkel im Raum, doch wegen der ausgeschalteten Deckenbeleuchtung und den an beiden Fenstern heruntergelassenen Jalousien ziemlich dämmrig. »Mach die Tür wieder zu.«

Hardy gehorchte. »Ich könnte bei dieser Finsternis keine Zeile lesen. Wie schaffst du das bloß? Du verdirbst dir noch die Augen.«

»Was willst du, Diz?«

Hardy ertastete den Holzstuhl, der dem Schreibtisch gegenüberstand, und ließ sich darauf nieder. »Hübsche Tür. Die Farbe gefällt mir.«

Keine Antwort.

»Was ist los, Abe?«

»Nichts.«

»Alles in Ordnung?« Als wieder eine lange Pause entstand, meinte Hardy: »Willst du darüber reden?«

»Es gibt nichts zu reden.« Glitskys Stuhl scharrte. Er schob ihn zurück, kippelte ihn auf die hinteren Beine und lehnte sich an die Wand.

Allmählich gewöhnten sich Hardys Augen an die Dunkelheit. Er versuchte es noch einmal: »Es ist nach fünf. Lust auf einen Drink?«

»Ich trinke nicht.«

»Wirklich? Seit wann?« Hardy war erst seit fünfundzwanzig Jahren mit Glitsky befreundet. »Manchmal ist es gar keine so schlechte Idee.«

Glitsky beugte sich vor und legte die ineinander verschränkten Hände auf den Schreibtisch. »Ich versuche etwas klarzukriegen, okay? Und womit kann ich dir behilflich sein?«

Da Glitksy sich nun einmal nichts entlocken ließ, holte Hardy tief Luft und begann: »Du hast einen Typen hier, Cole Burgess ...«

»Ja. Elaine Wagers Mörder.«

»Mutmaßlicher Mörder, wie es bei uns Verteidigern so schön heißt.«

»Verteidigst du ihn?«

»Nein.«

»Das hoffe ich für dich.«

»Und ich bin auch nicht hier, um ihren Mörder freizukriegen.«

»Gut. Was dann?«

Ruhig und in knappen Worten erklärte Hardy ihm den Grund seines Besuches. Er sagte, er sei mit Coles Schwester befreundet, und schilderte die Hintergründe. »Seine Schwester befürchtet, er könnte bei seiner Verhaftung durch die Maschen gerutscht sein. Die Sanitäter hatten keine Gelegenheit, ihn zu untersuchen und Heroinabhängigkeit bei ihm zu diagnostizieren. Ganz sicher leidet er schreckliche Schmerzen. Wenn er nicht bald in eine Entzugsklinik kommt, steht ihm eine unschöne Woche bevor.«

»Wirklich? Was für ein Jammer aber auch.«

»Nun, also ...«

»Er war betrunken, Diz. Seit letzter Nacht haben wir ihn hier. Den Großteil der Zeit kotzt er nur. Wir müssen ihn noch vernehmen.«

»Schon. Aber wie lange ist das nun her? Achtzehn Stunden? Auch wenn er noch einen Kater hat, ist er inzwischen bestimmt ausgenüchtert. Wir wissen, dass er ein Junkie ist. Er muss in den Entzug.«

Aber Glitsky schüttelte den Kopf. »Nein, auf diese Spielchen lasse ich mich nicht ein.«

»Was für Spielchen?«

»Ein paar Tage auf Staatskosten in einem hübschen, weichen Krankenhausbett. Das kann er vergessen. Er war nur betrunken, weiter nichts.«

Mit dieser Antwort hatte Hardy nicht gerechnet. Für gewöhnlich hielt Abe sich ehern an Recht und Gesetz und verstieß niemals gegen die Regeln. Vielleicht gab es für sein Verhalten ja Gründe. Das dunkle Zimmer. Offenbar belastete ihn etwas. Er versuchte zu widersprechen. »Komm schon, Abe, woher willst du wissen …?«

Glitsky schlug mit der flachen Hand auf den Tisch. »Er war betrunken!«, brüllte er. »Sonst gar nichts. Wir haben ihn über seine Rechte aufgeklärt und nach der Vernehmung wird er unter Anklage gestellt. Kapiert? Also lass die Finger davon.«

Entsetzt lehnte Hardy sich zurück. »Was ist hier los, Abe?«, fragte er ruhig. »Du weißt genau, dass ich etwas unternehmen muss.«

»Er hat Elaine umgebracht.«

»Gut und schön. Und wir hoffen, dass er dafür in der Hölle schmort. Doch seine Schwester hat mir erzählt, dass er wahrscheinlich heute Morgen schon Entzugserscheinungen hatte. Er muss zum Arzt.«

Glitsky ließ sich davon nicht beeindrucken. »Nach der erkennungsdienstlichen Behandlung werden die üblichen Tests durchgeführt. Falls er wirklich Heroin nimmt, wird man es früh genug wissen.«

»Und wann passiert das?«

Ein Achselzucken. »Wenn wir mit ihm fertig sind.«

Hardy schluckte. »Und dürfte ich erfahren, was er im Augenblick hier tut?«

»Fragen beantworten.« Glitsky beugte sich vor. »Und zu deiner Information: Er hat einen Anwalt abgelehnt. Doch wenn er gewusst hätte, dass du es bist …«

»Er kennt mich nicht.« Hardy rückte ärgerlich seinen Stuhl zurecht. »Du lässt ihn schmoren, richtig?« Er warf einen Blick zur Tür und sah dann wieder den Lieutenant an. »Du an meiner Stelle würdest mir sagen, dass hier was faul ist, Abe. Dass ich meine Arbeit nicht richtig mache. Dass es so nicht läuft.«

Glitskys Miene war versteinert. Er schwieg.

Hardy seufzte auf. »Hast du ein Geständnis auf Video?«

Ein barsches Nicken. »Ich glaube, daran wird gerade gearbeitet.«

Hardys Blut geriet in Wallungen. »Soll das heißen«, meinte er ruhig, »dass ich dich übergehen muss, wenn ich möchte, dass er in eine Klinik kommt? Dass ich mir eine richterliche Anordnung besorgen sollte?«

Glitsky starrte ihn über den Schreibtisch hinweg an. »Tu, was du nicht lassen kannst.«

»Genau das habe ich auch vor.« Hardy hielt inne. »Ich hoffe, du hast dir das reiflich überlegt.«

»Mag sein.« Der Lieutenant blickte durch ihn hindurch. »Bis bald.«

Das Gespräch war beendet.

Ein bohrendes schlechtes Gewissen ließ Glitsky keine Ruhe.

Nachdem Hardy fort war, blieb er mehr als eine Stunde in seinem engen, dämmrigen Büro am Schreibtisch sitzen. Es wurde noch dunkler. Draußen ging die Sonne unter.

Glitsky stand auf, öffnete die Tür und spähte in die Mordkommission hinaus. Der Arbeitstag war vorbei. Doch die Tür zum Vernehmungszimmer war noch immer geschlossen. Er hörte Stimmen: Ridley befragte Elaines Mörder.

Glitsky sah sich im Büro um. Auf der alten Schuluhr über dem Trinkwasserbereiter war es viertel nach sechs. Marcel Lanier saß, einen Kopfhörer auf den Ohren, über seinen Schreibtisch gebeugt da. Er hörte eine Vernehmung auf Tonband ab und korrigierte die Mitschrift mit dem Bleistift. Paul Thieu, der Allwissende, hatte die Nase in einem Buch stecken. Die Aufschrift auf dem Einband war offenbar kyrillisch – er bearbeitete gerade einen Mordfall, der mit der Russenmafia in Zusammenhang stand. Anscheinend wollte er sich die Sprache aneignen, solange es noch eine heiße Spur gab.

Keiner seiner Mitarbeiter blickte auf.

Und niemand hatte seine Tür verunstaltet – bis jetzt.

Glitsky kehrte in sein Büro zurück und schloss hinter sich ab. Nachdem er Licht gemacht hatte, setzte er sich und holte Elaines Bild aus der Krimskramsschublade. Er ertrug es nicht, es anzusehen. Und ihm wurde klar, dass seine Tochter sicher nicht stolz darauf gewesen wäre, wie er den Fall bis jetzt gehandhabt hatte. Doch als er Ridley den Befehl erteilt hatte, war seine Ausflucht gewesen, es sei nur recht und billig, dass schlechte Menschen leiden mussten. Schicksal eben.

Nun versuchte er sich – vergeblich – einzureden, dass er den Gefangenen schließlich nicht persönlich gefoltert hatte. Obwohl es selbstverständlich in Glitskys Absicht lag, den jungen Mann im Vernehmungszimmer ›schmoren‹ zu lassen. Das mochte grausam sein, war aber durchaus üblich. Bei der Mordkommission kam so etwas häufiger vor. Wenn man einen Verdächtigen in einen engen Raum sperrte und ihn ordentlich unter Druck setzte, verzichtete er oft auf einen Anwalt und erzählte Dinge, die er im Nachhinein vermutlich bereute. Hin und wieder – wie im Fall Burgess zum Beispiel – legte der Betreffende sogar ein Geständnis ab, und zwar unter Bedingungen, die nicht immer im Einklang mit dem Gesetz standen.

Doch Glitsky war klar, dass es nun lang genug gedauert hatte. Er musste Ridley die Anweisung geben, abzubrechen und den Verdächtigen in ein Krankenhaus zu bringen. Burgess hatte Elaine getötet. Daran bestand kein Zweifel. Und deshalb war es wichtig, dass er sich später nicht auf einen Formfehler berufen und der Justiz durch die Lappen gehen konnte.

Glitsky stand auf, griff nach seiner Lederjacke und öffnete die Tür. Falls Ridley den Eindruck gewonnen haben sollte, dass sein Vorgesetzter einen persönlichen Groll gegen Burgess hegte und ihn deshalb absichtlich quälte, würde Glitsky etwas dagegen unternehmen müssen. Er wusste, dass es ein bedeutender Unterschied war, jemandem etwas Böses zu wünschen oder es ihm tatsächlich anzutun.

Dieses Phänomen nannte man Zivilisation.

3

Sharron Pratt, Bezirksstaatsanwältin für die Stadt und den Bezirk San Francisco, nippte an einem neumodischen Aperitiv, einem Cocktail aus Gin und Schokoladenlikör, der in einem hohen, blauen Martiniglas serviert wurde. Sie saß auf einem Barhocker in einem der schicken Restaurants im Finanzdistrikt der Stadt und sah in ihrem blauen Schneiderkostüm ausgesprochen elegant aus. Das Haar trug sie schulterlang und sie tat nichts, um die grauen Strähnen zu verbergen, die inzwischen immer mehr überhand nahmen. Mit ihrem dezenten Make-up – ein Hauch Wimperntusche und Lipgloss – war sie wirklich ein erfreulicher Anblick. Die rahmenlose Gleitsichtbrille ließ sie ein wenig älter wirken als ihre vierundvierzig Jahre, doch ihre grün gesprenkelten Augen funkelten jugendlich. Ihr breiter Mund gab ihrem Gesicht einen lebhaften Ausdruck; sie hatte ein markantes Kinn und glatte Haut. Trotz des grau melierten Haars und der strengen Brille machte sie den Eindruck einer Frau, die mit zunehmendem Alter zu sich selbst gefunden hatte und nun viel hübscher war als noch vor zehn Jahren.

Allerdings war Sharron Pratt mit ihrem Leben zurzeit nicht sehr zufrieden. Seit dem erdrutschartigen Wahlsieg, der sie vor drei Jahren ins Amt gebracht hatte, sank ihre Beliebtheit stetig. Nun blieben ihr noch acht Monate bis zu den nächsten Wahlen im November, um die elf Prozentpunkte wieder aufzuholen, die sie laut der jüngsten Meinungsumfragen verloren hatte.

»Ich verstehe wirklich nicht, wie das geschehen konnte, Gabe.«

Gabriel Torrey, Sharron Pratts oberster Stellvertreter und politischer Mentor, knackte geschickt die Pistazien, die in einer Schale auf dem Tresen standen, und sammelte die Nüsse auf seiner Serviette. Wenn er zwischen acht und einem Dutzend beisammen hatte, steckte er sie in den Mund und spülte sie mit alkoholfreiem Bier hinunter.

Torrey wusste genau, warum Sharron Pratts Befürworter ihr den Rücken gekehrt hatten. Doch er fragte sich, wie er es ihr schonend beibringen konnte.

Achselzuckend knackte er eine Nuss und bemühte sich um einen beiläufigen Tonfall. »Die Kriminalitätsrate ist gestiegen, Sharron. Immer weniger Täter werden verurteilt. Die Leute haben die Nase voll.«

»Ich ebenfalls, Gabe.« Pratt beugte sich vor und legte Torrey die Hand auf den Arm. »Wenn nur die Polizei nicht so verdammt feindselig wäre und wenn die Medien positiver über mich berichten würden …«

Torrey schüttelte den Kopf. »Die Leute haben auch keine Lust mehr auf deine Ausflüchte. Du bist jetzt seit drei Jahren im Amt. Die Bevölkerung traut dir nicht mehr zu, etwas zu erreichen, wenn du es bis jetzt nicht geschafft hast.« Obwohl er seit der letzten Ladung erst zwei Nüsse geknackt hatte, verzehrte er sie. »Tut mir Leid, dass ich der Überbringer der schlechten Nachricht bin, doch das Programm, dem du deine letzte Wahl verdankst, hat sich in der Wirklichkeit nicht bewährt.«

»Es würde funktionieren. Wenn alle es unterstützen.«

Torrey wusste, dass er sich seine Antwort sorgfältig zurechtlegen musste. Auch wenn er – zwar in großen Abständen und nur dann, wenn die Gestirne günstig standen – mit dieser Frau ins Bett ging, war sie im Alltag schließlich seine Vorgesetzte bei der Staatsanwaltschaft. Und theoretische Überlegungen waren ihre Sache nicht.

Sie hatte eine jahrelange juristische Ochsentour hinter sich, war Sozialarbeiterin, Pflichtverteidigerin und Anwältin verschiedener Menschenrechtsorganisationen gewesen und wusste genau, wie man sich in San Francisco beliebt machte. Und ihre Wahl hatte ihr bestätigt, dass die Menschen hinter ihr standen. Sie waren bereit für eine Veränderung. Mit der Unterdrückung von Minderheiten durch weiße Männer musste endgültig Schluss sein. Eine neue Ära stand bevor.

Unter anderem hatte Sharron ihren Sieg dem Versprechen zu verdanken, hart gegen gewalttätige Übergriffe durch die

Polizei vorzugehen. Falls es bei einer Straftat kein Opfer gab, wollte sie von einer Anklageerhebung absehen. Drogensüchtige und Prostituierte sollten nicht mehr verfolgt werden. Stattdessen plädierte sie für die Einrichtung von Beratungszentren und Rehabilitierungsmaßnahmen für Menschen, die aufgrund emotionaler Schwierigkeiten und Drogenabhängigkeit gegen die Gesetze verstießen.

Unter ihrer Leitung würde man das Richtige tun, anstatt stur veraltete Vorschriften durchzusetzen. Und Sharron Pratt wusste genau, was richtig war – sie stand immer auf der Seite der Guten.

Torrey ahnte, dass Sharron Kompromisse würde eingehen müssen, wenn sie wieder gewählt werden wollte. Doch ihm war ebenfalls klar, dass ihre unbeugsame Art dem im Wege stand.

Er überlegte, ob er ihr wohl das Zugeständnis abringen konnte, dass man seine persönliche moralische Haltung nicht auf Biegen und Brechen auch politisch umsetzen musste. Schließlich gab es immer Grauzonen, doch der Himmel wusste (oder wenigstens wusste es Torrey), dass Pratt jegliches Verständnis für Zwischentöne fehlte. »Na ja«, meinte Torrey jetzt. »Vielleicht hatten die Leute keine Vorstellung davon, welchen Einfluss deine – unsere – Programme auf ihr Leben haben würden.«

Pratt blähte die Nüstern und ihre lebhaften Augen funkelten. »Was soll das heißen, Gabe?«

»Nun, nehmen wir zum Beispiel mal die Obdachlosen. Keinen festen Wohnsitz zu haben, ist ja eigentlich nicht strafbar.«

»Nicht nur eigentlich.« Ihre Mitmenschen oberlehrerhaft zu verbessern, war bei Pratt zur Gewohnheit geworden.

Doch da Torrey diese Marotte bereits kannte, ließ er sich davon nicht aus dem Konzept bringen. »Und das behauptet auch keiner. Doch sicher erinnerst du dich noch an den Punkt in deinem Wahlprogramm, der lautete, dass man die Obdachlosen mit Respekt behandeln sollte. Bei den Wählern ist das anscheinend zunächst gut angekommen.«

»Genau, und das muss doch auch so sein.«

Torrey überlegte, dass seine Chefin kaum einen Satz von sich gab, in dem nicht das Wort ›müssen‹ vorkam – ohne diese Vokabel wäre sie praktisch stumm gewesen. »Schön und gut, aber du weißt sicher auch, dass das in der Praxis zu einigen Problemen geführt hat.«

Bei dieser Aussage handelte es sich in Torreys Augen um eine schamlose Untertreibung. Nachdem Pratt von einer Woge wohlwollender Nächstenliebe ins Amt geschwemmt worden war, hatte sie – gemeinsam mit dem Bürgermeister und ein paar Stadträten – unter lautem Jubel der Presse dem ganzen Land verkündet, dass San Francisco während ihrer Amtszeit ein Paradies für Obdachlose sein würde. Nie wieder sollte die Polizei die Armen und Benachteiligten schikanieren. Niemand würde sie mehr aus der Stadt treiben. Die Stadt würde Suppenküchen einrichten, die kostenlose Mahlzeiten verteilten. Eine Armee von Freiwilligen würde ausschwärmen und belegte Brote an die Hungrigen in den verschiedenen Stadtvierteln ausgeben.

Diese utopische Herangehensweise führte binnen kurzem zu einem Massenandrang von Langzeitobdachlosen in die Stadt an der Bucht. Nach wenigen Monaten hatten Stadtstreicher, Betrunkene, Geisteskranke und Drogensüchtige den Golden Gate Park, den Dolores Park und fast sämtliche städtischen Grünanlagen erobert. Ein Spaziergang auf den Straßen der Innenstadt wurde zum Spießrutenlauf zwischen fliegenden Händlern, in Hauseingängen liegenden Alkoholikern und Männern, die in der Öffentlichkeit urinierten. Und manche dieser Leute wurden immer kühner und verlegten sich von höflichen Bitten um etwas Kleingeld auf aggressive Forderungen, Einschüchterungen, Handtaschenraub, Diebstahl und Raubüberfälle.

»Aber das sind ja nicht die Obdachlosen, denen wir helfen wollten«, widersprach Sharron, »sondern kriminelle Elemente. Das müssen die Leute doch verstehen. Wir müssen sie eben aufklären.«

Torrey schüttelte den Kopf. »Nein, Sharron. So werden sie es nie sehen. Sie denken, dass du die Penner in die Stadt gelockt hast. Du hast die Tourismusbranche ruiniert.«

Pratt straffte den Rücken, führte das Martiniglas an die Lippen und trank nachdenklich einen Schluck. »Ist es zu spät?«

»Eine Frage, Sharron? Bist du sicher, dass du weitermachen und noch einmal kandidieren willst?«

»Das waren gleich zwei Fragen.« Sie lächelte gekünstelt und berührte Torrey noch einmal leicht am Arm. »Wir haben doch eine Menge Gutes getan, Gabe. Oder etwa nicht?«

Wieder legte Torrey sich seine Antwort sorgfältig zurecht. »Ich denke, wir haben die öffentliche Meinung positiv beeinflusst, Sharron. Die Menschen haben nun eine ganz andere Einstellung zum Amt des Bezirksstaatsanwalts als früher. Sie gestehen ihm eine gesellschaftliche und vielleicht sogar moralische Führungsrolle zu. Und das ist natürlich etwas Gutes.«

»Aber ...«

Torrey schob ein paar Nüsse in den Mund. »Allerdings scheint die Mehrheit unserer Wählerschaft zu der Einstellung zurückgekehrt zu sein, dass es die Aufgabe eines Bezirksstaatsanwaltes ist, Gesetzesbrecher vor Gericht zu stellen. Und das war noch nie deine Stärke. Du möchtest den Leuten helfen. Das war schon immer dein Anliegen. Und deshalb interessiert es mich, warum du den Posten behalten willst.«

Sie seufzte nachdenklich. »Weil ich auf diese Weise Macht ausüben kann. Wir sind mit unserem Denken der Welt weit voraus. Das wussten wir von Anfang an. Wir können doch nicht immer mehr Gefängnisse bauen und immer mehr Menschen einsperren. Wir müssen ...«

Torrey legte Pratt die Hand auf den Arm und unterbrach sie. Ihre Pflicht war es, die Massen aufzuklären, die Verbrecher und die Opfer zu beraten und zu resozialisieren, bla, bla, bla. Irgendwann, bevor er seine Vollzeitstelle im Justizgebäude angetreten und miterlebt hatte, wie absolut zwecklos es war, Straftäter durch ein System von Hilfsangeboten zu schleusen, hatte er einen Großteil davon selbst geglaubt. Doch das war schon lange her.

»Bleiben wir beim Thema«, meinte er, ein wenig strenger als beabsichtigt. Ehe seine Vorgesetzte widersprechen konnte, fuhr er fort: »Wir haben versucht, das moralische Bewusstsein zu erhöhen, Sharron. Immer wieder haben wir das Richtige getan. Aber die Meinungsumfragen bestätigen, dass die Menschen unsere Botschaft nicht verstehen – oder dass sie sie nicht hören wollen. Und deshalb ist die Frage, ob du weitermachen willst? Wenn ja, solltest du dir am besten überlegen« – er hielt inne – »ob du deine Aussagen nicht ein klein wenig modifizieren möchtest.«

Sie verzog angewidert den Mund. »Nein.«

»Das war aber ein erfrischener Meinungsaustausch«, hätte er am liebsten gesagt, doch stattdessen meinte er: »Was heißt ›nein‹? Dass du aussteigst?«

»Nein. Ich werde nicht das Handtuch werfen. Ich habe hart gearbeitet, um diesen Posten und das Vertrauen der Menschen zu bekommen. Und ich bin am besten für das Amt des Bezirksstaatsanwalts geeignet. Vergiss nicht, dass ich die Behörde so leite, wie es sein muss.«

Torrey hielt die Hand vor den Mund, um eine Grimasse zu verbergen. Schon wieder ›muss‹. Pratts Lebenseinstellung ähnelte einem in sich geschlossenen Kreis der Selbstgefälligkeit, dachte er. Wie die Dinge wirklich lagen, interessierte sie schlichtweg nicht. Denn Pratt wusste genau, wie eine bessere Welt auszusehen hatte, und wer ihre Meinung nicht teilte, war entweder dumm, zurückgeblieben, unwissend, verbrecherisch, gemeingefährlich, naiv – oder alles zusammen. Und deshalb zählten diese Menschen für sie nicht. Doch als ihr Berater war es seine Pflicht, ihr zu vermitteln, dass die Wählerstimmen dieses Personenkreises durchaus eine Rolle spielten. »Gut«, sagte er. »Dann ist es vielleicht nur eine Frage der Wahrnehmung.«

Pratts Augen funkelten. Dieser Ansatz gefiel ihr besser. »Welcher?«

»Dass du zu nachsichtig mit Verbrechern umgehst.«

Ihre Miene verfinsterte sich. »Das ist Schwachsinn. Ich verabscheue Verbrechen. Warum, glaubst du, habe ich mich sonst für diesen Posten beworben? Allerdings hasse ich nicht die Verbrecher, die Menschen an sich. Ich versuche, sie zu verstehen, die Hintergründe zu sehen, zu begreifen, warum sie so geworden sind …«

Er umfasste ihren Unterarm ein wenig fester. »Sharron. Denk an die Wahrnehmung deiner Wähler, einverstanden?«

Sie nickte widerstrebend. »Red weiter.«

»Der Obdachlose, der Elaine Wager umgebracht hat …«

»Das ist so schrecklich. Ich hatte Elaine sehr gern, Gabe.«

»Alle hatten Elaine gern, Sharron. Genau darauf will ich ja hinaus. Eine ausgesprochen beliebte, stadtbekannte junge Frau wird getötet, die darüber hinaus Tochter einer angesehenen früheren Senatorin und dazu Afroamerikanerin ist. Ein obdachloser Weißer ermordet sie brutal, und zwar nur wegen der paar Münzen, die sie in der Handtasche hat. Siehst du jetzt, was ich dir sagen will?«

Zu seiner Zufriedenheit stellte er fest, dass sein Gedanke bei Sharron angekommen war.

»Und da wäre noch etwas«, fuhr er fort.

»Was?«

»Wenn du nichts dagegen hast, würde ich in diesem Fall gern selbst die Anklage vertreten.«

Sharron Pratt zuckte sichtlich zusammen. »Aber ich brauche …« Sie bremste sich. »Warum denn, Gabe?«

Torrey hatte unterdessen von den Nüssen abgelassen. Er stellte sein Glas weg und blickte Sharron in die Augen. »Als sie ihre erste Stelle antrat …«

»Meinst du Elaine?«

Er nickte. »Damals war Chris Locke Staatsanwalt.«

Sie presste die Lippen zusammen. Im Freundeskreis bezeichnete Sharron Lockes Amtszeit gern als ›Neandertalerära‹. Seit ihrer Wahl hatte sie die Staatsanwaltschaft von fast allen alten Mitarbeitern Lockes gesäubert. Und es war ein offenes Geheimnis, dass es zum Teil deshalb kaum noch zu Verurteilungen kam. Kündigungsgrund war in vielen Fällen eine politisch nicht korrekte Einstellung und ein unverbesserliches Festhalten an alten Strukturen. Locke war zwar Schwarzer gewesen, hatte aber in Pratts Augen viel zu viele weiße Männer eingestellt. Der daraus resultierende typisch männliche Ehrgeiz, unter allen Umständen gewinnen zu müssen, hatte in ihren Augen die gesamte Staatsanwaltschaft verseucht. Das hatte zwar zu Verurteilungen geführt – aber zu welchem Preis?

Sharrons Wahlspruch hingegen lautete, dass ein Staatsanwalt noch andere Aufgaben hatte, als einen Angeklagten hinter Gitter zu bringen – worauf die Locke-Fraktion stets antwortete: »Ach ja? Welche denn?«

Deshalb wirkte jede Erwähnung von Locke oder seiner Amtszeit auf Sharron Pratt wie ein rotes Tuch; ihre Gereiztheit machte sich jetzt dadurch bemerkbar, dass sie mit den Fingern ihrer rechten Hand nervös auf den Tresen klopfte.

Sanft legte Torrey seine Hand darauf. »Elaine hatte eine Affäre mit Locke.«

»Mit dem Staatsanwalt? Während sie seine Mitarbeiterin war? Und dabei war sie einige Jahre jünger als er. Was für ein Mistkerl!«

Torrey verkniff sich die Bemerkung, dass er und seine Vorgesetzte ein ganz ähnliches Verhältnis hatten wie ihrerzeit Elaine und Locke. Es wäre zwecklos gewesen, denn Sharron würde diese Übereinstimmung niemals begreifen – und das, obwohl auch sie als Bezirksstaatsanwältin mit einem Untergebenen ins Bett ging. Schließlich hatte Locke – ganz im Gegensatz zu ihr – schamlos eine leichtgläubige junge Frau verführt. Sie und Torrey hingegen unterhielten ein reife Beziehung zwischen zwei Gleichgestellten, was bei Locke und Elaine gewiss nicht so gewesen war.

Stattdessen wartete Torrey schweigend ab, bis sie sich wieder beruhigt hatte. »Wie dem auch sei. Nach Lockes Ermordung brauchte sie jemanden, bei dem sie sich ausweinen konnte, und so haben wir …«

Pratt entzog ihm ihre Hand. »Sag es nicht. Ich will es gar nicht wissen.«

»So war es nicht, Sharron.« Erneut nahm er ihre Hand und tätschelte sie beschwichtigend. »Wirklich nicht. In Ordnung?«

Schließlich nickte sie. »In Ordnung.«

»Damals hatte sie niemanden, bei dem sie sich aussprechen konnte. Im Büro wurde umstrukturiert. Sie hatte das Gefühl, dass die anderen sie bespitzelten.« Achselzuckend tat er es ab. »Ich habe mich damals in der Nachbarschaftshilfe für Afroamerikaner engagiert, Bürgernähe, so wie du auch. Jedenfalls waren Elaine und ich deshalb eine Weile gut befreundet. Nur platonisch. Ehrenwort.«

Er drückte ihre Hand. »Innerhalb einer Woche hatte sie ihre Mutter und ihren Liebhaber verloren. Sie wollte über philosophische Fragen reden. Welchen Platz hat eine starke, intelligente schwarze Frau in einer Männerwelt? Hatte ihre Mutter einen zu hohen Preis für ihre Berühmtheit bezahlt? War es klug gewesen, sich auf eine Affäre mit einem verheirateten Mann einzulassen? Wohin wollte sie? Was hatte sie getan? Solche Dinge eben.«

Er hielt inne. »Nach einer Weile hat sie sich wieder gefasst. Ich habe sie an Aaron Rand vermittelt und den Rest kennst du ja. Doch sie war ein ganz besonderer Mensch. Und jetzt ...« Er seufzte. »Ich hatte sie sehr gern und nun glaube ich, ihr etwas schuldig zu sein.«

»Was? Du hättest ihren Tod nicht verhindern können. Es hatte nichts mit dir zu tun.«

»Ja, das weiß ich.« Er überlegte, wie er sich ausdrücken sollte. »Nennen wir es Vergeltung. Ein Penner hat sie getötet. Und ich möchte derjenige sein, der ihn zur Strecke bringt.«

Zwei Stunden später – er hatte nach Glitsky noch Frank Batiste, dem Chefinspektor, einen Besuch abgestattet – kam Hardy allmählich wieder zu sich. Allerdings wusste er noch nicht, wie er weiter vorgehen sollte. Wenigstens war es ihm gelungen, Cole Burgess offiziell in Haft nehmen zu lassen. Nun wollte er mit ihm sprechen und feststellen, wie viel Schaden angerichtet worden war. Er nahm den überdachten Freigang, der hinter dem Justizgebäude verlief. Wegen des feuchtkalten Windes musste er sich in der Vorhalle des Gefängnisses erst ein wenig aufwärmen.

Der Pförtner war ein kleiner, magerer Weißer, auf dessen Namensschild Reilly stand. Er hatte einen kurz geschorenen orangefarbenen Haarschopf. Glitsky war zwar eins fünfundachtzig, dunkelhäutig und massig. Doch nach drei Minuten in Reillys Gegenwart kam Hardy zu der erstaunlichen Erkenntnis, dass die beiden Männer sich sehr ähnelten.

Denn Reilly gab – ob wissentlich oder nicht – eine ausgezeichnete Glitsky-Imitation zum Besten. Ja, er sei ziemlich sicher, dass sich Cole Burgess inzwischen in Haft befand. Nein, von Heroin habe man ihm nichts gesagt. Es täte ihm Leid, aber es sei noch nicht im Computer. Nein, er habe keine Ahnung, wo der Häftling sei. Ob man ihn in den fünften Stock oder ins Krankenhaus gebracht habe.

Hardy spielte mit, bis die Verzögerungstaktik offensichtlich wurde, und verlangte dann, Reillys Vorgesetzten zu sprechen. Reilly erwiderte, nun, es sei unmöglich festzustellen, ob um diese Uhrzeit noch jemand im Haus sei. Hardy senkte die Stimme, sodass Reilly sich vorbeugen musste, und flüsterte: »In Ordnung, Sergeant, dann holen Sie mir den Dienst habenden Schichtleiter. Und wenn der auch nicht da ist, rufe ich Dan Boles, den Sheriff, zu Hause an. Ach, beinahe hätte ich es vergessen. Ihr Häftling Mr. Burgess ist der Schwager von Jeff Elliot, der die Kolumne ›Stadtgespräch‹ für den *Chronicle* schreibt.«

Zwei Minuten später hatte Reilly jemanden aufgetrieben, der möglicherweise weiterhelfen konnte. Ein hoch gewachsener, kräftiger Schwarzer kam aus der Tür hinter dem Empfangstisch, tat so, als habe er den Anwalt im Anzug eben erst bemerkt, und näherte sich raschen Schrittes. »Ich bin Lieutenant Wayne Davies, Mr. ... ?«

Hardy stellte sich vor und erläuterte sein Anliegen. »Der Mann muss in den Entzug. Soweit ich informiert bin, wurde sein medizinischer Untersuchungsbericht noch nicht weitergeleitet. Ihr Sergeant sagt, er sei noch nicht im Computer.«

»Dann hat man ihn offenbar auch noch nicht aufgenommen. Erst bei der Aufnahme wird ein Häftling untersucht.« Davies verschränkte die Arme vor der Brust und runzelte die Stirn – offenbar, um Hardy klarzumachen, wie angestrengt er nachdachte. Schließlich waren heute Dutzende von Menschen ins Gefängnis gebracht und in Haft genommen worden. »Sind Sie sein Anwalt?«, fragte er dann.

Hardy, dem allmählich der Geduldsfaden riss, nickte. »Seine Schwester hat mich in seinem Namen beauftragt. Und nun ist er fast schon einen ganzen Tag lang in Polizeigewahrsam.«

»Hmmm … und Sie sagen, Lieutenant Glitsky hätte ihn verhaftet?«

»Hören Sie, Lieutenant. Ich spreche von Cole Burgess, der des Mordes an Elaine Wager verdächtigt wird. Er ist hier bei Ihnen. Außerdem leidet er an Entzugserscheinungen. Sie tragen die Verantwortung für ihn. Was wollen Sie unternehmen?«

Davis überlegte und tat dann Hardy gegenüber so, als sei es ihm eben erst eingefallen: »Elaine Wager. Dieser Typ? Klar ist der hier. Aber ich weiß nicht, wie weit sie mit ihm sind.«

»Was soll das heißen?«

»Die Aufnahmeformalitäten. Heute war viel los. Dreißig Neuzugänge. Es kann noch ein bisschen dauern.« Wieder ein bedeutungsschweres Achselzucken. »Keine Ahnung.«

Nun wurde es Hardy aber zu bunt. »Okay, Lieutenant, Schluss mit dem Unsinn. Ich verlange, auf der Stelle meinen Mandanten zu sehen. Wenn er nicht sofort in eine Entzugsklinik kommt, wird Ihr Name fallen, sobald wir die Stadt auf eine Milliarde Dollar Schadensersatz verklagen …«

Davies unterbrach ihn mit einer herrischen Handbewegung. »Jetzt regen Sie sich nicht künstlich auf, Mr. Hardy. Ganz bestimmt ist er hier. Wir werden ihn suchen und uns um ihn kümmern. Entweder ist er oben im Gefängnis oder unterwegs ins Bezirkskrankenhaus. Wenn wir mit ihm fertig sind, können Sie hier oder dort mit ihm sprechen, Mr. Hardy. Aber bis dahin müssen Sie sich gedulden.«

Cole Burgess wäre am liebsten gestorben.

Er hatte Schmerzen am ganzen Körper und konnte nichts tun, damit sie endlich aufhörten. Nicht hier. Nicht ohne Stoff.

Als kleiner Junge, als er noch Sport getrieben hatte, war er oft mitten in der Nacht von Krämpfen geweckt worden und schrie vor Schmerzen. Seine rechte Wade oder irgendein Muskel am Fuß.

Die Muskeln verkrampften sich und drückten die Nerven rings herum zu einem qualvollen Knoten zusammen.

Doch wenigstens konnte man den Schmerz lokalisieren. Eine genaue Stelle ausmachen und spüren, wo es krampfte.

Dann kam seine Mutter herein, massierte und knetete den schmerzenden Punkt und sprach mit ihm. Es ging vorbei, obwohl die Erinnerung daran noch tagelang anhielt.

Nun jedoch war es ganz anders. Der ganze Körper tat weh. Pausenlos. Unerträglich.

Bitte, bringt mich endlich um!

Hatte er es laut ausgesprochen? Er wusste es nicht. Obwohl er an nichts anderes mehr dachte, konnte er es nicht in Worte fassen. Er nahm nur noch die Schmerzen wahr, die von seinem gesamten Körper Besitz ergriffen hatten. Nichts als Schmerzen. Seit drei Tagen hatte er keinen Stoff mehr bekommen.

Er trug einen orangefarbenen Gefängnisoverall. Sein Körper zuckte, als er auf dem Boden der Zelle lag, in der normalerweise die Geisteskranken untergebracht wurden. Cole stöhnte leise vor sich hin.

Ein Wachmann öffnete die Tür des Zellentrakts, während zwei seiner Kollegen Cole auf eine fahrbare Trage hoben und sie den Flur entlang zum Aufzug schoben, der sie zum Hintereingang des Gefängnisses bringen würde.

Cole Burgess war sicher, dass sein Wunsch nun in Erfüllung gehen würde. Er konnte endlich sterben. Jeden Moment würde es vorbei sein. Der einzige Ausweg.

Lichtblitze zuckten in seinem Kopf und jeder Funken wurde von einem scharfen Schmerz begleitet, noch unerträglicher, als er es je für möglich gehalten hätte. Wenn er noch hätte sprechen können – doch das war nicht zu schaffen –, hätte er gesagt, dass er es nicht mehr aushielt. Kein Mensch konnte solche Qualen aushalten, geschweige denn überleben.

Bringt mich um! Bringt mich um!

Stoff, Stoff, Stoff, Stoff …

Davies kehrte zurück, allerdings ohne Cole Burgess. »Mr. Hardy.«

»Wo zum Teufel ist mein Mandant?«

Der Lieutenant ließ sich davon nicht provozieren. »Ihrem Mandanten geht es gut. Wir hatten einen kleinen Computerabsturz und konnten ihn deswegen nicht gleich finden.«

»Wo ist er? Ich will ihn sehen?«

Davies lächelte unbeirrt weiter. »Das können Sie, aber nicht hier. Er befindet sich im Bezirkskrankenhaus, doch ich weiß nicht, ob er ansprechbar ist. Natürlich hindert Sie niemand daran, hinzufahren und sich selbst zu vergewissern. Wenn Sie möchten, rufe ich an und sage Bescheid, dass Sie kommen.«

4

Der nächste Morgen. Frannie Hardie hatte sich das lange rote Haar zu einem Pferdeschwanz zusammengebunden, der ihr über den halben Rücken hinabfiel. Sie war barfuß und trug alte Jeans und einen weiten grünen Pullover. Nun stand sie an der Tür und winkte den Kindern nach, die gerade auf den Wagen ihrer morgendlichen Fahrgemeinschaft zurannten. Hardy trat hinter sie und legte ihr die Hand auf die Schulter. »Einen schönen Tag, Kinder!«, rief er ihnen nach. »Bis heute Abend.«

Gemeinsam drehten sie sich um und kehrten durch das Wohnzimmer zurück in die Küche, wo Hardy sich wieder vor seine Kaffeetasse setzte. Frannie stellte wortlos ein paar Teller ins Spülbecken und wischte ein wenig mit einem Lappen herum. Endlich hatte sie sich wieder gefasst und ließ sich neben ihrem Mann nieder. Mit einem müden Lächeln nahm sie seine Hand. »Hallo.«

Hardy seufzte auf. Auch bei ihm machte sich die Erschöpfung bemerkbar. »Uff!«

Seine Frau nickte. »Ich weiß. Aber sie gibt sich wirklich Mühe.«

»Schon gut.«

»Sie tut es nicht, um Aufmerksamkeit zu erhaschen. Sie fürchtet sich wirklich.«

Er nickte, denn er zweifelte keinen Moment daran. Heute Morgen hatte seine Tochter wieder einmal Angst gehabt, zur

Schule zu gehen. Fast eine Stunde lang hatten sie mit vereinten elterlichen Kräften versucht, ihr ihre Befürchtungen auszureden, während ihr Sohn Vincent sich ein Brötchen schnappte und sich in sein Zimmer zurückzog, um dem Drama zu entfliehen.

Rebeccas Ängste.

Der stete Fluss von Nachrichten und Informationen, ja, selbst der Lehrplan in der Schule, hielt ihr ununterbrochen jede Katastrophe vor Augen, die sich auf diesem Planeten ereignete. Ein Flugzeugabsturz in Kalkutta, eine Geiselnahme im Balkan, Hungersnot und Völkermord in Ruanda, niedergebrannte Kirchen im Süden. Alle Probleme dieser Erde drangen tagtäglich in ihre kleine Welt ein.

Vor diesem Hintergrund spielte sich ihr Alltag ab und begleitete sie ständig wie ein leises Rauschen.

Hardy konnte sich nur schwer vorstellen, dass sich die menschliche Natur in nur einer Generation so verändert haben sollte. Natürlich hatte es schon immer Kriminelle, Perverse, Hässlichkeit und das Böse gegeben – man hatte nur nicht das Gefühl gehabt, dass es allgegenwärtig war. Vielleicht war das Leben seiner Kinder wirklich nicht gefährlicher als zu seiner eigenen Jugendzeit. Doch inzwischen schienen Zeitungen, Fernsehen und Internet jedes Verbrechen bis ins letzte Detail ins heimische Wohnzimmer zu tragen. In Detroit fand ein Mord aus Rassenhass statt – es hätte genauso gut hier geschehen können. In Miami brachte ein gewalttätiger Vater Frau und Kinder um – warum also nicht auch *hier*? In North Dakota kam es zu einem Blutbad an einer Schule – so ein Vorfall war *auch hier* jederzeit möglich.

Und bei Rebecca wuchs dadurch der Eindruck, dass sie ihr Leben riskierte, wenn ihre Wachsamkeit nur einen Augenblick nachließ. In jeder öffentlichen Toilette lauerten Kinderschänder. Wer nur ein einziges Wölkchen Passivrauch einatmete, bekam sofort Krebs. An den Schulen wimmelte es von Bomben und Schusswaffen. Wer es wagte, seinen Freund zu küssen, kriegte ganz sicher AIDS. Und Gott schütze den, der sich einen Sonnenbrand zuzog oder vergaß, sich im Auto anzuschnallen.

Die Regierung warnt: Wer atmet, stirbt! Vorsicht!

Rebecca versuchte, sich damit auseinander zu setzen. Angst für Angst. Drei von sieben Tagen wöchentlich seit mindestens einem Jahr. Beim Zubettgehen. Morgens vor der Schule. Immer wenn ihr etwas Neues einfiel. Und damit zermürbte sie ihre Eltern.

»Sie macht sich eben Sorgen«, sagte Frannie.

»Ich mir auch«, entgegnete Hardy. »Aber ich bin alt und außerdem gehört es zu meinem Beruf. Rebecca hingegen ist gesund und hat Eltern, die einander lieben und genügend Geld verdienen. Vielleicht sollte sie ein paar Minuten pro Woche auch darüber nachdenken. Über die guten Dinge auf der Welt. Soweit ich gehört habe, gibt es da noch einige – Sonnenuntergänge zum Beispiel, Essen oder schmutzige Witze.«

»Sie versucht es ja, Dismas. Sie tut ihr Bestes.«

»Ich weiß.« Hardy trank einen Schluck von seinem kalt gewordenen Kaffee und holte tief Luft. »Ich weiß es wirklich. Aber es bricht mir das Herz.«

Der Satz blieb in der Luft stehen. Nach einer Weile drückte Frannie seine Hand. »Und was ist sonst noch?«, fragte sie.

Hardy schwieg und spiegelte Ahnungslosigkeit vor. »Was soll schon sein?«

»Guter Versuch«, entgegnete sie. »Aber leider gescheitert. Seit du gestern Abend nach Hause gekommen bist, beschäftigt dich etwas, und zwar nicht Rebecca.«

Hardy warf seiner Frau einen Blick zu. Sie schob sich eine widerspenstige rote Haarsträhne aus der hübschen Stirn und sah ihn mitfühlend an.

»Du bist ziemlich gerissen«, meinte er.

Sie zuckte die Achseln. »Das ist bei meinem Job Teil des Anforderungsprofils. Also schieß los.«

Er seufzte noch einmal und gestand dann: »Abe.«

»Das passt so gar nicht zu ihm«, sagte Frannie, nachdem sie alles gehört hatte. »Hältst du es für möglich, dass er für Elaine geschwärmt hat?«

Diese Frage kam unerwartet. Hardy überdachte sie gründlich und schüttelte dann den Kopf. »Sie war verlobt. Außerdem ist Abe nicht unbedingt ein schwärmerischer Typ.«

»Er war doch fast zwanzig Jahre lang in Flo verliebt.«

»Das war keine Verliebtheit, Frannie. Sie waren verheiratet.«

Sie zog einen reizenden Schmollmund. »Schließt sich das gegenseitig aus?«

Er nahm ihre Hand, küsste sie und schüttelte den Kopf. »Was ich meine, ist, dass ich mir nicht vorstellen kann, wie Abe heimlich eine Frau anbetet. Er würde reinen Tisch machen ...«

Frannie schmunzelte. »Abe? Sprechen wir hier wirklich vom temperamentvollen, redseligen Lieutenant Glitsky? Willst du hören, was ich denke?«

»Nur zu.«

»Ich bin überzeugt, dass er eisern schweigen würde, wenn er auf eine Frau steht, die für ihn unerreichbar ist – weil sie zum Beispiel einen Verlobten hat.«

Hardy richtete sich auf. »Du meinst, er würde es nicht einmal seiner Angebeteten eröffnen?«

»Ja. Vor allem ihr nicht. Außer, sie gibt ihm ein Zeichen, dass sie seine Gefühle vielleicht erwidern könnte. Warum, glaubst du, ist Abe seit drei Jahren mit keiner Frau ausgegangen?«

»Weil die Frauen ihn hassen und fürchten?«

»Dismas!«

»Weil er so furchtbar hässlich ist?«

Es war kein Geheimnis, dass Frannie Abe zu den attraktiven Männern auf diesem Planeten rechnete. »Daran liegt es bestimmt auch nicht.«

»Und wenn er einfach noch nicht die Richtige gefunden hat?«

»Kann sein, aber das ist sicher nicht der Hauptgrund.« Sie beugte sich vor. »Er verabredet sich mit keiner Frau, weil er seine Gefühle nicht preisgeben will. Darauf würde ich jede Wette eingehen. Er hat Flos Tod noch nicht verwunden.«

Hardy wusste, dass seine Frau zum Großteil Recht hatte. Seit Flos Tod hatte er Glitsky – privat und auch beruflich – häufig gesehen, und ihm war klar, dass sein Freund nicht unbedingt der Inbegriff der Emotionalität war. Seine Schutzmauern waren hoch und dick. Allerdings hatte Frannie nicht alles verstanden. »Ich glaube, er hat Angst«, meinte er ernst. »Doch nicht davor, dass jemand ihn durchschaut. Er befürchtet eher, er könnte sich so sehr auf eine Frau einlassen, dass sie ihm wichtig wird. Dass sie ihm viel bedeutet. Und dass er sie dann wieder verliert.«

Frannie berührte seine Hand. »Das war dein Problem, Dismas«, meinte sie leise. »Möglicherweise hat Abe ja ein anderes.«

Michael, Hardys erster Sohn, war als kleines Kind gestorben, eine Tragödie, die auch zum Scheitern seiner Ehe mit Jane geführt hatte. Zehn Jahre lang hatte er in Lethargie und umnebelt von Guinness verbracht und sich mit seinem Gehalt als Barkeeper im Little Shamrock mehr schlecht als recht über Wasser gehalten. Seine Liebe zur Arbeit, zur Juristerei – und auch zu Sonnenuntergängen, Essen und Sex – war auf einmal wie weggeblasen gewesen. Und dann, wie genau konnte er sich noch immer nicht erklären, war Frannie zu ihm durchgedrungen. Er hatte wieder gelernt, etwas zu empfinden und auch mit diesen Gefühlen umzugehen.

Er presste die Lippen zusammen und sah Frannie an. »Vielleicht erkenne ich es deshalb bei Abe. Wie sind wir überhaupt auf dieses Thema gekommen?«

»Wegen Abe und den Frauen. Weil wir uns gefragt haben, ob er für Elaine geschwärmt hat.«

Hardy überlegte. »Jedenfalls muss es was Ernstes sein. Er wollte, dass der Typ leidet. Es war persönlich.«

»Und was wirst du jetzt unternehmen?«

»Wegen Abe?«

»Ich glaube nicht, dass du dich um Abe kümmern musst. Er wird schon für sich selbst sorgen. Ich dachte an den Jungen. Welche Möglichkeiten hast du noch? Steckst du schon in der Sache drin?«

Hardy dachte eine Weile nach und erwiderte dann: »Sagen wir mal, dass mir die Vorstellung nicht gefällt, Elaines Mörder zu verteidigen. Ich mochte sie. Falls Cole der Täter ist, werde ich Dorothy an einen Kollegen überweisen und ihr erklären, dass bei mir ein Interessenskonflikt vorliegt.«

»Du sagtest gerade ›Falls Cole der Täter ist‹.«

»Er war es, Frannie. Er hat gestanden. Normalerweise ist die Sache dann klar.«

»Aber du möchtest doch sicher noch mehr herausfinden. Dich vergewissern.«

Hardy standen die Zweifel ins Gesicht geschrieben. Seine Miene veränderte sich ein paar Mal und erstarrte schließlich zu einer Grimasse. »Die Neugier liegt mir eben im Blut«, gab er zu. »Obwohl es eine absolute Sicherheit nicht gibt. Ich finde nur, dass es ein bisschen zu glatt gegangen ist. Also möchte ich mit ihm reden und seine Version der Geschichte hören. Doch wenn ich den Eindruck bekomme, dass er es war – ob stoned, betrunken oder nüchtern –, werde ich ihn David oder einem anderen Kollegen übergeben. Dann möchte ich nichts mit seiner Verteidigung zu tun haben.«

»Und falls …«

Hardy unterbrach sie mit einer Handbewegung. »So weit sind wir noch nicht. Lass uns nichts überstürzen, okay?«

»Aber Abe wäre wohl nicht sehr zufrieden mit dir, wenn du es tätest.«

Er nickte ernst. »Weißt du, mein Schatz, ab und zu kannst du ganz schön untertreiben.«

Zu Hardys Erstaunen erhoben weder Jeff noch Dorothy Elliot Einwände gegen seine Entscheidung, Cole nicht zu verteidigen. Sie hielten es sogar für klug. Während des Gesprächs stellte sich heraus, dass es dem jungen Mann gelungen war, seine ganze Familie gegen sich aufzubringen.

Als es mit Coles ›Problemen‹ anfing, hatten Jeff und Dorothy sich um Verständnis bemüht und versucht, ihm zu helfen. Cole hatte ihnen erzählt, er sei nach San Francisco gekommen, da im Mittleren Westen niemand richtig auf seine Situation eingegangen sei. Er gebe sich ja die größte Mühe, aber niemand wisse das zu würdigen.

Also hatten die Elliots ihm angeboten, bei ihnen und den Kindern zu wohnen, bis er selbst eine Unterkunft gefunden hatte. Im Laufe des nächsten Monats ›verlor‹ Jeff eine Armbanduhr. Dann fand tagsüber ein Einbruch statt, bei dem der

Täter den Großteil von Dorothys Schmuck entwendete. Die Kinder reagierten verstört, wenn Onkel Coles Platz bei den Mahlzeiten leer blieb. Und außerdem wurde Cole mit Dorothys Wagen in zwei kleine Verkehrsunfälle verwickelt – zwar war beide Male der andere Fahrer schuld, doch der hatte sich unerkannt aus dem Staub gemacht. Als eines Tages vierhundert Dollar aus der Sparbüchse eines der Mädchen verschwunden waren, setzten die Elliots Cole endgültig an die Luft.

Also verstanden sie Hardys Entscheidung. Er hatte sich als Freund erwiesen und umgehend dafür gesorgt, dass Cole vom Gefängnis in die Klinik verlegt wurde. Mehr erwarteten sie nicht von ihm.

Doch um seines eigenen Seelenfriedens willen hatte Hardy das Bedürfnis, dem Mann in die Augen zu sehen und herauszufinden, was hinter seinem Geständnis steckte. Was genau hatte Cole gesagt? Auch Glitskys Verhalten stieß ihm sauer auf. Hardy hielt Cole zwar nicht für unschuldig, aber dass alle ihn behandelten, als wäre seine Täterschaft bereits bewiesen, war ihm als Anwalt ein Dorn im Auge.

Er brauchte keine Gewissheit jenseits aller vernünftigen Zweifel. Und er hätte keine Skrupel gehabt, Cole zum Teufel zu jagen. Allerdings fühlte er sich verpflichtet herauszufinden, ob der Mann Elaine wirklich auf dem Gewissen hatte.

Dann sollte er seinetwegen in der Hölle schmoren. Hardy war das völlig egal.

5

Auf der Damentoilette der Anwaltskanzlei Rand & Jackman versuchte Treya Ghent ihre Augen wieder ansehnlich herzurichten, obwohl sie wusste, dass die Mühe vergeblich war. Wegen der schrecklichen und sinnlosen Ermordung ihrer guten Freundin und Vorgesetzten Elaine Wager und der gnadenlosen Forderungshaltung ihrer geliebten, aber äußerst anstrengenden vierzehnjährigen Raney hatte sie in den vergangenen vier Nächten kaum mehr als drei Stunden geschlafen.

Heute Morgen war sie wieder zur Arbeit erschienen, da sie nicht noch mehr Karenztage leichtfertig verbrauchen wollte. Sie musste sich ein Polster ansparen, damit sie zu Hause bleiben und für ihre Tochter da sein konnte, falls diese ernsthaft erkrankte oder in eine schwere Krise geriet. In dieser Hinsicht machte Treya sich nichts vor. Raney war ein Teenager und würde ihre Mutter in den nächsten Jahren immer wieder verzweifelt brauchen – so wie Treya damals ihre eigene Mutter. Und Gott sei Dank war Raney – so wie Treya in diesem Alter – ein Kind, das über seine Probleme sprach.

Selbstverständlich verschwendete Treya nie einen dieser wertvollen Karenztage für sich selbst. Seit sechs Jahren hatte sie keinen einzigen Arbeitstag wegen Unpässlichkeit versäumt. Schließlich wurde sie dafür bezahlt, dass sie zum Erfolg der Kanzlei beitrug, und sie wollte ihre Arbeitgeber nicht enttäuschen. Man verließ sich auf sie.

Doch heute Morgen verrieten ihre Augen, dass sie eigentlich nur körperlich anwesend war. Treyna wollte unbedingt verhindern, dass irgendjemand – vor allem Clarence Jackman, der Geschäftsführer – ihren Zustand bemerkte. Als Jackman sie zu sich rufen ließ, hatte sie gerade weinend in ihrem kleinen Büro gesessen.

Und sie hatte allen Grund dazu. Sie begriff einfach nicht, weshalb jemand Elaine den Tod gewünscht hatte. Als sie von der Tat erfuhr, hatte es ihr fast das Herz gebrochen, und seitdem ließ der Schmerz nicht mehr nach. Elaine war ihre Freundin und Vertraute gewesen. Oft hatten sie gewitzelt, sie seien in Wirklichkeit Schwestern und gleich nach der Geburt getrennt worden. Treya und ihre Vorgesetzte waren gleich alt gewesen – dreiunddreißig. Beide waren intelligent, beide Farbige. Instinktiv hatten sie gespürt, dass ihre unterschiedliche Schichtzugehörigkeit und berufliche Position ihre Ursachen nur in gesellschaftlicher Herkunft, Bildung und – vielleicht der wichtigste Grund – Glück hatten.

Treya spritzte sich noch einmal Wasser in die Augen und tupfte sie mit einem Papiertaschentuch trocken. Sie hatte Mr. Jackman schon lange genug warten lassen. Treya war sehr stolz darauf, dass ihre persönlichen Probleme nie ihre Arbeitsleistung beeinträchtigten. Doch heute gelang es ihr einfach nicht, sich zu beherrschen.

Sie blickte noch einmal in den Spiegel und versuchte, ein lebendiges Leuchten in ihre Augen zu zwingen. Dann straffte sie die Schultern und reckte das Kinn. »Okay, altes Mädchen«, flüsterte sie sich zu. »Jammern gilt nicht.«

Der dreiundsechzigjährige Clarence Jackman hatte ein Gespür für Macht. Vor dreißig Jahren hatte er mit Aaron Rand diese Kanzlei gegründet, die heute die größte westlich von Chicago war und hauptsächlich Schwarze beschäftigte. Obwohl die Kanzlei Rand & Jackman etwa fünfzehn Prozent der Firmen in und um San Francisco vertrat, die im Besitz von Angehörigen ethnischer Minderheiten waren, stammte der Rest der Honorare – ohne Ansehen von Rasse und Nationalität – von den verschiedensten umsatzstarken Unternehmen: Banken, Hotels, Baufirmen, Krankenversicherungen, einigen Firmen aus dem Silicon Valley, Dutzenden von Prominenten aus der Welt des Sports und der Unterhaltung und unzähligen weiteren zwar unbekannten, aber wohlhabenden Einzelpersonen und Institutionen.

Jackmans Präsenz war so massiv, dass sie fast einschüchternd wirkte. In den sechziger Jahren hatte er erfolgreich Football in der Collegemannschaft gespielt. Er war einen Meter achtundachtzig groß, hundertfünfundzwanzig Kilo schwer und sehr muskulös. Am liebsten trug er italienische Anzüge, Doppelreiher in Braun- und Grüntönen, mit weißen Hemden und konservativen Krawatten. Seine Haut war sehr schwarz und auf seinem gewaltigen Schädel prangten kurz geschorene graue Locken. Erst vor zwei Monaten war ein Mann mittleren Alters, der sich für den Posten des Oberbuchhalters bewarb, aus dem Vorstellungsgespräch geflohen, bevor noch ein Wort gewechselt worden war. Jackman hatte ihn mit Blicken fixiert, um ihn auf die Probe zu stellen.

Verständlicherweise hatte es Jackman nicht aufgrund seiner Weichherzigkeit so weit gebracht. Auch weiße Anwälte mussten mit harten Bandagen kämpfen – und schwarzen legte man noch mehr Steine in den Weg. Rand & Jackman hatten das von Anfang an gewusst. Ihre Kanzlei eröffneten sie unter der Prämisse, dass man im Zweifelsfall nie zu ihren Gunsten entscheiden würde, falls es Probleme mit einem Mandanten gab. Sie durften sich keine Fehler erlauben und mussten immer die Besten sein. Nicht nur die besten Schwarzen, sondern die Besten überhaupt.

Und deshalb herrschte in dieser Kanzlei das Leistungsprinzip noch gnadenloser als bei der Konkurrenz. Die jüngeren Anwälte schufteten von früh bis spät wie die – man musste es so ausdrücken – Sklaven, damit sie irgendwann einmal Teilhaber werden und noch härter arbeiten konnten. Geistige oder körperliche Schwächen, Ausflüchte, moralische Ausrutscher, Schnitzer – das alles waren Gründe für eine fristlose Kündigung.

Da Jackman sich als Schwarzer nicht um Gleichstellungsgesetze zu kümmern brauchte, führte er eine in seinen Augen gute, altmodische Kanzlei. Gleich zu Anfang hatten Aaron und er die Qualitätsstandards gesetzt und sich sofort von Versagern getrennt. Bald sprach es sich herum und es bewarben sich nur noch die Fähigsten von angesehenen Universitäten und anderen Kanzleien – die Fleißigen, Intelligenten und Ehrgeizigen, die wussten, was Leistung bedeutete. Hier konnte ein Anwalt große Dinge vollbringen, seine Gegner erledigen und eine Menge Geld verdienen, ohne ständig darüber nachgrübeln zu müssen, ob er nur als Alibischwarzer eingestellt worden war oder ob er seinen Job lediglich einer Quotenregelung verdankte.

Obwohl Clarence Jackman aus verschiedenen Gründen wegen der Ermordung eines seiner Stars, nämlich Elaine Wager, bedrückt war, sah er sich nun gezwungen, einer guten Mitarbeiterin eine unangenehme Eröffnung zu machen. Er ließ sich hinter seinem Schreibtisch nieder – eine ausgezeichnete Methode, um emotionale Distanz zu vermitteln – und blätterte in ein paar Papieren, als sich die Tür öffnete. Nachdem er sich noch eine Weile seinen Unterlagen gewidmet hatte, blickte er auf. »Ach, Ms. Ghent. Schön, dass Sie gekommen sind.«

»Gern geschehen.« Sie stand in der klassischen militärischen ›Rührt-Euch‹-Haltung neben dem Empirestuhl, den er vor seinen Schreibtisch gerückt hatte.

»Bitte, nehmen Sie doch Platz.«

Mit einem sachlichen Nicken setzte sie sich. Ihre Haltung war kerzengerade, ohne dabei steif oder nervös zu wirken. Sie sah ihn abwartend an und überraschte ihn dann, indem sie zuerst das Wort ergriff. »Was kann ich für Sie tun, Sir?«

Trotz der Mitteilung, die er ihr machen musste, stellte Jackson fest, dass er die Situation beinahe genoss. Sie war eine Frau mit Ausstrahlung. Die leicht geschwollenen Augen taten ihrem guten Aussehen keinen Abbruch. Falls sie überhaupt geschminkt war, dann sehr dezent. Aus einem Abstand von etwa drei Metern konnte Jackson nichts dergleichen erkennen, nicht einmal Lippenstift. Ihr Gesicht war ebenmäßig – mit ein wenig Make-up wäre sie in Jacksons Augen eine Schönheit gewesen, wahrscheinlich der Grund, warum sie darauf verzichtete. Sie hatte hohe Wangenknochen und wirkte fast asiatisch. Ihre konservative Kleidung bestand aus einer honiggelben Seidenbluse und einem knielangen Rock. Dennoch verbreitete sie eine starke Körperlichkeit. Sie war kräftig gebaut, ohne übergewichtig zu sein. Jackson empfand sie als starke Frau.

Diesen Eindruck bildete er sich in den wenigen Sekunden, die er brauchte, um sich seine Antwort zurechtzulegen. Seine Miene war ernst, seine Körpersprache sollte Anteilnahme vermitteln, als er sich vorbeugte und die Arme auf den Schreibtisch stützte. »Nun«, meinte er mit tiefer, beruhigender Stimme. »Zuerst wollte ich mich erkundigen, wie Sie über Elaines … Tod hinwegkommen.«

Ihre bescheidene Antwort gefiel ihm. »Ich habe versucht, das Weinen zu Hause zu erledigen, aber ich habe es nicht immer geschafft«, erwiderte sie und sah ihm in die Augen.

»Es ist eine Tragödie«, verkündete Jackman. »Eine schreckliche Tragödie.«

»Ja, Sir.« Sie holte tief Luft und wartete ab. Jackmans Mitgefühl mochte ehrlich sein, doch er hatte sie gewiss nicht zu sich bestellt, um ihr sein Beileid auszusprechen.

Der Geschäftsführer kam sofort auf den Punkt. Er richtete sich in seinem Sessel auf und räusperte sich. »Das Thema, das ich jetzt ansprechen muss, ist ein wenig unerfreulich. Ich wollte mich vergewissern, ob Ihre Aufgaben für die nächsten Wochen eindeutig geklärt sind.« Er hielt inne. »Soweit ich informiert bin, haben Sie fast ausschließlich für Elaine gearbeitet.«

Treya nickte zustimmend. Natürlich hatte Jackman nicht geraten. Er wusste genau, dass die Zusammenarbeit zwischen Treya und Elaine in der Kanzlei eine Ausnahme gewesen war. Die anderen Assistenten pendelten zwischen lockeren Teams von drei bis fünf Anwälten und nahmen Anweisungen von allen entgegen, während Treya allein für Elaine tätig gewesen war. Das war zwar ungewöhnlich, doch Jackman hatte es zugelassen, da die Ergebnisse stimmten. Elaine war ein Arbeitstier gewesen, deren Fälle aus den unterschiedlichsten Bereichen stammten. Und da Treya sehr tüchtig und effizient war, hatte sie mit ihr mithalten können.

Nun jedoch konnten aus diesem Arrangement Schwierigkeiten entstehen. Jackman nahm kein Blatt vor den Mund. »Wie ich vermute, werden Sie in den nächsten sechs Wochen damit beschäftigt sein, bei der Umverteilung von Elaines Fällen zu helfen. Das müsste Sie eigentlich auslasten.«

»Das denke ich auch.«

»Gut. Außerdem möchte ich Ihnen vorschlagen, in dieser Übergangszeit auch Aufträge von anderen Anwälten anzunehmen, falls man sich an Sie wendet.«

»Selbstverständlich. Ich freue mich schon darauf.«

»Ausgezeichnet.« Jackman brauchte seine Warnung nicht zu verdeutlichen. Unausgesprochen schwebte die traurige Wahrheit im Raum, dass Jackman Treyas Weiterbeschäftigung nicht würde begründen können, falls die anderen Teams nicht genug Arbeit für sie hatten. In diesem gnadenlosen Geschäft wurde einem nichts geschenkt. »Sie sind jetzt schon seit einer ganzen Weile bei uns, richtig?«

»Fast sieben Jahre. Elaine hat mich mitgebracht, als sie von der Staatsanwaltschaft hierher wechselte.«

Jackman hatte die Finger auf der Schreibtischplatte verschränkt. Nun ließ er nachdenklich die Daumen kreisen. Etwas ging in ihm vor, obwohl man es ihm nicht anmerkte. »Nun«, sagte er aufseufzend, »es ist uns nicht entgangen, dass Sie gute Arbeit leisten.« Wieder hielt er inne und lächelte dann väterlich. »Was halten Sie davon, die nächsten sechs Wochen ein wenig geruhsam anzugehen? Wenn Sie mehr Zeit brauchen, können Sie sich natürlich an mich wenden.«

»Das werde ich«, erwiderte sie.

Das Gespräch war vorbei, obwohl beide noch eine Weile reglos sitzen blieben. Dann nickten sie wie auf ein Stichwort. Treya stand auf. »Vielen Dank«, sagte sie ruhig und ging zur Tür.

Auf dem Weg den Flur entlang zu ihrem winzigen Büro krampfte sich Treya der Magen zusammen. Auch wenn Jackman sich noch so zartfühlend ausgedrückt hatte, hatte sie ihn ganz genau verstanden. Sie war gerade höflich und mit Bedauern gefeuert worden, falls sie keinen anderen Anwalt in der Kanzlei fand, der ihre Dienste benötigte.

Sechs geruhsame Wochen.

Sie wusste, dass Jackman ihr vielleicht sieben oder sogar neun Wochen geben und sie während ihrer zweiwöchigen Kündigungsfrist weiterarbeiten lassen würde.

Mein Gott, dachte sie, was soll ich tun?

Sechs Wochen!

Sie wusste genau, dass es unmöglich war, es in sechs Wochen auf eine volle Stundenauslastung zu bringen. Zuerst einmal standen ihre Kolleginnen und Kollegen unter demselben Druck, Arbeitsstunden anzusammeln. Die Mitarbeiter bei Rand & Jackman, die keine Anwälte waren, sparten ihre Überstunden an, um sie während flauer Zeiten abzufeiern. Diese Praxis war in Kalifornien zwar verboten, doch die Kanzlei kümmerte sich nicht darum, denn sie war trotzdem allgemein üblich. Zu viele Wochen ohne volle Auslastung – die genaue

Anzahl war unbekannt, aber ziemlich niedrig – zogen die Kündigung nach sich. Und das wusste jeder hier.

Außerdem war Treya sich darüber im Klaren, dass ihre Kollegen auf ihre enge Beziehung zu Elaine eifersüchtig gewesen waren. Allerdings hatte sie selbst sich nichts vorzuwerfen; sie war stets höflich und freundlich und hatte sich wirklich die größte Mühe gegeben. Dennoch war nicht daran zu rütteln, dass sie eine leicht übergeordnete Stellung genoss, um die die anderen Assistenten sie beneideten. Vielleicht hatten auch einige Anwälte ihr gegenüber eine feindselige Haltung und unterstellten ihr albernerweise, sie maße sich als einfache Rechtspflegerin dieselben Privilegien an wie jemand, der das Juraexamen bestanden hatte.

Also würde ihr niemand einen Gefallen tun. Und sie kannte einige Leute, die sich sogar über ihre Kündigung freuen würden.

Falls kein Wunder geschah – und darauf verließ Treya sich schon lange nicht mehr –, würde sie noch vor dem Frühjahr arbeitslos sein. Das durfte sie auf keinen Fall zulassen, nicht ihretwegen und auch nicht wegen Raney. Also musste sie ihren Lebenslauf aufmöbeln und sich in der Mittagspause anderswo bewerben gehen.

Wenn nur Elaine … ach, die arme Elaine.

Treya unterdrückte die Tränen, die ihr plötzlich wieder in die Augen schossen, und eilte die letzten Schritte in ihr Büro. Nur über ihre Leiche würde sie in Gegenwart der anderen weinen. Wenn sie es nur an ihren sicheren Schreibtisch schaffte, würde sie sich wieder beherrschen können.

Diese ständige Flennerei musste aufhören. Treya konnte sich nicht erinnern, wann sie das letzte Mal vor diesem Wochenende geweint hatte. Wahrscheinlich kurz nach Toms Tod, als Raney zwei gewesen war. Vor zwölf Jahren.

Und Tom.

Sie durfte nicht an ihn denken, nicht jetzt, nicht darüber nachgrübeln, wie ihr Leben hätte aussehen können, wären die rote Ampel und der Lastwagen nicht gewesen …

Wieder einmal Pech gehabt.

Die Schleusen öffneten sich. Sie konnte sie einfach nicht mehr schließen. Was war nur los mit ihr?

Sie hielt den Atem an, um die Tränen zurückzudrängen. Endlich hatte sie ihr Büro erreicht.

An ihrem Schreibtisch lehnte ein finster aussehender Mann. Er hatte die Arme verschränkt und machte ein ungeduldiges Gesicht. »Treya Ghent?«, fragte er barsch, richtete sich auf und zeigte ihr eine Polizeimarke. »Ich bin Lieutenant Glitsky, Mordkommission. Ich würde gern mit Ihnen über Elaine Wager sprechen.«

Treya brach in Tränen aus.

»Ich dachte, Sie hätten schon jemanden verhaftet.«

Fast zehn Minuten waren vergangen. Glitsky hatte neben dem Schreibtisch gewartet, während Treya noch einmal auf die Toilette floh, um sich wieder zu fassen. Nun war sie wieder zurück und hatte ihre Gefühle im Griff. Sie verbreitete nur eine kalte Wut, die Glitsky schon öfter gesehen hatte. Er deutete sie als Ärger auf sich selbst, weil sie die Beherrschung verloren hatte.

Sie nahm hinter ihrem Schreibtisch Platz. Er zog sich einen Stuhl heran und ließ sich rittlings darauf nieder. Nun saßen sie in dem winzigen Büro und sahen sich in die Augen. »Ja, wir haben jemanden in Haft.«

»Und was hat das mit mir zu tun? Oder mit etwas, das vielleicht hier passiert ist?«

Wieder Feindseligkeit. Diese Frau war durch den Besuch eines Polizisten eingeschüchtert und noch erschüttert wegen des Mordes. Sie wollte nicht darüber sprechen, wollte einfach nur in Ruhe gelassen werden.

»Sie haben Recht. Vermutlich steht es in keinem Zusammenhang mit Ihnen oder jemandem in dieser Kanzlei«, erwiderte er in sachlichem Ton.

»Warum auch? Es war doch irgendein Penner, den sie gar nicht kannte.«

Glitsky presste die Lippen zusammen. »Das müssen wir noch nachprüfen.«

»Habe ich nicht gelesen, dass er gestanden hat?«

»Kann sein.« Dass diese Tatsache durchgesickert war, hatte Glitsky ziemlich verärgert, was man ihm auch anmerkte.

»Nun? Damit müsste das Thema doch erledigt sein.«

Glitsky verschränkte die Arme auf der Stuhllehne und wandte absichtlich den Blick ab. Dann sah er sie wieder an und wartete noch eine Weile. Als er sicher war, sie genug in Verlegenheit gebracht zu haben, meinte er ruhig: »Soweit ich weiß, standen Elaine und Sie sich sehr nah.«

Angesichts dieser Frage legte sich Treyas Zorn ein wenig. Sie biss sich auf die Unterlippe und nickte. »Ja.«

»Dann möchte man doch annehmen, dass Sie alles tun würden, damit der Mord an ihr aufgeklärt wird.«

»Schon, aber ...«

Glitsky fiel ihr ins Wort. »Manchmal gestehen Menschen Verbrechen, die sie gar nicht begangen haben.«

»Meinen Sie, das es diesmal auch so war?«

»Nein.« Der Lieutenant holte tief Luft und atmete langsam aus. »Aber selbst wenn sein Geständnis der Wahrheit entspricht, brauchen wir alle Beweise, die wir kriegen können.«

»Warum?«

»Weil der Mörder, wenn er sich einen Anwalt nimmt, was sicher geschieht, seine Meinung ändern und auf nicht schuldig plädieren wird.«

»Nach einem Geständnis?«

»So etwas passiert. Eigentlich fast ständig. Was hat er noch zu verlieren?«

Treya lehnte sich zurück und ließ die Bemerkung auf sich wirken. »Und was wird dann aus seinem Geständnis?«

Ein finsteres Lächeln. »Oh, man wird sagen, dass es ungültig ist. Dass es irgendwie erzwungen wurde. Dass die Polizei es aus ihm herausgeprügelt hat. Oder dass er eine Gedächtnislücke hatte. Vielleicht hat er es nur geträumt oder etwas verwechselt.«

»Verwechselt, ob er jemanden umgebracht hat?«

»Ja. Man möchte meinen, dass man sich so etwas merkt. Aber Sie wären überrascht, wie viele Leute es vergessen, nachdem sie es bereits zugegeben hatten.«

Abe und Treyas Blicke trafen sich verständnisvoll. Doch als sie es bemerkten, wandten sie beide den Kopf ab. »Also brauchen Sie Beweise«, sagte Treya. »Wofür?«

Glitsky hatte Mühe, das zu erklären, denn in Wahrheit

tappte er völlig im Dunkeln. Es war schlimm genug, dass Elaine hatte sterben müssen. Doch dass ihr Tod so völlig sinnlos gewesen war, konnte Abe einfach nicht ertragen. Eine Frau, die ein derart erfülltes und engagiertes Leben geführt und so vielen Menschen etwas bedeutet hatte, konnte doch nicht einfach in einem Sekundenbruchteil willkürlich ausgelöscht werden wie ein lästiges Insekt.

Aber genau das war geschehen.

Seine eigene Tochter?

Er konnte es nicht begreifen, er konnte damit nicht einfach weiterleben. Zumindest nicht, ohne mehr zu wissen – über Elaine, über ihren Mörder, über die Zusammenhänge, die vielleicht etwas zu bedeuten hatten.

Es war wichtig. Und obwohl es dumm und unsinnig war, musste er es tun.

Wieder sah er Treya in die Augen. »Wenn Elaine zum Beispiel ehrenamtlich in der Sozialklinik oder in der kostenlosen Rechtsberatung gearbeitet hätte und dort mit Junkies in Berührung gekommen wäre ...?«

»Dann hätte sie den Täter kennen können?«

Glitsky verzog das Gesicht. »Falls Elaine als freiwillige Helferin mit solchen Leuten zu tun hatte ...«

Treya schüttelte den Kopf. »Sie hat sich ehrenamtlich engagiert, aber nicht für Obdachlose. Sie fand, dass es für diese Leute keine Hoffnung mehr gab. Wenn sie weg von der Straße wollten, müssten sie das aus eigener Kraft schaffen. Sie hatte kein Verständnis für sie.«

»Für wen dann?«

»Studenten. Menschen, die etwas aus ihrem Leben machen wollten. Zum Beispiel hat sie in Hastings Seminare mit fingierten Gerichtsverhandlungen abgehalten. Leute mit Opferhaltung machten sie aggressiv. Am liebsten hätte sie sie angebrüllt, dass sie sich zusammenreißen sollten.« Treyas Augen leuchteten bei diesem ketzerischen Gedanken kurz auf. »Ihr Lieblingsspruch lautete, es gebe nur zwei Sorten von Menschen: Opfer und Krieger.«

»Das gefällt mir«, meinte Abe. »Ob Cole Burgess sich in Studentenkreisen bewegt hat?«

»Jurastudenten? Das bezweifle ich.« Wieder schüttelte sie den Kopf. »Soweit ich weiß, habe ich den Namen noch nie gehört.«

»Gut.«

Erneut biss Treya sich auf die Unterlippe. Glitsky ertappte sich dabei, dass er sie beobachtete. Ihren angeschwollenen, fast schmollenden Mund.

»Wann haben Sie sie zuletzt gesehen?«

Die Frage erschreckte sie. »Warum wollen Sie das wissen? Denken Sie etwa, ich hätte ...« Sie sah ihn aus entsetzt aufgerissenen Augen an.

»Ich denke überhaupt nichts.« Glitsky hatte sie nicht ängstigen wollen. In sanfterem Ton sprach er weiter: »Ich versuche lediglich herauszubekommen, was sie in ihren letzten Stunden gemacht hat. Wirklich nur Routine.«

»Behauptet die Polizei das nicht immer, wenn sie jemanden in Verdacht hat? Nur Routine?«

Glitskys Mundwinkel zogen sich den Bruchteil eines Zentimeters nach oben, noch ein Versuch, menschlicher zu wirken. »Eigentlich haben Sie Recht. Aber ich habe es wirklich nicht so gemeint.«

Sie seufzte auf. »Am Sonntagnachmittag. Hier.« Beim Anblick von Glitskys Miene hielt sie eine Erklärung für notwendig und ergänzte: »Ich komme häufig am Wochenende ins Büro. Sie war als Sonderbeauftragte bestellt.«

Glitsky nickte. So etwas geschah häufig. Ein Sonderbeauftragter war ein vom Gericht bestellter Anwalt, der bei Durchsuchungen die Beschlagnahmung von Unterlagen beaufsichtigte, welche – wie beispielsweise Patienten- oder Mandantenakten oder die Tonbandaufzeichnungen eines Psychiaters – unter das Arzt- oder Anwaltsgeheimnis fielen. Dokumente, die nicht von der Geheimhaltungspflicht betroffen waren, übergab der Sonderbeauftragte dem Gericht. Falls der Besitzer der Unterlagen die Mitarbeit verweigerte, übernahm der Sonderbeauftragte die eigentliche Durchsuchung und sortierte die Kunden- oder Patientendaten aus, die von Rechts wegen sichergestellt werden durften. Auf diese Weise wurde die Privatsphäre der Klienten vor der Polizei geschützt.

»Kam Elaine danach ins Büro zurück?«

»Ja.«

»Um wie viel Uhr war das?«

Treya war anzusehen, dass sie angestrengt überlegte. »Ich bin nicht ganz sicher. Es wurde gerade dunkel, also so gegen halb sechs. Ich war gerade beim Aufräumen.«

»Und warum kam sie zurück?«

»Um mir ein paar Akten zu bringen. Danach wollte sie zu einem Termin und dann nach Hause.«

Glitsky beugte sich aufmerksam vor. Mit dieser Antwort hatte er nicht gerechnet. Also hatte Treya mit Elaine an ihrem letzten Lebenstag, nur wenige Stunden vor ihrem Tod, gesprochen. »Sagte sie, wen sie treffen wollte und wo?«

»Nein. Ich habe selbst schon darüber nachgedacht. Aber sie hat es nicht erwähnt. Ich bin ganz sicher. Sie hatte ständig Termine.«

»Wirkte sie nervös oder so, als ob sie etwas belastete?«

Treya zögerte und blickte Glitsky wieder an. »Rückblickend betrachtet, ist das schwer zu sagen, denn alles sieht jetzt ganz anders aus. Man fragt sich, ob man etwas bemerkt hat oder nicht.«

»Aber Sie haben eine Vermutung?«

Sie schüttelte den Kopf und biss sich wieder auf die Lippe. »Ich weiß nicht. Wenn sie am Montag glücklich lächelnd in die Kanzlei gekommen wäre, hätte ich es schon längst vergessen. Sonntagabend zu Hause habe ich mich nicht mehr damit beschäftigt. Ich glaubte, sie sei nur überarbeitet, wie es bei ihr so oft passiert. Passierte.« Erschrocken bemerkte sie, dass sie die falsche Zeit benutzt hatte, und hielt inne.

»Schon gut.« Am liebsten hätte Glitsky ihr den Arm getätschelt und sie getröstet. Aber er lehnte sich nur zurück, um nicht einschüchternd oder zu drängend zu wirken, und wartete ab, bis sie den roten Faden wieder fand. »Schon gut«, wiederholte er.

»Ich weiß, ich weiß.« Dankbar sah sie ihn einen Moment an. Dann nickte sie und seufzte. »Heute habe ich den Eindruck, dass sie vielleicht etwas bedrückte. Sie wirkte ein wenig… geistesabwesend.« Doch sofort sprang Treya für ihre Vorgesetzte in die Bresche. »Sie war öfter so. Sie hatte immer eine Menge um die Ohren und musste viel erledigen.«

Auf einmal veränderte sich Treyas Miene und wurde ungeduldig und zornig.

»Was denken Sie?«, fragte Glitsky.

»Dass sie ihren Mörder nicht kannte. Das ist doch albern. Dass sie getötet wurde, hatte nichts mit ihrem Leben zu tun. Ganz bestimmt hat ihr niemand den Tod gewünscht.« Sie sah ihn herausfordernd an, mit einem wütenden Funkeln, das er nicht ganz verstand. »Aber Sie kannten sie ja nicht.«

»Doch«, erwiderte Glitsky. »Und ich fand sie großartig.«

»Sie hat nie erwähnt, dass Sie mit Ihnen befreundet ist.« Nun klang auch ihr Tonfall eindeutig spitz. Aus heiterem Himmel machten sich ihre Beschützerinstinkte bemerkbar.

»Nun, wir waren auch nicht befreundet. Ich kannte sie aus ihrer Zeit bei der Staatsanwaltschaft.«

»Das weiß ich. Und ich weiß auch, wer Sie sind. Ich habe nämlich ebenfalls dort gearbeitet. Als Anwaltsgehilfin.«

Glitsky hatte darauf keine Antwort. Offenbar kreidete Treya ihm das an. Er versuchte das Thema zu wechseln. »Jedenfalls ist das auch ein Grund, warum mich interessieren würde, womit sie gerade beschäftigt war. Meine Neugier ist auch ein wenig persönlich.«

Doch wenn er glaubte, dass dieses Eingeständnis Treya zu seiner Verbündeten machen würde, hatte er sich gründlich geirrt. »Also haben Sie seit ihrem Abschied von der Staatsanwaltschaft ihre Karriere verfolgt?«

»Ein bisschen schon«, erwiderte er zögernd.

»Ohne dass sie davon erfuhr.«

Glitsky zuckte verlegen die Achseln. »Man könnte sagen, dass ich sie aus der Ferne bewundert habe.« Er fragte sich, warum das Gespräch plötzlich so eine seltsame Wendung genommen hatte. »Es tut mir Leid, wenn ich Sie gekränkt habe.«

»Kein Problem«, entgegnete sie. »Sie machen nur Ihre Arbeit. Aber Elaine ist mir sehr wichtig. Ich kenne ihre Freunde, und ich finde es ein wenig schäbig von Ihnen, dass Sie vorgeben, persönlichen Kontakt zu ihr gehabt zu haben, um mich zum Reden zu bringen.«

»Das lag nicht in meiner Absicht.«

»Wirklich nicht?«, meinte sie offenbar ungläubig. »Dann bedauere ich, dass ich diesen Eindruck hatte. Möglicherweise habe ich ja überreagiert.« Nun war Treya wieder ganz sachlich. Sie stand auf und teilte ihm so – obwohl das gar nicht in ihrer Macht lag – mit, dass das Gespräch beendet war. »Ich bin sicher, dass die Kanzlei nichts dagegen hätte, wenn Sie sich ihre Akten oder ihre Mandantenkartei ansehen würden. Kann sein, dass Sie darin etwas Nützliches finden.«

Es geschah nur selten, dass Glitsky sich überfordert oder aus dem Konzept gebracht fühlte. Doch in diesem Augenblick traf beides zu. Vielleicht war es ihm peinlich, dass er sie – zu einem derart ungünstigen Zeitpunkt – so attraktiv fand. Jedenfalls stand er gleichzeitig mit ihr auf, weil er in ihrer Achtung nicht noch tiefer sinken wollte.

Das Gespräch mit Elaines Assistentin hatte ihn auf seiner planlosen und schlecht durchdachten Suche nach einem beruflichen oder persönlichen Grund für ihre Ermordung keinen Schritt weitergebracht. Und offen gestanden hatte er nur wenig Hoffnung gehabt, dass Treya ihm würde weiterhelfen können. Doch außer ihr war ihm niemand eingefallen, bei dem er einen Anfang machen konnte: ein Mensch, der sie gekannt hatte.

»Ms. Ghent, bitte.« Er ließ die Schultern hängen und wusste, was für einen kläglichen Anblick er bot. Majestätisch blieb sie am Eingang ihres Büroverschlags stehen und drehte sich herausfordernd und mit verschränkten Armen zu ihm um. Ihre Wangen waren gerötet.

»Ich möchte Ihnen noch sagen, dass ich völlig im Dunkeln tappe. Ich will mir lediglich ein Bild von ihrem beruflichen und privaten Umfeld machen, falls dort vielleicht das Motiv …« Da er kurz davor gestanden hatte, den nicht sehr professionellen Grund seines Besuches zu gestehen, verstummte er hilflos.

Treya Ghent schien seine Worte zwar wohlwollend zu erwägen, doch ihre Antwort klang nicht sehr ermutigend. »Das glaube ich eigentlich nicht, aber wenn mir noch etwas einfällt, Lieutenant, gebe ich Ihnen Bescheid.«

Diesmal war es ein Rausschmiss.

6

Um zwölf Uhr mittags betrat Hardy die kleine Halle vor den Sträflingszimmern im Krankenhaus. Der schäbige, kalte Raum war dämmrig. Die hoch liegenden Fenster waren vergittert und es roch stark nach Desinfektionsmittel. Die klebrigen Wände hatten einen gelben Anstrich und die Möblierung bestand aus abgewetzten Holzbänken. Im Moment waren sie unbenutzt. Eine Polizistin saß an einem zerkratzten grünen Schreibtisch, auf dem ein Computer und ein Telefon standen. Fast erleichtert hob sie bei Hardys Ankunft den Kopf. Er ging auf sie zu und erklärte sein Anliegen.

»Wissen Sie, er hat schon Besuch. Seine Mutter.«

Man brauchte keine hellseherischen Fähigkeiten zu haben, um zu ahnen, dass Jodie Burgess bei dieser Frau keinen allzu guten Eindruck hinterlassen hatte. Hardy lächelte sie mitfühlend an. »Ihr armes Söhnchen ist kein Verbrecher, sondern krank. Es muss ein schrecklicher Irrtum sein. Sie dürfen ihn nicht hier behalten, und außerdem ist alles nur Ihre Schuld, weshalb sie Sie verklagen will.«

Die Polizistin grinste. »Lesen Sie etwa meine Post?«

»Vielleicht kann ich die Dame ja beruhigen.«

»Vielleicht.« Sie drückte auf einen Knopf. Im Nu erschien ein weiterer uniformierter Beamter – diesmal ein stämmiger Weißer – und öffnete eine Tür am anderen Ende des Raums. Als Hardy der Polizistin dankte, zuckte diese die Achseln. »Viel Spaß«, sagte sie.

Als der Wachmann die Tür zu Coles Zimmer aufschloss, wurde Hardy klar, warum erfahrene Sträflinge sich immer wieder unter einem Vorwand ein paar Tage hier erschlichen. Es war zwar nicht das Ritz, aber einer Gemeinschaftszelle im Gefängnis hinter dem Justizgebäude um einiges vorzuziehen. Ein Einzelzimmer mit Fenster und Fernseher, der – zurzeit glücklicherweise stumm und dunkel – von der Decke hing.

Cole lag, auf Kissen gestützt, in einem Krankenhausbett. Ein sauberes Laken bedeckte ihn bis zur Taille. In seinem Krankenhausnachthemd hätte man ihn auch für einen gewöhnlichen Patienten halten können, der in eine Schlägerei geraten war – wären da nicht die Handschellen gewesen, die ihn ans Bettgestell fesselten. Eine ältere, ein wenig mollige, aber nicht unattraktive Version von Dorothy Elliot saß neben dem Bett am Fenster und hielt seine freie Hand.

»Klopfen Sie, wenn es Ärger gibt«, sagte der Wachmann und schloss die Tür. Hardy trat ein und stellte sich als ein Freund von Dorothy vor.

»Gott sei Dank!«, rief Jody Burgess aus, sprang auf und lief – mit freudig erwartungsvoller Miene und ausgestreckten Armen – ums Bett herum. »Mr. Hardy!«, jubelte sie. »Dorothy hat mir erzählt, was Sie für uns getan haben. Ich weiß nicht, wie wir Ihnen jemals danken sollen.«

Sie trug einen teuer wirkenden, ausgebeulten grünen Jogginganzug mit einem ihm unbekannten Logo auf der linken Brustseite. Als sie näher kam, bemerkte Hardy sorgfältig aufgetragenes Make-up, blond gefärbtes Haar und jede Menge Klunker, Modeschmuck – Ohrringe, Armbänder und Ringe mit großen, bunten Steinen an beiden Händen. Er schätzte sie auf Anfang sechzig, obwohl sie ziemlich erfolglos versuchte, sich für vierzig auszugeben.

»Viel war es ja nicht.« Hardy hatte nicht das Gefühl, großartig etwas bewirkt zu haben. Schließlich hatte Cole schon hier im Krankenhaus gelegen, als er selbst gestern Nachmittag ins Justizgebäude kam. Er zwang sich zu einem höflichen Lächeln. »Irgendwann hätte man bei Ihrem Sohn sicher einen Drogentest gemacht, Mrs. Burgess, aber ...«

»Seien Sie doch nicht so bescheiden. Ohne Ihr Einschreiten säße Cole gewiss noch im Gefängnis. Man würde sich nicht so gut um ihn kümmern.« Die Redseligkeit der Frau war ein wenig überwältigend. Sie packte Hardys Hand mit beiden Händen und hielt sie fest.

Nachdem es Hardy gelungen war, sich zu befreien, warf er einen Blick über sie hinweg auf den Verdächtigen. Es kostete ihn Mühe, einen sachlichen Ton anzuschlagen. »Und Sie sind bestimmt Cole. Wie geht es Ihnen?«

Sofort mischte sich Jody ein und antwortete für ihren Sohn: »Es geht ihm gut. Er wird bestimmt wieder ganz gesund, richtig, Cole?« Beschützend näherte sie sich wieder dem Bett.

»Ich weiß nicht, Mama. Keine Ahnung, ob ›gut‹ es so richtig trifft.« Der junge Mann hatte eine tiefe, raue Stimme und einen leichten, aber hörbaren Sprachfehler. Hardy wusste, dass Letzteres auch an der Erschöpfung liegen konnte. Doch wahrscheinlicher war, dass es sich um die typische verwaschene Artikulierung nach langjährigem Drogenkonsum handelte. »Noch ein Tag in der Zelle«, sagte Cole und schüttelte den Kopf, »und ich hätte für nichts garantieren können.«

»Sie wollten ihn sterben lassen«, ergänzte Mrs. Burgess. »Sie wollten, dass er leidet.«

Hardy griff zu einer Notlüge. »Das glaube ich nicht«, erwiderte er. »Zumindest nicht absichtlich. Das ist bei der Polizei nicht üblich.«

»Warum haben sie dann …?«

»Jeden Tag werden Leute in Haft genommen. Und das hier war eben einer der wenigen Fälle, in denen einer durch die Maschen rutscht. Das Gute ist, dass wir es noch rechtzeitig bemerkt haben.« Hardy wurde klar, dass ein Gespräch ohne Jodys ständige Einmischung wohl nicht möglich war, und er fragte sich, wann ihm der Geduldsfaden reißen würde. Er wandte sich direkt an Cole: »Hat man Ihnen Methadon gegeben?«

»Ja, es wirkt schon.«

Wieder ergriff seine Mutter das Wort. »Das soll die Schmerzen lindern. Dann senkt man die Dosis schrittweise, damit sich sein Körper allmählich …«

»Mama!«

Sie hielt inne und kniff gekränkt die Lippen zusammen. »Entschuldige. Ich wollte nur, dass Mr. Hardy versteht …« Ihre Stimme erstarb.

»Wahrscheinlich kann er es sich schon denken. Richtig, Mr. Hardy?«

»So ungefähr.« Er bemühte sich um einen freundlichen Ton und lächelte der Mutter aufmunternd zu. »Mrs. Burgess.« Eine Pause. »Jody. Ich würde gern ein paar Minuten allein mit Cole sprechen, wenn Sie nichts dagegen haben.«

Zwar war sie nun wieder gekränkt, doch das ließ sich eben nicht vermeiden. Besorgt blickte sie ihren Sohn an und drehte sich dann zu Hardy um. »Natürlich, ja, ich verstehe.«

Aber sie rührte sich erst auf seine zweite Aufforderung. »Wenn Sie an die Tür klopfen, kommt der Wachmann und lässt Sie hinaus. Es dauert nicht lang.«

»Eigentlich ist sie ja in Ordnung«, sagte Cole, nachdem sich die Tür hinter seiner Mutter geschlossen hatte. »Sie will ja nur helfen.«

Da sich die arglose Mutter nun nicht mehr im Raum befand, war Hardys Plauderton schlagartig wie weggeblasen. Er wollte zwar Mrs. Burgess' Gefühle schonen, hatte aber bei ihrem Sohn keine derartigen Skrupel. Also trat er ans Fußende des Bettes, stützte die Hände darauf, blickte Cole ins Gesicht und meinte barsch: »Erzählen Sie mir, was vorletzte Nacht passiert ist.«

Diese Strategie verfehlte ihre Wirkung nicht. Der junge Mann schnappte nach Luft, wich Hardys Blick aus und starrte geradeaus auf sein Laken. »Es war die Hölle.«

Hardy wartete eine Sekunde und klopfte dann auf das Bett neben Coles Fuß.

Erschrocken hob Cole den Kopf. Als er Hardys Miene sah, schnappte er wieder nach Luft und ließ sie mit aufgeblähten Wangen langsam wieder entweichen. »Ich meine, mir ging es echt dreckig. Voll auf Turkey, Mann. Das weiß ich noch genau. Ich hatte den ganzen Tag keinen Schuss gekriegt.«

»Warum nicht?«

»Keine Kohle. Ich dachte, ich pumpe Mama an, aber dann«, er seufzte, »ging das mit den Krämpfen los und es war mir zu viel, den weiten Weg bis zu ihr zu fahren.«

»Wo wohnt sie?«

»Judah Street, draußen im Sunset. Ich besorge mir meinen Stoff immer Ecke Sixteenth und Mission Street. Es war zu weit.«

»Also haben Sie beschlossen, statt dessen jemanden zu berauben?«

»Nein! So war es nicht.« Da Hardy keine Miene verzog, sprach Cole weiter. »Hören Sie, mein letzter Schuss war offenbar stark gestreckt. Ich hab schon gezittert und Krämpfe gehabt. Es war die Hölle. Also habe ich mir ein paar Pillen besorgt, aber die brachten nichts. Ich musste was unternehmen.«

Hardy schwieg.

»Doch ich hatte Schwein. So ein Penner lag weggetreten neben seiner Karre …«

»Seiner Karre?«

»Einkaufswagen. Ich weiß nicht mehr genau, wo, irgendwo südlich von der Mission Street, glaube ich. Jedenfalls war er umgekippt und neben seinem Kopf stand eine fast volle Flasche Bourbon. Die hab ich mir geschnappt. Ich brauchte einfach irgendwas.«

»Hat er Ihnen den Whiskey freiwillig gegeben?«

»Nein, der hat schon geknackt. Ich hab sie ihm geklaut.«

»Sie haben ihn nicht geschlagen und sie ihm dann abgenommen?«

»Machen Sie mal 'nen Punkt.« Offenbar empfand Cole diese Frage als Beleidigung. »Echt nicht.«

»Was ist mit der Pistole? Haben Sie ihn damit bedroht?«

»Ich hatte keine Pistole.« Er runzelte kurz die Stirn. »Noch nicht.«

»Haben Sie ihm die auch gestohlen?«

»Nein … Ich glaube nicht.«

»Sie glauben es nicht«, wiederholte Hardy. Doch ihm blieb nichts anderes übrig, als sich mit dieser Antwort abzufinden. »Gut, und was geschah dann?«

»Ich denke, ich hab den Großteil ausgetrunken. Von der Flasche, meine ich.«

»Wo waren Sie zu diesem Zeitpunkt?«

Ein Achselzucken. »Irgendwo. Keine Ahnung. Ich hatte Schmerzen. Ich meine, richtige Schmerzen. Verstehen Sie mich?«

»Um ehrlich zu sein, Cole, Sie brechen mir das Herz. Wie sind Sie in die Maiden Lane gekommen?«

Doch das mangelnde Mitleid hatte seinen Preis. »Ich weiß nicht, Mann. Vielleicht bin ich geflogen. Oder mit der Straßenbahn gefahren.«

Hardy richtete sich auf. »Sie halten das wohl alles für einen Witz, was? Ihnen steht ein Leben hinter Gittern bevor und Sie spielen hier den Schlauberger.«

»Hey.« Cole wollte beschwichtigend die Hände heben, wurde aber von der Handschelle am linken Arm daran gehindert. »Ich wollte nur sagen, dass ich mich nicht erinnere, wie ich dorthin gekommen bin. Ich habe den Whiskey getrunken. Ich war blau. Ich bin rumgelaufen, weil ich gefroren habe. Vielleicht habe ich ja jemanden getroffen, den ich kenne. Ich weiß es nicht mehr. Kann sein, dass ich mir auch Aitsch besorgt habe.«

»Aitsch?«

»H. Stoff. Heroin.«

»Und womit wollten sie es bezahlen?«

Bedrückt schüttelte Cole den Kopf. »Keine Ahnung. Es kam sowieso nicht dazu.«

»Und was ist dann passiert? Haben Sie gesehen, wie Elaine aus einem Haus kam? Oder wie sie allein herumgegangen ist? Wie war es?«

»Elaine?«

Hardy riss der Geduldsfaden. »Elaine Wager«, zischte er, beherrschte sich dann aber und dämpfte die Stimme. »Die Frau, deren Ermordung Sie gestanden haben. Elaine Wager.«

»Was soll mit ihr sein?«

»Ich habe Sie gefragt, wann Sie sie zuerst gesehen haben.«

»Ich erinnere mich nicht mehr. Ich habe den Bullen doch schon alles erzählt.«

»Dann erzählen Sie es mir eben noch einmal. Was ist denn das Erste, woran Sie sich erinnern?«

»Die Pistole. In meiner Hand.« Cole blickte Hardy an. »Sie war einfach da.«

»Wo?«

»Tja, sie lag auf der Straße und ich habe sie aufgehoben. Eine Pistole kann man verkaufen, richtig?«

»Also erinnern Sie sich, wie Sie die Pistole aufgehoben haben. Und was geschah als Nächstes?«

Cole schloss die Augen und schüttelte den Kopf. »Das haben wir doch schon mal durchgekaut. Wahrscheinlich habe ich mich über sie gebeugt.«

»Wahrscheinlich? Was soll das heißen ›wahrscheinlich‹? Ist sie vor Ihnen hergegangen? Haben Sie sich ihr von hinten genähert? Oder lag sie schon auf dem Boden?«

Man merkte Cole an, dass er angestrengt überlegte. »Das habe ich bestimmt verdrängt.«

»Was bedeutet das ›Ich habe es verdrängt‹? Wollen Sie damit sagen, Sie hätten verdrängt, dass Sie abgedrückt haben?«

Der junge Mann sah sich um, als suche er nach einem Fluchtweg. »Tja, ich hatte die Pistole, und dann beugte ich mich über sie und sah das viele Gold. Die Halskette. Und dann ihre Handtasche und das andere Zeug.«

Hardy umklammerte das Fußende des Bettes, dass sich seine Fingerknöchel weiß verfärbten. »Sie wissen nicht mehr, dass Sie abgedrückt haben?«

»Nein.«

»Überhaupt nicht?«

Cole dachte nach und schüttelte dann wieder den Kopf. »Aber der Bulle meinte, es wäre normal, dass man so was verdrängt. So wie Leute sich nach einem Autounfall nicht mehr an die letzten Minuten davor erinnern.«

»Welcher Bulle?«

»Der Typ, der mich verhört hat. Ein Schwarzer. Ich glaube, er hieß Banks.«

Hardy wandte den Blick von dem kläglichen jungen Mann ab und betrachtete durch das vergitterte Fenster den grauen Nachmittagshimmel. Auf der Stadtautobahn staute sich in beiden Richtungen der Verkehr. Reihen schachtelähnlicher

Mietshäuser klammerten sich an einen bräunlichen Hügel. Die Aussicht war nicht dazu angetan, ihm Trost zu spenden, obwohl er den im Moment dringend brauchte, denn die letzten Worte des Verdächtigen hatten ihn erschüttert. »Aber, Cole«, begann er ruhig, »hören Sie mir zu. Sie haben den Mord an ihr gestanden.«

Er nickte. »Ja.«

»Aber Sie erinnern sich nicht, das Opfer verfolgt oder geschossen zu haben?«

»Nein. Muss wohl so gewesen sein.«

»Warum sagen Sie das?«

Cole starrte auf seine Bettdecke. »Ich habe die Pistole abgefeuert. Sie haben meine Hände getestet. Ich habe geschossen.« Er sah Hardy an. »Also muss ich es gewesen sein. Und dann habe ich es nicht mehr ausgehalten.«

»Was ausgehalten?«

Cole seufzte entnervt auf. »Hey, wovon reden wir hier die ganze Zeit?«

»Von Elaine Wagers Tod, Cole. Wie wäre es damit?«

Doch Cole schüttelte den Kopf. »Nein, Mann. Wir reden von Heroin. Sie haben mich in ein Zimmer gesperrt und ich hatte den vollen Affen. Ich war am Krepieren! Verstehen Sie nicht? Dann meinte Banks, er würde mir was besorgen, wenn ich gestehe, dass ich es war. Also habe ich es ihm gesagt.«

»Dass Sie sie umgebracht haben?«

»Ja.« Er zuckte die Achseln. »Aber ich hätte notfalls auch behauptet, ich hätte Kennedy umgelegt.«

Der oberste Stellvertreter der Staatsanwältin der Stadt und des Bezirks San Francisco hatte kein sehr großes Büro. Eigentlich unterschied es sich nicht von den anderen Räumen im zweiten Stock, die sich die gewöhnlichen stellvertretenden Staatsanwälte, je zu zweit, miteinander teilten. Nur durch die Möblierung hob es sich von ihnen ab – eine Couchgarnitur aus wunderbar weichem Leder, eingebaute Bücherregale vom Boden bis zur Decke, Fensterläden, zwei echte Tiffanylampen und ein Perserteppich auf dem Parkettboden, den Torrey hatte verlegen lassen. Und natürlich war da auch noch der Schreibtisch – die gewaltige, nach Maß gefertigte, kunstvoll verarbeitete Scheibe aus dem Stamm eines Redwood-Baums, und zwar aus einem alten Baumbestand, der in den späten siebziger Jahren gefällt worden war.

Der Tisch war ein Geschenk des Geschäftsführers der Holzfirma Pac-Ore an Torrey. Damals war Torrey ein junger Anwalt und Lobbyist in Washington gewesen. Er vertrat alle Klienten, die ihn dafür bezahlten, unabhängig von ihrer politischen Zielsetzung. Die Herkunft des Schreibtisches war mittlerweile Schnee von gestern. Inzwischen stellte er einfach den beeindruckenden Mittelpunkt eines einschüchternden Büroraums dar. Ältere Staatsanwälte, ein paar weiße Männer, die schon seit vielen Jahren hier arbeiteten, erinnerten sich noch daran, wie das Büro zur Zeit des obersten stellvertretenden Bezirksstaatsanwalts Art Drysdale ausgesehen hatte. Damals hatte es sich nicht von ihren eigenen unterschieden, in denen ständig Chaos herrschte. Zerbeulte grüne Aktenschränke, durchhängende Bücherregale aus Metall, wo sich Ordner mit aktuellen Fällen türmten, eine Pinnwand aus Kork und ein ein Meter achtzig langes Brett an der Wand, das Arts Baseballandenken beherbergte.

Gabriel Torrey hingegen glaubte an die Symbole der Macht. Ein Staatsanwalt, der ihm Meldung machen musste, konnte gar nicht anders, als vor Ehrfurcht zu erstarren – und zu begreifen, dass er es nie so weit bringen würde. Verbrechensopfer und ihre Familien konnten sichergehen, dass man sich auf höchster Ebene mit ihrem Fall befasste. Andere Besucher – private Gäste, gegnerische Anwälte und Parteifreunde – wurden nicht von einem gesichtslosen Bürokraten begrüßt, sondern von einem leutseligen, selbstbewussten Gentleman, der alles im Griff hatte. Die Botschaft war klar, dachte Torrey. Ein Mann wie er war nicht zufällig in so einer Umgebung gelandet. Er war ein Sieger. Und wer sich ihm in den Weg stellte, tat das auf eigene Gefahr.

Nun, eine halbe Stunde nach einem köstlichen Mittagessen im La Felce, thronte er hinter seinem Schreibtisch. Das Sakko seines Armani-Anzugs hatte er ordentlich über den stummen

Diener gebreitet, der hinter ihm stand. Er trug eine rostbraune Seidenkrawatte mit eingewebten Goldfäden über einem gestärkten, blass rosafarbenen Hemd. Auf dem Sofa, ihm gegenüber, saß eine etwa fünfunddreißig Jahre alte Anwältin namens Gina Roake. Neben ihr auf dem Couchtisch aus Kirschholz erkaltete unberührt eine Tasse mit frisch aufgebrühtem Kaffee. Ms. Roake war so wütend, dass sie keinen Schluck herunterbrachte, und wenn es um ihr Leben gegangen wäre. Sie vertrat eine Frau namens Abby Oberlin in einer Testamentsanfechtung. Denn inzwischen war es zwischen Abby und ihrem Bruder Jim zu einer hässlichen Auseinandersetzung gekommen.

»Aber meine Mandantin hat ihre Mutter geliebt, Mr. Torrey«, stieß Gina hervor. »Schließlich hat sie sie in ihren letzten sieben Lebensjahren gepflegt. Ich weiß nicht, wie lange Jim sie nicht mehr besucht hat. Bestimmt sind es über fünf Jahre gewesen.«

»Und deshalb hat die Mutter Abby den Großteil des Vermögens vermacht?«

»Ja, natürlich.«

»Und dieses Vermögen wird auf etwa acht Millionen Dollar geschätzt?«

»Korrekt.«

»Eine Menge Geld.« Torrey ließ die Worte auf sich wirken. »Und das alles für Ihre Mandantin. Abzüglich Ihres Honorars natürlich.«

Ginas Widerspruchsgeist war geweckt. Sie verkniff sich zwar eine Antwort auf die letzte Anmerkung, wollte aber die Interessen ihrer Mandantin verteidigen. »Sie hat ihre Mutter liebevoll versorgt. Jim hingegen ist nur ein egoistischer …« Sie biss sich auf die Lippe. »Er lügt schlicht und ergreifend. Es hat keine Misshandlung stattgefunden. Abby hat nicht …« Ihre Stimme versagte.

Torrey beugte sich vor. Sein Tonfall war ruhig, aber befehlsgewohnt. Schließlich war er der Staatsanwalt und Ginas Mandantin wurde eines schweren Verbrechens beschuldigt. Es war völlig gleichgültig, wie oft sie ihre Unschuld beteuerte. Torrey würde geduldig lauschen und sie spüren lassen, dass er dergleichen schon von vielen Anwälten in anderen, ähnlich gelagerten Fällen gehört hatte. Seiner langjährigen Erfahrung nach hatten die Verwandten mit ihren Anschuldigungen in den meisten Fällen Recht. »Allerdings behauptet der Bruder Ihrer Mandantin, das Testament sei ungültig, da seine Mutter es unter Zwang unterschrieben habe. Außerdem hat er seine Schwester wegen dieses Verbrechens angezeigt, weshalb meiner Behörde nichts anderes übrig bleibt, als sie deshalb vor Gericht zu stellen und eine hohe Strafe zu fordern.«

»Aber es ergibt keinen Sinn. Es existieren keine Beweise …«

Torreys Miene wurde strenger, als er ihr ins Wort fiel. Er tippte auf einen Aktenordner, der vor ihm auf dem Schreibtisch lag. »Sparen Sie sich Ihre Spielchen, Ms. Roake. Die Beweise sind eindeutig.«

»Die Mutter ist gestürzt und hat sich die Hüfte gebrochen. Nach der Rekonvaleszenz ist sie zu früh wieder aufgestanden und ist noch einmal gestürzt. Solche Dinge geschehen.«

»Mag sein. Und nach dem zweiten Sturz hat sie sich eine Lungenentzündung zugezogen und ist gestorben.«

Gina konnte nicht verhindern, dass man ihr die Angst anhörte. »Wollen Sie damit etwa andeuten, dass Abby sie umgebracht oder ihren Tod auf andere Weise verschuldet hat? Nicht einmal Jim behauptet das, und der kennt keine Skrupel, um an das Geld heranzukommen.«

Torrey schüttelte den Kopf. »Ich beschuldige Ihre Mandantin nicht des Mordes. Allerdings haben wir Mittel und Wege, die wir in einer derartigen Ermittlung einsetzen können und wollen. Die Misshandlung älterer Menschen strafrechtlich zu verfolgen, ist eines von Sharron Pratts wichtigsten Anliegen. Wir werden die Krankenakten der Verstorbenen beschlagnahmen. Jim Oberlin ist der Ansicht, dass seine Mutter eine Überdosis Beruhigungsmittel erhalten hat.« Er lehnte sich zurück und sah sein Gegenüber – von Anwalt zu Anwalt – an. »Hören Sie, Ms. Roake, Sie wissen doch, wie der Hase läuft. Ermittler werden mit Abbys Freunden sprechen. Wenn sie sich jemals über die Belastung beklagt hat, die ihre Mutter für sie bedeutete …«

»Natürlich hat sie das! Schließlich ist sie keine Heilige. Ich bin sicher, dass sie an manchen Tagen …« Gina Roake schüttelte den Kopf.

»Dennoch.« In einer viel sagenden Geste breitete Torrey die Hände aus – die Chancen standen nicht gut für Abby Oberlin. Nach einer bedeutungsschwangeren Pause seufzte er auf und verzog mitleidig das Gesicht. »Ms. Roake. Gina. Habe ich Ihnen denn keinen Gefallen getan, als ich Sie zu mir gebeten habe?«

Sie nickte.

»Und was, glauben Sie, ist der Grund dafür?« Wieder klopfte er auf die Akte. »Schließlich hätte ich angesichts der Anschuldigungen, die ihr Bruder gegen sie erhebt, allen Grund gehabt, sie von der Polizei festnehmen zu lassen.«

»Festnehmen?«

»Genau. Außerdem wäre ihr Name in die Zeitung gekommen und man hätte sämtliche Verfehlungen in der Öffentlichkeit breitgetreten, die Jim ihr anlastet.«

»Nein, das dürfen Sie nicht tun. Es ist nicht …« Es kostete sie sichtlich Mühe, sich wieder zu fassen. Als sie erneut das Wort ergriff, war ihr Tonfall ruhig und sachlich. »Jim ist nur auf das Geld aus, Mr. Torrey. Er hat keinen ordentlichen Beruf gelernt und wird nie einer geregelten Arbeit nachgehen. So ist er eben. Das Wasser steht ihm bis zum Hals. Abby hat die Verbrechen nicht begangen, die er ihr vorwirft.«

Torrey verschränkte die Hände auf dem Schreibtisch und setzte eine gestrenge Miene auf. »Sie haben meine Frage noch nicht beantwortet.«

Gina rang die Hände. »Tut mir Leid. Was wollten Sie noch mal wissen?«

»Warum, glauben Sie, habe ich Sie heute hergebeten?«

»Keine Ahnung.«

»Gut, dann will ich es Ihnen sagen.« Sein Tonfall wurde wieder versöhnlicher. »Ich möchte hier nicht aufzählen, in wie vielen ähnlich gelagerten Fällen ich schon die Anklage vertreten habe. Deshalb habe ich inzwischen einen Riecher, und zwar einen ausgezeichneten, dafür entwickelt, wie derartige Dinge für gewöhnlich ausgehen. In diesem Fall wies Abbys Mutter eindeutige Verletzungen auf. Ein Ermittler wird deshalb zu dem Schluss kommen, dass es stichhaltige Gründe für eine Anhörung, ja, sogar für einen Prozess gibt. Das wissen Sie genau. Vermutlich wird Ihre Mandantin festgenommen ...« Er verhinderte ihren Einwand mit einer Handbewegung. »... auch wenn die Kaution bescheiden ausfallen wird. Wenn sie Glück hat, werden die Anwaltsgebühren, Gutachten und Privatdetektivhonorare etwa eine halbe Million Dollar verschlingen. Eigentlich eine gute Nachricht für Sie, nur dass Ihre Mandantin das Geld nicht der Erbmasse entnehmen kann, solange das Testament angefochten wird. Das Gerichtsverfahren wird Ihre Mandantin mindestens zwei bis drei Jahre ihres Lebens kosten. Und selbst wenn wir ihr die ihr zur Last gelegten Straftaten nicht nachweisen können, wird eine Zivilkammer ihrem Bruder möglicherweise das gesamte Erbe zusprechen, einfach auf der Basis der Theorie, dass er sich eindeutig nichts hat zuschulden kommen lassen, während das bei ihr nicht so sicher ist.«

Entgeistert sank Gina auf dem Ledersofa zurück. »Und was schlagen Sie vor?«, fragte sie leise, als spräche sie mit sich selbst.

Er beugte sich vor. Plötzlich war er ihr Freund, vielleicht sogar ihr Retter. »Offen gestanden glaube ich Ihnen. Jim ist das Schicksal seiner Mutter völlig gleichgültig. Ihn interessiert nur, dass sie tot ist.«

»Das versuche ich doch die ganze Zeit ...«

»Allerdings bedeutet das nicht, dass er diesen ... unappetitlichen Vorgängen Einhalt gebieten wird. Meiner Ansicht nach hat er nichts zu verlieren, während Ihre Mandantin nicht gewinnen kann.«

Sie beugte sich vor. »Meine Mandantin wird ihm keinen Penny von dem Geld geben, Mr. Torrey. Er hat es nicht verdient, denn er ist ein böser Mensch. Es ist ungerecht.«

Der Staatsanwalt nickte zustimmend. »Trotzdem wird unser nächstes Gespräch nicht so freundschaftlich ausfallen, wenn dieses Verfahren weiter vorangetrieben wird.« Er blickte sie eindringlich an. »Richten Sie Ihrer Mandantin aus, man könnte sich in dieser Zivilsache außergerichtlich einigen, sofern sie bereit ist, ihrem Bruder einen Knochen hinzuwerfen – auch wenn ihr die Lösung noch so wenig zusagt. Dann wird er zufrieden sein, wodurch sich eine Anklageerhebung durch die Staatsanwaltschaft vermutlich erübrigt. An ihrer Stelle würde ich es mir aus reinem Selbstschutz, ja, sogar aus egoistischen Motiven überlegen.«

»Aber es ist so ungerecht …«

Torrey konnte dem nicht widersprechen und sparte sich deshalb die Mühe. »Wie dem auch sei, ich gebe Ihnen diesen Rat, solange ich noch die Möglichkeit dazu habe. Nach dem heutigen Tag stehen wir auf verschiedenen Seiten.«

Gina Roake erhob sich und bedankte sich bei Torrey. Er erwiderte, er habe sich über ihren Besuch gefreut und hoffe, sie werde die richtige Entscheidung treffen. Sie entgegnete, sie werde sich mit ihrer Mandantin besprechen und ernsthaft über seine Empfehlung nachdenken, dann ging sie hinaus. Als er zum Telefon griff, hörte er noch ihre Schritte draußen auf dem Flur.

7

Sharron Pratt hatte den Augenblick mit Bedacht gewählt.

Sie war eingeladen worden, vor dem Commonwealth Club über ihre bisherige Amtszeit als Staatsanwältin, die großen Erfolge und Niederlagen ihrer Behörde, ihre Methoden der Strafverfolgung und ihre Zukunftspläne zu sprechen. Viele Medienvertreter wurden erwartet, außerdem jede Menge wichtige Geschäftsleute und die politische Elite der Stadt. Eine ausgezeichnete Bühne also – und ein um einiges stilvolleres

Ambiente als die improvisierten Pressekonferenzen im Justizgebäude. Außerdem würden eine Menge werbewirksamer Pressefotos dabei herausspringen. Endlich einmal eine Gelegenheit, ihre Positionen ausführlicher darzustellen, als es in Kurzinterviews möglich war.

Da ihre Vorgehensweise in diesem Fall schon seit zwei Jahren bei Geschäftsleuten und Presse positiv aufgenommen wurde, schilderte Sharron zunächst wieder einmal den immer noch andauernden Kreuzzug ihrer Behörde gegen Gironde Industries. Dass die französische Firma mit fünfundzwanzig Millionen Dollar das niedrigste Angebot für die neue Gepäckausgabehalle am Flughafen eingereicht und den Zuschlag erhalten hatte, hatte den Stadtrat schwer erschüttert und viele große Baufirmen in der Stadt, die über gute Beziehungen verfügten, ausgesprochen verärgert.

Allerdings konnte eine ausländische Firma wie Gironde den Auftrag nur mithilfe einer Armee hiesiger Subunternehmer – Fliesenleger, Maler, Elektriker und Maurer – erfüllen. Diese im Angebot von Gironde aufgeführten Firmen hatten allesamt versichert, dass sie sich an die Quotengesetze hielten, die in San Francisco galten – ein bestimmter Prozentsatz der Angestellten derjenigen Firmen, die im Auftrag der Stadt arbeiteten, mussten einer ethnischen Minderheit angehören.

Gabe Torrey, der sich um einiges besser in der Branche auskannte als Pratt, hatte seine Chefin darauf hingewiesen, dass bei den Verhandlungen vielleicht nicht alles mit rechten Dingen zugegangen war. Ansonsten wäre es nämlich schlichtweg unmöglich gewesen, dass Gironde den Auftrag für die vereinbarte Summe ausführte. Torreys Auffassung nach hatte Gironde während der Verhandlungsphase Subunternehmer angeheuert und sie danach sofort wieder gefeuert. Außerdem beschäftigte bestimmt keiner dieser Subunternehmer auch nur annähernd die vorgeschriebene Anzahl von Frauen und Angehörigen ethnischer Minderheiten. Ganz gewiss dienten bei einigen dieser Firmen Mitglieder besagten Personenkreises nur als Strohmänner, und zwar für eine minimale Entlohnung. Und sicher hatte Gironde diese Leute nur pro forma eingestellt und sie mit kleinen Summen abgefunden, damit sie zu Hause blieben, obwohl sie angeblich auf der Baustelle arbeiteten.

Pratt hatte die Sache sofort in die Hand genommen.

Die Staatsanwaltschaft stürzte sich mit Feuereifer in die Schlacht, rief die Grand Jury an, lud Zeugen vor, durchsuchte die Geschäftsräume der beschuldigten Firmen, beschlagnahmte ohne Vorwarnung ihre Unterlagen und zerrte einen Betrug nach dem anderen ans Tageslicht.

Der Stein geriet immer mehr ins Rollen. Bald deckten Reporter auf, dass Gironde sich bei Bauvorhaben in Senegal, der Karibik und auf den Philippinen Menschenrechtsverletzungen hatte zuschulden kommen lassen. Der Firmeninhaber Pierre Coteau besaß zudem ein weiteres Unternehmen, das mit Pelzen handelte. Wie, so wollte Pratt wissen, könne das gute und liberale San Francisco einer derart verabscheuungswürdigen Firma einen Auftrag erteilen?

Auf Forderung des Stadtrates bereitete Gironde nun ein zweites Angebot mit einer veränderten Liste von Subunternehmern vor. Doch inzwischen hatte man im Stadtrat und in der Stadt an sich gegen das Unternehmen und für Pratt Stimmung gemacht. Niemand glaubte, dass die Firma den Auftrag behalten würde. »Und so«, schloss Pratt ihre Ausführungen, »werde ich auch in meiner zweiten Amtszeit für Recht und Gesetz eintreten. Ich werde Menschen gerichtlich belangen, die den anständigen Bürgern und fleißigen Geschäftsleuten dieser Stadt unrechtmäßig die Arbeit wegnehmen.«

Tosender Applaus brach aus. Sharron liebte Gironde, ein Fall, mit dem sich in San Francisco ausgezeichnet punkten ließ. Es ging nicht nur um ein ausgesprochen moralisches Anliegen, sondern förderte außerdem die Spendenbereitschaft ortsansässiger Bauunternehmer, die vor dem Gironde-Skandal kein Wort mit Sharron gewechselt hätten.

Nachdem sie ihren Zuhörern diese Missstände noch einmal vor Augen gehalten hatte, fuhr sie mit den üblichen Allgemeinplätzen fort, die von ihren Mitarbeitern für sie vorbereitet worden waren. Es handelte sich um willkürlich zusammengeschusterte Statistiken aus oft widersprüchlichen Quellen, so ausgesucht, dass sie Sharron Pratt in einem guten Licht zeigten.

Wie Pratt zugab, hatten sie zu Anfang ein paar Niederlagen einstecken müssen. Allerdings sei die Anzahl der Gewaltverbrechen gesunken – das galt zwar nur für den Monat Januar, doch die Ziffer war so niedrig, dass Sharron noch den November und Dezember, in denen die Verbrechensrate gestiegen war, mit einberechnen konnte. Das Ergebnis war ein Durchschnitt, der unter dem vom Spätsommer und frühen Herbst lag.

Mehr Straftäter wanderten ins Gefängnis. Das stimmte, denn die Staatsanwaltschaft ließ sich in Vorverhandlungen auf geringere Haftstrafen ein, anstatt auf einen Prozess und eine angemessene Verurteilung zu bestehen. Auf diese Weise verkürzte sich der Rechtsweg und Schwerverbrecher wurden früher wieder auf freien Fuß gesetzt. Aber Pratt konnte nun behaupten, dass dank ihrer Bemühungen mehr böse Buben hinter schwedischen Gardinen saßen.

Anschließend verkündete sie, sie vollbringe all diese guten Werke, obwohl die Polizei ihrer Behörde dabei nur Knüppel zwischen die Beine werfe. Während ihres letzten Wahlkampfes hatte sie sich aus einigen unbewiesenen Fällen angeblicher gewalttätiger Übergriffe durch die Polizei ein Wahlprogramm zurechtgezimmert. Ihr Anliegen sei es, hart gegen verbrecherische Polizisten durchzugreifen und die alten Seilschaften, bestehend aus rechtsgerichteten, rassistischen Beamten, zu zerschlagen. Dabei vergaß sie zu erwähnen, dass Farbige und Frauen bei der Polizei von San Francisco inzwischen auf allen Hierarchieebenen die gleichen Karrierechancen hatten. Und dass in dieser Stadt deutlich weniger geprügelt wurde als in anderen vergleichbaren Metropolen, verschwieg sie ebenfalls.

Dennoch kam Pratt zu dem Schluss, dass ›die effiziente Arbeitsweise der Staatsanwaltschaft sämtliche anderen Behörden in der Stadt und im Bezirk San Francisco vor Neid erblassen‹ ließe.

Als sie die Menge musterte, bemerkte sie, dass alle gebannt an ihren Lippen hingen. Der richtige Zeitpunkt war gekommen. Also nahm sie einige Seiten vom Rednerpult und ließ sie auf den Tisch neben sich fallen. »Angesichts meiner Ausführungen«, sprach sie weiter, »muss man rückblickend betrachtet feststellen, dass einigen der Integrationsprogramme, die meine Behörde zu Beginn meiner Amtszeit mit den besten Absichten aus der Taufe gehoben hat, nicht der erhoffte Erfolg beschieden war.«

Merkliche Anspannung machte sich im Raum breit. Die Zuhörer saßen plötzlich kerzengerade da und spitzten die Ohren. Sharron Pratt schwieg bedeutungsschwanger, reckte das Kinn und blickte unverwandt in die Menge. »In Vorbereitung auf meinen heutigen Auftritt habe ich Ende letzter Woche die übliche politische Rede geschrieben, um Ihnen zu schildern, wie wacker wir uns geschlagen haben. Und wie ich bereits sagte, können wir tatsächlich einige Erfolge verbuchen, auf die wir mit Recht stolz sind. Nun jedoch möchte ich von meinem Manuskript abweichen. Bitte haben Sie Verständnis für mich, denn meine Worte kommen von Herzen.

Am vergangenen Wochenende habe ich einen schrecklichen Verlust erlitten. Natürlich spreche ich von Elaine Wager, die nicht nur die Tochter unserer beliebten verstorbenen Senatorin war, sondern auch eine wichtige Persönlichkeit in dieser Stadt.« Pratt hielt inne, trank einen Schluck Wasser, fasste sich und fuhr fort. »Eine der schwersten Lektionen, die ich lernen musste, seit ich auf Seiten der Staatsanwaltschaft stehe, ist, dass das wahrhaftig Böse wirklich unter uns lebt. Dank meiner Ausbildung und Erfahrung kann ich versuchen, die Gründe für gesellschaftsfeindliches Verhalten zu verstehen. Ja, eine Freiheitsstrafe kann manchmal eine Lösung sein, aber wir dürfen die Bedeutung von Therapie- und Bildungsangeboten nicht unterschätzen. Ich bin auch weiterhin stolz auf die von uns eingeführen Programme, die das Ziel verfolgen, Gnade vor Recht ergehen zu lassen und Mitgefühl und Verständnis Raum in unserem Rechtssystem zu geben.

Allerdings haben mir die Ereignisse der letzten Tage eine traurige Wahrheit vor Augen geführt. Und deshalb möchte ich Ihnen heute eine Botschaft vermitteln, die vielleicht durch das Bemühen meiner Behörde um Gerechtigkeit, Toleranz und Anteilnahme mit verzweifelten Menschen, die aufgrund ihrer ausweglosen Lage Straftaten begehen, verwässert worden ist: Wer in San Francisco gegen das Gesetz verstößt, muss dafür büßen.«

Pratt ließ den tosenden Applaus über sich hinwegbranden, trank noch einen Schluck Wasser und wartete, bis wieder Ruhe eingekehrt war. Als sie weitersprach, stockte ihr vor Leidenschaft die Stimme – es war Zeit, nach Wählern zu fischen. »Es gibt Menschen, die sagen, ich wäre zu nachsichtig gegenüber Verbrechern und zu emotional, um meine Pflichten als Bezirksstaatsanwältin zu erfüllen. Diesen Leuten möchte ich nun etwas erwidern, was man durchaus als Kehrtwende in der Arbeitsweise meiner Behörde bezeichnen könnte.

Die Polizei hat einen Mann festgenommen, einen obdachlosen Drogensüchtigen, der den Mord an Elaine Wager gestanden hat. Er hat sie getötet, um ihr Geldbörse, Schmuck und weitere Habseligkeiten zu entwenden. In Kalifornien gilt Mord in Tateinheit mit Raub als Verbrechen unter strafverschärfenden Umständen. Das Gesetz sieht nur zwei mögliche Strafen vor: lebenslängliche Haft ohne die Möglichkeit einer vorzeitigen Entlassung – oder die Todesstrafe.«

Pratt spürte, wie alle erschrocken die Luft anhielten. Es war totenstill im Raum. Selbst die Kellner blieben stehen, um die Rede zu Ende zu hören.

»Um es hier klipp und klar zu sagen: Die Staatsanwaltschaft der Stadt und des Bezirks San Francisco beabsichtigt, in diesem Fall die Todesstrafe zu beantragen. Diese Warnung richte ich an alle Kriminellen in dieser Stadt. Heute, an diesem Tag, ziehe ich die Grenzlinie in den Sand, vor der sämtliche Gewaltverbrechen Halt machen müssen. Man muss Recht und Gesetz wieder zu seiner Geltung verhelfen. Solange ich der Staatsanwaltschaft vorstehe, wird für meine Behörde das folgende Motto gelten: ›Wer Opfer des Schicksals oder der Umstände ist, kann auch weiterhin mit Gnade rechnen …‹« Sie umfasste die Seiten des Rednerpults mit beiden Händen und ließ den Blick über die Zuschauer schweifen. »›… doch wer gegen das Gesetz verstößt, wird mit ganzer Härte verurteilt werden, und zwar in jedem …‹« Sie hielt inne und schlug mit der Faust aufs Rednerpult. »… einzelnen …« Wieder ein Schlag. »… Fall.«

Kurz herrschte erschrockenes Schweigen. Dann begann ein Mann in der ersten Reihe zu applaudieren, und es war, als wäre ein Damm gebrochen. Bald erhoben sich alle Anwesenden im Speisesaal und klatschten frenetisch Beifall.

8

Hardy, der es satt hatte, mit unberechenbaren Größen zu jonglieren, genehmigte sich eine Viertelstunde Pause. Er stand auf, streckte sich und ging zum Fenster. Es war später Nachmittag, die Innenstadt wirkte trist und grau. In ein paar Stunden war er mit Frannie zu ihrem traditionellen Ausgehabend verabredet, den sie sich jeden Mittwoch gönnten. Am liebsten hätte Hardy für heute Schluss gemacht, im Shamrock auf seine Frau gewartet und mit Moses, der hinter dem Tresen stand, ein wenig philosophiert. Dank der Theorie, dass es irgendwo auf der Welt sicher schon fünf Uhr war, kam sogar ein Cocktail in Frage.

Denn eines war sicher – er trat auf der Stelle.

Seine Auseinandersetzung mit Glitsky wegen Cole Burgess' Verhaftung am Montag machte ihm noch immer zu schaffen. Und seit seinem gestrigen Besuch im Krankenhaus bereitete ihm die Angelegenheit zunehmend Magenschmerzen. Irgendetwas lag da im Argen, doch er hatte nur wenig Lust, sich weiter einzumischen. Zum einen ging ihm die Sache zu nahe. Und zweitens wollte er seine Freundschaft mit Abe nicht wegen eines Dreckskerls wie Cole Burgess aufs Spiel setzen. Ganz zu schweigen von den Verwicklungen, die er sich dadurch mit seinen Freunden Jeff und Dorothy und Dorothys anstrengender Mutter einhandeln würde.

Wenn sich die Aufregung erst einmal gelegt hatte, würde es Cole sicher gelingen, eine Abmachung mit der Staatsanwaltschaft zu treffen, sodass er zwar eine zweistellige, aber dennoch nicht allzu lange Gefängnisstrafe absitzen musste. Für Pratts prozessscheue Staatsanwälte war jeder Mord ohnehin ein Totschlag. Selbst die Pflichtverteidiger bezeichneten das Gerichtswesen dieser Stadt als ›Schuldhandelsfabrik‹. Im besten Fall würde Cole in San Quentin wenigstens von seiner Sucht loskommen. Wie dem auch sei, die Sache ging Hardy nichts mehr an.

Im Augenblick musste er sich nämlich vorrangig mit Dash Logan befassen. Offenbar war dieser Mistkerl schwieriger zu erreichen als der Papst und Rich McNeil, Hardys Mandant, verlor verständlicherweise allmählich die Geduld.

Mitte der achtziger Jahre hatte McNeil, damals gerade fünfzig geworden, beschlossen, das Geld aus seiner Lebensversicherung in Immobilien zu investieren. Mit Microsoft wäre er vermutlich besser gefahren, doch er traute der Börse nicht. Außerdem hatte er zunächst keinen Grund zur Klage. Das Haus mit sechzehn Wohnungen auf dem Russian Hill, das er damals mit einer Viertelmillion Dollar anzahlte, hatte die gewaltige Summe von fünf Millionen gekostet. Laut jüngster Schätzung war es inzwischen über sechs Millionen wert. Mittlerweile war Rich vierundsechzig Jahre alt und plante, das Gebäude zu verkaufen und sich zur Ruhe zu setzen.

Er war ein angenehmer Zeitgenosse, der sein Leben lang gearbeitet und gespart hatte, wie es sich für einen guten Amerikaner gehörte. Doch statt einen sorgenfreien Lebensabend genießen zu können, sah er sich plötzlich ernsthaften Schwierigkeiten gegenüber.

Vor anderthalb Jahren war es ihm endlich gelungen, Manny Galt, seit fast zehn Jahren Mieter und der Albtraum eines jeden Hausbesitzers, aus der Wohnung zu werfen.

Der erste Ärger begann sich abzuzeichnen, als Manny die gesamte Wohnung, einschließlich der Fensterscheiben, schwarz angestrichen hatte. Als McNeil höflich Protest einlegte und Galt bat, zumindest die Fenster zur Straße freizulassen, hatte sich dieser ziemlich rüde geweigert. Es sei seine beschissene Wohnung, lautete die Antwort. McNeil solle sich doch ins Knie ficken.

Die unterschiedliche Einstellung zu Mietern und Vermietern, die sich in San Franciscos Mietgesetzen widerspiegelte, entsprach in etwa der Haltung von General Custer gegenüber hübschen jungen Damen im Vergleich zu Sioux-Indianern. Als Hardys Mandant sich erkundigte, ob es möglich sei, seinem Mieter wegen der Anstreichaktion zu kündigen, erfuhr er, dass das Gesetz ihm keine Chance ließ. Galt bezahlte vierhundert Dollar monatlich für seine Fünf-Zimmer-Wohnung, weshalb er diese nach Auffassung des Gesetzgebers so lange für sich beanspruchen konnte, bis er sie freiwillig aufgab – und zwar für denselben Mietpreis.

Und ausziehen kam für Galt nicht in Frage.

Da sich auch die anderen Mieter im Laufe der Jahre zunehmend von Galts Anwesenheit im Haus belästigt fühlten, bestand McNeils Alltag hauptsächlich aus Beschwerden wegen Lärms, Gestanks und unerwünschter Besucher.

Galt lebte in der Parterrewohnung gleich neben der Eingangstür und er beschloss, dass sich das Treppenhaus besser zum Abstellen seiner Harley eignete als die Garage. Offiziell arbeitete er hin und wieder als Rausschmeißer. Doch einmal hatte er McNeil gegenüber geprahlt, er verdiene das Geld für Benzin, Miete und Bier (mehr brauche er nicht), indem er Ersatzteile und Drogen an andere Biker verhökere.

Galt war ein Kleiderschrank von einem Mann – ein ungehobelter, Angst einflößender Neandertaler mit riesigem Wanst, struppigem, ungepflegtem Bart und kahlrasiertem Schädel. Seine Kleidung bestand aus schwarzen T-Shirts, schwarzen Lederhosen, schwarzen Stiefeln und Ketten. Falls er hin und wieder badete … aber nein, das konnte nicht sein, denn sonst hätte er nicht so gerochen.

Die einzigen Mieter, die es nicht lange in McNeils Haus aushielten, waren die bedauernswerten Menschen, deren Wohnungen direkt an die von Galt angrenzten. Im Laufe der Jahre war die durchschnittliche Mietdauer trotz der zentralen

Lage, des zugänglichen Hauswirts und der günstigen Miete auf zehn Monate gesunken.

Endlich, eines schönen Tages vor anderthalb Jahren, war Galt plötzlich verschwunden. Bis zum zehnten des Monats – der gesetzlich vorgeschriebenen Karenzzeit – hatte McNeil die Miete noch nicht erhalten. Sofort kündigte er schriftlich das Mietverhältnis und beantragte eine Räumungsklage. Unter gewöhnlichen Umständen hätte McNeil in San Francisco mehr als sechs Monate warten müssen, bis über seinen Antrag entschieden worden wäre. Doch eine noch nie da gewesene Fürsprache der anderen Hausbewohner, die allesamt zur Anhörung erschienen, überzeugte den Richter von der Schwere des Falles, und er entschied zugunsten von McNeil.

Obwohl McNeil mit dem Schlimmsten gerechnet hatte, war er entsetzt, als er die Wohnungstür öffnete und den Schaden in Augenschein nahm. Die Wohnung war völlig verwüstet. Vier Handwerker brauchten sechsundvierzig Tage, um die Räumlichkeiten wieder bewohnbar zu machen. Allein die Beiseitigung des Mülls nahm mehrere Wochen in Anspruch. Danach musste die Wohnung gereinigt, desinfiziert und noch einmal gereinigt werden. McNeil ließ neues Parkett verlegen, die Wände neu verputzen, Elektroanschlüsse und Armaturen austauschen und eine neue Küche einbauen. Als die Farbe getrocknet war, hatten die Arbeiten McNeil insgesamt über einunddreißigtausend Dollar gekostet. Er annoncierte die Wohnung für zweitausendvierhundert Dollar Monatsmiete. Schon am ersten Tag meldeten sich elf seriöse Interessenten.

Und dann erschien Galt wieder auf der Bildfläche.

Einige Monate lang belästigte er McNeil, suchte ihn ein paar Mal zu Hause auf – einmal in Begleitung seiner Biker-Freunde – und tobte herum. Irgendwann verschwand er wieder. Rich glaubte, es nun endlich ausgestanden zu haben.

Doch vor drei Wochen, nach so langer Zeit, tauchte Galt plötzlich erneut auf. Er reichte Zivilklage gegen McNeil ein und stellte Strafanzeige, und zwar mit der Begründung, er habe beim Nachhausekommen zu seiner Überraschung und zu seinem Entsetzen feststellen müssen, dass er aus seinem Heim vertrieben worden sei.

Anders als sein Vermieter unter Eid ausgesagt hatte, habe er die Wohnung gar nicht aufgegeben. Schließlich habe Mr. McNeil genau gewusst, dass er überstürzt mit seiner Harley nach Kentucky habe fahren müssen, um seine Mutter zu besuchen, die im Sterben liege. Vor seiner Abreise habe er McNeil zwölfhundert Dollar in bar, also drei Monatsmieten, bezahlt, für den Fall, dass er so lange fortbleiben müsse. In seiner Sorge um die Gesundheit seiner Mutter und wegen des übereilten Aufbruchs habe er sich nicht mit einer Quittung aufgehalten. Schließlich sei er ein Ehrenmann und habe von McNeil dasselbe angenommen. Zumal sie sich schon so lange kannten. Nie sei er auf den Gedanken gekommen, McNeil könne ihn betrügen.

Er habe seinem Vermieter vertraut, der ihm bis dahin als anständiger Kerl erschienen sei. Deshalb sei er bei seiner Rückkehr aus allen Wolken gefallen, als er feststellen musste, dass Rich McNeil sein Geld unterschlagen, ihn aus seiner Wohnung geworfen und all seine Habe beseitigt hatte. Denn er, Galt, sei immer ein angenehmer Mieter gewesen und habe stets pünktlich die Miete bezahlt. Kein einziges Mal habe er das Geld zu spät überwiesen. Und nun stünde er vor dem Nichts und könne ohne bezahlbare Wohnung nicht mehr in der Stadt leben, die er so sehr liebte.

Ganz gewiss sei Habgier der Grund für McNeils verabscheuungswürdiges Verbrechen. Schließlich verdiene er nun mit Galts Wohnung zweitausend Dollar mehr pro Monat. Das ganze sei schockierend und ein Skandal.

So erhob Galt mithilfe seines Anwalts Dash Logan Einspruch gegen die Räumungsklage. Außerdem verklagte er McNeil auf Rückgabe seiner Wohnung zum alten Mietpreis, auf Ersatz seiner verloren gegangenen Habseligkeiten, auf Schmerzensgeld wegen der erlittenen psychischen Belastung, auf Übernahme der Anwaltskosten und auf Schadensersatz. Die Gesamtsumme belief sich auf etwa eine Million Dollar.

Was die Angelegenheit für Hardys Mandanten jedoch noch um einiges verschlimmerte, war die Strafanzeige.

Wie offenbar jeder Lebensbereich in San Francisco war auch die Mietpreisbindung ein politisches Thema. In ihrem Wahlkampf vor drei Jahren hatte Sharron Pratt unmissverständlich klargestellt, dass sie Miethaie ebenso verabscheute, wie sie Obdachlose liebte. Schließlich hatte sie sich den Kampf für die Rechte der Armen, der Machtlosen und der sozial Schwachen auf die Fahne geschrieben. Außerdem brachten Mieter in dieser Stadt viele Wählerstimmen.

In ihren Augen handelte es sich um einen Rechtsstreit zwischen einem wohlhabenden Hausbesitzer vom Russian Hill und einem Biker, der am Rande der Gesellschaft lebte. Also ein hervorragendes Beispiel dafür, zu welchen hinterhältigen Methoden Vermieter auf der Jagd nach dem allmächtigen Dollar zu greifen bereit waren.

Hardy kannte seinen Mandanten gut. Er war ein Arbeitstier und hatte im Laufe von fünfunddreißig Jahren verschiedene Posten im Management bekleidet. Zu guter Letzt hatte er es sogar bis zum Vizedirektor der Firma Terranew Industries gebracht, einem Biotech-Unternehmen, das auf so überaus aufregende Produkte wie Düngemittel spezialisiert war.

Nach Sharron Pratts Ansicht jedoch gehörte Rich McNeil schon allein durch den Umstand, dass er beruflich Erfolg gehabt und sein Geld klug investiert hatte, der privilegierten Oberschicht an. Wen interessierte schon, dass er sein Vermögen selbst verdient hatte? Manny Galt hingegen war Mitglied der Unterschicht und hatte in den Augen vieler Zeitgenossen keinen Anspruch auf Bürgerrechte. Und deshalb handelte es sich um einen Klassenkonflikt – so einfach lag die Sache.

Üblicherweise, Pratt wusste das (und wenn sie es wieder einmal vergaß, wies Gabe Torrey sie darauf hin), setzten die Rich McNeils auf dieser Welt ihren Willen immer durch. Sie hatten ihre Seilschaften, besaßen das Geld, um gute Anwälte anzuheuern, und bestachen Beamte, die ihnen die schmutzige Arbeit abnahmen. Und Torrey hatte ihr geraten, so etwas während ihrer Amtszeit auf keinen Fall zuzulassen. Es kam überhaupt nicht in Frage. Solange sie Oberstaatsanwältin in San Francisco war, wurden hier andere Saiten aufgezogen.

Schließlich hatte man sie gewählt, um mit dem eisernen Besen durchzukehren und eine neue Ära einzuläuten.

Sie wollte der Öffentlichkeit klipp und klar mitteilen, dass sie Rich McNeils Spiel durchschaute: Ihn trieb nur die Gier nach Geld, das er überhaupt nicht brauchte. Es war Pratts Pflicht, sich schützend vor den Normalbürger zu stellen, und nun bot sich ihr endlich eine Gelegenheit, dem Establishment zu zeigen, dass die alten Machtstrukturen nicht mehr galten. Sie betrachtete die Angelegenheit nicht als Rechtsstreit zwischen Mieter und Vermieter, sondern als ausgewachsenes Wirtschaftsverbrechen, wie es diese Gesellschaft nur allzu bereitwillig duldete. Und sie war fest dazu entschlossen, drakonisch durchzugreifen.

Deshalb stellten Stadt und Bezirk San Francisco Strafantrag gegen Rich McNeil – und zwar wegen schweren Diebstahls, Meineids und Verabredung zum Betrug. Falls es zu einer Geschworenenverhandlung kam und McNeil in allen Anklagepunkten verurteilt wurde, drohten ihm drei Jahre in einem Staatsgefängnis.

Nicht unbedingt der Lebensabend, den er sich erträumt hatte.

Hardy wandte sich gerade vom Fenster ab, um ein paar Dartpfeile zu werfen, als das Telefon auf seinem Schreibtisch läutete. »Dismas Hardy.«

»Dismas?«, sagte eine Stimme. »Was zum Teufel ist denn das für ein Name?«

»Der, den meine Eltern mir gegeben haben, der geläuterte Dieb auf dem Kalvarienberg. Wer spricht da?«

»Der geläuterte Dieb. Ist ja spitze. Dismas, Dash Logan hier. Tut mir Leid, dass ich mich jetzt erst melde. Ich war beschäftigt wie ein Einbeiniger bei einem Hinterntrittwettbewerb.«

Hardy verkniff sich die spöttische Bemerkung. »Dann will ich Sie nicht lange aufhalten. Wie ich in den Nachrichten, die ich Ihnen hinterlassen habe, bereits sagte, vertrete ich Rich McNeil, und ich dachte, wir könnten ...«

Ein raues Auflachen unterbrach ihn. Der aufgesetzt fröhliche Ton weckte in Hardy den Verdacht, dass Logan bereits ein oder zwei Cocktails intus hatte. »Ach, entschuldigen Sie«, meinte die Stimme, »jemand hat mich angesprochen.« Im Hintergrund waren unverkennbare Kneipengeräusche zu hören. Ricky Martin und La Vida Loca. »Sie vertreten also McNeil.«

»Und seine fünfzehn Zeugen«, erwiderte Hardy.

»Was?« Wieder ein unzusammenhängendes Lachen. Offenbar beteiligte sich Logan gleichzeitig an einem anderen Gespräch oder wurde von etwas abgelenkt. »Das geht auf meine Rechnung. Jerry, wenn du ihn bezahlen lässt, breche ich dir den Arm …«

»Hören Sie«, mischte Hardy sich ein. »Wenn es jetzt ungünstig ist …«

»Nein, nein, alles in Ordnung. Ich bin gerade im Jupiter. Kennen Sie den Laden?«

Hardy bejahte das. Die Kneipe, ein paar Häuserblocks südlich vom Justizgebäude, war eine Art moderner Version von Lou, dem Griechen. Gute, schnelle Küche, laute Musik, schlagfertige Barkeeper und sehr beliebt bei denjenigen Anwälten, die gern mal einen heben gingen.

»Haben Sie Zeit? Ich bin nämlich noch eine Weile hier. Verabredung mit einem Mandanten.« Die Stimme entfernte sich. »Ja, du redest mit dem Typen. Ich hab's gehört.« Er sprach wieder ins Telefon. »Also, was ist, Hardy? Was halten Sie davon? Wenn Sie herkommen, lade ich Sie auf einen Drink ein.«

»Auch ich habe Mandanten, Mr. Logan. Vielleicht ein andermal. Allerdings würde ich wirklich gerne mit Ihnen reden.«

»Wann immer Sie wollen. Denken Sie, wir könnten uns außergerichtlich einigen?«

»Eigentlich planen wir eher eine Gegenklage.«

Logan schien das ausgesprochen witzig zu finden. »Jetzt machen Sie mal 'nen Punkt! Warum denn das?«

»Genau das ist eine der Fragen, die ich gerne mit Ihnen erörtern würde.«

»Das wäre aber ein sehr kurzes Gespräch.«

»Vielleicht. Vielleicht auch nicht.«

Hardy hörte Eiswürfel klappern. Es pochte an seiner Schläfe. Diese Spiegelfechterei konnte den ganzen Tag so weitergehen und er war heute wirklich nicht in der Stimmung dazu. »Mr. Logan«, begann er, aber wieder fiel die Stimme ihm ins Wort.

»Dash, bitte. Alle nennen mich Dash.«

David Freeman erschien in der Tür. Hardy bat ihn mit einem Handzeichen, sich einen Moment zu gedulden, und wandte sich wieder dem Telefon zu. »Wann wäre es Ihnen denn recht?«

»Ich bin fast jeden Tag um diese Zeit hier. Ansonsten habe ich jede Menge Zeit. Aber wenn Sie sich nicht außergerichtlich einigen wollen …« Er beendete den Satz nicht.

»Ich finde das ein wenig verfrüht.«

»Schon, doch wenn es zu einem Strafprozess kommt, wird es viel teurer.«

»Zuerst brauchen Sie Beweise, und die haben Sie nicht.«

»Nun, das denken wenigstens alle. Und wenn wir doch welche haben? Nur ein freundschaftlicher Tipp.«

»Ich werd's mir merken.«

»Sie können mich jederzeit anrufen.«

Die Verbindung wurde unterbrochen. Hardy umklammerte den Hörer. Ihm wurde klar, dass er zwar endlich mit Dash Logan gesprochen, es aber weder geschafft hatte, einen Termin mit ihm zu vereinbaren, noch wichtige Punkte der Anklage gegen seinen Mandanten zu erörtern. Er betrachtete den Hörer. »Vielen Dank«, sagte er, »Dash.«

»Dash. Hmmm.« Freeman kam herein. »Wie ich annehme, war das der unverwechselbare Mr. Logan.«

»Entweder er selbst oder sein Doppelgänger«, entgegnete Hardy, »und er war in etwa so hilfsbereit, wie du ihn mir geschildert hast.« Dann fiel ihm auf, dass David Freeman sich in sein Büro bemüht hatte, was nur sehr selten geschah. »Und was führt dich hierher auf die billigen Plätze? Sag nicht, Phyllis hätte gekündigt und du wolltest, dass ich es als Erster erfahre. Nein, das kann nicht sein. In diesem Fall hättest du Champagner mitgebracht.«

»Nein, das ist es nicht«, entgegnete Freeman. »Die gute Phyllis arbeitet noch für uns.«

Hardy zuckte die Achseln. »Okay, ich gebe mich geschlagen.«

Dass Freeman nicht sofort antwortete, war an sich schon sehr viel sagend. Die Hände in den Taschen, schlenderte er zum Fenster, blickte eine Weile hinaus, drehte sich um und lehnte sich ans Fensterbrett. »Wie du dich sicher erinnerst, haben wir heute Morgen über dein Verhältnis zu Cole Burgess gesprochen.«

»Mein Nicht-Verhältnis«, verbesserte ihn Hardy. »Ich wollte nur zu ihm ins Krankenhaus, um mit ihm zu reden und seine Version der Ereignisse zu hören. Das habe ich getan. Thema erledigt.«

»Also vertrittst du ihn nicht?«

Hardy wollte schon den Kopf schütteln, sah den alten Mann dann aber argwöhnisch an. »Was ist passiert?«, erkundigte er sich und platzte dann heraus: »Hat er einen Selbstmordversuch unternommen? Er ist tot? Hat ihn jemand umgebracht? Sag nur nicht, dass es Glitsky war.«

Freeman kicherte. »Immer mit der Ruhe, Diz. Soweit ich weiß, ist er am Leben. Allerdings kann sich mein juristisch geschulter Verstand des Eindrucks nicht erwehren, dass du dir ein wenig Sorgen um ihn zu machen scheinst.«

»Das stimmt nicht ganz.« Nach einem abwehrenden Achselzucken gab Hardy es auf. »Nach unserer Unterredung war ich mir nicht mehr ganz sicher, ob sein Geständnis rechtsgültig ist.«

»Warum?«

»Er litt an Entzugserscheinungen und man hat ihm Medikamente versprochen. In diesem Zustand hätte er einen Mord an seiner Mutter gestanden. Und er hätte sie sogar umgebracht, wenn man es von ihm verlangt hätte. Eigentlich müsste das aus dem Video hervorgehen.«

Freeman schüttelte weise den Kopf. »Nein, ganz bestimmt nicht. So dumm ist kein Polizist. Sie versprechen es ihm bei abgeschalteter Kamera und setzen ihn damit unter Druck.« Mit einem tiefen Seufzer richtete er sich auf. »Wie dem auch sei und ganz gleich, ob er der Täter ist, jedenfalls sitzt er noch tiefer in der Tinte als heute Vormittag.«

»Das ist doch wohl kaum möglich.«

»Dann hör mal gut zu. Offenbar hat jemand schon die ersten Schritte unternommen.« Freeman berichtete von Sharron Pratts Rede im Commonwealth Club.

Als er fertig war, ließ Hardy sich mit entsetzter und ungläubiger Miene auf einen Sessel gegenüber des Sofas sinken. »Todesstrafe?«, stieß er schließlich hervor.

Freeman nickte. »Ganz eindeutig. Die Anklageerhebung erfolgt morgen früh.«

»Aber Pratt hat doch noch nie strafverschärfende Umstände beantragt.«

»Aber jetzt tut sie es. Sie bezeichnet es als politische Kehrtwende. Hart durchgreifen, Wählerstimmen sammeln.«

Hardy konnte es noch immer nicht fassen. »Er ist doch nicht vorbestraft. Bis jetzt ist bei einem Angeklagten ohne Vorstrafenregister noch nie die Todesstrafe beantragt worden.« Als Freeman nichts darauf erwiderte, sprach Hardy weiter. »Die Todesstrafe ist nicht möglich, wenn ...«

»Wenn sie nachweisen kann, dass es sich um vorsätzlichen Mord unter strafverschärfenden Umständen handelt, schon.«

»Sie glaubt doch nicht im Ernst, dass die Geschworenen das mitmachen werden. Selbst wenn er Elaine getötet hat, war er zum fraglichen Zeitpunkt betrunken, stoned oder beides. Jeder gibt das zu, sogar die Polizei. Wir haben es mit einem nicht vorbestraften Angeklagten zu tun, der an schweren psychischen Störungen und Drogensucht leidet. So jemand wird nicht zum Tode verurteilt. Das kommt einfach nicht in Frage.«

»Mag sein, wenn er einen guten Anwalt hat.« Draußen wurde es dunkel und auch im Zimmer war es nicht sonderlich hell. Freemans Augen leuchteten in der Dämmerung.

»Schau mich nicht so an, David.«

In gespielter Unschuld breitete Freeman die Hände aus. »Wie schaue ich dich denn an?«

»Ich habe nicht gesagt, dass er es nicht war.« Hardy atmete tief ein und mit einem lauten Zischen wieder aus. »Ich vermute nur, dass sein Geständnis vielleicht erzwungen wurde.

Das bedeutet allerdings nicht, dass er nicht der Täter ist. Es gibt eine Menge weiterer Beweise.«

»Ganz bestimmt.« Freeman schwieg und sah Hardy aus blutunterlaufenen Augen an. »Aber gleich die Todesstrafe?«

»So weit wird sie nicht gehen«, entgegnete Hardy ruhig. »Das wäre einfach gesetzeswidrig.«

»Ich dachte mir, dass du es so siehst.« Der reglosen Miene des alten Mannes war nichts zu entnehmen. »Wenn du den Fall nicht willst, übernehme ich ihn. Aber du bist schon in die Sache verwickelt. Er hält sich für deinen Mandanten. Außerdem hast du bereits erfolgreich Mandanten verteidigt, denen die Todesstrafe drohte. Und du verabscheust Pratt und alles, was sie vertritt, besonders das, was sie jetzt vorhat.«

Unvermittelt stand Hardy auf und ging zu seinem Schreibtisch. Nachdem er ein paar Mal mit den Fingerknöcheln darauf geklopft hatte, drehte er sich zu dem alten Mann um. »Und was soll ich jetzt tun?«

Freeman nickte. »Um das herauszufinden, bin ich ja hier.«

9

Glitsky verließ früh das Büro. In der Innentasche seiner dicken, karierten Jacke befand sich das Videoband mit Burgess' Geständnis. Um kurz nach fünf kam er nach Hause und marschierte entschlossenen Schrittes durch die Küche und den Flur entlang zu dem Raum, der nach links abging und bis vor kurzem das Zimmer von Orel und Jacob gewesen war. Inzwischen war Jacob neunzehn, lebte in Mailand und bekam, obwohl Sohn eines halb schwarzen Polizisten, als Bariton hin und wieder kleine Opernrollen. Isaac, Abes ältester Sohn, war mittlerweile auch ausgezogen. Er studierte im letzten Jahr Wirtschaft an der Universität von Kalifornien in Los Angeles und würde vermutlich einen guten Abschluss machen. Orel hatte Isaacs Zimmer auf der anderen Seite des Flurs übernommen.

Abe ging zum Videorecorder, schaltete ihn ein und nahm das Video aus der Tasche. Doch plötzlich ließ ihn etwas innehalten und er straffte unmerklich die Schultern. Er legte das Video auf den Fernseher und blickte sich im Zimmer um.

Dann schloss er die Augen. Er hatte das Gefühl, als wäre es erst gestern gewesen, obwohl seitdem bereits vier Jahre vergangen waren. Das Stockbett der beiden Jungen stand an der Wand, wo sich nun das Sofa befand. Und hier, anstelle des Fernsehschrankes aus Eichenholz, waren, Rücken an Rücken, die Schreibtische aufgebaut, wo die zwei ihre Hausaufgaben machten und ihren Kram aufstapelten. Überall lagen Sachen herum – Hockeyschläger, Knieschoner, Bälle für sämtliche auf der Welt bekannten Sportarten. Poster von Sportstars und Musikgruppen an den Wänden. Überall Gerüche, ein ständiger Lärm. Isaac bewohnte noch sein Zimmer am Ende des Flurs. Und die heranwachsenden Jungen erfüllten das ganze Haus mit Leben und mit Hoffnung.

Und Flo. Flo, die in der Küche sang oder leise am Wohnzimmertisch vor sich hinsummte, während sie Überweisungen ausfüllte. Immer sang oder summte sie. Sie hatte eine wunderschöne Stimme, einen weichen, klangvollen Kontraalt. Glitsky war sicher, dass Jacob sein Talent von ihr geerbt hatte. Eigentlich hatte seine Frau nicht zur Sentimentalität geneigt, doch sie liebte melodische Balladen und Showmusik – ›Over the Rainbow‹, ›Till There Was You‹, ›The Rose‹. Seit dem Tag, an dem sie sich kennen gelernt hatten, war ihr Lieblingslied ›Unchained Melody‹ gewesen. Es gehörte einfach zu ihr. Selbst wenn sie sich kämmte, sang sie gedankenverloren vor sich hin. Dann hielt Abe in seiner Beschäftigung inne und hörte ihr gebannt zu.

Bis jetzt hatte er sich große Mühe gegeben, nicht mehr daran zu denken, und nun war es dennoch geschehen. Er stand im ehemaligen Kinderzimmer seiner Söhne und war in einer Erinnerung gefangen, die er eigentlich aus seinem Gedächtnis hatte verbannen wollen. Und ihm war, als höre er sie wieder singen.

Oh, my love, my darling …

Die Wände schienen näher zu kommen. Er schlug die Hand vors Gesicht. »Mein Gott«, flüsterte er.

Er tastete sich zum Sofa hinüber und fragte sich, was ihn da so plötzlich überkommen hatte. Doch gleichzeitig wusste er genau, was es war. Eigentlich war es eher merkwürdig, dass ihm diese Dinge so selten einfielen.

Bestimmt lag es an Elaines Tod, dachte er, dass all die Erinnerungen wieder an die Oberfläche stiegen.

Außerdem wollte ihm das Gespräch mit Treya Ghent am Vormittag einfach nicht aus dem Kopf gehen. Nicht nur, weil er nichts Neues im Fall Burgess von ihr erfahren hatte, sondern auch wegen der Gefühle, die sie in ihm auslöste.

Die Tür seines Büros.

Und seine kindische, idiotische Reaktion auf Hardy, der überhaupt nichts dafür konnte.

Doch hier, in seinem Zuhause, brauchte Glitsky sich nicht zu beherrschen. Er war unbeobachtet und konnte sich deshalb die Mühe sparen, sich zu verstellen. Für einen Moment hatte der Schmerz über Flos Tod, den Auszug seiner beiden älteren Söhne und Elaines Ermordung die Oberhand gewonnen. Aber hier war er in Sicherheit. Alles war in bester Ordnung.

Nach einer Weile fasste er sich wieder. Schließlich war dieser Raum nichts weiter als sein Fernsehzimmer, kein Ort, der ihn absichtlich mit Erinnerungen quälte. Nur vier Wände, eine Tür, ein Wandschrank, ein paar preiswerte, stabile Möbelstücke. Drei Schritte brachten ihn wieder zum Videorecorder. Er legte das Band ein und schaltete den Fernseher an.

Frannie rief an, kurz bevor Hardy das Büro verließ. Sie hatte von einem phantastischen neuen Restaurant gehört, das sie unbedingt ausprobieren mussten, und es war ihr sogar gelungen, noch in letzter Minute einen Tisch zu reservieren. Deshalb sollte Hardy sie nicht wie verabredet im Shamrock, sondern im Redwood Room des Clift Hotel treffen.

Da dieses nur ein knappes Dutzend Häuserblocks von seinem Büro entfernt war, erwiderte er, das ließe sich vermutlich einrichten. Er könne es nicht versprechen, aber die Chancen stünden gut.

»Ich werde geschniegelt und gebügelt um Punkt sieben da sein«, entgegnete sie in einem kultiviert-britischen Akzent. »Sofern du mich nicht dort erwartest, wird man sich anderweitig um meine Gesellschaft bemühen, und ich denke, ich werde mich in diesem Fall für einen aufregenderen Tischherrn entscheiden.«

»Das kann ich mir denken«, spöttelte er.

»Der größte Nachteil für eine Frau, die über einen gewissen Charme verfügt, ist, dass die Männer sie umschwärmen wie die Fliegen.«

»Ich wage nicht, es mir vorzustellen.«

»Obgleich ihr Herz natürlich stets ihrem Gatten gehört.«

»Natürlich. Ein Grund, dass er alles Menschenmögliche tun wird, um pünktlich zu erscheinen.«

»Mein Herz tanzt angesichts dieser Verheißung. Also bis dann.«

»Bis dann. Tschüss.«

Grinsend legte er den Hörer auf.

Hardy hatte die Hand noch nicht zurückgezogen, als es wieder läutete. Rasch hob er ab. »Dismas Hardy.« Es war Glitsky und er kam sofort zur Sache. »Was machst du gerade?«

»Moment, ich sehe kurz mal nach. Offenbar telefoniere ich.«

»Bist du noch eine Weile im Büro?«

»Ich bin in anderthalb Stunden mit Frannie verabredet.«

»Das ist genug Zeit.«

»Wofür?«

»Um sich das Burgess-Video anzuschauen.«

Hardy beugte sich vor und umklammerte den Hörer. »Was ist damit?«

»Ich habe es mit nach Hause genommen, es mir vorhin zum ersten Mal angesehen und es mit dem Polizeibericht verglichen. Ich dachte, dich würde interessieren, was ich rausgefunden habe.«

Das war ausgesprochen ungewöhnlich. Hardy und Glitsky waren zwar Freunde, aber die Polizei stellte Verteidigern normalerweise keine Beweismittel zur Verfügung. Dieser Vorgang, Offenlegung der Beweise genannt, war ausschließlich Sache der Staatsanwaltschaft. Allerdings hatte Hardy nicht vor, einem geschenkten Gaul ins Maul zu schauen. »Das Video mit dem Geständnis?«, fragte er. »Da könnte ich mich durchaus überreden lassen.«

Schweigen entstand, dann räusperte sich Glitsky. »Außerdem möchte ich mich entschuldigen.«

»In Ordnung. Wenn es weiter nichts ist, sei dir verziehen. Du musst wissen, dass ich auch ein paar Zweifel habe.«

Glitskys Antwort bestand aus einem langen Seufzen. »Ich bin in einer halben Stunde da«, meinte er.

Das Geständnis befand sich am Ende des sechs Stunden langen Bandes. Coles Stimme klang schleppend vor Erschöpfung. Die Kamera war die ganze Zeit über auf ihn gerichtet – der gesamte Film zeigte einen müden Mann, der in einem kleinen Raum an einem Tisch saß und geduldig und ausdruckslos seinen Text herunterleierte.

Ein Durchlauf dauerte sieben Minuten. Hardy und Glitsky spulten sofort zurück und betrachteten die Szene gerade zum zweiten Mal, als Hardy den Recorder anhielt. »Hier«, sagte er, »genau hier.«

Auf dem Bildschirm beantwortete Cole gerade die Frage des vernehmenden Polizisten, der sich erkundigte, wann genau er abgedrückt habe. »Ich weiß nicht, ich war vielleicht drei Meter hinter ihr. Sie war gerade in die Seitenstraße eingebogen.«

Der Polizist fragte, was dann geschehen sei.

»Sie stand im Schatten, es war sehr dunkel.«

»Weiter.«

»Was möchten Sie denn hören?«

»Sie sollen nur erzählen, was passiert ist. Schildern Sie es in Ihren eigenen Worten.«

»Okay.« Ein langes Zögern. »Habe ich sie erschossen?«

»Ist das eine Frage? Ich habe keine Ahnung, ob Sie sie erschossen haben. Das müssen Sie mir schon sagen. Haben Sie sie erschossen?«

Coles unsteter Blick richtete sich auf etwas, das sich außerhalb des Bildes befand. Dann sah er wieder in die Kamera. »Ja, ich war's. Ich habe sie erschossen. Als sie im Schatten stand.«

»Und was taten Sie danach?«

»Tja ... sie ist umgefallen, ich erinnere mich, dass ich zu ihr rübergegangen bin. Sie lag auf der Straße und ich bin zu ihr hin. Und dann habe ich den Geldbeutel und die Kette und die anderen Sachen genommen.«

»Was war mit der Pistole?«

»Der Pistole? Ach, ja, die habe ich kurz auf die Straße gelegt. Die Kette ... ich brauchte zwei Hände. Dann leuchtete mich der Bullenwagen an, und mir fiel ein, dass ich die Pistole aufheben musste.«

»Und weiter?«

»Ich bin losgerannt.«

Die beiden Männer saßen auf dem Sofa und sahen mit beklommenem Schweigen zu. Schließlich betätigte Hardy die Fernbedienung. Der Bildschirm wurde schwarz. Hardy blickte geradeaus und sprach ins Leere hinein. »Es war ein aufgesetzter Schuss. Jemand hat ihr die Waffe genau an den Hinterkopf gehalten, richtig? Und sie ist nicht schwer gestürzt. Denn sie trug eine Nylonstrumpfhose, die beim Fallen sicher zerrissen wäre oder Laufmaschen bekommen hätte. Der Täter stand also dicht neben ihr, fing sie auf und legte sie auf die Straße.«

»Nicht der Täter«, erwiderte Glitsky. »Burgess.«

Hardy bedachte ihn mit einem zweifelnden Blick. »Vielleicht, vielleicht auch nicht. Jedenfalls befand sich Cole drei Meter hinter ihr. Und so betrunken, wie er unseres Wissens nach war, hätte er es wohl kaum geschafft, mit einer nur siebeneinhalb Zentimeter langen Pistole mit einem einzigen Schuss bei Dunkelheit genau ihren Hinterkopf zu treffen.« Hardy fand, dass er seinem Mandanten besser helfen würde, wenn er offen mit Glitsky war, als wenn er auf das Anwaltsgeheimnis pochte. »Er hat mir gesagt, er könne sich nicht mehr erinnern, ob er geschossen habe, denke aber, dass es wohl so gewesen sein muss.«

»Dass es so gewesen sein muss«, wiederholte Glitsky skeptisch. »Ein schöner Satz. Hat er dir auch den Grund verraten?«

»Weil man seine Hände auf Schmauchspuren untersucht und welche gefunden hat.«

»Das überrascht mich nicht«, meinte Glitsky. »Er hat nämlich geschossen.« Eine Pause entstand. »Wahrscheinlich sogar zwei Mal.«

»Wahrscheinlich zwei Mal. Auch ein schöner Satz.« Hardy sah ihn fragend an.

Abe gab sich geschlagen. »Du wirst es sowieso rauskriegen. Einer der Beamten, die ihn verhaftet haben, Medrano, schreibt in seinem Bericht, die Pistole sei während der Verfolgungsjagd noch einmal losgegangen.«

»Losgegangen?«

»Ja.«

»Nun, Abe, wir werden hier noch zu richtigen Formulierungskünstlern. Die Pistole ist *losgegangen*? Findest du es nicht seltsam, es so auszudrücken?«

Keine Antwort.

Hardy fuhr fort: »Du bist Streifenpolizist und stehst neben einer Leiche in einer finsteren Seitenstraße. Dann verfolgst du zu Fuß einen flüchtigen Verdächtigen, dein Adrenalinspiegel erreicht ungeahnte Höhen und all deine Sinne sind angespannt. Du hörst einen Schuss, doch du bist sicher, dass die Pistole wirklich *von alleine losgegangen* ist? Dass man nicht auf dich geschossen hat? Du bist überzeugt davon? So überzeugt, dass du das Feuer nicht erwiderst? Das kaufe ich dir nicht ab.«

»Eine Vermutung«, meinte Glitsky.

»Mehr als das, Abe.« Hardy betätigte erneut die Fernbedienung. »Und außerdem haben wir noch das da – diese Stelle gefällt mir ganz und gar nicht.«

Auf dem Bildschirm war wieder Cole zu sehen. »Ich erinnere mich, dass ich zu ihr rübergegangen bin. Sie lag auf der Straße, also bin ich zu ihr hin.«

Hardy hielt das Band an und betrachtete Glitsky nachdenklich. »Bestimmt fällt dir auf, dass er ›Ich erinnere mich‹ sagt. Meiner Ansicht nach erzählt Cole ab hier von Dingen, an die er sich *wirklich* erinnert. Er wiederholt nicht das, was Ridley Banks von ihm verlangt hat. Hast du gehört?

Er sagte, er sei zu ihr rübergegangen. Sind das die Worte eines Menschen, der gerade jemanden mit einem aufgesetzten Schuss von hinten getötet hat? Und wenn wir schon einmal dabei sind: Wie schafft es ein betrunkener Junkie in einer dunklen Seitenstraße dicht genug an Elaine Wager heranzukommen, um ihr eine Pistole an den Hinterkopf zu halten? Wenn es sich um einen Straßenraub gehandelt hätte, hätte er einfach ihre Handtasche gepackt und wäre abgehauen.«

Der Lieutenant nickte zweifelnd. Hardy hörte Glitskys schweres, fast mühsames Atmen und hatte plötzlich das Bedürfnis aufzustehen. Er ging zu seiner Dartscheibe, nahm die drei handgearbeiteten Pfeile heraus, trat an die mit Klebeband auf dem Boden markierte Linie und warf. Dann setzte er sich auf die Schreibtischkante und sah seinen Freund an. »Jemand hat sie umgelegt.«

Abe erwiderte Hardys Blick. »Cole Burgess.«

»Wirklich?«

Glitsky verdrehte die Augen und seufzte tief auf. »Das Geständnis ist eben ein bisschen fragwürdig. Wahrscheinlich hat Ridley ihn beim Verhör etwas zu hart rangenommen. Das ist meine Schuld. Ich habe ihn mehr oder weniger darum gebeten.«

Hardy überlegte fieberhaft und ging die verschiedenen Möglichkeiten im Geiste durch. Die Situation war ziemlich unschön. Auch wenn Pratt Cole noch nicht offiziell wegen Mordes unter strafverschärfenden Umständen angeklagt hatte – und er wäre nicht überrascht gewesen, wenn sie den Papierkram bereits durchgepeitscht hätte –, hatte sie ihre Einstellung bereits öffentlich kundgetan. Außerdem hatte sie diesen Fall zum Dreh- und Angelpunkt ihres Wahlkampfes erklärt. Und angesichts der politischen Verhältnisse in dieser Stadt würde sie ganz sicher keinen Millimeter von ihrem Standpunkt abweichen.

Das wiederum bedeutete, dass Abe nicht mehr für die Ermittlungen gegen Cole zuständig war. Die Polizei hatte ihre Pflicht erfüllt und einen eindeutig schuldigen Verdächtigen festgenommen. Wenn sie sich nun nach Coles Geständnis auch nur die leisesten Zweifel anmerken ließ, würde das unabsehbare politische Folgen haben.

Gerne hätte Hardy Abe getröstet, doch er sah dazu nur wenig Möglichkeit. Glitsky hatte als Leiter der Mordkommission überreagiert und seine Leute auf gefährliches, wenn nicht gar verbotenes Terrain geführt. Nun drohte einem Mann die Todesstrafe. Einige der Beweise waren möglicherweise nicht rechtsgültig. Und niemand konnte es sich leisten, öffentlich Zweifel zu äußern.

Glitsky stand auf, ging zum Fenster und blickte auf die dunkle Straße hinunter.

»Alles in Ordnung, Abe?«

»Es darf nicht am Geständnis haken.«

»Vielleicht hat es sogar noch weiter reichende Folgen.«

Glitsky wusste, worauf Hardy anspielte, aber er schüttelte den Kopf. »Mach dir nichts vor, Diz. Burgess ist der Täter. Und jetzt bin ich möglicherweise schuld, wenn er nicht verurteilt werden kann.« Mehr zu sich selbst fuhr er fort. »Ich bin befangen. Ich muss mich raushalten.«

»Was meinst du damit?«, erkundigte sich Hardy.

Glitsky wandte sich zu ihm um. »Warum ausgerechnet Elaine? Daran muss ich ständig denken. Warum Elaine?« Hardy konnte sich nicht erinnern, Abe je so niedergeschlagen erlebt zu haben, so ganz und gar menschlich. Selbst nach dem Tod seiner Frau hatte er sich hinter einer gleichmütigen Fassade verschanzt. Nun jedoch war ihm der Schmerz deutlich anzusehen.

Frannies Theorie, was das wahre Verhältnis zwischen Glitsky und Elaine Wager anging, ließ Hardy einfach nicht los. »Ich wusste gar nicht, dass ihr euch so nah gestanden habt.«

Glitsky senkte den Kopf, zog die Jalousien auseinander und ließ wieder los. Dann hob er den Kopf, biss sich auf die Lippe und starrte ins Leere. »Gut«, meinte er schließlich.

Und er sagte Hardy die ganze Wahrheit.

Frannie trug ein schlichtes schwarzes Cocktailkleid. Eine Perlenkette. Spaghettiträger auf den hübschen Schultern, die im Sommer meist von leichten Sommersprossen bedeckt waren.

Nun, mitten im Winter, waren sie cremeweiß. Ihr flammend rotes Haar hatte sie streng zurückgekämmt und mit einem dicken, goldenen Band zusammengefasst. Sie wartete an der Bar, die Knie übereinander geschlagen, und zeigte ihre langen Beine.

Der gewaltige, hohe Redwood Room, der seinen Namen dem Baum verdankte, aus dessen Holz die Wandtäfelung bestand, gehörte zu den eleganteren, schickeren Lokalen in einer Stadt, in der es von derartigen Restaurants nur so wimmelt. Als Hardy auf der Schwelle stand und seine schöne Frau beobachtete, die gerade dem erstklassigen Klavierspieler lauschte, vergaß er fast seinen Fall. Doch nachdem er das Video mit dem ›Geständnis‹ gesehen hatte, war Hardy sicher, dass dieser Fall – zumindest in näherer Zukunft – den Großteil seines Lebens in Anspruch nehmen würde.

In seinen Augen stand dieser Raum für das, was San Francisco einmal gewesen war. Oder wenigstens dafür, wie es sich selbst gerne in Erinnerung behielt. Zu Hause trug Hardy zwar am liebsten Jeans oder Cordhosen und dazu ein Sweatshirt, doch er war stolz darauf, dass er in Kreisen verkehrte, wo man sich hin und wieder zum Essen umkleidete, ein bisschen Luxus genoss und auch die schönen Seiten des Lebens zu würdigen wusste. Gott sei Dank.

Allerdings lag das nicht nur an dem stilvollen Ambiente, dessen Anblick sich dem Betrachter bot. Nein, dieser Raum war gewissermaßen eine Oase in einer Wüste kultureller Verkommenheit. Alles hier strahlte Gediegenheit und Zuversicht aus; und es gab nicht einen einzigen Fernseher, der den Gästen die Ruhe raubte und ihre Intelligenz beleidigte. Keine Werbeplakate verunzierten die Wände. Hardy gefiel es hier. Und er liebte seine Frau dafür, dass sie diesen Treffpunkt vorgeschlagen und einen Tisch in dem phänomenalen neuen Restaurant reserviert hatte, wo immer es auch liegen mochte.

Unwillkürlich rückte er seine Krawatte zurecht, betrachtete prüfend sein Spiegelbild und fand es einfach großartig, dabei zu sein. In San Francisco an der Wende zum neuen Jahrtausend. Er ging zu seiner Frau hinüber, küsste sie und bekam ebenfalls einen Kuss. Dann zog er sich einen Barhocker heran und ließ noch einmal den Blick durch den prächtigen Raum schweifen. »So sollte die Welt immer sein, findest du nicht?«

Das neue Restaurant hieß Charles Nob Hill.

Hardy bewertete es mit der besten Note.

Sie saßen an einem Tisch für zwei in einer verschwiegenen Nische. Der Kellner, der Vincent hieß wie ihr Sohn, war ihnen sofort sympathisch. Er war jung, aufgeweckt, nicht übertrieben witzig und beherrschte die Kunst, zu erscheinen, wenn er gebraucht wurde, und sich ansonsten rar zu machen. Die Wände des Restaurants waren mit weichem Stoff gepolstert. Die mattgoldene Ausstattung schimmerte sanft im Kerzenlicht. Hardy aß Gänseleber an in Portwein geschmorten Feigen und rosa gebratene Entenbrust mit köstlichen Gemüsen. Frannie bestellte wie meistens rohe Austern und Lachs. Nun hielten sie sich an den Händen, teilten sich eine üppige Schokoladentorte und labten sich dabei am letzten Rest eines ausgezeichneten Pinot Noir.

»Ich fasse es immer noch nicht«, sagte Frannie. »Warum hat er es uns nie erzählt?«

»Er hat es sogar ihr selbst verschwiegen, Frannie.«

Sie schüttelte den Kopf. »Ich begreife es einfach nicht. Wie konnte er es seiner eigenen Tochter verheimlichen?«

»Vielleicht glaubte er, dass dieses Wissen sie nur belasten würde.« Hardy trank einen Schluck Wein. »Er hat es selbst erst vor ein paar Jahren erfahren. Er wollte sich nicht in ihr Leben einmischen.«

Aber seine Frau war da anderer Ansicht. »Sicher wäre es wichtig für sie gewesen, es zu wissen. Sie wäre schon damit zurechtgekommen. Abe und Loretta Wager? Die Senatorin?«

»Dieser Punkt ist ebenfalls wichtig. Der politische Aspekt. Und das ist nicht eben Abes Stärke, wie du mir sicher zustimmen wirst.«

»Obwohl er zur Zeit bis zum Hals in der Politik steckt.«

Hardy nickte. »Mindestens. Vielleicht sogar bis über beide Ohren.«

»Sodass er keine Luft mehr kriegt.«

»Ich hoffe, so weit ist es noch nicht.«

Sie spielten mit den Krümeln auf ihrem Teller herum. Nach einer Weile seufzte Frannie. »Was wird er jetzt tun?«

Ein Achselzucken. »Den Fall weiterverfolgen. Versuchen, Pratt dazu zu bringen, dass sie das Geständnis nicht verwendet. Doch sie wird sich weigern.«

»Und dann?«

»Keine Ahnung. Vielleicht seinen Hut nehmen.«

»Abe wird niemals kündigen. Der Job ist sein Leben.«

»Er hat es erwähnt. So könnte er Pratt unter Druck setzen.«

»Das glaube ich nicht. Meiner Ansicht nach wird sie sich die Finger lecken, weil die brutale Polizei den armen, aber schuldigen Verdächtigen misshandelt hat. Sie wird es in beide Richtungen ausnützen.« Plötzlich legte Frannie die Gabel weg und sah ihren Mann über den Tisch hinweg an. »Dismas, sie könnte ihn sogar anklagen.«

»Ihm passiert schon nichts, Fran. Abe schlägt sich immer durch.«

Aber Fran schüttelte wieder den Kopf. »Natürlich wird er darüber hinwegkommen. Doch wie soll er danach weiterleben. Er ist nicht unbedingt ein fröhlicher Mensch. Und ohne Job, ohne Aufgabe …« Ihre Stimme erstarb. »Und wie ich vermute, wirst du die Sache übernehmen, wenn Pratt nicht lockerlässt.«

Er nickte. »Ich habe bereits Dorothy und Jeff angerufen. Zumindest zur Anklageerhebung muss ich erscheinen.«

»Und wann ist die?«

»Morgen früh.« Er verzog das Gesicht. »Ich muss verhindern, dass Pratt den Jungen aufgrund von Indizien hinrichten lässt.«

»Und das bedeutet, dass du behaupten musst, ein anderer habe Elaine getötet.«

»Sieht ganz danach aus.«

»Also müssen du und Abe …« Sie brach ab und leerte ihr Weinglas. »Vielleicht könnt ihr wenigstens aufeinander aufpassen.«

Er schüttelte den Kopf und versuchte ihre Sorgen zu zerstreuen. »So weit wird es nicht kommen. Abe und ich …«

»Nein!« Sie zeigte mit dem Finger auf ihn. »Bitte sag jetzt nicht, du wärst kugelsicher.«

»Das würde ich nie tun«, erwiderte er. »Das ist David Freemans Spruch, nicht meiner. Ich bin einfach nur methodisch und von einer märchenhaften Kompetenz.«

»Ziemlich nützliche Eigenschaften.« Frannie stellte ihr Weinglas weg. »Warum benützt du sie nicht, um Vincent herbeizulocken, damit wir nach Hause und ins Bett gehen können.«

10

Stadtgespräch
von Jeff Elliot

In ihrer von den Medien stark beachteten Rede im Commonwealth Club am gestrigen Nachmittag hat die Bezirkstaatsanwältin Sharron Pratt neue Saiten aufgezogen – und wie so viele andere Töne, die sie während ihrer Amtszeit irrtümlicherweise angeschlagen hat, erzeugten auch sie einen schrillen Klang.

Gestern präsentierte sich unsere wandlungsfähigste gewählte Amtsinhaberin als schwadronierender, knallharter Racheengel, der unsere schöne Stadt endgültig vom Verbrechen befreien will. Und es wurde langsam Zeit. Da die Wahlen in diesem Herbst immer näher rücken und ihre Umfrageergebnisse so miserabel sind wie noch nie, muss Ms. Pratt dringend etwas gegen ihr Image als wirrköpfige Liberale unternehmen – vor allem angesichts dessen, dass sich ihre Behörde, was die Verurteilung von Straftätern angeht, nicht eben mit Ruhm bekleckert hat.

Man muss Ms. Pratt zugute halten, dass sie sich engagiert für die Interessen ihrer Parteifreunde und Spender einsetzt, vor allem, was die immer noch andauernde Girone-Affäre betrifft; wenn es so weitergeht, wird der Flughafen vermutlich nie fertig. Andererseits weigert sich die Staatsanwältin, strafrechtliche Schritte gegen minderschwere Vergehen wie Prostitution, Drogenbesitz in geringen Mengen, Stadtstreicherei, Hausfriedensbruch, Vandalismus (besonders Graffitischmierereien, die sie als ›kreative Ausdrucksmöglichkeit für unterprivilegierte Jugendliche‹ bezeichnet) und noch viele andere mehr zu unternehmen. Auch Mord gehört dazu, solange anerkennenswerte politische Motive hinter der Tat stehen. Wenn ein Gesetz nicht Ms. Pratts Weltsicht entspricht, wird sie auch nicht auf dessen Einhaltung pochen.

Dennoch bedeutet die gestrige Rede eine Kehrtwende, denn zum ersten Mal scheint in Ms. Pratt die Erkenntnis gereift zu sein, dass es als oberste Anklagevertreterin dieser Stadt ihre Pflicht ist, Straftäter hinter Gitter zu bringen. In einem Anfall von Größenwahn ist sie sogar noch weitergegangen und fordert nun die Todesstrafe für den jungen Mann, der angeklagt – allerdings noch nicht verurteilt – ist, die ehemalige Staatsanwältin Elaine Wager ermordet zu haben.

Der Name des Mannes ist Cole Burgess. Er ist mein Schwager, siebenundzwanzig Jahre alt, Collegeabsolvent, obdachlos und heroinsüchtig. Obwohl er das Verbrechen gestanden hat, kann er sich an die Tat nicht erinnern. Vermutlich wird er auf nicht schuldig plädieren, also werden die Geschworenen ihn zum Tode verurteilen müssen. Um das zu tun, wären sie gezwungen zu ignorieren, dass er zum fraglichen Zeitpunkt unter Alkoholeinfluss stand und an Entzugserscheinungen litt. Außerdem werden sie missachten müssen, dass Cole Burgess bis auf einige Verstöße gegen das Betäubungsmittelgesetz nicht vorbestraft und auch noch nie gewalttätig geworden ist. Also ist er nicht gemeingefährlicher als die zwei Dutzend anderen Mörder, bei denen Ms. Pratt keine strafverschärfenden Umstände, geschweige denn die Todesstrafe beantragt hat.

Dennoch hat sie bereits ihr Urteil über Mr. Burgess gefällt und die Strafe über ihn verhängt. Um ihre politische Karriere zu fördern, verlangt sie seine Hinrichtung.

Das erste Opfer in ihrem Krieg gegen das Verbrechen hat die Staatsanwältin sich mit Bedacht ausgewählt. Als heterosexueller, weißer Mann hat er im Beziehungsgeflecht unserer Wagenburg keine Verbündeten. Als Obdachloser verkörpert er das Feindbild der Mehrheit aller Bürger von San Francisco, die von Straßenhändlern und Bettlern die Nase voll haben. Und als Heroinabhängiger ist er ein verwirrter Außenseiter ohne Hoffnung.

Kaum zu glauben, dass Ms. Pratt all diese Dinge nicht weiß und sie skrupellos für ihre Ziele ausnützt. Es wird ihr Wählerstimmen einbringen, von denen sie jede Einzelne braucht.

Sie sollte sich schämen.

Obwohl Frank Batiste, Chef der Polizeiaufsichtsbehörde, nur zehn Häuserblocks von Glitsky entfernt wohnte, war er noch nie bei ihm zu Hause gewesen.

Es war noch nicht acht Uhr morgens, als er im dichten Nebel auf der Veranda des hübschen viktorianischen Hauses in der Cherry Street stand und auf die Türglocke drückte. Neben dem Gehweg erstreckte sich ein sauber gestutzter Rasen. Zwei identische weiße Korbstühle, offenbar die Stammplätze des Hausherrn und seiner Frau, prangten auf der Veranda. Überall standen Blumenkübel voller vor Gesundheit strotzender Pflanzen herum. Kurz wurde Glitsky von Neid ergriffen. Batiste war sein Vorgänger als Leiter der Mordkommission. Wie konnte ein Polizist, dessen Karriere ganz ähnlich verlaufen war wie seine eigene, in einer derart bürgerlichen Idylle leben? Wie hatte er das geschafft? Man konnte Glitskys eigenes Haus zwar kaum als Bruchbude bezeichnen – ganz und gar nicht, es war sehr gepflegt –, aber …

Die Tür öffnete sich, was Glitsky aus diesen unschönen Gedanken riss. Er sah Batistes aufrichtiges Gesicht und seine ausgestreckte Hand. »Hallo, Abe. Du bist der Erste. Komm rein.«

»Tut mir Leid, dass ich dich zu Hause störe, Frank.«

Ein beschwichtigender Blick. »Bitte. Willst du einen Kaffee? Nein, ich erinnere mich.« Batiste schnippte mit den Fingern. »Tee. Ist Earl Grey in Ordnung?«

»Mehr als das.«

»Gut.«

Sie gingen durch den langen Flur zum hinteren Teil des Hauses. Aus dem Augenwinkel bemerkte Glitsky die Familienfotos an den Wänden und die Dutzende von Sportpokalen auf einem langen, schmalen Tisch. Obwohl er Frank seit zwanzig Jahren kannte, hatte er kaum wahrgenommen, dass er verheiratet und Vater von offenbar mindestens vier Kindern war.

In der Küche lag ein riesiger schwarzer Labrador vor der Hintertür. »Das ist Arlene«, sagte Batiste und tätschelte dem Hund den Kopf. »Sie beißt nicht. Wahrscheinlich bewegt sie sich nicht einmal. Vielleicht ist sie ja schon tot, keine Ahnung.« Er zauste ihr das Fell. »Arlene, lebst du noch?«

Als der gewaltige alte Hund ein Auge öffnete, strahlte Batiste übers ganze Gesicht. »Super, Arlene! Du willst wohl vor unserem Besuch angeben!« Er wandte sich an Abe. »Anscheinend mag sie dich. Und sie lebt noch«, fügte er hinzu.

Nach seinem Besuch bei Hardy am Vorabend hatte Abe seinen alten, weisen Vater Nat angerufen. Sie hatten die Angelegenheit aus verschiedenen Blickwinkeln erörtert und dann hatte Abe sich mit dem Captain in Verbindung gesetzt. Er und Batiste hatten in der Mordkommission zusammengearbeitet, und zwar viele Jahre lang, weshalb sie einander gut kannten. Außerdem waren sie sich darin einig, dass sie Politik zum Kotzen fanden.

In den letzten Jahren war in Glitsky die Gewissheit gewachsen, dass Frank sich trotz seines hohen Ranges nicht sonderlich mit den Drahtziehern in der Behörde verstand. Polizeichef Dan Rigby lebte in einer anderen Welt und verließ nur selten die höheren Sphären der Politik – Finanzen, Haushaltspläne, Statistiken, Verhaftungsquoten, Gleichstellungsmaßnahmen. Rigby war mit anderen städtischen Behörden ›vernetzt‹, dem Bürgermeisteramt, der Staatsanwaltschaft und den ganzen anderen Wichtigtuern, die Glitsky nur im Weg herumstanden.

Und deshalb war er sicher, dass Batiste noch immer mit Leib und Seele Polizist und darum sein Verbündeter war.

Aus diesem Grunde hatte er ihn angerufen und ihm seine Rolle in diesem Spiel schonungslos und ohne Ausflüchte geschildert. Er gab zu, im Fall Burgess sei von Anfang an einiges schief gelaufen, und zwar hauptsächlich seinetwegen, wegen seiner Befehle und seiner Einstellung.

Abe hatte den Eindruck, dass er nur wenig Möglichkeiten der Schadensbegrenzung hatte, solange er mit seinen Kollegen – Batiste, Medrano und Petrie und Ridley Banks – nicht reinen Tisch machte. Diese Ehrensache stand bei ihm an oberster Stelle. Er musste zuerst mit seinen Männern sprechen, bevor er seinen Kreuzzug weiter vorantrieb. Außerdem sollte der Leichenbeschauer John Strout hören, was er zu sagen hatte.

Also hatte Batiste einen Termin am frühen Morgen vorgeschlagen.

Offenbar kannte sich Batiste gut in der modern ausgestatteten Küche aus. Er zauberte einen echten Flötenkessel und sogar eine Teekanne hervor, löffelte Teeblätter aus einer Porzellandose in eine silberne Kugel, verschloss sie und versenkte sie in der Teekanne. »Es dauert eine Minute«, meinte er, ohne in seiner Arbeit innezuhalten. »So. Die Sache wird also heiß.« Damit war nicht der Teekessel gemeint.

Mit verschränkten Armen und ernster Miene lehnte Batiste an der Anrichte. Die anderen saßen rings um den zerschrammten Küchentisch aus Holz, der gewiss schon unzählige Mahlzeiten miterlebt hatte – die Überreste der jüngst vergangenen waren noch zu erkennen.

Nachdem Glitsky seinen Bericht beendet hatte, kratzte er an einem Ketchupfleck herum und wartete auf die Reaktionen seiner Kollegen. Nach der Körpersprache und der im Raum herrschenden Spannung zu urteilen, würden sie nicht gerade positiv ausfallen.

Arlene – immer noch am Leben – hatte offenbar einen Hundealbtraum und stieß ein Stöhnen aus.

Inspector Ridley Banks schob quietschend seinen Stuhl vor und richtete sich am Tisch auf. Sein dunkelhäutiges Gesicht war reglos, seine Stimme klang gepresst. »Der Mann hat gestanden, Abe. Er hat den Mord auf Video zugegeben.«

»Das stimmt. Und deshalb sind wir hier, Rid.« Glitsky konnte Ridley seine Wut nicht zum Vorwurf machen. Schließlich hatte er den Befehl seines Lieutenants erfüllt. Und nun saß er deswegen in der Klemme. »Ich möchte euch mitteilen, dass ich für die Sache verantwortlich bin. Ich nehme alles auf mich.«

»Wenn wir das Geständnis fallen lassen«, meinte Ridley.

Das war natürlich nicht Aufgabe der Polizei, doch Glitsky verstand, worauf er hinauswollte. »Wenn wir uns an die Staatsanwaltschaft wenden, ja ...«

»Und könnten Sie mir vielleicht noch einmal erklären, warum wir das tun sollten?« Normalerweise hätte Glitsky seinen Untergebenen wegen seines aufsässigen Tons zusammengestaucht, aber nicht heute.

»Wegen der Dinge, die ich Ihnen gerade erläutert habe«, entgegnete er. »Burgess' Aussage deckt sich nicht mit den Vorgängen, wie sie sich offenbar abgespielt haben.«

»Na und? Das passiert öfter. Der Typ hat gestanden. Der Schmauchspurentest ...«

Batiste stellte fest, dass die Stimmung zunehmend gereizt wurde. »Hier geht es nicht um Schuldzuweisungen, Rid. Niemand macht Ihnen einen Vorwurf. Doch es wird wegen dieses Geständnisses eine Anhörung stattfinden und ich werde die Wahrheit sagen.«

Ridley Banks sah ihn finster an. »Unterstellen Sie mir etwa, dass ich lüge?«

»Nein, das habe ich nicht gesagt.«

»Sie waren nicht dabei, Abe, im Gegensatz zu mir.«

»Aber ich habe das Band gesehen, Rid, und ich weiß, was ich Ihnen befohlen habe.«

»Und das habe ich auch getan. Buchstabengetreu. Und nun ist mein Arsch ...«

»Immer mit der Ruhe, Jungs«, fiel Batiste ihm ins Wort. »Ich finde, wir müssen erst die Sache mit dem Geständnis klären. Richtig, Abe?«

Glitsky nickte.

»Entschulden Sie, Sir.« Ridley Banks war noch immer aufgebracht. Jetzt wandte er sich an Batiste, nicht an Abe. »Offenbar sitze ich auf der Leitung. Ich habe ein Geständnis dieses

Drecksacks. Ist irgendwo auf dem Band zu sehen, dass ich ihm Stoff verspreche, falls er redet? Nein? Nein, das glaube ich nicht. Anscheinend bin ich wirklich zu blöd.«

»Das sagt niemand, Rid«, erwiderte Glitsky.

»Wirklich? Das ist aber komisch. Denn bei Ihnen hört es sich so an, als hätte ich ihn zu einer Lüge gezwungen, und zwar so, dass man es auf dem Band nicht mitkriegt.«

»Nein. Allerdings hätte er erst von den Sanitätern für vernehmungsfähig erklärt werden müssen, und das habe ich verhindert.«

»Aber nein.« Banks war noch nicht überzeugt. »Nicht Sie haben ihn in die Mangel genommen, sondern ich. So ist es auf dem Band. Und es handelt sich um ein rechtsgültiges Geständnis.«

»Da bin ich anderer Meinung«, entgegnete Glitsky. »Ein großer Prozentsatz seiner Aussage ist schlichtweg falsch. Er sagte, er sei *zu ihr rübergegangen*. Nachdem sie erschossen wurde. *Er erinnere sich*, dass sie reglos am Boden lag.«

Der schlaksige Gerichtsmediziner beschloss, dass es an der Zeit war, sich einzuschalten. Er sah die Männer am Tisch nacheinander an, streckte die Arme aus und knackte mit den Fingerknöcheln. Dann ergriff er in ruhigem, gedehntem Ton das Wort. »Sie wurde durch einen direkt auf ihr Haar aufgesetzten Schuss getötet. Weder Knie, Beine noch ein anderer Körperteil wiesen Abschürfungen auf. Also ist sie vorsichtig auf den Boden gelegt worden.«

»Burgess war sturzbetrunken, Ridley«, ergänzte Glitsky, die Stimme der Vernunft. »Er wäre beim Versuch, sie festzuhalten und sie hinzulegen wahrscheinlich selbst gefallen.«

»Vielleicht war es ja auch so«, widersprach der Inspector. »Er ist zuerst gestürzt und sie danach auf ihn drauf.« Er wandte sich an Strout. »Dann hätte sie auch keine Abschürfungen, richtig, John?«

Strout warf Glitsky einen Blick zu. »Es könnte so passiert sein.«

Banks fuhr fort. »Ich verstehe wirklich nicht, wo Ihr Problem liegt, Abe. Schließlich habe ich den Jungen ja nicht mit vorgehaltener Waffe zur Aussage gezwungen.«

»Und er hatte keine Entzugserscheinungen? Er hat Ihnen nicht einfach nach dem Mund geredet?«

»Kann sein. Ich erinnere mich nicht genau. Es war ein langer Tag. Aber egal, wie genau es gewesen ist, niemand wird es beweisen können. Und selbst wenn es so war, na und? Vielleicht hat er ja auch die Wahrheit gesagt, um das Verhör hinter sich zu bringen. Das Arschloch hat einmal im Leben die richtige Entscheidung gefällt.«

»Aber die Details stimmen nicht.«

»Gut, er war ein bisschen wirr im Kopf und hat was durcheinander gebracht. Ist ja nicht weiter überraschend. Sollen sich die Geschworenen damit beschäftigen. Wir haben mehr als genug für eine Anklage in der Hand. Und das ist schließlich unser Job.«

Doch Glitsky gab noch nicht auf. »So kriegen wir ihn aber nicht. Mehr wollte ich gar nicht sagen.«

Banks schüttelte den Kopf. »Burgess war am Tatort. Er hat sie beraubt, er war bewaffnet, er hat die Pistole abgefeuert und dann hat er gestanden, dass er es gewesen ist. Verdammt noch mal! Und wenn es ihm wieder besser geht, ändert er seine Geschichte. Das würde doch jeder tun.«

Batiste räusperte sich. »Abe?«

Der Lieutenant hob den Kopf.

»Es ist bewundernswert von dir, deine Männer schützen zu wollen, weil du sie dazu gebracht hast, die Grenzen zu überschreiten. Allerdings kann ich keinen Hinweis darauf entdecken, dass sie in diesem Fall zu weit gegangen sind. Ich muss Ridley beipflichten. Es wäre zwecklos, sich in diesem Stadium noch mal an Pratt zu wenden. Also werden wir dieses Geständnis verteidigen. Und zwar alle gemeinsam ...« Er beendete den Satz nicht. Die Botschaft war unmissverständlich.

Glitsky gab sich geschlagen und musterte die Gesichter der Anwesenden. »Gut«, meinte er. »Ich danke euch, dass ihr gekommen seid.«

11

Hardy sah auf die Uhr – fünf nach halb neun. Eigentlich hätte man Cole schon längst herbringen sollen. Nach seinem Erlebnis im Gefängnis vor drei Tagen fiel es ihm zunehmend schwer, den Strafvollzugsbeamten mit Geduld zu begegnen. Andererseits wusste er, dass fünf Minuten auf dem Flur hinter den Gerichtssälen im ersten Stock des Justizgebäudes keine Zeiteinheit von Bedeutung waren. Solange jemand nicht mindestens eine Viertelstunde zu spät kam, galt er als pünktlich. Deshalb wartete er bemüht ruhig vor der Arrestzelle hinter Gerichtssaal 11 und versuchte, das Chaos um sich herum nicht zu beachten – was angesichts der Menschenmassen nicht gerade einfach war.

Auf dem Korridor, der entlang des Gebäudes hinter den Gerichtssälen verlief, tobte das Leben, obwohl Hardy Schwierigkeiten hatte, es als solches zu bezeichnen. Angeklagte in orangenen Gefängnisoveralls schlurften – in Handschellen und manchmal auch in Ketten und begleitet von Wachbeamten – klappernd umher. Die morgendliche Anlieferung vom Gefängnis nebenan in die Gerichtssäle war ein steter, bedrückend wirkender Menschenstrom.

Hardy fühlte sich stark an einen Zoo erinnert. Die angeketteten Sträflinge wurden von ihren Wärtern – die die Gefährlichkeit ihrer Schützlinge nicht vergessen durften, wenn ihnen ihr Leben lieb war – von einem Käfig in den nächsten geführt. Obwohl Hardy das schon hundertmal gesehen hatte, machte es ihn immer wieder traurig, denn er wusste, dass jeder dieser Angeklagten ein menschliches Wesen war, geboren mit Rechten, mit Würde und mit Hoffnungen. Die meisten von ihnen hatten Mütter und Väter, die sie wenigstens eine Zeit lang geliebt hatten. Und nun waren sie hier gelandet und wurden gehalten wie gefährliche Bestien.

Allerdings war ihm, so sehr es ihn auch bestürzte, klar, dass das Rechtssystem nicht anders mit ihnen verfahren konnte. Er machte sich nichts vor; fast jeder der Sträflinge, die an ihm vorbeigingen, hatte die Hoffnung verloren, seine Würde aufgegeben und nahezu all seine Rechte verwirkt. Inzwischen waren viele dieser Leute kaum mehr als Tiere, die man bändigen, verurteilen und einsperren musste.

Hardy wünschte, man würde sich mit Coles Überführung ein wenig beeilen. Falls er noch länger warten musste, würde er wahrscheinlich ein Beruhigungsmittel brauchen, wenn sein Mandant endlich eintraf. Also lehnte er sich gegen die Zellentür, trat schließlich ein und setzte sich. Er stellte seinen schweren Aktenkoffer auf die Betonbank und wollte die Gelegenheit nutzen, zur Ablenkung ein wenig Papierkram zu erledigen.

Doch es sollte nicht sein.

Da er wieder nach Cole Ausschau hielt, konnte er den Zwischenfall von Anfang an beobachten. Er hörte die Glocke des Aufzugs und einen gebellten Befehl, als die Türen sich öffneten: »Los, Bewegung! Schneller! Aber dalli!« Nach dem Tonfall zu urteilen, war etwas mächtig schief gelaufen.

Gebannt sah er zu, wie eine gewaltige Gestalt in der Aufzugtür erschien. Hinter einem riesenhaften Samoaner standen links und rechts zwei Wachleute. Der Gefangene wog schätzungsweise hundertfünfzig Kilo. Die Beamten hatten keinen Platz, um sich zu bewegen.

Der Sträfling trug Handschellen, aber keine Ketten. Auf dem Kopf hatte er ein Haarnetz. Der Gefängnisoverall war viel zu klein, um die gewaltige Ausdehnung seiner tätowierten Brust zu bedecken. Die Ärmel endeten irgendwo zwischen Ellenbogen und Handgelenk. Hardy wusste nicht, was sich im Aufzug abgespielt hatte; das Gesicht des Gefangenen war verzerrt vor Wut.

Einer der Wärter versetzte ihm einen Schubs – Hardy hatte den Eindruck, dass es nicht der Erste war. Daraufhin stieß der Mann einen Urschrei aus und rempelte den Beamten an, wirbelte erstaunlich geschmeidig herum und schleuderte dessen Kollegen gegen die Aufzugwand.

Beide Wachmänner waren zu Boden gegangen.

»Du lieber Himmel!« Hardy sprang von der Zellentür weg, um möglichst viel Abstand zwischen sich und den Samoaner zu bringen, der auf ihn zugestürmt kam.

Jeder auf dem Flur hatte den Schrei gehört. Überall öffneten sich Türen, Sirenen erklangen, Justizbeamte kamen aus den Gerichtssälen und Richter aus ihren Büros. Auch die anderen Sträflinge, die von ihren Bewachern nicht aus den Augen gelassen wurden, beteiligten sich an dem Tumult.

Ein Signalhorn ertönte. »Abschließen! Abschließen!«, riefen einige Stimmen.

Offenbar kannte der Samoaner diesen Flur und wusste genau, wohin er wollte. Unbeholfen lief er los und rannte dabei einen weiteren Beamten um, der leichtsinnigerweise sein Funkgerät zog oder vielleicht sogar plante, sich mitten in einem von Menschen wimmelnden Flur auf einen Kampf einzulassen.

Offenbar würde es schwierig werden, den Sträfling aufzuhalten.

Allerdings gab es kein Entrinnen. Inzwischen hatte der Samoaner das Ende des Flurs erreicht. Gerichtsdiener und Gefangene pressten sich an die Wände, um nicht von ihm niedergewalzt zu werden. Wenn die Sirene ertönte, wurden die Doppeltüren jenseits der Kurve automatisch geschlossen. Der Flur war also dicht.

Als dem Samoaner klar wurde, dass er die Türen nicht öffnen konnte, machte er kehrt und wollte in entgegengesetzter Richtung die Flucht ergreifen. Doch drei Justizbeamte und drei uniformierte Polizisten mit gezogenen Pistolen stellten sich ihm in den Weg.

Wieder hörte Hardy Gebrüll, einen verzweifelten, hasserfüllten Schrei. Inzwischen hatten sich weitere Justizbeamte und Polizisten hinter ihren sechs Kollegen versammelt und bald eine Phalanx gebildet, die ein Entkommen völlig unmöglich machte.

Der Samoaner wandte sich den verschlossenen Türen zu. Dann drehte er sich wieder um und streckte die gefesselten Hände aus. »Erschießt mich«, schrie er. »Bitte erschießt mich.«

Wegen dieses Zwischenfalls verspätete Cole sich noch mehr. Er berichtete Hardy, man habe ihn mitten in der Nacht aus dem Krankenhaus geholt, was seinen Schönheitsschlaf offenbar gestört hatte. In seinem orangenen Overall sah der junge Mann mit seiner gebeugten Haltung und dem struppigen Haar halb verhungert und ziemlich kläglich aus. Allerdings wirkten seine Augen auf Hardy klarer als am Vortag. Das hatte zwar nicht viel zu bedeuten, war aber immerhin ein Fortschritt, und Hardy hatte vor, sich an diesem Morgen an jeden Strohhalm zu klammern.

Das Erlebnis von vorhin hatte ihn sehr erschüttert. Wenn sich nur ein paar Gefangene mehr auf dem Flur befunden hätten, wäre es zu einem Aufstand gekommen. Und ein weiterer Fluchtversuch des Samoaners hätte gewiss dazu geführt, dass man ihn erschossen hätte. Doch stattdessen war er plötzlich erschreckend still geworden. Er hatte sich auf den Boden gesetzt und zugelassen, dass man ihn in Ketten legte, auf einen Rollwagen schnallte und wegbrachte.

Cole saß auf der Betonbank. Da Hardy an diesem Morgen schon genug sinnlos herumgehockt war, stand er nun und lehnte an der Tür, wo sich die Sträflinge drängten.

Wegen der gewaltsamen Störung des gewöhnlichen Ablaufs würden sie nicht viel Zeit haben, sich eine Strategie zurechtzulegen. Aber Hardy wollte wenigstens ein paar Dinge klarstellen, wenn er diesen jungen Mann verteidigen sollte. Einlassung. Kaution. Geld. Zeiteinteilung.

Doch offenbar würde das nicht so leicht werden.

»Was bedeutet Verzicht auf ein schnelles Verfahren?«, fragte Cole, nachdem Hardy ihm erläutert hatte, dass er genau das beantragen wolle.

Für Hardy handelte es sich lediglich um ein logistisches Detail. Obwohl ein Beschuldigter wie Cole ein Recht auf ein schnelles Verfahren hatte, machte man nur äußerst selten Gebrauch davon. Die praktische Erfahrung sagte nämlich, dass sich Verzögerungen stets zum Vorteil des Angeklagten auswirkten. Denn dadurch wurde das Urteil hinausgeschoben, und wer noch nicht verurteilt war, galt als unschuldig, eine feine, aber wichtige Unterscheidung. Außerdem gab eine Verzögerung Hauptbelastungszeugen Gelegenheit, sich von einem Bus überfahren zu lassen, zu verschwinden oder zu vergessen, woran sie sich einst deutlich erinnert hatten, was die

Chancen für den Angeklagten verbesserte. Das Opfer oder dessen Familie beruhigte sich, verlor seinen Rachedurst und hatte, wenn sich die Sache lange genug hinzog, möglicherweise bereits mit dem Zwischenfall abgeschlossen. Der Polizist, der die Verhaftung vorgenommen hatte, wurde vielleicht versetzt. Oder die Prioritäten der Staatsanwaltschaft veränderten sich, sodass sich bei einem Schuldhandel mehr herausschlagen ließ.

Es eröffneten sich also die verschiedensten Möglichkeiten, doch eine Grundregel galt immer: Ein Aufschub kam fast einer Verfahrenseinstellung gleich. Also war eine Verzögerungstaktik ratsam, was Hardy Cole zu erklären versuchte. »Die gute Nachricht ist, dass sich die Fälle bei Gericht stauen. Also wird kein Richter innerhalb von zehn Tagen eine vorläufige Anhörung anberaumen. Und wir erklären uns einverstanden, sie noch ein paar Monate zu verschieben …«

»Ein paar Monate?«

»Vielleicht. Falls möglich, auch länger.«

Cole schüttelte den Kopf. »Und ich sitze währenddessen im Knast? Kommt nicht in Frage. Das schaffe ich nicht.«

»Tut mir Leid, Ihnen das sagen zu müssen, Cole, aber es bleibt Ihnen nichts anderes übrig. Sie haben mit einer Staatsanwältin zu tun, die die Todesstrafe für Sie fordert, um wieder gewählt zu werden. Also müssen wir den Prozess bis nach der Wahl hinauszögern, und die findet im kommenden November statt. In acht Monaten. Mindestens so lange müssen Sie warten.«

Doch Cole schüttelte weiter den Kopf und runzelte missbilligend die Stirn. »Ich kann nicht acht Monate hier bleiben«, protestierte er. »Dann gehe ich drauf.«

»Wenn Sie acht Monate auf der Straße weiterfixen, sind Ihre Überlebensschancen um einiges geringer.«

Doch dieser Einwand stieß auf taube Ohren. »Nein.«

»Cole, hören Sie zu …«

»Ich halte es keine acht Monate hier aus! Kapiert?«

Dieser leidenschaftliche Aufschrei erregte nach dem Zwischenfall vom Vormittag sofort Aufmerksamkeit auf dem Flur. Noch ehe Hardy Gelegenheit zu einer Antwort hatte, stand schon ein Wachmann an der Tür. »Ist hier alles in Ordnung?«

Hardy versicherte ihm, es gebe keinen Grund zur Sorge, blickte dem Mann nach, der sich widerstrebend entfernte, und wandte sich dann wieder an Cole. »Wenn Sie jetzt vor Gericht gehen, Cole, solange die ganze Stadt noch wegen des Mordes an Elaine in Aufruhr ist, werden einige der Geschworenen sicher ...«

»Ich kann nicht«, fiel Cole ihm ins Wort. »Ich kann einfach nicht. Meine Mutter sagt, Sie kriegen mich frei.«

»Ich habe noch gar nicht mit Ihrer Mutter gesprochen, Cole. Und in zehn Tagen kriege ich Sie ganz sicher nicht frei. Ich brauche mehr Zeit, um mir zu überlegen, wie ich an den verdammten Fall herangehen soll.«

»Sagen Sie doch einfach, dass ich es nicht war.«

»Waren Sie es?«

Er zuckte die Achseln.

Allmählich wurde es Hardy zu bunt. »Sie haben bereits vor laufender Videokamera ein Geständnis abgelegt, sofern Sie sich noch daran erinnern. Es wird ganz schön schwierig werden, das wieder auszubügeln.«

»Das können Sie doch genauso gut jetzt tun wie in acht Monaten.«

»Nein, das glaube ich nicht.«

Die hintere Tür der Arrestzelle führte in den Gerichtssaal 20. Nun öffnete sie sich und ein Justizbeamter erschien. Coles Fall war als Erster aufgerufen worden. »Wenn ich bitten darf? Die Show fängt an.«

Hardy warf seinem Mandanten einen letzten Blick zu. »Wir sprechen später weiter darüber.« Dann machte er Cole Platz und folgte ihm in den Gerichtssaal.

Bei Coles Eintreten brach Geraune auf den Zuschauerbänken aus. Obwohl Hardys Geduld fast am Ende war, drückte er seinem Mandanten aufmunternd den Oberarm und schob ihn vorwärts.

Als sie am Tisch der Anklage vorbeikamen, wies Gabe Torrey Hardy mit einer Handbewegung an, stehen zu bleiben.

Cole wurde von einem Wachmann zu der anderen Seite des Saals geführt. Hardy blickte sich um. Es waren zahlreiche Zuschauer erschienen und sie machten einen unruhigen Eindruck.

Hardy hatte etwa ein halbes Dutzend Mal mit Torrey zu tun gehabt und er konnte ihn nicht leiden. In seinen Augen war der oberste Assistent der Bezirksstaatsanwältin ein aufgeblasener Erbsenzähler und Karrierist und nicht zu vergessen ein unfähiger Speichellecker. Nun würde er über die Todesstrafe und ähnlichen Unsinn schwadronieren, und Hardy wusste, dass die Sache – wahrscheinlich eher früher als später – ziemlich unschön werden konnte.

Doch bisher waren sie sich noch nicht in die Haare geraten und Hardy hatte nicht vor, es ausgerechnet jetzt dazu kommen zu lassen.

Als Torrey ihm zur Begrüßung die Hand hinstreckte, schüttelte Hardy sie. »Ich wollte Ihnen nur einen kleinen Tipp geben, Diz. Wahrscheinlich wissen Sie, dass wir die Angelegenheit wegen Elaines prominenter Stellung in unserer Stadt beschleunigen wollen. Viele Bürger sind empört …«

Hardy hörte nur mit halbem Ohr hin. Wieder musterte er den Zuschauerraum, wo emsig getuschelt wurde. Cole hatte sich am Tisch der Verteidigung umgedreht. Seine Mutter beugte sich über die Absperrung und redete auf ihn ein. Doch Coles Blick hing gebannt am Tisch der Anklage. Die Zuschauer in den Reihen dahinter wirkten bedrohlich. So etwas hatte Hardy noch nie erlebt – er spürte deutlich, dass einige Anwesende in diesem Raum Cole bereits jetzt hassten.

Torrey war mit seinem einleitenden Geschwätz zu Ende und kam nun auf den Punkt. »… angesichts seines Geständnisses auf Video und der Indizien würde es, wie Ihnen sicher bekannt ist, keine fünf Minuten dauern, ihn von einer Grand Jury unter Anklage stellen zu lassen. Falls Sie also beabsichtigen, einen langen Aufschub zu beantragen, sollten Sie wissen, dass ich die Grand Jury für den nächsten Dienstag einberufen habe. Sollten Sie allerdings nicht vorhaben, auf ein schnelles Verfahren zu verzichten, halten wir die Anhörung in zwei Wochen ab, wie das Gesetz es vorsieht.«

Mit einem mulmigen Gefühl musste Hardy sich eingestehen, dass Torrey Recht hatte. Es gab zwei Wege, einen Fall vor Gericht zu bringen. Erstens konnte man durch eine Voranhörung feststellen, ob die Beweise für einen Prozess ausreichten. Oder die Grand Jury konnte zu demselben Ergebnis gelangen und Anklage erheben.

Hardy hätte am liebsten um Aufschub gebeten, doch sein Mandant weigerte sich mit Händen und Füßen. Außerdem hatte Torrey ihm soeben mitgeteilt, er strebe eine Anklageerhebung durch die Grand Jury und damit möglicherweise einen vorgezogenen Prozesstermin an, wenn Hardy versuchen sollte, die Anhörung hinauszuschieben. Gleichzeitig wurde ihm klar, dass Torrey ihm – ohne es zu ahnen – einen Gefallen tat, indem er ihm überhaupt eine Anhörung gestattete. Doch die juristischen Kenntnisse des Staatsanwalts hatten Hardy noch nie überzeugt. Zwar konnte er den Zeitpunkt der Anklageerhebung noch immer bestimmen. Doch wenn Hardy auf einen Aufschub verzichtete, blieben ihm noch mindestens zehn Tage, um sich auf die Anhörung vorzubereiten und die Beweisanträge ein wenig früher zu stellen.

Aber zehn Tage! Das war ganz und gar unmöglich – allerdings noch immer besser als eine Anklageerhebung durch die Grand Jury.

Vielleicht gelang es ihm ja in dieser Zeit, Cole davon zu überzeugen, dass es nur in seinem Interesse war, den Prozess hinauszuzögern.

Allerdings hatte sich die Angelegenheit nun plötzlich beschleunigt. Es konnten eine Menge Katastrophen geschehen und ein Aufprall bei hoher Geschwindigkeit würde verheerende Folgen haben.

Hardy zwang sich zu einem lässigen Lächeln. »Ein Aufschub wäre mir nicht im Traum eingefallen.«

»Cole Burgess.« Richter Timothy Hill thronte auf seiner Bank und schlug einen dramatischen Ton an. Der Richter war ein alter Patrizier. Sein feines, weißes Haar war oberhalb der Ohren zurückgekämmt und klebte an seinem knochigen Schädel. Wie Pergament spannte sich seine Haut über schmalen Knochen und seine Robe schlotterte an ihm wie ein Leichentuch. Dieses Aussehen, verbunden mit einer absolut ausdruckslosen Miene, hatte ihm den Spitznamen ›der Kadaver‹ eingebracht. Doch da er heute vor einem vollen Haus auftrat, wirkte er, wenn auch nicht jugendlich frisch, so wenigstens lebendig. »Ihnen wird ein Kapitalverbrechen nach Absatz 187 Strafgesetzbuch zur Last gelegt. Am 1. Februar haben Sie in San Francisco im Staat Kalifornien absichtlich, gesetzeswidrig und mit böswilligem Vorsatz Elaine Wager getötet.«

Hardy stand neben Cole mitten im Gerichtssaal.

Am Tisch der Anklage saß inzwischen Sharron Pratt, die sich nur äußerst selten in einem Gerichtssaal blicken ließ. Sie war in letzter Minute hereingekommen und hatte neben Gabriel Torrey Platz genommen. Richter Hill nickte seinem Referendar zu, und dieser verlas die strafverschärfenden Umstände, die zu einem Todesurteil führen konnten.

Auf der Fahrt zum Gericht hatte Hardy überlegt, welche Begründung Pratt wohl dafür vorbringen würde. Allerdings erwies sie sich als kreativer als er, denn ihm war nur einer der beiden Gründe eingefallen: Mord in Tateinheit mit Raub. Woran Hardy nicht gedacht hatte – denn es entsprach einfach nicht den Tatsachen –, war der Vorwurf eines rassistischen Hintergrunds: Elaine Wager war schwarz, Cole weiß. Und als die Worte fielen, konnte er nicht mehr an sich halten. »Euer Ehren!«

Der Richter zuckte zusammen wie nach einer Ohrfeige. Offenbar hatte er nicht mit einem Einspruch während des Verlesens der Anklagepunkte gerechnet. Er richtete sich zu voller Größe auf und blickte finster in die Arena hinunter. »Was gibt es, Mr. …« Er wühlte in einigen Papieren. »Mr. …«

»Hardy, Euer Ehren.« Hardy musste riskieren, den Unwillen des Richters zu erregen. Denn dieser Unsinn durfte nicht unwidersprochen hingenommen werden. Also war es besser, wenn Hill sich beizeiten daran gewöhnte. »Es handelt sich um den zweiten strafverschärfenden Umstand, Euer Ehren. Ganz gleich, wer auch der Täter ist, rassistische oder diskriminierende Motive spielen in diesem Fall eindeutig keine Rolle.«

Gabriel Torrey sprang auf. »Es entsetzt mich zu hören, wie Mr. Hardy die Ermordung einer schwarzen Frau durch einen weißen Mann einschätzt …«

»Euer Ehren, das ist absurd. Nur weil jemand einen Menschen mit anderer Hautfarbe umbringt, können wir doch nicht einfach von Rassenhass ausgehen.«

Aber Torrey kannte seine Wählerschaft. »Wenn ein Schwarzer in einem vorwiegend von Weißen bewohnten Stadtviertel ermordet wird, sind grundsätzlich rassistische Motive im Spiel.«

»Der Union Square ist kein weißes Stadtviertel, Euer Ehren«, gab Hardy zurück. »Er liegt mitten in der Innenstadt.«

Der Richter blickte ihn finster an. »Es reicht! Ich weiß, wo der Union Square ist, Mr. Hardy. Wenn Sie etwas an der Anklageschrift auszusetzen haben, reichen Sie die entsprechenden Anträge ein. Und nun«, er wandte sich an die Anklage, »handelt es sich um ein Kapitalverbrechen, Mr. Torrey?«

»Ja, Euer Ehren. Die Staatsanwaltschaft fordert die Todesstrafe.«

Hill nickte und zischte gleichzeitig: »Und wie plädiert Ihr Mandant, Mr. Hardy?«

Obwohl Hardy das noch gar nicht mit Cole besprochen hatte, stieß er den jungen Mann leicht an. Dieser blickte sofort auf und antwortete wie aus der Pistole geschossen: »Nicht schuldig, Euer Ehren.«

Sofort brach im Gerichtssaal ärgerliches Tuscheln aus. Offenbar hatte Hill damit gerechnet, und er unternahm nicht die geringsten Anstalten, Ruhe zu schaffen. Das Gemurmel gab Hardy die Gelegenheit, sich umzudrehen und noch einmal den Blick durch den Zuschauerraum schweifen zu lassen.

Jeff Elliot, dessen Kolumne im *Chronicle* die Publizität dieses Falls enorm gesteigert hatte, war mit seinem Rollstuhl bis in die erste Reihe gefahren und stand nun neben Dorothy. Hardy fand es sehr viel sagend, dass Jody Burgess ein paar Plätze weiter und nicht neben ihrer Tochter saß.

Auf den Sitzen dazwischen hatten sich Reporter niedergelassen.

Links von Hardy, auf der Seite des Gerichtssaals, wo die Anklage residierte, herrschte noch immer ärgerliches Raunen. Drei Viertel der Plätze waren von Schwarzen besetzt. Wieder war Hardy entsetzt über die Empörung, die ihm von Elaines Freunden und Kollegen entgegenschlug. Außerdem war noch mindestens ein Dutzend junger Leute anwesend; Hardy hielt sie für Studenten aus Elaines Seminaren. Sie rutschten auf ihren Sitzen herum und waren offenbar angewidert und wütend.

In der ersten Reihe erkannte Hardy einige Staatsanwälte und Ridley Banks, den Inspector von der Mordkommission. Außerdem war Clarence Jackman da, der allseits berühmte Anwalt und Inhaber der Kanzlei, in der Elaine gearbeitet hatte. Er saß neben einer attraktiven Schwarzen, die Hardy mit feindseligen Blicken bedachte. Daneben hatte es sich ein ausgesprochen gut aussehender Weißer mittleren Alters bequem gemacht. Er regte sich nicht und hatte die Hände auf dem Schoß verschränkt. Hardy fragte sich, wer er wohl sein mochte.

Glitsky war nicht aus dem dritten Stock heruntergekommen.

Endlich beschloss Richter Hill, dass er das Durcheinander nun lange genug geduldet hatte. Der Form halber klopfte er einige Male mit dem Hammer auf den Tisch und wartete, bis der Lärm sich legte. Dann wandte er sich an Torrey. »Beantragt die Staatsanwaltschaft die Ablehnung einer Kaution?«

»Natürlich, Euer Ehren. Da es hier um die Todesstrafe geht, kommt eine Kaution nicht in Frage.«

Wieder ergriff Hardy das Wort: »Euer Ehren, wenn das Gericht es gestattet …«

Der Richter hatte diese ständigen Unterbrechungen satt. Schließlich handelte es sich hier um einen einfachen Verwaltungsakt. »Bei Kapitalverbrechen gibt es keine Kaution, Mr. Hardy«, zischte er.

»Das ist mir klar, Euer Ehren. Allerdings sehe ich keinen Anlass, hier ein Kapitalverbrechen oder eine Tat unter strafverschärfenden Umständen zu vermuten.« Hardy holte tief Luft und fuhr fort. »Hinter dieser Anklage stehen eindeutig politische Motive. Mr. Burgess dient nur als Schachfigur. Ständig werden Frauen vergewaltigt und ermordet, ohne dass die Staatsanwaltschaft von strafverschärfenden Umständen ausgeht. Das Gleiche gilt, wenn ein Polizist getötet wird. Und nun, in einem Wahljahr, wird plötzlich die Todesstrafe gefordert, Euer Ehren, in einem letzten verzweifelten Versuch von Ms. Pratt, ihr Amt zu behalten. Das stinkt zum Himmel.«

»Euer Ehren, bitte!« Torrey sprang auf. Die Zuschauer nahmen seinen Aufschrei als Stichwort für weiteres wütendes Getuschel.

Offenbar spürte Hill, dass sich die Stimmung im Saal aufzuschaukeln drohte, und beschloss, die Anwesenden zu bändigen. Er schlug dreimal nacheinander laut mit dem Hammer auf den Tisch. »Wenn nicht sofort Ruhe einkehrt, lasse ich den Saal räumen.« Noch im gleichen Atemzug wandte er sich an Hardy. »Nun, Herr Anwalt«, sagte er streng, »wenn Sie gegen die strafverschärfenden Umstände Einspruch einlegen wollen, schreiben Sie einen Antrag. Doch für den Augenblick bleiben sie bestehen. Eine Kaution wird abgelehnt.«

Doch Hardys Blut war in Wallung geraten und er war noch nicht bereit, das Handtuch zu werfen. »In diesem Fall, Euer Ehren, möchte ich, bevor wir diese politische Spiegelfechterei weitertreiben, noch auf das so genannte Geständnis eingehen, das die Anklage unmoralischerweise immer wieder in den Zeitungen erwähnt.«

Nun begannen die Zuschauer zu toben und wild durcheinander zu schreien. »Er hat doch gestanden!« »Er war es!«, war in dem Tumult zu vernehmen.

Wieder knallte der Hammer auf die Richterbank. Doch Hills Zorn richtete sich nun gegen Hardy. »Ich warne Sie, Herr Anwalt. Dies hier ist weder der richtige Zeitpunkt noch der richtige Ort. Warten Sie bis zur Anhörung.«

Aber es war, als hätte Hardy ihn nicht gehört. Er hatte heute schon genug erlebt und seine Geduld ging langsam zu Ende. Seine Stimme erhob sich über den Aufruhr. »Euer Ehren, Mr.

Burgess wurde stundenlang festgehalten, bevor man ihn unter Anklage stellte. Außerdem wurde er nicht hinreichend auf sein Recht hingewiesen, sich einen Anwalt …«

»Das ist eine unverschämte Lüge!« Ridley Banks schnellte von seinem Sitz in der ersten Reihe hoch. »Wir haben ihn über seine Rechte aufgeklärt, sobald …«

»Er war betrunken und kaum noch aufnahmefähig, Euer Ehren. Das ist auf dem Videoband, das seine Vernehmung zeigt, deutlich zu erkennen. Ganz sicher werden die Geschworenen dieses Video nie zu sehen bekommen. Und die Anklage hat kein Recht, zukünftige Geschworene zu beeinflussen, indem sie es als Geständnis bezeichnet.«

Nun gab es für die Zuschauer kein Halten mehr. Alle redeten, brüllten und fluchten durcheinander. Starker Schweißgeruch stieg Hardy in die Nase. Er wusste nicht, ob es Coles Angstschweiß oder der Geruch der hinter ihm tobenden Menschenmasse war.

»Setzen Sie sich!«, brüllte der Richter, endlich zum Leben erwacht. »Ruhe im Saal.« Wieder schlug er mit dem Hammer auf den Tisch. »Gerichtsdiener!« Drei Uniformierte, die verteilt an den Wänden gestanden hatten, traten zur Absperrung vor.

Zehn Minuten später war die Eröffnung der Anklageschrift vorbei. Hill hielt die Gerichtsdiener zurück, die sich langsam der Absperrung näherten, denn er hatte nur wenig Lust, fast hundert Personen gewaltsam aus dem Gerichtssaal schaffen zu lassen. Das hätte nicht nur die Voraussetzungen für seine Richterkollegen verschlechtert, sondern auch zu dem Gerücht geführt, er, Richter Hill, sei nicht dazu in der Lage, durch bloße Willenskraft ein paar Zuschauer in Schach zu halten.

Das Publikum setzte sich wieder. Erneut verweigerte Hill eine Kaution und diesmal widersprach ihm niemand. Als Hardy keinen Aufschub für die Anhörung beantragte, bat ihn der Richter, das zu wiederholen, um sicherzugehen, dass er ihn richtig verstanden hatte. Dann setzte er den Termin auf Mittwoch, den 17. Februar, um zehn Uhr morgens fest. Er sollte wieder im selben Gerichtssaal stattfinden.

Anschließend ordnete er an, Cole zurück ins Gefängnis zu bringen, und schloss die Verhandlung. Ohne die Anwesenden im Saal auch nur eines Blickes zu würdigen, erhob er sich und schritt mit rauschender schwarzer Robe von dannen.

Wie Hardy klar wurde, war er nur um Haaresbreite einer Anklage wegen Missachtung des Gerichts entgangen. Außerdem hatte er für seinen Mandanten nichts Bedeutsames erreicht. Und er hatte es darüber hinaus offenbar geschafft, sich den Richter und den halben Gerichtssaal zu Feinden zu machen. Während die erbosten Massen nach draußen strömten, versuchte er Zeit zu gewinnen, indem er am Tisch der Verteidigung seine Papiere ordnete. Er wusste, dass der Weg durch den Gerichtssaal und den Flur für ihn zum Spießrutenlauf werden würde. Aber seltsamerweise war er mit sich zufrieden. Er hatte eines klargestellt: Er würde nicht zulassen, dass jemand mit seinem Mandanten Spielchen trieb.

Als er eine leichte Berührung an der Schulter spürte, drehte er sich um. Er stand der Staatsanwältin gegenüber. »Mr. Hardy.«

Hardy richtete sich auf, nickte und schob den Kiefer vor. »Ms. Pratt.«

Hardy und Pratt hatten eine gemeinsame Vergangenheit. Erst vor einem Jahr hatte er ihr zu einem öffentlichen richterlichen Tadel verholfen, und zwar weil die Staatsanwaltschaft die Grand Jury rechtswidrig für ihre Zwecke eingespannt hatte. Als Retourkutsche hätte sie Hardy beinahe wegen Versicherungsbetrugs angeklagt und hatte außerdem Ermittler auf ihn angesetzt, die herausfinden sollten, ob er mit dem Mordverdächtigen, den er verteidigte, unter einer Decke steckte. Also waren sich die beiden nicht eben freundschaftlich zugetan.

Und nun hatte er sich wieder ihr Missfallen zugezogen. »Das war eine ziemlich unprofessionelle und schäbige Darbietung.«

»Mag sein.« Obwohl Hardys Mundwinkel sich nach oben bogen, hätte niemand das als Lächeln bezeichnet. »Aber ich finde Selbstgerechtigkeit und Heuchelei um einiges abstoßender. Sind Sie als Politikerin wirklich skrupellos genug, um einen Menschen wegen ein paar Wählerstimmen umzubringen?«

Angesichts dieses direkten Vorwurfs lief Pratt rot an. »Wenn Sie mir fälschlicherweise unlautere Motive unterstellen, werden Sie Schwierigkeiten mit der Anwaltskammer bekommen, Mr. Hardy.«

Wieder nickte er. »Da bin ich ganz und gar Ihrer Ansicht, weshalb ich nie etwas behaupten würde, das nicht der Wahrheit entspricht. Und da wir gerade dabei sind, ein offenes Gespräch zu führen – mich würde wirklich interessieren, was Sie dazu bewogen hat, strafverschärfende Umstände, ganz zu schweigen von der Todesstrafe, zu beantragen.«

»Sie ist Ihnen keine Erklärung schuldig, Hardy.« Torrey hatte sich eingemischt. Vor der Anhörung hatte er Hardy noch ›Diz‹ genannt, doch die Glacéhandschuhe hatten inzwischen ausgedient. »Machen Sie nur weiter mit Ihren billigen Verteidigertricks. Beim Prozess werden wir schon sehen, was die Geschworenen davon halten.«

»Eine reizende Idee«, erwiderte Hardy. »Ich hatte eigentlich etwas ganz Ähnliches vor, nämlich herauszufinden, wie eine Jury es sieht. Falls es je dazu kommt, was ich bezweifle.«

»Da brauchen Sie sich keine Sorgen zu machen. Denn das passiert normalerweise, wenn ein Geständnis vorliegt. Soweit ich im Bilde bin, neigt man in diesen Fällen eher dazu, den Angeklagten für schuldig zu halten.«

»Wirklich? Das ist aber seltsam«, entgegnete Hardy. »Ich dachte immer, ein Angeklagter gilt als unschuldig, bis ihm das Gegenteil nachgewiesen wurde.«

»Ihr Mandant ist aber nicht unschuldig.«

»Nun, wir werden sehen. Offenbar kommen wir um die Geschworenen nicht herum.«

Torreys Miene verfinsterte sich sichtlich. »Sie kannten Elaine doch?«

»Ja, richtig«, antwortete Hardy. »Ich hatte sie sehr gern. Und bei dem Gedanken, dass Sie in ihrem Namen jemanden umbringen wollen, kriege ich das große Kotzen.«

Angewidert schüttelte Torrey den Kopf. »Es ist mir ein Rätsel, wie Sie überhaupt noch Selbstachtung empfinden können.«

»Kein Problem«, meinte Hardy, »ich bin nämlich ein wirklich netter Mensch.«

»Gehen wir, Gabe.« Am liebsten hätte Sharron Pratt ihn am Ärmel weggezerrt. »Übrigens, Mr. Hardy, an Ihrer Stelle würde ich mich mit der Behauptung, dass ich ein Menschenleben für politische Ziele opfere, ein wenig vorsehen.«

»Wie sollte ich es Ihrer Meinung nach dann ausdrücken?«

Sie ging nicht darauf ein. »Wenn Sie so weitermachen«, sagte sie, »werde ich es gewiss nicht vergessen, wenn dieser Prozess vorbei ist. Und Sie werden es noch sehr bereuen.«

Hardy hörte ernst zu und nickte dann nachdenklich. »Ich finde, das hört sich verdammt nach einer Drohung an. Oder habe ich Sie missverstanden?«

Sie musterte ihn finster. »Das können Sie sehen, wie Sie wollen.«

»Gut«, erwiderte er. »Dann verstehe ich es als Drohung. Und als solche werde ich es ans Standesgericht der Anwaltskammer weiterleiten. Und da wir vorhin über standeswidriges Verhalten gesprochen haben, schließt sich hiermit der Kreis.«

Torrey konnte sich eine letzte Bemerkung nicht verkneifen. »Sie würden die Moral nicht erkennen, wenn sie Ihnen in den Hintern beißt.«

Hardy erwiderte ungerührt seinen Blick. »Wow! Ausgezeichnet. Das muss ich mir merken.« Er wandte sich ab, um seine restlichen Papiere zusammenzupacken.

Hardy beschloss, sich den Tumult draußen auf dem Flur zu ersparen. Schließlich kannte er den Weg durch die Hintertür sehr gut – so war er ja auch hereingekommen. Allerdings würde er so seinem Mandanten begegnen, dessen Kautionsantrag gerade abgelehnt worden war. Auch wenn das zu erwarten gewesen war, war ein Zusammentreffen in einem solchen Fall nie einfach.

Kurz vor der Arrestzelle hinter dem Gerichtssaal holte er Cole ein. Die Justizbeamten waren gerade damit beschäftigt, andere Häftlinge zwischen Gefängnis und Gericht hin und her zu führen. In der Zelle selbst wartete ein anderer Angeklagter mit seinem Anwalt, weshalb man Cole einfach mit Handschellen an das Aufzuggeländer hinter Gerichtssaal 20 gefesselt hatte, bis man irgendwann Zeit haben würde, sich um ihn zu kümmern.

Hardy blieb neben ihm stehen. »Wir versuchen es weiter mit der Kaution«, sagte er. »Vielleicht klappt es ja noch.«

»Und was wird bis zur Anhörung aus mir?«

»Wir haben eine Menge zu besprechen. Möglicherweise finden wir ja heraus, ob Ihnen noch etwas einfällt.«

Allerdings schien Cole ihn gar nicht gehört zu haben. »Nein«, meinte er mehr zu sich selbst.

»Nein was?«, fragte Hardy. »Wollen Sie sich nicht mehr erinnern?«

»Das habe ich nicht gemeint. Sondern …« Er verdrehte die Augen. »Ich habe gerade nicht ans Erinnern gedacht …«

Hardy wusste, was in Cole vorging: Er sehnte sich nach dem nächsten Schuss. »Überlegen Sie doch mal, Cole. Sie könnten die Zeit nutzen, um clean zu werden.«

Ein Kopfschütteln. »Nein. Ich glaube nicht …« Er brach ab.

Für Hardy war das unbekanntes Territorium. Natürlich hatte er die Anfänge der Drogenkultur in den späten Sechzigern und frühen Siebzigern miterlebt. Doch als Marineinfanterist in Vietnam und als Polizist vor seinem Jurastudium hatte seine Abneigung gegen illegale Rauschmittel immer mehr zugenommen. Er brauchte keine Drogen, um sich zu amüsieren. Und später, als er versucht hatte, vor dem Schmerz über seine gescheiterte Ehe und den Tod seines Sohnes zu fliehen, hatte er sich dem Alkohol zugewandt – der Schwäche jedes anständigen Mannes, wie die Iren sagten.

Aber auch davon hatte er sich nie vereinnahmen lassen. Er trank aus freien Stücken – manchmal zu viel – und hörte dann einfach wieder auf.

Er wusste, dass dieser junge Mann in einer völlig anderen Welt lebte.

»Wollen Sie denn nicht aussteigen?«, fragte er.

Cole zuckte die Achseln. »Schon, wenn es dafür ein Therapieprogramm gibt.« Er lachte spöttisch auf. »Es gibt doch für alles ein Therapieprogramm.«

»Sieht fast so aus.« Hardy war erstaunt. Zum ersten Mal hatte er das Gefühl, dass zwischen ihm und seinem Mandanten eine Gemeinsamkeit bestand, denn er teilte diese Meinung. Hier in San Francisco waren Toleranz und Verständnis für jede Form der menschlichen Schwäche und Unfähigkeit politisiert, mit Steuermitteln ausgestattet und institutionalisiert worden. Unzählige Leute verdienten ihr Geld damit, ihre Mitmenschen von sämtlichen Mühen und Plagen zu befreien. Und wenn man keine Probleme hatte, wurde jemand dafür bezahlt, welche herbeizureden. »Kann ich etwas für Sie tun?«, fragte Hardy.

Cole sah ihn an. »Was meinen Sie damit?«

»Falls Sie vorhaben, die Sucht loszuwerden und eine Therapie zu machen.«

»Wahrscheinlich nicht.« Cole seufzte auf. »Wenn sich etwas ändern soll, muss ich bei mir selbst anfangen.« Er klopfte sich auf die Brust. »Hier drin.«

Hardy wusste, dass das stimmte, und er freute sich, es aus Coles Mund zu hören. Sein Mandant gab zu, in einem gewissen Umfang selbst für sein Schicksal verantwortlich zu sein. Vielleicht war ja noch nicht alle Hoffnung verloren.

»Was passiert nun?«, fragte Cole. »In der Welt des Gesetzes.«

»Zuerst werde ich einige Anträge stellen. Zu den Punkten, die ich drinnen angesprochen habe.« Er wies auf die Tür des Gerichtssaals. »Die Verfahrensfehler. Die strafverschärfenden Umstände …«

»Und wird das klappen?«

»Wie meinen Sie das?«

»Falls Sie mir meine Rechte nicht vorgelesen haben …«

Argwöhnisch sah Hardy ihn an. »Letztens im Krankenhaus haben Sie mir gesagt, Sie könnten sich nicht mehr daran erinnern. Aber dass Sie eher glauben, dass Sie es nicht getan haben. Und nun benutzen Sie das Wort ›falls‹.«

Cole verbesserte sich. »Nein. Sie haben gemeint, ich wäre nicht wegen Mordes verhaftet, deshalb bräuchte ich noch keinen Anwalt. Sie wollten mich nur vernehmen, weil ich auf der Straße gewesen und weggelaufen wäre.«

»Also erinnern Sie sich doch?«

»Das war, nachdem sie mich stundenlang festgehalten hatten. Irgendwann mittendrin bin ich wach geworden.«

Dass Cole seine Geschichte ständig änderte, gefiel Hardy gar nicht, aber er hielt es für zwecklos, ihm deswegen Vorhaltungen zu machen. »Wenn sie das wirklich gesagt haben, gibt es für Sie vielleicht noch eine Chance. Wir könnten eine Verfahrenseinstellung erreichen.«

»Eines muss ich Ihnen noch erzählen. Wegen der strafverschärfenden Umstände.« Unwillkürlich erschauderte er. »Ich habe das Mädchen ganz sicher nicht deshalb umgebracht, weil sie schwarz war.«

Plötzlich schien die Welt stehen zu bleiben. Hardys Ton wurde schärfer. »Warum haben Sie sie dann umgebracht?«

»Was?«

»Warum haben Sie sie umgebracht, wenn nicht wegen ihrer Hautfarbe?«, stieß Hardy leise hervor.

Nachdem Hardy sich Glitskys Video angesehen und alles gründlich überdacht hatte, erschien es ihm zumindest möglich, dass Cole nicht hinter dem Mord an Elaine steckte. Aus diesem Grund hatte er beschlossen, den Fall zu übernehmen. Nun jedoch hatte sein Mandant anscheinend zum zweiten Mal gestanden, und zwar ohne Aufforderung oder Zwang.

Als Cole Hardys plötzlichen Stimmungswandel bemerkte, zeigte sich Erstaunen auf seinem Gesicht. In einem Sekundenbruchteil vom rettenden Engel zum Großinquisitor. Er zuckte zusammen. »Hey, was ist denn los? Ich habe doch nur gesagt, dass ich es nicht getan hätte, weil sie schwarz war.«

»Getan hätte? Oder getan habe?«

Offenbar verstand Cole den Unterschied zwischen diesen beiden Formulierungen nicht. Er überlegte angestrengt. »Ich meine, schwarz, weiß, braun, das ist doch egal. Wen interessiert das? Ich wollte nur sagen, dass ich nie jemandem wegen seiner Hautfarbe etwas antun würde. Ich bin kein Rassist.«

Hardy beugte sich vor. Diesmal war es eindeutig sein Mandant, der nach Schweiß roch. »Sie haben gerade wieder gestanden, dass Sie den Mord begangen haben. Begreifen Sie das nicht?«

Panisch schüttelte Cole den Kopf. »Ich weiß nicht. Ich war's nicht. Habe ich das wirklich gesagt?«

»Sie wissen nicht, ob Sie sie getötet haben?«

Endlich ein Rettungsanker. »Ich erinnere mich nicht daran. Das habe ich Ihnen doch schon erzählt. Ich glaube nicht, dass ich es war, aber es könnte sein… falls ich wirklich mit der Waffe geschossen habe.«

»Es könnte sein? Cole, jetzt passen Sie mal gut auf. Gerade haben Sie gesagt, Sie hätten das Mädchen nicht erschossen, weil sie schwarz war. Genau das waren Ihre Worte.«

Cole schüttelte heftig den Kopf. »Nein, nein, so habe ich es nicht gemeint.«

»Gut, dann verraten Sie mir, wie es wirklich war.«

Cole seufzte tief auf und bewegte die gefesselten Hände, sodass die Handschellen gegen das Geländer klapperten. Dann senkte er den Kopf, zog die Schultern hoch, räusperte sich und begann zu sprechen, so leise, dass man ihn kaum verstehen konnte. »Hören Sie. Wenn ich jemals einen Menschen töten sollte, was ich nie tun würde, wäre der Grund nicht, dass derjenige schwarz ist, in Ordnung? Falls ich dieses Mädchen also ermordet…«

»Elaine.«

»Ja, Elaine. Falls ich sie ermordet habe, woran ich mich aber nicht erinnere – also ist es auch möglich, dass ich es nicht war –, dann wäre es nicht deshalb gewesen.«

»Warum haben Sie den Mord an ihr gestanden, wenn Sie sich nicht erinnern können?«

Cole verdrehte die Augen. »Haben wir das nicht schon gestern durchgekaut? Ich habe es Ihnen doch erklärt. Ich hatte so einen Affen…«

Hardy streckte die Hand aus und berührte ihn kurz an der Schulter. »Stopp, hören Sie auf.«

Aber Cole war dazu nicht in der Lage. »Wissen Sie, Mann …«

»Cole, würden Sie mich bitte Dismas nennen? Oder Diz.«

»Okay. Aber ich erinnere mich auch nicht daran, dass ich sie nicht umgebracht habe. Ich weiß es einfach nicht mehr. Ich erinnere mich weder an die Pistole noch daran, woher ich sie habe …« Seine Stimme erstarb.

»Haben Sie die Waffe neben der Leiche gefunden? Auf der Straße vielleicht?«

»Sieht ganz danach aus.«

»Bevor oder nachdem Sie die Tote bemerkten?«

Er schloss die Augen und überlegte. »Ich weiß nicht. Wahrscheinlich davor, denn später … Da war ja eigentlich keine Zeit mehr. Ich habe mich über sie gebeugt und dann kamen die Bullen.«

»Daran erinnern Sie sich?«

Cole dachte angestrengt, aber vergeblich nach und verzog dabei das Gesicht. Dann schüttelte er verzweifelt den Kopf. »Nicht richtig.«

Hardy lehnte sich zurück. Einen Großteil seines Erwachsenenlebens hatte er als Barkeeper gearbeitet und er hatte großen Respekt vor den Folgen des Alkohols. Aber der absolute Gedächtnisschwund, den Cole ihm da schilderte, ging weit darüber hinaus. »Cole«, sagte er freundlich. »Woran erinnern Sie sich, nachdem Sie sich die Whiskeyflasche genommen hatten?«

Der junge Mann hob die Augen, die inzwischen glasig wirkten. »Ich weiß es nicht, Mann. Ich weiß es wirklich nicht.«

12

Über die Hintertreppe erreichte Hardy den dritten Stock, ohne dass ihn jemand belästigte. Er ging den langen Flur hinunter in die Mordkommission. Vier Beamte blickten von ihren Akten auf, aber niemand machte sich die Mühe, ihn zu begrüßen.

Glitskys noch immer blütenweiße Tür war wieder geschlossen, doch diesmal war Licht durch den Türspalt zu sehen. »Hat der Lieutenant Besuch?«, fragte Hardy in den Raum hinein.

Als alle mit den Achseln zuckten, klopfte er.

»Ist offen.«

Hardy drehte den Türknauf und steckte den Kopf ins Zimmer. »Wenn man es genau nimmt«, sagte er, »war sie zu.«

Glitsky hatte die Füße auf den Schreibtisch gestützt und die Finger an die Lippen gelegt. »Warum stellst du den Originalzustand nicht wieder her?«

»Das wäre möglich.« Hardy schloss die Tür, griff über den Schreibtisch, zog eine Schublade auf und nahm sich eine Hand voll Erdnüsse. »Obwohl ich sagen muss, dass deine Strategie der offenen Tür dadurch in Gefahr gerät, was wiederum zu einem Absacken deiner Popularität bei deinen Mitarbeitern führen könnte. Und das täte mir sehr Leid.«

Wider Willen wurde Glitskys Miene ein wenig freundlicher – was allerdings nur hieß, dass sie nicht mehr ganz so versteinert wirkte. »Ich wünschte, ich sei Ire und genauso wortgewaltig wie du.«

»Wäre«, entgegnete Hardy.

»Wäre?«

»Du hast ›sei‹ gesagt, aber richtig heißt es ›wäre‹. Irrealis anstatt Konjunktiv eins. Ich wünschte, ich *wäre* Ire. Heutzutage kann kein Mensch mehr Grammatik.«

Kopfschüttelnd nahm Glitsky die Füße vom Schreibtisch. »Genau das habe ich gemeint: Zwanzig Wörter, wenn auch fünf ausreichen würden.«

»Stimmt«, erwiderte Hardy. »In der Kürze liegt die Würze. Doch das gilt nur oberflächlich betrachtet. Zwanzig Wörter, sofern es die richtigen sind – und das, mein Freund, ist die große Kunst –, können eine durchschlagende Wirkung haben. Außerdem ist in unseren unruhigen Zeiten, auch wenn es sich niemand mehr eingesteht, der korrekte Gebrauch des Konjunktivs die Visitenkarte des zivilisierten Menschen.«

Glitsky gab sich geschlagen, ein Lächeln breitete sich auf seinem Gesicht aus. »*Wäre* es für mich von Bedeutung, ich *würde* es mir merken.« Er steckte sich eine Erdnuss in den Mund. »Na, und wie war es unten?«

Hardy setzte sich. »Ich bin um Haaresbreite einer Anklage wegen Missachtung des Gerichts entgangen, es war wirklich knapp.« Er schilderte kurz die Höhepunkte der Anhörung und schloss mit der Bemerkung, es habe ihn überrascht, dass Glitsky durch Abwesenheit geglänzt habe. Dann wies er auf die leere Schreibtischplatte. »Doch wenn ich mir die Aktenberge ansehe, die du abarbeiten musst ...«

Schweigen entstand.

Hardy fuhr fort: »Danach hatte ich eine nette Unterhaltung mit meinem Mandanten. Er erinnert sich an nichts. Die fragliche Nacht ist völlig aus seinem Gedächtnis ausgelöscht. So betrunken war ich noch nie.«

»Und soweit ich weiß, hast du auch ein paar Mal was eingeworfen, aber das hast du vermutlich vergessen.«

»Hin und wieder in meiner Jugend. Zu rein wissenschaftlichen Zwecken. Doch obwohl ich mich in dieser Hinsicht einiger Erfahrung rühmen kann, hatte ich nie einen Gedächtnisschwund wie den, den Cole mir schildert. Und deshalb habe ich so meine Zweifel.«

Aber Glitsky schüttelte den Kopf. »Heutzutage gibt es eine Menge neuer Pillen, Diz. k.-o.-Tropfen. Und Halycon hat dieselbe Wirkung und ist dazu leichter zu beschaffen.«

»Halycon?«

»Ein Schlafmittel. Hast du während deiner Recherchen zum Thema Alkohol nie Halycon probiert, bevor du dir die Kante gegeben hast?«

»Ich kann mich nicht richtig erinnern. Alles vergessen.« Er grinste. »War nur ein Witz. Hat das Zeug so eine Wirkung?«

»So heißt es wenigstens. Absoluter Blackout.« Glitsky warf einen Blick auf die geschlossene Tür und senkte dennoch die Stimme. »Heute Morgen hatte ich ebenfalls eine Sitzung. Batiste, Ridley Banks und Strout, die alle am Tatort waren. Ich wollte mit ihnen über die Probleme mit dem Video sprechen.«

»Banks war unten im Gerichtssaal.«

»Ja, das habe ich mir schon gedacht. Ich habe ihm gesagt, wir würden das Geständnis nicht benutzen.«

»Du hast ihm das vorgeschlagen?« Hardy hätte Abe nicht zugetraut, dass er so weit gehen würde. »Klipp und klar?«

»Richtig. Aber Ridley hat ein bisschen empfindlich auf die Andeutung reagiert, das Geständnis könnte ungültig sein. Offenbar befürchtete er, es könnte seiner Verhörtaktik angelastet werden.«

»Damit liegt er gar nicht so falsch.«

»Und das weiß er auch.« Der Lieutenant seufzte müde auf. »Die Sache ist heikel, Diz. Schließlich sind es meine Mitarbeiter. Sie haben getan, was ich von ihnen verlangt habe. Kein Wunder, dass sie jetzt sauer sind.«

»Ich habe vollstes Verständnis. Aber sauer sein bedeutet nicht zwangsläufig, dass man jemanden mit falschen Beweisen in den Knast schicken muss.«

»Ganz recht. Allerdings waren meine Kollegen und meine Vorgesetzten einer Meinung. Es gab und gibt genügend Beweise, um Burgess zu verhaften. Er hat uns bei der Vernehmung eine Menge erzählt. Jetzt muss er vor Gericht und wir sind nicht mehr zuständig. Thema erledigt.«

Nun war Hardy mit dem Seufzen an der Reihe. »Das stimmt nicht, Abe. Das weißt du ganz genau.«

»Verschon mich, Diz. Vielleicht haben wir es jetzt ausgestanden. Außerdem darfst du eine wackelige Beweislage nicht mit Unschuld verwechseln. Dein Mandant hat Elaine auf dem Gewissen. Es geht nur darum, wie wir es ihm nachweisen.« Er stöhnte. »Ich will nichts weiter als klare Verhältnisse.«

»Ich denke nicht, dass dir das reicht.«

Glitsky knackte eine Erdnuss. »Ich überlege mir gerade, wie wir weiter ermitteln und zusätzliche Beweise finden können, obwohl der Verdächtige bereits im Gefängnis sitzt und wahrscheinlich vor Gericht gestellt wird.«

»Vorsichtig.« Als Abe etwas erwidern wollte, unterbrach ihn Hardy, indem er mit dem Finger auf ihn zeigte. »Siehst du, ich kann mich auch kurz ausdrücken. Prägnant sogar.«

Glitsky wollte wieder antworten, wurde aber diesmal durch ein Klopfen an der Tür daran gehindert. »Es ist offen.«

Hardy schnalzte missbilligend mit der Zunge. »Du wiederholst dich.«

Die Tür wurde aufgerissen. Und auf der Schwelle stand Polizeichef Dan Rigby höchstpersönlich, begleitet von Sharron Pratt und Gabriel Torrey. Frank Batiste, der sich nicht sehr wohl in seiner Haut zu fühlen schien, war auch dabei. Hinter ihnen drängte sich eine chaotische Menschenmenge – Mitarbeiter der Staatsanwaltschaft, uniformierte Polizisten, ein paar Reporter und zufällige Schaulustige. Hardy erkannte am Rand der Gruppe einige Mitarbeiter der Mordkommission.

»Aber, aber«, sagte Torrey über Rigbys Schulter hinweg. »Sie haben es ja richtig gemütlich hier.«

Da Glitskys Büro zu klein für eine Party war, durchquerten die wichtigsten Akteure auf Rigbys Befehl hin das Großraumbüro der Mordkommission und drängten sich in ein Vernehmungszimmer – es war dasselbe, in dem man Cole Burgess durch die Mangel gedreht hatte.

Das Vernehmungszimmer war stickig und fensterlos und verfügte nur über einen kleinen Tisch – den man nun an die Wand schob – und drei Stühle. Obwohl es sich nicht unbedingt um den geeigneten Ort für eine produktive Sitzung handelte, schienen es alle auf einmal sehr eilig zu haben.

Torrey, gleichzeitig triumphierend und empört, wiederholte ständig: »Ich hab's gewusst, ich hab's gewusst«, auch wenn ihm niemand zuhören wollte. Rigby war hin und her gerissen zwischen dem Bedürfnis, sich schützend vor einen seiner Untergebenen zu stellen, und der Notwendigkeit, einen möglichen Skandal von seiner Behörde fern zu halten. Deshalb verlangte er einen Raum, dessen Tür man schließen konnte und zu dem nur die beteiligten Personen Zutritt hatten – und zwar auf der Stelle.

Inzwischen wurde lautstark getuschelt und spekuliert, sodass der Polizeichef es für nötig hielt, die Sache in die Hand zu nehmen. »Da drüben«, sagte er und zeigte mit dem Finger, »Frank, Mr. Torrey, Ms. Pratt bitte. Inspector Banks.« Er dirigierte alle an ihre Plätze und wandte sich dann wieder an Glitsky. »Lieutenant. Ihr Freund ebenfalls.«

Das gefiel Pratt jedoch gar nicht. »Mr. Hardys Anwesenheit ist überflüssig, Herr Polizeichef.«

Rigby ging nicht darauf ein, drehte sich wieder zu den Anwesenden um und erhob die Stimme. »An alle anderen: Falls es nach dieser Sitzung etwas zu berichten geben sollte, werden Sie es noch früh genug erfahren. Also raus. Verschwinden Sie.«

Nur knapp zwei Minuten später hatten sich die Teilnehmer der Besprechung an dreien der vier Wände aufgereiht und es blieb keine einzige Lücke. Die Tür war geschlossen. Pratt und Torrey, die zuerst eingetreten waren, standen nebeneinander am anderen Ende des Zimmers. Daneben lehnten Batiste und ein bedrückt wirkender Ridley Banks, der aussah wie sechzehn. Darauf folgten Glitsky und Hardy, und zu guter Letzt der Polizeichef, der keine Zeit mit einleitenden Worten vergeudete. Er wandte sich an den Leiter der Mordkommission und machte aus seinem Herzen keine Mördergrube: »Mr. Torrey hat mir berichtet, dass Mr. Hardy heute Morgen bei Burgess' Anhörung ein Videoband erwähnt hat. Wie kommt es, dass er es kennt?«

»Die Beweisaufnahme ist noch lange nicht eröffnet«, mischte Pratt sich überflüssigerweise ein. »Von unserem Büro hat er es nicht.«

Das war allgemein bekannt. Rigby sah Glitsky an. »Abe?«

Doch Hardy, dessen Versprecher im Gerichtssaal Glitsky in diese Zwickmühle gebracht hatte, beabsichtigte nicht, seinen Freund ans Messer zu liefern. »Ich habe nie behauptet, das Band zu kennen«, meinte er. »Cole hat mir erzählt, man hätte ihn auf Video aufgenommen.«

»Woher wusste er das?«, erkundigte sich Banks.

»Jetzt machen Sie mal 'nen Punkt. Er ist eben davon ausgegangen«, gab Hardy zurück. »Schließlich ist es ein offenes Geheimnis, dass jedes Verhör auf Video aufgezeichnet wird.«

Aber Torrey war auf diese Ausrede vorbereitet. Er holte ein Stück Papier aus der Tasche und warf Rigby einen Blick zu. »Mr. Hardys genaue Worte lauteten wie folgt. Ich habe mir die Freiheit genommen, sie von der Gerichtsstenografin abtippen zu lassen.« Er las vor: »›Er war betrunken und kaum ansprechbar, Euer Ehren! Der Videomitschnitt der Vernehmung zeigt das eindeutig.‹ Für mich hört sich das ganz danach an, als hätte er das Band gesehen.«

Aber Hardy ließ sich nicht beirren. »Das beweist überhaupt nichts …«

Glitsky berührte ihn am Arm. »Schon gut, Diz.« Er wandte sich an Rigby. »Ich habe es ihm vorgespielt.«

Entsetztes Schweigen entstand. »Ach, du meine Güte«, stieß Banks schließlich hervor.

Torrey drohte mit der Faust. »Verdammtes A …«, zischte er.

Nach zwei Sekunden, die allen wie eine halbe Stunde erschienen, räusperte sich Pratt und fand die Sprache wieder. »Nun, Herr Polizeichef, angesichts dieses Eingeständnisses können Sie nicht …«

»Bitte, Sharron.« Rigby unterbrach sie mit einer Handbewegung und drehte sich zum Leiter der Mordkommission um. »Lieutenant Glitsky, soll das heißen, Sie haben Beweisstücke in einem Mordfall an einen Verteidiger weitergegeben? Habe ich richtig gehört?«

Glitsky senkte den Kopf ein kleines Stück. »Ja, Sir.«

Der Polizeichef seufzte tief auf. »Gut.« Sein Mund bewegte sich, als knirsche er mit den Zähnen. »Gut«, wiederholte er. »Das müssen wir untersuchen. In der Zwischenzeit …«

»Was gibt es da zu untersuchen? Er hat gestanden …«, fiel Torrey ihm ins Wort.

»IN DER ZWISCHENZEIT«, überbrüllte ihn Rigby. Er wandte sich an Batiste. »In der Zwischenzeit hätte ich gerne, dass Sie, Frank, und Abe zu mir ins Büro kommen.« Er sah auf die Uhr. »Sagen wir in einer halben Stunde. Lieutenant, ich würde Ihnen empfehlen, einen Personalvertreter mitzubringen. Allen anderen«, sein Tonfall wurde hart, »rate ich, das, was in diesem Raum besprochen wurde, für sich zu behalten, bis ich die Hintergründe überprüft und einen Bericht geschrieben habe.« Finster blickte er Pratt und Torrey an. »Falls eine öffentliche Verlautbarung nötig werden sollte, erledigen wir das gemeinsam. Verstanden?«

»Das ist für uns akzeptabel«, verkündete Pratt.

»Allerdings sollten Sie sich nicht zu viel Zeit lassen«, fügte Torrey hinzu.

»Erst, wenn wir alle Fakten beisammen haben«, entgegnete Rigby spitz. Er ließ einen letzten, eindringlichen Blick durch die Runde schweifen, der schließlich an Glitsky hängen blieb. Dann schüttelte er den Kopf. »Mein Gott, Abe«, sagte er leise, »was haben Sie sich nur dabei gedacht?«

Er drehte den Türknauf, ging hinaus und ließ die Tür offen stehen.

Gene Vissers Polizeikarriere hatte sehr viel versprechend begonnen. Drei Jahre lang patrouillierte er in einem Streifenwagen die Straßen, wurde dann befördert und verdiente sich einen Streifen am Ärmel und eine Stelle als Inspector im Einbruchsdezernat. Nach weiteren drei Jahren wurde er für zwei Jahre zur Sitte versetzt, machte die Prüfung zum Sergeant und bewarb sich um den nächsten frei werdenden Posten in der Mordkommission. Viel weiter konnte es ein gewöhnlicher Polizist auf der Karriereleiter nicht bringen. Als er mit dreißig befördert wurde, war er einer der jüngsten Inspectors, die je eine derartige Position erreicht hatten.

Allerdings hatte Visser einige Charakterfehler, die sein Vorwärtskommen bei der Polizei beeinflussten. Der Erste war die Neigung, Theorien zu entwickeln, bevor man alle Beweise beisammen hatte. Er hatte ein Gefühl, welcher der verschiedenen Verdächtigen in einem Fall wohl am ehesten schuldig war, und konzentrierte all seine Bemühungen darauf, seine These zu belegen. Die ersten Fälle, an die er auf diese Weise herangegangen war, hatte er sogar aufklären können – denn häufig stimmt es, dass der am meisten Verdächtige auch der Täter ist.

Jedoch nicht immer.

Und schließlich wurden ihm die Gesetze der Wahrscheinlichkeit – gemeinsam mit den vielschichtigen Zusammenhängen zwischen Motiven und Situationen im wirklichen Leben – in einem medienwirksamen Fall zum Verhängnis.

Dazu trug auch seine zweite Schwäche bei, nämlich der Umstand, dass er zu leichtsinnig bei der Wahl seiner Kontakte war. Visser hielt es für sinnvoll, nicht nur bei der Polizei, sondern auch bei Presse und Staatsanwaltschaft Freunde zu haben. Und außerdem konnte es ja nicht schaden, einem Reporter einen kleinen Tipp zu geben, was sich gerade so tat, manchmal sogar, bevor die Öffentlichkeit es erfahren durfte. Schließlich waren Staatsanwälte und Reporter die Endverbraucher seines Produkts und hatten deshalb ein Recht auf eine Warenprobe.

In der Zeit vor Pratt hatten einige Staatsanwälte, die den Verdächtigen unbedingt hinter Gittern sehen wollten, Visser hin und wieder damit beauftragt, Informationen, welche sie selbst nicht laut auszusprechen wagten, an die Presse durchsickern zu lassen. Wer nett zu den Reportern war, wurde von ihnen gut behandelt. Eine Hand wusch schließlich die andere. Vermutlich hielt Visser diesen Grundsatz für allgemein gültig, doch das war ein schwerer Irrtum.

Zu seinem Entsetzen versetzte man ihn eines schönen Tages an einen anderen Posten außerhalb der Mordkommission. Nach einer Weile fand er es deshalb ratsam, zu kündigen und als Ermittler bei der Staatsanwaltschaft anzuheuern, wo seine Aufgaben denen eines Polizeiinspectors mehr oder weniger ähnelten.

Bei dieser neuen Stelle hielt er es jedoch nur achtzehn Monate aus. Natürlich hätte er bleiben können, er hatte sich ja nichts zuschulden kommen lassen, aber er konnte sich des Eindrucks nicht erwehren, dass man ihn schnitt. Er war die letzte Wahl eines jeden Staatsanwalts, wenn dieser einen Ermittler brauchte. Schließlich, tief verbittert von dem System, das ihn abgeschoben hatte, und ermuntert von einigen Verteidigern, mit denen er sich anfreundete und die ihm stete Aufträge versprachen, machte er sich als Privatdetektiv selbstständig.

Früher war Visser ein gut aussehender Mann mit einem dichten, blonden Haarschopf, markanten Wangenknochen und einem ordentlich gestutzten Spitzbart gewesen. Doch in den zehn Jahren, die er nun sein eigener Herr war, hatte er zwanzig Kilo zugenommen und sein Haaransatz war fünf Zentimeter zurückgewichen. Außerdem wollte der Bart, der einst sein Doppelkinn getarnt hatte, nicht mehr so richtig sprießen. Nun spannte sich seine Gesichtshaut straff über Fettwülsten. Dazwischen funkelten Knopfaugen hervor, die ständig zu zwinkern schienen.

Dismas Hardys Mandant Rich McNeil hatte sein Büro bei Terranew Industries. Es befand sich in einem Obergeschoss des Hauptsitzes der Firma in der California Street am Nob Hill. Der Raum war verhältnismäßig groß und modern möbliert und verfügte über eingebaute Bücherregale. Die beiden Fenster gingen auf die Innenstadt hinaus. Eigentlich hatte McNeil keinen Termin mit Gene Visser. Doch als seine Sekretärin ihm über die Gegensprechanlage meldete, ein Privatdetektiv, der den Fall Manny Galt bearbeite, wolle ihn sprechen, hoffte er, Hardy könne einen Ermittler angeheuert haben. Vielleicht hatte der Mann ja eine gute Nachricht für ihn, die er ihm sofort mitteilen wollte.

Allerdings wurde McNeil bei Vissers Anblick sofort klar, dass diese Hoffnung vergeblich war. Hardy hätte niemals so einen aufgedunsenen Proleten beschäftigt. Dennoch bat McNeil den Mann der Höflichkeit halber in sein Büro. Er stand auf, ging um seinen Schreibtisch herum und hielt ihm die Hand hin. »Mr. Visser. Ich bin Rich McNeil. Was kann ich für Sie tun?«

Der Mann hatte einen schmerzhaft kräftigen Händedruck. Sein Lächeln sollte wohl einschüchternd wirken. »Danke, dass Sie mich unangemeldet empfangen. Darf ich mich einen Moment setzen?«

McNeil öffnete und schloss seine Hand und stellte zu seiner Erleichterung fest, dass sie sich noch bewegen ließ. »Selbstverständlich. Aber ich fürchte, ich habe nicht allzu viel Zeit …«

»Es dauert nicht lange.« Visser zupfte seine Hose an den Oberschenkeln zurecht, ließ sich in einem von McNeils lederbezogenen Lehnsesseln nieder und sah sich im Büro um. »Netter Laden«, sagte er. »Ich habe mein Büro in einem alten

Lagerhaus am Pier 42. Tolle Aussicht, direkt am Wasser. Treasure Island. Die Brücke. Aber keine solchen Sessel.«

»Nun …« McNeil war nicht in der Stimmung, Konversation zu betreiben. Er zog sich einen Stuhl heran und bedachte seinen Besucher mit einem auffordernden Blick. »Also …« Er wartete ab.

Visser nahm sich noch einen Moment Zeit, den bequemen Sessel und die Aussicht auf die Gebäude vor den Fenstern zu genießen. Dann zog er die Schultern hoch, lehnte sich zurück und sah McNeil an. »Damit Sie es gleich wissen«, begann er, »und damit es keine Missverständnisse gibt. Ich arbeite für Dash Logan, Mr. Galts Anwalt. Er dachte, es könnte … hilfreich sein, wenn Sie und ich das Problem miteinander besprechen. Ganz inoffiziell.«

Doch McNeil schüttelte den Kopf. »Ich halte das für keine gute Idee. Mein Anwalt meinte …«

»Ach, stellen Sie sich nicht so an. Anwälte. Die Brüder kenn ich, ich bin nämlich bei einem von denen beschäftigt. Dash hat gestern mit Ihrem Anwalt geredet und deshalb bin ich heute hier. Sozusagen, um Ihnen einen Gefallen zu tun. Ihr Anwalt – Hardy, richtig? – hat offenbar keine große Lust auf eine außergerichtliche Einigung. Anscheinend glaubt er nicht, dass wir genug in der Hand haben, um Strafanzeige zu stellen. Aber ich muss Ihnen sagen …« Die Knopfaugen blickten sich im Büro um.

»Was?«, hakte McNeil nach.

Mit einiger Mühe beugte Visser sich in seinem Sessel vor, stützte die Ellenbogen auf die Knie und sah McNeil treuherzig an. »Es geht um Folgendes«, meinte er. Seine Stimme sank um einige Dezibel. »In solchen Fällen passiert so was öfter. Die Anwälte kriegen sich in die Haare und am Schluss verliert jeder. Mr. Logan würde das gerne verhindern …«

»Nun.« McNeil hatte genug davon. Er stand auf. »Wie dem auch sei, ich kann wirklich nicht …«

»Die Sache ist die, Rich«, fiel Visser ihm ins Wort und machte auf bedrohliche Weise Anstalten sich zu erheben, sodass McNeil erschrocken in seinen Sessel zurücksank. »Ich war viele Jahre lang Polizist. Ich weiß, wonach die Polizei sucht und wie sie an die Infos rankommt. Schließlich hat jeder ein paar Leichen im Keller – Probleme mit der Steuer, vielleicht haben Sie öfter mal die Miete kassiert, ohne eine Quittung auszuschreiben. Dinge eben, mit denen sich Ihr Anwalt Hardy nicht auskennt.«

»Das würde mich überraschen«, entgegnete McNeil ruhig. »Er war früher selbst einmal bei der Polizei.«

»Hardy?«

McNeil nützte seinen Vorteil. »Ganz recht. Also habe ich den Eindruck, dass er genau weiß, was gespielt wird. Und seiner Ansicht nach ist eine Strafanzeige absurd. Zufällig teile ich seine Meinung, denn ich halte Manny Galt für einen Lügner, vor allem, was seine Behauptung angeht, er hätte mir die Miete in bar bezahlt. So ist es nicht gewesen. Nichts davon ist wahr. Wenn das also alles ist.« Wieder wollte McNeil aufstehen. »Danke für Ihren Besuch, aber ich fürchte, ich habe Ihnen sonst nichts mehr zu sagen.« Er zwang sich zu einem Lächeln. »Überlassen wir die Feinheiten den Anwälten.«

Aber Visser schien ihn nicht zu verstehen. Stattdessen lehnte er sich wieder zurück und strich mit der Handfläche über die glatte Armlehne. »Also gut. Allerdings kann es sehr böse enden, wenn man in einem solchen Fall weiterprozessiert. Und Mr. Logan gefällt das gar nicht.«

»Dasselbe gilt für Mr. Hardy. Also sollen die Fakten entscheiden.« Schicksalsergeben breitete McNeil die Hände aus und lächelte noch einmal gekünstelt. »Nun gut. Ich habe heute Morgen wirklich viel zu tun …«

Endlich wuchtete sich Visser aus dem Sessel hoch. »Gut, dann eben eine kleine Kostprobe.«

»Wie bitte?«

»Sie hatten doch mal eine Sekretärin namens Linda Cook, richtig?«

McNeil spürte, wie sich ihm der Magen zusammenkrampfte. »Was ist mit ihr? Das war ein Fehler und ist schon lange her. Meine Frau weiß Bescheid.«

»Klar. Aber die Kleinen, die Enkel. Wenn das alles rauskommt, werden sie ziemlich traurig sein und sicher nicht mehr so gut von Ihnen denken.«

McNeil schnappte nach Luft, seine Stimme wurde hart. »Verschwinden Sie auf der Stelle.«

Doch weder Wut noch Angst konnten Visser beeindrucken. Nun breitete er, wie zuvor McNeil, die Hände aus. »Ich sage doch nur, dass es Ihnen schaden könnte, wenn sich derartige Dinge in der Öffentlichkeit herumsprechen. Haben Sie mich verstanden? Niemand will Ärger haben, was? Habe ich nicht Recht?«

Sie saßen an einem Fensterplatz in einem kleinen Restaurant am Union Square. Inzwischen hatte Jody Burgess es aufgegeben, in ihrem Salat herumzustochern. Stattdessen sah sie ihre Tochter über den Tisch hinweg finster an. Diese hatte ihr nach einer mit Andeutungen verbrachten Mahlzeit soeben eröffnet, dass sie und Jeff sich nicht an den Kosten von Coles Verteidigung beteiligen würden. »Ich begreife nicht, wie du so grausam sein kannst«, sagte Jody. »Schließlich ist er dein Bruder.«

Dorothy hatte ihr Sandwich nicht angerührt, und dabei handelte es sich um ihren Lieblingsbelag – Räucherschinken, Ziegenkäse und luftgetrocknete Tomaten. Sie wusste genau, warum sie so grausam sein konnte, denn inzwischen hatte sie darin einige Übung. Jedes Mal, wenn sie in den vergangenen zwölf Jahren der Versuchung erlegen war, so etwas wie Freundschaft, Sorge oder einfach nur Mitleid für ihren Bruder zu empfinden, hatte sie es früher oder später bereut, weshalb sie keine große Lust mehr darauf hatte. Offen gestanden war es ihr ziemlich gleichgültig.

Doch sie hielt sich vor Augen, dass Jody immerhin ihre Mutter war. Zwar hatten sie derartige Gespräche schon öfter geführt, aber sie war es ihr dennoch schuldig. Leider.

Deshalb zwang sie sich wie immer zur Ruhe. »Mein Bruder«, antwortete sie, »brauchte dringend eine Unterkunft, und da ich etwas für ihn *empfand*, habe ich ihn in mein Haus aufgenommen, wo ich mit meinem schwer behinderten Mann und *meinen Kindern* lebe. Und vielleicht erinnerst du dich noch, Mutter, wie er es mir gedankt hat. Er hat uns bestohlen. Mehrere Male. Selbst die Spardosen der Kinder hat er ausgeräumt. Kannst du das fassen? Das war also mein Lohn dafür, dass ich nett zu ihm sein wollte. Die Kinder werden Onkel Cole nun immer als Dieb, wenn nicht gar als Mörder, im Gedächtnis behalten. Bestimmt wird das ihnen für den Rest ihres Lebens eine schöne Erinnerung bleiben.«

Jody nickte und schluckte. Sie hatte das schon einmal gehört. Und natürlich hatte sie darauf eine Antwort parat: »Er ist kein Mörder.«

»Aber ein Dieb ist er auf jeden Fall, verdammt.«

»Er ist machtlos dagegen, Dorothy. Er kann sich nicht dagegen wehren.«

»Ach, verschon mich.«

»Es stimmt. Das weißt du ganz genau.«

»Kann sein, Mutter. Doch mittlerweile ist es mir egal. Hast du mich verstanden?«

Jody starrte ihrer Tochter ins Gesicht und berührte dann ihre Hand. »Schatz ...«

»Nein!« Dorothy zog ihre Hand weg. »Nein. Diesmal nicht.«

»Und was sollen wir jetzt tun?«

»Ich tue überhaupt nichts.«

»Du lässt ihn einfach im Stich?«

Dorothy nickte und presste die Lippen zusammen. »Ja. Für ihn gibt es sowieso keine Rettung mehr. Er wird sich nie ändern.«

»Das glaube ich nicht.«

»Ich weiß. Solltest du aber. Weil es wahr ist.«

Wieder Schweigen.

Oft dachte Jody, dass sie nicht mehr weinen konnte. Wenn Dorothy ihr vor ein paar Jahren gesagt hätte, dass Cole, ihr einziger Sohn, rettungslos verloren war, dass er nie geheilt werden und ihr wundervoller Junge sein würde, wäre sie sicher in Tränen ausgebrochen. Doch nicht heute. Sie empfand nur noch eine tiefe Erschöpfung, die ihrer Entschlossenheit allerdings keinen Abbruch tat. »Hör mal, was ist, wenn wir einfach mit Mr. Hardy reden und ...«

Dorothy schüttelte den Kopf. »Mutter, wir haben drei Kinder, deren Collegestudium wir irgendwann bezahlen müssen.

Jeffs Arztkosten steigen und steigen. Wir können Cole nicht helfen, selbst wenn wir es wollten, was nicht so ist. Und offen gestanden, Mutter – das muss ich dir einfach sagen –, begreife ich nicht, warum du es tust.«

»Er ist mein einziger Sohn, Dorothy. Darum.«

»Das ist keine gute Antwort, Mutter. Cole hat dein Leben ruiniert. Siehst du das denn nicht?«

»Das ist nicht wahr.«

»Oh, das ist also nicht wahr! Vermutlich hat er es eher bereichert.« Dorothy wischte sich hektisch mit der Serviette über den Mund und holte tief Luft. »Er hat dein Leben ruiniert.«

»Du wiederholst dich.«

»Weil es stimmt. Komm schon, Mutter, schau dir an, was er getan hat. Er hat dich gezwungen, hierher zu ziehen …«

Jody unterbrach sie mit einer Handbewegung. »Nein! Siehst du, das ist ein gutes Beispiel. Ich bin freiwillig hier.«

»Du hast das Haus verkauft, in dem wir beide aufgewachsen sind und in dem du den Rest deines Lebens verbringen wolltest. Das hast du mir selbst gesagt, schon vergessen? Und zwar, weil du in Coles Nähe wohnen wolltest, nachdem wir ihn rausgeschmissen hatten, für den Fall, dass er allein nicht klarkommt. Oder willst du mir widersprechen?«

Jody hatte dem nichts entgegenzusetzen.

»Nun hockst du in einer schäbigen kleinen Wohnung, ohne deine Freunde und die Leute, die du seit deiner Jugend gekannt hast, ganz allein …«

»Ich habe meine Enkelkinder.«

»Die du nur selten besucht hast, bevor Cole hierher gekommen ist. Deshalb bist du in San Francisco, Mutter. Das weißt du ganz genau. Es liegt an Cole. Immer nur Cole. Alles hast du für ihn geopfert. Soll ich dir etwas sagen? Es interessiert ihn nicht. Und es hat ihm nicht geholfen.«

Jody sah sich im Restaurant um, blickte hinaus auf die Straße und wandte sich dann wieder ihrer Tochter zu. »Er hat hin und wieder bei mir gewohnt. Er braucht einen Unterschlupf.«

»Dann soll er sich eine Wohnung mieten, Mutter. Verdammt, er ist siebenundzwanzig.«

»Ich kann ihn doch nicht sterben lassen.«

»Aber retten kannst du ihn auch nicht. Verstehst du denn nicht. Er wird nie erwachsen werden, solange du ihn ständig bemutterst. Du ermöglichst es ihm erst, dieses Leben weiterzuführen.«

»Mir bleibt nichts anderes übrig, Schatz. Er braucht nur …«

Nun wurde es Dorothy endgültig zu bunt. Ihr riss der Geduldsfaden. Obwohl sie versuchte, ihre Stimme zu dämpfen, konnte das ganze Restaurant sie hören. »Verschon mich mit dem, was Cole braucht! Er braucht vor allem ein eigenes Leben. Er muss von der Sucht loskommen, aber du kannst ihm dabei nicht helfen. Das kann niemand. Er muss scheitern und eine Lösung finden. Und wenn er es nicht schafft, stirbt er eben.« Wieder presste sie, erschrocken über ihren Ausbruch, die Serviette an die Lippen.

Aber sie war noch nicht fertig. Ihre Stimme klang ein wenig sanfter, als sie sich vorbeugte. »Jetzt wirst du Mr. Hardy aus eigener Tasche bezahlen, richtig? Weißt du überhaupt, wie viel das kosten wird? Du wirst keinen Cent mehr haben und all deine Ersparnisse verlieren, und was wird dann? Welchen Sinn hat das alles?«

»Aber er hat die Frau nicht umgebracht. Er braucht einen guten Anwalt.«

»Er hat *gestanden,* Mutter.«

Aber Jody fand das nicht weiter wichtig. »Das war doch kein richtiges Geständnis. Und wenn Mr. Hardy ihn freikriegt, kann er eine Therapie machen …«

»Ach, du meine Güte, wann kapierst du es endlich? Lass mich damit in Ruhe.«

»Möchten die Damen noch ein Glas Wasser?« Höflich hatte sich der Kellner genähert. Er trug ein weißes Hemd und eine schwarze Weste. »Ein Dessert? Kaffee?«

Dorothy, die den Wink verstanden hatte, schüttelte verlegen den Kopf. »Die Rechnung bitte. Vielen Dank.« Nachdem er erleichtert genickt und sich entfernt hatte, beugte sich Dorothy über den Tisch und flüsterte. »Du weißt, Mutter, dass ich mich besser gar nicht an Dismas gewendet hätte. Das war der letzte Fehler, den ich Cole zuliebe gemacht habe. Ich hätte ihn im Gefängnis verrecken lassen sollen, wenn er es unbedingt so will. Dann hätten wir es wenigstens ausgestanden.«

»Sag das nicht«, flehte ihre Mutter. »Das meinst du doch nicht so.«

Angewidert schüttelte Dorothy den Kopf, wischte sich noch einmal den Mund ab und warf ihre Serviette auf den Teller. Es war zwecklos.

13

Clarence Jackman saß am Kopf des gewaltigen Mahagonitisches, der in der Mitte des Konferenzraums seiner Kanzlei stand. Er hatte richtig vermutet, dass viele von Elaines Freunden und Kollegen Cole Burgess' Anhörung beiwohnen würden. Deshalb hatte er einen Partyservice bestellt und auf den Gerichtsfluren verbreiten lassen, dass alle, die das Herz am rechten Fleck trugen, eingeladen waren.

Es hatte sich wirklich eine ziemlich große, fast zwei Dutzend Kopf starke Menschenmenge eingefunden. Doch inzwischen war es kurz vor halb zwei und viele waren in ihre Büros oder Seminare zurückgekehrt. Das Stimmengewirr war verebbt, der Großteil des Essens vertilgt. Jackman verabschiedete sich von einem jungen Rechtsreferendar, der ihm seine Bewerbungsunterlagen schicken wollte, nahm sich eine Flasche Mineralwasser von der Anrichte und setzte sich dann zu einigen Leuten – hauptsächlich von der juristischen Fakultät, wie er vermutete –, die sich, ins Gespräch vertieft, in eine Zimmerecke zurückgezogen hatten. Die Diskussion wurde zunehmend hitziger.

»Es gibt keinen Grund, das ist es ja gerade! Wenn man einen Grund findet, liefert man Hardy Munition, um dieses

Schwein freizukriegen.« Dieser Ausbruch kam von Jonas Walsh, Elaine Wagers Verlobtem. Er war Mitte Dreißig, trug eine aufgebauschte Föhnfrisur, hatte ein ausgesprochen ebenmäßiges Gesicht und war sehr teuer gekleidet. Walsh war Chirurg und sah aus, als hätte er seit einer Woche nicht mehr geschlafen. Vielleicht traf das auch zu. Jedenfalls schien er Widerspruch nicht gewöhnt zu sein, und das Durcheinander, das seit Elaines Tod in seinem Leben herrschte, sorgte dafür, dass er ungewollt gereizt klang.

Im Augenblick richtete sich sein Zorn gegen Peter Nesbitt, Dozent an der juristischen Fakultät von Hastings. Nesbitt war ein Logiker mit heiserer Stimme. Er trug eine Fliege und Cordhosen. »Ich sage doch nur«, beharrte er, »dass Burgess, wenn er wirklich nicht aus freien Stücken gestanden hat …«

»Aber das hat er, verdammt.« Um Bestätigung heischend sah Walsh die anderen Anwesenden an. »Oder irre ich mich? Gibt es da wirklich Zweifel?«

»Eigentlich nicht, Jonas.« Treya Ghent setzte sich neben ihn. Jackman war überzeugt, dass die beiden sich kannten, möglicherweise sogar gut. Obwohl Treya nicht gerade lächelte, hatten ihr Tonfall und ihre Körpersprache fast etwas Scherzhaftes an sich, als sie versuchte, Öl ins Feuer zu gießen. Beschwichtigend tätschelte sie Walshs Hand. »Hier geht es doch nur um Anwaltstricks.«

»Die wie immer faszinierend sind«, wandte eine Jurastudentin unter allgemeinem Beifall ein.

Wieder fiel Jackman auf, welche Ruhe und Kraft Treya Ghent ausstrahlte. Wie immer war sie auch heute äußerst schlicht gekleidet: schwarze Hose, modischer weiter grauer Pullover, goldene Halskette, sehr dezentes Make-up. Er musste sich zwingen, den Blick von ihr abzuwenden.

Auch wenn es hier eigentlich nicht genug Arbeit für sie gibt, dachte er, ich glaube nicht, dass ich ihr so schnell kündigen werde.

»Also, was meinen Sie damit, Jonas?«, fragte Jackman, der sich gerne am Gespräch beteiligen wollte. »Worauf zielen Sie ab?«

»Darauf, dass man mit dieser ganzen Fachsimpelei, ob jemand vielleicht einen Grund gehabt haben könnte, Elaine zu töten, nur seinem Verteidiger in die Hände spielt. Verdammt, Sie sind doch Anwalt. Geben Sie mir nicht Recht?«

Jackman tat, als überlegte er, und sah dann Peter Nesbitt an. »Wahrscheinlich schon. Doch Peter will Ihnen lediglich vermitteln, dass Sie Ihr Urteilsvermögen nicht durch Rachegefühle trüben lassen dürfen. Wenn dieser Burgess es nicht war, wollen Sie doch sicher den wirklichen Täter finden, oder?«

»Natürlich. Aber er war es.«

Nesbitt zuckte die Achseln und ergriff wieder das Wort. »Ich sage bloß, dass dieser Hardy seine Arbeit macht, indem er versucht, von Anfang an Zweifel zu säen. Das ist eine gute Strategie.«

»Nun, Sie müssen schon entschuldigen, dass ich das nicht so sehen kann. Ich weiß nur, dass Elaine tot ist. Und deshalb bin ich nicht in der richtigen Stimmung für dieses theoretische Geschwätz.«

Erneut berührte Treya ihn am Arm. »Jonas, niemand möchte ...«

Er ließ den Kopf hängen. »Schon gut, ich habe verstanden.« Unvermittelt sprang er auf und strich sich mit der Handfläche übers Gesicht. »Tut mir Leid«, stammelte er. »Aber für mich ist es eben kein Gedankenspiel.« Er blickte die Anwesenden an. »Vorhin im Gerichtssaal hatte ich den Eindruck, dass Sie alle genauso angewidert sind wie ich. Und jetzt ...«

»Das soll nur heißen, dass es einige interessante Fragen aufwirft«, meinte Nesbitt.

»Die sind mir aber völlig gleichgültig. Ich denke, sie haben den Typen erwischt und überlegen sich nun, wie sie ihn am besten wieder freilassen können.«

»Falls sie Feinde hatte, und wir alle wissen, dass es so war ...«, wandte die Jurastudentin von vorhin ein.

Doch Walsh wollte nichts davon hören. »Wenn ja, war es keiner davon, sondern dieser Typ.«

Jackman hielt es für seine Pflicht einzuschreiten. Der junge Arzt ließ sich von seinen Gefühlen hinreißen. Er war die endlosen Debatten nicht gewöhnt, die die Gespräche fast aller Jurastudenten prägten und die – wie Jackman sich insgeheim eingestand – zuweilen sehr ermüdend werden konnten. »Wir sind alle Ihrer Meinung, Jonas.«

»Das ist aber komisch. Es klingt nämlich ganz anders.«

»Auch wir waren empört über die heutigen Vorgänge im Gerichtssaal. Ich denke, das haben Sie während der Anhörung sehr wohl bemerkt. Da wir von dem Geständnis wussten, dürsteten wir nach Rache und hielten Mr. Burgess für schuldig. Und ich glaube, daran hat sich nichts geändert.«

Allgemeines Nicken.

Walsh, der stehen geblieben war, nickte ebenfalls. Plötzlich verdüsterte sich seine Miene. Er biss sich auf die Lippe und schlug die Hand vor den Mund. »Tut mir Leid«, sagte er mit zitternder Stimme. Er schüttelte den Kopf, fasste sich mühsam und stieß hervor: »Entschuldigen Sie mich.« Mit diesen Worten stürmte er aus dem Raum.

Auch Treya Ghent erhob sich, schob ihren Stuhl zurück und folgte ihm hinaus.

Während sich ihre Schritte auf dem Flur entfernten, wurde es still im Raum. Einige Studenten wechselten verlegene Blicke. Schließlich ergriff die Jurastudentin wieder das Wort: »Der Trauernde und seine Trösterin.« Diesmal jedoch blieb ihr der Beifall versagt.

»An seiner Stelle«, begann Nesbitt. Seine Stimme verriet, dass er gerne weiter gefachsimpelt hätte, und er wandte sich an die Studenten, »würde ich mich Mr. Jackmans Meinung anschließen. Es ist wichtig, die Beweise gegen jeden möglichen Zweifel abzusichern, alle anderen Verdächtigen auszuschließen und sämtliche Alternativen zu widerlegen. Oder ist jemand von Ihnen anderer Ansicht?«

Niemand widersprach.

Mit knarrender Stimme fuhr er fort: »Und dennoch hat Dr. Walsh offenbar kein Interesse an diesem Ansatz. Und was könnte das bedeuten …?«

Jackman hatte keine Lust auf weitere Diskussionen. Nesbitts Hypothese entsprang der blutleeren Logik des Akademikers. Walshs aufrichtige Gefühle waren ihm sehr viel realer erschienen – er war schlicht und ergreifend zu aufgebracht, um sich vernünftig mit dem Fall auseinander zu setzen. Wie dem auch sei, bald würde der Tisch abgeräumt werden und die letzten Gäste würden sich zerstreuen.

Zeit war Geld. Er musste wieder an die Arbeit.

Treya sah von ihrem Schreibtisch aus, wie er in Elaines ehemaligem Büro verschwand. Er schloss die Tür. Sie klopfte an, wartete ab und klopfte noch einmal – keine Antwort. Also drehte sie den Türknauf.

»Jonas?«, flüsterte sie.

Da die Jalousien heruntergelassen waren, war es dämmrig im Raum. Doch sie sah ihn sofort. Er saß zusammengesunken auf Elaines Stuhl, hatte die Füße auf den Schreibtisch gelegt und die Hände vors Gesicht geschlagen. Rasch blickte Treya sich auf dem Flur um und als sie niemanden bemerkte, schlüpfte sie in den Raum. Sie schloss die Tür hinter sich.

»Alles in Ordnung?«

»Ja klar. Spitze.« Er holte tief Luft. »Ich will nichts über ihre Feinde hören.«

»Ich weiß.«

Sie blieb an der Tür stehen. Nachdem sich ihre Augen an die Dunkelheit gewöhnt hatten, durchquerte sie das kleine Zimmer, entfernte ein paar von Elaines Akten von dem Stuhl, auf dem sie normalerweise saß, und stapelte sie auf dem Aktenschrank neben dem Schreibtisch. Dann nahm sie Platz und wartete ab.

Er hob kaum den Kopf. »Ich habe mich aufgeführt wie ein Kleinkind, was?«

»Hätte schlimmer sein können. Mach dir deshalb keine schlaflosen Nächte.«

»Dazu müsste ich erst mal schlafen können.«

»Das kommt schon wieder.«

Treya kannte Jonas nun seit gut drei Jahren, seit er und Elaine miteinander gingen. Allerdings standen sie einander nicht mehr so nah wie zu Anfang, als sie noch Komplizen in einer Verschwörung gewesen waren. Das lag daran, dass die

Beziehung zwischen Elaine – die sich gerade erst von ihrem schwarzen Freund, einem Politaktivisten, getrennt hatte – und dem weißen Arzt in den ersten Monaten streng geheim gewesen war. Verschwiegene Rendezvous in Hotelzimmern, Treffen tagsüber in Treyas Wohnung, Mittagessen in diesem Büro in der Kanzlei.

Das war, ehe Elaine sich in der Lage gesehen hatte, sich auf eine feste Beziehung einzulassen. Treya hatte ihr daraus zunächst keinen Vorwurf machen können. Bevor sie Jonas' Egoismus, seine Wutanfälle und seine Selbstsüchtigkeit miterlebt hatte, hatte sie ihn wegen des Drucks, unter dem er stand, sehr bemitleidet.

Und es war wirklich nicht leicht gewesen.

Als Tochter einer berühmten schwarzen Senatorin hatte die afroamerikanische Gemeinde in San Francisco sie inoffiziell zu ihrer neuen Galionsfigur gekürt. Die Politikerin in ihr – schließlich war sie die Tochter ihrer Mutter – hatte großen Gefallen daran gefunden. In den ersten Jahren nach ihrem Abschied von der Staatsanwaltschaft war sie in Begleitung verschiedener prominenter Schwarzer bei Wohltätigkeitsveranstaltungen und Wahlkampfbanketts gesehen worden. Und im Laufe der Zeit hatte die Klatschspalte des *Chronicle* ihr Liebesbeziehungen mit einer ganzen Reihe ihrer Mandanten, einem Stadtrat, einem Footballspieler und mit dem Sprecher der Spätnachrichten im Fernsehen angedichtet.

Elaine mochte diese Männer aus den verschiedensten Gründen, aber sie hatte es nie länger als ein paar Monate mit ihnen ausgehalten. Das bereitete ihr keine großen Sorgen – schließlich war sie früher schon einmal verliebt gewesen und kannte dieses Gefühl. Bis jetzt hatte sie den Richtigen eben noch nicht gefunden. Sie ging davon aus, dass sie ihm eines Tages sicher begegnen würde. Dann wollte sie heiraten und eine Familie gründen.

Durch ihre Tätigkeit bei Rand & Jackman und ihre Reden vor Bürgerinitiativen, Seminare für schwarze Existenzgründer und Projekte für Slumbewohner war sie Tag und Nacht beschäftigt und kam nur selten mit Weißen in Berührung.

Treya wusste, dass Elaine nicht viel von dieser Rassentrennung hielt. Es hatte sich einfach so ergeben. Sie hatte keine Vorurteile gegen Weiße, schließlich war Dana Wager, ihr Stiefvater, auch weiß gewesen. Doch abgesehen von offiziellen Anlässen hatte sie nur selten Gelegenheit, beruflich oder privat Menschen kennen zu lernen, die nicht schwarz waren.

Eines Tages jedoch bekam Elaine Schmerzen an der linken Bauchseite, die ständig zunahmen und über zwei Tage andauerten. Am dritten Morgen saß sie am Schreibtisch und versuchte zu arbeiten, als Treya mit einigen Papieren hereinkam und sie versehentlich leicht streifte. Elaine stieß einen Schrei aus und verlor vor Schmerzen fast das Bewusstsein. Sie hatte einen Blinddarmdurchbruch und über vierzig Grad Fieber.

Jonas, der gerade in der Notaufnahme Dienst hatte, rettete ihr das Leben.

Allerdings traute Elaine in den ersten Monaten ihren Gefühlen nicht. Schließlich unterschieden sie sich so von der Heldenverehrung, die sie für Chris Locke, den viel älteren und verheirateten Bezirksstaatsanwalt, empfunden hatte. Nein, Jonas war jung, intelligent und sexy. Und so etwas hatte Elaine, wie sie Treya anvertraute, noch nie erlebt. Es war wunderschön. Offen gestanden fast zu schön, um wahr zu sein.

Und da diese Romanze ohnehin irgendwann enden würde, wagte Elaine zunächst nicht, ihre Position in der schwarzen Gemeinde wegen ein paar leidenschaftlicher Momente zu gefährden. Sie befürchtete, Mandanten, Einfluss und Glaubwürdigkeit zu verlieren. Also beschloss sie, diese gewiss nur kurze Affäre geheim zu halten.

Doch die Beziehung hielt.

Schließlich gaben die beiden es bekannt, und trotz Elaines Besorgnis interessierte sich niemand dafür, dass Elaine mit einem Weißen zusammen war. Der einzige Mensch, der sich deshalb von ihr abwandte, war ein Student, ein islamischer Fundamentalist, den sie betreut hatte. Doch das betrachtete Elaine eher als Erleichterung. Schließlich, vor einem Jahr, verlobten sie und Jonas sich offiziell.

Treya verstand sehr gut, was Elaine anfangs an Jonas angezogen hatte. Er sah aus wie ein Filmstar und strahlte eine ausgesprochen selbstbewusste Männlichkeit aus. Auch sie war nicht dagegen gefeit, und so erging es vermutlich den meisten Frauen. Doch seit sie ihn besser kennen gelernt hatte, war sie nicht mehr so begeistert von Elaines Entscheidung.

Sie stellte fest, dass sich in seinem Leben alles um ihn selbst und um seinen Beruf drehte. In der ersten Leidenschaft hatte er sich so viel Zeit wie möglich für Elaine genommen. Doch nach einer Weile – als er sich ihrer Liebe und Treue sicher sein konnte – war er zu seinen alten Gewohnheiten zurückgekehrt und hatte sich wieder seiner Lieblingsbeschäftigung zugewandt, dem Kreisen um die eigene Person.

Sie sagte sich, dass sie ihn vielleicht ungerecht beurteilte. Und um ehrlich zu sein, schien es Elaine nicht zu stören. Sie arbeiteten beide bis spät in die Nacht und standen beruflich sehr unter Druck. Offenbar hatten sie die Übereinkunft getroffen, dass gelegentliche nächtliche Treffen oder das seltene Wochenende, an dem Jonas sich freimachen konnte, ihnen genügte. Schließlich hob ihre Beziehung für jeden von ihnen das gesellschaftliche Ansehen, was ihnen, wie Treya verstand, sehr wichtig war. Möglicherweise passten sie ja wirklich zusammen – zwei Narzisten, die einander umkreisten und bewunderten. Allerdings hatte Treya Elaine bis dahin ganz anders kennen gelernt.

Sie selbst konnte sich nicht vorstellen, in einer derartigen Beziehung zu leben. Immer wieder erschien Jonas nicht zum Essen, im Kino oder im Theater, weil er im Operationssaal gebraucht wurde, doch Elaine schien das nicht zu belasten. Doch wenn sie sich nicht in der Kanzlei loseisen konnte und eine Verabredung mit ihm absagen musste …

Treya erinnerte sich noch gut an den Tag, an dem es zum ersten Mal passiert war. Elaine nahm gerade eine eidesstattliche Aussage auf, die viel länger dauerte als geplant. Also hatte Treya angerufen und eine Nachricht für Jonas hinterlassen. Denn die beiden wollten zusammen zu einem Ärztekongress nach Los Angeles und Elaine würde einen späteren Flug nehmen müssen. Deshalb würde sie die Eröffnungsparty und die Cocktails verpassen. Aber sie versprach, spätestens am nächsten Morgen nachzukommen.

Tobend vor Wut war Jonas in Treyas Büro gestürmt. Er benahm sich, als wären sie einander nie begegnet und als hätten sie nie gemeinsam Pläne geschmiedet, damit er und Elaine sich an einem geheimen Ort treffen konnten.

»Gut, dann such sie«, fauchte er Treya an. Hätte die Vernehmung in der Kanzlei Rand & Jackman stattgefunden, Jonas hätte gewiss die Tür des Büros eingetreten und unterbrochen. Doch Treya log, sie wisse nicht, wo Elaine sich aufhielte. Sie könne sie nicht erreichen.

Nach diesem Vorfall hatten sich Treyas Gefühle für Jonas Walsh schlagartig geändert.

Selbstverständlich hatte er sich bei ihr entschuldigt und Treya erklärt, er stünde unter großem Stress. Allerdings erlebte sie derartige Auftritte bei ihm noch öfter oder Elaine erzählte ihr davon. Selbst heute beim Mittagessen hatte Jonas sich geweigert, die Meinung der anderen anzuhören. Er allein kannte die Wahrheit. Sie lag doch auf der Hand. Also sollten seine Mitmenschen aufhören, ihm seine wertvolle Zeit zu stehlen.

Aus irgendeinem Grund aber hatte Elaine das ertragen und ihn sogar in Schutz genommen. »Jeden Tag muss er Höchstleistungen vollbringen, Tray. Es geht um Leben und Tod. Warte nur, bis wir eine Familie gegründet haben. Dann wird er seine Prioritäten schon anders setzen. Er hat ein großes Herz.«

Als Treya nun den niedergeschlagenen Mann betrachtete, hatte sie trotz ihrer Differenzen Mitleid mit ihm und konnte ihn verstehen. Ihre alte Welt gab es nicht mehr, und keiner von ihnen war bereit, nun ein neues Kapitel im Leben aufzuschlagen. Ein Windstoß rüttelte an den Fensterscheiben und bald prasselten die ersten Regentropfen dagegen.

Er hatte immer noch die Hand vor die Augen geschlagen, sodass sein Gesicht halb verborgen war. Seine Stimme klang kehlig und so leise, dass sie fast an entferntes Donnergrollen erinnerte. »Sie wollte mich verlassen«, sagte er.

Obwohl Treya ihn deutlich verstanden hatte, begriff sie den Sinn seiner Worte im ersten Moment nicht. Sie hielt es für unmöglich, dass Elaine eine derartige Entscheidung gefällt hatte, ohne es ihr zu erzählen. »Entschuldige, was hast du gesagt?«

»Wusstest du es nicht?« Er hob den Kopf. »Hat sie nicht mit dir darüber gesprochen?«

»Soll das ein Witz sein?«

»Soll es das?« Seufzend schüttelte er den Kopf. »Sie meinte, sie hätte es noch niemandem anvertraut. Ich habe ihr nicht geglaubt.«

Entsetzt von dieser Eröffnung, lehnte Treya sich zurück und fragte sich, worauf er hinauswollte. »Mir hat sie nichts davon gesagt«, erwiderte sie und fügte hinzu: »Sie hat nie erwähnt, dass sie unglücklich war.«

Jonas lachte auf. »Siehst du.« Er nahm die Füße vom Schreibtisch und drehte sich zu ihr um. »Ich hatte nicht vor, sie gehen zu lassen, und ich habe ihr versprochen, mich zu ändern.«

»In welcher Hinsicht?« Allerdings kannte Treya die Antwort.

Er verzog das Gesicht. »Die viele Arbeit. Obwohl sie selbst rund um die Uhr schuftete. Aber ich habe ihr versichert, ich würde weniger Operationen übernehmen. Ich hatte es fest vor.«

»Ging es wirklich nur um die Arbeit?«

»Das behauptete sie wenigstens. Welchen Sinn hätte unsere Beziehung, wenn wir uns ohnehin nur selten …?« Er beendete den Satz nicht.

»Aber?«

Ein verlegenes Achselzucken. Er setzte zu einer Antwort an, hielt inne und seufzte auf. Nach einer Weile hob er wieder den Blick und sah Treya an. »Verdammt, du kennst mich ja, Treya. Ich bin nicht unbedingt ein netter Kerl. Dir gegenüber habe ich mich miserabel verhalten, und dafür gibt es keine Entschuldigung. Wahrscheinlich habe ich Elaine zu selbstverständlich genommen. Aber meine Arbeit …« Er brach ab, offenbar war ihm klar, dass sie ihm das nicht abkaufen würde. »Nein, es war nicht meine Arbeit. Es lag an mir. Das weiß ich genau.« Flehend sah er sie an, wollte, dass sie ihm glaubte.

»Was also ist geschehen?«

»Eigentlich nichts. Wenigstens gab es keinen bestimmten Vorfall. Das behauptete sie zumindest. Doch ich zweifle daran.« Von einem Moment auf den anderen wurde der Regen stärker und prasselte laut an die Fensterscheiben. Beide wandten den Kopf zum Fenster. Als sie ihn wieder anblickte, fuhr er fort: »Wie du dich vielleicht erinnerst, wollten wir vor ein paar Wochen übers Wochenende nach Mendocino fahren und die Piepser zu Hause lassen ...«

»Aber du hattest Probleme mit einem Assistenzarzt, und deshalb ist der Ausflug ins Wasser gefallen.« Treya unterdrückte ein Lächeln. »Sie hat so was erwähnt.«

»Das kann ich mir denken.«

»Gut, zugegeben, sie war nicht glücklich, Jonas, aber sie hat nie von Trennung geredet.« Treya hielt inne. »Sie sagte nur, ihr beide müsstet die Zeit finden, euch auszusprechen und einige Probleme zu klären.«

»Das hat sie dir erzählt?« Er wirkte sehr erleichtert, lehnte sich in seinem Sessel zurück und streckte sich. Mit seinen Chirurgenfingern strich er sich die schwarze Haarmähne aus der Stirn. »Das hilft mir sehr.«

Seine Worte und der Egoismus, von dem sie zeugten, trafen Treya wie ein Schlag in die Magengrube. »Warum hilft dir das, Jonas? Welchen Unterschied könnte das noch bedeuten?«

»Nein, ich meine nicht ...« Mit einer entschuldigenden Geste begann er noch einmal von vorne. »Natürlich nützt es nichts. Ich wollte nur sagen, dass ich dachte, ihre Entscheidung wäre endgültig. Das hat sie zumindest gesagt. Aber vielleicht hätte sie auf mich gehört.« Wieder ein flehender Blick. »Ich hätte mich ändern können. Ich hätte sie überzeugen können zu bleiben. Denkst du nicht?«

Traurig schüttelte Treya den Kopf. »Ich weiß nicht, Jonas. Ich weiß es wirklich nicht.«

»Ich wollte sie nicht gehen lassen«, wiederholte er, fast wie zu sich selbst. »Ich hätte alles getan.«

Sie war ziemlich sicher, dass sie verstand, was Jonas Walsh ihr erklären wollte. Dennoch ließen sie die Worte, die sie hörte, erschaudern.

Auf ihrem Schreibtisch fand sie eine neue Nachricht von Jackman vor. Er ließ sie wieder in sein Büro rufen.

Diesmal behandelte seine Sekretärin sie ziemlich hochnäsig. Ihr Verhalten war so dezent, dass sie es jederzeit abstreiten konnte, wenn man es ihr zum Vorwurf machte, doch Treya verstand die Botschaft: Offenbar unterstellte man ihr, dass sie sich – wie damals bei Elaine – nun dem nächsten Teilhaber der Kanzlei an den Hals warf; und man wollte ihr mitteilen, dass sie sich damit keine Freunde schuf. Man war allgemein der Ansicht, sie hielte sich für zu gut, um mit ihren Kollegen zusammenzuarbeiten, was sich schließlich auch daran zeigte, dass sie sofort zum Chef vorgelassen wurde. Jawohl, Ma'am. Natürlich, Mr. Jackman. Diese dahergelaufene Rechtspflegerin musste nicht eimal warten, wirklich der Gipfel, wenn man bedachte, dass Mr. Jackman sogar den Bürgermeister im Vorzimmer schmoren ließ. Anscheinend fühlte sie sich über den Rest der Welt erhaben.

Allerdings war Treya gegen diese Eifersucht machtlos. Immerhin wimmelte es in diesem Büro von Frauen, die für mächtige Männer arbeiteten und ihr angestammtes Territorium mit Zähnen und Klauen verteidigten.

Treya betrat das Allerheiligste. Jackman bot ihr einen Platz vor seinem Schreibtisch an. Sie setzte sich und bedankte sich dann für das Mittagessen. »Das war eine gute Idee. Ich glaube, die Leute waren froh über die Gelegenheit, miteinander zu reden.«

Der Anwalt zuckte die Achseln. »Ich fürchte, ich habe Dr. Walsh verärgert, und das lag nicht in meiner Absicht.«

»Nein.« Sie hielt inne und überlegte, was sie sagen sollte. »Er war bereits davor ziemlich außer sich, Sir. Er und Elaine …« Unvermittelt brach sie ab. Was war zwischen ihm und Elaine wirklich vorgefallen?

»Natürlich, natürlich. Das ist ja klar.« Jackman hatte sich nicht hinter seinen Schreibtisch gesetzt. Stattdessen schob er eine Aktenablage beiseite, legte das Bein über die Schreibtischkante und lehnte sich lässig daran. »Wann sollte die Hochzeit sein?«

»Juni.« Sie räusperte sich. »Im Juni.«

Er nickte. »Es ist schrecklich«, meinte er. »Eine Tragödie.«

»Ja, Sir.«

Wieder nickte er, ging zum Fenster und blickte in den Regen hinaus. Fast hatte sie den Eindruck, dass er seinen Mut zusammennahm. Um ihr jetzt schon zu kündigen? Sie hielt den Atem an. »Nun, Treya«, begann er und hielt inne. »Stört es Sie, wenn ich Sie Treya nenne? Was für ein Name ist das eigentlich?«

Erleichterung breitete sich in ihr aus. Sie hatte das Gefühl, zum ersten Mal seit einer Woche wieder zu lächeln. »Einverstanden. Woher der Name kommt, weiß ich auch nicht. Wahrscheinlich war mein Vater ein wenig verschroben, Sir. Ihm hat der Klang gefallen. Einer meiner Brüder heißt Sixto, falls das eine Erklärung ist. Er war der Älteste.«

»Sixto?«

»Wir sagen Six zu ihm.«

»Das ist nicht weiter erstaunlich.« Schmunzelnd kehrte Jackman zum Schreibtisch zurück, lehnte sich wieder an ihn und betrachtete Treya. Seine Miene wurde ernst. »Und wie läuft es im Büro?«

Sie holte Luft und setzte eine ruhige Miene auf. »Es geht so, Sir, aber es ist ja erst ein paar Tage her. Mit Elaines Akten bin ich wohl noch ein paar Wochen beschäftigt.«

»Und warten schon weitere Aufträge auf Sie?«

»Offen gestanden, nein, Sir. Doch ich habe überall herumerzählt, dass ich welche suche. Ganz bestimmt kommt früher oder später etwas herein. Solche Dinge brauchen ihre Zeit.«

»Ja, das weiß ich«, meinte Jackman und fügte dann beiläufig hinzu: »Gewiss haben Sie Ihren Lebenslauf schon auf den neuesten Stand gebracht.«

»Das erschien mir ratsam.« Sie schwächte ihre Bemerkung ab. »Aber nur vorsichtshalber, Sir. Am liebsten würde ich hier bleiben.«

»Nun, das freut mich aber. Es ist schön, wenn Angestellte heutzutage ihrem Unternehmen die Treue bewahren.« Kurz blickte er über ihre Schulter hinweg ins Leere. Offenbar dachte er nach. »Tja«, meinte er sachlich, »zufällig habe ich ein kleines Projekt an der Hand, sofern Sie Zeit dafür haben. Zum Großteil Routinearbeit, wie ich befürchte, eine alte Zivilklage, die sich schon seit vier Jahren hinschleppt. Und plötzlich verkündet Richter Branard, er wollte jetzt die Daten überprüfen, die natürlich alle aktualisiert werden müssen. Wahrscheinlich wird es fünfhundert todeslangweilige Stunden dauern, aber Sie hätten auf diese Weise etwas zu tun, bis die anderen Anwälte sich an Sie wenden.«

Fünfhundert Stunden! Er bot ihr fünfhundert Stunden Arbeit an. Eine Schonfrist von zwölf Wochen! Vergeblich versuchte sie sich ihr Erstaunen nicht anmerken zu lassen. »Ich bin sehr interessiert, Sir. Anfangen könnte ich schon am …«

Er nickte leutselig und unterbrach sie. »Der nächste Montag genügt mir. Die Akten sind noch im Archiv. Ich werde sie holen lassen. Und sie brauchen sich nicht die ganze Zeit damit zu befassen. Zwanzig Stunden wöchentlich genügen vollauf. Schließlich müssen Sie noch Elaines Arbeiten abschließen. Aber ich warne Sie – es wird tödlich langweilig werden. Vielleicht wollen Sie sich die Sache ansehen, ehe Sie zustimmen.«

Sie hörte sich sagen, sie fände diese Idee sehr gut, obwohl sie auch über glühende Kohlen getanzt wäre, um ihr Gehalt und die Sozialleistungen zu behalten.

»Dann also bis nächsten Montag um neun?«

»Ja, Sir. Und vielen Dank.«

Er lächelte sie an. »Wenn Sie das Zeug erst mal in der Hand haben, werden Sie mich vermutlich verfluchen.«

Er meinte, er freue sich über den Regen, der dringend nötig gewesen wäre.

Sie blieb sitzen.

Ob sie vielleicht einen Kaffee wolle? Er genehmige sich am Nachmittag immer ein Tässchen, denn nach dem Mittagessen werde er immer so schläfrig. Er habe eine eigene Espressomaschine. Sie könne sich die Viertelstunde ja für Verwaltungsaufgaben eintragen lassen.

Nachdem er den Kaffee zubereitet und eingeschenkt hatte, stellte er die Tassen auf den Tisch und winkte sie zum Sofa, wo sie sich, etwa anderthalb Meter voneinander entfernt, niederließen.

Der Kaffee war ausgezeichnet.

Jackman trank einen Schluck, nickte zufrieden und stellte die Tasse zurück auf die Untertasse. Verstohlen beobachtete er Treya, während sie kostete und ebenfalls ihre Tasse absetzte. Dann hatte er offenbar einen Entschluss gefasst und er drehte sich leicht zu ihr hin. »Wenn es Sie nicht stört, möchte ich Sie nach Ihrer Meinung fragen.« Er hielt inne und legte sich seine Worte sorgfältig zurecht. »Es geht um Elaine.«

Treya beugte sich vor, stützte die Ellenbogen auf die Knie und blickte ihn an. »Macht Ihnen der Fall Kopfzerbrechen?«

»Als Kopfzerbrechen würde ich es nicht gerade bezeichnen. Wenn keine politischen Motive hinter der Forderung nach der Todesstrafe stünden, hätte ich wahrscheinlich keinen Gedanken daran verschwendet. Aber da es sich nun einmal so verhält …« Ein Achselzucken. »Ich weiß nicht. Was wäre wohl geschehen, wenn die Polizei Mr. Burgess nicht dabei ertappt hätte, wie er sich praktischerweise gerade über die Leiche beugte. Und wenn die Staatsanwältin sich in der Öffentlichkeit nicht bereits so aus dem Fenster gelehnt hätte. Wie denken Sie darüber, Treya? Sie kannten Elaine besser als jeder andere.«

»Was genau meinen Sie?«

»Wenn man sie erschossen aufgefunden hätte, ohne dass sich ein Verdächtiger in der Nähe befand.«

Sie holte tief Luft, erinnerte sich an ihre Kaffeetasse, griff danach, um ein wenig Zeit zu gewinnen, und hielt sie an die Lippen. »Aber so ist es nicht gewesen.«

»Woher wissen wir, wie es gewesen ist?«

Sie hatte nie darüber nachgedacht, warum ihr diese hypothetische Frage solches Magendrücken verursachte. Vielleicht war es schlichtweg einfacher, eine fertige Antwort parat zu haben, sodass sie nicht mehr ständig über ihren Schmerz nachzugrübeln brauchte. Doch im Augenblick sah es so aus, als würde sie nicht darum herumkommen. Seufzend trank sie einen Schluck. »Lieutenant Glitsky wollte dasselbe von mir wissen, als er mit mir sprach – nämlich, ob jemand, den ich kenne, Grund gehabt haben könnte, sie zu töten. Ich erwiderte, ich hätte keine Ahnung …«

»Ist das wirklich Ihre Meinung?« Jackman beugte sich vor. Offenbar wollte er auf etwas Bestimmtes hinaus. »Dieser Lieutenant Glitsky«, fuhr er fort, »ist doch nicht etwa ein Polizist, der glaubt, dass er Anwalt wäre?«

»Nein.«

»Aber er hat ein Geständnis und zweifelt dennoch daran, dass der Betreffende wirklich der Täter ist. Das weist für mich ganz in diese Richtung.«

Treya zuckte die Achseln. »Er sagte, er brauche Beweise, selbst wenn es Cole Burgess gewesen sein sollte. Er meinte, Burgess würde auf nicht schuldig plädieren, weshalb er ohnehin erst in einem Prozess verurteilt werden könne. Man müsse mit jahrelangen Einsprüchen rechnen. Falls Elaine diesen Burgess also in einer Klinik oder an der Uni kennen gelernt haben sollte, hätte man ein Motiv und der Fall läge viel einfacher.«

»Hat er sich wirklich nach weiteren Verdächtigen erkundigt?« Unvermittelt stand Jackman auf, wandte ihr den Rücken zu und ging, die Hände in den Taschen, ein paar Schritte. »Damit spiele ich auf das an, was diese Frau beim Mittagessen im Konferenzzimmer gesagt hat: Alle wussten, dass Elaine Feinde gehabt hat. Und niemand hat widersprochen. Da ich einige der Probleme kenne, vermute ich, dass Sie ebenfalls im Bilde sind.«

Treya lehnte sich in die dicken Sofakissen zurück. »Wahrscheinlich gehe ich an die Sache ein wenig ähnlich heran wie Jonas. Es war schwer genug, es zu begreifen und die nackten Tatsachen zu verstehen …« Sie schüttelte den Kopf, wie um einen Gedanken zu vertreiben. »Ich weiß nicht, aus welchem Grund Sie damit anfangen, Sir. Was erwarten Sie von mir?«

Jackman kehrte zum Sofa zurück und ließ sich am entgegengesetzten Ende nieder. »Ich bin mir selbst nicht ganz schlüssig.« Schließlich konnte er ihr schlecht sagen, wie sehr er ihre Gegenwart und den Klang ihrer Stimme genoss und dass er sie noch eine Weile bei sich behalten wollte. Dann jedoch wurde ihm klar, dass das nicht der einzige Grund war. Vermutlich beschäftigte ihn die Frage schon länger, ohne dass er sich dessen bewusst gewesen war. Warum waren alle so schnell bereit, Cole Burgess zu verurteilen? Als die junge Frau auf Elaines Feinde zu sprechen gekommen war, hatte ihn das an etwas erinnert. »Es liegt daran, dass niemand Elaine besser kannte als Sie. Deshalb sollte vor allem Ihnen daran gelegen sein, den wirklichen Täter zu finden. Und das Motiv.«

Plötzlich hob Treya den Kopf. »Sie glauben also nicht, dass Cole Burgess es war?«

»Das will ich nicht behaupten. Aber ...«

Sie hatte sich zu ihm umgedreht und fixierte ihn mit Blicken. »War er es denn nicht?«

Er zuckte die Achseln. Er wusste es nicht.

Und auf einmal war Treya auch nicht mehr so sicher.

Nach der Sitzung im Büro des Polizeichefs arbeitete Abe Glitsky zum ersten Mal in fast dreißig Jahren nicht mehr als Polizist. Die Mächtigen hatten beschlossen, ihn auf unbestimmte Zeit vom Dienst zu suspendieren, weshalb man ihn von seinem Posten als Leiter der Mordkommission abgelöst hatte. Man hatte ihn zwar nicht um seine Polizeimarke oder seine Dienstwaffe gebeten, doch er konnte sich durchaus vorstellen, dass es in nicht allzu ferner Zukunft dazu kommen würde. Er hatte eine halbe Stunde Zeit, unter Aufsicht seine persönlichen Gegenstände aus Schreibtisch und Aktenschrank zu räumen. Es dauerte nur vierzehn Minuten, die Sachen in einen abgewetzten schwarzen Aktenkoffer zu packen. Keiner seiner Mitarbeiter kam, um sich von ihm zu verabschieden. Er hatte das Gefühl, dass die Leere im Großraumbüro nicht auf einen Zufall zurückzuführen war. Jemand hatte die Parole an seine Truppen ausgegeben, dass es ratsam war, sich zu verdrücken, während ihr ehemaliger Chef seinen Posten verließ.

Rigby hatte angekündigt, er werde sich in der kommenden Woche, nach den ersten Ermittlungen, mit ihm in Verbindung setzen. Bis dahin empfehle er Abe, sich entweder eine stichhaltige Begründung auszudenken oder sich bedeckt zu halten.

Es war knapp sechs Uhr. Und Glitsky wusste nun aus persönlicher Erfahrung, dass die dunkelste Stunde nicht die kurz vor Morgengrauen war.

Seltsamerweise hatten sich die Halogenscheinwerfer auf dem Parkplatz hinter dem Justizgebäude nicht von selbst eingeschaltet. Ein weiterer, wenn auch für Glitsky überflüssiger Beweis, dass sich selbst die gegenständliche Welt gegen ihn verschworen hatte.

Regen prasselte auf den Asphalt, der heftigste Schauer, den er seit einigen Jahren gesehen hatte.

Glitsky stellte den Aktenkoffer neben sich auf den Boden. Die Hände in den Hosentaschen, stand er unter der Überdachung des meist zugigen Freiganges, der von der Hintertür des Justizgebäudes vorbei an der Gerichtsmedizin zum Gefängnis führte. Die lederne Pilotenjacke hatte er bis zum Hals zugeknöpft und den Pelzkragen bis über die Ohren hochgeschlagen. Als ihm eine Windböe Regentropfen ins Gesicht wehte, trat er einen Schritt zurück.

Die Hände aus den Taschen zu nehmen und sich die Augen abzuwischen, erschien ihm auf einmal unbeschreiblich mühsam.

Drei oder vier Leute kamen auf dem Weg zu ihren Autos an ihm vorbei. Gejammer über das Wetter, Fachsimpeleien, kurzes Gelächter. Worüber?, fragte er sich.

Er schaffte es nicht, sich in Bewegung zu setzen. Nach einer Weile drehte er sich um, griff nach seinem Aktenkoffer und ging den halben Weg zurück in Richtung Justizgebäude. Dann wandte er sich nach links, lief ein paar Schritte über den nassen Beton und rüttelte an der Tür, auf der stand, dass hier John Strout, Leichenbeschauer für die Stadt und den Bezirk San Francisco, sein Büro hatte.

Doch da die Dienstzeit vorbei war, war die Tür verschlossen. Laut eines Hinweisschildes war die Nachtglocke außer Betrieb. Fast hätte Glitsky gelacht oder zumindest geglaubt, dass er es tat, hätte das Geräusch ein wenig mehr geklungen wie Gelächter. Regen ergoss sich auf seinen unbedeckten Kopf und rann ihm den Nacken hinab. Als er heftig anklopfte, erzitterte die Tür unter seiner Faust. Um seine Fingerknöchel zu schonen, drehte er die Hand herum und benutzte die Handfläche. Ganz bestimmt war Strout noch da. Für ihn war der Arbeitstag erst halb vorbei. Er klopfte wieder.

Ein hilfsbereiter Mensch, der auf dem Gang vorbeikam, rief, seiner Ansicht nach sei schon geschlossen.

»Danke«, erwiderte Glitksy, wartete eine Weile und klopfte erneut.

Plötzlich erschien ein uniformierter Polizist und tippte ihm auf die Schulter. »Verschwinde, Kumpel«, sagte er. Glitsky sah, dass Regenwasser vom Schirm seiner Kappe tropfte. Der Polizist hatte eine Hand am Gummiknüppel und würde wohl keine große Aufforderung brauchen, die Waffe auch einzusetzen. »Rumhängen verboten. Für heute ist geschlossen. Also mach dich dünne.«

Mit finsterer Miene – kein sehr hübscher Anblick – drehte sich der Lieutenant um und schob die Hand weg. »Immer mit der Ruhe, alter Junge«, sagte er. »Ich bin oben bei der Mordkommission. Glitsky.«

Der Polizist fuhr erschrocken zurück und erkannte ihn offenbar. Vor lauter Verlegenheit wäre er fast im Erdboden versunken. »Ach, entschuldigen Sie. Tut mir Leid, Sir. Ich habe Sie für einen Penner gehalten.«

Glitsky nickte. »Da sind Sie heute nicht der Einzige.«

Zweiter Teil

14

»Er wäre ein ausgezeichneter Barkeeper.«

Allerdings hieß das nicht, dass Glitsky sich um diese Stelle beworben hätte oder es jemals tun würde. Hardy dachte nur, es könnte seinen Freund aufmuntern, eine Weile hinter dem Tresen des Little Shamrock zu stehen. So würde er wenigstens beschäftigt sein, während er vom Dienst suspendiert war, anstatt vor Langeweile den Verstand zu verlieren. Außerdem konnte er auf diese Weise seine Kommunikationsfähigkeit aufpolieren, auf die bei der Polizei doch so viel Wert gelegt wurde.

Gerade hatte er den Wagen an einer roten Ampel gestoppt und versuchte nun, seinem Schwager diesen Vorschlag schmackhaft zu machen. Zufälligerweise hielt Moses McGuire die Mehrheit der Anteile an dem Lokal – drei Viertel, ein Viertel gehörte Hardy.

»Ausgezeichnet? Was soll das heißen?«

»Ehrlich ...«

»Das ist eine prima Idee, wir nennen ihn den ehrlichen Abe. Bestimmt würde ihm das gefallen.«

»Ich meine es ernst. Er wäre fleißig, pünktlich, würde sich von den Gästen nichts gefallen lassen ...«

»Weil er sie sowieso schon längst vergrault hätte.«

»Warum sollte er das tun?«

»Ach, keine Ahnung. Vielleicht durch seine Angst einflößende, einschüchternde, unfreundliche Art ...«

»Abe?«

»Wir reden doch hier von Abe Glitsky, oder etwa nicht? Dem Typen, den wir jetzt abholen wollen. Schwarz, mit finsterem Blick und einer Narbe auf der Lippe, der keinen Tropfen trinkt und niemals lächelt? Den meinst du doch.«

Moses trug einen korrekten braunen Anzug, ein schwarzes Hemd und eine schwarze Krawatte, was bei ihm selten vorkam. Häufiger geschah es jedoch, dass er sich wie jetzt einen morgendlichen Drink genehmigte, und zwar aus einer kleinen Portionsflasche Scotch, wie man sie im Flugzeug bekam, die er in der Jackentasche mit sich herumtrug. Er trank schon so früh, weil es sich seiner Ansicht nach um einen Feiertag handelte – er musste heute nicht in der Kneipe arbeiten. Seine Schicht hatte er einem der Nachtbarkeeper aufgebrummt, da er dem Gedenkgottesdienst beiwohnen wollte.

Eigentlich hatte er Elaine Wager gar nicht gekannt. Aber seine Frau Susan, Cellistin beim Symphonieorchester, war mit einigen anderen Musikern angeheuert worden, um beim Gottesdienst zu spielen, und er wollte sie gerne hören. Die Akustik des Gewölbes in der Grace Cathedral war legendär. Art Garfunkle hatte einmal eine ganze Platte dort eingespielt, ganz allein, nur unterstützt von einem Mikrofon und dem Echo der alten Steine. Eine Meisterleistung. Als Moses erfahren hatte, dass sein Schwager ebenfalls hinwollte, hatte er eine Entscheidung gefällt. Man konnte ja einen kleinen Ausflug daraus machen, zugegeben einen recht kurzen, denn es waren nur etwa dreißig Häuserblocks. Aber McGuire war fest entschlossen, jede Gelegenheit zu nutzen, um sich zu amüsieren.

Das Auto überquerte die Kreuzung. »Er ist ein netter Kerl, Mose.«

In diesem Monat trug McGuire keinen Bart. Seit der Vorweihnachtszeit war er nicht mehr in eine Prügelei geraten und sein letzter Nasenbeinbruch schien mehr oder weniger verheilt. Mit seinem zurückgekämmten, grau melierten Haar sah er fast verwegen aus, wenn auch zwanzig Jahre älter, als er wirklich war. »Ich weiß, dass er ein netter Kerl ist«, erwiderte er. »Oft sage ich mir: ›Abe Glitksy, das ist wirklich ein netter Kerl.‹ Allerdings heißt das nicht, dass er auch ein guter Barkeeper wäre. Und weißt du, warum?«

»Erzähl es mir.«

»Weil Barkeeper eigentlich Ausstrahlung haben sollten.«

Hardy bedachte ihn mit einem finsteren Seitenblick. »Abe hat Ausstrahlung.«

»Okay, dann lass es mich einmal anders ausdrücken. Barkeeper sollten eine *sympathische* Ausstrahlung haben. Freundlich, herzlich, vielleicht sogar charmant. So wie ich etwa.« Er trank einen großen Schluck Scotch. »Selbst du hast es in deiner Jugend, wenn du einen guten Tag hattest, geschafft, mehr oder weniger charmant zu sein. Aber Glitsky? Das kann ich mir nicht vorstellen. Nein.«

Hardy bog in die Lake Street ein und fand sofort eine Parklücke direkt vor Glitskys Doppelhaus, was höchstens einmal alle zehn Jahre vorkam. Es war halb zehn, ein heller, kalter, sonniger Dienstagmorgen, acht Tage nach Elaines Ermordung. Hardy stieg aus und beugte sich noch einmal in den Wagen, da ihm etwas eingefallen war. »Ich glaube, wir sollten es besser nicht erwähnen, okay?«

McGuire schnalzte mit der Zunge, empört, weil Hardy es überhaupt für nötig hielt, ihn daran zu erinnern. »Ich werde so taktvoll sein wie immer«, erwiderte er und nahm noch einen Schluck aus seinem Fläschchen.

Trotz seines Versprechens überhäufte McGuire Glitsky mit heißen Tipps, kaum dass dieser ins Auto gestiegen war. Er hatte bereits vorgeschlagen, dass Abe vielleicht als Immobilienmakler oder als Webdesigner arbeiten könnte. Außerdem gebe es die Möglichkeit, ein Restaurant zu eröffnen. Da es in dieser Stadt nur noch von Luxusschuppen wimmelte, sehnten sich die Leute nach einem guten, altmodischen Restaurant.

Glitsky, der auf der Rückbank saß, spulte in gefährlich ruhigem Ton die Namen der bereits existierenden Lokalitäten herunter: »Alfred's, John's, Jack's, Little Joe's …«

»Okay, dann vergiss das Restaurant. Warum wirst du nicht privater Ermittler bei Diz?« Und so ging es weiter und weiter. Es sei ja nicht zu spät für Abe, noch einmal die Uni zu besuchen und Arzt, Anwalt oder etwas Ähnliches zu werden. Oder vielleicht Steuerberater? Ob er mit Zahlen umgehen könne?

Wie McGuire trug Glitsky einen Anzug. Der Lieutenant sah zwar selten Grund, sich elegant zu kleiden, konnte es aber durchaus, wenn er wollte. Er rückte den Knoten seiner leuchtend blauen Krawatte zurecht, blickte aus dem Rückspiegel, nahm eine Sonnenbrille aus der Innentasche seines Sakkos und setzte sie auf.

McGuire hatte es bemerkt. »Die gefällt mir«, meinte er. »Sieht aus wie bei Samuel Jackson.« Er öffnete den Schraubverschluss seines dritten Portionsfläschchens, als ihm etwas einfiel. Er hielt inne und schnippte mit den Fingern. »Hey, vielleicht bei Film …«

Hardy warf seinem Schwager einen warnenden Blick zu, damit er endlich den Mund hielt. Doch Moses trank Scotch und bemerkte es gar nicht. Und plötzlich, Hardy hatte es gar nicht mitbekommen, beugte Glitsky sich vor und hielt McGuire seine Pistole an den Kopf. Seine Stimme klang zwar heiser, doch sein Tonfall war völlig ruhig. »Ich puste dir jetzt deine Scheißrübe weg.«

Mit einem heftigen Fluch wich McGuire zurück, stieß sich dabei den Kopf am Fenster an und ließ die Flasche fallen. Sein Gesicht war verzerrt vor Angst. Auch Hardy war erschrocken. Er trat auf die Bremse, dass die Reifen quietschten. Der Wagen schlingerte nach rechts. »Mein Gott, Abe …!«

Doch schon im nächsten Moment hatte Glitsky sich wieder in seinem Sitz zurückgelehnt. Er machte es sich gemütlich und steckte die Waffe zurück ins Schulterhalfter. Im Rückspiegel sah Hardy, dass die Narbe weiß auf seinen Lippen leuchtete. Glitsky lächelte so breit, dass man sogar ein paar Zähne erkennen konnte, ein unerhörtes Ereignis. »Zum Film«, meinte er nickend. »Ich glaube, ich wäre ein guter Schauspieler. Euch beide hätte ich fast reingelegt, richtig?«

Auf dem Rest der Fahrt in die Innenstadt gab McGuire kein Wort mehr von sich.

Schon an einem gewöhnlichen Tag war es schwierig genug, einen Parkplatz zu finden. Heute hatte der Gedenkgottesdienst für Elaine eine gewaltige Menschenmenge angelockt. Im Umkreis von fünf Häuserblocks konnte Hardy keine freie Lücke entdecken. Da die Grace Cathedral auf dem Gipfel des

Nob Hill steht, mussten sie einen Fußmarsch, steil bergauf, hinter sich bringen. Als sie um die letzte Ecke bogen und die Vortreppe der Kirche erreichten, blieben sie stehen. McGuire nutzte die Gelegenheit um zu verkünden, er wolle lieber früher hineingehen, um einen Platz zu bekommen, von dem aus er seine Frau sehen könne.

Glitsky und Hardy warteten draußen. Wie Hardy glaubte, war der Grund nicht, dass sie erst wieder Atem schöpfen mussten. »Das war aber eine hübsche Darbietung vorhin. So subtil. Obwohl ich beinahe mein Auto zu Schrott gefahren hätte.«

»Ich wusste, dass dir so etwas nie passieren würde. Darum habe ich mir keine Sorgen gemacht.« Glitskys Mundwinkel hoben sich den Bruchteil eines Millimeters.

»Nun, da bin ich aber beruhigt«, erwiderte Hardy. Er überlegte, ob er noch etwas hinzufügen sollte, fand aber dann, dass das Thema erschöpfend behandelt worden war. Alle Fragen waren geklärt, alle Botschaften übermittelt.

Schweigend standen sie eine Weile da. Glitsky holte wieder die Sonnenbrille hervor und setzte sie auf – vielleicht weil die Anwesenheit der vielen Menschen, die er beruflich kannte, ihn blendete. Die hohen Tiere von der Polizei waren scharenweise erschienen.

»Bist du sicher, dass du dich dem aussetzen willst?«, fragte Hardy.

Glitskys Miene zeigte keine Spur eines Lächelns. »Ich muss.«

Das hatte er Hardy bereits am Wochenende erklärt. Nie sei er für seine Tochter dagewesen, weder bei ihrer Geburt noch während ihres Lebens. Also sei es seine verdammte Pflicht, sich wenigstens jetzt nicht zu drücken. Und das war der einzige Grund, warum Hardy hier war – um seinen Freund moralisch zu unterstützen, was dieser angesichts der jüngsten Ereignisse sicher gut gebrauchen konnte. Doch nachdem Hardy bemerkt hatte, welche Stimmung hier herrschte, fragte er sich, ob es wirklich eine so gute Idee gewesen war. »Schon, aber vielleicht solltest du dich nicht mit mir sehen lassen.«

Glitsky zuckte die Achseln.

»Ich meine, du und ich zusammen ...«

»Ich weiß, was du meinst«, erwiderte Glitsky. »Ich werde mir Mühe geben, dich nicht zu betatschen, Ehrenwort.«

Offenbar hatte niemand das Bedürfnis hineinzugehen. Auf dem Platz vor dem Haupteingang der Kathedrale trafen immer mehr Menschen ein, zu Fuß, mit dem Auto oder per Taxi. Allein, paarweise und in kleinen Gruppen. Obwohl der Gottesdienst erst in zwanzig Minuten beginnen sollte, drängten sich bereits die Leute.

Satzfetzen hallten durch die Luft: »... es werden bis zu fünfhundert Trauergäste aus allen Bereichen des öffentlichen Lebens in dieser Stadt erwartet. Der tragische Tod dieser charismatischen jungen Frau hat die Phantasie vieler ...«

Und da man sich in San Francisco befand, hatten sich bereits einige Grüppchen von Demonstranten eingefunden – ein Vorwand, um sich einen schönen Tag zu machen. Sie waren gerade dabei, sich zu sammeln. Am Rande der Menschenmenge entdeckte Hardy Transparente, die sich für und gegen die Todesstrafe aussprachen. Er bemerkte, dass engagierte Zeitgenossen in dem Park auf der anderen Straßenseite bereits Tapeziertische aufgebaut hatten und Pamphlete gegen den Drogenmissbrauch, zur Unterstützung der schwarzen Moslems, für Obdachlosenhilfe und Waffenkontrollgesetze verteilten.

Ein Pantomime, als Soldat aus dem Ersten Weltkrieg verkleidet, hatte sich von Kopf bis Fuß mit Bronzefarbe eingesprüht und war auf die Säule neben dem Eingang der Kathedrale geklettert. Nun stand er da wie eine lebende Statue, ohne einen Muskel zu regen, und hielt sein Gewehr auf die Menge gerichtet.

Drei Lokalsender hatten für ihre Kleintransporter im Voraus nahe gelegene Parkplätze reserviert. Nun strömten Fernsehteams und Reporter mit Kameras heraus, um ein bisschen Lokalkolorit als Lückenfüller einzufangen.

Eine Limousine schob sich langsam durch die Massen und hielt hinter einigen anderen Luxusgefährten. Als der Bürgermeister dem Wagen mit den getönten Scheiben entstieg, wurde er von einem Reporter erkannt, der sofort einen Schrei ausstieß. Die Menschenmenge um Hardy und Glitsky schien dichter zu werden. Es war auch nicht mehr so kalt.

»Lieutenant?«

Glitsky drehte sich um und nickte ruhig. »Wie geht es Ihnen, Ridley?«

Der junge Polizist scharrte verlegen mit den Füßen. »Ich glaube, nicht so gut«, stieß er hervor.

Eigentlich war es nicht Glitskys Art, Wohltaten zu verteilen. Doch er empfand sich in gewisser Hinsicht als Mentor des jungen Mannes, seit dieser bei der Mordkommission arbeitete. Deshalb wies er auf Hardy, um die Situation aufzulockern. »Sie kennen ja sicher meinen Freund.«

Banks erwiderte »klar«, hielt Hardy aber nicht die Hand hin. Sein Blick blieb auf Abe gerichtet. »Ich dachte mir, dass Sie hier sein würden«, stotterte er.

»Und offenbar hatten Sie Recht.« Glitsky war zwar bereit, ihm eine Brücke zu bauen, wollte ihn aber nicht verwöhnen. Wenn Ridley ihm etwas zu sagen hatte, musste er selbst einen Weg dazu finden.

Es dauerte eine Weile. »Die Sache ist die«, begann er, »ja, ich will mich nicht vor der Verantwortung drücken. Es ist ganz allein meine Schuld, aber Sie sollten wissen, dass Torrey mich unter Druck gesetzt hat.«

Keine Antwort. Schweigen.

Der Sergeant fuhr fort: »Nach der Anhörung standen wir noch draußen auf dem Flur herum. Wir haben über den Fall geredet und wir waren alle ziemlich sauer, hauptsächlich auf … äh …« Er machte eine Handbewegung.

»Darf ich raten?«, mischte sich Hardy ein. »Vermutlich auf mich.«

Banks schien über diesen Einwurf erleichtert. »Ja. Jedenfalls … Ich wusste, dass Sie Probleme mit dem Video hatten. Und ich wusste, dass Sie und Hardy schon lange befreundet sind. Torrey hat gejammert und geklagt, wie es nur kommt, dass Hardy zu diesem Zeitpunkt schon so viel weiß. Und da habe ich mich verplappert, es würde mich nicht überraschen, wenn Sie ihm das Video gezeigt hätten.«

»Manchmal kann es ein strategischer Fehler sein, sich zu verplappern.«

Banks sah Hardy an. »Schon. Aber bei Gericht haben Sie ja mehr oder weniger gesagt, Sie hätten es gesehen.« Er drehte sich wieder zu Glitsky um. »Offenbar hat sich Torrey im Gegensatz zu mir nicht mehr daran erinnert. Also dachte ich mir, dass Sie dahinter stecken, Abe.«

Endlich ließ Glitsky sich zu seiner Antwort herab. »Schlussfolgerungen haben manchmal etwas für sich.« Es klang nicht wie ein Kompliment.

Ridley sprach weiter. »Aber ich hätte ihm nie zugetraut, dass er … Ich meine, ich wusste nicht, dass er so etwas tun würde. Mir ist klar, dass wir beide verschiedener Meinung waren, und ich wollte nicht, dass Sie jetzt glauben … Wir haben einfach so geredet und Vermutungen angestellt, und wahrscheinlich habe ich mich anstecken lassen …« Ridleys Gestammel erstarb. Er machte ganz den Eindruck, als habe ihn in den letzten Tagen ordentlich das schlechte Gewissen geplagt.

Doch die Leiden des jungen Mannes konnten Glitsky nicht erweichen. Vielleicht würde Ridley aus dieser Lektion zum Thema Politik ja etwas lernen. Jedenfalls hatte der Sergeant seinem Vorgesetzten beruflich großen Ärger eingebrockt, auch wenn er jetzt behauptete, es sei keine Absicht gewesen. Denn das nützte Glitsky überhaupt nichts. Glitsky nahm die Sonnenbrille ab und verschränkte die Arme vor der Brust. Als er das Wort ergriff, war sein Tonfall schicksalsergeben, seine Wut war verraucht. »Sieht fast so aus, als hätte man uns beide drangekriegt, was, Rid?«

Nach einer Weile wurde Banks klar, dass Glitsky nicht mehr tun würde, um ihn von seinen Schuldgefühlen zu befreien. Er holte tief Luft und seufzte auf. »Und was haben Sie jetzt vor?«

»Abzuwarten, bis jemand in Rigbys Behörde eine Entscheidung fällt.« Achselzuckend warf er einen Blick auf Hardy. »In der Zwischenzeit schaue ich mich nach anderen beruflichen Möglichkeiten um.«

»Er überlegt, ob er ein Restaurant aufmachen soll«, meinte Hardy mit unbewegter Miene.

»Wirklich?«, fragte Ridley.

»Könnte sein.« Auch Glitskys Gesicht war todernst. »Man kann nie wissen.«

Die Kirchenglocken begannen zu läuten und unterbrachen das Geplänkel. Es war Viertel vor zehn, noch immer fünfzehn Minuten bis zum Beginn des Gottesdienstes. Allerdings setzte sich die Menschenmenge auf dieses Signal hin in Bewegung.

Doch Ridley war noch nicht fertig, er sehnte sich weiterhin nach Absolution. »Hören Sie, Abe, wenn ich etwas für Sie ...«

Glitsky winkte ihm zum Abschied zu und schickte sich an hineinzugehen. »Passen Sie auf, Rid. Es ist nun mal passiert. Zerbrechen Sie sich nicht den Kopf darüber.« Er machte auf dem Absatz kehrt und ließ Banks einfach stehen.

Hardy eilte ihm nach und holte ihn nach zwei Schritten ein. »Weißt du, was ich einfach nicht glauben kann?«, fragte er.

»Was denn?«

»Dass McGuire dich für humorlos hält.«

Glitsky warf ihm einen Seitenblick zu. »Er hat sich eben noch nicht die Mühe gemacht, mich richtig kennen zu lernen.«

Eigentlich hätte Treya heute mit der Arbeit am Fall Grayson beginnen sollen, mit dem Mr. Jackman sie beauftragt hatte. Doch er und Mr. Rand hatten die Kanzlei für den Vormittag geschlossen, damit alle Mitarbeiter den Gedenkgottesdienst besuchen konnten. Treya beabsichtigte zwar, zur Trauerfeier zu bleiben, war aber früher gekommen, um Elaine allein die letzte Ehre zu erweisen.

Sie empfand die Grace Cathedral als seltsames Gotteshaus. Mit ihren klassischen Linien, den Buntglasfenstern und den riesigen Gewölben wirkte sie fast mittelalterlich, ein beeindruckendes Gebäude, entworfen, um die Größe und Macht Gottes widerzuspiegeln. Andererseits war diese Kirche in den letzten zwanzig Jahren zum Zentrum des Gedenkens, des Mitgefühls und der Trauer für AIDS-Opfer geworden. Inzwischen bedeckten die Wandbehänge mit den herzzerreißenden

Darstellungen jede freie Fläche und ließen den nackten Stein menschlicher wirken. Der Anlass war zwar tragisch, doch Treya empfand es dennoch als tröstend.

Für sie war diese Kirche nicht mehr das Haus eines strengen und strafenden Gottes, sondern ein wahres Gemeindezentrum, das Vergebung, Toleranz und Ruhe ausstrahlte. Auch wenn die Menschenmenge draußen noch so rumorte, hier drinnen herrschte nur Friede.

Sie schlenderte eine Weile durch das Gebäude und setzte sich schließlich in die sechste Reihe rechts – sie hielt es für unpassend, sich in den Vordergrund zu drängen.

In den letzten zehn Minuten hatten sich die Bankreihen allmählich gefüllt. Die Leute unterhielten sich leise. Treya war nicht überrascht, viele ihrer Kollegen – wenn man diesen Ausdruck gebrauchen wollte – aus der Kanzlei zu sehen. Alle blieben bei ihren Cliquen; niemand setzte sich zu ihr.

Clarence Jackman tippte ihr auf die Schulter, begrüßte sie und stellte sie seiner Frau Moira vor, einer majestätischen, in Schwarz gekleideten Matrone. Treya erkannte einige Studenten aus Hastings, die bei dem Mittagessen nach der Anhörung letzte Woche in der Kanzlei gewesen waren. Der Bürgermeister hatte die Bezirksstaatsanwältin untergehakt. Hinter ihnen folgte Torrey, der Anklagevertreter bei der Anhörung, ein Mensch, der sich Mühe gab, das Richtige zu tun, nämlich Elaines Mörder zu bestrafen.

Das Stimmengewirr wurde lauter und hallte in dem hohen Raum wider. Treya drehte sich um, um die Hereinkommenden zu beobachten. Ihr stockte der Atem, als sie dicht hinter sich Abe Glitsky erkannte. In seiner Begleitung befand sich – was für eine Frechheit! – der Anwalt Hardy, der Rechtsbeistand von Elaines Mörder.

Offenbar war der Lieutenant ebenso erstaunt, sie zu sehen. Er hielt Hardy mit der Hand zurück und nickte. Dann blieb er vor ihr stehen. »Ist hier noch ein Platz frei?«

Feierlichen und gemessenen Schrittes schlenderte Gabriel Torrey den Mittelgang entlang, trat langsam ans Rednerpult links vom Altar und wandte sich der Gemeinde zu. Die letzten Klänge von ›Amazing Grace‹, künstlerisch dargeboten von einem Streichquartett, hingen noch in der Luft. Der Stellvertreter der Bezirksstaatsanwältin trug einen anthrazitfarbenen Armani-Anzug, ein weißes Hemd und eine schwarze Seidenkrawatte. An seinem linken Revers steckte eine kleine rote AIDS-Schleife, am rechten eine winzige rote Rose.

Er brauchte eine Weile, um sich zu fassen. Dann war er bereit, hob den Kopf und ließ den Blick über die gewaltige Zuschauermenge schweifen. Mehr als fünfhundert Menschen saßen auf den Bänken oder drängten sich seitlich an den Wänden.

Nachdem er das Mikrofon zurechtgerückt hatte, ergriff er in gelassenem, vertraulichem Ton das Wort. Seine Stimme war kräftig und ruhig. »Wir wollen gedenken«, begann er.

Irgendwann während des Gottesdienstes hielt sie es nicht mehr aus. Sie sprang auf, rutschte von Glitsky weg zum anderen Ende der Sitzreihe und eilte zur Tür der Kathedrale. Draußen, im kalten Sonnenlicht, das ihre Augen blendete, blieb sie stehen, blinzelte und holte in tiefen Zügen Luft.

»Alles in Ordnung?«

Als sie sich umdrehte, wusste sie, wer es war. Er war ihr gefolgt. Sie griff sich ins Haar, wollte die Stufen hinunterlaufen, obwohl ihre Augen sich noch nicht an die Helligkeit gewöhnt hatten, und stolperte. Er packte sie am Arm und verhinderte so, dass sie stürzte. Als sie ihr Gleichgewicht wieder gefunden hatte und bemerkte, dass er immer noch ihren Arm hielt, machte sie sich unwirsch los. Sofort gab er sie frei und wich zurück. »Alles in Ordnung?«, wiederholte er.

»Mir geht es gut, sehr gut.« Sie richtete sich auf. »Ich brauche Ihre Hilfe nicht.«

»Nein. Ich dachte nur … Ich habe befürchtet, Sie könnten in Ohnmacht fallen.«

»Ich bin noch nie in meinem Leben in Ohnmacht gefallen.« Sie schüttelte den Kopf, drehte sich kurz zur Kathedrale um und wandte sich dann dem Park zu. Nur weg hier. Endlich konnte sie wieder durchatmen und sie sah ihn an. »Ich fasse es nicht, dass Sie es wagen, hierher zu kommen. Es ist eine Schande.«

Er wich noch einen Schritt zurück.

Aber sie war noch nicht fertig mit ihm. »Sie und Ihr Freund, das ist wirklich die Höhe. Der Verteidiger von Elaines Mörder. Was hat der hier verloren? Dieser Gottesdienst ist für ihre Freunde gedacht, für die Menschen, die sie vermissen, nicht für … nicht für Leute wie ihn. Und Sie.« Nun hatte sie ihren Gefühlen Luft gemacht. »Auf Wiedersehen, Lieutenant.« Inzwischen hatte sie sich wieder beruhigt und schickte sich an, die Stufen hinunterzugehen.

Glitsky hatte es nicht geplant. Genau genommen nicht. Es war wirklich keine Absicht gewesen, sich in der Kirche neben sie zu setzen.

Und ihr nach draußen zu folgen.

Aber nun hatte sie ihn wieder weggeschickt, wollte ihn loswerden. Und er lief ihr nach. »Ms. Ghent. Bitte.«

Sie ging ein paar Schritte, wurde langsamer und blieb schließlich stehen. Tief seufzend zog sie die Schultern hoch, und als sie sich zum ihm umdrehte, bemerkte er, dass sie wütend – oder entnervt – die Nasenlöcher blähte. Sie verlagerte ihr Gewicht auf ein Bein und verschränkte die Arme. »Was ist denn noch?«

»Ich brauche Elaines Akten.«

Er wusste nicht, welcher Teufel ihn ritt. Schließlich hatte er nicht die geringste Möglichkeit, sich Elaines Unterlagen anzusehen. Er war vom Dienst suspendiert. Er konnte sich keine richterliche Genehmigung besorgen. Also war sein Ansinnen schlicht und ergreifend lächerlich. Doch auf einmal fiel es ihm wie Schuppen von den Augen. Die Polizei – seine eigene Abteilung – würde nicht weitersuchen. Es hing allein von ihm ab, ob dieser Fall je aufgeklärt werden würde. Und Elaines Akten waren der beste Anfang.

»Haben wir das nicht schon einmal durchgekaut? Sofern ich mich nicht irre, wurde Cole Burgess vorgestern wegen Mordes an Elaine in Haft genommen.« Sie holte Luft. »Hören Sie, ich kenne diese Akten, und über ihn steht nichts drin. Okay? Sie war ihm nie zuvor begegnet.«

»Das behaupte ich ja gar nicht.«

»Was dann?«

Ihm wurde klar, dass ihm seit ihrem letzten Treffen immer wieder ihr Gesicht vor Augen stand. Nun blickte er auf und sah in die Ferne. Er musste endlich aufhören, sie mit Glacéhandschuhen anzufassen, aber er wollte nicht miterleben, wie ihre Miene sich dadurch verändern würde. »Als Erstes würde mich interessieren, warum Sie sich mir gegenüber so feindselig verhalten.«

Er schaute ihr in die Augen. Sie starrte ihn kalt und ausdruckslos an.

Glitsky achtete nicht darauf. »Wenn jemand die Polizei so ablehnend behandelt, fragen wir uns normalerweise nach den Gründen.«

Ihre Reaktion, wenn man sie überhaupt so bezeichnen wollte, war ein abgrundtief hasserfüllter Blick. Glitsky hatte sich mit seiner Annahme, es würde etwas nützen, sie einzuschüchtern, gründlich geirrt. Sie schob den Kiefer vor und ihre Augen wurden vor Verachtung zu schmalen Schlitzen. »Und was war das Zweite?«

»Das Zweite …« Er überlegte, wie er es ausdrücken sollte, »ist, dass ich nicht jenseits aller Zweifel absolut davon überzeugt bin, dass wir das Schwein, das Elaine auf dem Gewissen hat, wirklich erwischt haben. Und ich muss auf Nummer sicher gehen.«

»Damit Sie sich noch ein paar Streifen verdienen. Noch mehr Lorbeeren.«

Erstaunt über diesen Verdacht, schüttelte er den Kopf. »Das ist mir egal.« Er hielt kurz inne. »Ich hatte Elaine sehr gern.«

»Und deshalb sind Sie zum Gottesdienst gekommen«, fauchte sie ihn an. »Weil Sie sie gern hatten. Weil Sie ihr Freund waren.« Sie hatte sich in Rage geredet und Tränen standen ihr in den Augen. »Und darum haben Sie vermutlich Ihren Kumpel mitgebracht. Weil sie Ihnen beiden so wichtig war. Ich will Ihnen mal was sagen: Es ist ziemlich leicht durchschaubar und es kotzt mich an.«

»Was soll das heißen? Wovon reden Sie?«

»Davon, dass Sie sich als Freund von Elaine ausgeben, um mögliche Zeugen auszuhorchen.«

Ihre Heftigkeit erschreckte Glitsky. Beschwichtigend breitete er die Hände aus. »Ich habe noch gar keine Zeugen. Und warum sollte ich das tun, selbst wenn ich welche hätte? Dann könnte es mir doch völlig egal sein, ob ich den Zeugen sympathisch bin. An Zeugen, die einen mögen, gerät man selten. Und wen interessiert es? Wenn man sie dazu bringt, reden sie schon.« Ohne dass Glitsky es bemerkte, fiel er in zwanzig Jahre alte Gewohnheiten zurück. Er war Polizist. Dieses Gespräch verwandelte sich in ein Verhör. »Ich möchte nur wissen«, fuhr er fort, »warum Sie nicht mit mir reden wollen. Sie waren Elaines Freundin, Mitarbeiterin und vielleicht auch ihre Vertraute. Und dennoch haben Sie kein Interesse daran, mir bei der Suche nach ihrem wirklichen Mörder zu helfen. Das macht mich stutzig.«

Schon ihr Gesichtsausdruck war eine Herausforderung. »Ich glaube Ihnen nicht. Was halten Sie davon? Ich kaufe Ihnen kein Wort ab. Sie war Ihnen damals so gleichgültig wie heute.« Sie trat einen Schritt näher, stand so dicht vor ihm, dass sie ihn fast hätte küssen können. »Sie wusste Bescheid«, flüsterte sie mit heiserer Stimme. »Über Sie. Verstehen Sie? Ihren eigenen, leiblichen Vater. Und Sie haben sich nie um sie gekümmert und auch nicht den geringsten Versuch dazu unternommen.«

Glitsky öffnete den Mund, um sich zu rechtfertigen. Doch weil es da nichts zu rechtfertigen gab, fehlten ihm die Worte.

Treya ließ nicht locker. »Sie wagte es nicht, sich an Sie zu wenden, an den großen, knallharten Lieutenant von der Mordkommission, dessen ganzes Verhalten nur eines ausdrückt, nämlich ABSTAND HALTEN. Und Sie wollen mir weismachen, Sie hätte Ihnen etwas bedeutet? Sie müssen schon entschuldigen, aber ich kannte sie. Ich habe miterlebt, wie wichtig sie Ihnen war. Wie weh es ihr getan hat. Wie es ihr das Herz brach.«

Glitsky stand da wie versteinert. Hinter ihnen öffneten sich die Kirchentüren, Geigenklänge hallten hinaus. Eine einsame Trompete spielte ein trauriges Solo, das hell in die Morgenluft emporstieg. Schließlich drehte Glitsky sich um; die ersten Trauergäste kamen aus dem Gebäude.

Er spürte ein Prickeln im Gesicht und kurz darauf einen gewaltigen, fast unerträglichen Druck in der Brust. Er wandte sich wieder Treya Ghent zu, die in heller Wut und berechtigter Empörung vor ihm stand.

Wieder öffnete er den Mund und wieder brachte er kein Wort heraus. Es war, als würde es ihm das Herz zerreißen. Ein Schmerz schoss durch seine Glieder und er bemerkte, dass er stürzte und in sich zusammensackte.

Es wurde kalt um ihn. Er sah einen lilafarbenen Himmel und hörte ein Geräusch, das ihn an das Rauschen von Wind erinnerte. Treya Ghent streckte die Arme nach ihm aus, so wie er vor wenigen Minuten nach ihr gegriffen hatte.

Und dann war alles dunkel.

15

Es war dunkel.

Hardy rieb sich die Augen; während er an seinem Schreibtisch gesessen hatte, war es draußen Nacht geworden. Er sah auf die Uhr: viertel nach neun. Hatte er Frannie angerufen und ihr gesagt, er werde nicht zum Essen kommen? Hatte er den Kindern eine gute Nacht gewünscht? Er erinnerte sich nicht mehr.

Oh, ja, jetzt fiel es ihm wieder ein. Frannie hatte geantwortet, sie wisse, wie viel er zur Zeit um die Ohren habe. Er könne ruhig so lange im Büro bleiben, wie er wolle, um seine Liste abzuarbeiten. Sie habe zu Hause alles im Griff – die Kinder seien bereits mit den Hausaufgaben fertig und auf dem Weg ins Bett. Morgen würde ein langer Tag werden. Vielleicht wäre es ja kein Weltuntergang, wenn er etwas verschieben und nach Hause kommen würde. Aber das liege ganz an ihm. Sie wolle ihn nicht unter Druck setzen.

Er stand auf, hielt sich den Rücken und drehte sich in beide Richtungen, um die Verspannung loszuwerden. Er wusste nicht, welche falsche Bewegung der Grund war, dass er schon wieder Rückenschmerzen hatte. Doch in letzter Zeit quälten sie ihn so häufig, dass er sich keine Gedanken mehr über die Ursachen machte. Es gab keine. Vielleicht war ja auch alles schuld daran; das Leben selbst war der Anlass. Jedenfalls begannen die Schmerzen im Lendenwirbelbereich alle paar Monate aufs Neue, sodass er sich etwa eine Woche lang kaum rühren konnte. Heute Abend konnte man es zwar noch nicht als richtige Schmerzen bezeichnen, aber es fühlte sich schon sehr viel versprechend an.

Hardy umrundete seinen Schreibtisch, ging zum Schalter neben der Tür und knipste die Deckenbeleuchtung an. Er hatte im Schein seiner Schreibtischlampe mit dem grünen Schirm gelesen und die ersten Beweisdokumente im Fall Burgess studiert – Fotos vom Tatort, die Berichte der Beamten, die die Verhaftung vorgenommen hatten, den Autopsiebericht und die Mitschrift des von Ridley Banks durchgeführten Verhörs.

Er verharrte eine Weile draußen auf dem Flur und lauschte, ob sich im Gebäude etwas regte.

Nichts.

Hardy tastete sich die dämmrige Treppe hinunter, bis er David Freemans Büro im Blick hatte. Die Tür war geschlossen und kein Licht drang durch den Spalt darunter. Also machte selbst der alte Mann schon Feierabend.

Dieser Faulpelz, dachte Hardy. Seit wann ging Freeman vor zehn Uhr nach Hause? Und warum? Schließlich wohnte er mehr oder weniger in seiner Kanzlei. Hardy wünschte sich, er wäre noch da gewesen, da er dringend mit ihm sprechen wollte. Er wartete eine Weile auf der Treppe und ging dann hinunter in Freemans nicht abgeschlossenes Büro. Wenn Phyllis mich jetzt sehen könnte, sagte er sich. Aber auch das spendete ihm keinen wirklichen Trost.

Er schlenderte zur Hausbar, schenkte sich einen kräftigen Scotch ein und kehrte, das Glas in der Hand, zur Tür zurück. Ein letztes Mal ließ er den Blick durch den Raum schweifen.
»Fauler Sack«, murmelte er.

Zurück in seinem Büro, stellte er das Glas auf den Tisch, zog die drei Dartpfeile aus der Scheibe und trat dann an die Linie, die er in zweieinhalb Metern Entfernung mit einem Klebestreifen markiert hatte. Er warf mit lockeren Bewegungen, wobei er sich zwang, an nichts zu denken, und traf schon beim ersten Versuch den Zwanziger-, Neunzehner- und Achtzehner-Ring. Doch das fiel ihm kaum auf, als er zur Scheibe ging, um sich die Pfeile zu holen. Dann griff er wieder zum Telefon und wählte die Nummer des Krankenhauses. »Zimmer 1819«, sagte er.

Glitsky nahm nicht ab. Und bis jetzt war es unklar, ob er das je wieder tun würde. Er stand unter starken Beruhigungsmitteln.

Hardy wurde zum Schwesternzimmer durchgestellt, wo man ihm erneut sagte, dass sich in den zwei Stunden seit seinem letzten Anruf nichts geändert habe.

Inzwischen seien die Enzymwerte da – eine Neuigkeit also. Leider seien sie sehr hoch, was auf einen ziemlich schweren Infarkt hinwiese. Die nächsten Stunden seien kritisch. Nein, Hardy könne mit niemandem sprechen. Glitskys Vater und Sohn seien mittlerweile nach Hause gegangen. Sein Zustand sei weiterhin Besorgnis erregend.

Hardy legte auf, betrachtete die Dartpfeile in seiner Hand und fragte sich, woher sie wohl kamen. Er trank noch einen Schluck Scotch und schlug widerwillig einen der Ordner auf, die vor ihm lagen.

Und da waren sie wieder und starrten ihm ins Gesicht – die belastenden und nahezu wasserdichten Beweise gegen Cole Burgess.

Und der hatte, wie Hardy sich immer wieder vor Augen hielt, kein einziges Mal den Mord an Elaine Wager abgestritten. Er konnte sich eben einfach nicht erinnern.

Hardy machte sich nichts vor. Er hielt es für ziemlich wahrscheinlich, dass Cole Elaine doch umgebracht hatte. Vielleicht konnte er, Hardy, den Geschworenen gegenüber den Standpunkt vertreten, dass sein Mandant im Sinne des Gesetzes schuldunfähig gewesen sei. Und er war felsenfest überzeugt, dass strafverschärfende Umstände, die ein Todesurteil gerechtfertigt hätten, hier auf keinen Fall zutrafen. Allerdings konnte niemand die schrecklichen Tatsachen leugnen.

Falls Cole wirklich auf der Suche nach Beute durch die Straßen geschlichen war – und so war es offenbar gewesen –, hatte er Elaine vermutlich aus Verzweiflung getötet, ohne zu begreifen, was er da tat. Und das brachte Hardy in eine Situation, die ihm gar nicht gefiel.

Je genauer er hinsah, desto mehr Hinweise dafür entdeckte er.

Die beiden Beamten, die Cole festgenommen hatten, erzählten im Großen und Ganzen dieselbe Geschichte, auch wenn sich ihre Berichte nicht in allen Einzelheiten deckten – am auffälligsten war, dass einer von ihnen während der Verfolgungsjagd einen Schuss und dessen Widerhall gehört haben wollte. Doch die übrigen Fakten standen unwidersprochen fest, was Hardys Mandanten zu seinem Bedauern sehr belastete.

Wenn der Fall vor Gericht kam, würde Hardy vor dem ausgesprochen schwierigen Problem stehen, dass der Angeklagte nicht eben gut beleumundet war. Der Vorteil, was den Charakter des Verdächtigen anging, war, dass keine Seite diesen in einem sachdienlichen Zusammenhang erwähnen durfte, *sofern die Verteidigung es nicht zuerst tat*. Dann jedoch war die Jagdsaison eröffnet.

Und das brachte Hardy in eine Zwickmühle. Wenn er seinen Mandanten als netten Kerl darstellte, der eben an einer Krankheit – einer Sucht – litt, und um das zu untermauern Zeugen wie Lehrer, alte Freunde und seine Mutter beibrachte, lieferte er Torrey nur Munition. Der Staatsanwalt würde dagegenhalten, dass Cole jahrelang Eigentumsdelikte, kleinere Straftaten und Überfälle auf sein Gewissen geladen hatte. Und selbst wenn Hardy Coles Charakter in der Beweisaufnahme nicht erwähnte, würden die Geschworenen die Einzelheiten des Verbrechens erfahren.

Und die waren ziemlich unschön.

Die Polizei hatte Cole dabei ertappt, wie er der Leiche den Schmuck abnahm, und das gesamte Diebesgut an seiner Person – in seinen Taschen – sichergestellt. Als Cole Elaine die

Goldkette vom Hals gezerrt hatte, hatte er ihre Haut verletzt. Beim Diebstahl ihres Verlobungsrings mit dem einkarätigen Diamanten hatte er ihr den Fingerknöchel gebrochen. Außerdem hatte er ihr die Ohrringe aus den durchstochenen Ohrläppchen gerissen. All diese Verletzungen hatte er ihr laut Autopsiebericht nach ihrem Tod zugefügt. Außer der Schusswunde handelte es sich um die einzigen, die Elaines Leiche aufwies.

Und Cole hatte sie – ganz unbestritten – verursacht.

Daran erinnerte er sich ebenfalls nicht.

Anschließend hatte er ihre Tasche durchwühlt, ihr das Geld aus der Brieftasche genommen, die Kreditkarten jedoch zurückgelassen. Offenbar war ihm trotz seines Rausches klar gewesen, dass er sich niemals für Elaine würde ausgeben können.

Und das wiederum führte bei Hardy zu Zweifeln, dass Cole während des Verbrechens wirklich derart unter Alkoholeinfluss gestanden hatte. Alle – die uniformierten Polizisten, Banks und Glitsky – waren sich anscheinend einig, dass Cole betrunken oder stoned gewesen war. Doch als Hardy die Unterlagen studierte, bemerkte er, dass es dafür keinerlei Beweise gab. Niemand hatte den Verdächtigen ins Röhrchen pusten lassen oder ihm eine Blutprobe entnommen. Und da er stundenlang auf dem Revier herumgesessen hatte, war sein Blutalkoholwert bei der Einlieferung ins Krankenhaus praktisch null gewesen. Also konnte die Staatsanwaltschaft durchaus behaupten, Cole habe die Bewusstlosigkeit nach seiner Verhaftung im Streifenwagen nur simuliert. Wie sollte Hardy dann das Gegenteil beweisen?

Vor allem angesichts von Coles Verhalten, als die Polizisten ihn mit dem Scheinwerfer angeleuchtet hatten. Denn vor seinem Zusammenstoß mit dem Hydranten war Cole schnell und entschlossen geflohen, sodass sich der Abstand zwischen ihm und den Beamten zunehmend vergrößert hatte. Ohne den Hydranten wäre er nachts auf der dunklen Straße vielleicht sogar entkommen. Er torkelte nicht, und seine Sprache klang nicht verwaschener, als sie es sonst aufgrund seiner Drogenabhängigkeit sowieso schon tat.

Nachdem man ihn in den Streifenwagen verfrachtet hatte, hatte er offenbar das Bewusstsein verloren. Hardy konnte das mit einem schlagartig gesunkenen Adrenalinspiegel begründen. Aber das würde nicht leicht werden.

Er klappte den Ordner wieder zu, betrachtete seinen Drink, der anscheinend verdunstet war, und sah auf die Uhr. Halb elf. Er überlegte, ob er noch einmal im Krankenhaus anrufen sollte, beschloss aber, dass er heute Abend nicht mehr in der Lage war, eine Hiobsbotschaft zu verkraften.

Falls Glitsky gestorben war, würde sich bis morgen früh nichts daran geändert haben.

Er spürte den Alkohol nicht. Es war Zeit, nach Hause zu fahren.

Mit Papierpantoffeln und einem orangefarbenen Gefängnisoverall bekleidet, schlurfte ein mürrischer Häftling namens Cullen Leon Alsop ins Besucherzimmer der Mordkommission. Er machte es sich – so gut das mit Handschellen möglich war – auf einem Holzstuhl bequem und setzte ein lässiges, überhebliches Grinsen auf. Es war mitten in der Nacht, nach dem Einschluss, und er war allein mit dem Polizisten, der ihn hergebracht hatte. Der Mann war ein Schwarzer, den Alsop irrtümlicherweise auf sein eigenes Alter schätzte. Dass es sich um einen Polizisten handelte, stand eindeutig fest, obwohl man es an der Kleidung – blaue Windjacke aus Nylon, schwarzes Hemd mit offenem oberstem Knopf und königsblaue Krawatte – nicht erkennen konnte.

Der Polizist saß Cullen Alsop in dem stickigen Zimmer am Tisch gegenüber, und zwar in etwa derselben Körperhaltung wie der Häftling selbst, was diesen ziemlich verärgerte. Schließlich war er es, der wichtige Beweise in einem Mordfall zu bieten hatte. Also erwartete er ein wenig mehr Respekt. Warum bot man ihm weder Doughnuts noch Kaffee an oder nahm ihm wenigstens die Handschellen ab? Stattdessen musste er sich von einem dahergelaufenen Statisten arrogant behandeln lassen. Er spielte schon mit dem Gedanken, die ganze Sache abzublasen. Aber er wollte unbedingt raus hier. Und das war seine einzige Chance. Also rutschte er tiefer in den harten Stuhl hinein und wartete ab.

Schließlich eröffnete der Polizist mit einem müden Aufseufzen das Gespräch. Er holte ein kleines Aufnahmegerät aus der Tasche und stellte es auf den Tisch. »Sergeant Ridley Banks, Dienstnummer vierzehn-null-zwei. Es ist zehn Uhr dreißig, Montag, der achte Februar. Ich befinde mich in einem Vernehmungszimmer im dritten Stock des Justizgebäudes von San Francisco und spreche mit …« Offensichtlich gelangweilt blickte er in die Akte, die vor ihm lag, »… Cullen Leon Alsop, weiß, männlich, fünfundzwanzig Jahre alt. Fallnummer …« Er ratterte eine Zahlenreihe hinunter.

Alsop hatte genug. Er hatte so etwas schon öfter erlebt und es gefiel ihm gar nicht. Also unterbrach er: »Hey!«

Banks sah auf, seinem Blick war nichts zu entnehmen. »Ruhe bitte.«

Cullen schüttelte den Kopf und zuckte entnervt die Achseln. »Hey«, wiederholte er. »Ich habe einen Deal mit der Staatsanwaltschaft und Sie …«

Banks schaltete den Recorder ab. »Habe ich Sie nicht eben aufgefordert, die Klappe zu halten? Wenn ich Ihnen eine Frage stelle, antworten Sie. Ansonsten will ich kein Wort von Ihnen hören. Verstanden?«

Cullen zuckte wieder die Achseln.

Wie ein sprungbereiter Löwe schoss Banks aus seinem Stuhl hoch und hieb mit der Handfläche auf den Tisch, dass es knallte wie bei einem Gewehrschuss. »DAS WAR EINE FRAGE! Ich wollte wissen, ob Sie mich verstanden haben? Wenn Sie schlau sind, antworten Sie also mit ›Ja, Sir‹. Kapiert?«

Cullen beschloss, seinen Rat anzunehmen. »Okay, ja. Ja, Sir.«

»Gut.« Banks schaltete den Recorder wieder ein und schlug einen sachlichen Ton an. »Nun, Mr. Alsop, fürs Protokoll. Sie befinden sich wegen Crack-Handel in Haft. Es ist ihre vierte Straftat. Richtig?«

»Ja.«

»Aber Sie waren wieder draußen. Auf Bewährung.«

Offenbar fand Cullen das amüsant. »Es war die dritte Bewährung, Mann. Redet ihr hier denn nicht miteinander?«

»Wer?«

»Ihr alle eben. Die Bullen, die Staatsanwälte und die Richter. Ihr solltet euch mal einigen, ob es legal ist, in dieser Stadt Stoff zu verkaufen.«

»Falls es Sie so brennend interessiert, hier ist die Antwort: Es ist verboten.«

Cullen lachte auf. »Erzählen Sie das mal dem Richter. In den letzten siebzehn Monaten bin ich drei Mal verurteilt worden – verurteilt, nicht nur verhaftet, Mann. Der Richter sagte: ›Sie sollten das wirklich lassen.‹ Ich meinte: ›Einverstanden‹ und habe es ihm versprochen. Noch am gleichen Tag war ich draußen und sofort wieder im Geschäft. Beim nächsten Mal hieß es dann: ›Hey, Sie haben es doch versprochen.‹ Also habe ich mich entschuldigt und ihnen noch mal mein Ehrenwort gegeben. Beim dritten Mal war es genauso.«

»Nun, diesmal liegt die Sache anders.«

Ein Achselzucken. »Vielleicht. Wir werden sehen. Deshalb sprechen wir ja miteinander.«

»Über die Pistole.«

»Ja, genau. Die, die ich Cole geliehen habe.«

»Geliehen?«

»Ja, geliehen. Ist das etwa auch verboten?«

»Hat er Sie dafür bezahlt?«

»Das wollte er. So war es abgemacht.«

»Wann? Nachdem er sich einen Job besorgt hatte?«

Cullen Leon Alsop wollte schon eine Bemerkung über Banks Dummheit machen, doch als er den Blick des Inspectors bemerkte, verkniff er sie sich lieber. »Ich erkläre es Ihnen«, sagte er. »Wir hängen viel zusammen rum. Manchmal beschaffe ich ihm Stoff und knüpfe Kontakte für ihn. Sie wissen schon. Aber am Samstag hatte er keine Kohle und er brauchte einen Schuss. Ganz dringend. Ich hatte auch nichts, sonst hätte er mich bestimmt fertig gemacht, Freundschaft hin oder her. Doch ich hatte mir diese kleine Pistole organisiert.«

»Wie?«

Ein ausweichendes Achselzucken, Alsops Blick schweifte durch den Raum. »Jemand hat sie mir vor ein paar Wochen zum Tausch angeboten.«

»Wer?«

»Keine Ahnung. Irgendein Typ.«

»Wofür? Wofür haben Sie sie eingetauscht?«

»Ich weiß nicht mehr. Etwas, das ich hatte. Bei uns sind Tauschgeschäfte groß im Kommen.« Als Banks ungeduldig das Gesicht verzog, wandte Cullen sich wieder dem Thema zu. »Egal, jedenfalls habe ich sie Cole gezeigt.«

»Und wozu brauchte er die Pistole? Um jemanden zu überfallen?«

Cullen lächelte nichts sagend. »Spitze, vielleicht sollten Sie Polizist werden. Sie haben den Nagel auf den Kopf getroffen.« Doch Banks Miene ernüchterte ihn schlagartig und sein Tonfall veränderte sich. »Er wollte sich Geld beschaffen, die Knarre zurückgeben und mir außerdem für meine Mühe fünfzig Dollar bezahlen. Aber ich wusste nicht, dass er damit jemanden umbringen will. So was hatte er nicht geplant. Eigentlich ist er nicht so ein Typ.«

»Was für ein Typ ist er dann?«

Ein Achselzucken. »Jemand, mit dem man rumhängen kann. Spaß haben. Sie wissen schon.«

»Offen gestanden weiß ich das nicht. Soweit ich informiert bin, lebt er auf der Straße. Solche Leute haben normalerweise nicht viel Spaß.«

»Ja, aber er wohnte bei seiner Mutter. Und wenn er wollte, konnte er an einen fahrbaren Untersatz rankommen. Er amüsierte sich eben gern, mehr nicht. Er besorgte sich Stoff und dröhnte sich ein paar Tage lang zu. Und wenn er es nicht nach Hause schaffte, legte er sich eben irgendwo zum Pennen hin.«

Diese Antwort schien Banks nicht zu gefallen. »Okay. Wann wurden Sie zum letzten Mal festgenommen?«

»Kann am Dienstagmorgen gewesen sein. Ich weiß nicht mehr genau. Sie könnten das schneller rauskriegen als ich.«

Ridley Banks saß an seinem Schreibtisch. Er war den ganzen Tag unterwegs gewesen und erst nach neun ins Büro zurückgekehrt. Als er seine Nachrichten abgehört hatte, hatte er von Glitskys Herzinfarkt erfahren. Außerdem teilte man ihm mit, dass die Waffe, mit der Cole Burgess Elaine Wager getötet hatte, angeblich von Cullen Leon Alsop stammte.

Nun hatte er die Ellenbogen auf die Schreibunterlage gestützt und die Fingerspitzen vor dem Mund zusammengelegt. Hin und wieder seufzte er schwer auf. Seine Augen brannten vor Müdigkeit.

Seit er seinen Lieutenant wegen Burgess' Geständnis in Schwierigkeiten gebracht hatte, fühlte er sich ausgesprochen unwohl. Erst war Glitsky überraschend vom Dienst suspendiert worden und nun hatte er einen Herzinfarkt erlitten. Ridley wurde den Eindruck nicht los, dass das alles miteinander zusammenhing und zum Teil seine Schuld war.

Abe war sein größter Fürsprecher gewesen und hatte dafür gesorgt, dass er vom Raubdezernat in die Mordkommission befördert wurde. Nachdem das geschafft war, hatte er Ridley unter seine Fittiche genommen, ihm die nötigen Tricks beigebracht und ihn in seinen ersten beiden Jahren vor mindestens einem Dutzend schwer wiegender Fehler bewahrt. War das nun der Dank für Abes Treue und Unterstützung?, fragte sich Ridley.

Er verabscheute die Situation und hasste sich selbst.

Deshalb hatte er das Gespräch mit Cullen, diesem Stück Dreck, auch sofort geführt. Wenn neue Beweise für Cole Burgess' Schuld ans Licht kamen, konnte er, Ridley, sich wenigstens damit trösten, von Anfang an Recht gehabt zu haben. Dann hing nicht mehr alles von dem Geständnis ab.

Seit Abes Suspendierung hatte er es – sowohl das tatsächliche Video als auch in Gedanken – immer wieder durchgespielt. Im Laufe der Jahre hatte Ridley etwa ein halbes Dutzend Verdächtiger in die Mangel genommen, bis sie ihre Sünden beichteten, und nun grübelte er darüber nach, ob er Burgess anders behandelt hatte als die Übrigen. Eigentlich konnte er keinen Grund dafür erkennen – bis auf das Heroin und die angeblichen Entzugserscheinungen. Allerdings hatte er so etwas schon öfter getan, war beharrlich geblieben und hatte alle Mittel genutzt, die ihm zur Verfügung standen. Wenn man über die nötige Erfahrung und Skrupellosigkeit verfügte, konnte man bei einem Verhör eine Menge erreichen – und was dabei herauskam, musste nicht zwangsläufig ein falsches Geständnis sein.

Seiner Erfahrung nach gestanden Menschen Taten, die sie nicht begangen hatten, meistens dann, wenn sie überhaupt nicht unter Verdacht standen. Ein Spinner kam ins Revier spaziert oder rief an und behauptete, ein Verbrechen verübt zu haben. Banks hatte einmal einen Mann erlebt, der einen Mord zugab, weil er sich in die Zeitungsfotos der Frau verliebt hatte, die deswegen vor Gericht stand. Er glaubte, sie würde ihm dankbar sein, wenn er sie aus ihrer Lage befreite, indem er die Schuld auf sich nahm. Das musste wahre Liebe sein. Wahrscheinlich hatte der Mann gehofft, bald aus dem Gefängnis zu kommen oder vor Gericht freigesprochen zu werden (denn schließlich war er unschuldig). Dann hätten er und die Frau eine Beziehung anfangen oder heiraten und lauter kleine Mordverdächtige großziehen können.

Aber Ridley glaubte, dass Burgess' Geständnis – das er ihm so kunstfertig entlockt hatte – nicht in diese Kategorie fiel. Er vertrat die Ansicht, dass es eindeutig auf Schuld hinwies, wenn man einen Verdächtigen kurz nach der Tat am Tatort antraf, die Waffe neben ihm fand, Indizien entdeckte, die ein glaubhaftes Motiv belegten, und man den Betreffenden letztendlich dazu bringen konnte, sich zu dem Verbrechen zu bekennen. Menschen wollten gestehen, beichten, was sie getan hatten. Das lag in der menschlichen Natur, auch wenn man manchmal zum psychologischen Gummiknüppel greifen musste, um ihnen das klarzumachen.

Dazu war eher geistiger als körperlicher Druck nötig. Und körperlich war Ridley nie so weit gegangen, dass man es als brutal oder unverhältnismäßig hätte bezeichnen können. Vielleicht war es ein wenig ungemütlich gewesen – doch schließlich war Cole nicht Gast bei einem Picknick. Aber soweit Ridley sich erinnerte, war das Verhör nach professionellen Gesichtspunken durchgeführt worden, kein Vergleich mit den durch Schmerzen erzwungenen Geständnissen in den unzähligen Folterkammern dieser Welt.

Dennoch waren Beweise, die Coles Schuld zusätzlich untermauerten, nicht zu verachten. Und von Cullen Leon Alsop hatte Ridley sich genau das erhofft. Deshalb hatte er ihn trotz seiner Müdigkeit und der späten Stunde holen und sofort befragen wollen. Wenn seine Aussage überzeugte und wenn er die Herkunft der Waffe glaubhaft belegen konnte, würde sich Inspector Banks in dieser Nacht vielleicht nicht bis zum Morgengrauen schlaflos im Bett herumwälzen müssen.

Doch keine von Banks Hoffnungen hatte sich zu seiner Zufriedenheit erfüllt.

Das bedeutete nicht, dass man Cullens Aussage nicht eine Menge Aufmerksamkeit schenken würde. Denn nun hatte sich eine der noch ungeklärten Fragen der Staatsanwaltschaft beantwortet – nämlich, woher Cole Burgess die Pistole hatte.

Ein Hinweis mehr auf einen vorsätzlichen Mord.

Falls man Cullen glaubte.

Ridley war überzeugt, dass die restlichen Fakten in diesem Fall der Wahrheit entsprachen. Das war die Ironie des Schicksals. Er war dabei gewesen und hatte Cole Burgess in einem Abstand von anderthalb Metern gegenüber am Tisch gesessen. Er hatte gehört, wie er schließlich gestand. Es täte ihm Leid. Er wisse nicht, warum. Er könne sich nicht richtig erinnern. Aber er habe es getan. Da sei er sicher. Und Ridley hatte ihm das abgenommen, war überzeugt gewesen, dass der Mann endlich die Wahrheit sagte.

Cullens vage und unbewiesene Aussage schien zwar eine Lücke zu schließen, beruhte im Grunde genommen aber nur auf Hörensagen. Außerdem machte die Wahl des Zeitpunkts Ridley stutzig. Der Verräter hatte sich genau im richtigen Augenblick gemeldet.

Er bezweifelte zwar nicht, dass Cole Elaine getötet hatte, hatte aber noch eine Menge Fragen.

Ridley gähnte heftig und streckte sich wie eine Katze. Ja, er musste endlich schlafen. Für heute war es genug.

Das Gespräch mit Cullen hatte nicht sehr lange gedauert, vielleicht eine Viertelstunde. Ridley beschloss deshalb, sich das Band noch einmal anzuhören und sich gründlichere Notizen zu machen, bevor er es für die Staatsanwaltschaft kopierte. Die Abschrift würde er frühestens in einer Woche erhalten, und er wollte auf keinen Fall vergessen, was genau gesagt worden war.

Also spulte er die Kassette zurück, schaltete das Gerät ein und lauschte. Nach seiner Einleitung und Cullens erster Unterbrechung hörte er die Worte: »Ich habe einen Deal gemacht und …«

Er spielte die Stelle noch einmal ab.

Ridley hatte keine Abmachung mit Cullen getroffen. Die Staatsanwaltschaft hatte ihm mitgeteilt, ein Insasse des Gefängnisses hinter dem Justizgebäude habe durch geheime Kanäle die Botschaft übermittelt, er besäße Informationen zum Fall Cole Burgess, weshalb Ridley ihn vielleicht vernehmen wolle. Niemand hatte eine Abmachung erwähnt, doch Cullen war offenbar überzeugt davon, dass es eine gab.

Ridley war fest entschlossen, die Angelegenheit näher unter die Lupe zu nehmen.

»Mama?«

Treya saß in ihrer kleinen Essecke, einem winzigen, halbrunden Wintergarten – sechs hohe, in einem Halbkreis angeordnete Fenster –, der von ihrer nur wenig größeren Küche abging. Die einzige Lampe war ausgeschaltet, der Ventilator drehte sich langsam, obwohl die Nacht draußen kalt und es auch im Haus ziemlich kühl war. Kerzengerade kauerte Treya auf der Stuhlkante und hatte beide Handflächen auf den Tisch gestützt. Es sah aus, als wolle sie ihn zum Schweben bringen.

»Mama?« Raney stand wie ein schwarzer Schatten im Dämmerschein, der von irgendeiner Lichtquelle im hinteren Teil der Doppelhaushälfte stammte. Sie war bereits größer als Treya, die einen Meter fünfundsechzig maß, und sehr mager mit schmalen Hüften und knospenden Brüsten. Ihr schulterlanges Haar hatte sie seitlich zu einer Art Pferdeschwanz zusammengebunden. Heute war sie in Joggingshorts und einem Sweatshirt mit dem Aufdruck ›Giants‹ zu Bett gegangen. »Ist alles in Ordnung?«

Vor einer Stunde hatte Treya sie ins Bett gebracht, hatte dann alle Lichter ausgeschaltet, sich ein Glas Wasser eingeschenkt und sich an den Tisch gesetzt. Seitdem hatte sie sich nicht von der Stelle gerührt.

»Ach, mir geht es gut.« Oft dachte Treya, dass es wohl ihr Schicksal war, in einer eng begrenzten Welt zu leben, in der nur energische und wenn möglich fröhliche Tüchtigkeit akzeptiert wurde. Ihre übrigen Gefühle, Empfindungen, Hoffnungen und Meinungen auszusprechen, wäre unpassend gewesen. Auf diese Weise war sie immer auf der sicheren Seite, denn niemand konnte ihr aus schlechter Laune oder einer unbedachten Bemerkung einen Strick drehen. Besonders in Gegenwart ihrer Tochter hatte sie das Bedürfnis, mit ihren Emotionen hinter dem Berg zu halten. Denn ein Vorbild, das sich ständig beschwerte, mit dem Leben nicht zurechtkam und vielleicht sogar starb wie ihr Vater, hätte Raney in dieser komplizierten Welt nur geschadet. Raney brauchte Kraft, Treyas gesamte Kraft. Vor anderen Eindrücken wollte sie ihre Tochter schützen.

Also schlug Treya einen gekünstelt vergnügten Ton an. »Warum ist mein Mädchen immer noch nicht im Traumland, obwohl morgen ein Schultag ist? Morgen kommst du wieder nicht aus den Federn.« Sie zwang sich aufzustehen, um sie zurück ins Bett zu bringen.

»Ich stehe jetzt schon seit zehn Minuten in der Küche, Mama. Du hast dich überhaupt nicht bewegt. Was denkst du?«

Wieder ein Lächeln. »Ach, Schätzchen, um ehrlich zu sein, weiß ich das nicht genau. Um diese Uhrzeit klappt es mit dem Denken nicht mehr so. Vielleicht bin ich ja im Sitzen eingeschlafen.«

»Du hattest aber die Augen offen. Du hast geradeaus gestarrt.«

»Nun …« Ein verlegenes Achselzucken, ein Lächeln. Treya setzte sich wieder und versuchte, fröhlich zu wirken, doch ihr Lächeln fiel ein wenig schief aus. Ein Seufzer entfuhr ihr.

Raney kam näher und legte ihr den Arm um die Schultern. Dann zog sie sich einen Stuhl heran und lehnte den Kopf gegen den ihrer Mutter. »Bist du wegen Elaine traurig?«

Treya wagte nicht, darauf zu antworten. Wie gerne hätte sie mit ihrer kleinen Tochter gesprochen, doch sie wollte sie nicht mit ihren Problemen belasten. Bald würde sie genug eigene haben. Deshalb räusperte sie sich und bemühte sich um einen sachlichen Ton. »Menschen müssen sterben, mein Kind. Und die Lebenden müssen weitermachen.«

Anstelle einer Antwort drückte Raney ihr die Schulter. Sie spürte ihre Lippen an ihrer Schläfe. »Ich hab dich ganz doll lieb.«

Wieder seufzte Treya auf. »Heute Morgen bei der Beerdigung war auch ein Polizist«, sagte sie. »Lieutenant Glitsky.«

»Wegen Elaine?«

Sie nickte und flüsterte nach einer Weile. »Er war ihr Vater.«

Raney richtete sich auf. »Ich dachte, ihr Vater wäre tot.«

»Nein«, erwiderte Treya. Wieder ein Seufzer. »Es ist eine lange Geschichte, aber ihre Mutter, die Senatorin Loretta Wager … Sie und Lieutenant Glitsky waren in ihrer Jugend ein Paar; bevor sie geheiratet hat.« Sie hielt inne. »Ganz kurz davor. Jedenfalls war Loretta bei ihrer Hochzeit schwanger, und sie hat ihrem Mann erzählt, Elaine wäre sein Kind.«

»Hat sie es Lieutenant Glitsky gesagt?«

»Nein. Erst viel später, kurz vor ihrem Tod.«

»Soll das heißen, er wusste die ganze Zeit nicht, dass er eine Tochter hatte?«

»Genau.«

»Das ist ja schrecklich. Wenn mir sowas passieren würde, wäre ich furchtbar sauer.«

Wider Willen musste Treya lächeln. »Das ist ein weiterer Vorteil, eine Frau zu sein, mein Kind. Normalerweise weiß man es, wenn man ein Baby kriegt.«

»Und Elaine hatte auch keine Ahnung? Kannte sie ihren eigenen Vater nicht?«

»Nein, erst nachdem ihre Mutter gestorben war. Sie hat ihr einen Brief hinterlassen.«

»Einen Brief? Wegen so einer wichtigen Sache?« Raney musste diese Information erst verdauen. Schweigen entstand. »Und was hat Elaine dann gemacht?«, fragte sie schließlich. »Hat sie ihn besucht?«

»Nein, sie hielt es für unklug. Sie fand, dass es seine Aufgabe sei, den ersten Schritt zu machen. Aber das hat er nie getan.«

»Nie?«

Treya schüttelte den Kopf. »Er hat nichts unternommen. Er ist ein kalter Mensch und wahrscheinlich war es ihm egal.«

»War das der Grund?«

»Der Grund wofür?«

»Dass er nie mit ihr drüber geredet hat? Weil es ihm egal war?«

»Ich denke schon.« Treya griff nach dem Wasserglas und trank einen Schluck. »Welchen Grund könnte er sonst gehabt haben?«

Raney zuckte die Achseln. »Vielleicht denselben, aus dem sie nie mit ihm gesprochen hat. Vielleicht wollte er sie nicht belästigen und sich nicht einmischen.«

Diese schlichte Erklärung ließ Treya aufmerken. Sie schüttelte den Kopf. »Nein. Du müsstest ihn mal kennen lernen. Er ist knallhart.«

»Oder er will sich nichts anmerken lassen. Ich kenne jemanden, der auch so ist.« Sie drückte ihre Mutter an sich. »Und heute Morgen war er da. Was ist passiert?«

Treya konnte sich nicht gegen den Gedanken wehren, der ihr ständig im Kopf herumging. »Vielleicht habe ich ihn umgebracht.«

Im Jupiter war der Teufel los.

In ohrenbetäubender Lautstärke, begleitet von Bässen, die einem bis ins Mark gingen, verkündete Shania Twain ihrem Liebsten, sie sei jetzt zu Hause und habe Lust auf einen Drink. Und wenn man sich ansah, wie der Barkeeper hinter dem Tresen herumwirbelte, war sie nicht die Einzige.

Der Raum war rechteckig, etwa fünfeinhalb Meter breit und ungefähr zweimal so lang. Die Barhocker waren alle besetzt, fünfzehn Männer und Frauen im Alter zwischen neunundzwanzig und fünfunddreißig Jahren, von denen wohl keiner allein nach Hause gehen würde. Drei oder vier Dutzend weiterer Gäste standen hinter ihnen in dem schmalen Durchgang zwischen Theke und Tischen oder auf der Tanzfläche. Die jungen Leute, die hier Schulter an Schulter, Hüfte an Schritt, dem Alkohol zusprachen, waren fast alle im Bereich Recht und Gesetz tätig – Polizisten, Anwälte, Jurastudenten und Rechtspfleger. Dazu noch ein paar Außenstehende, die sich in diesen Kreisen wohl fühlten.

Das Jupiter war ihr Treffpunkt, denn hier konnte man sich, umgeben von Freunden und Kollegen, einmal richtig gehen lassen. Die meisten Anwesenden hatten das Gefühl, ansonsten auf einem Pulverfass aus Enttäuschungen, Spannungen, ja, sogar Gefahr zu sitzen. Die Verheirateten unter ihnen führten ein Doppelleben, hin und hergerissen zwischen ihrem Polizistendasein und der heimischen Vorstadtidylle. Und das Jupiter war die Druckausgleichskammer, die ihnen half, den Übergang von den seelisch belastenden und geistig abstumpfenden Anforderungen ihres Berufes und der nicht minder anstrengenden und nervenzerfetzenden Langeweile ihres Privatlebens zu bewältigen.

An den hoch in den gelben Wänden eingelassenen Fenstern tropfte das Kondenswasser hinab, sodass man sich vorkam wie in einem Kellerverließ. Selbst tagsüber machte das lange, enge Lokal den Eindruck eines Unterseebootes, doch heute Abend war das Gefühl ganz besonders stark. Obwohl in San Francisco das Rauchen in Restaurants und Kneipen verboten ist, war die Luft von blauem Zigarettenqualm geschwängert. Zwar hatten einige zufällig hier hineingeratene Gutmenschen schon öfter deswegen Anzeige erstattet, doch die Akten waren stets auf geheimnisvolle Weise verloren gegangen.

Die Gerüche, die den Fritteusen und Hamburgergrills in der Küche entstiegen, trugen das ihre zu der dicken Luft bei. Inzwischen war es neun Minuten vor Mitternacht; die Außentemperatur betrug acht Grad plus.

Drinnen, in der am weitesten von der Tür entfernten Nische, war es mit etwa dreißig Grad hingegen ziemlich heiß.

In besagter Nische hatte Dash Logan sein Sakko ausgezogen und es über den Kunstledersessel hinter sich gehängt. Die beiden obersten Knöpfe seines Hemdes standen offen, seine Krawatte war gelockert. Mit seinem glatt rasierten, jungenhaften Gesicht und dem ständigen Lächeln hätte er bei dieser Beleuchtung für Mitte Dreißig durchgehen können. Der goldene Ohrring in seinem linken Ohr verstärkte diesen Eindruck noch, und er glaubte, dass sein ordentlich gebundener, kurzer Pferdeschwanz und das dezent rotblond gefärbte Haar von seinem zurückweichenden Haaransatz ablenkten. Offen gestanden lag er damit gar nicht so falsch.

Jedenfalls schien er heute Abend bei Connie Erfolg zu haben, die gewiss noch keine Dreißig war. Sie war ihm aufgefallen, als sie mit einigen Sekretärinnen, die er aus dem Bundesgericht kannte, hereingekommen war. Sie war zum ersten Mal hier, zumindest hatte er sie noch nie gesehen, denn er hätte sie sicher bemerkt. In diesem Ambiente verschwendete man keine Zeit, wenn sich ein lohnender Fang näherte. Er kannte eines der Mädchen, in deren Begleitung Connie – sogar den Namen fand er spitze – erschienen war. Und ehe die Damen wussten, wie ihnen geschah, hatte er sich vorgestellt und alle auf einen Drink eingeladen.

Auch Connie hatte ein paar Knöpfe ihrer Seidenbluse geöffnet. Als sie sich zu ihm umdrehte, glitt der Stoff verlockend über ihre Brüste, sodass er den schwarzen Spitzensaum ihres Büstenhalters erkennen konnte. Inzwischen hatte sie vier Whiskey Sour intus.

Auf der anderen Seite desselben Tisches hatte sich eine von Connies Freundinnen mit einem anderen Typen angefreundet. Dash kannte ihn: ein junger Pflichtverteidiger und verheiratet. Seit fast einer Stunde überbrüllten die beiden schon die Musik und erörterten einen Fall. Dash hatte den Eindruck, dass es wohl dabei bleiben würde: Sie gab Interesse an seiner Arbeit vor, während er seinen Mut zusammennahm, um entweder aufs Ganze zu gehen oder den Abend zu beenden. Offenbar war er zu beidem nicht in der Lage.

Das war das Problem mit den jungen Leuten heutzutage, dachte er. Obwohl die Werbung überall GREIF ZU! proklamierte, kriegten sie einfach den Arsch nicht mehr hoch.

Außerdem konnte das Getue, das Connies Freundin hier veranstaltete, durchaus auch ihm den Abend verderben. Er hatte so etwas schon öfter erlebt: Eines der Mädchen fing an, sich zu langweilen, schaute auf die Uhr und sagte: »Ach, Connie, sieh nur, wie spät es schon ist. Wir müssen morgen ins Büro.« Und dann verabschiedeten sich in den meisten Fällen beide.

Allerdings war Dash ein Meister seines Faches. Er erzählte lustige Geschichten, um Connie zum Lachen zu bringen, und sorgte dafür, dass ihr Glas immer voll war. Er blickte der Nacht hoffnungsfroh entgegen, wenn er nur rechtzeitig die Initiative ergriff, bevor die Schnepfe gegenüber am Tisch ihm einen Strich durch die Rechnung machte. »Hast du Tomaten auf den Augen?«, hätte er dem jungen Anwalt am liebsten zugeschrien. »Sie sitzt dir schon fast auf dem Schoß, hat vier Drinks gekippt und die Titten fallen ihr gleich aus der Bluse. Was, glaubst du, will sie von dir?«

Also war es an der Zeit, seinen Charme spielen zu lassen. »Connie.« Er musste sich näher zu ihr hinüberlehnen, damit sie ihn hören konnte. Dann küsste er sie auf die Wange und wich sofort zurück. »Entschuldige«, sagte er. »Ich habe es einfach nicht mehr ausgehalten.«

»Schon gut.« Sie lächelte ihn an. Makellose Zähne. Reine Haut. Eine sehr hübsche norditalienische Nase. »Ich fand es süß.«

Süß ist schon mal gut, dachte er. Damit kann ich leben. »Ist dir nicht heiß? Möchtest du rausgehen und frische Luft schnappen?«

Sie nickte. »Prima Vorschlag.«

»Warte, ich hole deinen Mantel.«

Ihre Freundin roch Lunte. »Wo willst du hin?«

Dash beugte sich über den Tisch. »Wir sind in fünf Minuten zurück. Ehrenwort. Bewach bitte unsere Plätze.«

Die Hand leicht auf ihren Rücken gelegt, schob er sie sanft durch die Menschenmenge ins Freie. Als die Tür des Lokals sich hinter ihnen schloss, meinte Dash: »Ganz schön laut da drin.«

Connie schlang sich die Arme um den Leib. »Aber hier draußen ist es kalt.«

Er hatte ihre Jacken mitgenommen und half ihr nun in ihre. »Besser?«

»Ein bisschen.« Doch offenbar fror sie immer noch.

Ohne zu zögern legte er ihr seine Jacke über die Schultern. Das Jupiter befand sich in einem Gewerbegebiet. Eisenbahnschienen verliefen mitten auf der breiten Straße. Der ganze Häuserblock wurde von Straßenlaternen erleuchtet. Da hier Polizisten verkehrten, wurde die Beleuchtung regelmäßig gewartet. Die Straße war zwar menschenleer, wirkte aber einladend.

Als er die Hand ausstreckte, griff sie danach, und sie gingen los.

Er hatte ein paar Meter weiter die Straße hinauf geparkt, und sie blieben stehen, um seinen BMW Z3 zu bewundern. »Möchtest du dich mal reinsetzen?« Er öffnete die Tür, ließ sie einsteigen und ging zur Fahrerseite. Das Verdeck des Cabriolets war geschlossen. Dash stellte den Motor an, um den Wagen aufzuheizen. »Okay.« Er setzte einen falschen Akzent auf. »Soll ich noch eine Stufe höher schalten?«

Sie kicherte vergnügt. »Ach, du schaust dir auch Emeril an. Ich liebe ihn.«

Dash schüttelte den Kopf. »Niemand liebt ihn so wie ich. Mir gefällt es sogar, dass es auf dem Kochkanal außer ihm inzwischen niemanden mehr gibt. Und was ist mit den beiden fetten Damen?«

»So ähnlich.« Connie hatte angebissen. »Aber Emeril ... lass uns eine Stufe höher schalten. Peng! Da steh ich voll drauf.«

Er streckte die Hand aus und berührte ihr Knie. Der Rock war ihr den Oberschenkel hinaufgerutscht. Dash öffnete das Handschuhfach und holte ein Röhrchen mit weißem Pulver heraus. »Jetzt schalten wir wirklich mal eine Stufe höher.« Kurz darauf hatte er das Pulver auf den Spiegel des Handschuhfachs geschüttet und vier kurze Linien ausgelegt. »Das ist nur guter, altmodischer Schnee. Wenn du nicht möchtest, zwinge ich dich zu nichts.« Eine der Linien verschwand in seiner Nase. »Siehst du? Ganz harmlos.« Er verzog das Gesicht und pustete theatralisch.

Sie beobachtete ihn. Er schnupfte die zweite Linie. »Weißt du, an manchen Abenden komme ich total aufgekratzt nach Hause, mach die Glotze an und schau mir drei Emerils hintereinander an. Das ist wahre Begeisterung. Ich begreife nur nicht, warum er nie müde wird. Wenn ich um zwei Uhr morgens in drei Shows hintereinander auftreten müsste, wäre ich am Ende.«

»Nicht, solange du dieses Zeug nimmst.«

Zehn Minuten später erörterten sie, ob sie in seine Wohnung fahren sollten; schließlich waren es nur viereinhalb Kilometer auf der anderen Seite der Market Street. »Aber was ist mit deiner Freundin?«

»Ach, die ist mit dem Auto da. Wir haben darüber gesprochen. Wenn ich nicht wiederkomme, fährt sie einfach nach Hause.«

16

Am Dienstagmorgen um Viertel nach sieben blickte Rich McNeil, in einen dicken Mantel eingemummt, über das mit Vogelkot verkrustete Geländer in das grüne Wasser der Bucht. Ein Stück weiter stand ein einsamer asiatischer Fischer, der rauchend zwischen seinen Angelschnüren hin und her ging und immer wieder an einer von ihnen zupfte. In den fünfzehn Minuten, die McNeil nun wartete, hatte der Mann zwei kleine Fische gefangen und in einem Rupfensack verstaut, der im Wasser hing.

Ein leises, aber stetes Rauschen hallte vom Embarcadero herüber, Autoreifen zischten auf dem taufeuchten Kopfsteinpflaster. In etwa fünfzig Metern Entfernung verschmolz das Wasser mit dem leichten Nebel, irgendwo draußen bellten Seehunde. Ihre Schreie klangen über die weite Einöde wie eine Symphonie der Verzweiflung.

McNeil hatte die Hände tief in die Taschen gesteckt und schauderte vor Kälte.

Als er hinter sich Schritte hörte, drehte er sich um. »Hallo, Diz.«

Hardy trug einen Regenmantel über seinem Anzug. Die beiden Männer schüttelten sich die Hand. »Ein idyllisches Plätzchen«, meinte Hardy.

McNeil wandte den Kopf, als bemerke er zum ersten Mal, wo er sich befand. »Es ist wirklich ein bisschen bedrückend hier. Aber ich erwarte eine Schiffslieferung am Pier Achtzehn, die ich selbst entgegennehmen möchte. Doch vor der Arbeit wollte ich mich mit Ihnen treffen.« Er zögerte. »Ehe ich Zeit habe, meine Meinung zu ändern.«

»Ihre Meinung worüber?« Aber Hardy konnte es sich schon denken.

»Nun …« McNeil holte Luft und straffte die Schultern. »Ich weiß es zu schätzen, was Sie für mich in der Sache Galt getan haben. Ich habe mit Sally gesprochen, und wir haben mehr oder weniger beschlossen, den Krempel hinzuschmeißen. Wir verkaufen das verdammte Haus, stecken unser Geld ein und finden diesen Mistkerl ab, damit er uns endlich in Ruhe lässt. Vielleicht übernimmt unsere Versicherung ja die Kosten der außergerichtlichen Einigung.«

Hardy schob die Hände in die Taschen seines Regenmantels und neigte den Kopf zur Seite. »Sind Sie sicher, dass Sie das wirklich wollen, Rich? Ihre Versicherung wird keinen Cent bezahlen und sagen, eine Diebstahlsanzeige sei in Ihrer Versicherungspolice nicht abgedeckt. Die Angelegenheit wird Sie so viel kosten, wie Sie ursprünglich für das Gebäude bezahlt haben.«

»Tja.« Er seufzte. »Ich weiß, ich weiß. Aber Sally und ich haben uns überlegt, welche Belastung ein Prozess für uns wäre. Außerdem die Kosten. Und wozu?«

»Um Manny Galt einen Strich durch die Rechnung zu machen, Rich. Das ist doch Grund genug. Schließlich haben Sie die Straftaten, die er Ihnen vorwirft, nicht begangen.«

Erschöpft schüttelte McNeil den Kopf. »Aber wenn wir verlieren, wandere ich vielleicht ins Gefängnis, Diz.«

»Wir verlieren nicht. Die Gegenseite hat nichts in der Hand.«

Ein verkniffenes Lächeln. »Aber Sie können es mir nicht garantieren. Hundertmal haben Sie mir gepredigt, wie unberechenbar Geschworene sind. Und wenn die mich für schuldig befinden, bin ich erledigt.«

»Aber das ist sehr unwahrscheinlich.«

»Hier geht es um mein Leben. Warum sollte ich es aufs Spiel setzen?«

Gegen diesen Punkt gab es nur wenig einzuwenden. Auch Hardy wusste keine Antwort. Dennoch verärgerte es ihn und machte ihn wütend. Er steckte die Hände tiefer in die Taschen, ging zum Geländer hinüber und blickte ins Wasser hinab. Dann drehte er sich wieder zu seinem Mandanten um. »Sie lassen zu, dass dieser Typ Ihnen eine Viertelmillion Dollar abknöpft, einfach weil er ein Arschloch ist?«

Ein schicksalsergebenes Achselzucken. McNeil war seine Entscheidung selbst peinlich, was allerdings nicht hieß, dass er sie zurücknehmen würde. »Für das Haus bekomme ich zwischen fünfeinhalb und sechs Millionen. Das reicht zum Leben. Also werde ich es verkaufen, wozu man mir schon seit zehn Jahren rät. Dann kriegt dieser Schwachkopf sein verdammtes Erpressungsgeld. Das ist es mir wert, dass er endlich aus meinem Leben verschwindet.«

Aber Hardy ließ noch nicht locker. »Ich dachte, wir wollten Gegenklage einreichen. Ihn bestrafen, weil er es ist, der Dreck am Stecken hat, und nicht Sie. Wenn ich mich richtig erinnere, waren Sie ziemlich sauer. Sie wollten sich gegen ihn wehren. Ich auch. Und das will ich immer noch.«

»Ich weiß.«

Hardy wartete ab.

Sein Mandant versuchte es mit einem anderen Ansatz. »Es wird mich nicht viel mehr kosten als ein Prozess.«

»Das stimmt nicht. Eine Viertelmillion ist fast zweimal so viel wie die Kosten für einen Strafprozess, Rich. Mindestens. Verdammt, dann senke ich eben mein Honorar und verlange für mein Erscheinen vor Gericht nicht mehr als den normalen Stundensatz.« Hardy kassierte von privaten Mandanten dreitausend Dollar für jeden Prozesstag bei Gericht, um einiges mehr also als sein Stundenhonorar von zweihundert Dollar. »Wenn der Prozess eine Woche dauert, werden Sie sich so eine Menge sparen.«

McNeil schüttelte den Kopf. »Mir geht es nicht ums Geld, Diz.«

»Mir auch nicht. Galt ist ein Verbrecher. Warum also sollen Sie an seiner Stelle bestraft werden? Wollen Sie sich diesen Typen nicht kaufen, nach allem, was er Ihnen angetan hat?«

Keine Antwort. McNeil zog den Mantelkragen enger um den Hals zusammen. »Hören Sie«, sagte er dann. »Was müssen wir tun, damit er seine Anzeige zurückzieht?«

Auch an diesem Morgen wartete wie meistens eine ziemlich große frierende und mürrische Menschenmenge vor dem Gefängnis. Die Schlange reichte bis hinaus auf den Freigang hinter dem Justizgebäude.

Jody Burgess trug Jeans, einen Daunenparka, Bergstiefel und Handschuhe. Obwohl sie schon seit über einem Jahr hier wohnte, konnte sie sich nicht an das Wetter in Kalifornien gewöhnen. Heute Morgen zum Beispiel erschienen ihr die Temperaturen so kalt wie in der Arktis, was eigentlich seltsam war. Denn zu Hause in Ohio fühlte man sich wie im Frühjahr, wenn das Quecksilber im Februar die Fünf-Grad-Marke überschritt. Die Leute stapften hemdsärmelig durch den Schnee und riefen aus, wie schön und warm es doch sei. In San Francisco jedoch drangen ihr Nebel und feuchtkalte Luft bis ins Mark. Selbst in den warmen Wintersachen zitterte sie.

Endlich hatte sie die Vorhalle des Gefängnisses erreicht, wo es wenigstens ein bisschen wärmer war. Jody nannte einem Wachmann ihren Namen und wartete weiter. Sie versuchte, diese endlos scheinende Zeit nicht mit Grübeleien über die Zukunft zu verbringen. Stattdessen wollte sie alles tun, um für Cole da zu sein, der im Grunde seines Herzens ein guter Junge war.

Dessen war sie sich sicher. Vielleicht hatte er ein paar Fehler gemacht und litt an schweren Problemen, gegen die er würde ankämpfen müssen. Doch niemals würde er absichtlich jemandem wehtun. Er war ein netter Kerl.

Endlich war es so weit. Ein Wachmann begleitete sie einen weiteren Flur entlang zu einer dunklen Tür. Jody glaubte, dass es hier mehrere Besucherzimmer gab – dieses hier unterschied sich von dem, in dem sie gestern gewesen war. Das Licht, das durch die hohen Fenster hereinfiel, wirkte anders, doch ansonsten sah es hier ziemlich ähnlich aus. Fünfzehn graue Eisenstühle auf der einen Seite der Glasscheibe, jeder an seinem Platz. Bis auf den einen, zu dem man sie brachte, waren alle besetzt.

Jody ließ sich nieder. Cole war noch nicht da. Sie berührte das kleine, in die Scheibe eingelassene Mikrofon.

Ihr Sohn.

Ein Wärter führte Cole durch eine Tür auf der anderen Seite der Scheibe und deutete auf den Stuhl, Jody gegenüber. Der Junge nickte und gehorchte achselzuckend. Er hielt nicht einmal nach ihr Ausschau; er blickte nur den ihm angewiesenen Stuhl an.

Strähniges Haar, schlurfender Gang, ausdruckslose Miene. Wieder der orangefarbene Overall. Wie immer.

Sie versuchte sich vorzustellen, wie er ausgesehen hatte, als er jünger gewesen war. Sein Abschlussfoto von der High School stand noch immer zu Hause auf der Kommode neben ihrem Bett. Damals war sein Haar kürzer und ordentlich gekämmt gewesen. Er hatte Sommersprossen und ein breites, offenes Lächeln.

Was war aus ihrem Jungen geworden? Doch sie kannte die Antwort. Sie wusste es.

»Hallo, Mama.«

»Hallo, Cole.« Sie wartete ab, ob er ihr etwas zu sagen hatte – offenbar nicht. Also beugte sie sich vor und hielt den Mund dicht ans Mikrofon. »Geht es dir gut?«

Anstelle einer Antwort kicherte er nur spöttisch. Aber da er seine Mutter nicht kränken wollte, meinte er beschwichtigend: »Besser. Ja. Ist in Ordnung.«

»Wirklich?«

»Tja, die Masseurin war gestern nicht hier, aber sonst...«

»Wirst du auch gut versorgt? Isst du genug?«

Er lehnte sich zurück und klopfte sich auf den Bauch. »Sie mästen mich, um mich zu schlachten.«

Jody verzog das Gesicht. »Das ist nicht witzig. Sag so was nicht.«

Er beugte sich vor, diesmal mit ernster Miene. »Es ist echt nicht so schlimm. Man muss den Leuten nur aus dem Weg gehen.«

»Kriegst du auch deine ... Medizin?«

»Bis jetzt schon.« Er sah sie herausfordernd an. »Es ist keine Medizin, Mama, sondern Methadon.«

»Ich weiß«, erwiderte sie rasch. »Ich weiß. Und kommst du damit zurecht?«

»Es geht.« Er hielt die Lippen näher an die Scheibe. »Ich überlege nur ...« Nervös fuhr er sich mit der Hand übers Kinn.

»Was?«

Er dachte eine Weile nach. »Tja, ich weiß nicht. Kennst du meinen Anwalt?«

»Ja, Cole, ich kenne deinen Anwalt. Mr. Hardy.«

»Tja, nun, er hat mir vorgeschlagen, ich sollte sie vielleicht bitten, meine Dosis zu senken. Wenn ich noch eine Zeit lang hier bleiben muss, könnte ich möglicherweise ... Na, ja ...«

Jody wagte nicht zu hoffen, obwohl sie diesem Gefühl schon seit Jahren nicht mehr so nah gewesen war. Also versuchte sie, sich unverfänglich auszudrücken. »Es könnte einen Versuch wert sein, Cole. Aber vergiss nicht, dass du noch jede Menge anderer Probleme lösen musst.«

Er lehnte sich zurück, verschränkte die Arme vor der Brust und seufzte tief auf. »Allmählich glaube ich, dass es das einzige Problem ist.«

Sie nickte zögernd.

»Wirklich«, fügte er nach einer Weile hinzu. »Ich meine, hier dürfte es nicht zu schwer sein, es auszuprobieren. Wenn es nicht klappt, kann ich ja genauso weitermachen wie vorher.«

»Nun«, erwiderte Jody leise und vorsichtig. »Es ist einen Gedanken wert.«

»Es gibt hier ein Therapieprogramm.« Dann fügte er rasch hinzu: »Ich bin nicht sicher.«

Sie wollte die Angelegenheit nicht weiterverfolgen. »Wenn du meinst, dass du es durchstehst.«

»Ich weiß nicht«, sagte er. »Kann sein.« Wieder beugte er sich vor. »Du brauchst nicht jeden Tag herzukommen.«

»Das ist mir klar. Aber ich möchte gerne. Ich freue mich immer, dich zu sehen.« Offenbar löste dieses Geständnis in ihm Unbehagen aus, weshalb sie das Thema wechselte. »Ich wollte dir noch sagen, dass ich mich heute mit Mr. Hardy treffe, um über das Geld zu reden. Mach dir keine Sorgen. Ich habe alles im Griff.« Dann fügte sie wie beiläufig hinzu: »Hat er mit dir schon über seine Pläne gesprochen? Darüber, wie er dich verteidigen will?«

»Eigentlich nicht. Wir haben uns noch nicht drüber unterhalten.«

Jody runzelte die Stirn. »Nun, dann werde ich das heute ebenfalls mit ihm klären. Hast du gelesen … bekommst du hier drin die Zeitung?«

Er schüttelte den Kopf. »Auch keine Pfefferminzbonbons auf dem Kopfkissen zur Schlafenszeit. Genau genommen auch keine Kopfkissen. Warum?«

Sie befingerte die Theke. »Weil heute Morgen etwas über Cullen drinstand.«

»Was ist mit ihm?«

»Wie es aussieht, behauptet er, er hätte dir die Pistole gegeben.«

Cole fuhr auf seinem Stuhl hoch. »Was für eine Pistole?«

»Die, mit der Elaine Wager erschossen wurde. Die Mordwaffe.«

»Cullen?«

Sie nickte.

»Der hat mir nie eine Pistole gegeben.«

»Nun, in der Zeitung von heute heißt es, du hättest die Pistole von Cullen.«

»Wann soll er sie mir gegeben haben? Hat er das auch gesagt?«

»Freitag oder Samstag.«

»Freitag oder Samstag?« Er überlegte angestrengt. »So war es nicht.«

Jody lehnte sich zur Scheibe vor und hielt die Lippen wenige Millimeter vor das Mikrofon. »Ist das auch die Wahrheit, Cole? Ich möchte Mr. Hardy gern sagen können ...«

Cole blickte sie finster an. Er überlegte. »Ich erzähle es ihm selbst, Mama. Cullen hat mir keine Pistole gegeben, weder am Freitag noch am Samstag oder sonst irgendwann. Ich habe die Waffe auf der Straße gefunden. Sie war so winzig, dass ich sie zuerst gar nicht als Pistole erkannt habe, und lag im Rinnstein neben ihr, und dann ...« Er verstummte. Sein Mund stand offen, während er sich das Hirn zermarterte.

»Was?« Einen schrecklichen Moment lang dachte Jody schon, ihr Sohn hätte einen Schlaganfall erlitten. »Cole? Was hast du?«

Doch er erholte sich rasch wieder. Sein Blick wurde schlagartig klar. Und seiner Mutter fiel auf, dass er vielleicht ein kleines bisschen weniger benommen wirkte. »Ich habe sie nicht umgebracht«, flüsterte er. »Sie war schon tot.«

17

»Da sind also diese beiden Typen und der eine sagt: ›So will ich auch mal abtreten, wie mein Großvater. Der sitzt einfach da, redet und genießt das Leben, und plötzlich sinkt ihm das Kinn auf die Brust, die Augen fallen ihm zu und weg ist er. Ja, so soll es bei mir auch sein ...‹«

Hardy hielt inne und fuhr dann fort:

»›Nicht um mich schlagend und schreiend wie die anderen im Wagen.‹«

»Witze übers Sterben?« Unbehaglich rutschte Glitsky unter seinem Laken herum. Er lag auf der Intensivstation des St. Mary's Hospital, auf halbem Wege zwischen Hardys Haus und seinem frühmorgendlichen Treffpunkt mit McNeil am Embarcadero. Auf der anderen Seite von Glitskys Bett piepste ein grüner Herzmonitor stetig vor sich hin und zeichnete immer wieder eine gezackte Linie auf einen kleinen Bildschirm. Hardy hatte eine Papiermaske über dem Mund, um Bakterien fern zu halten. »Du erzählst mir Witze übers Sterben?«

Der Patient seufzte tief auf und schloss die Augen. Hardy fand, dass er zum Fürchten aussah. Ein Sauerstoffschlauch wickelte sich um sein Gesicht und endete unterhalb seiner Nase. Er war leichenblass. Nun schlug er wieder die Augen auf. »Ich weiß auch einen.«

Hardy deutete das als ein gutes Zeichen. Er zog sich einen Stuhl heran und nahm Platz. Laut der Uhr über dem Bett war es zwei Minuten nach neun. »Schieß los.«

»Ein reicher Mann liegt im Sterben und es ärgert ihn, dass er sein Geld nicht ins Jenseits mitnehmen kann.« Wieder holte Glitsky tief Luft und rückte den Sauerstoffschlauch unter seiner Nase zurecht. »Also fragt er den lieben Gott, ob er nicht doch mal ein Auge zudrücken könnte. ›Bitte, ich war immer ein guter Mensch.‹ Schließlich gibt Gott nach und sagt, seinetwegen könne er einen Koffer mitbringen und reinpacken, was er behalten möchte. Der Mann überlegt sich, dass Gold nie schaden kann, und stopft den Koffer mit Goldbarren voll.«

»Wie hat er das geschafft, wo er doch im Sterben lag?«, fragte Hardy. »Gold wiegt doch Tonnen. Er hätte aus dem Bett aufstehen und zur Bank gehen müssen, wenn es dort überhaupt Gold gibt. Wie krank war er eigentlich? Was hat ihm gefehlt?«

Glitsky sah ihn finster an. »Ein Herzinfarkt. Keine Ahnung. Halt dich mit deinen Zweifeln für eine Minute zurück.«

»Ja, aber ein solches Detail …«

»Egal.« Glitsky richtete sich mit entschlossener Miene auf. »Also stirbt der Typ …«

»War wohl allmählich Zeit.«

Glitsky ließ sich zurück auf sein Kissen sinken. »Schon gut.«

»Was ist?«

»Willst du den Witz jetzt hören oder nicht?«

Hardy gab sich geschlagen. »Der Typ ist also gestorben …«

»Richtig. Er geht zur Himmelspforte. Und Petrus sagt: ›Moment mal, Gepäck ist nicht erlaubt.‹ Daraufhin erklärt der Typ, dass Gott in seinem Fall eine Ausnahme gemacht hat. Petrus soll sich mal beim Chef erkundigen.«

»Das ist aber ein langer Witz«, meinte Hardy.

Glitsky fuhr fort, ohne darauf zu achten. »Also bestätigt Gott, dass der Typ nicht lügt. Er darf einen Koffer mitbringen. Petrus sagt: ›Wissen Sie, ich bin schon so lange hier und bis jetzt hat noch niemand etwas mitgebracht. Ich bin neugierig, was in dem Koffer ist.‹

Der Typ öffnet stolz seinen Koffer, Petrus schaut rein und meint: ›Straßenbelag? Was wollen Sie denn hier damit?‹«

Hardy schlug die Beine übereinander und lehnte sich zurück. Ein Lächeln spielte um seine Mundwinkel. »Das ist eigentlich kein Witz übers Sterben.«

Glitsky drückte auf einen Knopf, um das Kopfende seines Bettes hochzustellen; seine Augen wirkten inzwischen lebendiger. »Wovon redest du? In diesem Witz stirbt doch jemand. Oder gibt es da etwa eine formelle Definition?«

Hardy schüttelte den Kopf. An der Decke war ein Vorhang befestigt, der Glitskys Bett von den anderen im Raum trennte. Nun wurde er zurückgezogen, und als Hardy sich umdrehte, sah er Abes drahtigen, energischen Vater, der mittlerweile über siebzig war. Sein Mund war wie der von Hardy mit einer Maske bedeckt, er trug eine Jarmulke auf dem weißen Haar und dazu eine karierte Hose und ein weites Polohemd. »Definition wofür?«, fragte er.

»Für Witze übers Sterben«, erwiderte Hardy. »Hallo, Nat.«

»Ich habe auch einen guten auf Lager«, entgegnete Nat. »Wie geht es dir heute, Abe?«

»Miserabel.«

»Ganz normal«, übersetzte Hardy grinsend.

Nat ging zu der Seite des Bettes hinüber, wo der Monitor stand, beugte sich hinunter und küsste seinen Sohn auf die Wange. »Gibt es hier eigentlich Zahnbürsten? Vielleicht solltest du mal eine benutzen.«

Glitsky hatte großes Glück gehabt, was allerdings noch nicht hieß, dass er über dem Berg war. Die Grace Cathedral auf dem Gipfel des Nob Hill war schon Zeugin vieler Herzinfarkte geworden, sogar von mehr als der berüchtigte und berechtigtermaßen so genannte Cardiac Hill – der Kardiohügel –, eine steile und lang gezogene Anhöhe, auf der ein genialer Architekt den Spazierweg in den 3Com Park angelegt hatte. Ganz gleich, aus welcher Richtung oder Entfernung man sich der Grace Cathedral zu Fuß näherte, man musste immer bergauf gehen, und die Erfahrung zeigte, dass die Herzen vieler alter – und auch jüngerer – Menschen dem nicht standhielten.

Deshalb war bei gut besuchten Veranstaltungen wie dem Gedenkgottesdienst für Elaine Wager für gewöhnlich ein mit Sanitätern bemannter Krankenwagen vor Ort. Auch am Montagmorgen, als Glitskys Herz aussetzte. Und deshalb hatte man den reglosen Muskel mithilfe von Elektroschocks binnen weniger Minuten wieder zum Leben erwecken können.

»Was sagen die Ärzte?« Hardy interessierte sich für die Fakten, die jedoch zu seinem Ärger noch nicht genau feststanden. »Wie lautet die Prognose?«

Seit Hardys Ankunft hatte sich Glitskys Aussehen sehr gebessert. Wäre der Sauerstoffschlauch nicht gewesen, man hätte meinen können, er wäre gerade aus einem tiefen Schlaf erwacht. Das Bett ermöglichte es ihm, aufrecht zu sitzen, und er konnte mühelos aus seinem Wasserglas trinken. »Sie sagen, es sei moderat …«

»Und das bedeutet?«, fiel Nat ihm ins Wort.

Glitsky warf einen Blick auf seinen Vater. »Dass sie eigentlich keine Ahnung haben, was als Nächstes passiert.«

»Spitze«, meinte Hardy. »Das klingt ja prima.«

»Mir gefällt es«, stimmte Glitsky ihm zu. »Es könnte ein Witz übers Sterben werden.«

»Wie sind die Aussichten?«, wollte Nat wissen. Auch wenn die jungen Männer sich in den Galgenhumor flüchteten, fand Nat das überhaupt nicht zum Lachen. »Was hat man dir gesagt?«

»Alles, was ich hören will. Aber es ist wie immer: Wenn man sich nicht auskennt, ist es schwierig, die richtigen Fragen zu stellen.« Glitsky trank noch einen Schluck Wasser und zuckte die Achseln. »Den Schaden am Herzmuskel kann man nur mithilfe der Enzymwerte bestimmen, und die sind angeblich moderat. Außerdem wollen sie ein Angiogramm machen, bevor sie mich rauslassen, um festzustellen, ob ich verstopfte Arterien habe, was eine gute Vermutung ist. Dann legen sie mir entweder einen Bypass oder kommen zu dem Schluss, dass ich keinen brauche.«

»Und was genau ist ein moderater Schaden am Herzmuskel?«, fragte Hardy.

»Dass der Muskel vielleicht nicht ganz kaputt ist.«

Nat brauchte mehr Klarheit. »Soll dass heißen, dass der Muskel jetzt kaputt sein könnte, ohne dass du es merkst?«

Glitsky nickte. »Falls er zu lange nicht genug Sauerstoff gekriegt hat, so habe ich es wenigstens verstanden. Aber sie glauben es nicht.«

»Und wenn es doch so ist?«, beharrte Nat.

Ein Achselzucken. »Dann sollte man es in den nächsten paar Tagen spüren. Und das wäre ein Problem.«

»Wie schwer wäre dieses Problem?«

»Ein Problem eben«, wiederholte Glitsky. Er nahm die Hand seines Vaters, die auf dem Bett lag. »Bis jetzt habe ich ja Glück gehabt, Dad. Sie sagen, die Enzymwerte wären okay. Also glauben wir daran. Wenn keine Komplikationen eintreten, bin ich am Wochenende wieder draußen und kann tanzen gehen.«

Nat blickte Hardy an. »Das möchte ich mal sehen.«

Doktor Campion – Mitte Fünfzig, sehr kompetent – war erschienen und wieder gegangen. Er hatte Hardy und Nat aus dem Zimmer gescheucht, um die morgendliche Untersuchung vornehmen zu können. Als er herauskam, verkündete er, er habe Glitsky ein leichtes Beruhigungsmittel gegeben. Sie könnten hinein, um sich zu verabschieden, aber der Patient habe für heute genug Besuch gehabt. Außerdem warnte er sie davor, Themen anzuschneiden, die den Kranken aufregen könnten. Man hatte beschlossen, ihm noch einen Tag Ruhe zu gönnen, die Lage dann zu sondieren und eine Entscheidung zu fällen.

Hardy stand neben dem Bett und wartete, während Nat mit seinem Sohn Haushaltsfragen besprach. Abes jüngster Sohn Orel war in der Schule und würde abends zur Besuchszeit kommen. Isaac, den Ältesten, hatte Nat erst gestern Abend gesprochen. Er war im Auto auf dem Weg von Los Angeles hierher und würde ebenfalls am Abend eintreffen. Jacob in Mailand hatte Nat noch nicht erreicht, wollte es aber weiter versuchen.

»Lass das.« Abe war entsetzt. »Du brauchst ihn nicht damit zu belasten.«

»Glaubst du, es interessiert ihn nicht, dass sein Vater einen Herzinfarkt hatte? Würdest du es – der Himmel steh mir bei – etwa nicht wissen wollen, wenn ich einen hätte?«

»Du hast andere Gene. Dad«, er wies auf seine Brust, »meine habe ich Mama zu verdanken.«

»Und vierzig Jahren schlechter Ernährung und zu wenig Bewegung«, ergänzte Hardy mit einem freundlichen Lächeln.

Glitsky warf ihm einen finsteren Blick zu und wandte sich wieder an seinen Vater. »Und was soll Jacob von Italien aus tun?«

»Er könnte zum Beispiel nach Hause fliegen und nach dir sehen.«

Abe schüttelte den Kopf. »Dazu hat er nicht das Geld.«

»Dann bezahle ich eben sein Ticket, Abraham.«

Glitsky erhob die Stimme. »Ich will mich nicht vor dem Bezahlen drücken, Dad, sondern lediglich sagen, dass er nicht zu kommen braucht. Bis er hier ist, bin ich sowieso wieder zu Hause. Es geht mir gut.«

Hilfesuchend drehte Nat sich zu Hardy um. »Es geht ihm gut. Der Herzmuskel in seiner Brust ist vielleicht schon abgestorben, aber es geht ihm gut.«

Hardy beschloss einzuschreiten. »Abe, halt den Mund. Deine Söhne müssen kommen. Alle. Thema erledigt.«

»Danke.« Nat berührte dankbar seine Stirn. »Hör auf deinen Freund, Abraham. Er weiß, was gut für dich ist.«

Glitsky betrachtete die beiden. »Der Himmel steh mir bei«, sagte er.

Vor sich hin schimpfend marschierte Nat hinaus. Glitsky bat Hardy, noch einen Moment zu bleiben. Er setzte sich wieder. »Dr. Campion hat gesagt, ich soll mich kurz fassen. Außerdem dürfen wir dich nicht aufregen.«

»Wirklich?«, spöttelte Glitsky. »Das ist aber schön.«

»Und er hat gemeint, er hätte dir ein Beruhigungsmittel gegeben. Offenbar hast du es unter der Matratze versteckt.«

»Vielleicht wirkt es ja noch nicht.« Allerdings hatte Hardy den Eindruck, dass es bald so weit sein würde. Glitskys Kopf sank aufs Kissen und er schloss kurz die Augen. Man sah ihm an, dass er seine Kräfte sammelte, um weiterzusprechen. »Was habe ich in Elaines Fall verpasst?«

Hardy schüttelte den Kopf. »Das gehört zu den Themen, die dich aufregen könnten.«

»Es ist viel schlimmer, wenn du es mir verschweigst. Ist etwas passiert?«

Hardy seufzte. Er wusste nichts von Treya Ghents verbaler Attacke gegen Glitsky am Vortag und ahnte deshalb nicht, dass diese den Herzinfarkt vermutlich ausgelöst hatte. Allerdings war er darüber im Bilde, dass sein Freund innerhalb einer Woche seine Tochter und seinen Job verloren hatte, und das war ein plausibler Grund. Darüber hinaus hatte der Arzt ihm verboten, Glitsky mehr Stress zu verursachen.

Allerdings hatte Glitsky vermutlich Recht. Wahrscheinlich würde es schlimmere Folgen haben, wenn er ihm etwas verheimlichte. »Ein Typ behauptet, er hätte Cole am Samstag die Waffe gegeben.«

»Und was meint Cole dazu?«

»Ich wünschte, ich wüsste es.« Schicksalsergeben breitete Hardy die Hände aus. »Die Geschichte stand heute Morgen in der Zeitung. Und weil du im Krankenhaus bist, hatte ich noch keine Zeit, ihn zu sehen.«

Glitsky dachte eine Weile darüber nach. »Es stand heute Morgen in der Zeitung?«

»Ja. Auf der Titelseite. Die letzte offene Frage in diesem Fall, wenn mich mein Gedächtnis nicht trügt. Und das tut es nie.« Hardy schilderte seinem Freund Cullen Leon Alsops Aussage in allen Einzelheiten.

Als er fertig war, meinte Glitsky: »Also hat Pratt es an die Presse durchsickern lassen.«

»Wie kommst du denn darauf?«

»Weil der Informant bestimmt von Ridley vernommen wurde. Er ist der zuständige Inspector und er würde nie mit der Presse sprechen. Mich würde interessieren, wann genau die Information den Medien zugespielt wurde. Ich wette, Pratt ist zur Zeitung gelaufen, bevor Ridley überhaupt von der Sache erfuhr.«

Hardy merkte auf. »Und was würde das bedeuten?«

Wieder lehnte Glitsky sich in die Kissen zurück und schloss die Augen. Als er sie öffnete, hoben sich seine Mundwinkel den Bruchteil eines Zentimeters. »Sieh mal, ich rege mich überhaupt nicht auf. Ich bin ganz entspannt.«

»Gut. Aber wir waren gerade bei ...«

Glitsky unterbrach ihn mit einer Handbewegung. »Ich weiß, wo wir waren. Vor ein paar Monaten hat es auch Ärger wegen einem Informanten gegeben, vielleicht erinnerst du dich ja noch daran. Pratt hat es abgestritten, doch das tut sie ja immer.«

»Und worum ging es?«

»Um etwas ganz Ähnliches. Ein Typ hatte seine dritte Straftat begangen. Es waren Schüsse aus einem fahrenden Wagen abgegeben worden, aber niemand kam zu Tode, nicht einmal ein unbeteiligter Passant. Deshalb hat sich die Presse nicht sehr dafür interessiert. Dennoch hatte die Sache einen Haken.« Hardy wartete ab, bis Glitsky sich wieder ein wenig ausgeruht und erholt hatte. »Man konnte dem Schützen keine Waffe zuordnen und dann brachten die Zeitungen einen Artikel über einen Informanten ...«

»Ja, jetzt erinnere ich mich.« Plötzlich fiel es Hardy wieder ein. »Er wusste, wo die Pistole war, nämlich in der Garage der Freundin des Täters oder so ähnlich. Doch nachdem er mit der Polizei gesprochen hatte, überlegte er es sich auf einmal anders.«

»Richtig. Offenbar war er zu dem Schluss gekommen, dass ein Leben hinter Gittern nach der dritten Straftat besser ist, als abgeknallt zu werden. Und das hätte ihm geblüht, wenn er ausgesagt hätte. Aber er erzählte uns, die Staatsanwaltschaft hätte ihm einen Deal angeboten, wenn er dem mutmaßlichen Täter die Waffe unterschiebt. Natürlich hat Pratt alles geleugnet. Aber die Geschichte wurde veröffentlicht, bevor der Informant mit der Polizei gesprochen hatte. Und er hat bestimmt nicht selbst mit den Journalisten geredet. Keine Möglichkeit der Kontaktaufnahme mit der Presse, richtig? Also war es eindeutig Pratt.«

»Aber warum sollte sie so was tun?«

»Was? Informationen durchsickern lassen? Oder falsche Beweise fabrizieren?«

»Beides.«

»Es liegt ihr im Blut. Wenn sie etwas weiß, muss sie es sofort brühwarm den Reportern erzählen. Denn dadurch wird es erst Realität. Außerdem sind die Schlagzeilen gute Werbung, und wenn sich die Information später als Ente entpuppt, ist sie schon Schnee von gestern, und niemand interessiert sich mehr dafür.« Wieder schloss Glitsky die Augen. »Und falls die Zeitung es erfahren hat, bevor Ridley diesen Idioten vernommen hat…«

»Jeff Elliot könnte das vielleicht rauskriegen.« Hardy senkte den Kopf, verschränkte die Hände ineinander, stützte die Ellenbogen auf die Knie und grübelte eine Weile. Als er aufblickte, lag Glitsky reglos da. »Abe?«, fragte er leise, wartete ab und sagte dann noch einmal: »Abe?«

Er legte seinem Freund den Finger an den Hals und fühlte ihm den Puls. Mit einem erleichterten Seufzer stand er auf.

18

Hardy konnte sich nicht erinnern, wann er zuletzt etwas gegessen hatte.

Als er aus dem Krankenhaus kam, wurde ihm mit einem Mal so schwindelig, dass er stehen bleiben und sich rasch auf eine zum Glück niedrige Mauer gleich vor dem Haupteingang setzen musste. Kurz befürchtete er, nun selbst einen Herzinfarkt zu erleiden, bis ihm auffiel, dass er weder Schmerzen noch ein Druckgefühl hatte. Er spürte nur eine große Leere in der Magengegend.

Er überlegte, wie lange seine letzte Mahlzeit zurücklag – wahrscheinlich war es das gestrige Frühstück. War er überhaupt zu Hause gewesen? Er wusste nur noch, dass er in der vergangenen Nacht etwas Scotch getrunken hatte. Dann hatte McNeil ihn heute Morgen wegen seines dringenden Anliegens geweckt, sodass er ohne Kaffee aus dem Haus gestürmt war.

Inzwischen war es kurz vor zehn Uhr vormittags. Ein langer Tag lag vor ihm. Ihm war klar, dass er irgendwann heute noch Cole besuchen musste, obwohl er damit lieber bis nach der geschäftlichen Besprechung mit seiner Mutter gewartet hätte. Außerdem musste er sich mit McNeils außergerichtlicher Einigung befassen. Und das bedeutete sechs bis acht Anrufe bei Dash Logan, bis dieser – wahrscheinlich betrunken und im Jupiter sitzend – es für angebracht hielt, sich gnädigerweise bei ihm zu melden. Beim bloßen Gedanken drehte sich Hardy der Magen um.

Und außerdem knurrte besagtes Organ ganz gewaltig.

Was Hardy zu seinem ursprünglichen Gedanken zurückbrachte: Er musste etwas essen.

Franny Hardy hatte an der Universität von San Francisco Stadtplanung studiert; allerdings war es nicht leicht, in diesem Bereich eine Stelle zu finden. Also hatte sie nach ihrem Abschluss in einigen Büros als Sekretärin mit Anfängerstatus gearbeitet, denn schließlich musste sie ja ihre Miete bezahlen.

Aber auf Dauer hatte sie diese berufliche Sackgasse nicht mehr ertragen. Zwei Jahre später war sie verheiratet und erwartete Rebecca.

Deshalb hatte sie in den letzten zehn Jahren die Familie zu ihrem Beruf gemacht. Nun jedoch wurden die Kinder allmählich älter und Frannie begann sich zu langweilen. Inzwischen jedoch interessierte sie sich nicht mehr für Stadtplanung. Sie betrachtete die Dinge in kleineren, persönlicheren Einheiten – Freundschaft, Ehe, Eltern-Kind-Beziehung. Und aus diesem Grund wollte sie am liebsten in einer Beratungsstelle arbeiten. Sie füllte gerade am Esszimmertisch die Anmeldeformulare für die Universität aus, als sie hörte, wie sich die Vordertür öffnete. »Hallo?« Sie stand auf.

»Hallo.« Die Stimme ihres Mannes. »Ich bin es nur, Maynard.« Er kam in Sicht und schlüpfte aus seinem Regenmantel.

»Maynard?«

»Maynard G. Krebs. Du erinnerst dich doch sicher an Maynard G. Krebs, den ewigen Hippie.«

»Wie schaffst du es eigentlich, dir etwas Wichtiges zu merken, obwohl du dir den Kopf mit lauter Müll voll stopfst? Was machst du überhaupt zu Hause?« Dann fiel es ihr wieder ein und sie hielt den Atem an. »Mein Gott, Abe …?«

»Bis jetzt geht es ihm so einigermaßen, sagen wenigstens die Ärzte.«

»Bis jetzt? Sagen sie wenigstens?«

»Ich weiß. Sehr informativ.« Er zuckte die Achseln. »Heute und morgen finden weitere Untersuchungen statt. Er ist so miesepetrig wie eh und je. Das halte ich für ein gutes Zeichen. Sein Vater war auch da und die Jungs kommen heute Abend.« Hardy ging in die Küche. »Und was mich betrifft, lässt meine Frau mich verhungern. Ich bin also gezwungen, mich selbst zu ernähren.«

Sie folgte ihm und schnalzte verständnisvoll mit der Zunge. »Sie muss schrecklich sein.«

Er nickte. »Ziemlich schlimm.«

Hardy nahm eine Gusseisenpfanne von dem Angelhaken, an dem sie an der Wand über dem Herd hing, und gab Salz und Pfeffer aus der Mühle hinein.

Im Kühlschrank entdeckte er Gemüse – Paprikaschoten, Kartoffeln, grüne Bohnen und eine Zwiebel – und legte alles zusammen mit drei Eiern auf das Schneidebrett. Beim Zerkleinern erkundigte er sich, wie es mit ihrer Bewerbung voranging. Ganz gut, erwiderte sie. Sie schriebe einen ihrer Testaufsätze über Abe und Elaine.

Hardy hörte auf zu schneiden. »Was?«

»Natürlich ohne Namen.«

»Gut, aber was schreibst du über sie?«

»Dass Abe wusste, dass er ihr Vater war, und es ihr all die Jahre über verschwiegen hat. Welche Gründe er dafür hatte.«

»Ich glaube nicht, dass es eine freiwillige Entscheidung war. Wie ich Abe kenne, hielt er es sicher für seine Pflicht.«

»Und sieh dir an, welche Folgen es hatte.«

»Deswegen hatte er nicht den Herzinfarkt, Fran.«

»Vielleicht nicht, aber es könnte der Auslöser gewesen sein. Ich finde die Vorstellung ziemlich interessant« – sie hielt inne – »dass er es uns nie erzählt hat, und dabei sind wir seine besten Freunde.«

Hardy wandte sich wieder dem Gemüse zu. »Menschen haben Geheimnisse. Elaine führte ihr eigenes Leben. Sie brauchte ihn nicht.«

»Mach dir nichts vor. Kinder brauchen einen Vater.« Mit verschränkten Armen lehnte Frannie sich an die Anrichte. »In meinen Augen ist es traurig, dass er beschlossen hat, sie nie kennen zu lernen. Aus welchen Gründen auch immer.«

Hardy warf das Gemüse in die Pfanne. »Ich denke, da bin ich deiner Ansicht. Wahrscheinlich sucht er unter anderem deshalb weiter nach Beweisen. Ein Vorwand, um herauszufinden, wer sie war.«

»Trotz des Geständnisses?«

Hardy schlug die Eier in die Pfanne und rührte mit einem geschlitzten Löffel um. »Das Geständnis ist wackelig, mehr ist nicht dabei. Die Polizei hat schon genug Beweise, um Cole auch ohne Geständnis zu verurteilen. Abe hat einfach das Bedürfnis, weiterzusuchen.«

»Welches Bedürfnis hast du?«, fragte sie nach einer Weile.

»Was meinst du damit?«

»Warum verteidigst du ihn? Wenn er Elaine umgebracht hat …«

Hardy rührte in seinem Omelette und überlegte. »Wahrscheinlich deshalb, weil die Todesstrafe in diesem Fall nicht angebracht ist, ganz gleich, was er getan hat. Und das möchte ich verhindern.«

»Selbst wenn er es war?«

»Selbst wenn er es war. Das macht es weder schwerer noch leichter, ihn vor der Hinrichtung zu bewahren. Es spielt keine Rolle.«

»Es spielt keine Rolle? Mein Gott, ich hasse es, wenn du wie ein Anwalt klingst.«

»Ich auch«, gab Hardy reumütig zu. »Aber die traurige Wahrheit ist, dass ich einer bin.«

Nun versuchte Hardy, der Anwalt, über ein Thema zu sprechen, das er verabscheute: Honorare. Jody Burgess saß bei ihm auf dem Bürosofa. Hardy mochte es nicht, Mandanten vor dem Schreibtisch zu platzieren. Es errichtete eine Barriere, die er als beklemmend empfand.

Aber Jody war voller Zuversicht, beflügelt von den guten Nachrichten, und nicht bereit, die Prozesskosten und Hardys Gebühren zu erörtern. Wie bei Franny und den meisten anderen Laien kreisten Jodys Gedanken ausschließlich um Coles Schuld oder Unschuld. Sie behauptete, er habe heute Morgen eine verschüttete Erinnerung wieder ausgegraben, die absolute und endgültige Version der Ereignisse vom frühen Montagmorgen.

Für Hardy bedeutete das allerdings nur, dass Cole seine Geschichte schon wieder änderte. Zuerst war er es gewesen, dann konnte er sich nicht mehr erinnern und nun war er angeblich unschuldig. Wer weiß?, dachte Hardy. Als Nächstes fällt ihm vielleicht ein, dass er versucht hat, Elaine das Leben zu retten.

Hardy sagte Version Nummer zwei am meisten zu: Cole wusste einfach nicht, ob er der Täter war. Damit ließ sich am besten auf geistige Unzurechnungsfähigkeit plädieren; es war also am Erfolg versprechendsten. Bei diesem Gedanken wurde Hardy – mit Stolz und Entsetzen – klar, dass er offenbar zu viel Zeit mit David Freeman verbrachte. Inzwischen dachte er wirklich wie ein Anwalt.

Draußen war es kalt. Der Nebel hatte sich in eine tief hängende Wolkendecke verwandelt. Trotz der Wärme in seinem Büro hatte Jody den dicken Mantel anbehalten. Sie trank heißen Kaffee. Ihr bloßer Anblick brachte Hardy zum Schwitzen.

Endlich kam er auf das Thema Honorar zu sprechen, denn er hatte einen Vorschlag zu machen, den er unter diesen Umständen für ziemlich vernünftig hielt. Und außerdem handelte es sich um die preisgünstigste Variante, da die Sache so zu einem raschen Abschluss gebracht werden konnte. »Ich habe mir Folgendes ausgedacht«, meinte er. Er legte sich seine Worte sorgfältig zurecht, denn trotz der niedrigeren Kosten war es alles andere als eine gute Nachricht. »Man könnte die Anklage im Austausch für ein Schuldgeständnis auf Totschlag mindern lassen.« Rasch sprach er weiter. »Auf diese Weise hat die Staatsanwaltschaft eine Verurteilung für ihre Statistik und wir brauchen uns weder vor der Todesstrafe zu fürchten noch die strafverschärfenden Umstände zu widerlegen.« Er breitete die Hände aus. »So haben beide Seiten etwas davon.«

Kurz glaubte er, sie hätte ihn verstanden. »Ein Schuldhandel?«, fragte sie. »Aber er hat sie doch nicht umgebracht.«

»Nun, offen gesagt ist er sich nicht sicher.«

»Heute Morgen … er konnte sich erinnern. Ich habe die Erleichterung in seinen Augen gesehen.«

»Ganz bestimmt haben Sie das.«

Lautstark stellte sie die Kaffeetasse ab. »Sie glauben mir nicht.«

Hardy versicherte ihr, dass er ihr selbstverständlich glaubte. »Allerdings weiß ich nicht, ob die Geschworenen das auch tun. Und das ist das Problem.«

Jody dachte eine Weile nach und griff wieder nach ihrer Tasse. »Sagen wir mal rein hypothetisch, dass wir keine Abmachung mit der Staatsanwaltschaft treffen. Was passiert dann?«

»Dann findet nächste Woche eine Anhörung statt. Mr. Torrey wird das Video mit dem Geständnis vorführen. Das sollte reichen, um den Richter zu überzeugen, dass ein Prozess angebracht ist.«

»Könnten Sie denn nicht einwenden, dass das Geständnis ...«

»Erzwungen wurde? Natürlich. Außerdem werde ich klarstellen, dass Coles Aussage den uns bekannten Tatsachen widerspricht. Doch in der Wirklichkeit, da draußen im Gerichtssaal, wird das niemanden interessieren.«

»Warum nicht?«

So tragisch das auch in Jodys Ohren klingen mochte, Hardy hatte ihr die Dinge noch beschönigend dargestellt. Er musste sie dazu bringen zu begreifen, wie ernst Coles Lage war. »Weil es in einer Anhörung nicht darum geht, ob Cole schuldig oder unschuldig ist. Sie dient lediglich dazu zu ermitteln, ob hinreichende Beweise bestehen. Dann kommt es zum Prozess.«

Sie verstand immer noch nicht. »Das ist doch absurd«, meinte sie. Nach einer Weile schüttelte sie verärgert den Kopf und sank schließlich schicksalsergeben auf dem Sofa zusammen.

Hardy wartete ab, bis sie sich einigermaßen beruhigt hatte. Er hielt es für ratsam, ihr beizupflichten. »Ich verstehe genau, was Sie meinen.« Allerdings konnte er es nicht dabei belassen. Er musste es ihr genauer erklären. »Aber so ist die Wirklichkeit, glauben Sie mir. Und jede Entscheidung, die wir jetzt treffen, wird früher oder später Folgen haben. Deshalb müssen wir aufpassen, dass uns kein Fehler unterläuft.«

Sie richtete sich herausfordernd auf. Ihre Stimme zitterte. »Und Sie halten es für richtig zu sagen, dass er es war, obwohl das nicht stimmt?«

»Sind Sie sicher? Sind Sie hundertprozentig sicher?«

»Absolut. Mein Sohn ist kein Mörder«, antwortete sie wie aus der Pistole geschossen.

Hardy nickte, nicht weil ihre Beteuerungen ihn überzeugt hätten, sondern als Einleitung seiner nächsten Worte, die nötig waren, wenn er ihren Sohn weiter vertreten wollte. Um etwas bei ihr zu erreichen, musste er ihren Widerstand brechen und ihr die Augen öffnen. Es war an der Zeit, die Glacéhandschuhe auszuziehen. »Mrs. Burgess, hat Cole Sie je belogen?«

Die Frage erstaunte sie. »Das ist doch etwas völlig ...«

Er unterbrach sie mit einer Handbewegung. »Eine ganz einfache Frage: Hat er Ihnen je die Unwahrheit gesagt?«

Sie wusste darauf nichts zu erwidern.

»Viele Lügen? Mehr Lügen, als Sie zählen können? Hat er Sie je bestohlen? Ich weiß, dass er Jeff und Dorothy etwas vorgemacht hat, als sie ihn bei sich aufgenommen haben. Und er hat sie bestohlen. Er hat *ihre Kinder* bestohlen, Mrs. Burgess. Hat man Ihnen das nicht erzählt?«

Sie war nach vorne an die Sofakante gerückt und schlang schützend die Arme um den Leib, als hätte er sie geschlagen. »Nun ja, schon, aber ...«

»Kennen Sie irgendjemanden, den Ihr Sohn in den letzten Jahren nicht belogen hat? Oder bestohlen?« Er erhob sich und senkte die Stimme. »Glauben Sie, dass er zurzeit versucht, vom Heroin loszukommen?«

»Ja, wenigstens das.« Offenbar glaubte sie, dass er ihr einen Rettungsanker zuwarf. »Er sagte, er würde vielleicht eine Therapie ...«

»Wirklich. Hat er in dieser Hinsicht schon etwas unternommen oder nur darüber geredet? Denken Sie, dass er versucht hat, clean zu werden, bevor diese Sache hier passierte?«

»Ja. Vor kurzem war er wieder im Übergangswohnheim, das weiß ich ganz genau. Er hat sich wirklich Mühe gegeben. Es ist nicht leicht.« Sie krümmte sich wie unter Magenkrämpfen.

»Das weiß ich zu schätzen«, erwiderte Hardy. »Es ist schwierig, auch wenn man sich wirklich anstrengt und eine Therapie macht. War Cole in einer Therapie, ich meine, vor seiner Verhaftung?«

»Nein. Er konnte einfach nicht die richtige finden. Sie wissen schon, manche dieser Therapeuten ...«

»Also sind die Therapeuten schuld daran, dass er nicht aufhören konnte? Ist es so? Und als er zu Ihnen kam, bei Ihnen wohnte und Ihr Auto stahl? Dafür haben Sie ihn doch sicher bestraft. Sie haben ihm gesagt, dass er großen Mist gebaut hat.«

»Ja, das habe ich.« Ihr Ton klang fast flehend und sie schien den Tränen nah. »Ich habe ihm erklärt, wie enttäuscht ich sei, Mr. Hardy. Dass ich ihn liebte und dass er mir sehr wehgetan hätte. Ich war am Boden zerstört.«

Hardy bohrte zwar nur ungern weiter, doch seine einzige Hoffnung war, sie zu zwingen, sich der Realität zu stellen, wenn er weiter mit ihr zusammenarbeiten wollte. »Und er hat sich entschuldigt ...«

»Es tat ihm Leid«, zischte sie. »Er war ... eben einfach ...«

»Und weil es ihm so Leid tat, durfte er weiter bei Ihnen wohnen, richtig?«

»Was sollte ich denn tun, Mr. Hardy? Ich bin seine Mutter. Soll ich ihn auf der Straße schlafen lassen?«

»Andere Eltern machen das«, erwiderte er knapp. »So etwas kommt vor.«

»Nun, ich habe es nicht über mich gebracht. Er gab sich doch Mühe.« Sie holte tief Luft. »Er gab sich Mühe.« Ihr Atem ging stoßweise, als wäre sie gerannt.

Am liebsten hätte Hardy sie gefragt, ob Cole sich auch am Montagmorgen Mühe gegeben hatte, als er einem Obdachlosen den Whiskey stahl und dann auf der Suche nach Heroin durch die Stadt streifte. Aber das hätte nur zu weiteren Beteuerungen und Protesten geführt. Außerdem war ihm etwas anderes eingefallen, etwas viel Wirkungsvolleres, wie er fand.

Die Beweisdokumente lagen neben ihm auf dem Schreibtisch. Er griff nach einem beschrifteten braunen Aktendeckel und nahm heraus, was er brauchte – eine Nahaufnahme, die der Leichenbeschauer von Elaine Wagers Ohr gemacht hatte. Er ging zu Jody hinüber und legte das gestochen scharfe Farbbild vor sie auf den Tisch. »Schauen Sie sich ihr Ohr an, Mrs. Burgess«, befahl er ihr barsch. »Cole hat ihr den Ohrring abgerissen. Er hat ihr auch den Finger gebrochen, um ihr den

Ring zu stehlen, Mrs. Burgess. Hat er sich da Mühe gegeben? Nennen Sie das Mühe? War das Ihr guter Junge?«

»Sie sind brutal!«, schrie sie. »Er hat nicht …«

»Doch, er hat, Mrs. Burgess!«, brüllte Hardy und richtete sich auf. Unvermittelt drehte er sich um und zwang sich zur Ruhe. »Ich weiß, wie schrecklich es ist«, fuhr er fort, nachdem er sich wieder gefasst hatte. »Aber es ist nicht meine Schuld.«

Inzwischen atmete auch er schwer. Fast rechnete er damit, jeden Moment zu hören, wie sich hinter ihm die Tür öffnete und wieder schloss. Als es still blieb, wandte er sich um.

Sie saß zusammengekrümmt da und zitterte am ganzen Leib. Hardy setzte sich neben sie. Er legte ihr den Arm um die Schulter.

Doch offenbar nutzte das nichts.

Da ihnen das Büro nach diesem Ausbruch ein wenig beengt erschien, gingen sie nach unten in den Konferenzraum des Gebäudes. Die Mitarbeiter hatten ihm den Spitznamen ›Solarium‹ verpasst, denn wenn nachmittags die Sonne schien – was häufig, allerdings nicht heute geschah –, wurde dieser Raum auf wundersame Weise davon erleuchtet. Das Konferenzzimmer war mit riesigen Topfpflanzen vollgestellt wie eine Szenekneipe und verfügte über eine Glasfront und ein ebenfalls gläsernes Dach. Davor befand sich ein Atriumgarten, wo im Sommer Springkraut, Stiefmütterchen, Vinca und Glockenblumen blühten. Heute jedoch waren dort nur Matsch, eine Bank und dreißig Quadratmeter brauner Rasen zu sehen.

Hardy hatte die Beweisdokumente mitgebracht. Sie schlossen die Tür. Inzwischen hatte sich Jody ein wenig von ihrem Zusammenbruch erholt. Sie wollte sich alle Fotos ansehen und den Polizeibericht lesen. Deshalb breitete Hardy die Aktendeckel vor ihr aus und setzte sich rechts neben sie.

Er beobachtete die Spatzen, die draußen im Garten herumflatterten und auf dem Rasen pickten.

Etwa zehn Minuten später klappte Jody den letzten Aktendeckel zu. Hardy wartete eine Weile und meinte dann im Plauderton: »So will Torrey Ihren Sohn gegenüber den Geschworenen darstellen. Wenn er Erfolg hat, steckt Cole in Schwierigkeiten. Das müssen Sie begreifen.«

»Diese Fotos und das, was die Polizisten geschrieben haben. Es sieht aus, als ...« Sie verstummte.

»Ja, das tut es. Und selbst wenn wir einwenden, dass er sie erst gefunden hat, als sie schon tot war, wirft der Schmuckdiebstahl – wie soll ich es ausdrücken? – kein besonders gutes Licht auf ihn.«

»Sind Sie sicher, dass er den Schmuck genommen hat? War er das wirklich?«

Hardy hasste es, Jody weiter quälen zu müssen, doch er konnte es nicht abstreiten. »Er hatte die Sachen bei sich, als er verhaftet wurde. Also hat er bestenfalls gewusst, dass sie schon tot war, als er sie beraubte. Er hat ihr nicht wehgetan.«

Sie tupfte sich die Augen ab. »Das klingt ziemlich unschön.«

»Richtig.« Auch wenn Hardy vielleicht unnötig grausam gewesen war, hatte er sie jetzt wenigstens so weit, dass sie ihm zuhörte. »Deshalb meinte ich vorhin, er sollte sich schuldig bekennen. Falls es zum Prozess kommt, dürfte es angesichts der Fakten schwierig werden, die Geschworenen von seiner Unschuld zu überzeugen. Verstehen Sie mich?«

Sie nickte bedrückt.

»Und darum wäre es ratsam, darüber nachzudenken, welche juristischen Lösungen es abgesehen von einem Prozess noch gibt.«

»Dass er zugibt, dass er es war?«

»Dass er sich schuldig bekennt, ja, aber das ist nicht ganz dasselbe.«

»Und was kriegt er dafür?«

»Erstens hoffentlich nicht die Todesstrafe. Dann vielleicht später einmal Bewährung.«

Sie seufzte. »Oh Gott, Gefängnis.« Dann schien ihr die Tragweite von Hardys Worten klarzuwerden und sie sah ihn argwöhnisch an. »Was meinen Sie mit ›hoffentlich‹?«

»Dass es mich nicht wundern würde, wenn Torrey uns einen Korb gibt.« Er erklärte Jody, dass die Staatsanwaltschaft bereits im Kreuzfeuer der Kritik stand, weil sie sich in vielen wichtigen Fällen auf Abmachungen eingelassen hatte. Außerdem habe Sharron Pratt sich ausgerechnet diesen Fall ausgesucht, um ihn für ihren Wahlkampf auszuschlachten. Also würde es nicht leicht werden, sie zu einem Schuldhandel zu überreden. Und damit war Hardy noch nicht am Ende seiner Hiobsbotschaften angelangt. »Selbst wenn wir vor Gericht gehen und die Geschworenen davon überzeugen können, dass es kein vorsätzlicher Mord, sondern eine minderschwere Tat war – das Beste, worauf wir hoffen dürfen –, stehen wir wieder ganz am Anfang. Cole muss ins Gefängnis, und zwar für viele Jahre.«

In Jodys Miene malte sich blankes Entsetzen. Ihre Augen waren gerötet, die Lider schwer und geschwollen. Auf ihrer Haut zeigten sich hektische Flecken. Die nächste Frage wagte sie kaum auszusprechen: »Und wenn er freigesprochen wird? Wenn es Ihnen gelingt, diese Leute zu überzeugen?«

»Dann kann er gehen.« Er nahm ihre Hand. »Aber damit wir uns nicht missverstehen, Jody: Ich muss Ihnen sagen, dass ich nur wenig Lust dazu habe.«

Früher am Nachmittag hätte sie auf diese Eröffnung vermutlich mit Empörung reagiert. Nun schloss sie nur kurz die Augen, holte tief Luft und fasste sich. »Warum?«

»Aus folgenden Gründen: Cole ist heroinsüchtig, am Montagmorgen lief er betrunken und vielleicht stoned durch die Straßen, er hatte eine Pistole bei sich …«

»Hatte er nicht. Er sagt, dass das nicht stimmt.«

Für Hardy machte das keinen Unterschied. »Aber die Geschworenen werden inzwischen gehört haben, dass er eine hatte. Er sucht jemanden, den er berauben kann, um mit dem Geld seine Sucht zu finanzieren. Zufällig begegnet er Elaine Wager. Als die Polizei zwei Minuten später eintrifft, ist Elaine tot und Cole fleddert gerade ihre Leiche. Er flieht. Er hat die Pistole abgefeuert. Nach ein paar Stunden gesteht er, sie ermordet zu haben.«

Hardy senkte seine Stimme zu einem Flüstern. »Das alles werden die Geschworenen erfahren, Jody. Für diese Version gibt es Indizien. Ich will ja gar nicht behaupten, dass ich ihn für den Täter halte. Hier geht es nicht um mich, sondern um die Geschworenen. Soll ich vor sie hintreten und sagen: ›Das alles stimmt, nur dass Cole nicht der Täter ist.‹? Wissen Sie, was dann passiert? Sie werden ihn in allen Punkten für schuldig befinden. Und wenn wir sie dann bitten, sein Leben zu schonen, ist unsere Glaubwürdigkeit beim Teufel.«

Sie sah ihn an und wusste, dass er Recht hatte.

Hardy durfte nichts beschönigen. »Wenn wir es gemeinsam beschließen, kann ich natürlich so vorgehen. Wir können versuchen, Cole auszunüchtern, und ihn geschniegelt und gebügelt in den Zeugenstand rufen. Dann soll er abstreiten, dass Cullen ihm die Waffe gegeben hat, und die ganze Wahrheit sagen. Doch in diesem Fall wäre ich als Verteidiger nichts wert.«

»Auch nicht, wenn es stimmt? Wenn er sie nicht umgebracht hat?«

»Ja, auch wenn er sie nicht umgebracht hat. Auch wenn er nur der größte Pechvogel war, der am Montagmorgen auf Erden wandelte. Er hat kein Alibi. Es gibt kaum – ja, eigentlich keine – Beweise, die für ihn sprechen.« Hardy wusste, dass es sich hoffnungslos anhörte. Und was noch schlimmer war: Je länger er darüber sprach, desto mehr schwand seine Zuversicht. Ein letztes Mal versuchte er, es zu erklären. »Jody, ich würde den Geschworenen gerne die Wahrheit sagen. Und meiner Ansicht nach ist die Wahrheit, dass Cole, ganz gleich ob er der Mörder ist, zur Tatzeit im Sinne des Gesetzes nicht zurechnungsfähig war. Er war betrunken. Er hatte nicht vor, das Opfer zu berauben. Und er sollte nicht hingerichtet werden.«

»Und dafür soll ich beten? Dass mein Sohn nicht hingerichtet wird?«

Hardy nickte ernst. Wieder blickte er zu den Spatzen hinaus, die im toten Winterrasen noch immer nach Krümeln pickten. Schließlich konnte er nicht anders, als auszusprechen, was ihm im Kopf herumging: »Das wäre vielleicht ein guter Anfang.«

19

Einen Zahnstocher im Mund, pfiff Gene Visser ein Kinderlied vor sich hin, als er im Keller des Justizgebäudes aus dem Aufzug stieg. Er wurde von seinem Freund und Brötchengeber Dash Logan und einem Sergeant vom Drogendezernat begleitet, der Bills Keene hieß. Bills Vater war ein fanatischer Fan der Football-Mannschaft Buffalo Bills gewesen. Und Bills, der als Kind einiges wegstecken konnte, machte seinem Namen alle Ehre. Er war noch immer Anhänger des Teams aus Buffalo, das beim Footballspiel am Montagabend die 49ers vom Platz gefegt hatte.

»Ich sag dir was, Dash. Das war der tollste Abend meines Lebens. Auf zehn Punkte hatte ich gewettet, und die Hälfte meiner Abteilung ist Schlange gestanden, um mir ihr Geld abzuliefern.«

Visser hörte auf zu pfeifen. »Du hast zehn Punkte auf die Buffalo Bills gewettet? Ruf mich das nächste Mal an.«

Keene strahlte übers ganze Gesicht. »Ich setze dich auf meine Liste. Du kannst es mir auch aufs Konto überweisen; ganz wie du willst.«

»Und was für einen Schnitt hast du gemacht?«

Sie betraten den Vorraum, von dem das Archiv und die Asservatenkammer abgingen. Es war kurz nach drei Uhr nachmittags. Bis auf die Dienst habenden Polizisten waren sie allein.

»Achthundertvierzig Dollar.«

Logan stieß einen bewundernden Pfiff aus. »Hoffentlich gibst du es beim Finanzamt an.«

»Jeden Penny.« Keene grinste breit. Der Arbeitstag, der so langweilig begonnen hatte, versprach doch noch interessant zu werden. Der Polizist hinter dem Schalter begrüßte sie. »Die zwanzig Mäuse von Officer McDougal hier waren auch dabei. Hallo, Gary. Na, was ist jetzt mit den Buffalo Bills?«

McDougal holte seine Brieftasche heraus und schob Keene einen Zwanziger über die Theke. »Nächste Woche machen wir doppelt oder nichts, einverstanden?«

»Wir reden doch hier von den Buffalo Bills, richtig?«

McDougal war entrüstet. »Du hast sie wohl nicht alle! Natürlich meine ich die 49er. Wen interessieren schon die Buffalo Bills?«

Logan machte das Gespräch einen Heidenspaß. Offenbar hatte er Schnupfen, denn er zog hin und wieder diskret die Nase hoch. »Irre ich mich«, wandte er nun ein, »oder ist Glücksspiel in diesem Bundesstaat nicht noch immer verboten?«

»Absolut«, erwiderte McDougal lächelnd.

»Es ist eine Geißel der Menschheit«, fügte Keene hinzu. »Aber du weißt ja, die Mafia.«

Die vier genossen diesen Augenblick männlicher Verbrüderung. »Und was führt die Herren heute zu mir?«

Also zum Geschäft. Mit einem leisen Seufzer stellte Logan seinen Aktenkoffer auf die Theke. »Am nächsten Montag muss ich mit dem Fall *Das Volk der Vereinigten Staaten gegen Lawson* vor Gericht.« Er nannte McDougal das Aktenzeichen. »Inspector Keene hier bearbeitet die Sache. Ich dachte, ich sehe mir mal an, was die Staatsanwaltschaft so zusammengetragen hat, bevor ich versuche, meinem armen Mandanten den Arsch zu retten.«

In gespieltem Erstaunen schüttelte McDougal den Kopf. »Ich weiß nicht, wie du das machst.«

Logan sah ihn fragend an. »Was?«

»Dass dir die Mandanten nicht weglaufen, obwohl du dir erst eine Woche vor dem Prozess die Beweise ansiehst. Werden sie nicht manchmal ein bisschen sauer?«

Ein rauhes Auflachen, gefolgt von einem Schniefen. »Glaubst du etwa, das binde ich ihnen unter die Nase? Mach mal 'nen Punkt, ich bin ja nicht von gestern.« Er versuchte, seine Äußerung ein wenig abzumildern. »Normalerweise weiß ich, was da ist. Und meistens stimmt es. Wenn nicht, beantrage ich eine Einstellung des Verfahrens.« Er zuckte die Achseln. »Das klappt schon.«

Visser musste auch seinen Senf dazugeben. »Seine größte Begabung ist, so zu tun, als würde er nicht arbeiten. Und dabei schuftet er Tag und Nacht.«

Logan sah seinen Privatdetektiv dankbar an. »Unerwartete Hilfe von neutraler Seite. Danke, Eugene.« Wieder ein Schniefen.

Dann wandte er sich an Keene. »Also los, Sergeant.«

McDougal öffnete ihnen die Tür. Logan und Keene gingen hinein, um zu unterschreiben. Visser, der am Schalter stehen geblieben war, erkundigte sich, wie lange es dauern würde.

Logan zuckte die Achseln und blickte Keene, der die Geste wiederholte, fragend an. »Keine Ahnung. Fünfzehn oder zwanzig Minuten. Hey, Gary, macht es dir was aus, Gene reinzulassen, damit er seinen dicken Hintern auf einem Stuhl platzieren kann? Wir brauchen eine Weile.«

Zweifelnd runzelte McDougal die Stirn. Eigentlich durfte er niemandem Zutritt gewähren, der nicht von einem Polizisten begleitet wurde und in einem bestimmten Fall recherchierte. Allerdings war es auch verboten, Glücksspiele zu betreiben, vor allem hier, in einem Gebäude, das der Strafverfolgung diente. Außerdem waren es nette Jungs, die er gut kannte. Visser war sogar bei der Mordkommission gewesen, als McDougal bei der Polizei angefangen hatte. Und genau neben ihm stand sowieso ein Stuhl, auf den Visser sich ruhig setzen konnte. Schließlich war er nicht hier, um etwas aus der Asservatenkammer zu stehlen. McDougal würde ihn nicht aus den Augen lassen. Er wandte sich an Keene. »Kannst du für ihn auch unterschreiben?«

Visser draußen vor dem Schalter meinte, es sei nicht weiter schlimm, und er könne genauso gut stehen.

Aber Keene bejahte und bat McDougal, ihn hereinzulassen.

»Was habt ihr bloß angestellt, dass sie euch zu diesem Job verdonnert haben?«

Visser saß neben Gary McDougal im Büro und plauderte mit ihm und einem anderen jungen Polizisten, auf dessen Namensschild ›Bellew‹ stand. Er arbeitete in der Waffenkammer nebenan. Der Privatdetektiv wusste, dass sich die uniformierten Beamten nicht gerade darum rissen, hier im Keller die Akten und Asservate zu bewachen. Zwar war die Versetzung hierher keine offizielle Strafe, aber jedem war klar, dass es sich auch nicht um eine Belobigung handelte.

McDougal verzog das Gesicht und schüttelte angewidert den Kopf. »Wir haben ein paar Doughnuts gegessen, ohne dafür zu bezahlen.« Die Männer wechselten Blicke. »Schon gut«, fuhr McDougal fort. »Spar dir deine Bemerkungen.«

Aber Bellew hatte das Bedürfnis, sein Herz auszuschütten. »Die Abteilung für Management und Personalführung hat eine Riesenkampagne angeleiert, um die Korruption bei der Polizei dieser schönen Stadt zu bekämpfen.« Die Abteilung für Management und Personalführung – ehemals Abteilung für innere Angelegenheiten – hatte die Aufgabe, dafür zu sorgen, dass die Gesetzeshüter sich selbst an die Gesetze hielten.

»Wie haben sie das angestellt?« Visser merkte auf.

McDougal zuckte die Achseln. »Als ehemaligen Kollegen wird es dich sicher nicht wundern, wie schwierig es manchmal für einen Streifenpolizisten ist, seinen Kaffee oder Imbiss zu bezahlen. Offenbar sind uns die Leute, deren Läden wir bewachen, wirklich dankbar. Sie machen uns ein Sandwich, schenken uns einen Kaffee ein und vergessen das Kassieren.«

»Ich bin schockiert«, meinte Visser. »Das ist ja fast so schlimm wie Glücksspiel.«

Die beiden Polizisten kicherten. Bellew, der am Eingang der Waffenkammer stand, sprach weiter: »Egal. Jedenfalls hat jemand der Abteilung für Management und Personalführung den Floh ins Ohr gesetzt, dass wir dem öffentlichen Ansehen der Polizei schaden, indem wir ein gottverdammtes Sandwich annehmen. Also haben sie einen von ihren Leuten hinter den Tresen gestellt. Der Mistkerl gibt jedem von uns ein Doughnut …«

»Wobei ich betonen möchte, dass ich angeboten habe, es zu bezahlen«, ergänzte McDougal. »Aber er sagte: ›Nein, ist schon okay. Keine Ursache.‹«

»Und dafür haben sie euch hopsgenommen?«

»An diesem Tag haben sie etwa zwanzig von uns erwischt«, erwiderte Bellew. »Sie meinten, wir sollten es uns eine Lehre sein lassen. Bla, bla, bla.«

»Und dann haben sie euch hier runter geschickt?«

»Sechs Wochen. Ohne Überstunden abzurechnen.«

Visser sah sich um. Das Büro war mit dem typischen Behördenschrott möbliert. An den Wänden standen deckenhohe grüne Metallregale. Fleckige, rostige Eisentische hingen unter dem Gewicht von Kartons durch, deren Inhalt keinem Aktenzeichen zugeordnet werden konnte – beschlagnahmte Mobiltelefone, Batterien, Radios, Fahrradreifen und Werkzeuge. Aus seiner Zeit bei der Polizei wusste Visser, dass sich hinter diesem Raum ein gewaltiges, fast einen Häuserblock langes Gewölbe erstreckte. Hier wurden sämtliche Akten und Beweisstücke in allen Verbrechensfällen aufbewahrt, die sich in den letzten zehn Jahren in der Stadt und im Bezirk San Francisco ereignet hatten.

Die Aktenablage war kilometerlang. Es gab einen Gefrierschrank für Blut, schmutzige Kleidungsstücke und Körperteile. Ein ganzes Zimmer enthielt nur Fahrräder, ein anderes Computer. In einem begehbaren Safe lagerte man Rauschgift. Und neben dem Büro befand sich die Waffenkammer.

»Und wie viel Zeit habt ihr bereits abgebüßt?«, fragte er.

»Vier Wochen. Also haben wir noch zwei vor uns. Doch wir zählen schon gar nicht mehr mit.«

McDougal stand auf, als ein Inspector von der Mordkommission – Marcel Lanier –, ausgerüstet mit einem überquellenden gelben Aktenordner am Schalter erschien. Nachdem die beiden Männer ein paar Worte gewechselt haten, beugte Visser sich über die Theke und mischte sich ein.

»Wie geht es dir, Marcel?« Lanier hob den Blick von seinen Akten und nickte mit fragender Miene. »Ich warte hier auf Dash Logan und pass auf ihn auf«, antwortete Visser. »Wie läuft's im Mordgeschäft?«

»Zurzeit nicht so gut. Glitsky hatte einen Herzinfarkt. Hast du schon davon gehört?«

Visser plauderte noch eine Weile mit ihm, um bei McDougal und Bellew den Eindruck zu verstärken, dass er immer noch dazugehörte. Schließlich war er mit Keene befreundet, mit Lanier von der Mordkommission gut bekannt, der Name

Glitsky war ihm ein Begriff und außerdem stand er, was den Ärger mit der Abteilung für Management und Personalführung anging, auf ihrer Seite.

An der Theke war man inzwischen wieder mit Laniers Anliegen beschäftigt. Visser, der aufgestanden war, wandte sich an Bellew. »Ist die Kiste mit den Knarren noch da?«, erkundigte er sich.

»Die bleibt uns wohl erhalten«, erwiderte Bellew.

»Hast du was dagegen, wenn ich mal reinschaue?« Er drehte sich zu McDougal um. »Gary?« Er zeigte mit dem Finger. »Die Waffen? Okay?«

McDougal winkte ihn zur Tür hinüber. »Klar.«

Kein Problem also.

Die Waffenkammer war wie das Büro mit deckenhohen Regalen möbliert, in denen sich gelbe Umschläge stapelten. Jeder von ihnen trug ein Aktenzeichen mit schwarzem Markierstift und enthielt eine Waffe. Dazu noch zwischen vier- und fünfhundert Aktenschubladen mit jeweils mindestens vierzig Pistolen darin. Einige der Schubladen standen einen Spalt weit offen. Wie Visser vermutete, waren sie so mit Schießeisen vollgestopft, dass sie nicht mehr richtig schlossen.

An der Wand hinter Bellews Schreibtisch stapelten sich Flinten und Maschinengewehre zu einem einsturzgefährdeten Haufen. Ein weiterer Karton mit Gewehren stand offen auf Bellews Schreibtisch. Unter dem Tisch auf dem Boden befand sich eine ebenfalls offene Holzkiste, halb voll mit verschiedenen beschlagnahmten Pistolen – natürlich ungeladen, aber völlig funktionstüchtig –, die man keinem Fall zuordnen konnte. Die Beamten hatten sie auf der Straße, in Hecken, in Mülltonnen, Containern oder in Drogenhäusern gefunden, deren Bewohner sich durch die Hintertür aus dem Staub gemacht hatten. Und wenn die Polizei erst einmal eine Waffe in die Finger bekam, hatte sie nur wenig Lust, sie wieder in Umlauf zu bringen. Die Pistolen wurden eingeschmolzen und zu Kanaldeckeln verarbeitet, damit man sie endlich los war.

Seit Visser vor über zwanzig Jahren in den Polizeidienst getreten war, stand dieses ›Kanonenlager‹ nun schon am selben

Platz unter dem Schreibtisch in der Asservatenkammer. Vermutlich war es bereits vorher dagewesen. Wenn eine Waffe abgegeben wurde, trug man ihre Seriennummer ins ›Buch‹ ein, eine Akte, die nun seit fast fünfundsiebzig Jahren geführt wurde. Am Letzten jeden Monats wurden die Seriennummern dann in den Computer eingegeben; die Waffen landeten im Shredder und wurden vernichtet.

Heute, am 9. Februar, enthielt die Kiste nach Vissers Schätzung etwa vierzig Pistolen – alles von kleinen Derringers, Kaliber .22 oder .25, bis hin zu Uzi-ähnlichen Repetierpistolen, mit Klebeband geflickten Billigmodellen und funkelnagelneuen Achtunddreißigern von Glock. Visser wusste, dass die Kiste wie immer am Ende des Monats überquellen würde, sodass die Waffen herausfielen und klappernd auf dem Kachelboden landeten. Waffen, Waffen, Waffen.

Bellew freute sich über seine Gesellschaft, eine willkommene Ablenkung von der Langeweile, zu der man ihn verdonnert hatte. Er und Visser fühlten sich wie Kinder in einem Süßwarenladen. Sie nahmen eine Pistole nach der anderen zur Hand, betätigten ein paar Mal den Abzug, überprüften die Schlösser, klappten die Trommeln aus den Revolvern und die Magazine aus den Automatikwaffen und erzählten sich hin und wieder eine Anekdote.

Sie amüsierten sich so großartig, dass die Zeit verging wie im Fluge. Plötzlich stand McDougal vor ihnen am Tisch und meldete, Logan und Keene seien bereit zum Aufbruch.

»Eugene!«, rief Logan. »Wir gehen.« McDougal, der neben Visser stand, nahm willkürlich einen Revolver vom Tisch, ließ die Trommel herumwirbeln, zielte auf das Poster mit der Aufschrift ›Sicherheit leicht gemacht‹, das an der Wand hing, drückte ab und grinste, als es klickte.

»Die Dinger haben was«, meinte er.

»Ich habe fast ein schlechtes Gewissen.« Visser saß in Logans Z3 und schnallte sich an. »Ständig sage ich mir, dass es doch nicht jedes Mal so glatt gehen kann.«

Der Anwalt sah ihn an. »Bitte, Eugene. Die Bullen haben dich rausgeschmissen. Schon vergessen? Du warst ihnen nicht gut genug.«

»Ich weiß. Aber trotzdem. An sämtlichen Türen des Justizgebäudes gibt es Metalldetektoren, damit man keine Knarre einschmuggeln kann. Aber beim Rausgehen spielt es keine Rolle, ob man bis an die Zähne bewaffnet ist. Die denken offenbar nicht richtig mit.«

Dash Logans Wagen geriet fast ins Schleudern, als er den Parkplatz verließ und sich in den Verkehr einfädelte. Da es bei weitem kein Kabrio-Wetter war, hatte der Anwalt das Verdeck geschlossen. Offenbar meldete sich sein Schnupfen wieder, aber er war bester Stimmung. »Ich verrate dir ein kleines, gut gehütetes Geheimnis, Eugene. Man kann auch mit einer Waffe reinspazieren.«

»Wie soll das funktionieren?«

Keine Antwort. Dash wechselte die Spur und beschleunigte auf fünfundsiebzig Sachen. Er überholte zwei Wagen, überfuhr eine rote Ampel und kehrte auf die ursprüngliche Fahrspur zurück. Dann hielt er sich mit Daumen und Zeigefinger die Nase zu und schniefte. »Wie, glaubst du, sind all die Waffen in der Asservatenkammer ins Justizgebäude gekommen?«

»Das sind Beweisstücke. Ich habe damals selbst ein paar abgeliefert.«

»Richtig. Und woran erkennt man ein Beweisstück?« Dash gab ihm Zeit zum Überlegen.

Es dauerte nicht lang. »Am Etikett.«

»Richtig. An einem kleinen Stück Papier, auf dem ›Beweisstück‹ steht. Falls man also eine Bazooka ins Justizgebäude bringen will, hängt man ein Etikett dran, marschiert durch den Metalldetektor und wünscht dem Wachmann einen schönen Tag. Wenn wir nicht zu den Guten gehören würden, würde ich sagen, dass das ziemlich ungerecht ist. Hoppla!« Unvermittelt trat er heftig auf die Bremse und parkte am Straßenrand ein. »Wir sind ja schon beim Jupiter.« Er grinste seinen Passagier an. »Ich bin eben von der schnellen Truppe.«

Gabe Torrey legte den Hörer auf und begann sofort, Sharron Pratts Durchwahlnummer einzutippen. Dann jedoch kam er zu dem Schluss, dass eine derart wichtige Sache eines persönlichen Besuchs bedurfte. Eine halbe Minute später stand er in ihrem Vorzimmer. Madeleine, Pratts Sekretärin, ließ ihn ohne Widerspruch vor.

Die Bezirksstaatsanwältin von San Francisco saß an der Arbeit; selbst Sharron Pratts Feinde mussten zugeben, dass sie außergewöhnlich fleißig war. Sie klagten lediglich darüber, dass ihre Bemühungen häufig nicht zu einem greifbaren Ergebnis führten. Doch dass sie viele Stunden am Schreibtisch verbrachte, konnte niemand leugnen.

Nun saß sie am Computer neben ihrem Schreibtisch. Ihre Finger flogen über die Tastatur. Als sie hörte, wie die Tür aufging, hob sie den Kopf. Kurz sah Torrey einen unwilligen Ausdruck über ihr Gesicht huschen, der jedoch rasch wieder verflog. Sie hasste Störungen, machte bei ihm jedoch eine Ausnahme.

Er schloss die Tür. »Interessante Neuigkeiten«, verkündete er.

»Ich verabscheue das Wort ›interessant‹.« Aufseufzend schob Pratt ihren Stuhl zurück. »Du könntest genauso gut ›schlecht‹ sagen. Oder würdest du dir einen Film ansehen, den jemand als ›interessant‹ bezeichnet hat? Ganz bestimmt nicht. Und falls du es doch tust, kannst du sicher sein, dass er miserabel ist.«

Torrey ließ ihre Tirade über sich ergehen. »Störe ich dich?«, fragte er freundlich.

»Eigentlich nicht. Ich versuche nur gerade, einen Artikel für die Anwaltszeitschrift zu schreiben.«

Sie hatten am Wochenende darüber gesprochen. Die Zeitschrift hatte Bezirksstaatsanwälte aus dem ganzen Bundesstaat aufgefordert, einen Beitrag dazu zu verfassen, wie man mit Verbrechen umgehen sollte, bei denen es keine Opfer gab. Prostitution und Drogenmissbrauch zum Beispiel. Sharron vertrat die Haltung, dass man in diesen Fällen keine Anklage erheben sollte. Und da sie für diese Einstellung in den Anwaltskreisen von Kalifornien berüchtigt war, hatte Torrey sie eigentlich gebeten, einen ihrer Assistenten mit dem Schreiben des Artikels zu beauftragen. Und er hatte angenommen, dass es ihm gelungen war, sie zu überzeugen. »Also schreibst du ihn doch selbst.«

Sie sah keinen Anlass für Erklärungen. Schließlich hatte sie eine Entscheidung gefällt und sie war absolut im Recht. »Ich hab dir doch gesagt, es ist besser, ich mache es selbst, als …«

Er beendete ihren Satz: »… jemand, der sich vielleicht nicht so gut ausdrücken kann.«

»Genau. Letztlich bliebe die Sache sowieso an mir hängen. Und wenn mein Name drübersteht …«

Torrey unterbrach sie mit einer Handbewegung. »Ich weiß. Wir haben das schon einmal durchgekaut. Du vergeudest mit diesem Kleinkram deine Zeit. Dazu hat man schließlich Assistenten.«

»Miserable Entwürfe zu korrigieren ist genauso Zeitverschwendung, Gabe.«

»Dann besorg dir jemanden, der schreiben kann.«

»Ich kann schreiben«, zischte sie. »Ich weiß, was ich sagen will, und ich kann es gut formulieren.«

Da er ohnehin keine Chance hatte, nickte er schicksalsergeben. »Offenbar können wir uns in dem Punkt nicht einigen.«

»Okay«, brummte sie. Sie streckte sich in ihrem Sessel, legte die Hände auf den Rücken und drehte den Hals erst nach rechts und dann nach links. »Mein Kreuz bringt mich noch um«, stöhnte sie.

Das war kein guter Anfang für ein Gespräch, das sich als sehr wichtig und möglicherweise kontrovers entpuppen konnte. Torrey überlegte, ob er ihren mürrischen Ton als Omen sehen und sich wieder verdrücken sollte, damit sie weiter an ihrem verdammten Artikel feilen konnte.

Vielleicht war es besser, es heute Abend anzusprechen, wenn sie nach einem oder zwei Drinks in versöhnlicherer Stimmung war. Aber bevor er Gelegenheit hatte, etwas zu sagen, meinte sie: »Und um was für eine interessante Neuigkeit geht es?« Sie war aufgestanden und rieb sich immer noch den Rücken.

Torrey blieb nichs anderes übrig. Er zwang sich, einen sachlichen Ton anzuschlagen, und erwiderte knapp: »Dismas Hardy hat mich vor zehn Minuten angerufen. Er will eine Abmachung treffen.«

Pratts Hände hielten mitten in der Bewegung inne. »Das ist wirklich interessant«, stellte sie fest. »Was verlangt er denn?«

»Mord ohne Vorsatz.«

»Mord ohne Vorsatz?« Pratt war offenbar erstaunt. Ungläubig schüttelte sie den Kopf. »Er will einen Mord mit strafverschärfenden Umständen auf Mord ohne Vorsatz mindern? Der Mann hat wirklich eine blühende Fantasie. Was hast du ihm geantwortet?«

»Dass ich zuerst mit dir reden muss.«

Pratt fixierte ihn mit einem kühlen Blick. »Ich fühle mich geschmeichelt. Aber was hast du ihm wirklich gesagt?«

»Genau das.« Torrey zog sich einen Stuhl heran und setzte sich. »Ich habe ihm erklärt, dass es nicht so einfach werden wird, weil du diesen Fall schließlich zum Thema in deinem Wahlkampf gemacht hast.«

Sie runzelte die Stirn und rieb sich wieder den Rücken. Unwillig verzog sie das Gesicht. »Nein, es ist ganz einfach«, meinte sie. »Es kommt nämlich nicht in Frage.«

Eigentlich hatte Torrey Hardy erwidert, man müsse zwar noch die Einzelheiten klären, doch er hielte eine Minderung der Anklage im Großen und Ganzen für einen umsetzbaren Vorschlag. Natürlich erst nach der Wahl. Hardy konnte noch ein paar Monate Vertagung beantragen und eine Abmachung mit der Staatsanwaltschaft treffen, wenn erst einmal Gras über die Sache gewachsen war. Schließlich war die Staatsanwaltschaft unter Pratt dafür berüchtigt, dass ihr ein Schuldhandel lieber war als ein Prozess, weshalb in San Francisco weitaus weniger Straftäter verurteilt wurden als im restlichen Kalifornien. Torrey sah keinen Grund, diese Vorgehensweise wegen des Wahlkampfes zu ändern.

Deshalb traf ihn Pratts Weigerung wie ein Schlag in die Magengrube. »Was kommt nicht in Frage?«

»Eine Abmachung. Schließlich habe ich öffentlich verkündet, dass ich in diesem Fall die Todesstrafe beantrage.« Sie ging um den Schreibtisch herum und lehnte sich daran. »Ich fasse es nicht, dass ich dir das überhaupt noch erklären muss. Es gibt kein Zurück mehr. Hoffentlich verstehst du das.«

»Aber ...«

Sie ging mit ihrem Gesicht ganz nah an Torreys heran. »Gabe, ausgerechnet du. Immerhin war es deine Idee. Ich erwarte jeden Tag, dass unsere Freunde beim *Democrat*« – eine kleine, alternative Zeitung, die Pratt unterstützte – »anfangen, für mich die Werbetrommel zu rühren. Zugegeben, viele Leute lehnen die Todesstrafe ab. Doch ich bin sicher, dass sie diesen Typen noch mehr verabscheuen. Und das, was er verbrochen hat.«

»Schön und gut, Sharron, nur dass das nach der Wahl keine Rolle mehr spielt. Die Öffentlichkeit wird den Fall vergessen.« Er sah es als seine Pflicht an, sie zu überzeugen. Wenn sie zuließ, dass Cole sich eines minder schweren Verbrechens für schuldig bekannte, war die Angelegenheit ausgestanden. Der Ausgang eines Gerichtsverfahrens – selbst wenn die Sache so eindeutig war wie hier – war jedoch stets ungewiss. Das lag eben in der Natur der Sache. Alles war möglich. Er stand auf, ging ein paar Schritte, blieb stehen und sah sie an. »Wir dürfen Hardy nicht vergessen. Was ist, wenn er sich mit vorsätzlichem Mord mit strafverschärfenden Umständen und lebenslänglich ohne Bewährung einverstanden erklärt?«

Die Staatsanwältin blieb beharrlich. »Wir beantragen trotzdem die Todesstrafe.«

»Sharron.« Er legte ihr die Hände auf die Schultern. »Hör mich an. Du kannst die Todesstrafe nicht beantragen, wenn er sich schuldig bekennt und seine Tat bedauert. Dann wird man dich als blutrünstig ansehen. Falls es nach einem Prozess dazu kommt, in Ordnung. Wenn der Junge verstockt bleibt und nicht bereut, auch in Ordnung. Ansonsten ...« Er beendete den Satz nicht.

Sharron Pratt ging zum Fenster, zog die Jalousien auseinander und blickte hinunter auf die Straße. So blieb sie eine Weile stehen. »Ich will einen Prozess, Gabe. Die Beweise sind wasserdicht. Wir haben alle Trümpfe in der Hand. Der Junge ist der Täter und die Öffentlichkeit mag ihn nicht. Wenn wir ihn zur Strecke bringen, werden wir die Leute auf unserer Seite haben. Selbst wenn wir die Todesstrafe nicht durchsetzen, was wir wahrscheinlich nicht schaffen, kriegt er immer noch lebenslänglich ohne Bewährung. Dann werden alle wissen, dass wir hart durchgreifen können. Du hattest den richtigen Instinkt.«

Er stand aufrecht da und nickte, als sei er tief in Gedanken. »Gut«, sagte er.

Wieder spähte sie eine Ewigkeit aus dem Fenster. Sie presste die Lippen zusammen, ließ einen eisigen Blick durchs Zimmer schweifen und sah dann ihren obersten Stellvertreter an. Ihre Stimme klang zwar heiser, aber gefasst. »Hardy, dieser Dreckskerl, hat diese Behörde in Misskredit gebracht und mich persönlich beschuldigt, ich würde aus politischen Gründen ein Menschenleben opfern. Keine Abmachung.«

Torrey zwang sich, sich nichts anmerken zu lassen. Er kannte diesen Blick. Es war zwecklos, ihr zu widersprechen. Wieder wanderten ihre Augen zum Fenster. Der Nachmittagshimmel war bleigrau. Nachdem Torrey sie eine Weile beobachtet hatte, deutete er eine Verbeugung an und machte auf dem Absatz kehrt.

Das Anwaltszimmer im Gefängnis war um einiges gemütlicher als der Besucherraum, wo Cole sich – rechts und links flankiert von anderen Häftlingen – nur durch eine Glasscheibe mit seiner Mutter verständigen konnte. Das dreieinhalb mal vier Meter große Zimmer war zwar nicht gerade geräumig, doch der Platz reichte für einen Tisch und zwei Stühle. Man konnte sogar hin und her gehen. Die hintere Wand bestand aus Glasbausteinen, was den Raum heller wirken ließ. Allerdings vermutete Hardy, dass es sich um eine optische Täuschung handelte – wahrscheinlich lag es eher an den grellen Neonröhren an der Decke.

Cole, der einen orangefarbenen Overall trug, saß ihm gegenüber. Seine Miene war besorgt. Er runzelte die Stirn. Doch sein Blick war klar. »Aber ich habe sie nicht umgebracht.«

Hardy erklärte ihm dasselbe, was er zuvor Jody gesagt hatte – die Schwierigkeit, einen Freispruch zu erwirken, das ernste Problem der angeblichen strafverschärfenden Umstände, die belastenden Indizien und sein Geständnis.

Der Mandant hörte ruhig zu, bis er zu Ende geredet hatte. Dann schüttelte er den Kopf. »Nein«, protestierte er. »Ich habe sie nicht getötet. Ich bekenne mich nicht schuldig.«

Also begann Hardy noch einmal von vorne. Anfangs blieb seine Stimme ruhig, doch irgendwann riss ihm der Geduldsfaden und er wurde lauter. Er lief im Zimmer hin und her, hieb ein paar Mal mit der Faust auf den Tisch und hätte fast einen Stuhl geworfen. Wenn es etwas genutzt hätte, hätte er sogar ein Rad geschlagen.

»Tut mir Leid«, erwiderte Cole, als er fertig war. »Wenn Sie mich nicht vertreten wollen, besorge ich mir eben einen Pflichtverteidiger. Aber ich bekenne mich nicht schuldig. Ich war es nicht.«

Und dazu gab es nichts mehr zu sagen.

Die Ereignisse des Tages hatten Hardy erschöpft. Er versuchte sich einzureden, dass sein Biorhythmus jetzt, am frühen Abend, an einem Tiefpunkt angelangt war. Wenn Torrey eintraf, würde sein Adrenalinspiegel schon wieder steigen, so wie heute Morgen bei Rich McNeil, bei Glitsky im Krankenhaus, einige Male während des zermürbenden Gesprächs mit Jody Burgess und vor ein paar Stunden mit Cole.

Und auch bei den drei Malen, bei denen er Dash Logan zunehmend knappere Nachrichten hinterließ, er solle sich doch bitte melden, wenn sein voller Terminkalender es zuließe.

Er schlug die Hand vor Augen. Hatten sich all diese Katastrophen wirklich an einem einzigen Tag abgespielt? War überhaupt noch Adrenalin vorhanden?

Hardy konnte nicht sagen, was ihn am meisten mitgenommen hatte, eins war schlimmer gewesen als das andere. Gut, einen Moment lang hatte er so etwas wie Erleichterung empfunden, als ihm klar geworden war, dass Glitsky offenbar nicht im Sterben lag. Und er hatte sich einen winzigen Funken

Hoffnung gestattet, als Jody Burgess endlich begriff, warum er für ihren Sohn einen Schuldhandel abschließen musste.

Doch diese Hoffnung war rasch wieder verflogen.

Das waren die Höhepunkte.

Schon lange hatte er keinen so grässlichen Tag mehr erlebt. Und nun ließ er sich von Gabriel Torrey herumschubsen. Er saß vor dem gewaltigen Schreibtisch des Staatsanwalts in eben jenem Zimmer, in dem er sich in seinen Tagen bei der Staatsanwaltschaft – irgendwann während des Bürgerkriegs also – so wohl gefühlt hatte. Um etwa diese Zeit war er abends meistens hereingekommen und hatte mit seinen Kollegen und Bundesgenossen zusammengesessen, mit ihnen gefachsimpelt oder Strategien im Umgang mit seinem alten Mentor Art Drysdale geplant.

In der guten alten Zeit.

Doch die war ein für alle mal vorbei.

Nach dem Gespräch mit Jody hatte er sich siegessicher gefühlt. Wenn er sie überzeugen konnte, würde es auch mit anderen Leuten klappen. Er würde sich galant aus der Affäre ziehen, für Cole einen Schuldhandel abschließen, ihn im Gefängnis in einem Therapieprogramm unterbringen, für seine Bemühungen ein ordentliches Honorar kassieren und weiterziehen. Mit so einem Fall hatte man vor Gericht ohnehin keine Chance. Also hatte er Torrey angerufen und einen Termin vereinbart, ohne sich zuvor mit seinem Mandanten zu besprechen. Ein schwerer Fehler.

Und nun befand er sich auf dem Territorium des Staatsanwalts, noch dazu unter völlig anderen Bedingungen als beabsichtigt.

Eine Seitentür öffnete sich und der Mann persönlich kam herein, sachlich, ja, sogar freundlich. »Diz«, sagte er und hielt Hardy die Hand hin. »Zuerst möchte ich mich für den Zwischenfall letztens bei Gericht entschuldigen.« Ein zerknirschtes Lächeln. »Ich gehe nun mal leicht in die Luft und wollte für meine Vorgesetzte in die Bresche springen. Tut mir Leid.«

Hardy stand auf und schüttelte dem Staatsanwalt die Hand. »So was passiert eben. Ich bin selbst ein bisschen emotional geworden.«

Manchmal – zum Beispiel in diesem Augenblick – ärgerte er sich über sich selbst, weil er seiner spontanen Neigung nachgab, nett zu sein und sich an gesellschaftliche Konventionen zu halten. Er konnte sich nicht erinnern, diesen Wesenszug in seiner Jugend an sich beobachtet zu haben. Inzwischen jedoch wurde er nur noch unhöflich, wenn er damit ein Ziel verfolgte. Er war nicht sicher, ob das im Vergleich zu früher eine Verbesserung darstellte.

Doch er erwiderte den festen Händedruck und nahm Platz, während der Staatsanwalt seinen riesigen Schreibtisch umrundete und sich ebenfalls setzte. »Also«, kam Torrey sofort auf den Punkt. »Nach unserem Telefonat habe ich mit Sharron gesprochen.«

»Nun, was das angeht …« Hardy wollte seine Zeit nicht mehr damit verschwenden. Cole lehnte einen Schuldhandel ab. Daran gab es nichts zu rütteln. Wenn Torrey bei seinem Anruf nicht so hilfsbereit, ja, regelrecht begeistert geklungen hätte, er hätte wahrscheinlich telefonisch abgesagt. Nun jedoch hatte er das Gefühl, ihm eine persönliche Erklärung schuldig zu sein.

Doch bevor er etwas sagen konnte, fuhr Torrey schon fort: »Ich fürchte, sie ist mit einer Abmachung nicht einverstanden.«

Das hörte sich ganz anders an als vorhin, als Torrey ihm versichert hatte, man könne bestimmt eine Lösung finden. Hardy fragte sich, was in der Zwischenzeit wohl geschehen war, um diesen Stimmungswandel zu bewirken. Er neigte den Kopf zur Seite. »Absolut nicht?«

Torrey schüttelte den Kopf.

»Nicht einmal lebenslänglich ohne Bewährung?«

Keine Antwort.

»Und das von einer Bezirksstaatsanwältin, die noch nie lebenslänglich ohne Bewährung, geschweige denn die Todesstrafe beantragt hat?«

»Korrekt.«

Hardy kratzte sich mit dem Finger am Kinn. »Das ist ziemlich hart.« Selbstverständlich spielte das Angebot inzwischen keine Rolle mehr, da Cole sich ohnehin weigerte, sich schuldig zu bekennen. Dennoch spürte Hardy, wie sein Blut in Wallung geriet. »Haben Sie mich herbestellt, um mich auf den Arm zu nehmen? Was soll ich jetzt meinem Mandanten sagen?«

Schicksalsergeben breitete Torrey die Hände aus. Er erinnerte Hardy an William H. Macy als schmieriger Autohändler in *Fargo*. »Sharron ist dieser Fall sehr wichtig. Sie sagt, es sei eine Prinzipienfrage.«

Hardy kam allmählich die Galle hoch. Sein Puls pochte ihm in den Ohren. Er wusste, dass seine Fähigkeit, höflich zu bleiben, auf eine harte Probe gestellt werden würde, wenn er hier vor dem Schreibtisch, diesem Lügner gegenüber, sitzen blieb. Und vermutlich würde er die Prüfung nicht bestehen.

Er glaubte, heute keiner weiteren Auseinandersetzung mehr gewachsen zu sein.

Die Gründe für Pratts Weigerung waren ihm sonnenklar, obwohl es inzwischen eigentlich völlig gleichgültig war. Wie er beim Aufstehen feststellte, hatte er die Armlehnen des Stuhls so fest umklammert, dass seine Fingerknöchel ganz weiß waren. »Tja«, meinte er, »wenn es natürlich eine Prinzipienfrage ist ...«

20

Glitsky war sicher, dass das Krankenhaus die Betten in der Intensivstation so schnell wie möglich wieder freibekommen wollte – nur für den Fall, dass ein wirklich Schwerkranker eingeliefert wurde.

Und da er nun seit etwa anderthalb Tagen keinen neuen Herzinfarkt erlitten hatte, war er nach Auffassung der Ärzte offenbar über dem Berg, obwohl er selbst stark daran zweifelte. Kurz vor fünf hatte man ihn in ein Doppelzimmer verlegt. Nun erörterte er seine Bedenken mit seinem neuen Zimmergenossen Roy, einem älteren Herrn, der sich gerade von einer Lungenentzündung erholte. Glitsky wollte zwar nicht undankbar sein, fand aber, dass er eigentlich noch an einen Monitor gehörte.

Roy kicherte trocken. »Beim letzten Mal – ich habe chronische Atembeschwerden«, erklärte er und klopfte sich auf die Brust. »Probleme mit der Lunge, deshalb bin ich zurzeit ständig hier. Aber beim letzten Mal bin ich zu Hause umgekippt, ich habe es gerade noch geschafft, den Notarzt anzurufen. Der Krankenwagen hat eine Weile gebraucht, und als man mich in die Notaufnahme brachte, war ich schon klinisch tot. So richtig gestorben.«

»Gestorben?«

»Korrekt. Also haben sie mich wieder belebt, bis ich atmete, und mir eine neue Sauerstoffflasche verpasst. Ich habe meinen Bruder angerufen, um ihm zu sagen, wo ich bin. Und als er hier ankam, sagten sie, ich könnte ruhig nach Hause gehen. Nach Hause! Vor einer Stunde war ich noch klinisch tot und die schicken mich nach Hause. Ich frage mich, was das soll.«

Das alles war neu für Abe, aber allmählich verstand er. Man konnte nur noch den Kopf schütteln. »Kosteneinsparung im Gesundheitswesen wahrscheinlich.«

Roy schüttelte ebenfalls den Kopf. »Aber mein Bruder hat das verhindert. Er hat einen Riesentanz aufgeführt und gemeint, dass ich doch jederzeit wieder zu atmen aufhören könnte wie gerade eben. Schließlich haben sie mich doch über Nacht bleiben lassen.«

»Nur eine Nacht?«

Ein Achselzucken. »Na, ich hab's überlebt. Ich bin niemandem böse, denn was würde das bringen. Das interessiert sowieso keinen. Und mein Arzt kommt rein und sagt: ›Sehen Sie?‹ Ich hätte also doch nach Hause gekonnt.«

»Wie nett von ihm.«

»Ein reizender Typ«, stimmte Roy ihm zu. »Sicher glaubt er, dass ein bisschen schlechtes Gewissen nie schaden kann. Vielleicht werde ich nächstens, wenn sie mich tot einliefern, nicht so strikt auf ein Bett bestehen.«

»Und Sie waren wirklich klinisch tot?«

»Ja, das habe ich in meiner Krankenakte gelesen. Einlieferung 14:19. Klinisch tot. Es macht mir Spaß, den Leuten zu erzählen, dass ich schon mal tot war.« Er grinste. »Jetzt bin ich wieder auferstanden und ich muss zu meiner Enttäuschung feststellen, dass es auch nicht viel anders ist als beim letzten Mal.«

Sie schwiegen eine Weile, während Glitsky in seinem Bett herumrutschte und sich aufrichtete. »Darf ich Sie was fragen, Roy?«

»Schießen Sie los.«

»Haben Sie ein weißes Licht oder etwas Ähnliches gesehen, als Sie tot waren?«

Roy überlegte. »Wissen Sie, das kann ich nicht behaupten. Ich habe den Notarzt angerufen und im nächsten Moment lag ich schon in der Notaufnahme, hatte einen Schlauch im Hals und jemand drückte auf meiner Brust herum. Was ist mit Ihnen?«

»Nein. Ich war nicht tot. Herzinfarkt«, erklärte Glitsky. »Und gesehen habe ich auch nichts.«

»Meine Frau ist an einem Herzinfarkt gestorben«, meinte Roy. »Sie haben sie von Kopf bis Fuß untersucht und behauptet, es wäre kein schwerer gewesen. Alles sei in Ordnung. In einer Woche solle sie noch mal zur Nachuntersuchung ins Krankenhaus kommen. Außerdem sollte sie mit dem Rauchen aufhören, ein bisschen abnehmen und ihr Leben ändern. Doch dazu hatte sie keine Gelegenheit mehr, denn sie ist gestorben, etwa zwei Stunden, nachdem sie wieder zu Hause war.«

»Das tut mir Leid«, sagte Abe.

»Tja.« Roy zuckte die Achseln. »Kosteneinsparung im Gesundheitswesen.«

Glitsky hatte Isaac, seinen ältesten Sohn, in den Weihnachtsferien nicht gesehen. In der ersten Woche war er mit einigen seiner Freunde nach Mammoth zum Skilaufen gefahren. Den Rest der Zeit, bevor das Studium wieder anfing, verbrachten sie im Grand Canyon. Er hatte Abe versprochen, ihn in den Frühjahrsferien zu besuchen, aber dann planten seine Freunde eine Fahrt nach Chico State, ein College in den nördlichen Hügelausläufern von Kalifornien, wo angeblich eine ganze Woche lang der Bär los war. Ein Fort Lauderdale an der Westküste. Nackte Bienen, laute Musik! Discos, Prügeleien und nächtelange Orgien. Vandalismus, Bambule und Ströme von Bier!

Isaacs Alternative hätte darin bestanden, die Ferien im nebeligen San Francisco in seinem Elternhaus vor dem Fernseher abzusitzen, während sein Vater zur Arbeit ging.

Eine schwere Entscheidung also.

Doch nun war alles anders gekommen als geplant. Die Tür öffnete sich und er betrat Abes Krankenzimmer. Er schien gewachsen zu sein, doch diesen Eindruck hatte Abe nach einer langen Trennung immer. Außerdem hatte er sich den Kopf rasiert. Abe erschrak zunächst, fand aber dann, dass er so beeindruckend und ausgesprochen gut aussah. Sein Gesicht erinnerte sehr an das seiner Mutter, allerdings nicht in der Hautfarbe. Isaac war ein wenig dunkler als Abe und die anderen Jungen. Plötzlich stiegen Abe die Tränen in die Augen und er platzte heraus: »Ach, mein wunderschöner Sohn.«

Isaac hatte die Bemerkung entweder nicht gehört oder beschlossen, nicht darauf einzugehen. Ein Lächeln stand auf seinem ebenmäßigen Gesicht, er wirkte sehr besorgt und äußerst erwachsen. An seinem einen Ohr glitzerte ein winziger goldener Davidsstern. Sein schwarzes ärmelloses T-Shirt verriet, dass er viel trainierte. Der Anblick ging Abe ans Herz und er war überglücklich und erleichtert. Er und Flo hatten einen intelligenten, zivilisierten und wundervollen Menschen großgezogen. Auch wenn Isaac sich noch weiterentwickeln würde, war er eindeutig kein Kind mehr.

Nun beugte er sich über das Bett, legte den Kopf lange Zeit auf die Brust seines Vaters und drückte ihn fest an sich. Abe schlang den Arm um ihn und tätschelte ihn ein paar Mal. Dann umarmte er ihn kräftig. Isaac richtete sich auf und sah Glitsky ins Gesicht. »Was machst du denn für einen Mist?«, fragte er.

Als Hardy, Franny und die Kinder kurz vor acht eintrafen, war die Party schon in vollem Gange. Orel und Isaac saßen auf beiden Seiten von Abes Bett. Rita, die Haushälterin, die tagsüber auf Orel aufpasste, hatte am Kopfende Platz genommen, allzeit bereit, mehr Eiswürfel zu holen oder Abes Teetasse nachzufüllen. Nat, Roy und Roys Bruder Fred erörterten die Gründung einer Seniorenmannschaft, um am Stadtmarathon im Mai teilzunehmen.

Glitsky hatte sich aufgesetzt und den Plastikschlauch aus seiner Nase entfernt. Hardy hatte den Eindruck, dass er inzwischen bestimmt schon einmal aufgestanden war. Sein Haar glänzte, als habe er es gewaschen. Er war auch nicht mehr so aschfahl wie am Morgen. Er wirkte sehr erholt und unterhielt sich angeregt mit seinen Söhnen.

»Doktor Diz«, begrüßte er seinen Freund und meinte dann zu Frannie: »Und Mrs. Doktor Diz.«

Da Abes Kinder gelernt hatten, dass es sich gehörte aufzustehen, wenn eine Dame das Zimmer betrat, erhoben sie sich. Hätte Hardy nicht langjährige Erfahrung mit Glitsky gehabt, die dagegensprach, er hätte schwören können, dass sein Freund lächelte. »Und das müssen die lieben Kinder von Doktor und Mrs. Diz sein.«

»Onkel Abe!« Exaltiert wie immer stürmte Rebecca auf das Bett zu und schlang die Arme um ihn. »Ich habe mir solche Sorgen gemacht.«

»Das brauchst du nicht.« Er drückte ihr liebevoll den Arm. »Viele Leute haben einen Herzinfarkt.«

Orel schnaubte höhnisch. »Sehr witzig, Dad. Und so ermutigend.«

Ein finsterer Blick. Pass auf, Kleiner. »Ich meine, dass sie einen haben und wieder gesund werden.«

Frannie war hinter ihre Tochter getreten. »Ganz gesund, Rebecca.«

»Manchmal sogar gesünder als vorher«, ergänzte Isaac.

Hardy griff das Stichwort auf. »Das wäre in seinem Fall gar nicht so schwierig.«

Frannie sah über das Bett hinweg und schlug die Hand vor den Mund. »Oh, mein Gott, Isaac?«

»Hallo, Mrs. Hardy.« Nach Flos Tod hatten Abes Söhne einen Monat bei den Hardys gewohnt. Man war einander näher gekommen.

»Das ist cool, Isaac.« Der elfjährige Vincent, der Ruhigste in der Familie, machte endlich den Mund auf. »Darf ich mir auch den Kopf rasieren, Mama?«

»Wenn Onkel Abe das nächste Mal lächelt, Vin«, antwortete Hardy an ihrer Stelle.

»Er lächelt doch gerade.« Vincent wähnte sich siegessicher.

»Das zählt nicht. Heute Abend wird nicht mitgerechnet.«

»Dein Vater meint ein anderes Mal an einem anderen Tag.«

»Das ist unfair.«

»Warum?«, fragte Frannie.

»Weil Onkel Abe nie lächelt.«

»Manchmal schon«, erwiderte Hardy. »Und wenn er es tut, darfst du dir den Kopf rasieren. Versprochen.«

»Versprochen?«

»Erinnere mich dran, Vincent«, wandte Glitsky ein. »Dann gebe ich mir besondere Mühe.«

»Es muss ein echtes Lächeln sein«, sagte Hardy zu ihm. »Kein gekünsteltes Bullengrinsen, das eigentlich ausdrückt, dass du deinem Gegenüber gleich den Kopf abreißen wirst.«

»Du kannst nicht einfach die Spielregeln ändern«, widersprach Vincent. Es war eine ernsthafte Angelegenheit. »Du hast Lächeln gesagt, Dad, einfach nur Lächeln.«

»Manchmal lächelt er zu Hause.« Hardys Kinder vergötterten Orel. »Ich könnte dich anrufen und dir Bescheid geben, Vin.«

»Dieses Gespräch ist ja zum Weinen«, meinte Isaac. Doch offenbar amüsierte er sich glänzend. »Kaum ist man ein paar Jahre von zu Hause weg, sinkt der Diskurs auf so ein Niveau.«

»Diskurs?«, entgegnete Hardy. »Niveau? Wo hast du denn das her? Aus dem College?« Er drehte sich zum Bett um. »Abe, du musst mir auf die Sprünge helfen.«

Aber Glitsky schien plötzlich das Interesse an dem Gespräch verloren zu haben. Er blickte über Hardys Schulter hinweg. Seine Miene wirkte wieder wie eh und je. Sein Alltagsgesicht. Das Lächeln war spurlos verschwunden.

»Abe?«, wiederholte Hardy.

Auf einmal bemerkten auch die Übrigen, dass sich die Stimmung im Raum verändert hatte. Köpfe wandten sich. Es herrschte Totenstille.

Treya Ghent stand wie angewurzelt auf der Türschwelle. Sie hatte einen großen Strauß verschiedener Gewächshausblumen in der Hand – Gänseblümchen, Osterglocken, Nelken. Dicht hinter ihr scharrte ihre Tochter nervös mit den Füßen. »Entschuldigen Sie«, sagte Treya. »Ich wollte nicht stören, sondern nur ... Ich dachte ...«

Glitsky räusperte sich und alle schwiegen verlegen, bis Frannie sich umdrehte und Treya herzlich anlächelte. »Die sind aber schön«, meinte sie. »Abe liebt Blumen. Ich hätte auch welche mitbringen sollen.«

Treya hatte es sich ganz anders vorgestellt. Eigentlich war sie gar nicht auf den Gedanken gekommen, dass Glitsky eine Familie, Freunde und ein Privatleben hatte. Da er seine Vaterpflichten gegenüber Elaine stets vernachlässigt hatte, hatte sie vermutet, dass es ihm im Blut lag. Bis zu seinem Zusammenbruch am vergangenen Vormittag hatte sie nicht im Traum daran gedacht, dass er mehr war als nur ein Polizist.

Nun sah sie seinen Vater vor sich, ausgerechnet einen alten Juden mit Jarmulke. Zwei gut erzogene, hübsche Söhne. Diesen grässlichen Anwalt Hardy – den Mann, der Elaines Mörder verteidigte und den sie von der Anhörung kannte – mit seiner reizenden Frau und den niedlichen Kindern.

Unbemerkt hatte sie das Gespräch belauscht, in dem einer der Jungen sich den Kopf rasieren wollte. Und sie hatte bemerkt, wie liebevoll und freundlich alle miteinander umgingen. Das hatte sie überhaupt nicht erwartet. Der harte und herzlose Lieutenant Glitsky war Onkel Abe?

Ganz normale Menschen.

Und nun befand sie sich mitten unter ihnen und wurde Frannie, Dismas, Isaac und Nat vorgestellt. Eine Südamerikanerin namens Rita nahm die Blumen entgegen und begeisterte sich darüber. Raney und Orel musterten einander, versuchten aber, cool zu bleiben. Rasche Blicke.

»Wir haben eigentlich gar keine Zeit«, sagte Treya. »Ich wollte nur nach Ihnen sehen.« Sie hatte das Gefühl, weitersprechen zu müssen. »Wegen gestern, Lieutenant.«

»Es ist nicht Ihre Schuld«, erwiderte er.

Sie ging nicht darauf ein. »Ich dachte nicht …«

Glitsky unterbrach sie mit einer Handbewegung. »Bitte lassen Sie das, okay? Es ist nicht Ihre Schuld«, wiederholte er. Er wandte sich an Frannie. »Jemand muss Ms. Ghent erklären, dass es nicht an ihr lag.«

»Jawohl, Sir.« Frannie beschloss, das Spiel mitzumachen. »Es lag nicht an Ihnen«, sagte sie zu Treya und blickte sie an, damit sie sich nicht ausgeschlossen fühlte. Dann drehte sie sich wieder zu Glitsky um. »Worum geht es eigentlich?«

»Allmählich kann ich mir kaum noch vorstellen, dass es überhaupt passiert ist.« Frannies Mann, der aufbrausende Anwalt von Cole Burgess mit dem seltsamen Vornamen, versuchte auch, sie einzubeziehen. Von der Wut, die sie im Gerichtssaal an ihm beobachtet hatte, war nichts mehr zu sehen. Sein Tonfall war sachlich und ein wenig ironisch. »Abe tut so was hin und wieder, um im Mittelpunkt zu stehen. Sein Leben ist nämlich sehr traurig und einsam.«

»Wir alle bemitleiden ihn«, fügte Frannie hinzu.

Der kleine Vincent hatte den Scherz nicht verstanden. »Tun wir das? Ich nicht. Ich mag Onkel Abe.«

»Danke«, erwiderte Glitsky.

Frannie tätschelte Vincent den Kopf. »Das war nur ein Witz, Vin. Wir mögen ihn auch. Wir bemitleiden ihn nicht wirklich.«

»Ich schon«, widersprach der Anwalt grinsend. Er zauste seinem Sohn das Haar und zwinkerte ihm dabei zu.

Treya stellte fest, dass keiner der Anwesenden ihr die Schuld am Zusammenbruch des Lieutenants gab. Und überrascht stellte sie fest, dass es sich um sehr sympathische Leute handelte, die für sie in die Bresche sprangen und gleichzeitig für ihren Freund da waren.

Dann richtete Glitsky das Wort an sie. »Ich freue mich wirklich sehr über Ihren Besuch. Früher oder später wäre es sowieso passiert.«

Sie nahm ihm das keine Minute ab. »Nun«, meinte sie. »Es tut mir trotzdem Leid.«

Treya hatte nicht die geringste Chance, ihren Plan – sich entschuldigen, die Blumen abgeben und verschwinden – in die Tat umzusetzen. Doktor Campion erschien. Frannie Hardy nahm die Dinge in die Hand und schickte Nat und die beiden Teenager – Raney und Orel – mit den kleineren Kindern hinunter in den Krankenhausladen, um Eis zu kaufen. Und da Treyas Tochter nun mit den anderen Jugendlichen verschwunden war, hatte sie keine Wahl als zu bleiben, bis sie zurückkam.

Isaac schloss sich ihnen nicht an. Nachdem Campion sich verabschiedet hatte, scharten sie sich zu viert rings um das Bett. Treya und Frannie saßen auf den Stühlen. Frannies Mann, der Anwalt, und Abes Sohn standen. Da nun keine Menschenmassen mehr für Ablenkung sorgten, fühlte sich Treya mehr als zuvor wie eine Außenseiterin.

Schweigend hörte sie zu, wie die anderen über Glitskys Entlassung sprachen, die laut Aussage des Arztes am Donnerstag stattfinden sollte, obwohl alle meinten, dass das viel zu früh war. Doch der Lieutenant erklärte ihnen, dass das heutzutage so gehandhabt wurde. »Außerdem«, meinte er zu Hardy, »habe ich noch einiges zu tun, wenn du nächste Woche in die Anhörung willst.«

»Dad, du gehst auf keinen Fall gleich wieder zur Arbeit.«

»Nun ...«

»Opa hat gesagt, du bist sowieso suspendiert.«

Das war Treya neu. Was sollte das heißen? Seit wann? Und warum hatte er sie befragt, wenn das stimmte?

Er antwortete Isaac, er werde es locker angehen und sich nicht überanstrengen. Dann sagte er zu Hardy: »Also, Diz, hast du je mit deinem Mandanten über die Pistole gesprochen? Über den Informanten, von dem er sie angeblich hat?«

Hardy schlug sich auf die Stirn. »Ich hätte es getan, wenn ich nicht bereits hirntot wäre. Aber wir haben uns nur über die Abmachung mit der Staatsanwaltschaft unterhalten.«

Glitsky richtete sich auf. »Was ist damit?«

»Kein Schuldhandel«, entgegnete Hardy. »Es gibt einen Prozess.«

Die Narbe auf Glitskys Lippe verfärbte sich weiß und er beugte sich weit vor. »Warum tust du das?«

»Was meinst du mit ›warum‹?«, erwiderte Hardy.

»Ich glaube, wir sollten das jetzt nicht erörtern«, mischte sich Frannie ein. Sie stand auf, ihr Gesicht war hochrot. »Wirklich nicht.«

»Schon gut«, meinte Glitsky zu ihr. »Alles in Ordnung, Fran, kein Problem. Nur ein bisschen Fachgesimpel.«

»Es ist nicht in Ordnung.« Frannies Stimme klang hart. »Und ich kenne euch beide. Es ist mehr als ein bisschen Fachgesimpel.« Sie drehte sich zu ihrem Mann um. »Das kann warten, Dismas, okay? Genau das hat der Arzt vor fünf Minuten gemeint, als er sagte, Abe müsse Stress vermeiden.«

»Nein.« Glitsky versuchte, die Angelegenheit scherzhaft zu nehmen, für gewöhnlich nicht eben seine Stärke. »Er meinte körperlichen Stress, zum Beispiel, dass ich nicht schwer heben soll. Dieser Arbeitskram«, er wies auf Hardy, »ist nur Routine. Er perlt einfach von mir ab.«

»Das glaube ich nicht«, mischte sich Isaac ein.

Glitsky wandte sich an seinen Sohn. »Du warst lange weg, Ike. Inzwischen bin ich viel ruhiger geworden.«

»Dad, und wenn du fünfmal so ruhig wärst, würdest du immer noch zu den oberen zehn Prozent der Hektiker gehören.«

Treya musste darüber schmunzeln. Dann aber sah Glitsky sie an. »Ich würde gern mit Ihnen über Elaine sprechen. Bevor Sie gehen.«

Er warf Frannie einen Blick zu, als bitte er sie um Erlaubnis. Wieder senkte sich Schweigen über die Runde.

»Wer ist Elaine?«, fragte Isaac.

Hardy antwortete zu schnell, der scherzhafte Ton verflog. »Elaine Wager. Das Opfer in dem Fall, über den wir gesprochen haben.«

Die Stimmung hatte sich verändert. Alle bis auf Isaac wussten Bescheid. Schließlich sah Glitsky seinen Sohn an. »Mit dir muss ich auch über Elaine reden.«

»Was ist mit ihr? Ich kannte sie nicht.«

»Nein, aber …«

»Abe, ich weiß nicht, ob jetzt der richtige Zeitpunkt …«, fiel Frannie ihm ins Wort.

Er unterbrach sie mit einer Handbewegung. »Er hat ein Recht darauf, es zu erfahren.« Wieder wandte er sich an seinen Sohn. »Als ich etwa so alt war wie du, Ike, bin ich mit Loretta Wager gegangen.«

»Mit der Frau, die später Senatorin geworden ist? Mama hat mir erzählt, du hättest was mit ihr gehabt. Wir alle waren im Bilde darüber.«

»Ja, schon, aber offenbar habt ihr nicht geahnt, wie ernst unsere Beziehung war.« Er zögerte kurz und legte dann die Karten auf den Tisch. »Jedenfalls habe ich vor fünf oder sechs Jahren herausgefunden, dass sie von mir schwanger geworden war.«

»Und damals, als es passiert ist, wusstest du es nicht?«

»Sie hat es mir verschwiegen. Aus heiterem Himmel hat sie mir den Laufpass gegeben und Dana Wager geheiratet.«

»Aber das Kind war von dir?«

Er nickte. »Elaine. Ja.«

Isaac fuhr sich mit der Handfläche über den Schädel und blickte die anderen an. »Wow.« Doch da Isaac ein kluger junger Mann war, dämmerte ihm im nächsten Moment, was das bedeutete. Treya merkte ihm an, wie es in seinem Verstand arbeitete. »Aber …«

Er wurde von Schritten und schrillem Gelächter auf dem Gang unterbrochen. Dann brach Rebecca wie ein Wirbelwind durch die Tür, dicht gefolgt von ihrem Bruder. »Ich habe gewonnen! Ich habe gewonnen!«

Nach Treyas Ansicht lieferten der Anwalt und seine Frau ein ausgezeichnetes Beispiel dafür, was null Toleranz für unangemessenes Betragen bedeutete. Es war Balsam für ihre Seele, denn allmählich glaubte sie fast, einer aussterbenden Art anzugehören. Ohne zu zögern begannen die Hardys, ihre Kinder im Chor zu maßregeln. So etwas hatte Treya noch nie erlebt. »Rebecca, Vincent, Schluss damit!«

»Was macht ihr da? Habt Ihr vergessen, dass es hier Leute gibt, die schlafen wollen?«

»Das ist ein Krankenhaus, kapiert? Kranke Menschen.«

»Denkt mal nach! Benutzt euren Verstand! Und habt ein bisschen Respekt, in Ordnung?«

Nachdem sie beiden Kindern eine Gardinenpredigt gehalten und eine Entschuldigung abverlangt hatten, kehrten auch Nat, Rita und die Teenager zurück. Frannie stand neben dem Bett und küsste Glitsky auf die Wange. »Genug Aufregung für heute. Wir kommen morgen wieder, vielleicht ohne die Kinder.«

»Morgen ist unser Abend«, meinte Hardy. »Also ganz sicher ohne die Kinder.«

Auch Treya hatte sich erhoben. Raney war neben sie getreten und legte ihr liebevoll die Hand auf die Schulter. Die Besuchszeit war zwar noch nicht offiziell vorbei, doch alle verabschiedeten sich. Rita und Nat scheuchten Orel zu seinem Vater hinüber, damit er ihm gute Nacht sagte.

Isaac schien noch bleiben zu wollen. »Wann kann ich morgen frühestens wieder kommen?«, fragte er.

»Morgen dürfte es schwierig werden«, erwiderte Abe und sprach von EKGs und anderen Untersuchungen. »Aber danach jederzeit.« Er drehte sich um. »Ms. Ghent?«

»Treya bitte.«

»Gut, dann also Treya. Wegen Elaine. Wenn Sie ein bisschen Zeit haben …«

Sie nickte. »Ich sehe, was sich machen lässt.«

Glitsky konnte kaum fassen, dass Roy während dieses Tumults eingeschlafen war. Aber er hatte den Trennvorhang rund um sein Bett zugezogen und das Licht auf seiner Seite des Zimmers ausgeknipst. Noch aufschlussreicher war, dass der Fernseher, der den ganzen Tag leise vor sich hingedudelt hatte, nun nicht mehr lief. Wenn er ausgeschaltet war, schlief Roy ganz sicher.

Obwohl Glitsky überhaupt nicht müde war, dämpfte er das Licht, ließ das Kopfende seines Bettes ein Stück herunter und machte es sich bequem. Nat hatte ihm ein eigens gekauftes Buch von Patrick O'Brian mit dem Titel *Master and Commander* mitgebracht. Laut seinem Vater war es das erste aus einer Reihe von Seefahrerromanen, die Abe ganz sicher gefallen würden. Schließlich hatte er als junger Mann *Hornblower* bewundert. Nat fand dieses Buch sogar noch besser, aber Abe war skeptisch. Was konnte besser sein als *Hornblower*?

Das Geschenk vermittelte auch die subtile, hoffnungsvolle Botschaft, dass Abe noch Gelegenheit haben würde, weitere Bücher aus der inzwischen fast dreißig Jahre alten Reihe zu lesen. Dass Abe noch nie von diesen Romanen gehört hatte, bedrückte ihn ein wenig. Allerdings musste man Prioritäten setzen, und er war immer sehr beschäftigt gewesen. Lesen gehörte zwar zu den Dingen, die für ihn Wichtigkeit besaßen. Aber der Großteil seiner Lektüre in den vergangenen Jahren hatte ausschließlich dem Zweck gedient, seine Bildung zu mehren und sich weitere Fakten einzuprägen, die er verschlang wie die Erdnüsse aus seiner Schreibtischschublade. Wenn er einmal einen Roman las, dann meistens einen Krimi. Und mit wenigen Ausnahmen legte er das Buch nach der Hälfte weg, weil die Gesetzeshüter, die darin vorkamen, nur wenig oder gar keine Ähnlichkeit mit Menschen aus der wirklichen, von Polizisten und Mördern bevölkerten Welt hatten, in der er lebte.

Was sollte er also mit Büchern über die britische Marine, die vor vielen hundert Jahren spielten? Dafür fehlte ihm schlichtweg die Zeit.

Nun hielt er das Buch in der Hand und fragte sich nach dem Grund. Er schloss die Augen und erinnerte sich. Früher hatte er Romane wie diesen geliebt, kühne Abenteuer und sich bauschende Segel unter dem Besanmast – oder wie das Ding auch heißen mochte. Die Gischt sprühte einem ins Gesicht, während Kanonenkugeln auf das Deck prasselten.

»Wenn Vincent hier wäre, hätte Mr. Hardy ihm erlaubt, sich den Kopf zu rasieren.«

Er schreckte hoch, erfreut über das Lachen der dunklen Stimme und gleichzeitig überrascht, denn er hatte nicht mit der Frau gerechnet, die es ausgestoßen hatte. »Ich wollte Sie nicht erschrecken«, sagte Treya. »Sie sahen so zufrieden aus.« Sie wies auf das Buch. »Ich liebe solche Romane. Haben Sie gerade damit angefangen?«

Verlegen betrachtete er den Gegenstand in seiner Hand. Wie war er dorthin gekommen? »Ich habe noch keine Seite gelesen. Ich habe mich nur gerade an *Hornblower* erinnert.«

»Und dabei gelächelt.«

»Offensichtlich. Verraten Sie das bloß nicht Hardy.«

»Versprochen.« Sie rückte einen Stuhl dicht ans Kopfende des Bettes und setzte sich. Ihre Hand ruhte auf dem Bettgestell. »*Hornblower* war großartig, finden Sie nicht?«

»Das ist er bestimmt immer noch.« Fragend sah er sie an. Warum war sie hier?

»Beim Eisholen hat Ihr Vater die Kinder zum Reden gebracht, sogar die Großen.«

»Nat«, meinte Glitsky. »Er ist einfach ein Wunder.«

»Offenbar. Jedenfalls hat sich herausgestellt, dass meine Tochter und Ihr Sohn beide in der Mannschaft der Washington High School Basketball spielen. Wir, also Sie und ich, wohnen nur fünf Häuserblocks voneinander entfernt. Als ich mit Raney besprach, wann ich wieder kommen kann, um mit Ihnen über Elaine zu sprechen, hat Ihr Vater das mitgehört und mir vorgeschlagen, zu bleiben, da ich nun schon mal hier sei. Er hat angeboten, Raney nach Hause zu bringen und dafür zu sorgen, dass sie sich einschließt.« Entschuldigend zuckte sie die Achseln. »Ich fand die Idee gut. Hoffentlich stört es Sie nicht. Wollten Sie gerade schlafen? Wenn Sie zu müde sind, erledigen wir das an einem anderen Tag.«

»Ich bin nicht müde.«

Erleichtert atmete sie auf. »Gut«, sagte sie. Sie blickte zu Boden. »Außerdem wollte ich eigentlich nicht gehen, ohne Ihnen zu sagen, wie Leid es mir tut. Ich meine, die Sache gestern. Und auch mein Verhalten davor. Ich denke, ich war nicht fair zu Ihnen.«

»Schon gut.«

»Nein, ist es nicht.« Sie holte tief Luft. »Letzte Nacht saß ich da, grübelte darüber nach und konnte nicht schlafen. Ich habe meiner Tochter ein wenig davon erzählt, warum ich Sie so hart angegangen bin. Und Sie meinte, Sie hätten sich wahrscheinlich ähnlich gefühlt wie Elaine. Vielleicht hätten Sie beide dieselben Gründe gehabt, nicht miteinander zu sprechen.«

»Es muss genetisch sein.«

Ihre Miene wurde weniger streng. »Mag sein.«

»Sie hat geglaubt, sie hätte nicht das Recht dazu. Ich hätte genug mit meinem eigenen Leben zu tun, und es wäre für mich nur eine Belastung, wenn sie alles durcheinander brächte. Wenn es mir wichtig genug wäre, würde ich mich schon melden.«

»Genau.«

»Komisch, dass ich all die Ausreden sofort parat habe.«

»Als hätten Sie sie eingeübt.«

»Außerdem gab es ja immer noch eine Zukunft. Ich konnte jederzeit beschließen, dass der richtige Zeitpunkt jetzt gekommen war. Hätte ich gewusst, dass Sie darüber im Bilde war, hätte ich vielleicht ...« Bedauernd schüttelte er den Kopf. »Wie dumm wir doch sind.«

Sie schwieg eine Weile. »Darf ich Sie noch etwas fragen?«

»Nein.« Als er bemerkte, wie sich ihre Miene kurz verdüsterte, wurde ihm klar, dass er sie gekränkt hatte. Er berührte ihre Hand, die noch immer auf dem Bettgestell lag, und zog sie rasch wieder zurück. »War nur ein Witz. Ich bin ein berüchtigter Witzbold.« Er sah sie an. »Sie dürfen mich alles fragen, was Sie wollen.«

»Ihr Sohn hat erwähnt, dass Sie suspendiert sind, aber als Sie mich vernehmen wollten ...«

»Das war davor.« Er erzählte ihr in groben Zügen, was geschehen war, damit sie sich selbst ein Bild machen konnte.

»Man wird Sie doch nicht etwa rausschmeißen?«

»Unwahrscheinlich. Vielleicht werde ich degradiert, was kein Weltuntergang wäre. Dann müsste ich wieder Fälle bearbeiten. Oder man zieht mich aus der Mordkommission ab, und das wäre um einiges schlimmer.«

»Sie haben doch den Mord an Elaine untersucht?«

»Deshalb, weil es um Elaine ging. Normalerweise befasse ich mich nicht mit Ermittlungen.« Ein spöttisches Kichern. »Was möglicherweise das Beste ist, wenn man sich ansieht, wie ich diesen Fall vermasselt habe. Kann sein, dass sie alle Recht haben. Burgess' Geständnis steht zwar auf wackeligen Beinen, aber er ist eindeutig der Täter. Er war es.«

»Aber ganz sicher sind Sie nicht?«

Wieder musste er ihr in die Augen sehen. »Nein, das stimmt nicht ganz.« Dann fügte er hinzu: »Nein, nicht so sicher, wie ich es gerne wäre. Eigentlich will ich es nicht begreifen …« Kopfschüttelnd hielt er inne.

»Was?« Flehend blickte sie ihn an. »Was?«

Er ließ sich erweichen. »Es mag seltsam oder sogar verrückt klingen, aber ich fühle mich, als würde sie endlich mit mir sprechen und mir sagen, dass es einen besseren Grund geben muss als eine zufällige Begegnung mit einem Junkie. Und da ich ihre Existenz bis jetzt immer verdrängt habe, schaffe ich es einfach nicht, diese Stimme zu ignorieren.« Eine Pause entstand. »Hört sich blöd an, ich weiß.«

Sie überlegte eine Weile. »Warum waren Sie zuerst bei mir?«

Ein Achselzucken. »Bei wem hätte ich anfangen sollen?«

»Keine Ahnung. Bei Jonas vielleicht. Ihrem Verlobten.«

»Um den hätte ich mich schon noch gekümmert. Aber Sie waren vor Ort. Ich hatte mit Clarence Jackman gesprochen, und er meinte, wenn sie bei ihrer Arbeit oder in einem ihrer Projekte auf etwas Verdächtiges gestoßen wäre, könnten Sie mir vermutlich weiterhelfen.«

Sie verzog reumütig das Gesicht. »Wahrscheinlich.«

»Aber Sie haben mir erklärt, da sei nichts gewesen.«

Treya schüttelte den Kopf. »Das war am ersten Tag. Ich war so wütend auf Sie und auf das, was Sie getan haben, dass ich einfach keine Lust hatte, Ihnen etwas zu verraten. Ihre

Fragen interessierten mich nicht. Und ich nahm Ihnen nicht ab, dass Sie den Mord an Elaine wirklich aufklären wollen.«

»Aber das wollte ich wirklich, und daran hat sich nichts geändert.«

»Inzwischen verstehe ich das.«

»Und? Gibt es da etwas in ihrer Arbeit?«

»Offen gestanden weiß ich das nicht. Bis jetzt habe ich noch nichts entdeckt.« Sie lächelte ihm aufmunternd zu. »Aber wenigstens werde ich mir jetzt die Mühe machen, danach zu suchen.«

»Das wäre schon einmal ein Fortschritt«, meinte Glitsky. »Aber vorher würde mich interessieren, warum Sie Elaines Verlobten erwähnen. Hatten die beiden Probleme?«

Treya verzog das Gesicht und zögerte. »Wollen Sie nicht lieber mit ihm selbst reden?«

»Das werde ich. Aber jetzt sind Sie hier.« Er wartete ab.

Endlich fällte sie eine Entscheidung. »Nun, da sind schon ein paar Dinge.« Sie berichtete ihm von dem Streit im Konferenzraum von Rand & Jackman am Tag der Anhörung, bei der Jonas sich standhaft geweigert hatte, den Wahrheitsgehalt von Coles Geständnis zu erörtern. »Er wollte einfach nicht darüber sprechen.«

»Und was bedeutet das Ihrer Ansicht nach?«

Sie zuckte die Achseln. »Keine Ahnung. Ich fand es ziemlich verständlich. Aber andere Leute hielten es für seltsam. Sie meinten, Jonas müsste doch daran gelegen sein, Elaines wirklichen Mörder zu fassen, falls Cole es nicht war. Natürlich befanden sich außer mir und Jonas nur Anwälte und Jurastudenten im Raum, also nicht unbedingt Normalmenschen.«

»Oder überhaupt Menschen.«

»Tja ...« Sie nickte zustimmend. »Jedenfalls waren alle der Ansicht, es hätte ihn mehr interessieren müssen.«

Glitsky überlegte. »Was war das Zweite?«, fragte er dann.

»Nun, das ist ein bisschen ...« Sie blickte ihm in die Augen, um ihm zu zeigen, wie wichtig es war. »Er hat mir erzählt, dass sie sich von ihm trennen wollte.«

»Haben Sie davon nichts gewusst?«

»Nein.«

Ein zweifelnder Blick. »Ist das nicht seltsam? Sie hätte es Ihnen doch erzählen müssen.«

»Das dachte ich auch. Vielleicht hatte sie sich noch nicht endgültig entschieden. Oder es war ihr peinlich, es mir zu beichten.«

»Warum das?«

»Möglicherweise deshalb, weil Elaine und ich am Anfang ihrer Beziehung mit Jonas eine Art Verschwörung gestartet hatten, damit niemand dahinter kam. Als sie dann offiziell miteinander gingen, hat Jonas sich ein wenig verändert.«

»In welcher Hinsicht?«

Ein Achselzucken. Auch wenn ihr diese kleinen Indiskretionen nicht gefielen, hielt sie sie für bedeutsam. »Er wurde ungeduldig mit mir.« Dann fügte sie hinzu: »Als ob ich nur eine Angestellte gewesen wäre, keine Freundin.« Wieder ein kurzes Zögern. »Falls ich das jemals war. Allerdings bemerkte Elaine, wie sehr er mich kränkte, und sie versuchte, die Sache zu retten, indem sie Ausflüchte für ihn fand. Wenn sie wirklich vorhatte, ihn zu verlassen … Ich denke, das wäre ihr mir gegenüber peinlich gewesen.«

»Aber Jonas hat es Ihnen gesagt?«, fragte Glitsky, ein wenig enttäuscht.

»Ja. Was stört Sie daran?«

Ein Kopfschütteln. »Dass es keinen Sinn macht, es herumzuposaunen, wenn es ein Mordmotiv ist.«

Sie beugte sich in ihrem Stuhl vor. »Außer, er dachte, ich weiß es bereits. Dann wäre es doch verdächtig, wenn er es nicht erwähnt, richtig? Er musste es mir erzählen, damit ich nicht argwöhnisch werde.«

Glitsky musste schmunzeln. »Kein schlechter Einwand.«

Plötzlich riss sie erstaunt die Augen auf. »Tragen Sie Kontaktlinsen?«, erkundigte sie sich.

»Nein.«

Sie starrte ihn an. »Sie haben ja blaue Augen«, meinte sie.

»Wirklich? Sie wollen mich wohl auf den Arm nehmen.«

»Nein. Sie sind blau. Bei Schwarzen kommen blaue Augen nicht sehr häufig vor.«

»Und Schwarze haben auch nur selten weiße Väter.«

»Mit blauen Augen.«

»Genau, mit blauen Augen.« Er zuckte die Achseln. »Ich stelle mir gerne vor, dass sie die Farbe von blauem Stahl haben. Eine gute Augenfarbe für einen Polizisten, finden Sie nicht? Eis in den Venen, stahlblaue Augen ...« Seine Augen verengten sich und er fixierte sie mit einem eiskalten Blick. »Warum lächeln Sie noch?«, fragte er. »Mit diesem Blick versetze ich normalerweise sogar die hart gesottensten Verbrecher in Angst und Schrecken.«

»Er ist wirklich Angst einflößend«, gab sie zu. »Ausgezeichnet. Wenn ich nicht wüsste, dass sie das mit Absicht machen, würde ich jetzt zittern.«

»Sehr gut.«

»Sie können ihn wieder abschalten, Lieutenant.«

»Was? Oh.« Seine Miene wurde freundlicher. »Übrigens können Sie mich Abe nennen«, meinte er.

»Al.«

»Wie bitte?«

»Das Lied heißt, ›Sie können mich Al nennen‹, nicht Abe. *You can call me Al,* von Paul Simon.«

»Aber ich heiße nun mal Abe.«

Eine Stimme aus dem Lautsprecher verkündete, dass die Besuchszeit vorbei war. Treya sah stirnrunzelnd auf die Uhr. »Haben Sie nicht gesagt, Sie würden am Donnerstag entlassen? Bis dahin könnte ich Elaines Akten gründlich unter die Lupe nehmen. Jetzt weiß ich ja, wonach ich suche.«

»Donnerstag ist richtig. Falls morgen alles klappt.«

»Was ist denn morgen?«

Er tat es mit einem Achselzucken ab. »Nur ein paar Untersuchungen, um festzustellen, ob meine Arterien noch durchlässig sind. Treffen wir uns am Donnerstag in Ihrer Mittagspause bei Ihnen im Büro?«

Sie stand auf. »In Ordnung. Bis dahin habe ich alles durchgearbeitet.«

»Wenn sie mich aus irgendeinem Grund hierbehalten wollen, rufe ich an und hinterlasse eine Nachricht.«

Treya wollte sich gerade verabschieden, als ihr noch etwas einfiel. Sie holte ihre Brieftasche und einen Stift aus ihrer Handtasche. Nachdem sie eine Visitenkarte herausgezogen hatte, schrieb sie etwas darauf und reichte sie ihm. »Damit Sie sie nicht nachschlagen müssen. Und das da ist meine Privatnummer, falls Sie noch etwas brauchen.« Er steckte die Karte wie ein Lesezeichen in sein Buch.

»Danke. Da Sie schon mal den Stift in der Hand haben …« Er diktierte ihr seine Nummer, die sie sich auf einer anderen Karte notierte.

»Dann also …« Verlegen zuckte sie die Achseln und winkte. Abe erwiderte die Geste und sie wandte sich zum Gehen.

Als sie schon in der Tür stand, rief Glitsky ihr nach: »Treya.« Sie blieb stehen und drehte sich um. »Danke für den Besuch. Und für die Blumen.«

»Gern geschehen.« Sie wies auf den Nachttisch. »Viel Spaß mit dem Buch. Gute Nacht, Abe.«

21

Im Parterre des Hauses, in dem David Freeman wohnte, befand sich ein ausgezeichnetes französisches Restaurant namens Rue Charmaine. Zuweilen aß Freeman vier Mal pro Woche hier und ging dann die Treppe hinauf in seine geräumige Zwei-Zimmer-Wohnung. Am Vorabend hatte er mit einer vierzigjährigen Anwältin namens Gina Roake im Rue Charmaine gespeist. Sie hatten sich eine Flasche köstlichen Romanee-Conti geteilt und über Gesetz und Politik, Gesetz und Theater und Gesetz und die kürzlich beendete Fußballsaison gesprochen. Nach dem Essen hatte Gina David gefragt, ob sie nicht über Nacht bleiben könne, und er fand diesen Vorschlag ausgesprochen reizvoll.

Nun war es Dienstagmorgen kurz vor Sonnenaufgang. Freeman pfiff leise vor sich hin und kramte, mit einem fadenscheinigen, uralten braunen Bademantel und Hauspantoffeln bekleidet, in seiner unordentlichen Küche herum. Für gewöhnlich bog sich sein verschrammter, zerkratzter Küchentisch unter dem Gewicht von Dokumenten, juristischen Fachbüchern und Akten verschiedener Fälle. Heute jedoch hatte er alles weggeräumt, eine weiße Leinentischdecke über die Holzplatte gebreitet und den Tisch mit einem zusammenpassenden Kaffeeservice gedeckt – Zucker, Sahne, Butter, Marmelade und Gelee und ein noch warmes, knuspriges Baguette aus der morgendlichen Lieferung des Rue Charmaine standen bereit.

Freeman hielt inne und lächelte genießerisch, als die Klänge von Mahlers Fünfter Symphonie kaum hörbar aus dem Wohnzimmer drangen. Kurz darauf kam Gina herein. Sie kämmte sich das feuchte Haar und füllte sehr hübsch den noch flauschigen Bademantel aus, den er einmal im Bel Air Hotel gekauft hatte.

»Du siehst hinreißend aus«, sagte er.

Sie ging zu ihm hinüber, streckte sich und küsste ihn. Dann trat sie einen Schritt zurück und strahlte ihn an. »So fühle ich mich auch«, meinte sie.

»Einen schrecklichen Moment lang hatte ich schon Angst, du würdest antworten, dass ich auch hinreißend aussehe.«

Sie lachte. »Um offen zu sein ...«

Er drohte ihr mit dem Finger. »Ich glaube, dieses Thema lassen wir lieber. Komm, setz dich, bevor der Kaffee kalt wird.«

Er schenkte erst ihr, dann sich selbst eine Tasse ein. Nachdem sie beide Platz genommen hatten, trank Freeman den ersten Schluck, nickte beifällig und legte den Löffel weg. »Gut«, meinte er. »Wenn du noch darüber reden willst, stehe ich dir gerne zur Verfügung.« Am Vorabend beim Essen hatten sie über einen ihrer Fälle gefachsimpelt. Doch Freeman hatte sie – was sehr untypisch für ihn war – unterbrochen und gesagt, er wolle sich den schönen Abend nicht mit einer Diskussion über Dash Logan verderben.

Nun verzog er das Gesicht. »Jetzt stolpere ich innerhalb von zwei Wochen schon das zweite Mal über diesen Kerl. Offenbar ist er aus seinem Erdloch hervorgekrochen oder wo er sonst lebt. Meiner Ansicht nach ein schlechtes Omen für unseren Berufsstand.« Er seufzte. »Worum ging es in dem Fall noch mal? Gestern Abend war ich geistig anderweitig beschäftigt.«

Sie lächelte kurz wegen des Kompliments und schilderte dann in groben Zügen noch einmal die Sache Oberlin. Die Staatsanwaltschaft erhob Anklage gegen Ginas Mandantin Abby, die einige Jahre lang ihre Mutter gepflegt und von ihr den Großteil eines Vermögens von acht Millionen Dollar geerbt hatte. Laut Gina stand Jim, Abbys nichtsnutziger Bruder, hinter den Vorwürfen; er wolle seine Schwester erpressen, um an das Geld heranzukommen.

Freeman lauschte und kaute geistesabwesend auf seinem Baguette herum. »Habe ich richtig verstanden? Die Staatsanwaltschaft will Anklage erheben? Welcher Straftat wird deine Mandantin denn beschuldigt?«

»Soweit ich im Bilde bin, das ganze Programm, angefangen von der Misshandlung eines alten Menschen bis hin zu Totschlag. Man hat noch keine Anklage erhoben.«

Freeman runzelte die Stirn. »Warum denn nicht, wenn sie Beweise haben?«

»Das weiß ich nicht genau. Ich glaube, Gabe Torrey möchte Zeit gewinnen.« Ihr Ton war skeptisch. »Er sagte, er wolle den Fall nicht vor Gericht bringen, obwohl die Misshandlung älterer Menschen hoch auf Pratts Prioritätenliste steht. Offenbar hat Jim, der Bruder, keinen guten Eindruck auf ihn gemacht …«

Freeman nickte ungeduldig. Inzwischen wusste er, wer Jim war, und brauchte nicht daran erinnert zu werden. »Was hat denn sein Eindruck damit zu tun? Entweder hat deine Mandantin ein Verbrechen begangen oder nicht.«

»Hat sie nicht, David.«

Er hob die Hand, in der er das Brot hielt. »Das behaupte ich ja gar nicht, Gina. Allerdings scheint Torrey da anderer Ansicht zu sein.«

Sie schüttelte den Kopf. »Und dementsprechend wird er offenbar handeln. Er wird den Ermittlern grünes Licht geben und ziemlich bald Anklage erheben. Er wollte mir nur noch eine Chance für eine außergerichtliche Einigung lassen, um Abby Schwierigkeiten zu ersparen.«

Freeman hatte aufgehört zu kauen, saß reglos da und starrte ins Leere. »Mein Gott«, sagte er.

»Was ist?«

Er antwortete mit einer Gegenfrage: »Ich liege doch richtig mit der Annahme, dass dieser Menschenfreund Jim unsere Verbindung zu Dash Logan ist?«

»Logan ist sein Anwalt.«

Ein Nicken. »Gut, und er hat schon eine Vollmacht, stimmt's? Siehst du, was da faul ist, Gina?«

Um Zeit zu gewinnen, trank sie einen Schluck Kaffee und verneinte schließlich. »Nicht direkt.« Sie beugte sich vor. »Nur, dass es mir irgendwie seltsam erschien. Deshalb habe ich dich ja darauf angesprochen.«

»Und ich erkläre dir, warum. *Weil die Staatsanwaltschaft normalerweise nicht so vorgeht.*«

Sie war noch nicht überzeugt. »Ich denke, Gabe hat es getan, um …«

»Gabe? Nicht Mr. Torrey?«, neckte er sie. »Habe ich einen Nebenbuhler?«

Sie warf ihm einen Blick zu. »Verschone mich, David. Auch wenn du vielleicht Nebenbuhler hast, gehört Torrey ganz bestimmt nicht dazu. Ich hatte jedenfalls das Gefühl, dass Torrey versucht, den Schaden inoffiziell wieder gutzumachen.«

»Gutzumachen?«

»So etwas kann vorkommen.«

»Nicht so häufig, wie du meinst, Gina. Nicht so häufig, wie du meinst.«

»Aber vielleicht in diesem Fall.«

Freeman ließ sich nicht beirren. »Und in diesem Fall wäre der Schaden wieder gutgemacht, wenn deine Mandantin eine Million Dollar verschenkt?«

»So direkt hat er es nicht ausgedrückt. Er meinte, sie würde sich eine halbe Million Dollar Prozesskosten, einige mühevolle Jahre und eine Menge Ärger ersparen.«

»Und er ist rein zufällig auf diesen Fall gestoßen, unter den vielen Hunderten, mit denen die Staatsanwaltschaft sich befasst? Er hatte solches Mitleid mit deiner Mandantin, gegen die seine Behörde Anklage erheben will?«

Obwohl Gina schmunzeln musste, war sie alles andere als glücklich. Sie spielte mit den Krümeln auf ihrem Teller herum. »Möglicherweise fühle ich mich deshalb nicht wohl bei der Sache.«

»Weil du einen guten Instinkt hast, das ist der Grund.« Freeman stand auf, ging zum Fenster und blickte auf die Straße hinaus. »Und der nächste Schritt war, dass Gabe dich bat, den Anwalt dieses Typen anzurufen, richtig?«

»Mehr oder weniger.« Sie bemerkte seine Reaktion. »Warum? Es hörte sich sinnvoll an. Tut es immer noch.«

»Weshalb?«

»Ich bin Anwältin. Also spreche ich nicht direkt mit dem Bruder, sondern mit einem Vermittler, seinem Rechtsbeistand.«

»Woher weißt du, dass er einen hat? Woher wusste es Torrey?«

»Er hat mit dem Typen geredet. Schon vergessen? Daher. Vermutlich hat er es erwähnt.«

Freeman, der inzwischen am Herd stand, lehnte sich dagegen und verschränkte die Arme. »Gut, dann stell dir mal folgende Frage: Ein Mann denkt, dass ein Verbrechen begangen worden ist, und wendet sich an die Polizei, richtig? Richtig. Es wird Anzeige erstattet, und von da an arbeitet er nur noch mit der Staatsanwaltschaft zusammen. Mit den Vertretern der Anklage also. Bist du so weit meiner Ansicht?«

Gina nickte, weil sie ihm bis dahin folgen konnte, sagte dann aber: »Er hat schon ein ganzes Büro voller Anwälte, die für ihn arbeiten und gleichzeitig für die Bezirksstaatsanwältin.«

»Exakt«, erwiderte Freeman.

»Wozu braucht er dann einen eigenen Anwalt, der sich mit derselben Sache befasst? Da er nicht unter Anklage steht, ist ein Verteidiger überflüssig. Er ist nicht einmal Kläger in einem Zivilverfahren. Er hat lediglich eine Straftat angezeigt.«

»Nun.« Gina dämmerte zwar etwas, aber sie verstand die Zusammenhänge noch nicht. »Viele Menschen beschäftigen Anwälte, David. Abby hat mir erzählt, sie hätten sich wegen des Testaments gestritten.«

»Sie und ihr Bruder oder du und der Anwalt des Bruders?«

»Tja, nein. Ersteres.«

»Aber jetzt hatte der gute alte Jimmy einen Anwalt, der sich außergerichtlich einigen will.« Freeman warf sich in seine Gerichtssaal-Pose, für die er mit Recht so berühmt war. Er trat ein paar Schritte auf den Tisch zu. Seine Stimme klang eindringlich. »Und dann meint Torrey, der liebe Jim werde seine Vorwürfe zurücknehmen.« Er schlug mit der Handfläche auf den Tisch und erhob die Stimme. »Außerdem behauptet Torrey, er sei sich ganz sicher. Er stellt es dir gegenüber als Garantie dar, als schon bestehende Abmachung.« Seine Stimme bebte vor Leidenschaft. »Dann beantworte mir eine Frage: Woher will er das wissen? Außer, er hat mit Jimmys Anwalt gesprochen, der – wie ich hinzufügen möchte – bei diesem Strafprozess überhaupt nichts zu suchen hat. Ein Anwalt, der zufällig auch der zwielichtigste Jurist von ganz Kalifornien ist.«

Freeman wischte sich mit der Serviette den Schweiß von der Stirn, wobei einige Krümel auf seiner Haut zurückblieben. Dann ließ er sich mit zufriedener Miene nieder und sprach in gewöhnlichem Tonfall weiter, als rede er mit sich selbst. »Gott, ich wünschte, er würde so was mal bei mir probieren.« Er sah Gina an. »Tu mir bitte einen Gefallen.«

»Natürlich, wenn ich kann. Was denn?«

»Lass dich auf keine außergerichtliche Einigung ein. Sprich nicht mit Logan. Warte ab, was Torrey als Nächstes unternimmt.«

Sie dachte lange darüber nach. »Aber was ist, wenn er Anklage erhebt? Er hat alle Trümpfe in der Hand, David. Wenn es zu Ermittlungen kommt, kriegt meine Mandantin Schwierigkeiten.«

»Hat sie das ihr vorgeworfene Verbrechen begangen? Ist sie schuldig?«

»Nein.«

Er lehnte sich zurück, zupfte an seinen buschigen Augenbrauen und kratzte sich am Mundwinkel. »Nun, viele Menschen hassen mich, wenn ich so etwas sage …«

»Ich werde dich nicht hassen.«

Er berührte ihre Hand. »In deinem Fall würde ich auf die Weisheit und Gerechtigkeit des Gesetzes vertrauen.«

Sie musterte ihn und stellte fest, dass er es absolut ehrlich meinte. »Man könnte sich richtig in dich verlieben«, meinte sie. Dann verdüsterte sich ihre Miene. »Was die außergerichtliche Einigung angeht … ich versuche durchzuhalten.«

Es war kurz vor acht Uhr morgens. Sie hielt ihn auf, als er gerade auf dem Weg in sein Büro die Vorhalle durchquerte. »Mr. Hardy.«

Er blieb ruckartig stehen, wandte sich neunzig Grad nach Westen, marschierte auf ihren Schreibtisch zu und sah ihr in die Augen. »Phyllis, mein Schatz. Wie geht es Ihnen an diesem wunderschönen Morgen?«

»Sehr gut, danke. Mr. Freeman würde Sie gerne sofort in seinem Büro sprechen, wenn Sie Zeit haben.«

»Nun, dann muss es ein Glückstag für uns beide sein. Ich wollte ihn nämlich ebenfalls sehen, war aber nicht sicher, ob Sie es mir gestatten würden.«

»Wann immer es nötig ist, Mr. Hardy. Das wissen Sie doch.«

»Sofern ich einen Termin habe.«

»Das sind Mr. Freemans Regeln, nicht meine.«

»Vielen Dank, Phyllis.«

»Gern geschehen.«

Grinsend schloss Hardy die Tür zu Freemans Büro hinter sich. »Ich hab's.«

Der alte Mann saß an seinem mit Prozessakten bedeckten Schreibtisch und kaute auf einem Bleistiftstummel. Nun blickte er auf. »Was hast du?«

»Die Bandansagen am Telefon. Du weißt schon, was ich meine.« Er verstellte die Stimme: »Aus Gründen der Sicherheit, zu Ausbildungszwecken und damit wir unseren Service noch verbessern können, wird dieser Anruf in Ihrem eigenen Interesse aufgezeichnet. Das mit dem eigenen Interesse gefällt mir am besten. Aber die Stimme.«

Freeman legte den Bleistift weg. »Was ist damit?«

»Das ist Phyllis.« Hardy stellte den Aktenkoffer weg, ging zur Anrichte und schenkte sich einen Kaffee ein. »Kaum zu fassen, dass ich sie bis heute Morgen nicht erkannt habe. Wahrscheinlich, weil wir in letzter Zeit nicht so häufig miteinander reden wie früher. Doch sie ist es, David. Da bin ich ganz sicher. Dieselbe mädchenhafte Begeisterung, die Zielstrebigkeit, die Lebensfreude, die mit jeder Silbe mitschwingen. Warum, glaubst du, hat sie es uns verschwiegen? Wir haben eine Berühmtheit in unserer Mitte.«

Freeman ließ ihn eine Weile weiterreden und wartete, bis er vor seinem Schreibtisch Platz genommen und den ersten Schluck Kaffee getrunken hatte. »Eine Freundin von mir hat eine Mandantin«, begann er ohne Einleitung. »Der Name der Mandantin ist Abby Oberlin.« Dann schilderte er den Fall, wie Gina Roake es am Morgen getan hatte, und schloss mit der Frage: »Und wer, denkst du, ist der Anwalt von Abbys Bruder Jim?«

»Jetzt weiß ich wenigstens, warum du mit mir reden wolltest«, sagte Hardy.

»Ich habe angenommen, dass du irgendwann dahinter kommst.«

»Dieses Arschloch«, fuhr Freeman fort. Eigentlich regte er sich nie richtig auf, doch die Erwähnung des Namens Dash Logan gehörte zu den Dingen, die ihn auf die Palme brachten. Er ließ den Stift zwischen seinen Fingern herumwirbeln. »Seit einer Stunde lebe ich jetzt schon mit diesem Problem und wollte es mit einem einigermaßen fähigen Juristen erörtern, bevor ich eine Entscheidung treffe.«

Auch wenn der Ausdruck ›einigermaßen fähiger Jurist‹ nicht sehr aufmunternd klang, wusste Hardy, dass Freeman das als Kompliment meinte. »Okay, schieß los«, sagte er, und Freeman erklärte ihm, was er vorhatte.

Oben in seinem Büro zog Hardy die Jacke aus und hängte sie über die Stuhllehne. Da sich der Nebel heute Morgen wieder einmal gelichtet hatte, zog er an beiden Fenstern die Jalousien hoch, sodass die fahle Wintersonne hereinschien. Einige Minuten stand er da und beobachtete den Verkehr auf der Sutter Street. Dann wirbelte er herum, ging zu seinem Schreibtisch und wählte eine Telefonnummer.

Rich McNeils Sekretärin teilte ihm mit, ihr Chef werde erst gegen Mittag zurückerwartet. Ob Hardy eine Nachricht hinterlassen wolle? Hardy überlegte eine Weile und erwiderte dann, er werde gegen eins im Sam's sein. Er habe Neuigkeiten. Falls Rich es nicht einrichten könne, solle er anrufen. Ansonsten werde er sich dort mit ihm treffen.

Gerade hatte er aufgelegt und wollte eigentlich das Krankenhaus anrufen, um sich nach Glitskys Fortschritten zu erkundigen, als das Telefon läutete. Wundervoll, jetzt ruft dieser Mistkerl endlich zurück, und zwar ausgerechnet dann, wenn es überhaupt nicht passt. Er beschloss, den Anrufbeantworter laufen zu lassen. Es war Glitsky selbst, der etwas über den Fall Burgess erzählte. Hardy griff nach dem Hörer.

Glitsky fing noch einmal von vorne an. »Dreimal darfst du raten, mit wem ich eben geredet habe.«

»Sag nichts«, meinte Hardy. »Joe Montana?«

»Allison Garbutt.«

»Ich bin stolz auf dich. Wer ist das?«

»Sie ist der zuständige Inspector in dem Fall, in dem Elaine als Sonderbeauftragte tätig war. Die beschlagnahmten Unterlagen wurden gerade Richter Thomasino übergeben.«

»Na und? Warum ist das so wichtig?«

»Das weiß ich nicht.«

»Und trotzdem erzählst du es mir.«

»Es handelt sich um eine Tatsache, über die wir nicht informiert sind, mehr nicht. Und soweit ich im Bilde bin, kommst du mit Thomasino gut aus.« Das stimmte mehr oder weniger. Hardy und Thomasino waren zwar nicht eng befreundet, aber sie kannten sich aus dem Gerichtssaal und achteten einander. »Es könnte etwas dahinter stecken.«

Hardy hatte wieder einmal nicht vor, einem geschenkten Gaul ins Maul zu schauen. Außerdem fragte er sich, warum Glitsky in diesem Fall einfach nicht locker lassen konnte. Er hatte den Eindruck, dass es ihm nicht nur darum ging, einen Freispruch Coles wegen eines nicht zulässigen Geständnisses oder unhaltbarer Beweise zu verhindern. Allerdings beabsichtigte er nicht, seine Zweifel zu äußern. Glitsky hatte ihm gerade einen Tipp frei Haus geliefert. Wahrscheinlich handelte es sich nur um eine weitere Information in der endlosen Reihe, die sich für gewöhnlich in einem Mordfall auftat. Aber seine Erfahrung sagte ihm, dass jeder Fakt die Mühe wert war. Man konnte ja nie wissen. »Du hast Recht«, meinte er deshalb. »Könnte sein. Wie heißt der Fall?«

»*Petrof*. Irgendein Versicherungsbetrug.«

»Und was weißt du darüber?«

»Nichts weiter. Außer, dass Elaine damit befasst war und an ihrem Todestag daran gearbeitet hat. Es ist mir gerade eingefallen, als ich hier herumlag. Und ich dachte mir, ich gebe dir etwas zu tun, um die Zeit totzuschlagen.«

»Vielen Dank.«

»Keine Ursache.«

Die beiden Männer tauschten noch eine Weile Gesundheits- und Schönheitstipps aus und trafen Vorbereitungen für Glitskys anstehende Entlassung aus dem Krankenhaus. Nachdem Hardy den Hörer aufgelegt hatte, lief er in seinem Büro hin und her. Er konnte nicht sagen, warum er so aufgeregt war, und fand einfach keine Erklärung dafür. Er hatte überhaupt nicht an Cole Burgess gedacht, und nun konnte er plötzlich etwas für seinen Mandanten tun und eine Spur verfolgen. Schließlich griff er wieder zum Telefon und wählte ein paar Nummern, die er auswendig wusste.

Es war noch nicht neun, und das Gericht würde erst um halb zehn zusammentreten. Unter optimalen Bedingungen hätte Richter Thomasino jetzt in seinem Büro sitzen müssen – oder wenigstens sein Referendar. Und im ersten Moment schien auch alles zu klappen wie am Schnürchen. »Herr Richter«, meinte Hardy, nachdem sie einander begrüßt hatten. »Soweit ich weiß, haben Sie eine richterliche Durchsuchungsanordnung in einem Fall von Versicherungsbetrug unterzeichnet. Ich habe keine Ahnung, ob die Sache außergerichtlich beigelegt wurde oder ob es zum Prozess kam. Es geht um den Fall Petrof.«

Offenbar war der Richter des Treibens müde. »Nein, es gab keine außergerichtliche Einigung. Und ja, es werden noch immer Anträge eingereicht. Eine Russenbande, die Autounfälle fingiert. Was ist damit?«

»Sie haben Elaine Wager in dieser Sache zur Sonderbeauftragten bestimmt.«

»Ja. Und dann wird sie mitten im Verfahren ermordet, wie Sie gewiss schon gehört haben.« Der Richter klang gereizt. »Das hat sich auf die gesamten Ermittlungen ausgewirkt. Sie werden es nicht glauben – eine Verschiebung nach der anderen. Weitere Fälle. Nun brauche ich anscheinend einen anderen Sonderbeauftragten und muss einen neuen Durchsuchungsbefehl ausstellen, damit wir weitermachen können, und ich habe keine Ahnung…« Seine Stimme wurde freundlicher. »Sie stehen nicht zufällig auf der Liste, Diz?«

Es verhielt sich tatsächlich so, obwohl Hardys Dienste seit Jahren nicht mehr gefragt gewesen waren, was er dem Richter erklärte. »… aber ich bin zurzeit ziemlich ausgebucht, Euer Ehren.« Nach kurzem Zögern beschloss er, die Karten auf den Tisch zu legen. »Außerdem bin ich nicht nur vom Hörensagen über Elaines Ermordung informiert. Wenn wir schon einmal beim Thema sind, sollte ich Ihnen mitteilen, dass ich den Beschuldigten in diesem Fall vertrete. Cole Burgess.«

Ein mürrisches Brummen. »Also kann ich Sie nicht einsetzen. Gut, und wie lautet Ihre Frage?«

»Tja, ich fürchte, ich kann das selbst nicht so genau sagen. Ich war nur neugierig, weil Elaine mit dem Fall befasst war, und mich interessiert, ob da möglicherweise Zusammenhänge bestehen.«

»Mit Ihrem Mordfall?«

»Im Leben geschehen zuweilen seltsame Dinge, Herr Richter. Ich dachte, Sie könnten mir vielleicht ein wenig mehr erzählen. Vielleicht ergibt sich dabei eine Spur, die sich weiterzuverfolgen lohnt.«

Thomasino überlegte. »Nun, einverstanden. Schließlich ist es kein Staatsgeheimnis«, begann er. »Beim Betrugsdezernat sind Anrufe verschiedener Versicherungsgesellschaften eingegangen. Es handelte sich um eine Serie ähnlich gelagerter Unfälle, die sich alle innerhalb der letzten sechs Monate ereignet haben. Alles russische Familiennamen, derselbe Arzt, derselbe Fahrzeugtyp und in den meisten Fällen derselbe Anwalt. Also habe ich einen Durchsuchungsbefehl ausgestellt, um die Unterlagen zu beschlagnahmen. Elaine war vor Ort, um die Sicherstellung der Papiere zu beaufsichtigen. Normalerweise ist so etwas, wie Sie wissen, kein Problem. Nur dass einer Ihrer Kollegen diesmal ausgesprochen störrisch war, der Sonderbeauftragten die Auskunft verweigerte und ihr nicht einmal verraten hat, wo sich die Unterlagen befanden. ›Sie können ja selbst suchen‹, sagte er nur. ›Diese Ermittlungen sind sowieso ein Witz‹. Ein renitenter kleiner Mistkerl.«

»Wen meinen Sie mit ›Kollege‹? Handelt es sich etwa um einen Freund von mir?«

»Nein. Entschuldigen Sie. Das heißt nur, dass es auch ein Anwalt war; ich will Sie nicht mit ihm in einen Topf werfen. In diesem Fall ganz sicher nicht.«

Hardy folgte seinem Instinkt. »Der Name des Mannes ist nicht zufällig Dash Logan?«

Thomasino klang argwöhnisch. »Kann sein. Wenn er ein Freund von Ihnen ist, entschuldige ich mich hiermit noch einmal.«

»Ganz im Gegenteil«, erwiderte Hardy.

»Gut.« Der Richter seufzte. »Das habe ich mir fast gedacht.«

Auf dem Weg ins Justizgebäude beschloss Hardy, der Redaktion des *Chronicle* einen Besuch abzustatten und nachzusehen, ob Jeff Elliot an seinem Schreibtisch saß – um diese Uhrzeit eine ziemliche Gewissheit. Gerade hatte er das Büro des Reporters betreten und ihn begrüßt, als das Gebäude zu wackeln begann. Unwillkürlich wich Hardy zur Tür zurück und sagte: »Erdbeben. Schnell unter einen Türbalken.«

Elliot, der in seinem Rollstuhl saß, behielt die Hände auf der Tastatur und warf Hardy einen belustigten, nachsichtigen Blick zu. »Schon gut, alles in Ordnung.«

Das Wackeln – eigentlich nur ein kleiner Stoß – hörte auf. Hardy blieb im Türrahmen stehen, während Jeff die Hände ausbreitete, als wolle er testen, ob es noch regnete. »Zwei auf der Richterskala«, verkündete er. »Bei weniger als sechs rühre ich mich nicht von der Stelle.« Er wies auf den Stuhl vor seinem Schreibtisch. »Wenn du willst, kannst du ja an der Tür Wurzeln schlagen. Aber bis zum nächsten ordentlichen Erdbeben könnte es noch fünf Jahre dauern, und bis dahin wird dir sicher langweilig. Der Stuhl ist bequemer.«

Hardy wartete ab, doch als der nächste Erdstoß ausblieb, folgte er der Aufforderung. »Wie schön, einem Mann zu begegnen, der die Naturgewalten nicht fürchtet.«

Elliot blickte zur Decke und dann hinaus in die Lokalredaktion, wo man das kleine Erdbeben kaum wahrgenommen hatte. »Nicht einmal mein Computer hat geblinkt, Diz. Durch ein Erdbeben werde ich ganz bestimmt nicht sterben, das verspreche ich dir. Außerdem ist die Wahrscheinlichkeit noch geringer als von einem Blitz getroffen zu werden. Und zu diesem Thema gibt es bei uns zu Hause eindeutige Regeln.«

»Habt ihr daheim sogar den Blitzschlag geregelt?« Hardy ließ sich auf dem Stuhl nieder. »Wir haben beschlossen, ihn einfach zu verbieten.«

»Nicht Blitzschlag ist verboten, sondern sich von einem Blitz treffen zu lassen.«

»Ihr habt euren Kindern untersagt, sich vom Blitz treffen zu lassen?«

Jeff lehnte sich zurück, nahm die Hände von der Tastatur und legte sie auf die Armlehnen seines Rollstuhls. »Genau genommen ja. Es klingt zwar albern, aber sie dürfen sich nicht mehr vor Ereignissen fürchten, deren Eintreten weniger wahrscheinlich ist, als vom Blitz getroffen zu werden.«

»Das gefällt mir«, erwiderte Hardy. »Lass mich raten – eure Mädchen werden immer wieder von sporadisch auftretenden Ängsten gequält.«

»Ha! Sporadisch. Wenn es nur so wäre. Sie empfinden die ganze Welt als Bedrohung.« Er versuchte, die Sache mit einem Lächeln abzutun, aber Hardy merkte ihm an, dass er die Ängste seiner Kinder in etwa so komisch fand wie er selbst die seiner eigenen Tochter – nämlich überhaupt nicht. »Ich schwöre, sie fürchten sich vor allem«, fuhr Jeff fort. »Vor Flugzeugabstürzen, vor AIDS, vor dem Hantavirus, Terroristen, Pickeln, Schlangen, Atomunfällen und Spinnen. An jeder Straßenecke sehen sie Kinderschänder. Und außerdem haben sie Angst vor der Dunkelheit, mein Gott, die Dunkelheit! Und davor, allein nach Hause zu gehen ... eben wirklich vor allem.«

»Du hast Herzinfarkte vergessen«, ergänzte Hardy. »Rebecca hat Angst, einen Herzinfarkt zu kriegen, seit Glitsky einen hatte.«

»Keine Sorge«, entgegnete Jeff. »Wenn Nicole das hört, steht es auch gleich auf ihrer Liste.«

»Ständig predige ich Rebecca, dass Zwölfjährige nur sehr selten an einem Herzinfarkt sterben. Doch das interessiert sie nicht. Es könnte doch schließlich passieren, oder? Und noch dazu ohne Vorwarnung. Schließlich hat es Abe auch aus heiterem Himmel erwischt. Ich habe ihr erklärt, dass Abe keine zwölf mehr ist. Doch ich könnte genauso gut mit einer Wand reden. So ging es gestern Abend bis halb zwölf.« Hardy lehnte sich zurück, legte den Knöchel übers Knie und rieb sich die Augen. »Manchmal glaube ich, wir sind schuld, weil wir ihnen ständig sagen, dass sie aufpassen sollen. Besonders den Mädchen. Und eure Regeln? Wie genau setzt ihr sie durch?« Hardy war bereit, jeden Rat anzunehmen, solange es nur funktionierte.

Jeff grinste breit und kratzte sich am Bart. Es war ihm offenbar ein wenig peinlich, über so persönliche Themen zu sprechen, aber nun gab es kein Zurück mehr. »Tja, wir mussten irgendwann eine Grenze ziehen, ab wann wir die Paranoia ernst nehmen. Immerhin gibt es ja auch berechtigte Ängste, über die man sich hin und wieder Gedanken machen muss. Richtig?«

»Richtig.«

»Obwohl ich bezweifle, dass du, ich oder unsere Ehefrauen sie als Kinder hatten. Vielleicht hat es mit dem neuen Jahrtausend zu tun.«

»Kann sein«, stimmte Hardy zu. »Allerdings erinnere ich mich, dass ich während der Kubakrise Angst hatte.«

»Ich sage es dir ja nur ungern, Diz, aber damals ging es einigen Erwachsenen ebenso. Und weißt du warum?« Er erhob die Stimme. »*Weil es einen wirklichen, gottverdammten Grund gab, die Hosen voll zu haben!*«

»Wie sich herausgestellt hat, eben nicht.«

»Genau. Wir mussten Nicole irgendwann sagen, dass das Eintreten eines Ereignisses, vor dem sie sich fürchtet, wahrscheinlicher sein muss, als vom Blitz getroffen zu werden, denn davor hat sie erstaunlicherweise keine Angst. Über alles andere wird nicht mehr gesprochen, besonders nicht abends nach dem Zubettgehen.«

»Wie hoch ist die Wahrscheinlichkeit eines Blitzschlags?«

»Bei einer Lebenserwartung von fünfundsiebzig Jahren so etwa eins zu zweiunddreißigtausend.«

Hardy stieß einen bewundernden Pfiff aus. »Das ist eine ziemlich geringe Wahrscheinlichkeit.«

Jeff zuckte die Achseln. »Aber es bleibt immer noch genug übrig, vor dem man sich fürchten kann. Du würdest dich wundern. Doch wenigstens sind die Themen Tod durch Erdbeben, Spinnen, Schlangen, Flugzeugabstürze und Atombombenexplosionen damit erledigt. Keines hat die Quote geschafft. Es hat wirklich geholfen.«

»Das erzähle ich gleich heute zu Hause«, meinte Hardy. »Eine prima Idee.«

»Stimmt«, erwiderte Jeff. »Aber du bist sicher nicht deswegen hier. Und wenn du über Cole sprechen willst, der ist heute nicht dran.« Er wies auf den Computerbildschirm, der erst zur Hälfte beschrieben war. »Wieder mal Gironde. Ist in zwei Stunden fällig. Warum erfinden die kein Programm, das das Schreiben übernimmt?«

»Das kommt bestimmt bald«, antwortete Hardy. »Und was gibt es neues am Flughafen, abgesehen davon, dass er niemals fertig werden wird?«

Jeff wandte sich seinem Bildschirm zu, korrigierte etwas und hob dann wieder den Kopf. »Inzwischen macht es den Eindruck, Diz, als würde man gar nicht mehr mit der letzten Bauphase beginnen. Und zwar wegen der vielen Subunternehmer, die angeblich nicht genügend Angehörige von Minderheiten beschäftigen. Inzwischen sind sieben Monate vergangen. Die Personalakten sämtlicher Beteiligter und ihrer Anverwandtschaft wurden beschlagnahmt. Gironde kann die Arbeiten nicht aufnehmen und wird vermutlich den Vertrag verlieren. Und dabei hat sich noch kein einziger Verdacht der Staatsanwaltschaft bestätigt. Kein Einziger. Sie fischen einfach weiter im Trüben. Drei Subunternehmer haben schon Konkurs angemeldet, weil ihnen der Auftrag weggebrochen ist. Es ist eine ausgemachte Schweinerei.«

Für Hardy war es ein altes Lied. »So geht Pratt nun mal vor, Jeff. Zuerst veranstaltet sie einen riesigen öffentlichen Wirbel, und dann verschleppt sie die Sache. Stehst du in dieser Sache auf der Seite von Gironde? Ich dachte immer, das wären die Bösen.«

Ein Achselzucken. »Ich weiß nur, dass sie auf offenbar ehrliche Weise den größten Auftrag an Land gezogen haben, der in dieser Stadt innerhalb der letzten zehn Jahre vergeben wurde. Und nun sind sie auf einmal der Sündenbock. Der Stadtrat fordert eine neue Ausschreibung. Und all das nur, weil Pratts Behörde beschlossen hat zu überprüfen, ob bei den beteiligten Firmen eine diskriminierende Einstellungspraxis herrscht, und diesen Umstand an die große Glocke zu hängen. Und dabei haben diese Vergehen wahrscheinlich gar nicht stattgefunden.« Er verzog das Gesicht. »Das stinkt zum Himmel, Diz.« Er betrachtete wieder seinen Computer. »Und ich muss darüber schreiben. Also. Was ist mit Cole?«

»Es geht nicht direkt um Cole.«

»Direkt. Das hast du schön ausgedrückt.«

Ein Achselzucken.

»Und worum geht es genau? Wir haben nicht viel Zeit.«

»Gut«, sagte Hardy. »Du kennst doch Hinz und Kunz in dieser Stadt.«

»Stimmt«, spöttelte Elliot, »wir sind alle dicke Freunde.«

»Und Dash Logan?«

Wieder verzog Jeff leicht angewidert das Gesicht. »Was ist mit ihm?«

»Genau das wollte ich dich fragen.«

»Gibt es Zusammenhänge mit Cole?«

»Keine Ahnung.« Hardy grinste leicht. »Nicht direkt.«

Das Thema interessierte Jeff. Er griff nach einer Tasse, die auf seinem Schreibtisch stand, trank einen Schluck Kaffee und überlegte. »Mir fällt dazu nur ein, dass Logan häufig Drogensüchtige vertritt. Ziemlich häufig sogar. Und es heißt, er ließe sich in Naturalien bezahlen.«

»Und dann verkauft er das Zeug weiter?« Das war eindeutig eine Verbindung zu Cole und ließ Hardy aufmerken. »Heroin?«

»Nein. Kokain. Offenbar genehmigt er sich selbst öfter mal etwas ...« Jeff hielt inne. »Damit wollte ich nicht sagen, dass er süchtig ist. Wahrscheinlich macht er es nur zum Spaß, denn offenbar kriegt er seinen Alltag noch auf die Reihe.«

»Allerdings nicht sehr gut«, entgegnete Hardy, »wenn man danach urteilt, wie zuverlässig er andere Leute zurückruft.«

»Jedenfalls verdient er anscheinend recht gut«, erwiderte Jeff. »Er fährt einen Z3, zieht sich schick an, hat eine eigene Kanzlei.«

Hardy fuhr hoch. »Seine Kanzlei? Das ist die zweite Verbindung.«

»Zu Cole? Was ist die erste?«

Hardy ging nicht näher darauf ein. »Elaine war an ihrem Todestag dienstlich in Logans Kanzlei.«

»So?« Jeff lehnte sich in seinem Rollstuhl zurück. »Und das bedeutet?«

Hardy schüttelte den Kopf, seufzte und sagte mit müder Stimme: »Ich weiß nicht. Ich komme einfach nicht dahinter, und das treibt mich noch in den Wahnsinn.«

»Warum war sie bei ihm?«

Hardy erläuterte ihm, dass Elaine als Sonderbeauftragte tätig gewesen war, und erzählte ihm von den Russen und dem Versicherungsbetrug und dass Logan sich bei der Durchsuchung seiner Kanzlei nicht sehr kooperativ verhalten hatte. Jeff lauschte aufmerksam, war aber nicht schlauer als zuvor. »Waren bei dem Versicherungsbetrug auch Drogen im Spiel? Oder ist mir da etwas entgangen?«

»Ganz bestimmt haben wir etwas übersehen«, meinte Hardy verzweifelt. »Denn wir stolpern ständig über Logan.«

»Vielleicht ist es doch bloß ein Zufall.« Jeff lehnte sich zurück und blickte Hardy über den Schreibtisch hinweg an. »Weißt du, Diz, solche Dinge passieren uns Journalisten unentwegt. Man ist an einer Geschichte dran, und wenn man das kleine Detail finden würde, das einem noch fehlt, hätte man den Pulitzerpreis quasi in der Tasche. Man fiebert regelrecht danach. Und rate mal, was dann passiert. Die Geschichte, die man schreiben will, hat sich gar nicht so zugetragen. Es gibt keine Zusammenhänge, alles nur Zufall. Gute Story, keine Fakten.«

Hardy überlegte eine Weile. Er schob den Kiefer vor. »Diesmal nicht. Wenigstens bin ich davon überzeugt.«

»Okay.«

»Was ist mit Gabe Torrey?«

»Wie meinst du das?«

»David Freeman hat eine Theorie, wonach Torrey und Logan etwas miteinander zu tun haben. Mich interessiert, ob sie vielleicht alte Freunde sind. Waren sie zusammen auf der Schule? Sind Sie möglicherweile schwul und haben eine Affäre?«

Jeff fiel ihm ins Wort. »Schwul sind sie ganz bestimmt nicht. Logan ist ein berüchtigter Aufreißer. Und Torrey schläft mit Pratt.«

Hardy war wie vom Donner gerührt. »Was?«

Jeff lachte. »Wusstest du das nicht? Das ist jetzt ganz inoffiziell. Die beiden wollen es geheim halten, weil Pratt die Feministinnen glauben machen möchte, dass sie eine Lesbe ist. Aber ich bin natürlich bestens informiert.«

»Mein Gott. Siehst du? Du bist allwissend. Du solltest diese Info drucken.«

»Wenn die Zeit reif ist, zum Beispiel kurz vor den Wahlen, damit es vielleicht etwas nützt.«

»Ich fasse es nicht.« San Francisco war zwar eine kleine Stadt, aber offenbar doch groß genug, um Geheimnisse zu bewahren. »Gut, dann sind sie also nicht schwul. Könnten sie bisexuell sein? Oder waren ihre Mütter Brieffreundinnen? Ich bin ratlos, Jeff. Du bist doch der Starreporter und hast den Finger am Puls der Stadt.«

»Und wenn es da etwas gäbe, hätte ich es bestimmt gehört, richtig?«

»Richtig.« Erwartungsvoll beugte Hardy sich vor.

Jeff sah ihn mit schalkhaft funkelnden Augen an. »Soweit ich weiß, kennen sie sich nicht privat.«

Hardy lehnte sich zurück. »Das war die falsche Antwort.«

»Hab ich mir fast gedacht.«

Vor Cole war Hardy noch keinem Menschen begegnet, dessen Äußeres und Manieren sich im Gefängnis tatsächlich zum Besseren verändert hatten. Auf seine Bitte hin hatte man ihm das Haar kurz geschnitten. Einige der Kratzer und Blutergüsse, die er sich beim Leben auf der Straße und vor allem während der Verhaftung zugezogen hatte, begannen bereits zu heilen. Außerdem hatte er sich den schütteren Bartflaum abrasiert. Dank der drei Mahlzeiten am Tag war sein hageres Gesicht schon nach kurzer Zeit ein wenig voller geworden, sodass sich seine Schädelknochen nicht mehr abzeichneten. Er wirkte zwar noch immer nicht sehr robust, aber zumindest nicht mehr wie ein abgezehrter Junkie.

Sie waren im Besuchszimmer für Anwälte – einem hellen Raum mit Glasbausteinen – und Hardy setzte sich an die gegenüberliegende Seite des Tisches. Obwohl Coles Sprache hin und wieder ein wenig verwaschen klang, hörte es sich heute eher wie eine schlechte Angewohnheit als wie ein Sprachfehler an. Dass es ihm gelang, über längere Zeiträume hinweg deutlich zu sprechen, hieß für Hardy, dass er durchaus konnte, wenn er wollte. Offenbar hatte er sich das Nuscheln auf der Straße angewöhnt, wo es nicht nötig war, die Lippen zu bewegen und sich klar auszudrücken, da Worte ohnehin nur der Befriedigung von Grundbedürfnissen dienten.

Nun, dachte Hardy, jetzt muss er reden und er schlägt sich ziemlich wacker. »Glitsky? Soll das ein Witz sein?« Auch sein Blick war klar. Er nahm Methadon und hatte darum gebeten, die Entgiftung zu beschleunigen. Sehr gut, falls er es durchhielt. Allerdings war er im Moment nicht sehr einsichtig, sondern eher wütend. »Reden wir von demselben Glitsky, der mich auf den Kopf hat fallen lassen?«

»Wie ich es gehört habe, konnte er Sie nicht rechtzeitig auffangen.«

Ein Schnauben. »Hat er Ihnen das erzählt? Das ist nämlich eine Lüge.«

Hardy, der an der Tischkante im Besucherzimmer lehnte, beugte sich zu seinem sitzenden Mandanten vor. »Woher wissen Sie, was passiert ist. Sie waren doch besinnungslos.«

»Nun …« Cole wich seinem Blick aus. »Aber helfen wollte er mir ganz bestimmt nicht.«

»Nein«, stimmte Hardy zu. »Das glaube ich auch nicht. Jedenfalls nicht, um Ihnen einen Gefallen zu tun. Aber Glitsky ist ein guter Polizist. Und ein Ehrenmann.«

Wieder ein abfälliges Grunzen. Offenbar konnte Cole sich mit dieser Vorstellung nicht anfreunden. »Ich sage Ihnen, worum es geht. Er hat Angst, dass wir ihn doch noch wegen Misshandlung anzeigen. Und davon will er Sie abbringen. Wahrscheinlich denkt er, dass wir ihn in Ruhe lassen, wenn er so tut, als ob er auf unserer Seite steht.«

Hardy lehnte sich zurück. »Anscheinend haben Sie sich alles gründlich überlegt.«

»Dazu muss man kein Genie sein.«

»Nein. Sie haben Recht. Also finden Sie, dass wir auf seine Hilfe verzichten können?«

Coles Blick wurde argwöhnisch. »Er hat uns doch gar keine Hilfe angeboten. Er will nur den Hals aus der Schlinge ziehen.«

Hardy nickte, stand auf und streckte seinen Rücken. Als er weitersprach, war sein Tonfall streng. »Über etwas müssen Sie sich im Klaren sein, Cole. Bei der Polizei gibt es keinen Menschen, der ein Interesse daran hat, in diesem Fall weiterzuermitteln. Niemanden schert es, ob vielleicht noch ein anderer Täter in Frage kommt. Mit Ausnahme von Glitsky. Er handelt auf eigene Faust und er hat seine Gründe dafür. Und es wäre klug von Ihnen, ihn nicht danach zu fragen. Wenn Sie die Wahrheit hören möchten, ja, er will sich selbst schützen.« Hardy spürte, wie sich seine Stimme überschlug. Sein Ärger wuchs. »Glitsky will verhindern, dass die Anklage wegen Ihres dämlichen Geständnisses niedergeschlagen wird. Das ist sein Motiv, Cole. Ihm geht es darum, Sie mit stichhaltigen Beweisen zu überführen. Das ist sein Ziel. Ihr trauriger, kleiner Arsch ist ihm scheißegal.« Fast hätte er hinzugefügt, dass er selbst ganz ähnlich empfand. Wäre es nicht um die Todesstrafe gegangen, er hätte das Mandat schon längst niedergelegt.

»Aber alles, was er rauskriegt, wird er gegen uns verwenden.«

Gereizt wirbelte Hardy zu dem Jungen herum. »Er will die Wahrheit finden, Cole. Und die wird uns nützen. Oder irre ich mich?«

Cole blickte sich im Raum um.

Hardy beherrschte sich und ließ sich wieder auf der Tischkante nieder. »Hören Sie«, begann er. »Mir sind Glitskys Beweggründe eigentlich ziemlich gleichgültig. Er will, dass Sie verurteilt werden. Meinetwegen soll er doch und Sie darf es ebenfalls nicht kümmern. Er möchte das Geständnis nicht verwenden, weil wir in diesem Fall Grund hätten, in die Berufung zu gehen.«

»In die Berufung muss ich erst, nachdem ich verurteilt wurde. Darüber will ich nicht reden.«

»Okay, dann lassen wir das.« Hardy schlug mit der Handfläche kräftig auf den Tisch. »Jetzt spitzen Sie mal die Ohren, Cole. Sie sitzen ganz schön in der Tinte, und Glitsky ist der Einzige, der sie da wieder rausholen kann, ganz gleich, ob er Ihnen nun helfen will oder nicht. Natürlich ausgehend davon, dass die Wahrheit Sie entlastet.« Nun hatte er Cole schon zum zweiten Mal darauf angesprochen und wartete auf eine Reaktion – Leugnen, Entrüstung, irgendetwas. Aber sein Mandant schwieg. Hardy seufzte auf. »Hören Sie, an Glitsky kommen wir nicht vorbei. Wenn möglich, spannen wir ihn vor unseren

Karren. Und falls Sie nicht damit einverstanden sind, trennen sich unsere Wege.«

Cole erwiderte seinen Blick. »Ich traue ihm nicht.«

Hardy zog seinen Trumpf aus dem Ärmel. »Er ist seit dreißig Jahren mein bester Freund, und deshalb würde ich die Hand für ihn ins Feuer legen. Sie haben zwei Möglichkeiten: Sie finden sich damit ab, verlassen sich auf mich und besprechen mit mir die Strategie – oder Sie bitten Ihre Mutter, sich einen anderen Anwalt zu suchen«, fügte er in scharfem Ton hinzu.

»Es liegt nicht an meiner Mutter«, protestierte Cole empört.

»Doch, Cole. Machen Sie sich nichts vor. Übernehmen Sie endlich die Verantwortung für Ihr Leben. Aber das versuchen Sie ja tunlichst zu vermeiden.« Hardy wartete ab. Er war selbst überrascht, dass das Gespräch an diesem Punkt angelangt war. Eigentlich hatte er das Thema gar nicht anschneiden wollen, doch da er es nun einmal getan hatte, würde er nicht mehr lockerlassen. Auch wenn es bedeutete, dass er einen Mandanten verlor. Hardy war der Ansicht, dass Cole die nackte Wahrheit ebenso bitter nötig hatte wie einen guten Rechtsbeistand.

Cole musste ein paar Mal heftig schlucken. Dann schob er den Kiefer vor und hob endlich den Kopf. Zum ersten Mal glaubte Hardy, so etwas wie Entschlossenheit in seinem Blick zu bemerken. »In Ordnung«, sagte Cole. »Ich höre. Wir machen es so, wie Sie wollen. Wie lautet Ihr Plan?«

Hardy spürte, wie sich seine Schultern entspannten. Er war zwar immer noch wütend und gereizt und fand seinen Mandanten ziemlich unsympathisch, aber jetzt war wenigstens eine Zusammenarbeit möglich. Vielleicht. Er lehnte sich zurück und verschränkte die Arme vor der Brust. »Wir müssen zweigleisig arbeiten. Erstens: Falls Sie schuldig sind …«

»Moment mal. Ich habe gesagt, ich bin nicht sicher – ich meine, ich war es nicht.«

Wieder beugte Hardy sich vor. Er hatte die ständigen Einwände und Unterbrechungen gründlich satt. Vor ihm saß der

Mann, der aller Wahrscheinlichkeit nach Elaine Wagers Mörder war. Auch wenn er die Todesstrafe nicht verdient hatte, hatte Hardy keine Lust mehr auf seine Rechtfertigungen und Ausflüchte. »Jetzt passen Sie mal gut auf. Ich will kein Wort mehr davon hören, ob Sie Elaine umgebracht haben oder nicht. Kapiert? Ihr Leugnen und Ihre Geständnisse interessieren mich nicht. Das ist nicht der Grund, warum ich Sie verteidige. Und im Augenblick habe ich das Wort. Sie spitzen die Ohren, so war es abgemacht. Vielleicht lernen Sie ja etwas dabei.«

Cole sah ihn misstrauisch an. Von der durch das Methadon verursachten Benommenheit war nichts mehr zu bemerken. Dann verschränkte auch er die Arme und lehnte sich trotzig wie ein gescholtenes Kind auf seinem Stuhl zurück.

Hardy achtete nicht darauf und fuhr mit ruhiger Stimme fort. »Unser erstes Argument lautet, dass Sie nicht bei klarem Verstand waren. Angesichts der Fakten wird es sehr schwierig, wenn nicht gar unmöglich sein, Ihre Schuld jenseits aller vernünftigen Zweifel festzustellen.«

»Ich …«, begann Cole wieder.

Hardy unterbrach ihn mit einer Handbewegung. »Das interessiert mich nicht. Natürlich werden wir auf nicht schuldig plädieren. Aber vor allem müssen wir, selbst wenn Sie es waren, beweisen können, dass Sie zu sehr unter Alkoholeinfluss standen, um zu wissen, was Sie taten. Schon mit sechs oder acht Drinks intus gilt man im Sinne des Gesetzes als betrunken. Nach zwanzig Drinks und mit Entzugssymptomen ist man nicht mehr bei sich.«

»Und was ist mit der Pistole?«

»Dasselbe wollte ich Sie gerade fragen.«

»Cullen hat mir keine Pistole gegeben. Er lügt.«

»Warum sollte er lügen? Ich dachte, er wäre Ihr Freund.«

»Schon gut.« Ein Achselzucken. »Er ist zum dritten Mal auf Bewährung, und zwar weil er mit Crack gedealt hat. Außerdem ist er schon drei- oder viermal wegen Raub verurteilt worden. Wenn sie ihn noch mal erwischen, kriegt er lebenslänglich. Also erfindet er eine Geschichte, damit sie ihn laufen lassen. Hey. Sie wissen doch selbst, wie oft so was passiert.

Und da sie es mehr auf mich abgesehen haben als auf ihn, haben sie eben einen Deal mit ihm gemacht.«

»Wer könnte ein Interesse daran haben? Und warum?«

»Keine Ahnung. Jemand bei der Staatsanwaltschaft. Irgendein Bulle. Vielleicht Ihr Freund Glitsky. Ich weiß es nicht.«

Hardy spürte, wie sein Blut wieder in Wallung geriet, aber er versuchte, sich zu beherrschen. »Kennen Sie jemanden bei der Staatsanwaltschaft oder bei der Polizei? Gab es Konflikte, von denen ich wissen sollte? Haben Sie vielleicht mit der Tochter eines Polizisten gevögelt?«

»Nein.« Cole schüttelte den Kopf, fand aber dann, dass er nicht nachdrücklich genug verneint hatte. »Hey, ich schwöre bei Gott. Nichts dergleichen.«

Hardy war ziemlich sicher, dass er die Wahrheit sagte. Und um offen zu sein, war es auch nicht zwingend, dass Cole bei der Staatsanwaltschaft einen Intimfeind hatte. Möglicherweise standen gar keine persönlichen Motive dahinter und es ging Sharron Pratt nur darum, diesen Prozess zu gewinnen. Damit die Theorie der Anklage nicht ins Wanken geriet, musste eben ein Zeuge her, der erklärte, wie Cole in den Besitz der Mordwaffe gekommen war.

Und siehe da, es hatte geklappt.

Hardy wusste, dass er über kurz oder lang ein paar Worte mit Cullen Leon Alsop wechseln musste, um sich ein besseres Bild von der Situation zu machen. Aber zuerst war es wichtig, dass Cole seine Strategie verstand und mit ihm an einem Strang zog. »Plan A lautet also Unzurechnungsfähigkeit. Sie erinnern sich an nichts.«

»Aber ich erinnere mich doch.« Trotz Hardys warnender Miene fuhr er fort. »Ich habe die Waffe gesehen. Keine Ahnung, warum, es ist wie ein Schnappschuss. Ich hatte die Waffe nicht in der Hand. Sie lag im Rinnstein neben der Leiche. Sie war schon tot. Ich schwöre.«

Hardy war fast versucht, ihm zu glauben.

»Ich schwöre«, wiederholte Cole.

»Gut, Cole, Sie schwören. Aber ich möchte jetzt fortfahren und den wichtigen Punkt ansprechen, dass jemand anderer

Elaine umgebracht haben muss, wenn Sie es nicht waren.« Hardy ging eigentlich nicht davon aus, doch es war eine Art Lackmustest für Coles Glaubwürdigkeit. Als Hardy ihm nun am Tisch gegenübersaß, war er zu achtzig Prozent sicher, dass sein Mandant innerhalb der nächsten Tage einen neuen ›Schnappschuss‹ von der Nacht zum Montag zu Tage fördern würde. Und dieser würde ganz sicher den großen Unbekannten darstellen.

Er konnte Coles überzeugende Schilderung buchstäblich hören: »*Ich schwöre. Er wandte mir das Gesicht zu und stand so etwa sieben Meter von mir entfernt unter einer Straßenlaterne. Es war ein Schwarzer, ziemlich groß, und er hatte so eine Art Jogginganzug an. Als ich zu der Leiche ging, starrte er mich an. Ich konnte ihn deutlich sehen. Ich dachte schon, dass er zurückkommen würde. Aber dann hat er offenbar gemerkt, dass ich seine Pistole aufhob, und er hat sich umgedreht und ist weggerannt.*«

»… mit mir zu tun hat.«

Hardy riss sich von seinen Gedanken los. »Verzeihung, was haben Sie gesagt?«

»Wie sehr es mich überrascht, dass Jeff überhaupt mit Ihnen über mich redet.« Hardy hatte Cole von seinem morgendlichen Besuch beim *Chronicle* erzählt und auch davon, dass Jeff Elliot sich für den Fall interessierte. »Dass er sich überhaupt mit einer Sache beschäftigt, die mit mir zu tun hat.«

»Warum?«

»Tja … ich war nicht unbedingt das, was man sich unter einem Traumschwager vorstellt.«

»Das habe ich auch schon gehört.«

»Warum also?«

Hardy holte tief Luft, beugte sich über den Tisch und begann, Unterlagen, Schreibblock und Stifte zusammenzusuchen. »Wissen Sie, Cole. Vielleicht liegt es ja gar nicht an Ihnen.« Als er sich aufrichtete, musste er plötzlich an das Gespräch mit Coles Mutter gestern in seinem Büro denken, deren letzte Jahre wegen ihres Sohnes von Trauer und Schuldgefühlen bestimmt gewesen waren. Selbst wenn Cole nicht Elaines Mörder war. Hardy hatte ihm an diesem Morgen ziemlich zugesetzt, fand aber, dass er noch nicht genug gesagt hatte. Er klopfte auf den Tisch und blickte zu seinem Mandanten hinunter. »Möglicherweise ist es bei Jeff ganz ähnlich wie bei Ihrem Freund Cullen, Cole. Es steckt etwas anderes dahinter. Sie sind zwar der Anlass, aber nicht der Grund. Verstehen Sie, was ich meine? Die Welt da draußen ist ziemlich groß, und wissen Sie was?«

»Was?«

»Sie dreht sich nicht allein um Sie.«

22

»Ich glaube, ich war ein bisschen streng mit ihm.« Hardy und David Freeman stießen mit ihren Martinigläsern an.

Eigentlich hatte Hardy das Martinitrinken zum Mittagessen schon vor zehn Jahren aufgegeben, doch bei Sam's machte er stets eine Ausnahme. Wenn man durch die Tür trat, stand man vor einem alten, kleinen Tresen aus dunklem Holz. Die Kellner trugen einen Frack. Und man hörte das Stimmengewirr viel beschäftigter Menschen, die sich mit solider Hausmannskost für einen anstrengenden Nachmittag stärkten. Und plötzlich hatte man das Gefühl, unnötigerweise auf eine der schönsten Freuden des Lebens zu verzichten, wenn man sich den Martini verkniff.

In sechs Jahren hatte Hardy keinen einzigen Arbeitstag wegen Alkoholgenusses versäumt und ein Martini würde seine Leistungsfähigkeit ganz sicher nicht schmälern. Deshalb bestellte er sich einen – Bombay Sapphire Gin, sehr trocken, eine Olive.

Freeman hatte nicht halb so viel Gewissensbisse wie Hardy. Eigentlich überhaupt keine. Er stand am Tresen, als Hardy hereinkam. Mit einem beifälligen Nicken bestellte er dasselbe und hob gleichzeitig mit Hardy das Glas. »Er hatte es sicher verdient.«

Hardy grinste schief. »Also trinken wir auf Zuckerbrot und Peitsche.«

»Die Peitsche würde auch genügen.«

Die beiden Männer tranken genüsslich. Ein Kellner teilte ihnen mit, dass ihr Tisch bereit sei, und erbot sich, ihnen ihre Gläser zu bringen.

Sam's war bereits um die Jahrhundertwende ein beliebtes Mittagslokal in San Francisco gewesen. Das Restaurant hatte sich zwar ein wenig verändert, aber noch immer die Atmosphäre eines Herrenclubs mit einem großen Speisesaal. Ein Nebenzimmer mit Nischen zu beiden Seiten, die mit Vorhängen abgetrennt werden konnten, bot mehr Privatsphäre. Freeman und Hardy nahmen in diesem Raum Platz.

McNeil war noch nicht gekommen. Vielleicht würde er auch gar nicht erscheinen, obwohl Hardy seine Einladung sehr geheimnisvoll formuliert hatte, um die Neugier seines Mandanten zu schüren. War Manny Galt bereit zu einer außergerichtlichen Einigung? McNeil brannte so darauf, dass er am Vortag eine frühmorgendliche Besprechung einberufen hatte. Gewiss wollte er das Ergebnis so schnell wie möglich erfahren. Doch vielleicht wunderte er sich auch, warum Hardy nicht einfach eine Nachricht hinterlassen hatte. Ganz sicher würde er zu dem Treffen kommen, sofern seine Zeit es erlaubte.

Bis dahin hatten die beiden Freunde viel zu bereden. Hardy gab sich Mühe, sich seine Aufregung nicht anmerken zu lassen, als er Freeman berichtete, dass er schon wieder über Dash Logan gestolpert war, diesmal in Zusammenhang mit seinem Mordfall.

Der alte Mann ließ nachdenklich sein Glas in der Hand kreisen. »Russen und Versicherungsbetrug?« Er runzelte die Stirn. »Das würde zu ihm passen.«

»Der Typ hat überall seine Finger drin. Ich finde das ziemlich interessant.«

»Deprimierend würde es besser ausdrücken.«

»Vielleicht noch mehr als das.« Hardy trank einen Schluck Gin, stellte sein Glas weg und legte sich seine Worte sorgfältig zurecht. »Ich werde das Gefühl nicht los, dass ich im

Zusammenhang mit Cole Burgess wieder auf ihn stoßen werde.«

Freeman schüttelte den Kopf. »Das bezweifle ich.«

»Ich erzähl dir, wie die Sache gelaufen ist. Logan hat die Auskunft verweigert – das weiß ich vom Richter –, als Elaine in ihrer Funktion als Sonderbeauftragte bei ihm war. Er hat ihr nicht verraten, wo sich die benötigten Unterlagen aufhielten, und meinte, sie soll sie doch selbst suchen, wenn sie sie so dringend braucht.«

»Habe ich dir schon gesagt, dass der Kerl ein Arschloch ist?«, murmelte Freeman.

Harry nickte. »Des Öfteren. Also hat sich Elaine auf eigene Faust in seiner Kanzlei umgesehen und alles durchwühlt. Und sie hat etwas gefunden, das nicht für sie bestimmt war.«

Fast wäre Freeman an seinem Drink erstickt. »Soll das heißen, dass Logan Elaine deshalb ermordet hat?«

»Oder einer der Russen. Oder ein anderer seiner Mandanten.«

»Du siehst zu viele Filme.«

»Das bedeutet doch nur, dass wir dieses Argument vorbringen und unseren Freund Dash so richtig durch den Schmutz ziehen können. Damit würden wir einige Leute sicher sehr glücklich machen.« Er zuckte die Achseln. »Wenigstens hätten wir auf diese Weise einen Sündenbock, David. Jemanden, über den die Geschworenen vielleicht mal nachdenken möchten.«

Freeman war noch nicht überzeugt. »Versteh mich nicht falsch, Diz, die Idee gefällt mir«, erwiderte er. »Aber es ist reine Spekulation. Vielleicht hat sie etwas gesehen und jemand hat sie deshalb umgebracht. Ich glaube das nicht. Und kein Richter würde dich das in einem Prozess vortragen lassen.«

Mit McNeil hingegen war es eine andere Sache. Freeman brannte darauf, zur Sache zu kommen.

Allerdings war die anfängliche Atmosphäre alles andere als entspannt. Als Hardys Mandant sich setzte, war er offenbar erstaunt und nicht sehr glücklich darüber, einen weiteren Gast am Tisch vorzufinden. Eigentlich ging Freeman die Angelegenheit gar nichts an. Und als McNeil klar wurde, dass er nicht einer von Hardys alten Freunden war, den man spontan zum Mittagessen eingeladen hatte – nein, er wollte über den Fall sprechen! –, verhielt er sich so ablehnend, wie Hardy es noch nie an ihm erlebt hatte.

Wie immer bei Sam's erschien sofort der Kellner. McNeil bemerkte die anderen beiden Gläser und bestellte ebenfalls einen Martini mit Wodka. Hardy glaubte, dass er ohne diese kurze Ablenkung vermutlich nicht geblieben wäre. Man merkte ihm deutlich an, dass er stark unter Druck stand und jeden Moment zu explodieren drohte. Sein Gesicht war hochrot. Wütend wandte er sich an Hardy: »Warum beziehen Sie in diesem Stadium noch jemanden in meinen Fall ein? Was soll dieser Unsinn? Ich habe Ihnen doch bereits gesagt, dass es vorbei ist. Wir einigen uns. Außerdem ist die Sache vertraulich.«

»Das ist sie auch, Rich. David weiß nichts über die Details.«

»Darum möchte ich auch gebeten haben.«

Freeman hatte nicht vor, sich zurückzuhalten. »Ich bin gekommen, um Ihnen von einem meiner Fälle zu erzählen«, sagte er. »Nicht von den Details. So ist es üblich.«

»Und Sie glauben, dass mich das interessiert?«

»Ja, Sir, da bin ich ganz sicher.«

McNeils gerötete Miene war immer noch feindselig. Er warf Hardy einen Blick zu und musterte dann Freemans blutunterlaufene Augen, seinen zerknitterten braunen Anzug, die Rasierseifenflecken auf dem Hemdkragen und die Haarbüschel, die ihm aus den Ohren wuchsen. »Ich bin stinksauer«, meinte er, griff dann plötzlich nach dem Vorhang und zog ihn mit einem Ruck zu. »Gut. Ich höre.«

Hardy überließ seinem Vermieter das Reden und war wie immer von seiner Brillanz beeindruckt. Obwohl er sich Mühe gegeben hatte, keine Einzelheiten zu erwähnen, als er David von dem Fall berichtete, war er sicher, dass er sich ab und zu verplappert hatte. Im Gegensatz dazu schilderte Freeman, der McNeils nach wie vor andauernde Aversion spürte, die Geschichte seines Mandanten, ohne Details zu erwähnen.

Es war eine Meisterleistung. Freeman erklärte Rich, gegen einen seiner Mandanten seien ein Zivil- und ein Strafverfahren anhängig, die miteinander in Zusammenhang stünden. Schließlich nannte er den Namen Dash Logan und erläuterte die Gemeinsamkeiten mit McNeils Fall – in der Strategie, nicht in den Fakten. Hätte Freeman ihm die Sache nicht bereits beschrieben, Hardy hätte ihm nie von Rich McNeils Problem erzählt.

Als die Geschichte zu Ende war, hatte McNeil sich ein wenig beruhigt. Langes Schweigen folgte, während der Kellner zurückkehrte, den Vorhang öffnete, Richs Drink servierte und die Bestellungen aufnahm: Kalbsbries für Freeman und Sandfelchen für Hardy und McNeil.

»Wein?«, fragte Freeman. »ABC? Alle einverstanden?«

»Den kenne ich nicht«, antwortete McNeil.

»Alles Bis auf Chardonnay«, erklärte Hardy.

Endlich lächelte sein Mandant, und Hardy fand, dass Freeman einfach ein Genie war. »Ja«, sagte Rich, »das hört sich gut an.«

»Ist einer der Herren Mr. Hardy?«

Hardy blickte auf. »Ja.« Er hasste es, wenn ihn jemand beim Mittagessen aufspürte. Ganz sicher waren es schlechte Nachrichten, ein Notfall, eine Katastrophe. Und er fragte sich, woher Rebecca die Nummer hatte.

Der Kellner war das Sinnbild professioneller Höflichkeit. »Ihr Büro hat angerufen. Kennen Sie jemanden im St. Mary's Hospital? Man versucht, Sie zu erreichen. Sie haben Ihren Piepser im Büro gelassen und Ihr Mobiltelefon ist offenbar abgeschaltet.«

»Danke.« Hardy tupfte sich den Mund ab. Kein Grund zur Panik. »Bin gleich zurück.«

McNeil stand auf. Freeman verzog keine Miene.

Angespannt folgte Hardy dem Kellner durch den Speisesaal, wo inzwischen die meisten Tische leer waren, zum Tresen. In der Straße vor dem Haupteingang stand ein großer Lieferwagen, der ihm die Sicht versperrte und den Raum verdunkelte. Während man Hardy das Telefon reichte, fiel draußen irgendeine große Palette mit lautem Krachen zu Boden. Selbst der Barkeeper zuckte zusammen.

Glitsky war tot. Das wusste Hardy ganz genau.

Er rief die Auskunft an und ließ sich für eine zusätzliche Gebühr von fünfunddreißig Cent verbinden, denn er traute sich nicht zu, die Nummer so lange zu behalten, wie es dauerte, sie einzutippen. »Sie haben einen Patienten namens Abraham Glitsky.«

»Einen Moment bitte. Er liegt auf der Intensivstation. Ich bin nicht sicher, ob er Ihren Anruf entgegennehmen kann. Bitte warten Sie.«

Das Herz klopfte ihm bis zum Halse. Er räusperte sich. Es nützte nichts. Aus der Leitung dudelte ›Feelings‹, während er in der Warteschleife hing. Doch die Zeit verging dadurch auch nicht schneller.

Die Telefonistin meldete sich wieder. »Entschuldigen Sie, Sir, wie war noch einmal der Name?«

»Dismas Hardy«, erwiderte er und hätte am liebsten hinzugefügt: »Und wie heißen Sie, Phyllis?«

»Nein«, sagte sie, »der Name des Patienten.«

»Abe Glitsky. Gestern Abend war er noch nicht auf der Intensivstation, sondern in einem Doppelzimmer.«

Sie ließ sich nicht beirren. »Laut Computer ist er auf der Intensivstation, und hier steht nirgends, dass er verlegt wurde.«

»Ist es vielleicht möglich, dass Sie das Schwesternzimmer anrufen und sich erkundigen? Könnte doch sein, dass sich jemand erinnert, wohin man ihn verlegt hat, wenn er nicht mehr dort ist.«

»Oh, das ist eine gute Idee«, erwiderte sie freundlich. »Bitte gedulden Sie sich einen Augenblick. Tut mir Leid.«

...feelings, oh, oh, oh....

Endlich ein Freizeichen. Es läutete. Jemand hob ab. »Glitsky, hallo.«

Kurz wurde Hardy vor lauter Erleichterung schwindelig. »Hast du mich angerufen?«

»Ja.«

»Ich dachte, du solltest heute operiert oder untersucht werden?«

»Das war am Vormittag. Alles prima gelaufen, falls du dir Sorgen gemacht haben solltest.«

»Ich habe den ganzen Tag an nichts anderes gedacht«, sagte Hardy. »Und ich dachte schon, du wärst tot.«

»Bin ich aber nicht«, entgegnete Glitsky. »Aber jemand anderer.«

»Wer?«

»Cullen Leon Alsop, zu Lebzeiten Starinformant. Diz, bist du noch dran?«

»Ja. Wie ist es passiert?«

»Überdosis. Reines Heroin. Er wurde gestern mit gerichtlichen Auflagen entlassen und dachte sich wahrscheinlich, dass es ganz nett wäre, ein bisschen zu feiern.«

»Wie hast du es erfahren?«

»Ridley Banks hat mich im Krankenhaus angerufen. Er war ein bisschen sauer. Denn das macht den Fall Cole Burgess noch komplizierter, und der war von Anfang an schon ziemlich chaotisch. Er war gar nicht glücklich über Cullens Pistolengeschichte, und dass er nun tot ist, gefällt ihm noch weniger.«

»Mir auch nicht.«

»Hab ich mir fast gedacht. Deshalb wollte ich es dir lieber gleich sagen.«

»Würde Banks mit mir sprechen?«

»Er ist Staatsdiener. Ich sehe keinen Hinderungsgrund.«

»Der letzte Polizist, mit dem ich geredet habe, ist suspendiert worden. Das wäre doch einer.«

»Du könntest dich ja verkleiden.«

»Oder ich täusche einen Herzinfarkt vor, damit ich schwach und hilflos wirke. Apropos: Ich freue mich zwar über deinen Anruf, aber vielleicht solltest du besser noch nicht arbeiten.«

Glitsky schwieg eine Weile und meinte dann: »Möglicherweise ist jemand anderer der Täter, Diz, und ich werde es rauskriegen.«

»Nicht, wenn du vorher ins Gras beißt.«

»Dann werde ich eben dafür sorgen, dass ich am Leben bleibe.«

Was Hardy an Freeman noch mehr beeindruckte als seine gut gefüllte Trickkiste, war der Umstand, dass er für jede Situation auf Anhieb die richtige Lösung parat hatte. Diesmal hatte er es geschafft, dass Rich McNeil ihn als Saufkumpanen und Beichtvater akzeptierte, und sogar die Vorhänge geschlossen, damit sie ungestört blieben.

Nun zog Hardy sie zurück, nahm wieder Platz und erzählte den beiden Männern, dass im Krankenhaus alles in Ordnung war. Ein Freund habe ihn kurz sprechen wollen.

Er bemerkte, dass Freeman eine zweite Flasche Pinot Grigio bestellt hatte, die bereits zur Hälfte geleert war. David und Rich hatten es innerhalb einer Stunde geschafft, von Feinden zu Freunden zu werden.

McNeil lehnte sich zurück. Sein vorhin noch zornesrotes Gesicht hatte inzwischen eine rosige Färbung angenommen. Er hatte seine Krawatte gelockert und den obersten Knopf geöffnet.

Hardy ließ sich neben ihm nieder und schenkte sich ein Glas Eiswasser ein.

»Rich hat mir gerade eine interessante Geschichte erzählt«, verkündete Freeman. »Kennst du Gene Visser?«

»Den Ex-Bullen? Klar, ich habe aber keine Ahnung, was er zurzeit so treibt.«

»Er ist jetzt Privatdetektiv. Und dreimal darfst du raten, mit wem er zusammenarbeitet.«

Hardy konnte es sich denken. Seine Augenbrauen hoben sich. »Wie haben Sie ihn kennen gelernt?«, fragte er Rich.

McNeil nahm sein Glas und trank einen Schluck. »Vergangene Woche kam er zu mir ins Büro. Er sagte, er sei im Auftrag von Mr. Logan hier und wolle nicht, dass unser guter Ruf Schaden erleide.«

Freeman kicherte höhnisch. »Wir können die Flasche auch an die Bar mitnehmen. Genau, so machen wir es. Verzeihung, Rich, ich habe Sie unterbrochen.«

Rich sah Hardy entschuldigend an. »Ich hätte es Ihnen sagen sollen, Diz. Ich dachte nur, es wäre einfacher, sich zu einigen. Ich habe die Sache so satt.«

»Was?«

McNeil stieß einen tiefen Seufzer aus. »Ach, ich weiß nicht, warum ich geschwiegen habe. Vor fünfzehn, nein, achtzehn Jahren hatte ich eine Affäre. Mit meiner Sekretärin. Es war eine große Dummheit.« Angewidert verzog er das Gesicht und trank einen Schluck Wein. »Aber so war es nun einmal. Sie wurde schwanger und hat das Kind bekommen. Sally hat es erfahren. Es war schrecklich, doch wir haben das Problem gelöst. Es war schrecklich«, wiederholte er. »Und das Mädchen, Linda … verdammt, es war nicht ihre Schuld … wie dem auch sei, ich habe mich von ihr getrennt, sie mit einem Teil meiner Ersparnisse abgefunden und ihr einen neuen Job besorgt …«

»Und jetzt erpresst sie Sie?«

McNeil schüttelte den Kopf. »Sie nicht, Diz. Sally und ich wollten es den Kindern unter allen Umständen verheimlichen. Ich hatte einen Fehler gemacht und dafür gebüßt. Ich habe gezahlt, doch das Familienvermögen war nie in Gefahr.«

»Und Visser hat es rausgekriegt?«

Ein Nicken. »Offenbar hat er in meiner alten Firma Erkundigungen eingezogen. Es gab Gerüchte, vielleicht ein paar persönliche Antipathien. Einige Jahre später habe ich die Stelle gewechselt, aber die früheren Kollegen hatten es nicht vergessen. Und jetzt …« Hilflos zuckte er die Achseln.

»Und jetzt droht Visser, es Ihren Kindern zu erzählen und Linda und ihr Kind bloßzustellen, wenn Sie sich nicht außergerichtlich einigen.« Hardy lehnte sich zurück und überlegte. »Wissen Sie, Rich, diese Sache wird ganz sicher keine Schlagzeilen machen. Sie hatten eine Affäre, Sie und Ihre Frau haben sich wieder versöhnt, Sie haben bereut.«

McNeil blickte über den Tisch. »Schon gut. Das hat David auch gesagt. Es war nur, dass Visser etwas herausgefunden hat, das vor so langer Zeit passiert ist. Außerdem kenne ich Manny Galt und habe befürchtet, er könnte mir noch etwas Schlimmeres antun … Wahrscheinlich habe ich panisch reagiert.«

»Absolut verständlich.« Freeman leitete das Gespräch und hatte McNeil nun genau an dem Punkt, wo er ihn haben wollte. »Wie dem auch sei, Diz. Ich habe ihm vorgeschlagen, dass er und Sally die Familie zusammenrufen sollten …«

Freeman nickte verständnisvoll. »Die Enkel vielleicht nicht, aber die Kinder. Dann sollten Sie ihnen ganz schlicht und einfach die Wahrheit sagen.« Mitfühlend blickte er McNeil an. »Sie werden Sie nicht verurteilen, Rich. Das verspreche ich Ihnen.«

»Ja, das glaube ich inzwischen auch.«

»Aber natürlich. Schließlich haben Sie sie großgezogen. Sie sind gute Menschen.«

Kurz dachte Hardy, sein Mandant, der hartgesottene Geschäftsmann, würde gleich zu weinen anfangen. Er hielt sich die Stirn, als hätte er Kopfschmerzen. Und er bemühte sich nicht, seine Gefühle zu verbergen. Endlich würde alles gut werden. Er wagte es kaum zu glauben.

Endlich blickte er auf und zwischen Freeman und Hardy hin und her. »Also meinen Sie beide, ich sollte einfach abwarten?«

»Nur ein paar Wochen«, erwiderte Freeman.

»Außergerichtlich einigen können Sie sich immer noch. Zu einem Strafprozess muss es gar nicht kommen«, fügte Hardy hinzu.

»Das will ich auf keinen Fall. Lieber verkaufe ich das Haus.«

»Eine richtige Entscheidung«, erwiderte Freeman mit Nachdruck. »Niemand könnte Ihnen einen Vorwurf daraus machen. Aber es ist besser, wenn Sie das zunächst für sich behalten, und zwar bis etwa … sagen wir bis zum ersten März? Drei Wochen? Was halten Sie davon?«

McNeil überlegte und nickte dann. »Das müsste gehen.«

Bilder, Gerüche und Gefühle bahnten sich allmählich einen Weg durch den Nebel.

Cole konnte sich nicht erinnern, wann er zum letzten Mal Hunger gespürt hatte – abgesehen von der Gier nach Heroin. Doch als man ihn nach der morgendlichen Besprechung mit seinem gestrengen Anwalt wieder in seine Zelle brachte, bemerkte er, dass ihm heftig der Magen knurrte. Erst vor drei Stunden hatte ihm der Wärter seine Tablette gegeben, und danach hatte Cole ein Frühstück, bestehend aus vier Scheiben Weißbrot, einem Glas Milch, Orangensaft, Würstchen und zwei Eiern, zu sich genommen. Inzwischen aber zählte er schon wieder die Minuten bis halb zwölf, wenn das Mittagessen serviert wurde.

Außerdem stellte er fest, dass sein normalerweise trockener Mund wieder von selbst Speichel produzierte. Dabei fiel ihm ein Satz aus seiner Jugend ein – hatte er ihn in der Schule gehört? ›Klingelt bei dir was, wenn du den Namen Pawlow hörst?‹ Als er daran dachte, spielte – ohne dass er selbst es ahnte – ein wehmütiges Lächeln um seine Lippen.

Da er unter Mordverdacht stand, war er getrennt von den übrigen Häftlingen untergebracht, und zwar in einem Gebäudeflügel mit sechs Zellen, drei auf jeder Seite, und einem etwa zwanzig Quadratmeter großen Gemeinschaftsraum, den die Gefangenen jedoch den Großteil des Tages nicht benutzen durften. Seine Zelle war die vorne rechts. Cole hatte nur einen ›Nachbarn‹, dessen richtigen Namen er nicht kannte. Er nannte ihn Jose; es war ein tätowierter mexikanischer Muskelprotz, der sich den Tag mit Liegestützen vertrieb. Ansonsten sah er fern, das Gerät, das mitten im Gemeinschaftsraum vor den Zellen hing, war sechzehn Stunden am Tag eingeschaltet.

Im Augenblick lief irgendeine Quizsendung. An den Gitterstäben stehend, sah Cole sich einen Teil davon zwischen zwei Werbeblöcken an, gab es dann aber auf. Jose machte wieder Liegestützen. Nachdem Cole ihn eine Weile dabei beobachtet hatte, kam er zu dem Schluss, dass das gar keine so schlechte Methode war, die Zeit totzuschlagen. Also legte er sich auf den Boden und schaffte zehn, bis ihm die Puste ausging. Nach zwanzig Liegestützen war er völlig am Ende, sein Bizeps und seine Brustmuskeln – sofern vorhanden – ächzten unter der Anstrengung. Als er einen Blick nach drüben warf, war Jose noch immer an der Arbeit und verfolgte dabei mit hochgerecktem Kopf das Geschehen im Fernseher.

Atemlos lag Cole auf dem kalten Betonboden. Er hasste sich für das, was aus ihm geworden war.

Es war, als wäre es erst gestern gewesen. Wenn er die Augen schloss, hatte er es deutlich vor sich. Er war wieder sechzehn. Er und Steve Polacek waren in der Garage seines Elternhauses und hatten um die gewaltige Summe von zwanzig Dollar gewettet, wer zuerst so viele Liegestützen schaffte, wie er in Pfund wog. Cole brachte damals hunderteinunddreißig auf die Waage, Polacek sieben Pfund mehr, weshalb er einen Vorsprung verlangte.

Cole erinnerte sich, dass sie nur zum Aufwärmen fünfzig Liegestützen gemacht hatten. Fünfzig! Wer die Wette gewonnen hatte oder ob es überhaupt einem von ihnen gelungen war, hatte er vergessen. Wahrscheinlich allen beiden – so fit waren sie damals gewesen.

Er dachte an die Garage. Die Autos wurden nie dort geparkt, nicht einmal im Winter. An der Wand hingen die Werkzeuge seines Vaters, dazu die Werkbank und in der Mitte eine Tischtennisplatte. Fahrräder und Rollschuhe, Skier, Bälle und andere Sportgeräte lagen überall herum. Bis zum Tod seines Vaters war die gesamte Familie sehr sportlich gewesen. Er und Dorothy hatten den ganzen letzten Sommer lang trainiert, bevor sie weggezogen und aufs College gegangen war. Der Plan war gewesen, in den Weihnachtsferien mit den Langlaufskiern von Des Moines bis Iowa City zu fahren.

Um die Wette.

Er hob die Wange vom Boden, stützte die Hände neben den Schultern auf und drückte. Diesmal fielen ihm schon die ersten Liegestützen schwer. Acht.

Cole wälzte sich auf die Seite, setzte sich auf, nahm die Matratze von der Betonpritsche und legte sie auf den Boden. Dann ließ er sich darauf nieder, verschränkte die Hände hinter dem Kopf und versuchte einen Sit-up. Vor langer Zeit war er recht gut darin gewesen – sechzig Stück pro Minute. Polacek hatte keine Chance gegen ihn gehabt.

Wieder begann er ziemlich schnell – und wieder war er ziemlich bald am Ende seiner Kräfte. Doch mit weniger als zwanzig wollte er sich nicht zufrieden geben, obwohl er sich bei den letzten fühlte, als wäre etwas in ihm gerissen. Aber er vollendete sein Pensum, drehte Jose den Rücken zu, schnappte nach Luft und schloss die Augen.

Das Scheppern der Außentür zum Aufenthaltsraum riss ihn aus seinen Gedanken. Cole hatte die zwanzig Minuten verschlafen, in denen man, wenn man wollte, jeden Morgen die Zelle verlassen und den Gemeinschaftsraum benutzen durfte. Zwei Wachmänner kamen mit dem Essenswagen und hämmerten an die Außentür. »Zurück in euer Zimmer, Mädels!«

Nachdem jeder in seiner Zelle saß, tippte der Wachmann seinen Nummerncode in das Tastenfeld an der Tür ein und alle Zellengitter knallten zu. Als der Wachmann Cole im Schneidersitz auf seiner Matratze auf dem Boden hocken sah, konnte er sich eine witzige Bemerkung nicht verkneifen. »Das soll wohl ein Picknick werden, Alice!«, sagte er. »Hast dir einen netten Tag ausgesucht.« Er schob das Tablett unter der Tür durch.

Cole stellte die Ohren auf Durchzug und reagierte nicht.

Eric, der Sozialarbeiter, der die Tabletten verteilte, blieb an der Tür stehen. Es war die erste Dosis, die Cole freiwillig ausfallen ließ, erst zum Abendessen wollte er wieder seine übliche Tablette nehmen. Nun erkundigte sich Eric, ob Cole seinen Entschluss nicht bereute. Doch Coles Entscheidung stand fest.

Dann kam endlich das Essen. Der Hunger, den Cole schon zuvor gespürt hatte, verwandelte sich in rasende Gier, als nun wieder eine Gefängnismahlzeit vor ihm stand. Bis jetzt waren jedes Mal vier Scheiben Weißbrot und vier Würfelchen Butter dabei gewesen.

Die Butter war warm und weich. Er verstrich ein Würfelchen auf einer Brotscheibe, faltete sie zusammen und steckte sie in einem Stück in den Mund. Beim Kauen betrachtete er das Tablett.

Heute gab es zwei dicke Fleischstücke mit Sauce, Mischgemüse, Kartoffelpürree, noch mehr Sauce, Dosenpfirsiche in einem Plastikschälchen, Milch und zwei Schokoladenkekse.

Das Brot war verspeist. Cole bohrte die Plastikgabel so heftig in das Fleisch, dass sie zerbrach. Doch das kümmerte ihn nicht. Mit dem Löffel schob er sich die ersten Bissen in den Mund und ließ sie sich auf der Zunge zergehen – der Geruch der Sauce löste Erinnerungen in ihm aus.

Die Küche der Polaceks. Ein Wintertag, später Nachmittag, draußen schneite es. Ein kleiner Imbiss nach der Schule vor dem Hockeytraining. Polaceks Mutter goss aufgewärmte Sauce über Brot und kalten Hackbraten.

Polacek. Seit Jahren schon hatte er nicht mehr an ihn gedacht, und nun fragte er sich, wo sein bester Freund von früher wohl steckte. Ganz sicher nicht in einem Gefängnis. Bestimmt hatte er einen Job gefunden und war vielleicht sogar verheiratet. Polacek als Familienvater? Schwer vorzustellen.

Im letzten High School-Jahr war ihre Freundschaft an den Drogen zerbrochen. Damals war es Marihuana gewesen. Polacek war fest davon überzeugt, dass das Zeug einen umbringen konnte, und wollte nichts damit zu tun haben. Also hatte sich Cole eine andere Clique gesucht – Reece, Baugh, Neillsen, Parducci.

Baugh war der tollste Typ von allen gewesen, wie Cole auch ein ehemaliger Freund von Polacek. Immer Musterschüler, Baseballstar, Pfadfinder. Dann, nach dem Tod seines Vaters, als Cole versucht hatte, den Verlust zu verkraften, hatte Baugh ihn zum ersten Mal mit Drogen in Kontakt gebracht. Ganz sicher hatte er dabei gute Absichten verfolgt, denn Baugh war eben ein netter Kerl. Er wollte Cole aufmuntern, der darunter litt, dass seine Schwester weggezogen war, um aufs College zu gehen, und dass sein Vater nie wiederkommen würde. Hey, das Leben ist kein Kinderspiel. Man muss lachen, sich zudröhnen, den ganzen Mist mal vergessen. Schließlich war der Tod seines Vaters ein ziemlicher Schlag gewesen.

»Es ist doch nur Marihuana, sei kein Frosch, Cole, das Zeug ist total harmlos. An einem Joint ist noch keiner gestorben.«

Doch Baugh war nun seit vier Jahren tot.

Polacek hatte ihn ein paar Mal besucht und auf ihn eingeredet, doch lieber die Finger davon zu lassen, denn es machte ihm Sorgen, wie Cole sich verändert hatte.

Echt? Alle Menschen veränderten sich. Cole war nicht süchtig. Er konnte jederzeit damit aufhören. Die anderen Jungs – Reece, Neillsen, Parducci. Seine Mutter hatte noch Kontakt zu ihren Müttern. Er hatte gehört, dass Reece in seiner Heimatstadt Polizist geworden war. Neillsen arbeitete bei General Motors. Parducci spielte immer noch Baseball und hatte Chancen auf eine große Karriere.

»Vom Marihuana sind sie alle nicht süchtig geworden«, sagte er sich, während er seine Sauce auftunkte. »Ich auch nicht.«

Wieder stand ihm Polaceks Gesicht vor Augen. Eine Party am College Notre Dame. Cole hatte nach einem Semester abgebrochen. Seine Mutter hatte ihn losgeschickt, um seinen alten Freund zu besuchen, ein dezenter Hinweis, denn er sollte sehen, wie gut Steve sich gemacht hatte, und sich ein bisschen zusammenreißen. Ein richtiger Wink mit dem Zaunpfahl. Doch er war trotzdem hingefahren. Cole hatte sich selbst nie als Junkie gesehen. Er nahm die Drogen nur zum Spaß, mehr war nicht dabei. Andere Hobbys als Dope hatte er zwar nicht mehr – *aber natürlich kann ich jederzeit aufhören.*

Es schockierte ihn, dass Steve inzwischen einer Studentenverbindung angehörte, ein Lacoste-Hemd trug, Bier trank und zu Popmusik tanzte. So ahnungslos, so naiv. Ganz im Gegensatz zu ihm, Cole, dem König des Abends …

Und dann war da dieses Mädchen, keine Ahnung, wie sie hieß. Mittlerweile war Cole auf Kokain, wann immer er welches kriegen konnte, und dealte nebenbei ein bisschen. Er saß mit dem Mädchen oben in einem Badezimmer und legte Linien aus, als plötzlich einer der Normalos reinkam. Polacek war wütend, aber ganz ruhig, und hielt ihm eine Gardinenpredigt, Cole sei Gast in diesem Haus und habe seine Freundschaft missbraucht. Er müsse sofort verschwinden! Kokain sei im Haus verboten. Das College würde ihnen sofort den Laden dichtmachen. Vielleicht sogar die Studentenverbindung auflösen.

Cole ging in die Luft; der Großteil des Schnees war verschwendet, durch das Herumgerenne in alle Winde zerstreut. »Wen interessiert dieser Scheiß, Steve? Dieser ganze Mist?«, brüllte er ihn an.

»Uns alle hier, Cole. Jeden, der versucht, sein Leben auf die Reihe zu kriegen.«

Polacek, der Streber. Cole hatte ihn nie wieder gesehen und war froh, ihn los zu sein. Den besten Freund, den er je gehabt hatte.

»Hey, Alice? Aufgegessen? Was ist los mit dir? Oder ist dir zu viel Pfeffer drin?«

23

Vor zehn Jahren, als Sharron Pratt noch Stadträtin gewesen war, hatte sie alle Hebel in Bewegung gesetzt, um ein verhältnismäßig unbekanntes Gesetz zu ändern, das Geschäftsanzeigen in den Zeitungen der Stadt regelte. Wer bis dato eine Firma gründen wollte, deren Namen nicht mit dem des Inhabers übereinstimmte, wer eine Lizenz zum Alkoholausschank beantragte, Grundstückseigentum übertrug oder sonst eine rechtsverbindliche Transaktion tätigte, musste diese Tatsache laut Gesetz in einer Zeitung mit einer Auflage von mindestens einhundertfünfzigtausend verkauften Exemplaren veröffentlichen.

Doch Sharron hatte ihre Kollegen im Stadtrat davon überzeugt, dass dieses Gesetz die kleineren Lokalzeitungen benachteilige, die es überall in der Stadt zuhauf gab und die nicht von diesem lukrativen Anzeigenmarkt profitieren konnten. So war es vorrangig ihren Bemühungen zu verdanken, dass das Gesetz geändert worden war. Inzwischen genügte es, besagte Anzeigen in einer beliebigen Zeitung zu platzieren, solange sie nur mehr als zehntausend Exemplare drucken ließ. Und das bekannteste, englischsprachige unter diesen Blättern war der *Daily Democrat*.

Die Gesetzesänderung hatte Chad Lacey, Verleger dieser Zeitung und außerdem Freund und politischer Weggefährte von Sharron Pratt, zum Millionär gemacht. Denn plötzlich kassierte Laceys Postille, die – hauptsächlich im Viertel Haight-Ashbury – kostenlos an Zeitungsständern und Haustüren verteilt wurde, fast dreihunderttausend Dollar städtischer Mittel jährlich. Nun konnte sich Lacey einige bekannte Gastkolumnisten leisten und außerdem eine Reihe von fest angestellten Reportern bezahlen. Da sein Blatt nun als seriös galt, wurde es inzwischen in drei weiteren Stadtvierteln vertrieben – im Sunset, in Richmond und in Twin Peaks. Der *Democrat* war die führende kostenlose Zeitung San Franciscos geworden.

Mittlerweile hatte er eine Auflage von fünfundzwanzigtausend Stück und verstand sich als Stimme des Volkes – vor allem der Mühseligen und Beladenen, also der politischen Anhängerschaft von Lacey und Pratt. Noch ehe eine andere Zeitung über den Fall Rich McNeill berichtete, hatte der *Democrat* bereits einen fünftausend Wörter langen Artikel über das tragische Schicksal des machtlosen und gesetzestreuen Bürgers Manny Galt gebracht, der von einem habgierigen, betrügerischen und herzlosen Vermieter aus seiner Wohnung geworfen worden war. Dieser Vermieter, der sich weder um die Menschlichkeit noch um städtische Mietgesetze scherte, wolle einen viele Jahre alten Mietvertrag einfach für nichtig erklären. Ein Foto des armen Manny wurde auf der Titelseite abgedruckt; es stellte ihn dar, wie er niedergeschlagen und bedrückt auf seinem Motorrad saß.

Jetzt stand Sharron Pratt an ihrem Schreibtisch und wählte so schwungvoll eine Telefonnummer, dass das gesamte Möbelstück erzitterte. Sie hatte die Freisprechanlage eingeschaltet, damit ihre Stimme am anderen Ende der Leitung mehr Volumen hatte. »Ich muss sofort mit Mr. Lacey sprechen. Ja, Sharron Pratt.« Sie sah auf die Uhr. Wenn Lacey nicht in einer Minute an den Apparat ging, würde sie auflegen, sich von ihrem Chauffeur zum Redaktionsgebäude des *Democrat* in der Masonic Avenue fahren lassen und schnurstracks ins Büro des Verlegers marschieren.

Die Minute war noch nicht vorbei. »Sharron, wie geht es dir?«

»Gar nicht gut, Chad. Gar nicht gut.«

»Was ist denn los?«

»Was los ist? Wollen wir mal sehen. Vielleicht liegt es an unserem Gespräch vor meiner Rede im Commonwealth Club. Erinnerst du dich daran?«

»Sharron ...«

»Weißt du noch, dass du mir versichert hast, durch eine öffentliche Forderung der Todesstrafe würde ich eine positive Presse kriegen? In Leitartikeln und so?«

»Natürlich, aber ...«

»Kein aber, Chad! Mir ist aufgefallen, dass du viel sagend schweigst, während deine Kollegen drüben beim *Chronicle*, insbesondere Jeff Elliot, sich auf meine Kosten amüsieren.« Sie nahm sich zusammen, griff nach dem Hörer und sprach in ruhigerem Tonfall weiter. »Ich dachte, wir wollten in dieser Sache zusammenarbeiten, Chad. Eigentlich hatte ich erwartet, dass du für mich Partei ergreifst.«

Sie hörte seinen Seufzer am anderen Ende der Leitung. »Tja, wir hatten hier ein paar Probleme, Sharron. Wahrscheinlich hätte ich dich schon früher anrufen sollen.«

»Was für Probleme?«

Der Verleger hielt inne. »Nun, offen gestanden haben einige meiner Reporter ... Sicher weißt du, Sharron, dass wir hier keine Verfechter der Todesstrafe sind.«

»Ich eigentlich auch nicht, Chad. Verdammt! Hier handelt es sich um einen Sonderfall.«

»Das ist mir klar, Sharron. Ich stehe auf deiner Seite. Die Schwierigkeit ist nur, dass wir hier noch überlegen, was daran so besonders ist. Uns fehlt der richtige Aufhänger. Den ersten Artikel zu diesem Thema, der abgegeben wurde, musste ich persönlich kippen. Und weißt du, warum? Weil er fast genauso klang wie Jeff Elliots *Stadtgespräch*.«

»Wer hat ihn geschrieben? Aber das spielt auch keine Rolle, schließlich ist der Verfasser dein Angestellter. Wenn er nicht spurt, schmeißt du ihn eben raus.«

»Es ist völlig gleichgültig, wer es war. Der Mann ist ein guter Reporter und hat oft positiv über dich berichtet. Aber diese Sache gefällt ihm eben nicht.«

Pratt schürzte die Lippen, nahm ein Stück Klebeband von dem Abroller, der auf ihrem Schreibtisch stand, und betupfte damit einen imaginären Fleck auf ihrem Rock. »Ich habe einen Vorschlag, Chad«, meinte sie dann. »Warum machen wir beide kein Exklusivinterview. Der Ansatz wäre, dass die Todesstrafe an sich zwar zu verurteilen, aber bei einem rassistischen Verbrechen wie diesem angebracht ist. Hier handelt es sich eindeutig um einen Mord aus Rassenhass. Und ich finde, Chad, dass so etwas regelrecht nach Blutrache schreit.«

Sie hätte fast schwören können, dass er darüber nachdachte. »Das könnte klappen«, sagte er schließlich.

»Ganz richtig«, erwiderte sie. »Wenn wir beide an einem Strang ziehen. Daran führt kein Weg vorbei.«

Eigentlich hätte Treya am Montagmorgen anfangen müssen, Mr. Jackmans Auftrag – die Sache Grayson – zu erledigen. Aber die ganze Kanzlei hatte freibekommen, um Elaines Beerdigung beizuwohnen. Nun war es Mittwochnachmittag, denn nach Glitskys Zusammenbruch hatte Treya nicht die Kraft gehabt, zur Arbeit zu gehen.

Sie wusste, dass man ihr das unter gewöhnlichen Umständen nie verziehen hätte. Auch sie selbst hätte sich diese Schwäche nie zugestanden. Und um das Ganze zu verschlimmern, hatte sie zu Hause nur untätig herumgesessen.

Offenbar hatte Mr. Jackman Verständnis für sie, doch Treya hatte trotzdem ein schlechtes Gewissen. Gestern war sie zwar ins Büro gekommen, hatte aber nur etwa sechs Stunden mit der Sache Grayson verbracht. Mr. Jackman hatte Recht. So eine langweilige Auflistung von Fakten und Zahlen war ihr noch nie untergekommen. Nach einer schlaflosen Montagnacht hatte sie einfach keine Fortschritte gemacht und schließlich war ihr klar geworden, dass sie ein wenig Ruhe brauchte, wenn sie am Abend noch Lieutenant Glitsky im Krankenhaus besuchen wollte. Und da ihr das nach ihrem Verhalten wie eine heilige Pflicht erschien, war sie schon wieder früher nach Hause gegangen.

Am Morgen war sie mit frischem Mut wieder in der Kanzlei erschienen und hatte sich direkt in das verlassene Büro begeben, in dem sie an dem neuen Projekt arbeiten sollte. Siebenundvierzig Pappkartons voller Unterlagen waren entlang der Wände, in den Bücherregalen und überall sonst aufgestapelt. Treya begann dort, wo sie am Vorabend aufgehört hatte, mit dem dritten Pappordner im ersten Karton.

Aber sie schaffte es nicht.

Nach viereinhalb Stunden stellte sie fest, dass sie vielleicht zwanzig Minuten lang produktiv gearbeitet hatte. Um halb eins sah sie auf die Uhr, betrachtete die vor ihr ausgebreiteten Papiere und stand vom Schreibtisch auf.

Seine Sekretärin war beim Mittagessen; der Tisch der Türhüterin lag verlassen da. Treya hörte ihn sprechen, offenbar telefonierte er. Als das Gespräch zu Ende war, klopfte sie an und schob die Tür einen Spalt weit auf.

»Mr. Jackman? Entschuldigen Sie. Darf ich Sie kurz stören?«

Erstaunt, aber nicht unerfreut blickte er auf. »Sie stören mich nicht, Ms. Ghent. Kommen Sie rein und erleichtern Sie Ihr Gewissen.« Als er bemerkte, dass sie seine Worte vielleicht falsch verstehen könnte, erhob er sich. »Ich meinte ... tut mir Leid ... ich wollte nicht.«

Inzwischen stand Treya mitten im Zimmer. »Schon gut. Manchmal braucht man wirklich eine Gelegenheit zu beichten.«

»Schön, dass Sie mir nicht böse sind.« Er setzte sich wieder und bot ihr einen Platz an. »Ich wollte wirklich nicht andeuten ...«

»Dass ich Grund zu einem schlechten Gewissen habe?« Sie lachte auf. »Hören Sie besser auf, sich zu entschuldigen. Sie machen es damit nur noch schlimmer.«

Schmunzelnd schüttelte er den Kopf. »Sie haben Recht.« Dann verschränkte er die Hände vor dem Bauch und musterte sie. Obwohl sein Blick nicht anzüglich wirkte, merkte man ihm an, dass ihm gefiel, was er sah. »Darf ich Sie etwas fragen?«, meinte er dann. Er wies auf das Telefon. »Gerade hat Bill Goetz angerufen. Der geschäftsführende Direktor der Oper – einer unserer Mandanten, wie Sie sicher wissen. Ihm gefiel der Slogan nicht, den sich die Werbeagentur für die diesjährige Saison hat einfallen lassen. Möchten Sie ihn hören? Mich würde Ihre Meinung interessieren.«

»Gerne.«

Er richtete sich auf, senkte die Stimme und setzte eine theatralische Miene auf. »Verstärker? So einen Mist haben wir nicht nötig!« Erwartungsvoll sah er sie an.

Treya überlegte eine Weile und nickte dann. »Ich finde ihn ganz gut.«

Jackmans Miene hellte sich auf. »Wirklich?«

»Ja.«

»Verdammt!«, rief er zufrieden aus und schlug mit der Hand auf den Schreibtisch. »Ich wusste es, ich wusste es. Er ist gut.«

»Ausgezeichnet. Lustig, peppig, und er hat eine Aussage.«

»Genau das dachte ich auch.« Jackman lehnte sich wieder zurück und verschränkte die Arme vor der Brust. »Offen gestanden habe ich ihn mir ausgedacht und der Agentur davon erzählt. Und die hat ihn wiederum Billy vorgeschlagen. Und der meinte, er sei zu – wie waren seine Worte? – vulgär und gewöhnlich. Ich habe ihm gesagt, dass man damit die Leute von der Straße anspricht, und das ist schließlich Zweck der Übung. Das muss ich ihm sofort erzählen.« Er griff nach dem Telefon, hielt inne und legte den Hörer zurück auf die Gabel. »Moment mal. Verzeihung. Sie wollten doch etwas von mir. Wie kommen Sie in der Sache Grayson weiter?«

Sie nahm allen Mut zusammen und sagte ihm die Wahrheit: Es liege nicht an dem Projekt, sondern an ihr. In den letzten Tagen habe sie die Kanzlei Zeit gekostet, und das, obwohl er so freundlich zu ihr gewesen sei ...

Er fiel ihr ins Wort. »Verraten Sie mir, was Sie wirklich bedrückt«, forderte er sie auf.

Sie holte tief Luft und sah ihn an. »Ich kann mich einfach nicht mehr konzentrieren und muss ständig an Elaine denken.« Der Rest des Problems – Glitsky und ihre verwirrten Gefühle – war zu schwierig zu erklären. Sie fuhr fort: »Vergangene Woche haben wir uns doch darüber unterhalten, ob sie Feinde hatte. Sie sagten, dass Sie einige davon kennen.« Sie hielt inne, betrachtete ihre Hände, blickte ihn wieder an und meinte, sie habe Glitsky im Krankenhaus besucht. »Ich hatte das Gefühl, irgendwie schuld daran zu sein.«

»An was? Seinem Herzinfarkt?«

Ein Nicken. »Ich weiß, dass das albern klingt.« Sie zuckte die Achseln. »Doch ich musste mich unbedingt vergewissern, dass es ihm gut geht.«

»Und wie fühlt er sich?«

»So einigermaßen.« Genau genommen ausgezeichnet, aber sie nickte nur noch einmal. »Doch er macht sich immer noch Sorgen wegen des Falls.«

Jackmans Miene wurde ernst. »Hat er Ihnen den Grund genannt? Oder Ihnen eine Erklärung gegeben?«

Sie dachte über seine Worte nach – dass es sei, als spräche Elaine endlich zu ihm – und wusste, dass sie das Jackman unmöglich begreiflich machen konnte. »Nichts Genaues. Es hat mit Coles Geständnis zu tun. Laut Glitsky enthält es Widersprüche und ist vielleicht vor Gericht nicht zulässig.«

»Also absolut wertlos? Nicht nur unzulässig, sondern unwahr?«

Sie zuckte die Achseln. »Keine Ahnung.«

Aufmerksam neigte er den Kopf zur Seite. »Und wie ist Ihre persönliche Meinung, Treya?«

Sie hatte sich das noch nicht genau überlegt. Obwohl es interessant war, dass ein erfahrener Polizist wie Glitsky sich lieber vom Dienst suspendieren ließ, als von seiner Überzeugung abzuweichen. »Ich finde, dass man diese Lücke unbedingt schließen muss.«

»Und die Polizei tut es nicht? Glitsky?«

Treya war noch immer nicht ganz bereit, von ihren Zweifeln abzurücken. Außerdem wollte sie Glitskys Autorität als Lieutenant bei der Mordkommission nicht untergraben. Also erwiderte sie ausweichend: »Nun, Sie wissen schon. Ein Verdächtiger sitzt in Haft und wird des Verbrechens beschuldigt …« Sie beendete den Satz nicht. »Die Sache ist, dass Glitsky einen Alleingang unternimmt.«

»Will er alle anderen Verdächtigen bis auf Burgess ausschließen?« Jackman kippelte hinter dem Schreibtisch auf seinem Stuhl vor und zurück.

»Ja.« Sie zögerte und beugte sich dann vor. »Und das bringt mich zu meinem eigentlichen Thema.«

Er wartete ab.

»Ist Ihnen klar, dass ich vermutlich am besten weiß, woran Elaine gerade gearbeitet hat?«

»Und das bedeutet?«

»Dass meine Kenntnisse vielleicht wichtig für die Ermittlungen sind, wenn sie den Lieutenant interessieren.«

Jackman holte tief Luft. »Wir brauchen Ihre Arbeit hier«, erwiderte er zögernd.

Die Frage der bezahlten Arbeitsstunden hing in der Luft. »Wenn ich mir die Bemerkung erlauben darf, Sir, Elaine war eine der wichtigsten Mitarbeiterinnen dieser Firma. Meiner Ansicht nach kann es nur im Interesse der Kanzlei sein, wenn ihr Mörder nicht ungeschoren davonkommt.«

Der Umsatz seiner Kanzlei war eines der wichtigsten Dinge in Jackmans Leben, was man ihm nun deutlich ansah. »Im Interesse der Kanzlei?«, wiederholte er zweifelnd.

»Cole Burgess hat Ihnen etwas gestohlen, Sir. Der Lieutenant will dafür sorgen, dass er seine gerechte Strafe erhält, und ich glaube, dass es Ihnen ebenfalls darauf ankommt.«

Sie wusste, dass sie den richtigen Ton angeschlagen hatte. Jemand hatte Jackman etwas weggenommen, aus seiner Kanzlei, die er aus dem Nichts aufgebaut hatte. Und das würde er niemals dulden. Kurz funkelten Jackmans Augen aufmerksam, und ihr wurde klar, dass es für ihn inzwischen um etwas Persönliches ging. Offenbar war es ihr gelungen, ihm das zu vermitteln. »Tun Sie, was Sie nicht lassen können«, erwiderte er ruhig. »Und rechnen Sie es als Verwaltungsstunden ab.«

Treya erhob sich und blieb stehen. Auch ihr Chef war aufgestanden und um seinen Schreibtisch herumgegangen. Etwa einen halben Meter vor ihr baute er sich auf. Plötzlich wurde Treya klar, dass er sie umarmen wollte. Doch gleichzeitig sagte ihr sein Blick, wie gut er wusste, dass er das nicht durfte. Also sah sie ihm fest in die Augen, damit er nicht von seinem Vorsatz abwich. »Was mich noch stört«, meinte sie ruhig, »ist, dass ich von ihren Feinden überhaupt nichts wusste. Dabei haben wir einander alles anvertraut. Ich denke, dass sie es mir erzählt hätte.«

Jackman wich einen halben Schritt zurück, verschränkte die Arme und starrte ins Leere. »Vielleicht ist ›Feinde‹ ein wenig übertrieben ausgedrückt«, antwortete er. »Eher Rivalen. Sie war sehr dominant und durchsetzungsfähig. Und wenn sie etwas wollte, bekam sie es auch. Die Menschen beneideten sie und hielten sie für hochnäsig und arrogant. Und dass sie das – und vielleicht auch die Leute, die sie ablehnten – überhaupt nicht wahrnahm, machte die Sache nur noch schlimmer. Möglicherweise haben Sie so etwas auch schon erlebt. Zum Beispiel hier in der Kanzlei.«

Natürlich hatte er Recht, was sie ihm mit einem leichten Lächeln bestätigte.

»Mir ist klar, dass sie andere häufig gegen sich aufbrachte, und deshalb hatte sie auch Feinde.« Seine Miene wurde plötzlich kühl. »Ich gehörte auch dazu.«

24

Es war kurz vor Einbruch der Dunkelheit. Ridley Banks war an den Tatort zurückgekehrt, zu dem man ihn wenige Stunden nach dem Morgengrauen gerufen hatte.

Er hatte einen anstrengenden Tag hinter sich. In den letzten zehn Stunden hatte er angestrengter ermittelt als normalerweise in einem ganzen Monat. Und wie immer in einem Mordfall waren die Ergebnisse nicht unbedingt berauschend. Doch Ridley glaubte, dass er auf einige äußerst interessante Punkte gestoßen war.

Das Opfer war tot im Zimmer 412 des Hotel Excelsior aufgefunden worden, das an der Ecke Sixteenth und Mission Street lag. Trotz seines Namens war das Excelsior kein Hotel im üblichen Sinne. Die Kundschaft bezahlte die Zimmer wochen- oder monatsweise und vermietete sie dann im Austausch für Drogen, aber auch für Sex, Alkohol, Kleidung und Geld weiter.

Das Zimmer, in dem Cullen Leon Alsops Leiche lag, war offiziell unbewohnt. Die Tür war nicht abgeschlossen. Dennoch hatten die Leute von der Mordkommission bei ihrem Eintreffen kein Problem, den Toten zu identifizieren. Seine Brieftasche steckte in der Gesäßtasche seiner Jeans. Außerdem entdeckte man in den vorderen Taschen die Entlassungspapiere mit den gerichtlichen Auflagen. Es handelte sich eindeutig um Cullen, und da Ridleys Name auf einem der Formulare stand, hatte man ihn angerufen.

Der Inspector verbrachte ein paar Stunden am Tatort und stellte den Leuten von der Spurensicherung einige Fragen. Dann kam er zu dem Schluss, dass es ratsam war, auf John Strout zu warten, denn er wollte mit dem Leichenbeschauer sprechen, bevor zu viel Zeit vergangen war. In San Francisco kamen Fälle von Überdosis zwar häufig vor – insbesondere in diesem Viertel –, doch für Ridleys Geschmack gab es hier zu viele Zufälle.

Der Sergeant von der Spurensicherung vertrat die Ansicht, dass Cullen nicht allein gewesen war. Jemand war bei ihm gewesen. Gewiss war dieser Jemand geflohen, als er bemerkt hatte, was hier geschah. Allerdings war es erstaunlich, dass ein Tütchen mit einer ziemlich großen Menge weißen Pulvers neben dem Bett auf dem kleinen Tischchen liegen geblieben war, wo sich die zwei den Schuss offenbar zusammengemischt hatten. Denn der Stoff war für einen richtigen Süchtigen wertvoller als pures Gold. Der Sergeant hatte noch nie erlebt, dass ein Junkie eine solche Menge zurückließ, ganz gleich, was sich sonst im Zimmer abgespielt haben mochte. Außerdem hatte Cullen sechshundertvierundfünfzig Dollar in bar, ein paar Joints und ein Streichholzbriefchen von einer Kneipe namens Jupiter in der Hosentasche.

Strout traf ein und war wie immer zurückhaltend, aber hilfsbereit. Nach der Untersuchung, der Autopsie und der Auswertung der forensischen Ergebnisse würde er irgendwann die offizielle Todesursache bekannt geben. Bis dahin hatte er nicht vor, sich hetzen zu lassen oder eine Aussage zu machen, ohne vorher sämtliche Fakten zu analysieren. Allerdings war er gewillt, seine persönliche Einschätzung einem Inspector von der Mordkommission mitzuteilen, damit dieser in die richtige Richtung ermittelte.

Die erste dieser Einschätzungen lautete, dass es sich – nach den Resten in dem Tütchen zu urteilen – um eine erstaunlich reine Form von Heroin handelte, vermutlich nahezu ungestrecktes China White. Strout erklärte Banks, man müsse in den nächsten Tagen mit mindestens einem halben Dutzend Drogentoten rechnen, falls dieser Stoff eine Kostprobe dessen sei, was momentan auf der Straße im Umlauf war. Gewiss wäre es interessant, eine solche Entwicklung im Auge zu behalten. Weder Strout noch die Leute von der Spurensicherung entdeckten Anzeichen eines Kampfes. Und deshalb befand Strout, dass die Sache auf ihn den Eindruck eines Todes durch Überdosis mache. Versehentliche Selbsttötung, kein Mord.

Doch Banks wurde das Gefühl nicht los, dass der Leichenbeschauer sich irrte.

In den nächsten beiden Stunden sprach er mit jedem, der sich im Gebäude aufgehalten und es nicht mehr geschafft hatte zu fliehen, als es sich herumsprach, dass sich hier Polizisten herumtrieben. Vierzehn der siebenundzwanzig vernommenen Personen gaben zu, Cullen wenigstens vom Ansehen gekannt zu haben. Doch niemand hatte beobachtet, wie er das Haus betrat. Und angeblich hatte niemand seine Anwesenheit im Gebäude bemerkt.

Der ›Geschäftsführer‹ war ein zahnloser Hutzelzwerg von Mitte fünfzig. Er trug einen rotbraunen Bademantel und Kampfstiefel. Natürlich hatte er keine Ahnung, wie der arme Junge in das Zimmer gekommen war, das doch offiziell leer stand. Er zeigte den Polizisten sogar den Schlüssel. Am meisten jedoch schien ihn zu interessieren, dass ihn die Stadt für den Mietausfall während der Zeit entschädigte, in der das Zimmer als Tatort versiegelt bleiben musste. Er hatte in den letzten Tagen nichts Verdächtiges gesehen oder gehört. Selbstverständlich hätte er das auch behauptet, wenn er Zeuge von Christi Wiederkunft auf Erden gewesen wäre.

In den nächsten vier Stunden hatte Ridley zuerst seinen alten Mentor Glitsky angerufen, der nun nach einem Zusammenbruch im Krankenhaus lag. Er ärgerte sich über sich selbst und über die Fehler, die er in den letzten zehn Tagen gemacht hatte, und beschloss, wieder ganz von vorne anzufangen. Dabei fiel ihm das Streichholzbriefchen von der Jupiter-Bar ein. Ausgerüstet mit einem Foto aus der Verbrecherkartei, ging er gegen halb drei in die Kneipe, wo fünf Leute – der Barmann, ein Anwalt, ein Privatdetektiv und zwei andere Gäste – Cullens Gesicht tatsächlich wieder erkannten. Ja, er sei im Lokal gewesen, habe sich ein paar Drinks genehmigt und sehr ungeduldig gewirkt. Aber er habe keinen Ärger gemacht.

Ridley war froh, endlich ein paar aussagewillige Zeugen zu treffen. Die fünf hatten sich hilfsbereit am Tresen um ihn versammelt und sich bemüht, die Fragen zu beantworten, die Ridley ihnen bei einer Tasse Kaffee stellte. Der Anwalt und der Privatdetektiv – Logan und Visser – waren sicher, das Lokal vor dem Opfer verlassen zu haben. Deshalb wussten sie nicht, wann Cullen gegangen war. Die anderen drei Zeugen einigten sich darauf, dass es kurz nach Einbruch der Dunkelheit gewesen sein musste.

Nun stand Ridley wieder ganz am Anfang, nämlich auf der Straße unweit des Hotels Excelsior. Er trug Zivil, zog das Hemd aus der Hose, öffnete seine Schnürsenkel und ließ die Schultern hängen. Nun war er ein ganz gewöhnlicher Schwarzer und freundete sich rasch mit einem anderen Mann an, der ihm sagte, wo er den nächsten Dealer finden konnte. Damien saß in einem funkelnden Buick Skylark in einer Seitengasse, anderthalb Blocks vom Excelsior entfernt, und verkaufte abgepacktes Heroin in kleinen, beschrifteten Tütchen.

In fünf Minuten würden die wenigen Straßenlaternen angehen, die in der Stadt noch funktionierten. Ridley blickte sich um, um sich zu vergewissern, dass sie unbeobachtet waren. Dann griff er unter seine Jacke, holte Pistole und Polizeimarke heraus und näherte sich dem Auto. »Glück für dich, du Scheißkerl, dass ich bei der Mordkommission bin«, sagte er. »Steig ganz langsam aus.«

Ridley wich einen Schritt zurück, damit der Dealer die Wagentür öffnen konnte. Rechts von ihm an der hinteren Stoßstange des Skylarks stand ein Typ, dessen Gesicht ihm im

Dämmerlicht vertraut erschien. Auch er hatte eine Pistole in der Hand. Mit der anderen hielt er eine Polizeimarke hoch. Er grinste gefährlich.

Damien hatte gerade einen Fuß auf die Straße gestellt, als der andere Mann sich auf ihn stürzte, ihn am Kragen packte, aus dem Auto zerrte und auf den Boden warf.

»Hey, Mann!«, protestierte Damien. »Meine Klamotten.«

Beide Polizisten hatten die Pistole auf ihn gerichtet. »Damien, Damien, Damien«, meinte der andere Mann kopfschüttelnd. »Manche Leute lernen es einfach nie. Bist du so blöd oder tust du nur so? Bist du nach all den Jahren zu dämlich, um einen Bullen zu erkennen? Sind wir beide uns nicht schon oft genug begegnet?« Wieder schüttelte er verzweifelt den Kopf. »Ich finde das wirklich deprimierend.«

Er warf einen Blick auf Ridley, der immer noch seine Polizeimarke hochhielt, um Missverständnisse zu vermeiden, und sah dann wieder den am Boden liegenden Damien an. »Dieser Mann hier«, sagte er und wies auf Ridley, »ist Inspector Banks von der Mordkommission.« Wieder lächelte er und meinte, nach rückwärts gewandt: »Jan Falk, Drogendezernat. Ich wollte Sie aufhalten, als Sie aus dem Jupiter kamen, aber Sie waren zu schnell. Tut mir Leid, wenn ich Sie erschreckt haben sollte.«

Ridley, der sich endlich wieder beruhigt hatte, erkannte Falk nun als einen der Kneipengäste aus dem Jupiter. Ein verdeckter Ermittler, und er hatte sich von ihm reinlegen lassen. »Ich werd's überleben.«

»Wollt ihr Jungs euch jetzt küssen, oder was ist?«, brummte Damien.

Falk betrachtete ihn und erwiderte mit Falsettstimme: »Wenn wir Lust dazu haben, Damien. Wir tun uns schon keinen Zwang an. Außerdem glaube ich, dass Inspector Banks dir ein paar Fragen stellen will. Richtig, Inspector?«

»Richtig.«

»Sprechen Sie mit meinem Anwalt. Mit Mord habe ich nichts zu tun.«

Banks bedachte Damien mit einem kühlen Grinsen. »Das habe ich auch gar nicht behauptet.«

»Ich habe einen Vorschlag«, meinte Falk. »Ich rufe jetzt ein paar Freunde an und inzwischen könnt ihr euch ein bisschen besser kennen lernen. Was halten Sie davon, Inspector?«

Eine halbe Stunde später verließ Damien die Seitengasse auf dem Rücksitz eines Streifenwagens. Inspector Banks und Inspector Falk winkten ihm nach und lehnten sich dann an den Skylark, um auf den Abschleppwagen der Polizei zu warten. Inzwischen fanden sie die Episode ziemlich komisch.

»Sie hatten verdammtes Glück, dass ich Sie nicht gleich abgeknallt habe«, sagte Banks.

»Ich weiß. Aber das ist mir erst eine Sekunde zu spät klar geworden. Ich wollte mir so eine gute Gelegenheit einfach nicht entgehen lassen. In den letzten Jahren habe ich diesen kleinen Dreckskerl nicht mehr gesehen.«

»Woher wussten Sie, wohin ich wollte?«

»Sie haben Excelsior gesagt. Überdosis. Also habe ich geraten. Ich bin in diesem Viertel bekannt und lasse mich deshalb nur noch selten hier blicken. Aber als ich Sie sah, dachte ich mir, es wäre doch ganz lustig, ein bisschen durch die alte Gegend zu strolchen. Und dann stehen wir beide plötzlich vor Damien.«

Ridley drückte sich diplomatisch aus, um seinen Kollegen nicht zu beleidigen. »Es war nicht sehr schwierig, ihn zu finden.«

»Nein, unserer Schätzung nach braucht ein neuer Kollege etwa eine halbe Stunde, um einen von diesen Typen aufzuspüren. Normalerweise lassen wir sie in Ruhe.«

»Aber Sie haben ihn doch gerade festgenommen.«

»Nur so zum Spaß, Inspector. Hier gibt es zwanzig Damiens pro Quadratkilometer. Wenn Sie ihn nicht gestellt hätten, hätte ich mich nicht weiter um ihn gekümmert. Diese Burschen sind nur kleine Fische und die Mühe nicht wert. Uns interessiert lediglich, dass sie uns zu ihren Bossen führen, und dann können wir vielleicht…« Er zuckte die Achseln. Die Wahrheit war zwar traurig, aber nicht von der Hand zu weisen. Jeder Polizist wusste, dass es nichts weiter als ein Tropfen auf den heißen Stein war, wenn man einen Kleindealer schnappte, und außerdem bedeutete es nur Komplikationen für alle Beteiligten. Zwischen Damien und dem Großlieferanten (dem Damien nie begegnen würde und dessen Namen er wahrscheinlich gar nicht kannte) gab es etwa sechs bis zehn verschiedene Mittelsmänner, von dem jeder seinen Profit abzweigte, meistens indem er den Stoff streckte. »Sie wollten doch etwas von ihm. Ich dachte, ich könnte seine Kooperationsbereitschaft vielleicht erhöhen. Haben Sie etwas aus ihm rausgekriegt?«

Nun zuckte Ridley die Achseln. »Damien gehört zu der Sorte von Leuten, denen ich noch weniger traue als Versicherungsvertretern.«

»Und was wollten Sie wissen?«

»Ob auf der Straße ein neuer, superreiner Stoff im Umlauf ist. Daran ist mein Toter nämlich gestorben.«

»Und was hat Damien geantwortet?«

»Nein. Dasselbe Zeug wie immer. Garantiert. Ich fasse es nicht, dass diese Typen tatsächlich Markennamen auf die Tütchen schreiben. Der Stoff, den Damien bei sich hatte. Himmlischer Rausch. Ach, du meine Güte.«

»Klar. Sie haben noch viel tollere Namen – Nirwana, chinesischer Schlaf, Teerbabys. Was war sonst noch mit Ihrem Toten?«

»Der Leichenbeschauer sagte – inoffiziell natürlich –, dass der Stoff vermutlich nahezu ungestreckt war. Und er befand sich nicht in einem Behälter, nur in einem ganz normalen Plastiktütchen.«

Falk nahm den Fuß von der Stoßstange und ging ein paar Schritte. Nachdem er eine Weile verharrt hatte, nickte er, als sei er zu einem Schluss gelangt, und drehte sich wieder zu Ridley um. »Deshalb bin ich Ihnen gefolgt, als Sie die Kneipe verlassen haben.«

»Warum?«

»Weil ich im Jupiter an einer Sache dran bin. Dort wird hauptsächlich mit Kokain gedealt, und da es ein Treffpunkt für Rechtsanwälte ist, wollen einige Leute aufräumen, bevor es zu einer Razzia kommt. Habe ich mich klar genug ausgedrückt?«

»Ja.«

»Gut. Als ich gestern Nachmittag da rumgehangen bin,

spazierte Ihr Freund Cullen rein, so wie wir es Ihnen heute erzählt haben. Allerdings war er nicht nur ein bisschen ungeduldig, sondern ist regelrecht die Wände hochgegangen. Er hat sein halbes Bier stehen lassen und ist aufs Klo. Ein paar Minuten später ist einer der Typen, die heute auch da waren – der Privatdetektiv Visser – ebenfalls aufgestanden und ihm nach. Ich war schon in diesem Klo, es gibt dort nur eine Kabine und ein Pissoir. Trotzdem sind die beiden geschlagene zehn Minuten dringeblieben. Dann kehrte Visser als Erster zurück und setzte sich an seinen Tisch. Im Jupiter kümmert sich am Nachmittag niemand um so was. Außer mir natürlich.«

»Und was war passiert?«

»Nicht das, was Sie vermutlich denken. Nach einer Minute war der andere auch wieder da. Nur war er jetzt ruhiger. Setzte sich und trank noch ein Bier, während Visser und Logan – sein Freund, der Anwalt – gegangen sind.«

Ridley schüttelte den Kopf. »Ich blicke da nicht ganz durch. Cullen ist nicht an Kokain gestorben, sondern an Heroin.«

Aber Falk sah eine Verbindung. »Egal«, meinte er. »Visser war in der Kneipe und er hat Cullen etwas gegeben. Und heute Morgen ist der Typ tot. Ich habe gar nicht darüber nachgedacht, bis Sie heute gekommen sind und Fragen gestellt haben. Doch als ich das Gesicht des Jungen gesehen habe, hat es bei mir im Hirn zu rattern begonnen. Verstehen Sie?«

»Das Gefühl kenne ich«, erwiderte Ridley. »Bei mir fängt es auch gerade an.«

25

»Ein einigermaßen fähiger Jurist?« Frannie pfiff beeindruckt durch die Zähne. »Hat David das tatsächlich so gesagt?«

»Wortwörtlich.«

Moses McGuire, der hinter dem Tresen des Shamrock stand, schob seinem Schwager ein Glas mit einer Mischung aus Bass Ale und Guinness zu. »Er will dir nur schmeicheln«, meinte er. »Bestimmt erhöht er dir in den nächsten Wochen die Miete. Sei auf der Hut.«

Hardy schüttelte den Kopf. »Es war ein ehrlich gemeintes Kompliment. Du hättest dabei sein sollen. Ich glaube, es ist ihm einfach so rausgerutscht.«

»Sprechen wir von David Freeman?«, wandte Frannie ein. »Dem rutscht nichts einfach so raus.«

»Schamlose Schmeichelei«, ergänzte Moses. »Und außerdem ziemlich dürftig.«

Hardy trank einen Schluck. »Mose, ich habe Freeman einmal sagen hören, Oliver Wendell Holmes sei gar nicht so dumm gewesen. Wenn der bedeutendste Anwalt unseres Landes gar nicht so dumm ist und ich ein einigermaßen fähiger Jurist bin, stehe ich doch gar nicht so schlecht da.«

»Mindestens auf der Warteliste für den Obersten Gerichtshof«, sagte Frannie. »Ich kann es kaum noch erwarten.«

»Ich halte eine Mieterhöhung für am wahrscheinlichsten.« Moses ließ sich nicht so rasch überzeugen. »Ich würde heute Abend in kein teures Restaurant gehen. Ihr werdet das Geld brauchen.«

Es war ihr gemeinsamer Abend. Normalerweise standen nicht der Redwood Room im Clift und das Charles Nob Hill auf dem Programm. An einem typischen Mittwoch trafen sie sich – Hardy kam aus der Innenstadt, Frannie von zu Hause in der Thirty-fourth Avenue – im Little Shamrock, an der Ecke Ninth Street und Lincoln Way. Nach einem Drink, normalerweise am Tresen, wo Moses waltete, gingen sie in irgendein Restaurant zum Essen.

Ein junges Paar hatte sich an der Bar neben dem Fenster niedergelassen, und Moses zog los, um die Bestellungen aufzunehmen. Hardy berührte Frannies Hand und drückte sie sanft. Dann griff er mit entschuldigender Miene nach dem Piepser an seinem Gürtel. »Tut mir Leid, ich wollte ihn eigentlich im Auto lassen.«

»Nun, aber du hast es nicht getan ...« Doch sie war daran gewöhnt. Die ständigen Unterbrechungen waren zwar störend, aber kein Thema mehr zwischen ihnen. Wenn sie am Restaurant ankamen, würde sie ihn daran erinnern, den Piepser vom Gürtel zu nehmen und im Handschuhfach zu verstauen. Nun tätschelte sie seine Hand und küsste ihn zart auf die Wange. »Schon gut, mach nur.«

Hardy benützte das Telefon hinter dem Tresen – wie er glaubte, der letzte funktionierende Wählscheibenapparat in Kalifornien. Die Nummer, die er zurückrufen sollte, war ihm nicht auf Anhieb vertraut, und das allein war schon seltsam. Auch wenn Hardy vielleicht nur ein einigermaßen fähiger Jurist war, sein Faible für das Auswendiglernen von Telefonnummern grenzte ans Fanatische. Doch diese hier kannte er nicht.

»Banks«, meldete sich eine Stimme. »Mordkommission.«

»Inspector, hier spricht Dismas Hardy. Danke, dass Sie sich bei mir gemeldet haben.«

Die Stimme klang nicht sehr begeistert. »Klar, ich tue mein Bestes, um meine Anrufe zu beantworten. Wie kann ich Ihnen helfen? Sie sagten, der Lieutenant…« Er beendete den Satz nicht.

»Ich habe heute Nachmittag mit Abe gesprochen. Er meinte, der Fall Cullen Alsop hinge vielleicht mit Elaine zusammen. Mit Cole Burgess.«

»Kann sein.« Der Tonfall war immer noch ablehnend.

»Soweit ich weiß, kam Ihnen die Geschichte mit der Pistole auch ein wenig merkwürdig vor. Und dann die Überdosis, ausgerechnet am Tag, an dem Cullen entlassen wurde…« Hardy hoffte, dass Banks das Thema aufgreifen und weiterreden würde. Doch er wusste auch, warum der Polizist zögerte, und er hatte Verständnis dafür. »Möglicherweise wollte ihn jemand zum Schweigen bringen.«

»Möglicherweise.« Banks ließ sich auf nichts festlegen. »Strout tendiert eher zu einem Unfall.«

»Was denken Sie?« Vergeblich wartete Hardy auf eine Antwort. Er schaffte es nicht, den jungen Mann zum Reden zu bringen. Genau genommen standen sie auf verschiedenen Seiten, und er musste einen Weg finden, die Kluft zu überbrücken.

Endlich hörte er wieder Banks Stimme. »Tja…« Offenbar wollte er das Gespräch beenden.

Doch Hardy ließ ihm keine Gelegenheit dazu. »Erinnern Sie sich noch an die Beerdigung, Inspector? Als Sie Abe fragten, ob Sie noch etwas tun könnten?«

Keine Antwort.

»Ich bitte Sie nur, mir eine halbe Stunde Ihrer Zeit zu opfern. Es könnte wichtig sein.«

Wieder eine lange Pause. Dann antwortete Banks in sachlichem Ton; anscheinend war er zu einer Entscheidung gelangt. »Ich habe gleich einen Termin, den ich unbedingt einhalten muss. Er hängt mit dem Fall zusammen. Danach wollte ich noch kurz vor Ende der Besuchszeit beim Lieutenant im Krankenhaus vorbeischauen, so zwischen neun und halb zehn.«

»Zufällig wollte ich nach dem Essen auch zu ihm.«

Er hatte Ridley eine goldene Brücke gebaut; offenbar hatte der junge Mann darauf gewartet. »Also könnten wir beide uns doch zufällig dort treffen.«

Das Wetter hatte aufgeklart und es war ein wenig wärmer geworden – obwohl man es keinesfalls als mild hätte bezeichnen können. Doch der eiskalte, feuchte Wind der vergangenen Woche hatte sich gelegt. Die Luft war ruhig und am Himmel leuchteten die Sterne.

Wie durch ein Wunder war es Hardy und Frannie gelungen, ohne Reservierung einen Tisch im Pan Y Vino, ihrem Lieblingsitaliener am Hafen, zu ergattern. Nach dem Essen beschlossen sie, einen Spaziergang zu machen. Inzwischen hatten sie sämtliche Entwicklungen im Leben ihrer Kinder, Frannies Fortschritte bei ihren Bewerbungen an verschieden Universitäten – sie hatte alle abgeschickt –, das ausgezeichnete Essen, Moses, Abe, seine Gesundheit und seine Kinder erörtert. Selbst Treya Ghent war zur Sprache gekommen. Warum sie im Krankenhaus erschienen war und weshalb sie sich wohl so für Glitskys Wohlbefinden interessierte. Dazu waren die gemeinsamen Abende schließlich da – um Informationen auszutauschen und einander auf den neuesten Stand zu bringen. Um das Privatleben zu pflegen.

Sie hielten sich an den Händen und schlenderten durch die Menschenmenge die Union Street entlang. Es war noch nicht halb neun. Hin und wieder blieben sie stehen, um ein Schaufenster zu betrachten. Nach einer Weile drückte Frannie die Hand ihres Mannes und sah ihn lächelnd an.

»Entschuldige, hast du etwas gesagt?«, fragte er.

»Ich sagte gerade ›... und dann starb meine Großmutter.‹ Offenbar hast du das gehört, denn du bist aufgewacht.«

»Tut mir Leid«, meinte er. »Ich bin offenbar ein wenig geistesabwesend.«

Sie wollte ihm keine Vorhaltungen machen. »Schon gut«, erwiderte sie, »du warst bis jetzt der Inbegriff der Geduld. Wenn du möchtest, können wir den gemeinsamen Abend für beendet erklären und über dein Problem sprechen.«

In den ersten Jahren waren ihre gemeinsamen Abende hauptsächlich von Gesprächen über Hardys Beruf geprägt gewesen. Hin und wieder beschäftigten seine Fälle ihn so sehr, dass er vorschlug, gemeinsam zu einem Tatort zu fahren oder im Gefängnis einen Mandanten zu befragen. Bei den Mahlzeiten diskutierten sie die Fälle, bis keiner von ihnen mehr merkte, was er eigentlich aß.

Nach einer Weile hatten sie deshalb beschlossen, an ihren gemeinsamen Abenden nicht mehr zu fachsimpeln. Ab und zu passierte es zwar trotzdem noch, aber meistens wurde die Regel eingehalten, die ihnen beiden sehr wichtig war.

Doch Frannie hatte Recht. Heute Abend waren Hardys Beiträge zu den verschiedenen Familien- und Privatthemen bestenfalls als einsilbig zu bezeichnen gewesen. Geistesabwesend beschönigte seinen Zustand noch. Frannie wusste, dass er und Freeman beim Mittagessen in einem Problem einen entscheidenden Schritt weitergekommen waren. Und einiges wies darauf hin, dass zwischen einigen von Hardys aktuellen Fällen ein Zusammenhang bestand. Innerhalb der nächsten Stunde würde er mit Glitsky sprechen und neue Informationen von Ridley Banks bekommen. Dann würden die Verbindungen vielleicht endlich klar werden. Und an etwas anderes konnte er momentan nicht denken.

»Ich möchte Ridley nicht mit dämlichen Fragen die Zeit stehlen«, erklärte er. »Ohne Abes Fürsprache wird er mir sowieso nicht helfen wollen. Und ich habe nicht vor, ihn unter

Druck zu setzen und ihn zu vergraulen. Dann schaltet er nur auf stur.«

»Und wie willst du das anstellen?«

»Wenn ich mit der Videoaufzeichnung von Coles Verhör, also mit dem Geständnis anfange, geht er sofort.«

»Warum?«

»Weil Ridley derjenige ist, der die Vernehmung durchgeführt hat. Er steht noch immer dazu, obwohl die Sache mit Cullens Überdosis die Angelegenheit zweifelhaft erscheinen lässt. Weder er noch ich kennen den Grund, aber man kann es nicht einfach ignorieren. Und Abe hat deswegen seinen Job verloren und wäre beinahe gestorben. All das mag nichts miteinander zu tun haben, doch Ridley ist hin und hergerissen.«

»Und du willst ihm den Kopf gerade rücken?«

Hardy nickte. »Als einigermaßen fähiger Jurist schaffe ich es vielleicht, ihm wenigstens die Probleme zu verdeutlichen.«

»Und was wären das für Probleme?«

Er blieb stehen und trat ein Stück beiseite, um den anderen Fußgängern Platz zu machen. Da es immer noch ziemlich kühl war, stand ihm eine Dampfwolke vor dem Mund, als er aufseufzte. »Genau darum geht es ja. Ich weiß es nicht, Fran. Den ganzen Tag zermartere ich mir schon das Hirn. Vor allem, seit ich dahinter gekommen bin, dass Dash Logan Elaine kannte, was natürlich wiederum eine Verbindung zu Cole darstellt. Aber ich traue Logan keinen Mord zu. Und ich sehe keinen Zusammenhang zwischen Elaine und Rich McNeil. Es ergibt einfach keinen Sinn. Nichts passt. Der einzige Anhaltspunkt ist Logan, denn der hat offenbar überall die Finger drin.«

»Und die Pistole? Richtig?«

Hardy schüttelte den Kopf. »Nur, wenn Ridley deswegen Zweifel bekommt. Und das ist anscheinend passiert.«

»Okay, was hältst du davon?« Frannie interessierte sich nur selten für die Einzelheiten von Hardys Fällen, doch nun war ihre Neugier geweckt. »Wenn Abe Zweifel hat und Ridley auch, steht keiner der beiden auf Seiten der Staatsanwaltschaft. Habe ich Recht?« Sie brauchte seine Antwort nicht abzuwarten, es war eine gewaltige Untertreibung. »Dann solltest du dich vielleicht besser mit dem Gedanken anfreunden, dass Cole die Wahrheit sagt.«

»Er war also nicht unzurechnungsfähig? Er ist über sie gestolpert, nachdem ein anderer sie ermordet hatte?«

Sie zuckte die Achseln. »So kann es doch gewesen sein.«

»›So kann es doch gewesen sein‹ wird als Begründung im juristischen Sinne nicht anerkannt, Frannie. So kann ich vor den Geschworenen nicht argumentieren.«

»Und was ist mit dem Richter? In der Anhörung?«

Hardy schüttelte den Kopf, ohne lange darüber nachzudenken. »Die Anhörung ist nur eine Formalität. Es kommt auf die Wahrscheinlichkeit an, nicht darauf, sämtliche vernünftige Zweifel auszuräumen. Torrey hat das eindrucksvoll demonstriert. Das Geständnis allein sollte diesen Anforderungen genügen. Und das war es dann. Wir müssen vor Gericht.«

»Schon gut, ich weiß, aber hör mir mal zu …« Ihre Augen funkelten begeistert. »Dieser Fall hat etwas an sich, das alle Beteiligten, sogar euch Profis, verwirrt. Das musst du doch zugeben. Warum zum Beispiel ist Abe deshalb vom Dienst suspendiert worden? Das ist doch nicht normal. Und nun erklärt sich Ridley Banks zu einem Gespräch mit dir bereit. Selbst du als einigermaßen fähiger Jurist bist mit deinem Latein am Ende.«

»Wobei die Betonung auf ›Jurist‹ liegt. Der Rest von mir ist zurzeit nicht so auf Zack.«

»Okay. Trotzdem. Ich meine nur, dass du dieses Gefühl vielleicht einem Richter vermitteln könntest. Den Geschworenen nicht, aber möglicherweise einer Einzelperson. Wenn du dem Richter alle Fragen vorlegst.«

Hardy starrte ins Leere. Einige Male wollte er das Wort ergreifen, verlor aber immer wieder den roten Faden. Schließlich sah er sie an. »Das Problem ist, Fran, dass man dann von der Annahme ausgehen müsste, Cole wäre nicht der Täter. Und ich halte ihn für schuldig.« Er hinderte sie mit einer Handbewegung daran, ihn zu unterbrechen. »Ich behaupte nicht, dass es Absicht war oder dass er die Tat geplant hat. Vielleicht war er ja wirklich nicht bei klarem Verstand. Aber eines sage ich dir: Er hatte eindeutig die Mittel, ein Motiv und eine Gelegenheit – und außerdem genau das Gegenteil von einem Alibi.« Seine Stimme wurde scharf. »Dieser Typ ist ein jämmerlicher Verlierer, der nichts als Mist baut, anderen Leuten das Leben schwer macht und sein Handeln dann aufrichtig und bitter bereut. Möglicherweise glaubt er seine eigenen Lügen irgendwann selbst. Doch offen gestanden finde ich, dass er für seine Tat bestraft werden sollte. Nicht mit der Todesstrafe. Auch nicht mit lebenslänglich, denn dann wäre er der Einzige, der in San Francisco je dazu verdonnert worden wäre. Und aus diesem Grund habe ich den Fall übernommen. Aber er hat ein paar Jährchen im Knast verdient; möglicherweise kommt er dort ja wieder zur Vernunft.«

»Vermutlich nicht.«

»Vermutlich nicht«, stimmte Hardy zu. »Nach den Gesetzen der Wahrscheinlichkeit könntest du Recht behalten.«

»Also plädierst du auf Unzurechnungsfähigkeit?«

Seine Augen blitzten gereizt auf. »Und das, Frannie, wäre schon ein großer Triumph.«

»Selbst wenn er unschuldig ist?«

»Er war es!«

»Er streitet es aber ab.«

»Das tun sie alle. Ein kluger Anwalt fragt gar nicht danach.«

»Doch wenn die beste Verteidigung, die das Gesetz zulässt, in dem Beweis bestünde, dass er Elaine nicht ermordet hat und die Wahrheit sagt, musst du es doch tun. Sonst solltest du den Fall einem Kollegen übergeben.«

»Ausgeschlossen!«

Sie gab ihm eine Weile Zeit zum Nachdenken. »Wenn du nachher mit Abe und Ridley sprichst, solltest du dir anhören, was sie zu sagen haben.«

»Ob du es glaubst oder nicht, genau das hatte ich vor. Was hast du denn gedacht?«

Sie sah ihm in die Augen. Ihre Stimme war sanft und freundlich. »Dass du nach Argumenten für den Prozess suchst, nicht nach etwas, das du glauben kannst.«

Bis jetzt hatte Frannie nur selten erlebt, dass das irische Temperament ihres Mannes mit ihm durchging. Deshalb war sie erstaunt, wie sehr er über ihre Äußerung in Wut geriet.

Wegen Cole Burgess? Das ergab doch keinen Sinn – außer, der Junge verkörperte etwas anderes für Hardy.

Plötzlich fiel es ihr wie Schuppen von den Augen. Cole, der gebildet war und aus der weißen Mittelschicht, aus einem guten Elternhaus, stammte, war für ihren Mann das Sinnbild der Bedrohung, der Inbegriff all dessen, was er fürchtete und nicht beeinflussen konnte. Was mochte aus seinen eigenen Kindern werden, wenn er nicht stets ein wachsames Auge auf sie hatte? Selbst bei der besten Aufsicht konnten sie stets zum Opfer willkürlicher Gewalt werden. Die Schrecken, die in der Dunkelheit lauerten. Ein Moment der Schwäche konnte zu einer Tragödie führen, und deshalb durfte der Kampf niemals aufhören, keine einzige Sekunde lang.

Als sie ihm über die Wange streicheln wollte, wich er ärgerlich zurück. Während seines kleinen Monologs war ihm die Zornesröte ins Gesicht gestiegen. Die anderen Passanten auf der Union Street glaubten sicher, Zeugen eines Ehestreits zu sein.

»Dismas?«, sagte sie leise.

Er kochte innerlich und er blinzelte heftig, weil ihm die Tränen in die Augen stiegen.

»Was hast du?«, wollte sie wissen.

Er konnte nicht antworten.

Sie nahm ihn in die Arme und drückte ihn an sich. »Es ist gut«, flüsterte sie. »Alles ist gut.«

Rund um Abes Bett fand wieder ein Familientreffen statt. Isaac hatte Jacob, der gerade aus Mailand eingetroffen war, vom Flughafen abgeholt. Nat und Orel waren schon da. Zum ersten Mal in fast zwei Jahren war die ganze Familie wieder zusammen. Sie waren froh, unter sich zu sein, denn da sich die Sache mit Elaine herumgesprochen hatte, gab es viel zu bereden.

Kurz vor neun erschienen Hardy und Frannie, die ziemlich mitgenommen wirkten. Bei Jacobs Anblick brachen sie zwar – wie gestern auch bei Isaac – in Jubelrufe aus, doch die Freude dauerte nicht lange. Man merkte ihnen die Anspannung deutlich an. Dass Hardy vergeblich auf Ridley Banks wartete, um mit ihm über Cullen Alsop zu sprechen, trug nicht gerade dazu bei, die Stimmung zu verbessern. Außerdem war es ohnehin nicht passend, einen Mordfall in Gegenwart von Nat und den Jungen zu erörtern.

Um viertel vor zehn verabschiedeten sich alle.

Glitsky lehnte sich zurück und schloss die Augen. Er war erschöpft. Sein Bein pochte, da man die Sonde für das Angiogramm in seine Femoralarterie eingeführt hatte. Und die Brandblasen auf seiner Brust – Erinnerungen an die Wiederbelebungsmaßnahmen – juckten scheußlich. Außerdem hatte man ihm gerinnungsfördernde Medikamente verabreicht, die ihn müde machten.

Er hatte das Gefühl, sein Herz zu spüren. Die Anwesenheit seiner Söhne und seines Vaters hatte ihn sehr berührt. Vor der Ankunft der Hardys und den vielen Fragen über Elaine hatte er Jacob gebeten, ihm mit seiner in Italien ausgebildeten Stimme etwas vorzusingen. Zum Erstaunen seines Sohnes hatte er nichts aus dem Opernrepertoire, sondern ›Unchained Melody‹ hören wollen. Jacob hatte so wunderschön gesungen, dass die Schwestern und andere Besucher ins Zimmer getreten waren und Beifall geklatscht hatten.

Nun fiel ihm die Melodie wieder an. Es war Flos Lied gewesen, doch er dachte in diesem Moment nicht an seine verstorbene Frau. Stattdessen schlug er die Augen auf, nahm sein Buch zur Hand, holte Treyas Visitenkarte heraus und griff zum Telefon.

26

Jonas Walsh, immer noch in OP-Tracht, belegte einen ganzen Tisch in der Cafeteria des St. Mary's Hospital. Die gesamte Tischplatte war mit den säuberlich auseinander gefalteten Seiten seiner Zeitung bedeckt. Auf einem Tablett befanden sich die Überreste seines Imbisses – ein leeres Obstsalatschälchen, ein Teller, auf dem trockener Toast gewesen war, und drei Saftgläser. Er war ein Stück vom Tisch abgerückt und hatte den Knöchel über das Knie gelegt. Die Kaffeetasse hielt er auf Armeslänge von sich gestreckt. Für einen einzigen Menschen brauchte er eine Menge Platz. Es war halb elf Uhr vormittags. Seine drei Leistenbruchoperationen waren – wie immer – ohne Zwischenfall verlaufen.

Dennoch merkte man seiner Körperhaltung an, dass er alles andere als zufrieden war. Er konnte die Pause nicht genießen, denn seine unfähige Sekretärin hatte es nicht geschafft, für diese Zeit weitere Operationen anzusetzen, obwohl er noch einige Patienten auf der Warteliste hatte. Ein paar hatten abgesagt, und dennoch war es ihr nicht gelungen, die Lücken im Terminplan zu füllen. Wenn einem der OP nur an zwei Tagen pro Woche zur Verfügung stand, musste man diese Gelegenheiten nutzen. Nun aber konnte er heute anstelle von zehn Leistenbrüchen nur acht operieren, und das bedeutete, dreitausendzweihundert Dollar zum Fenster hinauszuwerfen. Außerdem musste er eine stundenlange, unwillkommene Pause hinter sich bringen, bevor er mit weiteren vier Operationen am Nachmittag noch mehr Geld verdienen konnte. Auf diese Weise würde er seine Kredite nie zurückzahlen.

Wenigstens hätte seine Sekretärin die Nachmittagstermine vorverlegen und ihm damit zu einem früheren Feierabend verhelfen können. Aber nein. Er würde sich nach einem Ersatz für sie umsehen müssen.

Nachdem er den Sportteil studiert hatte, griff er nach dem Wirtschaftsteil und stellte fest, dass seine Aktien nicht gestiegen waren. Mit einem angewiderten Kopfschütteln trank er einen Schluck aus seiner Tasse und stieß einen leisen Fluch aus, als er feststellte, dass der Kaffee lauwarm geworden war.

»Ist hier noch frei?« Ein hoch gewachsener Schwarzer mit Hakennase und einer Narbe quer durch die Lippe war neben seinem Tisch aufgetaucht. Er hatte eine Rasur bitter nötig, doch er stand lässig und mit freundlicher Miene da. Seine Hände steckten in den Taschen seiner Windjacke. Walsh glaubte, trotz der dunklen Haut einen leichten aschfahlen

Schimmer zu entdecken. Außerdem war das Weiße in den Augen des Mannes leicht gelblich verfärbt.

War er krank?

Jedenfalls hatte er keine Lust, sich mit ihm abzugeben und sah sich deshalb demonstrativ um. Im Raum befanden sich etwa zehn Personen, etwa vierzig Tische waren unbesetzt. »Tut mir Leid, ich bin beschäftigt«, sagte er. »Bitte nicht hier, Kumpel. In Ordnung?« Er wandte sich wieder seiner Zeitung zu.

»Sind Sie Jonas Walsh?« Der Mann setzte sich einfach und räumte ein Stück Tischplatte vor sich frei.

Ein finsterer Blick. »Ich bin Doktor Walsh, richtig. Und ich habe Ihnen gerade erklärt, dass ich beschäftigt bin.«

»Das sehe ich«, erwiderte der Mann ruhig. »Ich könnte Ihnen auch meine Polizeimarke zeigen. Aber vielleicht wäre Ihnen das unangenehm.«

Walsh knallte die Zeitung auf den Tisch und starrte sein Gegenüber fragend an. »Sie sind Glitsky«, meinte er schließlich.

»Genau.«

»Elaines Vater.« Walsh bedachte ihn mit einem herausfordernden Blick.

»Soweit ich weiß, schon. Offenbar hat es sich bereits herumgesprochen. Woher haben Sie es erfahren?«

»Was glauben Sie? Wir hatten keine Geheimnisse voreinander. Vielleicht wissen Sie auch, dass wir verlobt waren.«

Glitsky nickte. »Und deshalb unterhalten wir uns jetzt. Waren Sie glücklich? Hat zwischen Ihnen alles gestimmt?«

»Ja.« Eine Pause. »Natürlich.« Er wartete darauf, dass Glitsky weitersprach, und als dieser schwieg, fügte er hinzu: »Klar doch. Warum auch nicht?«

»Kein besonderer Grund.«

Glitsky musterte ihn. Walsh, der seiner Miene nichts entnehmen konnte, gab sich schließlich geschlagen. »Was ist?«, knurrte er. »Was wollen Sie von mir?«

»Antworten auf ein paar offene Fragen. Sicher haben Sie gehört, dass wir einen Verdächtigen in Haft genommen haben. Aber wir können uns noch immer nicht erklären, warum Elaine sich um diese Uhrzeit in der Innenstadt aufhielt. Wen wollte sie treffen? Kannte unser Verdächtiger sie vielleicht?« Ein Achselzucken. »Lauter solche Punkte eben. Wenn Sie beide keine Geheimnisse voreinander hatten, können Sie mir möglicherweise helfen.«

»Natürlich helfe ich Ihnen gerne – wenn es möglich ist.« Walsh presste die Lippen fest zusammen, blickte kurz zur Decke und sah dann wieder den Lieutenant an. Als er das Wort ergriff, hatte er einen sachlichen, höflichen Ton angeschlagen, als spräche er mit einem Patienten. »Tut mir Leid, dass ich gerade so unfreundlich war. Die letzten Wochen waren sehr schwer für mich.«

»Das kann ich mir vorstellen. Ich muss mich entschuldigen.« Er hielt kurz inne. »Hatte Sie am Sonntag, dem Abend, an dem sie nicht nach Hause kam, gesagt, dass sie länger wegbleiben wollte?«

»Mehr oder weniger. Ich glaube, ja. Sie rief an und hinterließ eine Nachricht.«

»Sie waren nicht da?«

»Nein. Wir hatten in Sausalito gefrühstückt und dann fuhr sie zur Arbeit. Ich habe eine lange Radtour nach Tamalpais und zurück durch Lucas Valley unternommen. Zu mehr sportlicher Betätigung fehlt mir die Zeit.«

»War jemand bei Ihnen?«

Walsh, dem die Frage gar nicht gefiel, wollte schon eine gereizte Antwort geben. Doch dann schüttelte er nur niedergeschlagen den Kopf. »Nein, ich war allein.«

»Danach sind Sie nach Hause, nach Tiburon, gefahren und haben dort eine Nachricht vorgefunden. Um wie viel Uhr war das? Wann kamen Sie zurück?«

»Zwischen halb sechs und sechs. Es wurde gerade dunkel.«

»Und sie sagte, es würde mindestens drei Uhr werden?«

Walsh wusste nicht sofort, was er darauf erwidern sollte. »Nun ja, nicht so direkt. Sie meinte nur, sie hätte eine Verabredung und würde ein wenig später zurückkehren. Wie kommen Sie ausgerechnet auf drei Uhr?«

»Um diese Uhrzeit haben wir Sie benachrichtigt.« Glitsky zwang sich zu einem Lächeln. »Aber sie sagte, es könnte ein bisschen später werden?«

Der Arzt lehnte sich zurück und machte eine Kunstpause. »Worauf wollen Sie hinaus, Lieutenant?«

Glitsky hielt diese Frage für durchaus angebracht. »Tja, wenn Sie glaubten, dass Sie ein wenig später kommen würde, und dann war sie so gegen drei noch immer nicht zu Hause...« Gewiss verstand Walsh nun, worauf er abzielte.

»Dann hätte ich sicher die Polizei angerufen. Ich hätte mir Sorgen gemacht.«

»Wir haben uns eben darüber gewundert.«

Wieder überlegte Walsh, ob er der Polizei noch mehr ihrer albernen Fangfragen beantworten sollte. Als er weitersprach, klang seine Stimme wieder gereizt. »Erstens bin ich um halb zehn zu Bett gegangen. Ich war eine weite Strecke bergauf mit dem Rad gefahren. Außerdem war ich müde und musste am nächsten Morgen früh raus. Und Elaines Sitzungen dauerten häufig lange und endeten sehr spät. Also war ich auch nicht besorgt.«

»Und sie hat Ihnen nicht erzählt, mit wem sie verabredet war?«

»Bei ihrem Anruf nicht. Aber sie hat es mir früher am Tag gesagt.« Plötzlich fiel ihm etwas ein. »Finden Sie es nicht reichlich spät, um solche Fragen zu stellen?«

»Sie haben Recht. Wenn wir nicht schon einen Verdächtigen hätten, hätten wir wohl früher angefangen. Denn wir suchen nicht nach dem Täter, sondern wollen nur noch ein paar offene Punkte klären, die vielleicht überflüssig sind. Als Sahnehäubchen sozusagen, damit die Sache wirklich wasserdicht ist. Verstehen Sie, was ich meine?«

»Selbstverständlich.«

»Gut.« Sie machten Fortschritte. Glitsky klatschte wie applaudierend in die Hände. »Und mit wem hatte sie früher am Tag den Termin?«

»Wissen Sie das wirklich nicht?«

»Woher denn?«

»Weil Sie sich mit Ihren Leuten treffen wollte.« Glitsky war das Erstaunen deutlich anzumerken. »Mit der Polizei.« Walsh erläuterte Elaines Einsatz als Sonderbeauftragte in dem Versicherungsbetrugs-Fall. Sie war in Begleitung einiger Polizeibeamter in Dash Logans Kanzlei erschienen, um ihm den Durchsuchungsbefehl zuzustellen.

»An einem Sonntag?«

Ein Achselzucken. »Offenbar war es nicht das erste Mal. Logan war wirklich eine Landplage. Er wollte unbedingt verhindern, dass jemand einen Blick auf seine Unterlagen warf, und weigerte sich, Elaine zu verraten, wo sie die Sachen finden konnte – falls er es überhaupt selbst wusste.«

»Warum hätte er es nicht wissen sollen?«

»Weil bei ihm – laut Elaine – das absolute Chaos herrscht. Elaine meinte, sie hätte noch nie im Leben so eine Kanzlei gesehen. Sie denkt ... sie dachte, dass Logan Drogen nimmt.«

Nun zuckte Glitsky die Achseln. Viele Menschen nahmen Drogen. Doch wenn das nicht dazu führte, dass sie jemanden umbrachten, war es kein Mord und deshalb nicht seine Angelegenheit.

»Wie dem auch sei«, sprach Walsh weiter, »sie sind auf weitere Versicherungsfälle mit Russen gestoßen, die Logan betreute. Also dachten sie sich, es wäre wohl leichter, seine Kanzlei zu durchsuchen, wenn außer ihm niemand dabei wäre. Deshalb haben sie ihn zu Hause aus dem Bett geholt, ins Büro gefahren und ihm den Durchsuchungsbefehl überreicht.«

»Sie fuhren an diesem Sonntag tatsächlich in seine Kanzlei?«

»Das weiß ich nicht, Lieutenant. Ich gehe nur davon aus. Jedenfalls war es so geplant. Wahrscheinlich finden Sie das leichter heraus als ich.«

Das stimmte, was Glitsky reumütig zugeben musste. »Und haben Sie an diesem Tag noch einmal von ihr gehört?«

Walsh biss sich auf die Unterlippe. Zum ersten Mal spürte Glitsky, dass der Mann auch Gefühle hatte. »Nein, nur diese letzte Nachricht auf dem Anrufbeantworter. Wissen Sie, was? Es ist komisch, aber bis jetzt habe ich es nicht über mich gebracht, sie zu löschen.«

Was durchaus verständlich und vielleicht auch sehr traurig war, dachte Glitsky, als er sich vom Tisch entfernte. Allerdings weitaus weniger interessant als die Tatsache, dass Walsh, was sein wahres Verhältnis zu Elaine anging, gelogen hatte. Außerdem hatte er für die Mordzeit kein Alibi.

Auf der anderen Seite der Cafeteria saßen Abes Vater und seine beiden älteren Söhne, in die verschiedenen Teile der Zeitung vertieft, an einem Tisch. Glitsky schlenderte zu ihnen hinüber, drehte einen Stuhl herum und ließ sich rittlings darauf nieder.

Nat hob den Kopf. »Ich möchte ja nicht nörgeln, Abraham, aber kannst du dich nicht normal hinsetzen. Vielleicht solltest du nach Hause gehen, dich ins Bett legen und dich ausruhen. Für heute hast du genug mit anderen Leuten über diesen Fall geredet.«

Glitsky betrachtete seine Söhne. Er hatte wirklich ein leichtes Druckgefühl an der Innenseite des Oberschenkels, wo man gestern einen Katheter in seine Femoralarterie eingeführt hatte. »Er will ja nicht nörgeln – behauptet er wenigstens.« Dann wandte er sich wieder an seinen Vater. »Es ist mein Job, Dad.«

»Außer, dass man dich, soweit ich weiß, suspendiert hat. Oder irre ich mich? Du kannst mich ruhig verbessern. Womöglich ist dir ja auch entgangen, dass du vor drei Tagen einen Herzinfarkt hattest. Liege ich da ebenfalls falsch?«

»Ich habe so was läuten hören. Aber Ms. Ghent hat mir erzählt, dass er« – er wies auf Walsh – »donnerstags hier arbeitet. Ich bin vor Ort und ich durfte diese Gelegenheit einfach nicht versäumen. Außerdem würden die Ärzte mich ja nicht entlassen, wenn ich nicht in Ordnung wäre.«

»Dein Wort in Gottes Ohr, Abraham. Keine Sorge, dieser Fallschirm öffnet sich absolut zuverlässig.«

Glitsky warf seinen Söhnen einen leicht amüsierten Blick zu. Die beiden hatten zu lesen aufgehört und lauschten dem Gespräch.

»Und verschone mich mit diesem Blick!« Nat drohte ihm mit dem Finger. »Den hatte deine Mutter nämlich auch, und sie behauptete ebenfalls, mit ihr wäre alles in Ordnung. Also ist sie nach Hause gefahren, hat einen Berg Wäsche gewaschen und ist gestorben. Gott behüte, dass sie diese Welt verlassen könnte, solange noch Schmutzwäsche im Wäschekorb liegt.«

Abe unterbrach ihn mit einer Handbewegung. »Schon gut, Dad. Wir fahren nach Hause.«

Nat nickte den Jungen nachdrücklich zu. »Endlich sagt euer Vater mal etwas Vernünftiges.« Er deutete mit dem Finger auf seinen Sohn. »Ruh dich aus.«

Glitsky nickte ebenfalls. »Eine gute Idee«, räumte er ein – obwohl er nicht vorhatte, sich an den Rat seines Vaters zu halten.

Nachdem Treya ihm einige Informationen über Dr. Walsh gegeben hatte, hatte er sofort in dessen Praxis angerufen und erfahren, dass der Arzt eine Lücke im Terminkalender hatte. Zufällig waren gleichzeitig sein Vater und seine Söhne eingetroffen, um ihm saubere Kleider zu bringen und ihn abzuholen. Aber Walsh saß ausgerechnet jetzt in der Cafeteria und machte Pause. Glitsky zog die Sachen an, nahm sich aber nicht die Zeit zum Rasieren. Die Krankenhausvorschriften verlangten, dass er mit einem Rollstuhl nach draußen gefahren wurde. Also ließ er sich zum Ausgang schieben, stand auf, machte kehrt und ging, seine Familie im Schlepptau, zurück, um Dr. Walsh zur Rede zu stellen. Natürlich hatte Nat den ganzen Weg über genörgelt.

Nun waren sie endlich im Auto. Isaac fuhr, sein Vater saß neben ihm auf dem Beifahrersitz. »Und wie ist das Gespräch gelaufen?«, fragte er.

Abe übertönte Nats Protestgemurmel vom Rücksitz. »Ziemlich gut. Er hat nur einmal geschwindelt.«

Neugierig beugte sich Jacob vor. »Ist das normal?«

»Was? Dass er gelogen hat oder dass es nur ein Mal vorgekommen ist?«

Nat, dem diese Diskussion gar nicht passte, unterbrach wieder: »Im Beruf deines Vaters sagt niemand die Wahrheit. Ich frage mich, wie er das bloß aushält.«

»Soll das ein Witz sein? Das ist doch das Schönste daran«, erwiderte Glitsky, über die Schulter gewandt.

»Hat er wirklich gelogen? Obwohl er wusste, dass du Bulle bist? Schließlich ist er nicht irgendein Verbrecher, sondern Arzt«, wunderte sich Isaac.

Glitsky fand das urkomisch. »Man hat Untersuchungen durchgeführt«, entgegnete er. »Denen zufolge kann ein Mensch beides sein.«

»Hast du ihn darauf angesprochen?«, mischte sich Jacob ein.

»Noch nicht. Vielleicht tu ich es nie.«

»Warum?«, fragte Isaac. »Wer lügt, hat doch etwas zu verbergen, oder nicht?«

Ein Nicken. »Im Allgemeinen schon.«

»Und?«, meinte Jacob.

»Nun …« Glitsky überlegte. »Man kann jemandem sagen, dass man seine Lüge durchschaut hat«, erwiderte er, »oder man kann denjenigen überführen. Die zweite Möglichkeit macht mehr Spaß.«

»Spaß?«, schnaubte Nat höhnisch. »Was weißt du schon von Spaß, Abraham?«

Hardy hatte es satt, darauf zu warten, dass Ridley Banks sich bei ihm meldete. Er hatte viele gute Bekannte bei der Mordkommission, und bei keinem von ihnen – einschließlich Glitsky – stand ein Rückruf bei einem Verteidiger oben auf der Prioritätenliste.

Allerdings bedeutete das nicht, dass Hardy darauf verzichten musste, auf eigene Faust zu ermitteln. Nachdem er eine Stunde lang in seinem Büro neben dem stummen Telefon die Zeit totgeschlagen hatte, beschloss er, zu Fuß den knappen Kilometer zum Gefängnis und zum Justizgebäude zu gehen.

Bei seiner Ankunft stattete er aus reiner Gewohnheit der Mordkommission einen Besuch ab. Doch da er keinen Termin mit Banks hatte und Glitsky durch Abwesenheit glänzte, war der Empfang ein wenig kühl. Inspector Sergeant Marcel Lanier kannte Hardy ziemlich gut. Doch im Augenblick war er damit beschäftigt, Glitskys Papierkram aufzuarbeiten, saß an seinem Schreibtisch fest und war weder sonderlich gut gelaunt noch in der Stimmung für ein Pläuschchen. Nein, er wisse nicht, wie es um Abes berufliche Zukunft stand, doch er hoffe, die Entscheidung werde nicht mehr allzu lange auf sich warten lassen. Nein, von Banks habe er nichts gehört. Was noch? Er werde bestimmt spätestens dann vorbeikommen, wenn er mit seinen Berichten genug im Rückstand sei.

John Strout, der Leichenbeschauer, war gerade mitten in einer Autopsie, erstickte in Arbeit und hatte auch keine Zeit für Hardy. Also hinterließ Hardy eine Nachricht, bat um baldmöglichen Rückruf und ging über den Flur zum Eingang des Gefängnisses. Doch er schaffte es nicht, einzutreten. Der verdorbene gemeinsame Abend mit Frannie hatte einen schalen Nachgeschmack hinterlassen. Obwohl sein Mandant über den Besuch sicher begeistert sein würde, war Cole Burgess der letzte Mensch, den er im Augenblick sehen wollte.

Also verließ er das Justizgebäude auf der anderen Seite und überquerte die rote Ampel an der Bryant Street. Lou, der Grieche, war ein Lokal im Keller des Gebäudes, in dem die Kautionsbürgen untergebracht waren. Mittags gab es bei Lou auch etwas zu essen. Da seine Frau aus Hongkong stammte, handelte es sich zum Großteil um chinesisch-griechische Kombinationen – scharfsaure Eierflockensuppe mit Zitrone, Frühlingsrollen, mit Sesampaste gefüllt –, die kulinarische Entsprechung von Farben, die in der Natur nicht vorkamen.

Das Lokal war dunkel und karg eingerichtet, einfach und schlicht. Inzwischen war es nicht mehr so beliebt, weil die jungen, schicken Anwälte laute, überfüllte Aufreißerschuppen wie das Jupiter und das Circus in derselben Straße bevorzugten, wo ständig die Musik dröhnte. Da es noch früh am Tag war, war die Bar, bis auf Lou, der hinter dem Tresen stand, menschenleer und entsprach deshalb genau Hardys Bedürfnissen.

»Hallo, Diz.« Der Barkeeper schob eine Serviette über das zerkratzte Holz.

Hardy nickte. »Ich habe eine Frage an Sie, Lou.«

»Möchten Sie beim Fragen was trinken?«

»Nein, keinen Alkohol. Vielleicht einen Kaffee.«

Er wartete, während der Grieche sich umwandte, eine alte Keramiktasse vollschenkte und sie auf die Serviette stellte. Selbst im Dämmerlicht konnte Hardy einen Lippenstiftfleck am Tassenrand erkennen. Sauberkeit war noch nie Lous Sache gewesen. Hardy drehte die Tasse herum, um von der unbeschmutzten Seite zu trinken, und hätte sich fast an dem bitteren Gebräu die Zunge verbrannt. »Nehmen wir mal an, Sie wären Anwalt …«

Lou bekreuzigte sich grinsend und sagte etwas auf Griechisch, von dem Hardy kein Wort verstand.

»Okay, nehmen wir es einfach mal an. Sie haben einen Mandanten, den Sie für schuldig halten. Alle Indizien weisen darauf hin. Er, der Mandant, gibt die Tat anfangs sogar zu. Er gesteht sie der Polizei. Und dann passiert Folgendes: Der Polizist, der ihn festgenommen hat, kommt zu Ihnen und sagt: ›Moment mal. Ich glaube, mit seinem Geständnis stimmt etwas nicht.‹ Und der andere Polizist, der das Geständnis protokolliert hat, kriegt auf einmal Zweifel …«

»Dieser Mandant von Ihnen, ist der zufällig Hypnotiseur?«

»Er ist Junkie. Und es heißt, dass er sich ab und zu auch einen Drink genehmigt.«

Lou nickte. »Ein Mann nach meinem Geschmack – natürlich nicht, was das Heroin angeht. Und wie lautet Ihre Frage?«

»Moment, ich bin noch nicht fertig.«

Lou hob den Kopf und sah sich in der dunklen, leeren Kneipe um. »Möchte jemand was trinken?«, rief er. Dann wandte er sich wieder Hardy zu. »Okay, ich habe noch ein paar Minuten Zeit, aber mein Honorar erhöht sich stündlich.«

»Ich habe folgendes Problem: Mein Mandant ist wegen Raubes und Mordes angeklagt. Ich glaube, dass ich eine ganz gute Chance habe, ihn rauszupauken, wenn ich den Geschworenen sage, er wäre zu betrunken, zu stoned oder alles beides gewesen, um sich auch nur die Schuhe zu binden – geschweige denn, dass er es je geschafft hätte, jemanden zu berauben oder umzubringen. Verstehen Sie, was ich meine?«

Lou bejahte mit zweifelnder Miene.

»Gut, doch wenn ich das tue, kriegt er im besten Fall ein paar Jahre Gefängnis. Behaupte ich hingegen, dass er es gar nicht gewesen ist, und nehmen die Geschworenen mir das ab, kommt er frei. Die Schwierigkeit ist nur, dass mir das kein Geschworener abkauft, weil ich nicht mit einem anderen Verdächtigen aufwarten kann. Verdammt, ich glaube es ja selbst nicht.«

Lou, der schon sein Leben lang hinter dem Tresen stand, wusste, dass Hardy nicht betrunken war. Aber ihm war auch klar, dass ein Gespräch mit einem – selbst nüchternen – Gast, das länger als fünf Minuten dauerte, dem Geschäft schadete. Also versuchte er, auf den Punkt zu kommen. »Ich habe gehofft, dass Sie jetzt endlich Ihre Frage stellen.«

»Ich bin fast so weit. Von mir wird erwartet, dass ich das Beste für meinen Mandanten tue und ihn nach Kräften verteidige, so wie das Gesetz es vorsieht. Und meine Frage lautet: Was soll ich jetzt machen?«

Lou neigte den Kopf zur Seite. »Wollen Sie mich auf den Arm nehmen? Das ist Ihre Frage? Was ist das Beste für Ihren Mandanten – Gefängnis oder Freispruch?« Er wies mit dem Daumen zur Tür. »Freispruch, da beißt die Maus keinen Faden ab.«

»Aber ich habe keine Chance, den Prozess zu gewinnen. Ich kann seine Unschuld nicht beweisen.«

Lou arbeitete nicht umsonst schon seit Jahren in einer Stammkneipe für Rechtsanwälte und hatte sich auf diese Weise einige juristische Grundkenntnisse angeeignet. »Ich dachte, die anderen müssten beweisen, dass er es war.«

»Stimmt.«

»Gut, dann verhindern Sie das, ganz gleich, was Sie selbst glauben. Außerdem sollten Sie das mit Ihrem Mandanten besprechen. Er hält es bestimmt nicht für einen Sieg, wenn er in den Knast wandert.« Lou überlegte, nahm ein Glas aus dem Regal unter dem Tresen und begann, es mit einem Lappen zu polieren. Zum ersten Mal während des Gesprächs hatte Hardy den Eindruck, dass es ihm gelungen war, sein Interesse zu wecken. »Wissen Sie, was Sie in zehn Jahren tun werden, Diz? Wenn Sie dann überhaupt noch leben? In zehn Jahren?«

»Nein.«

Lou nickte. »So geht es sicher den meisten Leuten.«

Obwohl Hardy selbst Verteidiger war, fühlte er sich ziemlich fehl am Platz, als er den Flur im ersten Stock des Gebäudes entlangging, wo die Pflichtverteidiger ihre Büros hatten. Seine Zeit als junger stellvertretender Staatsanwalt war zwar schon zehn Jahre her, doch er hielt sich noch immer für einen Freund der Anklage. Wäre Sharron Pratt mit ihren wirren politischen Idealen und ihrem lästigen Hang zur Rechtsbeugung nicht gewesen, er hätte sich durchaus vorstellen können, sich jeden Tag dafür ins Zeug zu legen, dass Straftäter hinter Gitter kamen.

Doch hier im Gebäude der Pflichtverteidiger, zwei Häuserblocks vom Justizgebäude entfernt, galten genau die entgegengesetzten ethischen Maßstäbe. Auf dem Weg zu Saul Westbrooks Büro fühlte sich Hardy wie in einer Traumwelt, so als wäre er unvermittelt in ein fremdes Universum geraten. Die Atmosphäre schien ihm aus den Wänden entgegenzudünsten. Jeder Aufkleber an Türen und schwarzen Brettern, jedes Poster im Flur schrie es heraus – ›Er ist UNSCHULDIG, bis Sie das Gegenteil beweisen!!‹, ›Drei Verurteilungen – Lebenslänglich? Schluss mit diesem Gesetz!!‹, ›Kein Opfer, kein Verbrechen!!!‹, ›Resozialisierung ist der Weg!‹

Die Stimmung stand so im Gegensatz zu seiner eigenen, dass Hardy der Kopf schwirrte.

Von Lous Lokal aus hatte er im Justizgebäude angerufen und sich nach dem Namen von Cullen Alsops Anwalt erkundigt. Saul Westbrook war in seinem Büro und sofort bereit, ihn zu empfangen.

Nun klopfte Hardy an die offene Tür. Das Büro war in etwa so groß wie das seiner Gegenspieler bei der Staatsanwaltschaft im Justizgebäude. Drei mal vier Meter, vollgestopft mit zwei Schreibtischen, überquellenden Aktenschränken, Pappkartons voller Ringordner und Bücherregalen aus Metall, die bis zur Decke reichten.

»Mr. Westbrook?«

Er war der einzige Mensch im Raum; der andere Schreibtisch war unbesetzt. Westbrook wirkte so jung, als müsse er sich noch nicht einmal rasieren. Er trug Jeans, Tennisschuhe und ein weißes Hemd ohne Krawatte. Entweder hatte er gerade ein Golfturnier gewonnen oder das grüne Sakko stammte aus einer anderen Quelle. Er blickte auf, erhob sich und hielt Hardy die Hand hin. »Saul.«

»Dismas Hardy.«

»Also sind wir beide nach frühchristlichen Heiligen benannt, was?«

Hardy grinste. »Ich glaube, meiner war zuerst dran.«

»Wahrscheinlich haben Sie Recht.« Saul hatte ein freundliches, kantiges Gesicht. Sein Lächeln wirkte aufrichtig. Der blonde, lange Haarschopf fiel ihm über die Stirn. Kurz verflog sein Lächeln. »Vielleicht können wir beide ja bei Gott ein gutes Wort für den armen Cullen einlegen.«

Obwohl Hardy den Mann auf Anhieb sympathisch fand, durfte er die Augen nicht vor der Wahrheit verschließen. »Damit warte ich lieber noch, bis ich weiß, ob der arme Cullen vor seinem Tod nicht meinen Mandanten aufs Kreuz gelegt hat.«

»Cole Burgess«, sagte Westbrook, und das war keine Frage. Sein ausdrucksvolles Gesicht verdüsterte sich. »Das denke ich nicht.«

»Glauben Sie, er hatte die Pistole?«

Er überlegte und schüttelte den Kopf. »Ich weiß nicht. Warum sollte er so etwas erfinden? Burgess war ein Freund von ihm.«

Am liebsten hätte Hardy Westbrook gebeten, ihn mit diesem Mist zu verschonen. Die Liste der guten Werke von Süchtigen, die ihre Freunde in Schutz nahmen oder aus Schwierigkeiten retteten, war ausgesprochen kurz. Hardys Erfahrung nach hatten Süchtige keine Freunde im üblichen Sinne, sondern nur Bezugsquellen. Doch da er Westbrook nicht gegen sich aufbringen wollte, erwiderte er ruhig: »Vielleicht hat ihm jemand dieses Märchen eingeflüstert. Und die Folge war, dass er mit gerichtlichen Auflagen entlassen wurde und sich weiter zudröhnen konnte. Das könnte doch ein Grund sein.«

Entrüstet schüttelte Westbrook den Kopf. »Wer hätte dieser Jemand gewesen sein sollen? Ich bin sein Anwalt. Wenn ich ein gerissener Lügner wäre, hätte ich mir möglicherweise so etwas aus den Fingern gesogen. Denn ich bin der Einzige, der ein Motiv gehabt hätte, und ich war es nicht.«

»Was ist, wenn jemand Cole Burgess unbedingt hinter Gitter bringen wollte?«

»Aber das müsste ja ...« Er hielt inne und fuhr dann zögernd fort, »jemand von der Staatsanwaltschaft?«

Hardy zuckte die Achseln. »Torrey hätte das Zeug dazu.«

»Aber das hieße, wenn Cullen ermordet wurde…« Die Stimme des jungen Mannes erstarb. Hardy wusste, dass Momente wie dieser Sauls Gesicht irgendwann altern lassen würden.

»Es ist ziemlich weit hergeholt«, gab er zu. »Ich habe keine Ahnung, ob Cullen durch Unfall oder durch Selbstmord umgekommen ist. Ich habe gehofft, Sie hätten vielleicht eine Meinung dazu.«

Sie sahen einander an. Dann setzte sich Saul, nahm eine Büroklammer vom Schreibtisch und verbog sie. »Kennen Sie Ridley Banks?«

»Ich habe gestern Abend mit ihm gesprochen.«

Ein Nicken. »Gestern war er hier und hat mich genau dasselbe gefragt. Ich fand das für einen Polizisten recht eigenartig. Was hat er Ihnen erzählt?«

Hardy war ratlos. Er hatte den Eindruck gehabt, dass Ridley ihm seine Vermutungen anvertrauen wollte, doch da er ihn versetzt hatte, war es nie dazu gekommen. »Er hat sich ziemlich vage ausgedrückt.« Doch auch Hardy konnte vage sein, wenn er wollte. »Auf mich hat es gewirkt, als würde ihn dieses Zusammentreffen von Zufällen nervös machen.«

Da das Gespräch drohte, Westbrooks Weltbild ins Wanken zu bringen, fiel seine Antwort ein wenig feindselig aus. »Zufälle kommen vor.«

So spricht ein wahrer Verteidiger, dachte Hardy, aber er sagte: »Zweifellos. Allerdings handelt es sich hier um einen ausgesprochen unglücklichen Zufall für meinen Mandanten. Deshalb würde ich mich gerne vergewissern, ob es wirklich einer war. Ich warte darauf, dass Banks sich bei mir meldet, was er sicher tun wird. Aber wenn es Sie nicht stört, würde ich bis dahin gern erfahren, wie es zu dieser Abmachung mit der Staatsanwaltschaft gekommen ist.« Als Hardy Sauls zweifelnden Blick bemerkte, fuhr er fort: »Es kann Ihrem Mandanten doch jetzt nicht mehr schaden.«

Sauls Miene wurde freundlicher. »Sie haben Recht.« Er spielte immer noch mit der Büroklammer herum, kippelte auf seinem Stuhl und starrte aus dem Fenster. »Offen gestanden habe ich erst davon erfahren, als Cullen mich aus dem Gefängnis anrief. Zu diesem Zeitpunkt war es schon eine mehr oder weniger beschlossene Sache.«

»Das war am Wochenende? Es war ihm eben erst eingefallen?«

»Ja, vielleicht am Montag.«

»Und wie lange saß er schon im Gefängnis?«

Westbrook beugte sich vor, schlug einen schwarzen Kalender auf und blätterte ihn rasch durch. »Die Festnahme fand am Dritten des Monats statt.« Seine Miene wurde zweifelnd. »Und die Abmachung mit der Staatsanwaltschaft hat er vermutlich am Neunten getroffen.«

»Sechs Tage im Knast«, sagte Hardy. »Ich frage mich, warum er sich so plötzlich an den Vorfall erinnern konnte. Oder besser: Weshalb er ihn so lange vergessen hatte.«

»Das ist wirklich eine interessante Frage.«

»Hat er früher schon mal als Informant gearbeitet? Woher wusste er, an wen er sich wenden musste? Und wer hat ihm gesagt, dass die Pistole das fehlende Verbindungsglied in meinem Fall ist?«

Die Miene des jungen Mannes wirkte auf einmal bedrückt. »Ich habe keine Ahnung«, meinte er nach einer Weile. »Ich denke, Sie sollten mit Banks sprechen.«

27

Sie setzten Nat an der Synagoge ab, wo er gerne seine Vormittage verbrachte. Dann fuhr Isaac sie alle nach Hause. Glitsky legte sich ins Bett und schlug den Jungen vor, sich ein bisschen in der Stadt umzusehen. Heute Abend könnten sie zusammen essen. Vielleicht würde Rita ja ihre berühmten Enchiladas zubereiten. Sobald sich die Tür hinter seinen Söhnen geschlossen hatte, sprang Glitsky wieder aus dem Bett. Er rasierte sich, zog sich ein wenig eleganter an – gebügelte Hose, beiger Merinopullover, braune Slipper mit Troddeln. Dann rief er ein Taxi, fuhr in die Innenstadt und traf lange vor der Mittagszeit bei Rand & Jackman ein.

Er klopfte an die Tür von Elaines Büro. Treya saß hinter hoch aufgetürmten Aktenstapeln am Schreibtisch. Nach einem Blick auf die Uhr hob sie erstaunt den Kopf. »Ist es etwa schon Mittag?« Dann fügte sie besorgt hinzu: »Und wie fühlen Sie sich?«

»Noch ein bisschen langsam, aber sehr lebendig.«

Sie neigte reizend den Kopf zur Seite. »Sind Sie sicher, dass Sie schon in der Gegend herumlaufen dürfen?«

Er tat diesen Einwand ab. »Viel anstrengender, als im Bett herumzuliegen, ist es auch nicht.« Er zog sich einen Klappstuhl heran und nahm Platz. »Sehen Sie? Ich gehe ein paar Schritte und setze mich dann wieder. Ich breche nicht einmal in Schweiß aus. Das könnte ich den ganzen Tag lang durchhalten.« Treya hatte ihre graue Kostümjacke über die Rückenlehne ihres Stuhls gehängt. Sie trug ein dünnes Goldkettchen um den Hals, goldene Knöpfe in den Ohren, eine ärmellose rotbraune Seidenbluse und darunter – es war nicht zu übersehen – einen schwarzen Büstenhalter. Glitsky spürte, wie sein Herz klopfte, unter den gegebenen Umständen gleichzeitig angenehm und beängstigend.

Gestern Abend hatten sie am Telefon über Elaine und den Fall gesprochen und beide so getan, als riefe Abe nur aus rein beruflichen Gründen um zehn Uhr bei Treya zu Hause an. Kurz entstand verlegenes Schweigen, weil keiner der beiden den Mut hatte, etwas Persönliches zu sagen. Erst kurz vor dem Auflegen hatte Treya gemeint: »Wenn Sie sich morgen nicht wohl genug fühlen, schwören Sie mir, im Krankenhaus zu bleiben. Glauben Sie nicht, Sie müssten zu mir ins Büro kommen, nur weil Sie es mir versprochen haben.«

»Aber dann sehe ich Sie ja nicht.«

»Ich könnte Sie anrufen und Ihnen erzählen, was ich rausgekriegt habe.«

»So habe ich das nicht gemeint.«

Wieder entstand eine lange Pause. Ihr Tonfall hatte sich verändert, als sie flüsterte: »Ich weiß. Ich weiß genau, was Sie gemeint haben. Aber das Wichtigste ist, dass Sie auf Ihre Gesundheit achten.«

»Das habe ich auch vor.«

»Sehr gut. Halten Sie sich daran.«

»Jawohl, Ma'am.«

»Bitte, Abe«, fügte sie hinzu. »Wenn Sie länger im Krankenhaus bleiben müssen, melden Sie sich einfach. Dann besuche ich Sie. Einverstanden?«

Nun saß er keinen halben Meter von ihr entfernt. Sein Arm ruhte auf der Schreibtischplatte und er hätte ihr so gerne etwas Nettes gesagt. Wie hübsch sie aussah, wie sehr er sich über ihren Besuch gefreut hatte oder wie angenehm er das gestrige Telefonat fand, wie gut ihr Parfüm roch. Doch er stellte fest, dass er es noch nicht über sich brachte. Es war zu früh, zu ungewiss, zu gefährlich.

Stattdessen richtete er sich auf, bis sein Rücken die Stuhllehne berührte. »Übrigens hatten Sie Recht, was Jonas Walsh angeht. Er arbeitet im St. Mary's.«

»Haben Sie mit ihm gesprochen?«

»Vor zwei Stunden. Offenbar ist er der Ansicht, dass er und Elaine eine glückliche Beziehung hatten.«

Ihre Miene verdüsterte sich und sie presste die Lippen zusammen. »Nun, das stimmt nicht ... er hat es mir selbst erzählt ... ich glaube nicht, dass das wahr ist.«

»Ich auch nicht.« Da sie nun wieder bei dem Fall waren, fiel ihm das Reden leichter. »Allerdings habe ich keine Ahnung, was das zu bedeuten hat. Vielleicht hat er sich vorgemacht, dass die Beziehung noch zu kitten wäre, und möchte es deshalb geheim halten.«

»Aber mir hat er es doch erzählt.«

»Bei Ihnen ist es etwas anderes. Sie waren Elaines Freundin. Ich bin Polizist. Außerdem wusste er nichts von unserem Gespräch. Möglicherweise steckt mehr dahinter, aber so wichtig ist es nun auch wieder nicht. Mich interessiert viel mehr, dass er für die Mordzeit kein Alibi hat.« Glitsky beugte sich vor. »Sie sagten, Elaine habe am Sonntagabend eine Verabredung gehabt und danach nach Hause gehen wollen. Erinnern Sie sich daran?«

»So waren ihre Worte.«

»Gut. Hatten Sie den Eindruck, dass sie mit Walsh verabredet war und die Nacht mit ihm verbringen wollte?«

Sie überlegte nur kurz. »Nein, ganz sicher nicht. Es war jemand anderer.«

»Vielleicht Dash Logan?«

Wieder schüttelte sie den Kopf. »Das bezweifle ich. Sie tat alles, um ihm aus dem Weg zu gehen. Als sie aus seiner Kanzlei zurückkehrte, erzählte sie mir, sie sei froh, dass er in besserer Stimmung gewesen sei als beim ersten Mal. So sei die Durchsuchung viel reibungsloser verlaufen. Er hat zwar weiterhin die Mitarbeit verweigert, aber sie brauchte nicht mit ihm zu sprechen.«

Glitsky trommelte mit den Fingern auf die Tischplatte. »Und natürlich steht auch nichts in ihrem Terminkalender.«

»Nein.« Kurz berührte sie seine Hand. »Das hätte ich Ihnen doch gesagt.« Enttäuschung zeichnete sich auf ihrem Gesicht ab. »Sie meinte nur, sie hätte eine Verabredung und wolle dann nach Hause. Mehr nicht.«

»Bei unserem ersten Gespräch haben Sie mir erzählt, sie hätte ein wenig zerstreut gewirkt.«

»Ja, ein bisschen vielleicht schon. Aber ich kenne den Grund nicht. Alles Mögliche kommt in Frage.« Sie seufzte auf und lächelte bedrückt. »Tut mir Leid.«

Glitsky erwiderte, er werde dieses Mal noch darüber hinwegsehen, sie solle in Zukunft aber besser aufpassen. »Und wie läuft es jetzt bei Ihnen?«, fügte er hinzu und wies auf die Aktenstapel auf dem Schreibtisch.

Wieder verzog sie entschuldigend das Gesicht. »Ich bin erst beim Buchstaben G.«

»G? Vielleicht hatte sie auch eine Akte über mich angelegt?« Das war nur scherzhaft gemeint.

»Hat sie.« Treya zog die Augenbrauen hoch und lächelte ihm zu. Alles war in Ordnung. Nach kurzer Suche hatte sie das Gewünschte gefunden und reichte ihm einen Pappordner.

Als Glitsky ihn aufschlug, sah er zu seinem Erstaunen ein Foto von sich selbst – es war ein Abzug seines Abschlussbildes von der Polizeiakademie. Kaum zu fassen, dass er einmal so jung gewesen war. Woher hatte Elaine es gehabt? Glitsky besaß nicht einmal selbst eines. Als ob sie seine Gedanken gelesen hatte, sagte Treya: »Sie war ziemlich gut darin, das zu bekommen, was sie wollte.«

Er nickte benommen. Hinter dem Foto befand sich ein Umschlag. Er nahm den Brief heraus und überflog ihn rasch: Es war der Brief, den Elaine erst nach dem Tod ihrer Mutter bekommen hatte und in dem ihre Mutter den wahren Vater ihres Kindes nannte. Er faltete ihn zusammen und steckte ihn zurück ins Kuvert.

Außerdem entdeckte er noch etwa zwanzig Zeitungsausschnitte. Sie behandelten die wenigen Male in Glitskys Laufbahn, die er als Held geehrt worden war. Seine Beförderung zum Lieutenant und zum Leiter der Mordkommission und verschiedene Veranstaltungen in der Stadt. Ein Foto zeigte Glitsky als Privatmann. Er stand als stolzer Vater neben Orel und hatte den Arm um seinen strahlenden Sohn gelegt, als dieser vor einem Jahr zum Nachwuchs-Baseballer des Jahres ernannt worden war. Glitsky war Trainer von Orels Mannschaft. Dasselbe Bild hing an der Pinnwand in seiner Küche. Er fand es merkwürdig, es in diesem Umfeld zu sehen.

Es gab auch eine Aufnahme von ihm und Elaine, wie sie am Ehrentisch bei Gino & Carlo's saßen, und zwar anlässlich eines Banketts, das bei Art Drysdales Abschied von der Staatsanwaltschaft vor einigen Jahren veranstaltet worden war. Abe blickte auf und der Abend stand ihm wieder vor Augen, als wäre es gestern gewesen. Noch nie war er seit dem Tod von Loretta, ihrer Mutter, so nah davor gewesen, ihr die Wahrheit zu sagen. Er wusste noch, dass sie viel gelacht hatten, was bei Glitsky selten vorkam. Ein komischer Zufall, dass Gabe Torrey auf Elaines anderer Seite saß. Abe konnte sich nicht daran erinnern, dass er überhaupt dabei gewesen war. Andererseits war es nicht weiter überraschend; sicher war er in seiner Funktion als Sharron Pratts Stellvertreter erschienen. Abe hatte schon ein paar Mal mit ihm zu tun gehabt, und wegen Elaines Gegenwart hatte er ohnehin nicht viel wahrgenommen.

Er klappte den Ordner zu und seufzte laut auf. »Tja …«

Wieder legte Treya die Hand auf seine, aber diesmal zog sie sie nicht weg. »Gehen wir zum Mittagessen«, meinte sie.

»Mein Gott. Richtiges Essen.« Sie lasen gerade die Speisekarte am Tresen von Glitskys liebstem Imbisslokal, David's in der Geary Street, das schon seit vielen Jahren solide Hausmannskost servierte. »Haben Sie sich noch nie gefragt, was die im Krankenhaus mit dem Essen machen, damit es so einzigartig nach nichts schmeckt?«

»Es ist eine geheime Gewürzmischung«, erwiderte sie wie aus der Pistole geschossen, »die alles garantiert in Pappe verwandelt. Sehr gesund. Beschleunigt die Genesung um das Zehnfache.«

»Aber der Geschmack ist abscheulich.«

Ein Achselzucken. »Man hat Experimente mit Mäusen durchgeführt«, sagte sie. »Sie standen darauf.«

»Und deshalb schmeckt gesundes Essen nach Pappe?«

»Nur die gelungenen Gerichte«, entgegnete sie. »Bei den anderen ist es noch schlimmer.«

Kichernd wandte sich Glitsky wieder der Speisekarte zu. »Es gibt fast nichts mehr, was ich essen darf. Sie würden nicht glauben, auf welche Lebensmittel ich von nun an verzichten muss.«

Sie sah ihn an. »Ich wette, die Hühnersuppe hier ist köstlich.«

Glitsky bestellte Hühnersuppe mit einem Bagel ohne Butter und einer koscheren Essiggurke. Treya entschied sich für ein Roggenbrot-Sandwich mit Pastrami und Krautsalat.

»Und was möchten Sie trinken?«, fragte die Kellnerin.

»Selleriesoda«, erwiderte Treya.

»Moment mal.« Glitsky lehnte sich zurück und wäre fast von seinem Hocker gefallen. »Sie können kein Selleriesoda bestellen, das wollte ich gerade ordern.«

Treya tätschelte ihm die Hand. »Bestimmt haben sie noch mehrere davon da.«

»Das habe ich nicht gemeint«, sagte Glitsky. »Es ist nur, dass ich sonst niemanden kenne, der freiwillig Selleriesoda trinkt.«

»Nun, jetzt kennen Sie jemanden.«

Die Kellnerin musste auch ihren Senf dazugeben. »Es ist ziemlich beliebt. Selbst habe ich noch nie eins getrunken, aber wir haben bestimmt Tonnen davon auf Lager.«

»Sehen Sie?« Treya grinste triumphierend. »Tonnen.« Dann meinte sie zur Kellnerin: »Heute wollen wir uns mal so richtig was gönnen. Kriegen wir eine ganze Flasche pro Mann? Sie könnten auch mal eins probieren. Es schmeckt wirklich recht gut.«

Hardy hatte Dash Logan um viertel nach zwei eine Nachricht hinterlassen und um Rückruf gebeten. Dann hinterließ er auch eine bei Ridley Banks – er solle sich melden, ganz gleich um welche Uhrzeit. Er rief bei Glitsky zu Hause an. Sogar bei Torrey, um weitere Unterlagen im Fall Burgess anzufordern, insbesondere die Niederschriften von Cullen Alsops Vernehmungen durch die Polizei oder die Staatsanwaltschaft.

Da es den Eindruck machte, als sei die ganze Welt unerreichbar, beschloss Hardy, ein wenig zu arbeiten. Schließlich hatte er auch noch andere Mandanten. Er ging einige Akten durch und führte gleich drei erfolgreiche Telefonate am Stück. Um diese Glückssträhne zu begießen, wollte er gerade die Treppe hinunter in die Vorhalle gehen, wo die Kaffeemaschine stand, als das Telefon läutete.

Hardy eilte quer durch sein Büro und griff noch vor dem zweiten Klingeln nach dem Hörer. »Diz.«

»David«, sagte er dann. »Was gibt es?«

»Ich frage mich, ob du einen Moment Zeit für mich hast.«

»Hast du mir bei Phyllis eine Zutrittsberechtigung besorgt?«

»Sie hält dir schon die Tür auf.«

»Ich komme gleich runter.«

Freeman hatte ein Händchen für solche theatralischen Augenblicke. Allerdings öffnete Phyllis Hardy nicht die Tür, sondern winkte ihn nur durch den Empfangsbereich, ohne ihn eines Blickes zu würdigen. Als Hardy das Büro betrat, sah er, dass Freeman nicht allein war. Er thronte hinter seinem Schreibtisch. Offenbar wurde gerade eine Besprechung abgehalten. Er kannte die anderen Mitarbeiter nur vom Ansehen: Jon Ingalls, Amy Wu und Curtis Rhodin. Da Freeman keine Partner in seine Kanzlei aufnahm, blieben die angestellten Anwälte meistens nicht lange. Allerdings schufteten sie wie die Sklaven und lernten dabei in kurzer Zeit eine Menge über die Juristerei.

Der alte Mann räusperte sich. »Ich habe in der Sache Burgess eine Entscheidung gefällt«, begann er in barschem Ton. »Aber ich brauche deine Erlaubnis, bevor ich fortfahre.«

Hardy blickte zwischen den Mitarbeitern und seinem Vermieter hin und her. »Ich höre.«

»Die Situation ist folgende. Allmählich glaube ich, dass dieser Fall die Medien beherrschen wird, wenn er vor Gericht kommt. Nach der Anhörung wirst du dich mit der Schulderkennung befassen.« In Kalifornien wurde ein Strafprozess in zwei Phasen unterteilt – die Schulderkennung und die Straffestsetzung –, mit denen für gewöhnlich zwei verschiedene Anwälte betraut wurden. Den Anwalt in der Straffestsetzungsphase bezeichnete man als *Keenan Counsel,* nach der Entscheidung des Appellationsgerichts, das den Präzedenzfall geschaffen hatte. Freeman sprach weiter. »Ich möchte dir meine Dienste als Keenan Counsel anbieten. Da dieser Fall bereits ziemlich bekannt ist, wird das eine unbezahlbare Werbung für uns sein. Ich will mit ins Boot.«

Es war Hardys Traum gewesen, Freeman genau darum zu bitten, falls es nötig werden sollte. Allerdings hatte er bis jetzt wegen der finanziellen Frage gezögert. Jody Burgess hatte ihn, nicht Freeman, als Coles Anwalt angeheuert. Und Freeman kassierte für seine Bemühungen fast das doppelte Honorar, sogar das dreifache für jede Stunde vor Gericht. Jody konnte ihn sich unmöglich leisten. Und nun stellte der berühmteste Anwalt der Stadt seine Dienste kostenlos zur Verfügung, da sich mit dem Fall Werbung machen ließ.

Allerdings glaubte Hardy keinen Augenblick daran, dass das der wirkliche Grund war. Doch er wollte sich nicht mit Freeman herumstreiten. »Das ist aber großzügig von dir, David«, sagte er. »Ich nehme unter Vorbehalt an.«

Freeman spielte die Charade weiter. »Aber ich habe eine Bedingung. Ich bestehe darauf, die Faktor-K-Elemente – sofern es welche gibt – von meinen fähigen Mitarbeitern recherchieren zu lassen.« Dazu gehörten mögliche weitere Verdächtige oder andere Fakten, mit deren Hilfe sich unentschlossenen Geschworenen Zweifel einflößen ließen. »Sie werden unter deiner direkten Aufsicht und nach deinen Anweisungen arbeiten, aber ihre Arbeitszeit wird von meiner Kanzlei in Rechnung gestellt, damit ich den Überblick behalte.« Er verzog keine Miene, der perfekte Verkäufer. »Ich bin fest davon überzeugt, dass diese Partnerschaft uns beiden von Nutzen sein wird, Diz. So eine Gelegenheit darf man sich nicht entgehen lassen. Ich hoffe, du stimmst mir da zu.«

Hardy warf einen Blick auf die jungen, eifrigen Mitarbeiter – offenbar saßen die drei Musketiere schon in den Startlöchern. Er nickte. »Ich glaube, damit kann ich leben«, sagte er.

Es war halb sieben geworden. Nach dem Mittagessen hatte Glitsky Treya zurück zu Rand & Jackman begleitet und den ganzen Nachmittag lang Unmengen von Akten gewälzt. Am Abend hörte er seine Nachrichten zu Hause ab, fand die von Hardy vor und rief ihn in der Kanzlei an. Da Treya nach den Bürostunden noch eine Besprechung mit Jackman hatte, erbot sich Hardy, Glitsky abzuholen und nach Hause zu fahren.

Nun saßen die beiden im Auto.

Abe war ziemlich niedergeschlagen. »Ich bin so ein Vollidiot.«

»Das sage ich dir schon seit Jahren.«

Hardy war besorgt, als er für seine Bemerkung keinen neunmalklugen Spruch erntete. Abe schien ziemlich erschüttert zu sein. Allerdings konnte das Hardy nicht in seiner Hochstimmung bremsen. Er schwebte zwar nicht gerade im siebten Himmel, hatte aber wieder Auftrieb bekommen. »Jetzt aber genug von dir«, meinte er vergnügt. »Ich möchte dir von diesem unglaublichen Angebot erzählen. Ist dir klar, dass wir jetzt den halben Staat verhören könnten, wenn es nötig wird?«

»Ich glaube nicht, dass der halbe Staat Elaine gehasst hat.«

Hardy hielt an einer roten Ampel und sah Glitsky an. »Okay. Was ist?«

»Nichts.«

»Schon gut, nichts. Schauen wir mal, warum ich dir das nicht abkaufe. Du versuchst auf eigene Faust zu ermitteln, und zwar ohne Leute, Geld oder Zeit. Man hat uns gerade ein Traumteam und Arbeitsstunden im Wert von etwa hunderttausend Dollar gratis zur Verfügung gestellt. Und trotzdem bist du sogar noch miesepetriger als sonst, was an sich schon ein Kunststück ist.«

Glitsky warf ihm einen Blick zu. »Wenn es dich so nervt, kannst du mich ja hier rauslassen. Ich nehme ein Taxi.«

»Ich verlange ja nicht, dass du Luftsprünge machst. Aber du musst zugeben, dass das eine positive Entwicklung ist.«

»Ich bin begeistert«, erwiderte Abe. »Ehrlich.«

Wieder sah Hardy ihn an. Als die Ampel umschaltete, fuhr er weiter. »Es liegt an der Frau, richtig?«

»Sie heißt Treya.« Er brachte den Namen kaum über die Lippen. »Sie ist mit Jackman zusammen. Und ich bin ein Idiot.«

»Ich dachte, der wäre verheiratet.«

»Ach, dann droht ja keine Gefahr. Ich hatte ganz vergessen, dass verheiratete Männer niemals Affären haben.«

Abe brütete wieder vor sich hin, und da Hardy genug davon hatte, ließ er ihn gewähren. Erst ein paar Häuserblocks weiter ergriff er erneut das Wort. »Woher weißt du das? Hast du sie gefragt?«

»Das brauchte ich nicht. Es war offensichtlich.«

»Trägt einer der beiden ein Schild um den Hals? Oder vielleicht ein Sandwichbrett?«

Glitsky nickte. »So ähnlich.« Er hielt inne. »Als wir bei David's in der Geary Street im Fenster saßen, kam Jackman vorbeispaziert. Die beiden sehen sich und fangen an zu strahlen wie Weihnachtsbäume. Er kommt rein, sie springt auf und läuft auf ihn zu. Und dann sagt sie, ach, das ist der Polizist, von dem ich Ihnen erzählt habe. Er bleibt und bestellt ein Sandwich. Und jetzt, nachdem ich gegangen bin, ist sie bei ihm im Büro.«

»Ziemlich offensichtlich«, meinte Hardy.

Wieder ein Achselzucken. »Du hättest dabei sein sollen.«

»Ich war letztens im Krankenhaus dabei. Das fand ich auch recht offensichtlich.«

Ein Blick. »Was? Mein Verhalten?«

»Und ihres.«

»Tja, dann haben wir wohl beide was falsch verstanden.«

»Wenn du meinst. Doch ich an deiner Stelle würde sie fragen, wenn es mir nur ein bisschen wichtig wäre.« Sie hatten die California Street erreicht und näherten sich Glitskys Haus.

»Wie soll ich denn das machen? Was soll ich sagen? Sie ist mit ihm zusammen.«

»Okay«, erwiderte Hardy und bog ab. »Schön.«

»Wirklich.«

»Ich will dir ja nicht widersprechen. Hoffentlich werden sie glücklich.« Er hielt vor Abes Doppelhaushälfte und drehte sich in seinem Sitz um. »Du greifst jetzt zum Telefon, wählst ihre Nummer und fragst sie, ob sie mit dir zum Essen gehen will. So etwas nennt man eine Verabredung. Wenn sie schon eine Beziehung hat, wird sie ablehnen. Wenn sie dich mag, sagt sie ja. Es ist ganz einfach. Ich glaube, das kapierst du sogar in deinem geschwächten Zustand.«

Glitsky schüttelte den Kopf. »Wir müssen in den nächsten Wochen zusammenarbeiten. Es würde nur zu Komplikationen führen, Diz. Außerdem lehnt sie sowieso ab.«

»Und ich würde ihr keinen Vorwurf daraus machen. Aber man kann nie wissen und du erfährst es nie, wenn du sie nicht fragst.« Als Hardy bemerkte, wie sehr Abe litt, wurde sein Tonfall sanfter. »Weißt du noch, wie du mir letztens erzählt hast, du wünschtest, du hättest mit Elaine gesprochen, als es noch möglich war?«

»Das ist etwas anderes.«

»Nur in dem Sinne, dass sich alle Situationen im Leben voneinander unterscheiden.« Hardy betrachtete seinen Freund. »Ich weiß, dass Reden nicht zu deinen Lieblingsbeschäftigungen gehört, aber hin und wieder kann es ganz nützlich sein. Was wird sie groß tun? Dich auslachen? Das glaube ich nicht. Schlimmstenfalls fühlt sie sich von deiner Einladung geschmeichelt.« Er schlug mit der Hand auf die Armlehne zwischen ihnen. »Gut, Ende des Vortrags. Ich bin fertig. Soll ich dich morgen abholen?«

Zunächst rührte sich Glitsky nicht von der Stelle. Dann nickte er und öffnete die Wagentür. Als er schon draußen auf der Straße war, beugte er sich wieder ins Auto. »Okay.«

Hardys Haus hatte einen kleinen Vorgarten. Er wurde von einem weißen Lattenzaun umgeben und grenzte an Blumenbeete, die die Familie auch während der Wintermonate in Schuss zu halten versuchte. Durch den Rasen verlief ein kurzer Gartenweg, der an einer einladenden Veranda endete. Hardys Zuhause war das einzige Einfamilienhaus im ganzen Block und der Vorgarten sah von der Straße betrachtet wirklich sehr hübsch aus. Doch nachdem er heute wieder einmal durch Nebel und Dunkelheit die vier Blocks zurückgelegt hatte, die die nächstgelegene Parklücke von seinem Haus trennten, überlegte er sich, ob es nicht besser wäre, den Vorgarten zu betonieren und zum Parken zu nutzen.

Er spielte ernsthaft mit dem Gedanken, der allerdings – abgesehen vom Verlust des Rasens – einen entscheidenden Nachteil hatte: Gewiss würde eines Tages jemand, wenn auch versehentlich, seinen Wagen auf Hardys privatem Parkplatz abstellen. Und dann würde Hardy ihn ermorden müssen.

Auf der Veranda und im Wohnzimmer brannte Licht. Hardy öffnete die Tür, roch das Eichenholz-Feuer, das im Kamin loderte, und stellte seinen Aktenkoffer ab.

»Daddy!«

Rebecca kam um die Ecke gestürzt und schlang die Arme um ihn. Dann wurde er von Vincent fast umgerannt. Er drückte sie beide an sich und schleppte sie lachend ein paar Schritte mit. Frannie kam den Flur heruntergeschlendert. In der einen hatte sie ein Weinglas, in der anderen eine Flüssigkeit, die verdächtig nach Martini aussah. »Womit habe ich das verdient?«, fragte er.

Wie sich herausstellte, gab es keinen besonderen Anlass. Frannie hatte das Kaminfeuer angezündet und die Kinder hatten davor auf dem Fußboden Valentinskarten an alle ihre Klassenkameraden geschrieben. Da Frannie chinesisches Essen bestellt hatte – es wurde jede Minute erwartet –, stand sie nicht in der Küche. Sie hatte Lust auf ein Glas Wein gehabt, und sie dachte, dass ihr Mann vielleicht einen Martini wollte, sofern er um die übliche Zeit nach Hause kam.

Sie reichte ihm das Glas und küsste ihn. »Manchmal klappt eben alles wie am Schnürchen.«

Und so ging es den restlichen Abend weiter. Das Telefon läutete kein einziges Mal. Das Essen wurde pünktlich geliefert und schmeckte köstlich. Weder Rebecca noch Vincent hatten eine Krise und gingen um halb zehn zu Bett. Und Cole Burgess wurde mit keinem Wort erwähnt.

Nachdem Dr. Campion im Laufe des Tages dreimal vergeblich angerufen hatte, begann er sich Sorgen zu machen, und beschloss, selbst nach dem Rechten zu sehen. Kurz nach Einbruch der Dunkelheit erreichte er Abes Haus. Die drei Jungen und Nat waren bereits zurück, weshalb er alle Glitskys antraf – bis auf den, den er eigentlich sprechen wollte. Der Arzt war mindestens so wütend wie Abes Familie.

Dr. Campion konnte es nicht fassen, dass sein Patient nicht zu Hause war. Doch nachdem er sich endlich damit abgefunden hatte, wiederholte er seine Instruktionen mit dem nötigen Nachdruck, damit auch ja niemand sie vergaß. Die Lage sei ernst. Er habe Abe zwar aus dem Krankenhaus entlassen, aber er sei noch nicht außer Gefahr. Außerdem habe er absolute Bettruhe angeordnet. Auf keinen Fall dürfe Abe in der Stadt herumlaufen. Sein Herz sei stark angegriffen, der Muskel geschädigt. Man wisse allerdings noch nicht, wie schwer. Also sei ein weiterer, vielleicht tödlicher Infarkt durchaus möglich. Abe müsse regelmäßig seine gerinnungshemmenden Medikamente einnehmen, die noch in einer unangebrochenen Packung auf seinem Nachtkästchen standen. Nachdem Campion eine halbe Stunde gewartet hatte, hinterließ er seine Handynummer und verabschiedete sich.

Als Abe endlich zur Tür hereinspazierte, musste er eine ordentliche Gardinenpredigt über sich ergehen lassen. Alle wollten wissen, was er sich bloß dabei gedacht habe, so mit seinem Leben zu spielen.

Kein Mensch hatte auch nur das geringste Verständnis für ihn. Eine Viertelstunde lang wurden Dr. Campions Schreckensvisionen wiedergegeben, und dann eskortierte man Glitsky in sein Schlafzimmer, wo er unter Aufsicht seine Tabletten schlucken musste und anschließend ins Bett gesteckt wurde. Zur allgemeinen Überraschung gab er zu, er sei völlig erschöpft, und schlief fast auf der Stelle ein. Die restliche Familie versammelte sich zum Kriegsrat in der Küche und beschloss, abwechselnd ein Auge auf ihn zu haben.

Er würde das Haus nicht mehr verlassen, solange der Arzt es nicht erlaubte.

Frannie küsste ihn. »Du bist vielleicht nicht so gut wie früher, aber es kommt noch gerade so hin.«

Es war kurz nach zehn Uhr. Sie befanden sich in ihrem relativ neuen Schlafzimmer im Obergeschoss, ein Rückzugsort, der nach dem alten Grundriss des Hauses undenkbar gewesen wäre – denn damals hatte ihr Schlafzimmer unmittelbar an die Kinderzimmer angegrenzt. Zwar waren laute Lustschreie noch immer nicht möglich, doch ein leises Stöhnen war erlaubt, ohne dass gleich eines der Kinder an die Tür klopfte und fragte, ob alles in Ordnung sei oder ob sich vielleicht jemand wehgetan hätte.

»Vielen Dank.« Er nahm ihr Ohrläppchen zwischen die Zähne und zupfte kurz daran. »Du bist auch nicht so schlecht.« Und dann fügte er nach einer Weile leise hinzu. »Du bist meine Beste.«

Zufrieden lagen sie da, er hatte sich an ihren Rücken geschmiegt. Als ihr Atem regelmäßig wurde, küsste er sie noch einmal, machte sich los und rutschte auf seine Seite hinüber. Im Schlafzimmerkamin knisterten die letzten Scheite. Er schloss die Augen.

Irgendwo in der Ferne heulte eine Sirene. Sie kam näher.

Plötzlich fuhr er hoch und schob mit klopfendem Herzen die Decke weg. Das war keine Sirene, sondern das Telefon, das auf dem Schreibtisch am anderen Ende des Raumes stand.

Frannie, die immer noch schlief, bewegte sich und stöhnte leise. Er hob ab, bevor es noch einmal klingelte.

»Hallo.«

»Mr. Hardy? Hier spricht Jon Ingalls.«

Er erkannte den Namen nicht gleich. Ein Mitglied seines neuen Teams. »Ja, natürlich«, flüsterte Hardy. Die Uhr vor ihm zeigte 23:11 an. »Was gibt es, Jon?«

»Ich bin im Auto. Gerade war ich bei Jeff Elliot.«

»Bei ihm zu Hause?«

»Ja. Er will kündigen. Er hat die Nase gestrichen voll.«

»Kündigen? Bei der Zeitung? Warum?«

Ingalls erklärte ihm alles. Heute Nachmittag hatte der *Democrat* einen Artikel gebracht, der andeutete, Cole sei während seines Aufenthalts bei Jeffs Familie schließlich süchtig gewesen. Also habe er ganz sicher in Jeffs Gegenwart – wenn nicht gar mit ihm gemeinsam – gefixt. Es war eine böswillige und absolut an den Haaren herbeigezogene Anschuldigung, und kein Mensch, der Jeff kannte, hätte sie geglaubt. Dennoch hatte Parker Whitelaw, der Verleger des *Chronicle*, Jeff sofort zu sich zitiert und ihm verboten, auch nur ein Wort über den Fall Burgess zu schreiben. Jeff hatte versucht, ihm klarzumachen, dass er nur mit Cole verschwägert, nicht aber in seine finsteren Machenschaften verstrickt sei. Aber das war Whitelaw gleichgültig. Seiner Ansicht nach war Jeffs Glaubwürdigkeit als objektiver Reporter kompromittiert. Angesichts der politischen Atmosphäre in dieser Stadt genüge es nicht, die Vorwürfe einfach zurückzuweisen. Man müsse härter durchgreifen, zumindest eine Untersuchung durchführen. Möglicherweise sei sogar die Zukunft von Jeffs Kolumne in Gefahr.

»Wie dem auch sei«, fuhr Ingalls fort, »Jeff denkt, dass Pratt dahinter steckt.«

»Da stimme ich ihm zu. Was hat er jetzt vor?«

»Er ist völlig ratlos.«

Hardy umklammerte den Hörer. Wer sich auf diesen Fall einließ, riskierte offenbar seinen Arbeitsplatz. Zuerst Abe, jetzt Jeff. Es war höchst interessant, wenn auch ein wenig beängstigend.

»Mr. Hardy?«, fragte Ingalls. »Ich habe Sie doch nicht etwa geweckt?«

Hardy lachte auf. »Machen Sie Witze? Ich ziehe gerade den Jogginganzug an, um meine Mitternachtsrunde zu laufen.«

Es war schon fast Morgen und Hardy hatte noch immer kein Auge zugetan.

Dass sich die Staatsanwältin in Dinge einmischte, die nicht nur mit dem Fall Burgess zu tun hatten, sondern offenbar Auswirkungen auf sein ganzes Leben hatten, wurde immer Besorgnis erregender.

Hardy hatte seinen Aktenkoffer aus dem Flur geholt. Nun saß er unten am Küchentisch, schrieb Namen in seinen Notizblock und malte Kreise und Pfeile dazu. McNeil, Torrey, Cullen, Cole, Logan, Elaine. Er war weit davon entfernt, sich Notizen zu machen. Die Angelegenheit war noch zu wenig greifbar. Dennoch …

Er warf einen Blick auf das Papier und schrieb einen weiteren Namen auf: Oberlin, Freemans Mandantin. Torrey hatte in diesem Fall bewiesenermaßen eine außergerichtliche Einigung angeboten, von der Logan ebenfalls profitieren würde. Aber was hieß das schon? Anwälte profitieren jeden Tag von außergerichtlichen Einigungen. Nur dass Logan, wie Hardy sich erinnerte, mit Elaine und deshalb auch mit Cole Verbindungen gehabt hatte. Und da Logan Manny Galt vertrat, hatte er mit McNeil zu tun.

Mein Gott! Hardy wünschte, Logan wäre auch Cullen Alsops Anwalt gewesen. Doch der war von dem netten Jungen vertreten worden, den er heute Morgen kennen gelernt hatte. Er wusste nicht, ob es ihn weitergebracht hätte, hätten Logan und Cullen sich gekannt. Doch eine Verbindung wäre zu verlockend gewesen.

Widerstrebend strich er Cullens Namen durch.

Dann fiel ihm noch etwas ein und er tilgte auch den Namen seines Mandanten. Wenn man, wie es den Anschein machte, davon ausgehen konnte, dass Cole unschuldig war …

McNeil, Oberlin, Torrey, Elaine, Logan.

Es war eine kleine Stadt, in der sich die Kreise immer wieder schlossen. Wie die Schlinge eines Henkers.

28

Isaac Glitsky ließ sich nicht erweichen. »Er bleibt im Bett. Anweisung des Arztes.«

»Aber gestern …«

»Gestern«, mischte sich Jake ein, der hinter seinem Bruder stand, »ist er einfach abgehauen. Er hat getan, als wollte er sich hinlegen, und dann hat er sich davongeschlichen, um sich umzubringen. Kaum zu fassen.«

Hardy nickte. »Das passt zu deinem Vater.«

»Er schläft jetzt seit zwölf Stunden«, meinte Isaac. »Sein Körper will nämlich gesund werden, auch wenn er selbst sich noch so sehr dagegen sträubt.«

Hardy kam da nicht ganz mit. »Ich dachte … mir hat er erzählt … Sie haben ihn doch rausgelassen.«

»Damit er sich zu Hause ins Bett legt. Und damit basta.« Isaac verschränkte die Arme vor der Brust. »Offenbar hat er das zu erwähnen vergessen.«

»Er hat gesagt, mit ihm wäre alles in Ordnung. Er wäre vollkommen okay. Keine Probleme mehr.«

»Was nicht stimmt«, erwiderte Jake. »In einer Woche vielleicht …«

»Vielleicht.« Sein älterer Bruder ließ sich auf nichts festlegen. »Sein Herz muss abheilen, bevor er es wieder belasten darf«, fügte er hinzu. »Man möchte meinen, er wäre selbst groß genug, um auf den Gedanken zu kommen.«

»Richtig«, pflichtete Hardy ihm bei und schüttelte verärgert den Kopf. »Ich liebe euren Vater, aber manchmal kann er ein ziemlicher Idiot sein. Richtet ihm das von mir aus. Und dann haltet ihn fest, wenn es nicht anders geht.«

Auch wenn Glitsky zögerte, Treya anzurufen, Hardy hatte solche Probleme nicht. Ihm war nämlich eingefallen, dass es besser war, wenn alle sich an einem Ort versammelten, wenn sie gemeinsam auf dasselbe Ziel hinarbeiten wollten. Also meldete er sich gleich am Freitagmorgen bei ihr und sie stimmte zu. Sie war gerne bereit, in seine Kanzlei zu kommen und den anderen Anwälten unter die Arme zu greifen. Vielleicht hatte sie sogar den ein oder anderen Vorschlag einzubringen. Hardy erwiderte, er freue sich sehr darüber.

Amy Wu hörte es zuerst von Peter Nesbitt, und die nächsten vier Personen, die sie befragte, bestätigten es. Sie alle waren Mitglieder von Elaines juristischem Seminar gewesen.

Amy war eins zweiundfünfzig groß und ihre ausladende Oberweite kaschierte ihren leichten Bauchansatz. Sie war halb Chinesin und halb Schwarze und hatte ein außergewöhnliches und sehr ansprechendes Gesicht. Ihre Nase war klein und flach, und ihre sinnlichen Lippen wirkten, als wären sie mit Kollagen unterspritzt, was sie aber nicht waren. Obwohl bereits sechsundzwanzig Jahre alt, hatte sie wegen ihres dunklen, reinen, faltenlosen Teints noch nie im Leben einen Drink bestellen können, ohne dass der Barmann sie nach ihrem Ausweis fragte. Trotz der schweren Lider über den dunkelbraunen Rehaugen wurde sie nur selten für eine Asiatin gehalten. Dichtes, glattes, schimmernd schwarzes Haar fiel ihr ein paar Zentimeter über die Schultern. Zur Arbeit erschien sie normalerweise im Kostüm, doch heute trug sie Jeans, Bergstiefel und einen schwarzen Rollkragenpullover.

Der junge Mann hieß Muhammed Malouf Adek und unterhielt sich nur allzu bereitwillig mit ihr. Doch welcher junge Mann hätte das nicht getan? Er saß, ein aufgeschlagenes Buch auf dem Schoß, auf dem Boden in einem der Institutsflure und aß einen Apfel. Amy baute sich neben ihm auf und starrte ihn an, bis er den Kopf hob. »Was lesen Sie gerade?«, fragte sie und lächelte ihn an.

Eine Viertelstunde später waren sie in der Cafeteria. Sie erzählte ihm nur einen Teil der Wahrheit und erklärte ihm, wer sie war und den Grund ihres Hierseins. Sie wolle über Elaine sprechen. Es schien ihn nicht zu stören.

»Es heißt, Sie beide wären eine Weile gut befreundet gewesen.«

Er zuckte die Achseln. »Sie war meine Dozentin.«

»Wie ich es verstehe, kannten Sie sich ein wenig besser.« Fragend zog sie die Augenbrauen hoch.

»Meinetwegen. Es gibt hier ein Mentorenprogramm und ich habe mich angemeldet. In meinen anderen Seminaren hatte ich nicht so gut abgeschnitten.« Muhammed warf ihr einen leicht herausfordernden Blick zu.

Sie schätzte, dass er etwa ein Jahr älter war als sie selbst, vielleicht sogar schon dreißig, ein wenig alt also für einen Jurastudenten. Seine Augen funkelten fanatisch. Er trug einen kurzen, sehr buschigen Bart, der an Wolle erinnerte. Seine Zähne waren zwar weiß, aber ziemlich schief. Außerdem schien er nicht viel von Körperpflege zu halten. Sein Haar hatte er sicher seit einer Weile nicht gewaschen, seine Jeans standen vermutlich von selbst und das braune Hemd hatte er offenbar schon die ganze Woche an.

»Und Sie haben sich miteinander angefreundet?«

»So würde ich es nicht unbedingt nennen. Wir haben uns nie privat verabredet.«

Amy verzog fragend das Gesicht.

Er konnte den Blick nicht von ihr abwenden. »Was ist?«

»Mir hat man etwas anderes erzählt. Ich wollte mich mit jemandem unterhalten, der Elaine gut kannte. Offenbar bin ich bei Ihnen falsch.« Sie machte Anstalten, sich zu erheben.

Er hielt sie am Handgelenk fest. »Wir haben ein paar Mal zusammen Kaffee getrunken«, sagte er. »Aber wir … hatten nichts miteinander.« Als er bemerkte, was er tat, ließ er sie los. »Warum interessieren Sie sich überhaupt für Elaine. Sie war nicht echt.«

»Was meinen Sie damit?«

Er zögerte und beschloss, nicht darauf zu antworten.

»Muhammed«, meinte Amy. »Sie haben doch sicher gehört, dass sie letzte Woche gestorben ist.«

Er nickte. »Es war Allahs Wille.«

»Mag sein, aber es steckt noch mehr dahinter. Jemand hat sie umgebracht.«

Er fuhr hoch. »Ich war es nicht. Man hat doch einen anderen Mann festgenommen.«

»Ich weiß. Kein Mensch will Ihnen etwas unterstellen. Das habe ich auch gar nicht behauptet.« Wieder lächelte sie. »Bitte, Muhammed. Wir unterhalten uns doch nur ein bisschen.«

»Aber worüber?«

»Darüber, was für ein Mensch sie war.« Sie beugte sich zu ihm hinüber. »Wir haben vor, eine Art Denkmal für sie aufzustellen, vielleicht eine Statue. Das würde in der Vorhalle bestimmt sehr hübsch aussehen. Als Andenken an sie.«

»An Elaine?« Amy wurde klar, dass Treya sich eine wunderbare Geschichte hatte einfallen lassen. Muhammeds Augen flackerten.

»Ja, an Elaine. Aber es gibt da natürlich noch die politische Frage. Es wäre ein Jammer, wenn wir uns die ganze Mühe machen und viel Geld ausgeben würden, und dann stellt sich heraus, dass es peinliche …«

»Sie war eine Hure. Eine Lügnerin und eine Hure. Und eine Ungläubige.«

»Aber, aber …«

Er schlug mit der Faust auf den Tisch, dass die anderen Studenten im Raum von ihren Büchern hochschreckten. Doch Muhammed achtete nicht darauf. »Sie hat so getan, als wollte sie sich zum Islam bekehren lassen. Ich hab ihr aus dem Koran vorgelesen und sie hat genickt und mir was vorgespielt. ›Ja‹, sagte sie. ›Das ist interessant. Das ist richtig.‹ Aber das war alles nur Show. Innerlich war sie eine Weiße. Sie hat ihren Körper für das Geld der Weißen verkauft. Für das Geld ihres Herrn Doktor.«

Muhammed hatte Speichel auf den Lippen. Sein Atem ging stoßweise.

»Wann haben Sie sich zum letzten Mal gesehen?«

»Sie war hier«, keuchte er. »Sie war immer hier.«

»Hier in der Universität?«

»Ja.«

»Ich meinte, wann Sie sich zuletzt privat getroffen haben. Auch nach ihrer Verlobung?«

»Ich habe ihr gesagt, das muss aufhören. Es wäre alles Lüge. Sie hat mich gequält.«

»Was musste aufhören? Wollten Sie, dass sie ihre Verlobung löst?«

»Nein, dass sie nicht mehr hier unterrichtet und nicht mehr in die Universität kommt.«

»Das hat sie gequält?«

Er nickte. »Immer, wenn ich sie sah, wusste ich, dass sie mich auslacht, weil ich ihr geglaubt hatte. Ich hab ihr gesagt, dass sie nicht mehr kommen dürfe.«

»Wann war das?«

»Am Anfang des Semesters. Vor kurzem.« Wieder packte er ihre Hand, so fest, dass es schmerzte. »Sie dürfen keine Statue für sie aufstellen. Sie war eine Hure. Sie hat Allah verspottet und natürlich ...« In seinen Augen stand ein wahnsinniges Funkeln. »Und deshalb ist es auch passiert. Allah hat dem ein Ende gemacht.«

»Abe? Alles in Ordnung?«

»Ich stehe unter Hausarrest. Meine Jungen.«

»Dismas meinte, Sie liegen im Bett.«

»Stimmt genau. Der Arzt hat mir verboten, mich zu viel zu bewegen. Alle waren stinksauer, weil ich gestern weggegangen bin.«

»Und heute? Ihr Herz ...?«

»Es schlägt und schlägt, während wir uns hier unterhalten. Tut mir Leid, dass ich Sie nicht angerufen habe. Ich bin eben erst aufgewacht.«

»Sie haben aber lang geschlafen. Es ist fast elf. Sind Sie sicher, dass alles in Ordnung ist? Ist wirklich nichts passiert?«

»Nein, überhaupt nichts.«

»Ehrenwort?«

»Ehrenwort. Wie kommt unsere Arbeit voran?«

»So einigermaßen. Aber deshalb habe ich nicht angerufen. Sondern wegen Ihnen.«

»Ich fühle mich ausgezeichnet. Es ist ja nicht weiter weltbewegend. Ehrlich. In ein paar Tagen kann ich bestimmt wieder zum Tanzen gehen.«

»Aber erst, wenn der Arzt es Ihnen erlaubt.«

»Dafür werden meine Gefängniswärter schon sorgen.«

»Und Sie selbst auch.«

»Ich selbst auch.«

»Versprechen Sie mir das?«

»Ich schwöre.«

Eine lange Pause entstand. »Also gut«, sagte sie. »Bis dann.«

Da Treya wusste, dass Dr. Walsh sich freitagnachmittags frei nahm, rief sie ihn am Donnerstagabend zu Hause an. Sie bat ihn, am nächsten Tag einen Mitarbeiter der Kanzlei in die Eigentumswohnung in Tiburon zu lassen, die er mit Elaine geteilt hatte, damit sie ihre Sachen durchsehen konnte. Sie arbeite mit Glitsky zusammen, der, wie Jonas wisse, Elaines nächster Angehöriger sei. Es handle sich nicht um eine Anweisung im juristischen Sinne, sondern um eine Bitte an einen Freund. Vielleicht befinde sich etwas unter Elaines Besitztümern, das sie in ihren Ermittlungen weiterbringen würde, indem es entweder auf einen anderen Täter hindeute oder Coles Schuld bewies.

Jonas gefiel der Gedanke zwar gar nicht, doch die Frage, was er mit Elaines Habe anfangen sollte, war noch nicht geklärt. Nach seiner Entschuldigung vorige Woche in der Kanzlei wusste Treya, dass er wegen seines unfreundlichen Verhaltens ihr gegenüber ein schlechtes Gewissen hatte. Sie war überzeugt, dass er sie in die Wohnung lassen würde. Und sie behielt Recht.

Allerdings hieß das nicht, dass er sich vor Hilfsbereitschaft überschlagen hätte. Er schüttelte Curtis Rhodin zwar kurz die Hand, gab sich aber keine Mühe, freundlich zu sein. »Sie vergeuden hier die wertvolle Zeit anderer Leute.«

Treya hatte Rhodin vor Walsh gewarnt. Doch ein selbstbewusster und weltgewandter Mann wie Curtis ließ sich von dieser ungnädigen Begrüßung ohnehin nicht anfechten. Er war einen Meter achtundachtzig groß und überragte Walsh um einige Zentimeter. Trotz seiner hundert Kilo – Walsh wog nur fünfundachtzig – hatte er kein überflüssiges Gramm Fett am Leibe. Der anthrazitfarbene Brioni-Anzug hatte ihn zwar neunhundert Dollar gekostet, passte aber so ausgezeichnet und wirkte so lässig, als handle es sich um seine alltägliche Freizeitkleidung. Sein Gesicht war lang und schmal, sein Blick ernst. Hätte Modigliani Männer gemalt, er hätte sich jemanden wie Rhodin als Modell genommen.

»Wenn Sie wegmüssen, Herr Doktor, gehen Sie nur. Ich komme schon allein zurecht.« Sie standen in einem großen, hellen, kahlen Wohnzimmer, das mit seiner modernen Möblierung fast steril wirkte. Rhodin wies auf die Aussicht, die sich ihnen durch die Glasfront bot. Die Wohnung lag auf einem Hügel und hatte Blick auf den Jachthafen. Hier draußen, vierzig Kilometer vor der Stadt, schien hell die Sonne. Das Panorama war atemberaubend. Rechts sah man die Küstenlandschaft von Marin und Mount Tamalpais. Vor ihnen lagen Angel Island und die anmutige, wenn auch nicht sehr berühmte Richmond Bridge. Unter einem leuchtend blauen Himmel erstreckte sich die funkelnde Bucht mit ihren Schaumkronen. »Wunderschön«, sagte Rhodin. »Wenn ich hier wohnen würde, würde ich das Arbeiten vergessen.«

»Ich arbeite nicht hier«, erwiderte der Arzt. »Und ich hoffe, dass Sie sich durch die Aussicht nicht allzu sehr ablenken lassen. Ich begreife wirklich nicht, warum wegen des Mordes an Elaine immer noch ermittelt wird. Schließlich sitzt der Täter im Gefängnis, verdammt. Ich würde mich freuen, wenn die Sache bald ein Ende hat.«

Rhodin nickte verständnisvoll. »Da wollen wir beide dasselbe. Lieutenant Glitsky möchte nur sichergehen, dass es während des Prozesses keine unliebsamen Überraschungen gibt. Um offen zu sein, weiß ich gar nicht, wonach ich suchen soll. Wenn Sie also noch etwas vorhaben, lassen Sie sich nicht von mir stören. Aber wenn Sie mir zeigen könnten, wo ich am besten anfange, würde das die Sache sehr beschleunigen.«

Widerstrebend brachte Walsh ihn in den hinteren Teil der Wohnung, vorbei an einer hervorragend ausgestatteten

Küche. Auf der Arbeitsplatte aus Granit stapelte sich das Geschirr. Weitere Geschirrteile standen im Spülbecken. Ein Geruch nach Abfällen lag in der Luft. Von dem kurzen Flur ging links ein kleines Arbeitszimmer ab – zwei Schreibtische, zwei Computer, ein paar Aktenschränke. Ein Stück weiter nach rechts ging es ins Schlafzimmer. Walsh führte ihn hinein. Er hatte das Bett nicht gemacht, erwähnte dieses Versäumnis aber mit keinem Wort. »Das ist ihr Schrank«, meinte er und wies darauf. »Daneben steht ihre Kommode. Ich bin im Arbeitszimmer.«

Nachdem Rhodin allein war, machte er sich ans Werk. Anders als er Walsh gesagt hatte, hatte er am Vortag von Hardy und Glitsky genaue Instruktionen erhalten. Hauptsächlich handelte es sich um Dinge, die er in ihrem Arbeitszimmer zu finden hoffte – vielleicht eine Adressenkartei, alte Scheckbücher, Unterlagen über ihre Finanzen und möglicherweise einen Terminkalender. Aber es konnte durchaus sein, dass er auch hier auf etwas anderes stieß. Es war die Suche wert.

Curtis Rhodin war ein methodischer Mann. Er hatte Elaine oberflächlich gekannt. Sie war älter als er, Partnerin bei Rand & Jackman und bewegte sich in anderen Sphären. Obwohl es seltsam für ihn war, ihre Sachen zu durchwühlen, war er fest entschlossen, seine Pflicht zu tun.

Elaine hatte eine Menge Kleider und dreißig Paar Schuhe besessen. Eine Reihe kleiner in den Wandschrank eingebauter Schubladen enthielten Pullover, Blusen und Sportkleidung. In der untersten Schublade unter einem Stapel Sweatshirts entdeckte er eine kleine, flache weiße Schachtel. Curtis nahm sie heraus, öffnete sie und erkannte auf Anhieb, worum es sich handelte – Elaines Sammlung von Erinnerungsstücken, die nur ideellen Wert besaßen.

Rhodin schmunzelte. Er selbst hatte eine ganz ähnliche Sammlung, allerdings in einer Zigarrenkiste. Dort bewahrte er zwanzig oder dreißig wertlose Kleinigkeiten auf, die er einfach nicht wegwerfen konnte: ein Stück Jade, das er beim Tauchen in Big Sur heraufgeholt hatte; ein Gitarrenplektron von einem B.B. King-Konzert, auf dem er als Student gewesen war; sein erstes Taschenmesser, ein altes Barlow; eine

Krawattennadel mit einem Diamanten, es konnte ja durchaus sein, dass sie wieder in Mode kamen; eine signierte Baseballkarte aus Willie Mays Anfangstagen. Krimskrams. Aber unbezahlbar.

Elaines Schachtel unterschied sich nicht sehr davon, vor allem wenn man bedachte, dass sie eine Frau gewesen war. Verschiedene Wahlkampfanstecker von ihrer Mutter, Chris Locke und Sharron Pratt. Der College-Ring eines Mannes. Ein Straps. Eine Pistolenkugel Kaliber .38. Ein paar Visitenkarten, mit einem Gummiband zusammengehalten. Eine Unmenge ausländischer Münzen. Er klappte die Schachtel wieder zu und beschloss, sie mitzunehmen.

Auf der Kommode stand neben einer Lampe das gerahmte Foto ihrer Mutter. In den meisten Schubladen befanden sich Unterwäsche, Socken und faltbare Kleidungsstücke. Außerdem Kondome. Zu Rhodins Erstaunen war die oberste rechte Schublade leer. Er ging ins Arbeitszimmer und bat Walsh, kurz herüberzukommen. Seufzend legte der Arzt seine Zeitschrift weg, rappelte sich auf und folgte ihm. »Wissen Sie, was sie in dieser Schublade hatte?«, fragte Curtis.

Walsh sah hin und zuckte die Achseln. »Offenbar nicht viel. Haben Sie was rausgenommen?«

»Nein, sie war schon leer. Ist das schon immer so gewesen?«

Wieder ein Achselzucken. »Keine Ahnung. Ich habe nicht in ihren Schubladen herumgewühlt.«

»Nein, natürlich nicht«, erwiderte Rhodin. »Aber diese hier war absolut leer, und das kommt mir ein bisschen komisch vor.«

»Ich habe keine Ahnung«, wiederholte Walsh. »Ich jedenfalls habe nichts rausgenommen.«

»Aber ich bin sicher, dass er es doch getan hat.« Rhodin war ins Solarium in Freemans Kanzlei zurückgekehrt und erstattete Treya und Amy Bericht. Als er Tiburon verließ, hatte er einen etwa zu einem Viertel mit im Haus gefundenen Gegenständen gefüllten Pappkarton bei sich. Unterlagen aus dem Büro, eine Ausgabe des Korans aus dem Bücherregal und natürlich die weiße Krimskramsschachtel. Einer Eingebung folgend, hatte er im letzten Moment auch das gerahmte Foto von Loretta Wager eingesteckt. Allerdings hatte ihn die leere Schublade am meisten neugierig gemacht. »Hat jemand von Ihnen eine leere Kommodenschublade zu Hause?«

»Schubladen werden nicht leer«, erwiderte Amy, »sondern sie füllen sich etwa zehn Minuten nach dem Einzug. Irgendwann kriegt man sie nicht mehr zu. Das ist ein Naturgesetz. Bestimmt hat er sie ausgeräumt.«

Doch Treya hatte einen Einwand. »Das hätte er nie getan, weil er wusste, dass wir ihre Sachen durchsuchen wollten. Sonst hätte er uns gar nicht erst reingelassen.«

»Oder er hätte etwas anderes in die Schublade gesteckt, bevor wir kommen«, meinte Amy.

Rhodin hatte auch etwas beizutragen: »Vielleicht hat er die Sachen doch rausgeräumt und glaubte, dass es uns nicht auffallen würde. Was hat eine leere Schublade schon groß zu bedeuten?«

»Nein.« Da war sich Treya ganz sicher. »Wenn er sie leer gemacht hat, dann deshalb, weil er etwas verbergen wollte. Und dann hätte er uns das bestimmt verheimlicht.«

»Oder sie war es selbst«, wandte Amy ein. »Elaine.«

Sie alle überlegten eine Weile. Schließlich ergriff Treya das Wort: »Wenn sie ihn verlassen hat, zum Beispiel nach einem nächtlichen Streit, hat sie vielleicht nur eine Hand voll Unterwäsche eingepackt.«

»Ich habe noch etwas entdeckt«, sprach Rhodin weiter. »Im Badezimmer hatte sie die Pille liegen, einen Vorrat für ein paar Monate. Aber in der Kommode war etwa ein Dutzend Kondome.«

Amy hatte darauf eine Antwort: »Offenbar wollte sie ganz sichergehen.«

»Oder sie war ihm nicht treu«, meinte Rhodin.

Treya sah ihre Mitstreiter an. »Vielleicht wusste sie auch, dass er es nicht war.«

»Dash Logan?«

Der Anwalt blickte von der Zeitung auf, die er gerade las – zufällig war es der *Democrat*. Nun, da sich der Freitagnachmittag dem Ende zuneigte, füllte sich das Jupiter allmählich. Doch Logan saß allein an seinem Stammplatz hinten im Lokal. Neben ihm auf dem Tisch standen eine Schale mit Salzbrezeln und ein halb volles Glas Bier, das langsam warm wurde. Seine Miene war offen und freundlich. »Sie haben mich erwischt.« Er musterte den Mann, der ihn angesprochen hatte, und hielt ihm die Hand hin. »Und Sie sind Mr. Hardy, wie ich annehme. Dismas? Sie heißen doch Dismas.«

»Immer noch.« Hardy nahm die Hand – ein fester Händedruck – und ließ sich Logan gegenüber nieder. »Sie sind ganz schön schwierig zu erreichen.«

Logan nickte mitfühlend. »Das sagt man mir öfter. Tut mir Leid. Anscheinend stecke ich zur Zeit in der Midlife-Crisis. Meine Energie geht den Bach runter. Aber ich habe Ihre Anrufe erhalten.«

»Das freut mich wirklich. Ich dachte schon, Ihr Telefon wäre kaputt.«

»Habe ich Ihnen nicht gesagt, dass Sie mich immer hier finden können?«

»Ja, haben Sie.«

»Also.« Da der erste Punkt auf sein Konto ging, lächelte er. Das Lächeln wirkte ziemlich ehrlich.

Allerdings hatte Hardy nicht vergessen, dass die größten Betrüger meist Offenheit ausstrahlten. Es gehörte zu ihrem Beruf. »Passen Sie auf. Da ich Ihnen solche Umstände bereitet habe, lade ich Sie jetzt auf ein Bier ein. Ich hätte Sie ja am Montag angerufen, aber heute, am Freitagnachmittag, ist sowieso kein Mensch zu erreichen. Nach dem Wochenende hätte ich mich gemeldet.« Er winkte dem Barmann zu. »Wally, zwei kühle Bierchen, bitte. Oder was möchten Sie sonst, Dismas?«

Hardy zuckte entschuldigend die Achseln. »Ich muss mich mit Wasser begnügen. Um fünf habe ich noch einen Mandantentermin.«

»Und es macht sich nicht gut, wenn der Anwalt schon am Nachmittag zu trinken anfängt, was? Schon verstanden. Wally? Nur eins. Und noch ein Glas von dem Zeug, in dem die Fische vögeln.« Er grinste Hardy an. »Wissen Sie, das ist einer der Gründe, warum ich nicht mehr in meiner Kanzlei arbeite.«

»Was für Gründe, Dash?«

»Gründe? Wenn die Mandanten in die Kanzlei kommen und das ganze Zeug dort sehen. Die Sekretärin, die Fachbücher, die Telefone und den anderen Schwachsinn – und mehr als Schwachsinn ist es eben nicht –, entwickeln sie eine Erwartungshaltung. Sie denken, dass alles inklusive ist. Hey, danke, Wally. Auf Ihr Wohl, Dismas.« Er prostete Hardy mit seinem frischen Bier zu. »Und so ein Typ bin ich nicht. War ich früher mal, aber es hat nicht geklappt. Die Leute kamen mit ihren Hoffnungen zu mir und ich habe sie enttäuscht. Sie hatten ein anderes Bild von einem Anwalt, und der Himmel weiß, dass es genug von dieser Sorte gibt. Doch wer mich engagieren will – und das tun eine Menge Leute –, kann sich hier mit mir treffen und weiß, was er kriegt. Keine schönen Worte, aber auch keinen Mist. Und die meisten gehen dann zufrieden nach Hause. Also.« Seine wässrigen blauen Augen fixierten Hardy über den Rand des Bierglases hinweg. »Wie ich annehme, möchte McNeil sich außergerichtlich einigen.«

»Offen gestanden nein.« Hardy lehnte sich zurück und beobachtete belustigt Dashs Reaktion. Kurz verfinsterte sich seine leutselige Miene, doch es war beeindruckend, wie schnell sein freundliches Lächeln zurückkehrte. »Ich bin in einer ganz anderen Sache hier. Kennen Sie einen Jungen namens Cullen Alsop?«

Logan schien darüber nachzudenken. »Ich glaube, so hieß er. Ein Bulle – Banks war sein Name – hat sich gestern hier nach ihm erkundigt. Eine Überdosis, richtig?«

»Ja. Ich habe heute Morgen mit Strout gesprochen.«

»War dieser Alsop Ihr Mandant?«, fragte Logan.

»Nein«, erwiderte Hardy. »Mein Mandant ist Cole Burgess.« Falls Logan dieser Name vertraut war, ließ er es sich jedenfalls nicht anmerken. »Elaine Wager?«

Er verzog bedrückt das Gesicht. »Oh, Elaine.« Logan konnte Anteilnahme auf Befehl anknipsen. »Ein Jammer.«

»Richtig«, stimmte Hardy ihm zu. »Obwohl Sie beide, wie ich hörte, ein paar Schwierigkeiten miteinander hatten.«

»Nein, es war nichts …« Wieder das Lächeln. »Meinen Sie

damit ihren Einsatz als Sonderbeauftragte? Das war doch nicht persönlich gegen Elaine gerichtet.«

»Wirklich? Es heißt, sie hätte es aber so aufgefasst.«

Logan schüttelte den Kopf. Hardy hatte alles ganz falsch verstanden, tappte völlig im Dunkeln. »Nein, das war alles nur wegen der Polizei. Sie haben mich hier angerufen ...«

»Die Polizei?«

»Nein, meine Kanzlei.«

»Ich dachte, Sie hätten keine Kanzlei.«

»Halten Sie mich für bescheuert. Natürlich habe ich eine, ich benutze sie nur selten. Aber egal. Ich saß hier und genehmigte mir ein paar Bierchen, als meine Kleine mich völlig aufgelöst anrief. Die Bullen wären da, mit einem Durchsuchungsbefehl, und stellten alles auf den Kopf. Tja, da bin ich wohl ein bisschen ausgerastet. Ist doch ziemlich verständlich, oder?«

Hardy zuckte viel sagend die Achseln.

»Ich war gerade dabei, eine ganz scharfe Biene anzubaggern, und dann musste ich plötzlich losfahren. Zur Hauptverkehrszeit. Als ich ankam, war ich nicht gerade die Hilfsbereitschaft in Person. Wissen Sie, Patsy, meine Sekretärin, macht einen netten Eindruck am Empfang, aber was den Bürokram angeht, ist sie nicht unbedingt eine Leuchte. Zum Beispiel bei der Ablage. Also sagte ich zu den Polizisten: ›Nur zu. Wenn Sie keinen Respekt vor mir haben und mich behandeln wie Abschaum, können Sie den Mist selber suchen.‹« Wieder sah er Hardy entschuldigend an, seine Stimme klang ruhig und vernünftig. »Und deshalb bin ich mit Elaine aneinander geraten. Sie hat mich eben auf dem falschen Fuß erwischt. In ein paar Wochen hätte ich sie angerufen und mich bei ihr entschuldigt. Aber sie ist leider vorher erschossen worden.«

Der Monolog schien ihn erschöpft zu haben. Seine Miene wurde merkwürdig ausdruckslos. Dann fasste er sich wieder, steckte eine Salzbrezel in den Mund und trank einen Schluck Bier. »Wie sind wir überhaupt auf Elaine gekommen? Sie haben mich doch nach dem Typen mit der Überdosis gefragt.«

»Cullen.«

»Richtig, Cullen. Und der Typ, der Elaine getötet hat. Ihr Mandant.«

»Cole Burgess. Cullen hat ihn angeschwärzt. Die Mordwaffe stammte von ihm.«

»Und Sie glauben, ich kenne diese Burschen? Was bringt Sie auf diesen Gedanken?«

»Eigentlich gar nichts. Ich war heute im Justizgebäude, um Einblick in Cullens Akte zu nehmen, da Coles Anhörung nächste Woche stattfindet. Cullen hatte ein Streichholzbriefchen von dieser Kneipe hier bei sich.«

»Ja, das hat Banks auch gesagt.« Es klang wie eine Frage.

Hardy zuckte die Achseln. »Sie haben mir erzählt, dass Sie häufig hier sind. Ich dachte, Sie hätten ihn vielleicht zufällig gekannt.«

Logan traute seinen Ohren nicht. »Dismas, könnten Sie sich bitte mal umdrehen.«

Hardy tat es.

»Wie viele Leute sehen Sie?«

Hardy zählte rasch nach. »Fünfunddreißig, vierzig.«

»Das stimmt so in etwa.« Logan verspeiste noch eine Brezel. »Um vier Uhr. Wissen Sie, wie voll es hier um neun oder um zehn ist? Man kann kaum Luft holen, weil der Platz nicht reicht. Also ist die Wahrscheinlichkeit, dass ich einen ganz bestimmten Typen kenne ...« Er beendete den Satz nicht und schüttelte über Hardys Optimismus den Kopf. »Vergessen Sie's.«

»Ich dachte, es schadet nicht, mal nachzufragen«, erwiderte Hardy. »Danke, dass Sie mir Ihre Zeit geopfert haben.« Er wollte aufstehen.

Logan hielt ihn zurück. »Und die Sache McNeil? Wollen Sie tatsächlich einen Prozess riskieren? Mein Mandant ist noch immer zu einer Einigung bereit, aber niemand weiß, wann er seine Meinung ändert. Ich finde, Sie machen sich damit nur unglücklich.«

»Könnte sein.« Hardys Gegenüber sollte ruhig merken, dass das seine geringste Sorge war. Denn trotz seiner Fragen nach Cole und Cullen war der Hauptgrund seines Besuches gewesen, Logan diese Botschaft zu übermitteln. Vielleicht würde die Nachricht, dass McNeil nicht klein beigeben wollte, die Entwicklungen beschleunigen. Er lächelte höflich. »Das wäre nicht das erste Mal.«

Auf der Rückfahrt vom Jupiter in sein Büro machte er Station in der Seventh Street und traf zum Glück endlich Strout an. Der schlaksige Gerichtsmediziner, der sich von nichts aus der Ruhe bringen ließ, kannte Hardy von verschiedenen Prozessen und auch aus seiner Zeit bei der Staatsanwaltschaft. Dass er nun als Verteidiger arbeitete, spielte keine Rolle. Für gewöhnlich kümmerte es Strout wenig, auf welcher Seite man im Gerichtssaal stand. Er war Wissenschaftler und befasste sich mit medizinischen Fakten, die sowohl die Anklage wie auch die Verteidigung weiterbrachten – oder auch nicht.

Da sein Arbeitstag fast zu Ende war, kam er selbst hinaus in die Vorhalle, um Hardy hereinzulassen. In seinem Büro bewahrte er medizinische Nachschlagewerke und seine berühmte Mordwaffensammlung – von der Antike bis zur Gegenwart – auf. Die meisten der Ausstellungsstücke befanden sich hinter Glas. Doch einige davon, zum Beispiel eine angeblich scharfe Handgranate, die auf einem Sockel auf seinem Schreibtisch ruhte, lagen einfach so herum, sodass jeder damit herumspielen und sie benutzen konnte. Hardy las den auf dem Kopf stehenden Titel des offenen Buches auf Strouts Schreibtisch: ›Das goldene Zeitalter der Folter – Deutschland im fünfzehnten Jahrhundert‹.

»Das ist aber ein reizendes Bändchen«, meinte er. »Betreiben Sie immer noch Forschungen? Oder lernt man so was heutzutage im Medizinstudium?«

Strout griff nach dem Buch und strich liebevoll mit dem Finger über eine Seite. Dann legte er es an seinen Platz zurück. »Falls Sie sich jemals fragen sollten, warum in der Grundrechtsakte die Formulierung ›grausame und unverhältnismäßige Bestrafung‹ steht, brauchen Sie nur das hier zu lesen«, erwiderte er gedehnt. »Was die Leute damals einander antaten, spricht für sich.«

»Ziemlich unverhältnismäßig, was?«

Der Leichenbeschauer kicherte. »Ich sag Ihnen was, Diz, sogar die mildesten Bestrafungen übertreffen noch das, was Leute mit schweren geistigen Problemen sich so einfallen lassen. Und wir müssen uns die Haarspaltereien der Richter anhören, die darüber philosophieren, was grausam und was unverhältnismäßig ist und was unsere Gründerväter wohl damit gemeint haben könnten. Sie sollten dieses Buch lesen, dann wäre die Sache geklärt. Die Zungenklammer zum Beispiel ...«

»John.« Hardy unterbrach ihn mit einer Handbewegung. »Vielleicht ein andermal.«

»Dann führt Sie wohl etwas anderes zu mir.« Zufrieden kichernd ließ sich Strout hinter seinem Schreibtisch nieder, nahm die Handgranate und spielte damit herum. »Gewiss. Lassen Sie mich überlegen. Cullen Alsop.«

»Zehn Punkte.«

Strout nickte und beugte sich vor. Seine Hände schwebten etwa drei Zentimeter über der Tischplatte und er ließ die Handgranate sanft auf die Schreibunterlage fallen. »Mein anfänglicher Eindruck hat sich mehr oder weniger bestätigt. Wie erwartet handelt es sich um eine Überdosis Heroin. Ich habe das Polizeilabor gebeten, das am Tatort zurückgebliebene Heroin rasch zu analysieren, und ich verlasse mich eher auf ihren Bericht als auf die Blutuntersuchung. Um es einmal laienhaft auszudrücken: Wenn er sich nur einmal etwas gespritzt hat – und darauf weisen die Einstichstellen hin, denn ich habe lediglich eine relativ frische gefunden –, dann war das Zeug ausgesprochen rein.«

»Und das war zweifellos die Todesursache?«

»Ja.« Wieder spielte er nachdenklich mit der Handgranate herum. »Ich habe auch Reste von Alkohol entdeckt, und eine toxikologische Untersuchung würde sicher noch andere Drogen zu Tage fördern. Aber es war das Heroin.«

»In einer besseren Qualität, als man es normalerweise auf der Straße kriegt?«

Strout zuckte die Achseln. »Ich weiß nicht. Vielleicht ist dieser Stoff zur Zeit im Umlauf, aber er wird ziemlich rasch wieder verschwinden.«

»Warum das?«

»Weil wir es anderenfalls bestimmt noch mit weiteren Drogentoten zu tun bekommen. Vielleicht erinnern Sie sich an das Wochenende im vergangenen Sommer, als ein paar Dealer eine unverschnittene Ladung braunen Teer unter die Leute gebracht haben. Nein? Sieben Jugendliche in vier Tagen.«

Ein trauriges Auflachen. »Aber bis jetzt hat es nur Cullen erwischt.«

»Und was bedeutet das?«

»An sich betrachtet erst einmal gar nichts, andererseits vielleicht eine ganze Menge. Erste Möglichkeit.« Er ließ die Handgranate erneut auf die Schreibunterlage fallen und hob einen Finger. »Der Junge hat selbst gedealt, die Ware überprüft und sich in der Wirkung verschätzt. Zweite Möglichkeit.« Wieder ein Finger. »Er kannte die Wirkung von dem Zeug und hielt es für eine schmerzlose Methode, sich umzubringen. Und dritte Möglichkeit: Jemand anderer kannte die Wirkung des Zeugs und hat es ihm verabreicht.«

»Dann wäre es Mord.«

Ein ausweichendes Achselzucken. »Das geht mich nichts an, Diz. Keine Kampfspuren, kein Motiv, auch sonst nichts. Todesursache ist also Unfall oder Selbstmord. Haben Sie schon mit Banks gesprochen?«

»Ridley?« Hardy schüttelte den Kopf. »Nicht seit Mittwochabend, was nicht an meinen mangelnden Bemühungen liegt. Er ruft mich einfach nicht zurück. Doch schon am Mittwoch«, fügte er leicht übertreibend hinzu, »war mir klar, dass ihm der Zeitpunkt von Cullens Tod recht merkwürdig vorkam. Er stirbt an seinem Entlassungstag und kann nicht mehr aussagen. Was wird hier gespielt? Jemand hat Cullen angestiftet, Cole dranzuhängen, und dann bringt er ihn um, bevor es richtig dazu kommt. Das ergibt keinen Sinn.«

»Ja, aber das trifft auf die meisten Dinge im Leben zu, Diz.« Wieder griff Strout zur Handgranate und warf sie beiläufig hin und her. »Vielleicht findet Banks ja noch etwas heraus. Ich bin sicher, dass er weitersucht«, meinte er.

Hardy überlegte eine Weile und stand dann auf. »Vielen Dank, John, Sie waren mir eine große Hilfe.«

29

Ärztliche Anweisung hin oder her. Schließlich gelang es Glitsky, seine Söhne davon zu überzeugen, dass er gefahrlos duschen, Jeans und einen leichten Pullover anziehen und sich in seinen Lieblingssessel im Wohnzimmer setzen konnte. Es war überflüssig, dass sie ihn auf Schritt und Tritt bewachten. Er gab ihnen sein Ehrenwort, nicht vor die Tür zu gehen und auch nicht zu viel im Haus herumzulaufen.

Allerdings wollten die beiden ständig in seiner Nähe bleiben, und er konnte nicht behaupten, dass ihm das lästig gewesen wäre. Außerdem war er tief gerührt von ihrer offensichtlichen Sorge um ihn. Es war schön, die ganze Familie wieder zusammen zu haben, denn wer konnte sagen, ob das so bald wieder geschehen würde. Sie gaben Rita den Nachmittag frei, riefen Nat an und fragten ihn, was er gerade so trieb. Er kam vorbei und brachte chinesisches Essen mit – Chow Mein mit Huhn und ›glücklicher Garten‹. Und nach dem Essen spielten die drei Generationen stundenlang am Küchentisch Karten. Zum ersten Mal seit Jahren wurde in der kleinen Küche wieder herzhaft gelacht. Sie berichteten einander von den Ereignissen der letzten Jahre, fluchten nach Herzenslust, wenn das Kartenglück sie im Stich ließ, und kamen einander wieder näher.

Als Orel aus der Schule zurückkehrte, fuhr Nat in die Synagoge. Die Jungen beschlossen, nach draußen zu gehen und bis zum Einbruch der Dunkelheit in dem Park am Ende der Straße ein wenig Basketball zu spielen. Glitsky hatte sein Buch herausgeholt und saß in seinem Fernsehsessel im Wohnzimmer. Fünf Minuten später befand er sich schon am Mittelmeer, segelte die Costa Brava entlang und suchte nach Schiffen zum Kapern und nach reicher Beute.

Die Fassade der Doppelhaushälfte zeigte nach Westen. An klaren Tagen tauchte die Sonne das Zimmer für kurze Zeit in ihren Schein, bevor sie hinter den Häusern auf der anderen Seite der Straße versank. Aufgeschreckt durch die plötzliche Helligkeit, blickte Abe von seinem Buch auf und schloss es.

Staubteilchen schwebten in der Luft.

Elaine befand sich in Begleitung eines Menschen, den sie kannte. Es war mitten in der Nacht, fast ein Uhr. Am späten Nachmittag hatte sie sich bei Rand & Jackman von Treya verabschiedet. Und wenn man Jonas Glauben schenken konnte, war sie dazwischen nicht zu Hause in Tiburon gewesen. Also war sie in der Stadt geblieben. Sie und ihr Begleiter hatten sicher irgendwo in einem Restaurant gegessen.

Sechs Stunden? Ein sehr ausgiebiges Abendessen. Ausführliche Gespräche über ein Thema, das beide bewegte? Vielleicht danach ein Cocktail?

Sie wollte Jonas verlassen. Womöglich war es ja gar kein gemeinsames Abendessen gewesen, sondern ein romantisches Stelldichein in einem Hotel oder sogar in der Wohnung ihres neuen Freundes. Das wäre eine Erklärung für die lange Zeit gewesen.

Doch irgendwann waren sie zusammen losgegangen. Warum? In einem Hotel oder in der Wohnung des Mannes hätten sie doch auch die Nacht verbringen können. Ganz gewiss hatte Elaine nach einer spätabendlichen Sitzung öfter in der Stadt übernachtet. Jonas hätte sicher keinen Verdacht geschöpft.

Aber sie wollte in jener Nacht nach Hause, was wiederum eher auf ein Restaurant hinwies. Ihr Auto stand in der Parkgarage von Rand & Jackman. Also war sie zu dem Treffpunkt zu Fuß gegangen. Offenbar dachte sie, das Gespräch hätte alles geklärt. Er begleitete sie zurück zu ihrem Auto …

Hatte die Polizei ihr Auto untersucht?

Wahrscheinlich nicht. Es gab ja keinen Grund dafür. Schließlich hatte man sofort einen Verdächtigen gehabt. Niemand fahndete nach dem Mörder.

Glitsky breitete einen Stadtplan auf dem Küchentisch aus und beugte sich darüber. Inzwischen war die Sonne hinter den Gebäuden untergegangen. Er hatte ein paar Stehlampen eingeschaltet und die Adresse von Rand & Jackman eingekreist. Innerhalb dieses Kreises befand sich eine begrenzte Anzahl von Restaurants – und vielleicht Bars für einen Absacker –, wo man sich einmal umhören konnte.

Gewiss, seit dem Mord waren zehn Tage vergangen. Doch da sich das Verbrechen an einem Sonntag ereignet hatte, konnte man diejenigen Restaurants ausschließen, die sonntags Ruhetag hatten. Und was noch wichtiger war: An einem Sonntag war es dort sicher weniger belebt gewesen als während des restlichen Wochenendes. Bestimmt würde sich ein Kellner oder Geschäftsführer an Elaine erinnern.

Das war Polizeiarbeit. Es war längst überfällig, dass er etwas unternahm. Wenn Cole Elaine nicht umgebracht hatte, gab es einen anderen Täter, und der hatte wahrscheinlich Spuren hinterlassen. Glitsky nahm sich vor, Fotos von Elaine an Hardys drei Musketiere zu verteilen. Sie würden es sicher schaffen, während des Wochenendes sämtliche Restaurants im fraglichen Radius abzuklappern. Das war zumindest ein Anfang.

Nachdem er den Stadtplan wieder zusammengefaltet hatte, ging er zum Telefon, um Ridley Banks anzurufen. Als der junge Inspector sich am Mittwoch bei Abe im Krankenhaus gemeldet hatte, hatte er geklungen, als habe er allmählich Zweifel im Fall Cole Burgess und befürchte, einen Fehler gemacht zu haben. Er hatte zwar noch nicht zugegeben, dass er die Vernehmung vermasselt hatte, doch er stand kurz davor. Ganz bestimmt war Banks klar, dass Cullens Tod etwas mit Cole zu tun hatte. Vielleicht gab es am Tatort im Hotel ja Hinweise auf einen Zusammenhang mit Elaines Ermordung. Und wenn das so war, konnte Banks ihm sicher weiterhelfen.

Abe war nicht weiter überrascht, als er seinen Mitarbeiter nicht antraf. Aber er wusste, dass Banks seine Nachrichten regelmäßig abfragte und ihn zurückrufen würde.

Wo die dunkle Seitengasse auf die Straße trifft, blieben sie stehen. Dachte Elaine, dass er sie küssen wollte? Gewiss stand der Mörder neben ihr und hatte die Hand auf ihrem Nacken liegen. Er blickte sich in alle Richtungen um und spähte nach links in die Seitengasse. Der Schuss hallte durch die kalte Nacht, quer über den Union Square. Jemand, vielleicht ein Hotelpage, hatte ihn sicher gehört.

Und dann hatte der Täter sie aufgefangen. Er hatte ihr brutal und kaltblütig das Leben genommen, hatte es geplant, zumindest seit sie das Restaurant verlassen hatten. Doch er war neben ihr hergeschlendert, hatte vielleicht angenehm geplau-

dert und so getan, als sei er mit der Übereinkunft einverstanden. Und schließlich hatte er verhindert, dass sie zu Boden stürzte.

Plötzlich kam Glitsky ein anderer, schrecklicher Gedanke, und zwar mit solcher Wucht, dass es ihm fast wie eine Tatsache erschien: *Der Mörder hatte sich entschuldigt, als er die Leiche auf den Boden legte.* Glitsky konnte die Stimme des Schweins förmlich hören. »*Tut mir Leid, Elaine, du hast mich dazu gezwungen.*«

Draußen war es dunkel geworden. Glitsky lehnte vornübergebeugt an der Küchenspüle und stützte sich mit beiden Händen ab. Auf seinem Gesicht, das sich im Küchenfenster spiegelte, standen Schweißperlen. Sein Kiefer zitterte und die Narbe auf seiner Lippe trat hervor wie eine frische Wunde.

»Dad? Dad?«

Er hatte nicht gehört, wie sie die Stufen hinaufkamen und die Tür öffneten. Rasch drehte er den Hahn auf und wusch sich das Gesicht. Als seine Söhne in die Küche traten, trocknete er sich gerade mit einem Geschirrtuch ab. »Hallo, Jungs«, meinte er lässig. »Wie war's?«

»Schon gut, schon gut«, sagte er. »Ich sehe zu, dass ich die Nummer kriege.«

Unabhängig voneinander waren Hardy und Rita etwa eine halbe Stunde nach der Rückkehr der Jungen eingetroffen. Nun saßen die beiden Männer am Küchentisch, während Rita hinter ihnen an der Anrichte einen Tunfischauflauf vorbereitete. Die Jungen hatten sich in ihren ›Flügel‹ verzogen, um zu duschen und fernzusehen. Endlich war Abe einverstanden, Ridley Banks zu Hause anzurufen.

Sergeant Paul Thieu, der in der Mordkommission das Telefon hütete, konnte Glitsky die Nummer auswendig diktieren. Glitsky erwiderte, ein so gutes Gedächtnis sei beängstigend. Danke, ihm ginge es gut. Er hoffe, die Sache würde bald ausgestanden sein, sodass er in ein oder zwei Wochen wieder zur Arbeit erscheinen könne. Noch mal danke für Ridleys Nummer. »Paul Thieu«, meinte Glitsky zu Hardy, »ist ein wandelndes Lexikon.« Er wählte die Nummer, lauschte und hinterließ erneut eine Nachricht: »Rid, ich bin es wieder, Abe. Ich versuche immer noch, Sie zu erreichen. Ich will Sie ja nicht nerven, aber wenn Sie eine von meinen Nachrichten erhalten …« Er nannte seine Privatnummer, legte auf und sah Hardy an. »Er ist Junggeselle. Es ist Freitagabend.«

»Spitze«, erwiderte Hardy. »Ich bin verheiratet. Es ist Freitagabend. Apropos: Hast du in letzter Zeit mit Treya gesprochen?«

»Was haben deine Ehe und der Freitagabend damit zu tun? Ja, sie hat heute Morgen angerufen, um sich zu vergewissern, dass ich auch im Bett bleibe.«

»Was du, wie ich feststellen muss, nicht tust.«

»Aber fast.« Er ging zurück zum Küchentisch und setzte sich. »Welche Aufgaben hast du ihr übertragen?«

»Hauptsächlich soll sie auf meine jungen Mitarbeiter aufpassen. Aber sie sollte auch nachsehen, ob Elaine vielleicht eine Akte über Dash Logan angelegt hat.«

Glitsky war dieser Ansatz noch neu. »Dash Logan? Was ist mit ihm?«

Hardy erklärte ihm alles, flocht aber immer wieder ein, wie weit hergeholt und unwahrscheinlich es sei. »Aber«, schloss er hoffnungsfroh, »manchmal geschehen eben Zufälle, wie Saul Westbrook heute Morgen zu mir sagte.«

»Es geht nicht darum, ob sie passieren, sondern ob sie eine Bedeutung haben«, widersprach Glitsky. »Wer ist Saul Westbrook?«

»Cullen Alsops Pflichtverteidiger, der nichts von Cullens Abmachung mit der Staatsanwaltschaft wusste.«

Glitsky kam immer noch nicht ganz mit. »Und der hat auch Verbindungen zu Logan?«

»Nein«, räumte Hardy ein.

»Dann bin ich offiziell verwirrt.« Abe fasste sich an den Kopf. »Es muss an den Medikamenten liegen.«

»Nein, hör zu«, meinte Hardy und fing noch einmal von vorne an.

Als er fertig war, nickte Glitsky, als ob er nun endlich verstanden hätte. »Und damit verbringst du den ganzen Tag und stellst einem Mandanten Rechnungen?«

»Den Großteil schon.«

»Dann bin ich wohl in der falschen Branche«, sagte Abe bewundernd. Rita unterbrach ihr Geplänkel, indem sie sie verscheuchte, damit sie den Tisch zum Abendessen decken konnte. Auf dem Weg ins Wohnzimmer sprach Glitsky schon weiter. »Also ermittelst du gegen Logan, der immerhin ein Anwaltskollege von dir ist. Und ein weiterer Anwalt, David Freeman, hat ganz unabhängig von dir ebenfalls ein Hühnchen mit Logan zu rupfen. Bis jetzt richtig?« Sie setzten sich aufs Sofa. Nachdem Glitsky Stadtplan und Notizblock auf den Couchtisch geworfen hatte, fuhr er fort: »Und Elaine, ebenfalls Anwältin, war wegen einer Reihe überhaupt nicht damit zusammenhängender Fälle in Logans Kanzlei. Und zu guter Letzt noch das Beste: Cullen Alsop hatte ein Streichholzbriefchen von Logans Stammlokal bei sich.«

»Genau«, stimmte Hardy ihm zu. »Aber warum ist das das Beste?«

Glitsky musterte ihn amüsiert. »Erinnerst du dich noch, dass ich mich gestern Abend selbst als Idioten bezeichnet habe? Das war ein Irrtum. Du bist der Idiot, nicht ich.«

Hardy ließ sich von dieser Kritik nicht anfechten. Er zuckte die Achseln. »Ich hatte trotzdem das Gefühl, dieser Sache nachgehen zu müssen. Ich habe den Baum geschüttelt, aber leider ist nichts runtergefallen. Zumindest nicht heute.«

Glitsky fand das nicht weiter überraschend. Doch da er selbst zu lange einem Hirngespinst nachgejagt war, hielt er es für nicht angebracht, seinem Freund deswegen noch länger zuzusetzen. »Hör zu, morgen versuchen wir es vielleicht anders. Möglicherweise haben wir dann Glück.« Er nahm den Stadtplan und seine Notizen und berichtete von seinen Theorien, die Elaines letzten Abend betrafen. Er war noch mitten in seiner Schilderung, als Isaac hereinkam und sich neben ihnen niederließ.

Glitsky hielt inne und sah ihn an. »Das ist nicht anstrengend«, sagte er. »Ich darf denken und reden.«

»Stress.« Isaac ließ sich nicht erweichen. »Der Arzt hat von Stress gesprochen, nicht von Anstrengung.«

»Er hat Recht«, meinte Hardy und erhob sich. »Tut mir Leid, Ike, wir sind eben so ins Gespräch geraten.«

Glitsky blickte zwischen den beiden hin und her. »Noch zwei Minuten.«

»Ich stoppe die Zeit«, erwiderte Isaac mit einem Blick auf die Uhr.

Kopfschüttelnd, denn er fand diese übertriebene Sorge einfach lächerlich, fuhr Glitsky fort. »Dann sollte ich mich beeilen.« Er wandte sich wieder an Hardy. »Also schicken wir unsere drei Gehilfen los, damit sie die Gegend abklappern und alle Restaurants und Bars überprüfen. Falls Ridley jemals zurückruft, soll er für uns in den Laborberichten alle in der Maiden Lane sichergestellten Spuren nachschlagen, für die wir uns bis jetzt nicht interessiert haben. Außerdem kann Rid sich weiter mit Cullens Geschichte befassen. Er sagte doch, er wäre da an etwas dran. Du hast angenommen, dass er damit eine Verbindung zwischen Elaine und Cole meint, richtig?«

»Das war wenigstens mein Eindruck.«

»Eine Minute«, unterbrach Isaac.

»Und dann sollte sich jemand ihr Auto ansehen. Und ihre Wohnung ...«

»Das haben wir bereits. Curtis war heute dort.«

Abe nickte zufrieden. »Schon? Ausgezeichnet. Und Walsh hat ihn reingelassen?«

»Treya hat ihn zuerst angerufen und ihm gut zugeredet. Sie hat Talent dafür.«

»Hat er was Interessantes gefunden?«

Hardy schüttelte den Kopf. »Auf den ersten Blick nicht. Er hat einen Karton mitgebracht, aber ich habe nur kurz reingeschaut. Am Wochenende sehe ich mir die Sachen mal gründlicher an. Außerdem hat Amy den Typen in Hastings aufgestöbert. Inzwischen ist er kein Fan von Elaine mehr, obwohl er sie früher einmal vergöttert hat. Laut Amy kommt er durchaus in Frage.«

»Hat sie ihn nach seinem Alibi gefragt?«

»Ich weiß nicht.«

»Gut, dann könnte Ridley ihn sich ja mal vornehmen ...«

»Die Zeit ist um!«, rief Isaac und stand auf. »Das war's, meine Herren. Die Zeit ist abgelaufen.«

»Das Essen ist fertig!«, meldete Rita aus der Küche.

»Okay.« Hardy erhob sich. Er hatte Stadtplan und Notizblock in der Hand. »Niemand kann mir vorwerfen, dass ich einen dezenten Hinweis nicht verstehe.« Er ging zur Tür, Glitsky folgte ihm. »Noch etwas«, sagte Hardy, »ganz offiziell. Logan hat nichts damit zu tun.«

»Hey!«, protestierte Isaac. »Die Zeit ist um.«

»Wir verabschieden uns doch nur, Ike.« Hardy stand an der Tür.

»In Code«, fügte Glitsky hinzu.

»Also können wir Logan vergessen?«

»Außer es findet sich etwas in Elaines Akten.«

»Das ist aber unwahrscheinlich«, entgegnete Hardy mit Nachdruck. »Sie hatte keine.« Er schloss die Tür hinter sich.

Kurz blieb Glitsky stehen und runzelte die Stirn. Dann riss er plötzlich die Tür auf und trat hinaus auf den Treppenabsatz. Er rief Hardy, der schon fast auf dem Gehweg war, nach: »Was soll das heißen, dass Elaine keine hatte? Meinst du Akten über Logan?«

Hardy drehte sich auf der untersten Stufe um. »Ja.«

»Aber sie muss doch welche gehabt haben.«

»Glaube ich nicht. Jedenfalls nichts, wo sein Name draufstand.«

»Was hat sie dann Treya gegeben, als sie am Sonntag zurück ins Büro kam? Sie war gerade in Logans Kanzlei gewesen und sie hat Treya Unterlagen mitgebracht.«

Hardy überlegte und grinste dann. »Man wird diesen Kerl einfach nicht los.«

Sobald Hardy die Tür seines Hauses öffnete, senkte sich die Last der Welt auf seine Schultern. War der harmonische Abend erst gestern gewesen?, fragte er sich. Heute spürte er die Anspannung wie ein Tier vor einem Erdbeben, noch ehe er überhaupt Gelegenheit hatte, das Problem wahrzunehmen. Er ging durch das dunkle, stille Haus und knipste unterwegs die Lichter an. »Jemand zu Hause?«

Eine matte Stimme antwortete. Vincent. Vor dem Umbau hatte sich das Schlafzimmer direkt hinter der Küche befunden. Nun nutzte die Familie es als Aufenthaltsraum: Fernseher,

Computer, ein Sofa und Lesesessel. Vincent hatte sich in einem davon niedergelassen. Im Zimmer war es dunkel. Er spielte mit seinem Gameboy. »Hallo«, sagte Hardy und machte Licht. »Wie geht es dir, mein Junge?«

Vincent hob kaum den Blick. »Hallo.«

»Was ist los?«

»Nichts.«

Hardy betrachtete seinen Sohn und überlegte, ob er weiterfragen sollte, aber er entschied sich dagegen. Vincent war in sein Spiel vertieft, und Hardy glaubte nicht, dass er dadurch ernsthaft Schaden nehmen würde. Dank seiner jahrelangen Erfahrung konnte er sich denken, warum Vincent sich hier hinter einem Computerspiel verschanzte. Er hatte das Bedürfnis, sich zurückzuziehen.

»Wo sind die Mädchen?«, erkundigte er sich, obwohl er die Antwort kannte. Die Tür von Rebeccas Zimmer war geschlossen, durch den Türspalt schimmerte Licht.

Frannie saß auf Rebeccas Bett. Ihre Miene war niedergeschlagen und erschöpft. Seine Tochter lag auf der Bettdecke und hatte den Kopf in den Schoß ihrer Mutter geschmiegt. Frannie streichelte ihr das Haar. Als sie aufblickten, wurden Hardys Erwartungen bestätigt. Rebecca hatte schon wieder geweint.

Er spürte, wie er die Schultern hängen ließ. Eine neue Krise. Mein Gott, dachte er, hörte das denn niemals auf? Wortlos durchquerte er das Zimmer und setzte sich aufs Bett. Nachdem er einen Blick mit seiner Frau gewechselt hatte, tätschelte er Rebecca die Schulter. »Wie geht es meinem Töchterlein?«, fragte er.

Sie schüttelte den Kopf. »Nicht sehr gut.«

»Das kann ich mir denken.« Nachdem er ihr noch einmal die Schulter getätschelt hatte, sah er Frannie fragend an.

»Sie haben heute in der Schule das Thema Selbstmord besprochen.«

Am liebsten hätte er laut aufgelacht, wenn es ihn nicht so wütend gemacht hätte, aber er konnte sich eine Bemerkung nicht verkneifen. »Nun, das ist eine Sache, über die man in der siebten Klasse unbedingt Bescheid wissen muss. Worum ging es denn? Die zehn beliebtesten Methoden?«

Frannie signalisierte ihm, sich zu beherrschen, doch es gelang ihm nicht. Es handelte sich um mindestens die fünfte derartige Unterrichtseinheit in den letzten Monaten, und jede hatte nur dazu geführt, dass seine Tochter danach völlig verstört war. Seit Ende November wurden Rebecca und ihre Klassenkameraden aus ihm unbekannten Gründen mit Unterrichtsstunden zum Thema ›Erkenne die Welt‹ traktiert, die das Mädchen psychisch überforderten.

Obwohl es, wie Hardy hoffte, noch mindestens sechs Jahre dauern würde, bis Rebecca ihre Sexualität entdeckte, war sie in einer *fünftägigen* Unterrichtsreihe über sämtliche vorstellbaren mit dem Geschlechtsverkehr zusammenhängenden Krankheiten und Konsequenzen aufgeklärt worden. Ein paar Wochen später informierte man die Mädchen über die Zunahme von Anorexie und Bulimie in ihrer Altersgruppe. Rebecca hatte die Neigung, in gewissen Speisen lustlos ›herumzustochern‹. Und laut dem Arbeitsblatt, das sie aus der Schule mit nach Hause gebracht hatte, handelte es sich hierbei um ein mögliches Krankheitssymptom. Rebecca wog zwar knapp fünfzig Kilo und hatte einen gesunden Appetit, doch irgendwann während der Ferien hatte selbst Frannie angefangen, überall Hinweise auf eine Essstörung zu wittern. Es war ein Heidenspaß gewesen. Dann, im Januar, wurde durchgenommen, wie man hinter seiner Schulbank Schutz suchte oder so rasch wie möglich das Gebäude verließ, falls Terroristen oder ein paar Mitschüler um sich schießend oder Bomben werfend die Schule stürmten.

Hardy tätschelte seiner Tochter den Rücken. Nun musste er sich also mit Selbstmordprävention befassen. Und das, obwohl er sich überhaupt nicht vorstellen konnte, dass es möglich war, die Selbstmordrate unter Jugendlichen durch Beratungsmaßnahmen zu senken. Rebecca setzte sich schniefend auf. »Warum will sich jemand in meinem Alter umbringen? Ich wusste gar nicht, dass so etwas überhaupt vorkommt.«

»Nur sehr selten, Rebecca. Ehrlich.«

»Aber warum?«

Vielleicht lag es daran, dass der viele Aufklärungsunterricht die Kinder so lange in Angst und Schrecken versetzte, bis sie ihren Lebensmut verloren und diese trügerische, gefährliche Welt verlassen wollten, dachte Hardy. Aber das konnte er seiner Tochter natürlich nicht sagen. »Es ist wirklich ausgesprochen selten, Rebecca, und außerdem nichts, was einem einfach so passiert. Man muss sich dafür entscheiden und es gibt nur sehr wenige Leute, die das tun, insbesondere Kinder.«

Zweifellos betete Frannie diese Einwände schon seit einer Stunde herunter, und da ihr Vater nun dasselbe sagte, schenkte Rebecca ihnen nun allmählich Glauben. Ihre Stimmung schien sich wieder ein wenig zu bessern. »Ich denke nicht, dass ich Selbstmord begehen will. Und du?«

»Nein, natürlich nicht.«

»Aber in der Schule klang es so, als ob es eine Lösung wäre, wenn man einen Freund hat und der sich von einem trennt.« Sie schlug sich mit der kleinen Faust auf den Oberschenkel. »Doch das wäre ganz furchtbar dämlich. Auf so eine Idee würde ich nie kommen, selbst wenn ich einen Freund hätte.«

»Du hast Recht«, meinte Frannie. »Es wäre wirklich dämlich.«

»Echt spitze, dass sie euch solche Sachen beibringen und euch damit einen Floh ins Ohr setzen.« Hardy gelang es nicht, den höhnischen Tonfall zu unterdrücken. Er zog seine Tochter an sich. Sie schlang die Arme um ihn. »Ab und zu geschehen schreckliche Dinge, Rebecca, allerdings nicht so häufig, wie du glaubst. Wirklich nur ganz selten. Du musst dich nicht ständig vor allem und jedem fürchten.«

»Ich weiß«, erwiderte sie. »es bringt nichts, wenn man sich dauernd Sorgen macht. Das sagst du immer.«

»Ganz richtig.«

»Dein Vater hat Recht, Rebecca. Es ist sinnlos.« Vielleicht, so hofften sie, würde sie es irgendwann glauben, wenn sie es oft genug von Menschen hörte, denen sie vertraute.

Plötzlich erinnerte sich Hardy an sein gestriges Gespräch mit Jeff Elliot. »Kennst du jemanden, der vom Blitz getroffen worden ist?«

Rebecca wusste zwar nicht, worauf er hinauswollte, aber ihre Neugier war geweckt. »Nein. So etwas passiert fast nie.«

»Und du, Fran? Nein? Ich auch nicht. Und dreimal darfst du raten, was mit den Dingen ist, die du in der Schule lernst.«

Vincent stand in der Tür. Ihn schien dieses Gespräch unbeschreiblich zu langweilen. »Seid ihr endlich fertig? Gibt es heute kein Abendessen? Ich verhungere.«

Bevor Hardy zu Bett ging, hörte er seine Nachrichten ab. Seit seinem Besuch im Jupiter bei Dash Logan war er nicht mehr im Büro gewesen. Und da er einige dringende Rückrufe erwartete, wusste er, dass er nicht würde schlafen können, bevor er im Bilde war.

Sein Anrufbeantworter sagte Uhrzeit und Datum an. Die ersten beiden Anrufe waren eingegangen, fünf Minuten nachdem er das Büro verlassen hatte. Er knirschte angesichts dieser Ungerechtigkeit des Schicksals mit den Zähnen. Schließlich hätte er genauso gut noch unten bei der reizenden Phyllis stehen und ein bisschen mit ihr schäkern können.

Der erste Anrufer war Jon Ingalls, der Hardy mitteilen wollte, er habe auf der Suche nach Zeugen immer noch kein Glück gehabt. Jon hinterließ seine Nummer und bat Hardy, sich zu melden, ganz gleich, wie spät es schon sei. Was sei für morgen geplant? Er werde neben dem Telefon warten.

Der nächste Anruf war von Jeff Elliot: »Du sollst zu den Ersten gehören, die erfahren, dass ich soeben gekündigt habe. Wenn sie mich wieder haben wollen, müssen sie mich auf den Knien anflehen und mir wegen der Schwierigkeiten, die sie mir gemacht haben, das Gehalt erhöhen. Außerdem ist mir zu unserem Gespräch von heute Morgen noch etwas eingefallen. Du hast mich nach einer Verbindung zwischen Torrey und Dash Logan gefragt, und vielleicht bin ich auf etwas gestoßen. Es gibt da einen Privatdetektiv namens Gene Visser, den du möglicherweise kennst. Er war früher Polizist.«

Hardy merkte, dass er ganz aufgeregt wurde. Letztens bei Sam's war auch der Name Visser gefallen. Er hatte Rich McNeil aufgesucht, um ihn zu erpressen.

Jeff fuhr fort: »Als Torrey bei der Staatsanwaltschaft anfing, hat Visser für ihn gearbeitet. Er war mehr oder weniger sein privater Ermittler. Die beiden waren dicke Freunde. Ich weiß nicht, ob das noch so ist, aber ich habe Visser und Logan häufig zusammen gesehen. Und wenn Torrey und Visser auch weiterhin befreundet sind … wie dem auch sei. Sieh zu, was du damit anfangen kannst.«

Hardy hielt diese Information für sehr erhellend, aber zum Feiern blieb ihm keine Zeit. Der letzte Anruf war von Torrey selbst und um 16:41 eingegangen – etwa zehn Minuten nach Hardys Unterredung mit Logan im Jupiter.

Torrey sagte, er und Hardy würden wegen der Cole Burgess' Anhörung nächste Woche sicher beide Hände voll zu tun haben. Deshalb habe er sich einige weitere Fälle angesehen, die sein Büro in den kommenden Wochen würde bearbeiten müssen, und Hardys Namen auf einer der Akten entdeckt. Nach Torreys Meinung würde der Richter im Fall *Das Volk gegen McNeil* sicher auf eine außergerichtliche Einigung drängen, um seinen Terminkalender zu entlasten. Außerdem wäre es besser, wenn Torrey und Hardy sich diese zusätzlichen Arbeitsstunden ersparten. Wenn Hardy mit einer außergerichtlichen Einigung einverstanden sei, würde er seinen Mandanten vor Zeitverlust und Ärger bewahren. Er, Torrey, sei gerne bereit, über Alternativen nachzudenken. Am besten wäre es, eine Besprechung anzusetzen und eine Lösung zu finden.

Die Aufregung hatte inzwischen von Hardys ganzem Körper Besitz ergriffen.

Als er gerade auflegte, kam Frannie die Treppe herunter. Sie trat hinter ihn, legte ihm die Hände auf die Schultern und bohrte die Daumen in die Muskeln, die entlang seiner Wirbelsäule verliefen. Sein Kopf sackte nach vorne, als hätte ihm jemand eins übergebraten. »Bitte nicht aufhören«, sagte er.

Sie küsste seinen Scheitel und massierte ihm den Nacken. »Weißt du, wovon man Migräne kriegt?«, fragte sie.

»Nein, und es interessiert mich auch nicht.« Hardy hatte die Augen geschlossen. Er war im Himmel.

»Von Verspannung.« Dann meinte sie, gleichzeitig erleichtert und erschöpft. »Sie sind beide bewusstlos.«

Hardy richtete sich auf. »Hast du auch gründlich nachgesehen, ob sich kein Kinderschänder vor Rebeccas Fenster versteckt? Vielleicht sollten wir nächtliche Evakuierungsübungen abhalten und Fluchtwege ausschildern, nur für den Fall …«

Sie berührte seine Stirn mit der Handfläche. »Hör auf.«

»Meine Frau hat mich geschlagen«, leierte er. »Ein klarer Fall von Gewalt in der Familie, Ehegattenmisshandlung …« Er drehte sich zu ihr um und nahm ihre Hand, die auf seiner Schulter lag. »Entschuldige. Ich weiß, es reicht. Ich komme gleich. Nur noch zwei kurze Telefonate. Ehrenwort.«

»Ich gieße schon mal den Wein ein und fange ohne dich an. Das war die letzte Warnung.«

»Habe verstanden.«

Er rief Jon Ingalls zurück. Offenbar hatte der Mann wirklich neben dem Telefon gewartet. Hardy erläuterte ihm Glitskys Vorschlag, die Restaurants und Kneipen im Umkreis der Maiden Lane abzuklappern. Ingalls war sofort Feuer und Flamme. Er würde kommen. Um welche Uhrzeit sollte er anfangen?

Hardy versprach sich nichts weiter davon, als er wieder bei Ridley anrief. Aber man konnte ja nie wissen. Polizisten arbeiteten zu den unmöglichsten Zeiten. Obwohl es Freitagnacht und er Junggeselle war, saß er vielleicht gerade über seinem Papierkam. Aber Pech gehabt. Wieder nur der Anrufbeantworter.

Ridleys Gerät gehörte zu denen, die vor dem Signalton piepsten. Jeder Piepser stand für einen eingegangenen Anruf. Hardy war bei seinen Versuchen, ihn zu erreichen, aufgefallen, dass sich die Anzahl der Piepser vermehrt hatte. Nun saß er an seinem Schreibtisch, wartete und zählte nach. Zehn. Fünfzehn. Zwanzig.

Als endlich der Signalton erklang, hinterließ Hardy eine Nachricht und legte auf. Mit finsterer Miene kratzte er sich die Bartstoppeln. Seit Hardys erster Nachricht am Mittwochabend waren zwei Tage vergangen. In der Zwischenzeit hatten achtundzwanzig Leute Ridley Banks sprechen wollen, doch er hatte den Anrufbeantworter offenbar gar nicht abgehört.

Es war fast elf Uhr und bitter kalt.

Am frühen Abend hatte Treya sich Raneys Basketballspiel angesehen. Danach war sie mit ihrer Tochter zum Pizzaessen gegangen, wie meistens, wenn Raney ein Turnier gehabt hatte. Dann kehrten sie nach Hause zurück und Raney machte sich bettfertig. Treya sagte, sie müsse noch einmal weg, würde aber gleich wieder da sein.

Sie stieg die zwölf Stufen zum Treppenabsatz hinauf und stand eine Ewigkeit in der Dunkelheit vor Glitskys Tür. Aber sie brachte es nicht über sich anzuklopfen.

Von drinnen war kein Licht zu sehen. Es war totenstill.

Endlich, nach einer langen Zeit, tippte sie dreimal mit dem Fingernagel gegen die Glasscheibe. Ein kaum zu hörendes, leises Geräusch, das sicher niemand bemerken würde. Doch mehr wagte sie nicht. Sie würde noch ein wenig warten, bis …

In der Wohnung bewegte sich etwas. Das Licht auf dem Treppenabsatz ging an. Die Tür wurde geöffnet. Abe war barfuß. Er trug Jeans und einen schwarzen Pullover.

»Sie liegen ja nicht im Bett.«

»Es fällt mir schwer, mich an Anweisungen zu halten. Am besten, Sie gewöhnen sich daran. Es ist ein bisschen kalt hier.« Er machte Platz, damit sie eintreten konnte.

»Wo sind die anderen? Ihre Söhne?«, fragte sie. »Und was ist das für ein Geräusch?«

Glitsky lauschte aufmerksam. »Ich höre nichts …«

»Jetzt. Da ist es wieder.«

»Oh.« Seine Miene erhellte sich. »Das ist Rita. Sie schnarcht manchmal. Für mich ist es so normal, dass ich es gar nicht mehr wahrnehme. Sie schläft hinter diesem Wandschirm.«

»Im Wohnzimmer?«

Glitsky wies in den Raum. Das Haus war klein und mit Möbeln zugestellt. »Nur, bis der Gästeflügel fertig ist.«

Sie verzog das Gesicht. »Verzeihung, Abe, ich wollte nicht …«

Er berührte sie sanft am Arm. »Schon gut. Die Jungs sind irgendwo unterwegs. Sie haben mich bei der Ehre meiner Mutter schwören lassen, dass ich nicht fliehen werde. Ich habe strikten Befehl, mich zu setzen, in meinem Buch zu lesen und dann so früh wie möglich zu Bett zu gehen.«

»Was sie aber nicht getan haben.«

»Ich weiß«, erwiderte er. »Ich bin ein böser Junge. Ich lasse mich eben nicht gern herumkommandieren. Ein Glück, dass ich Chef bin. Natürlich nur, falls ich noch einen Job habe.«

Eine Pause entstand. »Und wie gefällt Ihnen das Buch? Das offene Meer? So gut wie Hornblower?«

»Ich glaube schon. Erstaunlich, wie er es schafft, den Leser in die Geschichte hineinzuversetzen.«

Er starrte sie an. Sie erwiderte seinen Blick. Beide schwiegen.

Glitsky räusperte sich. »Hardy meint, ich sollte Sie einfach fragen.«

»Was?«

»Ich sollte offen zu Ihnen sein, was ich zu Elaine nie war.« Er zögerte. »Ich darf nicht zulassen, dass mir das bei Ihnen auch passiert.«

Sie wartete ab.

»Wenn Sie es nicht hören wollen …« Er holte tief Luft und stieß dann hervor: »Ich weiß nicht, wie ich es ausdrücken soll, aber ich wünsche mir, dass ich dich öfter sehen kann.«

Sie schloss die Augen, nickte und seufzte erleichtert auf. Dann sah sie ihn an. Ein Lächeln spielte um ihre Lippen. »Ich habe gehofft, dass du das sagst«, meinte sie.

Dann fielen sie einander in die Arme. So fest, dass ihm unter dem Pullover und den Brandwunden, die das Wiederbelebungsgerät auf seiner Brust hinterlassen hatte, die Rippen schmerzten.

Dritter Teil

30

Am Mittwoch, dem 17. Februar, stand Dismas Hardy am Kopf des gewaltigen ovalen Tisches im Solarium und ließ den Blick zufrieden über die versammelten Ermittler und Anwälte schweifen. Noch vor drei Wochen hätte niemand diese Einigkeit erwartet. Am Tag der Anklageerhebung gegen Cole – inzwischen waren zwei Wochen vergangen – hätten einige der Anwesenden im Raum sich noch zu Hardys Gegnern gezählt. Damals hatten nur er selbst und David Freeman Cole unterstützt, die Einstellung der Übrigen war bestenfalls zwiegespalten gewesen.

Freeman war auch weiterhin auf seiner Seite und würde als Keenan Counsel fungieren, falls es wirklich zu einem Prozess kam und die Staatsanwaltschaft bei der Todesstrafe blieb. Allerdings hoffte Hardy verzweifelt, dass ihm das erspart bleiben würde. Treya und Abe und die drei Musketiere waren erschienen. Außerdem eine weitere Verteidigerin, Davids Freundin Gina Roake, die mit von der Partie sein wollte. Auch Jeff Elliot war in seinem Rollstuhl gekommen. Der Fall hatte die Gemüter der Anwesenden wie auch der ganzen Stadt erhitzt. Und nun sollte die Anhörung in wenigen Stunden beginnen.

Allein Elaines Berühmtheit würde dafür sorgen, dass die Medien die Anhörung aufmerksam verfolgten. Hinzu kamen Pratts politisches Imponiergehabe, Elliots weithin kritisierte Stellungnahme und seine Kündigung, die vielen eine Genugtuung gewesen war. Darüber hinaus hatte sich die Situation aufgrund der Ereignisse der vergangenen beiden Tage weiter hochgeschaukelt.

Am Montagmorgen war Inspector Sergeant Ridley Banks, der ermittelnde Beamte, dessen Vernehmung Coles zu einem Geständnis geführt hatte, als vermisst erklärt worden. Die

Behörden gingen von einem Verbrechen aus, doch bis jetzt hatte man noch keine Leiche gefunden. Ridley war wie vom Erdboden verschluckt. Hardy, der als Letzter mit ihm gesprochen hatte, sagte aus, der Inspector habe Erkundigungen über Cole und Cullen Alsop, den inzwischen verstorbenen Zeugen im Fall Burgess, einziehen wollen.

Als Gabe Torrey davon erfuhr, hatte er sein Friedensangebot an Hardy in der Sache McNeil sofort zurückgezogen, sämtliche Zeitungs- und Fernsehjournalisten zu einer Pressekonferenz zusammengerufen und Hardy öffentlich der Lüge bezichtigt. Für das angebliche Telefonat gebe es keine Beweise. Es handle sich um den schäbigsten Verteidigertrick, der ihm je untergekommen sei. Hardy entblöde sich, einen vermissten, ja, vielleicht sogar toten Polizisten zu missbrauchen, um anzudeuten, dass die Polizei, was das Geständnis betraf, Zweifel habe. Diese seien jedoch völlig aus der Luft gegriffen.

Und da Torrey schon einmal beim Thema war, beschloss er, den Stier bei den Hörnern zu packen und die Sache Glitsky anzusprechen. Er gab seine persönliche Theorie zum Besten, warum der ehemalige Leiter der Mordkommission Beweisstücke der Anklage verfrüht an die Verteidigung übergeben – und deshalb auch seinen Job verloren – hatte. Das liege nicht etwa daran, dass er nicht an die Schuld von Cole Burgess glaube. Weit gefehlt. Dass Glitsky gegen die Regeln verstieß und seinen Kollegen in den Rücken fiel, habe seinen Grund ausschließlich darin, dass er eine Anklage wegen Gewaltanwendung im Dienst befürchtete. Torrey könne einige Zeugen nennen, die bereit seien auszusagen, dass der Lieutenant den Angeklagten in der Nacht seiner Festnahme misshandelt hatte.

Währenddessen heizten Kolumnen und Kommentare das Klima weiter auf. Wie versprochen führte John Strout Cullen Alsops Tod auf Unfall oder Selbstmord zurück. Schließlich kam es in dieser Stadt häufig vor, dass ein Gefangener am Tag seiner Entlassung einer Überdosis erlag. Die Leute von der Spurensicherung hatten im Hotelzimmer nichts festgestellt, das auf einen anderen Hergang hindeutete.

Dass es sich um ein Schwerverbrechen handelte, führte dazu, dass man die Dinge mit dem gebührenden Ernst betrachtete. Immerhin hatte man es mit Mord in Tateinheit mit Raub zu tun – einem Kapitalverbrechen also. Die Schlagzeilen hatten es erst gestern Morgen herausgeschrieen und die Nachrichtensprecher leierten es gebetsmühlenhaft herunter: Die Bezirksstaatsanwältin blieb dabei. Sie forderte die Todesstrafe.

Als Hardy nun die Häupter seiner Lieben zählte, wusste er, dass sie in der letzten Woche wie die Galeerensklaven geschuftet und ihr Bestes gegeben hatten. Doch trotz der ausgezeichneten Vorbereitungen war es um seine Zuversicht nicht allzu gut bestellt. Schließlich lagen zwischen dem Anspruch, dass in einer Anhörung hinreichende Gründe vorgebracht werden mussten, und dem Ausräumen sämtlicher vernünftiger Zweifel in einem Prozess Welten. Die Staatsanwaltschaft musste nur belegen, dass die Verdachtsmomente genügten, um einen vernünftigen Menschen zu der Vermutung zu bringen, ein Verbrechen sei verübt worden und der Beschuldigte habe es begangen.

In der letzten Woche hatte Hardy die Arbeit der Anwesenden in diesem Raum koordiniert. Dennoch wurde er die Befürchtung nicht los, seine Strategie, bereits in der Anhörung alle Trümpfe aus dem Ärmel zu ziehen, anstatt sie sich für den Prozess aufzuheben, könne ein Fehler sein. Warum, so fragte er sich, hatte er es denn so eilig?

Ein Grundsatz, den der Durchschnittsanwalt seinen Mandanten tagtäglich einbläute, lautete, dass es besser war, die Dinge hinauszuzögern. Ständig wiederholte ein Anwalt: »Hören Sie, wir sollten noch ein wenig warten. Man weiß ja nie, was passiert. Vielleicht stirbt der Polizist, der Sie verhaftet hat, und kann nicht mehr gegen Sie aussagen.« Und offenbar war etwas Ähnliches bereits eingetreten. Wenn Hardy genug Geduld hatte, segnete Torrey vielleicht das Zeitliche, Pratt wurde aus dem Amt gejagt und ein Schuldiger oder Geistesgestörter meldete sich und gestand das Verbrechen. Alles war möglich.

Aber er hatte eine Entscheidung gefällt und war zu dem Schluss gelangt, dass es die richtige war. Geschworenenverhandlungen brachten viele Unwägbarkeiten mit sich und wiesen einen feinen Unterschied zu Anhörungen auf. Wenn eine Abordnung von Normalbürgern vor einem saß, trat die Bedeutung von streng logischen Argumenten für gewöhnlich in den Hintergrund. Das hieß nicht, dass man von den Fakten abwich, doch zusätzlich kam stets ein menschliches Element zum Tragen. Deshalb ergab sich häufig die Gelegenheit, über die Emotionen und Gefühle seiner Mitmenschen zu spekulieren. Wenn Cole unsympathisch wirkte, wenn Hardy zu zynisch wurde, wenn die weiblichen Geschworenen Hardy attraktiver fanden als Torrey – all diese persönlichen, unlogischen und un- oder unterbewussten Faktoren konnten das Urteil beeinflussen.

Außerdem – und das war vielleicht das Wichtigste – durfte Hardy einen bedeutenden Aspekt nicht außer Acht lassen: In einem Prozess würden die zwölf Geschworenen eine Auflistung der Taten zu hören bekommen, die Cole in jener Nacht zweifelsfrei begangen hatte. Zum Beispiel hatte er Elaine die Ohrringe abgerissen und ihr den Finger gebrochen, um ihr den Ring abzunehmen. Außerdem würde zur Sprache kommen, dass er vor der Polizei geflohen war. Er hatte die Pistole abgefeuert – ein oder vielleicht sogar zwei Mal. Wie oft spielte eigentlich keine Rolle. Gewiss würde man den Geschworenen trotz Hardys Antrag den Videomitschnitt des Geständnisses vorführen. Und danach – ganz gleich, wie sehr er sich auch abmühte und wie gut er seinen Mandanten auch verteidigte – würde keine Jury der Welt ihn freisprechen. In der Wirklichkeit geschah so etwas einfach nicht.

Aus diesem Grund hatte Hardy bei einer Anhörung die besten Chancen. Richter Hill war zwar ein mürrisches altes Ekel, aber gewissenhaft und konservativ. Auch wenn sich sein Denken nicht in die luftigen Höhen aufschwang, die Hardy als ›einigermaßen fähiger Anwalt‹ mühelos erklimmen konnte, galt der ›Kadaver‹ keineswegs als dumm.

Außerdem war er – und das nicht zufällig – ein erfahrener Jurist. Sicher würde er gerecht sein, obwohl es nach Hardys Gefühlsausbruch bei der Anklageerhebung am Anfang bestimmt einige Schwierigkeiten zu bereinigen gab. Allerdings hielt Hardy es durchaus für möglich, dass der Richter Nachsicht würde walten lassen, vielleicht gerade deshalb, weil er sein Missfallen erregt hatte; denn schließlich sollte es nicht aussehen, als ließe er sein Urteilsvermögen durch persönlichen Groll trüben.

Er würde mehr oder weniger gezwungen sein, Hardy einen gewaltigen Spielraum zuzugestehen. In einer Anhörung konnte ein Richter Beweise zulassen, die in einem Prozess als verwirrend, nicht sachdienlich oder zu zeitaufwendig ausgeschlossen werden würden. Es konnte ja nicht schaden und verhinderte eine spätere Berufung. Mit dem Argument, er wolle nur Versäumnissen vorbeugen, konnte Hardy praktisch alles vorbringen, was ihm einfiel. Das Gericht würde ihn zumindest anhören, bevor es den unvermeidlichen Prozesstermin anberaumte. Ja, Hardy war sogar verpflichtet, jede einzelne Tatsache und Theorie zu erwähnen, die seinen Mandanten entlastete, ganz gleich, wie weit hergeholt sie auch sein mochte. Er durfte ja nicht riskieren, dass sein Verhalten der 9. Strafkammer zum ersten Mal in zehn Jahren Anlass für eine Wiederaufnahme des Verfahrens wegen ungenügender rechtlicher Vertretung bot.

Die Last der Beweisführung lag auf Seiten der Staatsanwaltschaft, auch wenn sie nur beweisen musste, dass Cole Burgess die Tat *wahrscheinlich* begangen hatte. Hardys Mannschaft hatte, was Motiv, Mittel und Gelegenheit betraf, einige Alternativen aufgetan. Die Polizei hatte nicht gründlich genug ermittelt. Eine Menge Fragen waren noch offen. Es gab zu viele weitere mögliche Verdächtige. Und zudem wurde die Angelegenheit durch persönliche und politische Interessen vernebelt.

Dennoch war Hardy sicher, dass der Richter Cole zur Rechenschaft ziehen würde. Wenn Hill davon ausging, dass man die Schuld des Anklagten einem ›vernünftigen Menschen‹ plausibel machen musste, konnte man ihn vielleicht davon überzeugen, es sei für Geschworene in einem Prozess unmöglich, guten Gewissens einen zweifelsfreien Schuldspruch zu fällen. Dennoch würde der Richter eine Verhandlung gegen

Cole anordnen. Eine derartige Anklage konnte er einfach nicht niederschlagen.

Hardy hatte noch immer den starken Verdacht, dass Cole Elaine getötet hatte. Wäre er an Stelle des Richters gewesen und hätte er all das gewusst, was er heute wusste, er hätte einräumen müssen, dass Cole vermutlich der Täter war.

Das war zwar wirklich nur eine Vermutung, doch wenn es um die Todesstrafe ging, hatte Hardy nichts zu verlieren. Und nun war der Moment gekommen, sich in die Schlacht zu werfen.

Das Erstaunliche und Wunderbare an San Francisco ist, dass der Sommer keine Jahreszeit im tatsächlichen Sinne des Wortes darstellt. Pro Jahr gibt es vielleicht sechzig Tage, die man wegen des milden Wetters als Sommer bezeichnen könnte, doch diese treten niemals an einem Stück auf. Und kein Mensch würde vier Tage eine Jahreszeit nennen.

Doch als Entschädigung für die mangelnde Wetterbeständigkeit geschieht es zuweilen, dass sich ein oder zwei spontane Sommertage irgendwann im Jahr ereignen, völlig willkürlich, in jedem beliebigen Monat. Und als Hardy heute die Stufen zum Justizgebäude hinaufstieg, war genau so ein Tag angebrochen.

Ein starker, erinnerungsschwangerer Kaffeeduft lag in der Luft, als er einen Moment draußen im ungewöhnlich warmen Sonnenschein stehen blieb. Ein milder Wind trug einen süßlichen, nicht unangenehmen Modergeruch zu ihm hinüber, und ihm fiel ein, dass der städtische Blumenmarkt gleich um die Ecke lag. Ein Übertragungswagen vom Fernsehen traf ein und parkte auf der gegenüberliegenden Straßenseite in zweiter Reihe. Die Autofahrer dahinter hupten gereizt und umrundeten unter lautem Geschimpfe das Fahrzeug. Hardy zögerte noch eine letzte Sekunde, denn er wusste, dass er vom Puls der Stadt abgeschnitten sein würde, sobald er diese Türen durchschritt.

Nachdem er David Freeman noch ein paar letzte Anweisungen gegeben hatte, war er, seiner Mannschaft voraus, allein zum Justizgebäude gefahren. Er wollte mit Cole sprechen, ehe der Zirkus begann, um ihn und auch sich selbst zu beruhigen.

Hardy passierte die Metalldetektoren und durchquerte die Vorhalle. Um diese Uhrzeit war noch niemand zu sehen. An der Wand waren die Namen der Polizisten angebracht, die im Dienst ihr Leben gelassen hatten. Hardy hielt inne und fragte sich, ob bald auch Ridley Banks' Name hier stehen würde. Dann stieg er die Treppe hinauf in den ersten Stock, anstatt den Aufzug zu nehmen.

Obwohl es eigentlich unüblich war, hatte Hardy um die Erlaubnis gebeten, seinen Mandanten für die Anhörung ausstaffieren zu dürfen. Jody Burgess war einkaufen gegangen und hatte für Cole einige Hosen, ein paar hübsche Hemden und verschiedene Sakkos erstanden. Nun saß Cole in der Zelle hinter dem Gerichtssaal und trug eine seiner neuen Kombinationen. Wie schon so oft war Hardy erstaunt, wie ausgezeichnet der Junge sich entwickelte. Natürlich war das vom taktischen Standpunkt her betrachtet nur positiv – auch wenn es die Geschworenen bei einem Prozess sicher noch mehr beeindruckt hätte als einen Richter. Dennoch war Hardy der Ansicht, dass es – selbst bei einer Anhörung – wichtig war, im Gerichtssaal eine gute Figur zu machen. Die orangefarbenen Overalls waren im Justizgebäude ein nur allzu vertrauter Anblick und ließen ihre Träger stets aussehen wie Galgenvögel.

Ein Justizbeamter öffnete Hardy die Zellentür und Anwalt und Mandant begrüßten einander. Coles Augen waren klar, seine Haut schimmerte zwar nicht gerade rosig frisch, wirkte aber gesund. Obwohl ihn niemand mit Demosthenes verwechselt hätte, klang seine Sprache nun deutlicher, das Lallen war fast verschwunden und seine Antworten fielen um einiges zusammenhängender aus als früher.

Äußerlich betrachtet hätte Cole genauso gut ein ernster, halbwegs gebildeter junger Mann aus der Mittelschicht sein können. Für Hardy strahlte er eine gewisse Arglosigkeit, Aufrichtigkeit und Unschuld aus. Er bedauerte alles, was geschehen war, und wollte sich bessern. Und er war bereit, etwas dazu beizutragen.

»Ich weiß nicht, ob Sie jetzt noch etwas tun können, Cole«, ermahnte Hardy ihn freundlich und nahm seiner Bemerkung mit einem leichten Lächeln die Schärfe. »Aber ändern Sie Ihre Geschichte jetzt bloß nicht mehr. Sie dürfen ruhig auf das reagieren, was Sie da drinnen zu hören bekommen, denn einiges wird sicher ziemlich unangenehm sein. Doch übertreiben Sie es nicht. Und spielen Sie kein Theater.« Hardy klopfte ihm auf die Schulter. »Wie läuft es mit den Liegestützen?«

»Schon fünfundzwanzig.« Ein stolzes Strahlen. »Viermal am Tag. Und außerdem dreißig Sit-ups. Auch viermal.«

»Und die Tabletten?«

Das war ein weniger erfreuliches Thema, doch Cole ließ sich davon nicht unterkriegen. »Es wird allmählich. Langsam, aber sicher, obwohl das eigentlich nicht mein Stil ist.«

»Stilfragen sind dem Wandel unterworfen«, entgegnete Hardy. »Sehen Sie sich nur Ihre Kleider an. Vor ein paar Wochen waren sie auch noch nicht Ihr Stil, und jetzt sehen Sie aus, als wären Sie darin geboren.« Er drückte Coles Schulter. »Sie kennen doch sicher Pattons Worte: ›Man hat erst verloren, wenn man sich geschlagen gibt.‹« Er deutete auf den Gerichtssaal jenseits der Tür. Das Stimmengewirr wurde lauter, je näher der Sitzungsbeginn rückte. Väterlich tätschelte er dem Jungen den Rücken. »Kopf hoch, Cole. Wir sehen uns draußen.«

Er musste Torrey umrunden, der am Tisch der Anklage saß. Diesmal kam es nicht zu einem Wortwechsel. Der oberste stellvertretende Staatsanwalt sprach zu einem seiner Kofferträger, einer jungen Frau, und ignorierte Hardy demonstrativ, als dieser vor ihm den Gerichtssaal durchquerte.

Am Tisch der Verteidigung hatte Freeman in Vorbereitung auf den ersten Schusswechsel einige Aktenordner und verschiedene Schreibblöcke ausgebreitet. Auf der anderen Seite der Absperrung drängten sich wieder die Zuschauer. Die Menge tuschelte erwartungsvoll. Allerdings war die Stimmung, anders als bei der Anklageerhebung, weniger gespannt und gereizt. Hardy führte das zum Teil darauf zurück, dass ein wenig Zeit vergangen war. Außerdem hatten David Freeman und Clarence Jackman bei den diversen Interessengruppen verbreitet, dass es sich weder um ein Verbrechen aus Rassismus noch um – wie anfangs vermutet – einen klaren Fall handelte.

Hardy hatte Freeman noch nicht erreicht, als ein Gerichtsdiener ihn aufhielt. »Mr. Hardy, der Richter würde gern mit Ihnen sprechen.«

»Jetzt sofort?«

»Ja, Sir. Hier entlang bitte.«

Hardy war verdattert. Noch vor Sitzungsbeginn zum Richter zitiert zu werden, verhieß nichts Gutes. Wenn es wie hier um die Todesstrafe ging, wurde jede Unterredung zwischen Richter und Anwalt ins Protokoll aufgenommen; eine Gerichtsstenographin musste anwesend sein. Hardy zögerte. Freeman blickte besorgt vom Tisch der Verteidigung auf. Als er aufstehen wollte, hielt Hardy ihn mit einer Handbewegung zurück. »Ist Mr. Torrey auch dabei?«

»Das weiß ich nicht, Sir. Der Richter hat nach Ihnen gefragt.«

Hardy blieb nichts anderes übrig, als ihm zu folgen. Er umrundete die Richterbank und ging, an Coles Zelle vorbei, den Flur entlang. Sein Mandant saß niedergeschlagen und mit gesenktem Kopf da und stützte die Ellenbogen auf die Knie. Der Gerichtsdiener klopfte einmal an und öffnete die Tür von Richter Hills Büro, ohne eine Antwort abzuwarten. Dann schob er Hardy buchstäblich in den Raum.

Der Kadaver saß auf einem Polstersessel und las den *Chronicle*. Obwohl daneben noch ein Sessel stand, forderte Hill Hardy nicht auf, Platz zu nehmen. Stattdessen teilte der Gerichtsdiener dem Richter mit, Mr. Hardy sei nun hier. Der Richter nickte, las in aller Seelenruhe den Artikel zu Ende und klappte schließlich die Zeitung zu. Ohne seine Robe wirkte Hill um einiges Ehrfurcht gebietender als im Gerichtssaal. Niemand hätte ihn mehr für eine Witzfigur gehalten. Er trug einen maßgeschneiderten Anzug, war makellos gepflegt und hätte genauso gut ein konservativer Firmenpatriarch sein können. Sein asketisches, eingefallenes Gesicht, das an einen Totenschädel erinnerte, wenn er seine Robe trug, strahlte nun plötzlich Lebendigkeit aus. Die blassblauen Augen funkelten boshaft. Seine faltigen Wangen waren mit winzigen roten Äderchen durchzogen. Die Lippen hatte er streng zusammengepresst.

Er ließ sich noch eine Minute Zeit, bevor er das Wort ergriff. Als er schließlich sprach, klang seine Stimme bemüht ruhig, sein Tonfall war sachlich und nichts sagend. Anstatt Hardy mit Namen anzureden, sah er ihn herausfordernd und herablassend an und meinte: »Ich habe Sie vor Beginn dieser Sitzung zu mir gebeten, weil ich Ihnen etwas Persönliches mitzuteilen habe, das nicht in den Gerichtssaal gehört.«

Hardy stellte fest, dass die Gerichtsstenographin tatsächlich mitschrieb.

»Ja, Euer Ehren.«

»Bitte sagen Sie nichts mehr. Es handelt sich hier nicht um einen Dialog. Ich wollte nur klarstellen, dass ich einen Ausbruch wie den Ihren während der Anklageerhebung in meinem Gerichtssaal nicht dulden werde. Sollte sich ein derartiger Vorfall wiederholen, erhalten Sie eine Geldstrafe, und wenn es sich um einen schweren Verstoß handelt, sperre ich Sie wegen Missachtung des Gerichts ein. Falls Sie das für einen Scherz halten, werde ich Ihnen sehr schnell das Gegenteil beweisen. Den Staatsanwalt habe ich nicht hinzugebeten, da ich es überflüssig fand, Sie in seiner Gegenwart zu ermahnen. Das ist meine letzte Warnung.«

»Jawohl, Sir«, entgegnete Hardy.

Hill nickte, als hätte sich eine Vermutung bestätigt. »Noch eine kleine Anmerkung am Rande, nur der Genauigkeit halber, Mr. Hardy: Obwohl ich Sie aufgefordert habe, nicht zu antworten, haben Sie es dennoch getan. Weiterhin weiß ich zwar nicht, wie lange Sie schon als Anwalt tätig sind, doch die Anrede für einen Richter lautet ›Euer Ehren‹ und nicht ›Sir‹. Wir sehen uns im Gerichtssaal.«

Hardy, der vor Wut kochte, wollte schon »Ja, Euer Ehren« erwidern, verkniff es sich aber noch rechtzeitig. Der Gerichtsdiener riss ihn mit einem Rippenstoß aus seiner Erstarrung, er machte kehrt und verließ das Büro des Richters.

»Du siehst aus, als wärst du einem Gespenst begegnet«, sagte Freeman.

Hardys Knie zitterten, als er sich dem Tisch der Verteidigung näherte. Er ließ sich auf seinen Stuhl fallen, griff nach dem beschlagenen Wasserkrug und schenkte sich ein Glas ein. Vor lauter Zorn zitterten seine Hände.

Freeman tätschelte ihm die Hand mit seinen gichtigen Fingern. »Diz?« Er füllte das Glas und schob es zu Hardy hinüber. »So rede schon. Was ist passiert?«

Hardy fehlten immer noch die Worte. Er schnappte nach Luft und seufzte tief auf. An seinem Kiefer zuckte ein Muskel und er starrte geradeaus. Schließlich bemerkte er das Wasserglas und zog es zu sich heran, allerdings ohne einen Schluck daraus zu trinken.

»Hört, hört, hört! Die Sitzung vor Abteilung zwanzig des obersten Gerichts der Stadt und des Bezirks San Francisco ist nun eröffnet. Den Vorsitz führt Richter Timothy Hill. Erheben Sie sich.«

Pratt war hereingekommen und hatte sich zu Torrey und seiner jungen Assistentin an den Tisch der Anklage gesetzt. Hardy warf ihr einen Blick zu. Sie war eine stattliche Frau und trug ein elegantes dunkelblaues Kostüm. Er glaubte, ein zufriedenes, ja, fast hämisches Grinsen bei ihr zu bemerken. Kurz fragte er sich, ob sie Hill dazu angestiftet hatte, ihn, Hardy, so zu demütigen. Seit seiner Ankunft im Gerichtssaal waren gerade einmal zehn Minuten vergangen, und ihm war vor unterdrückter Wut noch immer körperlich übel. Er fühlte sich nicht in der Lage, ruhig und vernünftig Argumente vorzutragen.

Unter gewöhnlichen Umständen hätte er um eine kurze Pause gebeten, um einem menschlichen Rühren nachzugeben, aber das kam jetzt nicht in Frage. Sein Verhältnis zum Richter war ohnehin getrübt. Wenn er Hill weiter gegen sich aufbrachte, riskierte er eine Anklage wegen Missachtung des Gerichts, und dann war alles vorbei, noch ehe es angefangen hatte.

Während er zusah, wie der Kadaver auf der Richterbank Platz nahm, fragte er sich wieder, ob seine Strategie nicht ein gewaltiger Fehler war. Er überlegte, wie falsch er die Situation wohl beurteilt hatte. Er hatte gedacht, Hills Ärger wäre nur eine ›kleine Hürde‹, die es in den ersten Minuten der Verhandlung zu überwinden galt. Nun aber ragte er als undurchdringliches, unerklimmbares Bollwerk vor ihm auf. Und er hatte alles auf diesen ›vernünftigen Mann‹, diesen gerechten Juristen gesetzt. Wo war nun der Spielraum, den er brauchte, um heikle Themen zur Sprache zu bringen? Wie hoch standen die Chancen, den Videomitschnitt des Geständnisses auszuschließen zu lassen?

Aber im Augenblick waren ihm die Hände gebunden. Es kam nicht mehr in Frage, die Taktik zu ändern.

Cole, der neben ihm saß, stieß ihn an und flüsterte: »Patton.« Offenbar konnte sein Mandant seine Gedanken lesen, was hieß, dass man sie ihm deutlich anmerkte. Das war ein schlechtes Zeichen und trug nicht dazu bei, Hardys Stimmung zu bessern. Doch zumindest war sein guter Rat nicht vergebens gewesen. Er bemühte sich um die Stärke und Selbstbeherrschung, die auch den General beseelt haben mochte, und zwang sich, seine Wut in konstruktive Bahnen zu lenken.

Hill machte es sich bequem und rückte seine Robe zurecht. Dann begrüßte er seinen Referendar mit freundlicher, wenn auch ein wenig gestelzter Leutseligkeit und bat ihn, den Fall aufzurufen. Hardy hörte nur mit halbem Ohr hin, während der Kadaver ein paar Papiere ordnete und den Blick über den Gerichtssaal schweifen ließ. Als er Hardy ansah, war ihm keine Feindseligkeit anzumerken, er presste nicht einmal die Lippen zusammen. Es war, als hätte das Gespräch nie stattgefunden. Nachdem der Referendar fertig war, ergriff der Richter das Wort. »Mr. Hardy, Mr. Freeman. Guten Morgen. Ms. Pratt, Mr. Torrey. Ist die Staatsanwaltschaft bereit?«

Torrey erhob sich. »Jawohl, Euer Ehren. Gestatten Euer Ehren, dass ich an die Richterbank trete?«

Hill runzelte heftig die Stirn, schüttelte, offenbar angewidert, den Kopf und seufzte. »Meinetwegen«, sagte er schließlich und winkte den Staatsanwalt zu sich. »Die Herren Anwälte können näher treten.«

Zum Glück gaben Hardys Beine nicht nach, als er aufstand. Er und Torrey erreichten gleichzeitig die Richterbank und blickten zum Richter hinauf, der immer noch die Stirn runzelte. »Was gibt es, Mr. Torrey?«

»Mit allem Respekt, Euer Ehren, Sie hatten gerade eine vertrauliche Unterredung mit Mr. Hardy.«

Obwohl Hills Miene nichts zu entnehmen war, wirkte er ziemlich beängstigend. Er wartete eine lange Weile. »War das eine Frage?«

»Ja, Euer Ehren.«

»Ich fürchte, ich habe keine gehört. Könnten Sie es noch einmal versuchen?«

Torrey, dem sein taktischer Fehler bewusst wurde, räusperte sich. »Nun, Euer Ehren, wie Sie wissen, müssen bei einem Kapitalverbrechen sämtliche Gespräche zwischen den Parteien ins Protokoll aufgenommen werden.«

»Was Sie nicht sagen, Herr Staatsanwalt«, zischte Hill. Dann beherrschte er sich. »Sie werden es nicht glauben, aber ich bin darüber im Bilde.« Wieder eine Pause. »Ich warte immer noch auf Ihre Frage.«

Hardy bemerkte, dass in den Zuschauerreihen Unruhe ausbrach. Hill hob den Kopf und sah dann wieder Hardy und Torrey an. Wie schon bei der Anklageerhebung deutlich geworden war, ließ der Richter den Zuschauern kleine Missfallensbekundungen durchgehen. Nach Hardys Erfahrung kam so etwas sehr selten vor. Das leise Getuschel im Hintergrund steigerte die Anspannung im Raum, und er fragte sich, ob Hill seine Gründe hatte, es zu gestatten.

Endlich hatte Torrey seine Frage formuliert. »Gut, Euer Ehren, die Staatsanwaltschaft möchte Folgendes wissen: Was war der Anlass Ihres Gespräches mit der Verteidigung?«

»Es war persönlich, Mr. Torrey. Der Fall war noch nicht aufgerufen worden, und wir haben ihn auch nicht erörtert.« Hill sah Hardy an. »Ist das korrekt, Mr. Hardy?«

»Ja, Euer Ehren.«

Doch der Richter wollte diesen Punkt eindeutig geklärt wissen. »Mr. Hardy, haben Sie in meinem Büro auch nur ein Wort über diesen Fall verloren?«

»Nein, Euer Ehren.«

»Und ich?«

Wieder bestätigte Hardy.

»Sind Sie nun zufrieden, Mr. Torrey?«

Der Staatsanwalt schluckte. Offenbar ahnte er, dass es bereits ein Sieg war, unbeschadet aus diesem Gespräch hervorgegangen zu sein. »Vollkommen, Euer Euren.«

Hill nickte barsch. »Wären Sie dann so gut, Ihren ersten Zeugen zu benennen?«

Unter anderem unterschied sich eine Anhörung von einem Prozess dadurch, dass keine der beiden Seiten ein Eröffnungsplädoyer hielt. Die Staatsanwaltschaft begann einfach, Zeugen aufzurufen – die die Verteidigung dann ins Kreuzverhör nahm – und wie bei einem Prozess Beweise vorzulegen. Nach dem Staatsanwalt erhielt die Verteidigung Gelegenheit, ihre Zeugen und Beweise zu präsentieren. Und nun hatte der Richter ihnen unmissverständlich mitgeteilt, dass es an der Zeit war anzufangen.

Torrey trollte sich wie ein geprügelter Hund zum Tisch der Staatsanwaltschaft, während Hardy an seinen Platz zurückkehrte und sich dachte, dass der Richter offenbar auf beide Parteien nicht gut zu sprechen war.

Am Anfang der Woche hatte Freeman um zweihundert Dollar mit ihm gewettet, er könne jeden Zeugen in der Reihenfolge voraussagen, in der Torrey ihn aufrufen würde. Und Hardy hatte eingeschlagen, was vielleicht leichtsinnig von ihm gewesen war, schließlich wettete er mit David. Nun beugte sich der alte Mann zu ihm herüber und flüsterte: »Strout.«

Zwei Sekunden später erhob sich Torrey. »Die Staatsanwaltschaft ruft John Strout auf.«

Der Gerichtsmediziner erhob sich von seinem hölzernen Klappsitz auf der Seite des Gerichtssaals, auf der die Staatsanwaltschaft saß, und schlenderte den Mittelgang entlang, wo emsig getuschelt wurde. Dann schritt er durch die Absperrung zum Zeugenstand. Er sagte mindestens zweimal im Monat als Zeuge in Prozessen aus, und als er den Eid schwor, wirkte er so lässig und selbstbewusst wie immer.

Als Torrey mit der Befragung begann, hob Hill den Hammer und ließ ihn sanft auf die Richterbank sinken. Der Lärmpegel legte sich ein wenig. Torrey begrüßte Strout, und dann begann die Anhörung.

»Dr. Strout, könnten Sie uns zur Information des Gerichts erläutern, welchen Beruf Sie ausüben und welche Ausbildung und Erfahrung Sie dazu befähigen?« Rasch war geklärt, dass es sich bei Strout um einen Experten handelte. Dann erörterte der Gerichtsmediziner allgemeine Aspekte des Falls und etwa zehn Fragen später kam Torrey auf den Punkt: »Dr. Strout, woran ist Elaine Wager gestorben?«

Strout lehnte sich im Zeugenstand zurück und schlug die Beine übereinander. »Sie wurde von einem Schuss in den Hinterkopf aus nächster Nähe getötet, und zwar mit einer Kugel Kaliber fünfundzwanzig. Der Tod trat sofort ein.«

»Und die Todesumstände?«

»Fremdeinwirkung. Ein Tötungsdelikt.«

Während Hardy dieser nicht zu widerlegenden Aussage lauschte, sank seine Stimmung noch mehr. Schließlich musste die Staatsanwaltschaft lediglich zwei Dinge beweisen und hatte in nur knapp fünf Minuten schon ihr erstes Ziel erreicht. Allerdings, so dachte er erleichtert, war das jetzt wenigstens ausgestanden. Es handelte sich um ein Tötungsdelikt. Und diesen Punkt abgehakt zu wissen, war, wie Jogi Berra gesagt hätte, schon die halbe Miete. Allerdings hatte Hardy sich mit seiner Einschätzung geirrt, dass es nicht mehr schlimmer kommen konnte.

»Sie haben die Leiche doch sorgfältig im gerichtsmedizinischen Institut untersucht.«

»Ja, Sir, ich habe eine komplette Autopsie durchgeführt.«

»Haben Sie während dieser Autopsie noch weitere Verletzungen an der Verstorbenen festgestellt?«

»Ja.«

»Würden Sie uns diese bitte schildern?«

Nun war Strout in seinem Element. Er wandte sich ein Stück zum Richter um und sprach ihn direkt an. Dann beschrieb er in auch dem Laien verständlichen Worten den Hautriss an Elaines Hals, den gebrochenen Ringfinger und die verletzten Ohrläppchen, wo die Ohrringe abgerissen worden waren. Nach seinem kurzen Bericht hatte sich das Raunen auf den Zuschauerbänken gelegt. Torrey zeigte die Farbfotos von Elaine herum, die die Aussage bestätigten, und Richter Hill studierte sie eine Weile gewissenhaft. Währenddessen blieb Strout im Zeugenstand sitzen.

Schließlich erhielt Torrey die Bilder zurück und ließ sie als Beweisstücke der Staatsanwaltschaft aufnehmen. Dann meinte er zu Strout, er habe noch eine Frage. »Dr. Strout, wurden die Verletzungen dem Opfer vor oder nach dem Tod zugefügt?«

Strout schüttelte den Kopf. »Medizinisch betrachtet lässt sich das weder bei den Verletzungen am Hals noch bei denen an den Ohren mit Gewissheit sagen. Sie wurden dem Opfer eindeutig um den Zeitpunkt des Todes herum beigebracht, sagen wir mal, so etwa plus minus eine Stunde. Doch der Finger wurde gebrochen, als das Herz der Verstorbenen kein Blut mehr pumpte.«

»In anderen Worten nach ihrem Tod?«

Gleichmütig wie immer räumte Strout ein, dass für gewöhnlich der Tod eintrat, wenn das Herz zu schlagen aufhörte und nicht wieder damit anfing. Die Zuschauer machten ihrer Anspannung durch Gekicher Luft. Torrey wartete, bis es verklungen war, und übergab Hardy dann den Zeugen.

Hardy stand auf. »Dr. Strout«, sagte er und beschloss die Tatsache auszunutzen, dass sie beide einander gut kannten. »Die Verletzungen, die Sie beschrieben haben, die Schusswunde und die uns gezeigten Fotos – wies die Leiche noch weitere Wunden auf?«

Der Zeuge überlegte eine Weile. »Nein, Sir«, entgegnete er mit Nachdruck.

»Es gab also keine zusätzlichen Knochenbrüche, Blutergüsse oder Hautabschürfungen?«

»Nein.«

»Haben Sie die Gliedmaßen untersucht, Doktor?«

»Ja, selbstverständlich.«

»Und sie hatte keine Kratzer und Schrammen an Knien, Ellenbogen oder Händen?«

»Nein.«

»Und abgesehen von der Schusswunde auch keine Kopfverletzungen?«

Wieder eine Pause, während Strout gründlich nachdachte. »Nein.«

»Dr. Strout, haben Sie irgendeine Verletzung, mag sie auch noch so leicht sein, entdeckt, die Ihrer Ansicht als Fachmann nach dadurch hervorgerufen worden sein könnte, dass die Verstorbene im Tod – der, wie Sie sagten, sofort eintrat – ungebremst auf harten Beton oder Asphalt gestürzt ist?«

»Nein, überhaupt nichts.«

Hardy fand, dass er diesen Punkt ausreichend geklärt hatte. Der Richter lauschte aufmerksam und machte sich sogar ein paar Notizen. Im Augenblick ließ sich diese Information – und das, was man daraus schließen konnte – nicht weiter nutzen. Doch irgendwann würde sie vielleicht von Vorteil sein.

Im Zuschauerraum wurde es wieder lauter. Hardy wusste nicht, ob der Richter eine Absicht damit verfolgte, aber plötzlich erschien ihm das Aufleben und Verebben der Hintergrundgeräusche wie eine Art Barometer. Während er Strout befragte, war es fast totenstill im Saal gewesen. Und das sagte ihm, dass er etwas erreicht und das Publikum nachdenklich gemacht hatte. Auch wenn die Mehrheit – und auch Cole – nicht ahnte, worauf er damit hinauswollte und was seine Fragen zu bedeuten hatten.

Er selbst hingegen wusste es ganz genau.

Die Zuschauer würden sich später erinnern und eine Antwort, eine Auflösung des Rätsels erwarten. Und wie Hardy glaubte, ging es dem Richter ebenso.

Er verbeugte sich leicht in Richtung Strout. »Danke, Doktor. Keine weiteren Fragen.«

Während Hardy die sechs Schritte zu seinem Platz zurücklegte, hatte Hill Torrey bereits angewiesen, seinen nächsten Zeugen aufzurufen. Hardy setzte sich und Cole flüsterte: »Was sollte das eben?« Im gleichen Moment erhob sich Torrey und forderte Steven Petrie auf vorzutreten. Hardy spähte um Cole herum und sah Freeman an. »Du schuldest mir was«, sagte er. Der alte Mann wies auf den gelben Block, der vor ihm auf dem Tisch lag. Er hatte in Druckbuchstaben ›Petrie‹ darauf geschrieben und grinste nun triumphierend.

»Was ist?«, fragte Cole wieder.

Hardy tätschelte ihm den Arm. »Es ist wie im Kino, Cole«, meinte er. »Man muss sich den Film zu Ende anschauen, um zu wissen, wie er ausgeht.«

Petrie, der Polizist, der zuerst am Tatort eingetroffen war, trug auch heute Uniform. Er hatte einen blonden Kurzhaarschnitt und eine athletische Figur und strahlte etwas Militärisches aus. Ganz im Gegensatz zu Strout schien er sich im Gerichtssaal nicht sehr wohl zu fühlen. Er nannte seinen Namen, seinen Rang und sein Dienstalter. Torrey war aufgestanden und hatte sich etwa anderthalb Meter vor ihm aufgebaut. »Officer Petrie, können Sie uns schildern, was Sie am Morgen des 1. Februars dieses Jahres so gegen halb ein Uhr morgens taten?«

Zähneknirschend musste Hardy einräumen, dass es eine gute Methode war, dem verlegenen Polizisten die Befangenheit zu nehmen. Petrie war sichtlich erleichtert darüber, dass er nicht mit Fragen bombardiert wurde – wenigstens noch nicht. Er blickte zwischen dem Richter und Torrey hin und her und erzählte dann ruhig seine Geschichte.

Hardy kannte die Einzelheiten nur zu gut, wusste aber, dass ein chronologischer Bericht dem Richter nur von Nutzen sein konnte. Außerdem würde die Aussage des Polizisten ihm selbst – wie er hoffte – vielleicht neue Anhaltspunkte liefern. Er beugte sich vor, lauschte aufmerksam, achtete auf Widersprüche und machte sich Notizen.

Petries Bericht war sehr sachlich. Er und sein Partner Daniel Medrano seien wie immer in der Innenstadt Streife gefahren, als sie an der Ecke Maiden Lane und Grant Street etwas Verdächtiges bemerkten. Sie kamen näher, leuchteten die Stelle mit dem Scheinwerfer ihres Streifenwagens an und sahen einen Mann, der sich über eine liegende Gestalt beugte. Der Mann wandte sich um und lief davon. Daraufhin stieg Petries Partner Medrano aus und machte sich an die Verfolgung, während Petrie per Funk Verstärkung herbeirief. Dann stieg er ebenfalls aus, um die Gestalt zu untersuchen. Es handelte sich um eine junge Afroamerikanerin, die offenbar tot war.

Es dauerte nur eine knappe Minute, um sich zu vergewissern, dass alle Hilfe zu spät kam. Aber er verständigte dennoch einen Krankenwagen. Bald kehrte Medrano mit dem Verdächtigen zurück, den er an der Ecke Union Square und Maiden Lane gestellt hatte. Medrano erklärte, der Mann sei in der Dunkelheit gegen einen Hydranten geprallt und gestürzt.

Hardy sprang auf und legte wie aus der Pistole geschossen Einspruch ein. Er hörte noch, wie Freeman leise seinen Namen rief, aber es war zu spät. »Hörensagen, Euer Ehren.«

Hill kniff ärgerlich die Augen zusammen. »Ganz richtig«, entgegnete er. »Und das ist bei einer Anhörung durchaus erlaubt, solange es sich um die Aussage eines erfahrenen Polizisten handelt. Gewiss haben Sie das auch einmal im Jurastudium gelernt. Mr. Torrey, bitte fahren Sie fort.« Dann fiel ihm offenbar noch etwas ein. »Ach, Mr. Hardy, ich bitte Sie, sich die belanglosen Einsprüche in Zukunft zu verkneifen. Wir haben heute noch eine Menge vor uns. Vielen Dank. Also, Mr. Torrey.«

Hardy ließ sich auf seinen Stuhl fallen. Freeman reichte um Cole herum und tätschelte ihm den Arm. »Ich wollte dich noch warnen«, meinte er. Aber das war kein Trost.

Torrey kehrte wieder zum Thema zurück und Petrie sprach weiter: »Also brachte Dan – Officer Medrano – den Verdächtigen in die Maiden Lane. Er hatte auch eine Waffe bei sich, die dem Verdächtigen offenbar beim Sturz aus der Hand gefallen war.« Noch mehr Hörensagen, obwohl Hardy nicht am Wahrheitsgehalt zweifelte.

»Bleiben wir kurz bei diesem Punkt, Officer Petrie. Erkennen Sie den Verdächtigen, den Sie und Ihr Partner festgenommen haben, heute in diesem Gerichtssaal?«

»Ja.«

»Würden Sie ihn dem Gericht bitte zeigen?«

Petrie hob die Hand und streckte den Zeigefinger aus. »Da drüben in der Mitte, am Tisch der Verteidigung.«

Torrey ließ ins Protokoll aufnehmen, dass Petrie den Angeklagten Cole Burgess identifiziert hatte. »Nun zu der Pistole ...« Die Mordwaffe wurde als Beweisstück registriert. Anscheinend erstaunte es die Zuschauer, wie klein die Pistole war. Sie war wirklich sehr winzig, nicht mehr als acht Zentimeter lang und vielleicht anderthalb Zentimeter dick. Petrie bestätigte, dass es sich um die am Tatort sichergestellte Waffe handelte. »Gut«, meinte Torrey. »Was taten Sie, nachdem Sie den Verdächtigen festgenommen und die Waffe beschlagnahmt hatten?«

»Ich sollte noch erwähnen, dass er bereits Handschellen trug. Dan hat sie ihm gleich nach der Festnahme angelegt.«

»Gut, danke.«

»Dann brachten wir ihn zum Streifenwagen und tasteten ihn ab. Seine Taschen, seine Jacke. Er trug eine alte Jacke.«

»Haben Sie etwas bei ihm gefunden?«

»Ja, Sir. Einige Gegenstände.«

»Könnten Sie sie bitte beschreiben?«

Petrie tat es: eine Kette, einen Diamantring, ein Paar Ohrringe, eine Brieftasche, die der Toten gehörte und ihre Ausweise, fünfundachtzig Dollar in Scheinen und einen Dollar sechzehn in Münzen enthielt.

Auch wenn diese Litanei auf den ersten Blick recht langweilig wirkte, wussten alle im Gerichtssaal, was das zu bedeuten hatte, nämlich Mord in Tateinheit mit Raub, also ein Kapitalverbrechen, das Cole Burgess die Todesstrafe einbringen konnte.

Bei einer Geschworenenverhandlung hätte Torrey nun Gelegenheit gehabt, diesen Umstand auszuwalzen. Doch in diesem Rahmen bot sich ihm keine Möglichkeit zu theatralischem Gehabe, weshalb er rasch fortfuhr.

»Officer Petrie«, begann er, »stand der Verdächtige bei der Festnahme unter dem Einfluss von Alkohol?«

Hardy erhob sich. »Einspruch, Euer Ehren. Suggestivfrage. Officer Petrie ist kein medizinischer Sachverständiger.«

Aber Torrey hatte schon ein Gegenargument parat. »Euer Ehren, auch ein Laie kann sich in diesem Punkt eine Meinung bilden. Außerdem sind die Symptome von Trunkenheit jedem Polizisten auf der Straße vertraut.«

Hill nickte zustimmend. »Einspruch abgelehnt.«

Hardy hätte am liebsten auf seinem Standpunkt beharrt, doch er hatte bereits eine Verwarnung erhalten. Der Richter hatte entschieden, und außerdem war er im Recht. Also blieb Hardy nichts anderes übrig, als sich wieder zu setzen und sich Petries Antwort anzuhören.

»Ich roch, dass er eine Fahne hatte, aber er redete und bewegte sich normal.«

Torrey grinste, offenbar, weil sich der Zeuge so genau an die Absprachen hielt. »Er redete und bewegte sich normal«, wiederholte er. »Danke, Officer, keine weiteren Fragen.«

Da Hardy als Staatsanwalt noch einiges hätte wissen wollen, war er überrascht und aus dem Konzept gebracht. Er stand auf, um den Zeugen ins Kreuzverhör zu nehmen. »Officer Petrie«, fing er an, »Cole roch also nach Alkohol? Ist das korrekt?«

»Ja.«

»War der Geruch sehr stark?«

»Ja, ich habe ihn deutlich bemerkt.«

»Haben Sie ihn ins Röhrchen pusten lassen?«

»Nein.«

»Nein.« Nachdenklich ging Hardy ein paar Schritte nach rechts. »Haben Sie während Ihrer Jahre bei der Polizei je einen Autofahrer wegen eines Verstoßes gegen die Straßenverkehrsordnung angehalten?«

»Ja«, erwiderte Petrie ein wenig ungeduldig. »Natürlich.«

»Natürlich«, wiederholte Hardy. »Und wie gingen Sie für gewöhnlich vor, wenn Sie feststellen wollten, ob der Fahrer betrunken war?«

»Normalerweise bitten wir denjenigen auszusteigen und führen einige Nüchternheitstests durch. Zum Beispiel lassen wir ihn das Alphabet rückwärts aufsagen oder mit geschlossenen Augen auf einem Bein stehen.«

»Also vergewissern Sie sich, ob er noch sprechen und gehen kann, richtig? Gibt es weitere Tests, um die Fahrtüchtigkeit zu überprüfen?«

»Ja.«

»Aber Sie sagten doch, mein Mandant wäre beim Gehen getaumelt, als Ihr Partner ihn zurückbrachte.«

»Ja, schon, aber er war ja hingefallen.«

»Richtig, Officer. Als Sie ihn bemerkten, war er nicht nur unsicher auf den Beinen, sondern auch nicht mehr in der Lage zu fliehen, richtig. Er fiel einfach hin, als er davonlaufen wollte. Stimmt das nicht?«

»Tja, er ist mit etwas zusammengestoßen.«

»Und gestürzt, oder nicht?«

Ein widerstrebendes Nicken. »Ja, meinetwegen.« Petrie versuchte, über Hardys Schulter hinweg Blickkontakt mit Torrey aufzunehmen.

Hardy trat einen Schritt nach rechts an den Zeugenstand heran, in der Hoffnung, ihm die Sicht zu versperren. »Und wie sah es mit seiner Sprechweise aus?«

»Ich weiß nicht«, knurrte Petrie. »Mal so, mal so.«

»Hat er überhaupt etwas gesagt, Officer?«, fragte Hardy, »oder war er dazu nicht mehr klar genug?«

»Er redete ziemlich wirres Zeug.«

»Und er verlor auf dem Rücksitz des Streifenwagens das Bewusstsein?«

»Ja.« Petrie wand sich auf seinem Stuhl. »Das stimmt.«

Hardy trat einen Schritt zurück, wartete eine Weile und näherte sich dann wieder. »Ein Mensch, der sich so verhält, wie eben beschrieben, könnte betrunken sein. Richtig?«

»Richtig.«

»Als weiterer Grund käme eine Verletzung in Frage, korrekt?«

»Ja.«

»Und Mr. Burgess blutete leicht aus einer Kopfverletzung, stimmt das?«

»Ja, Sir.«

»Nun, Sie haben ausgesagt, dass Sanitäter vor Ort waren. Für gewöhnlich ist es üblich, einen verletzten Festgenommenen zuerst von einem Sanitäter untersuchen zu lassen. Ist es richtig, dass Sie Mr. Burgess deshalb nicht den Sanitätern vorgeführt haben, weil Sie ihm deutlich anmerkten, dass ihm außer ein paar Drinks zu viel nichts fehlte? Dass er unsicher auf den Beinen war und lallte?«

Petrie konnte sich nicht mehr aus der Affäre ziehen. »Richtig.«

Hardy nickte zufrieden. »Keine weiteren Fragen.«

Während der Pause ging Freeman zur Toilette. Hardys Mandant rückte vom Tisch der Verteidigung weg. Da er im Gerichtssaal keine Handschellen tragen musste, konnte er die Arme vor der Brust verschränken und die Beine übereinander schlagen. »Ich fasse es nicht, dass Sie ihn nicht nach dem Schuss gefragt haben«, sagte er.

Hardy war nicht in der richtigen Stimmung für Kritik. »Was hätte das gebracht? Er ist nicht unser Zeuge.«

»Warum nicht?«

Hardy tat so, als studiere er ein paar Akten, gab es schließlich auf und drehte sich zu Cole um. »Weil das bei meinem Gespräch mit ihm Anfang der Woche deutlich geworden ist. Doch hauptsächlich deshalb, weil er keinen Schuss gehört hat. Außerdem ist dieser Schuss für uns so wichtig, dass die Gegenseite ihn unter den Teppich kehren will.«

»Warum hat Torrey ihn dann nicht erwähnt?«

Hardy wunderte sich ebenfalls darüber, denn es handelte sich um einen bedeutenden Punkt. Wenn Cole die Waffe nur einmal abgefeuert hatte, und zwar nicht beim Sturz während der Verfolgungsjagd durch die Seitengasse, war der einzige plausible Grund für die Schmauchspuren an seinen Händen, dass der Schuss vor dem Eintreffen der Polizei gefallen war. Und dass er Elaine vermutlich umgebracht hatte. In Petries Bericht wurde der Schuss mit keinem Wort erwähnt – im Gegensatz zu dem von Medrano. Also hatte Hardy Medrano auf seine eigene Zeugenliste gesetzt. Er hatte angenommen, dass Torrey daraufhin Petrie als Zeugen der Anklage benennen würde. Doch nachdem er dargestellt hatte, dass strafverschärfende Umstände vorlagen, war er offenbar zu dem Schluss gelangt, das Thema erschöpfend behandelt zu haben: Es war überflüssig, nach etwas zu fragen, das der Polizist ohnehin nicht gehört hatte. Hardy hoffte, dass dieses Versäumnis später zu seinen Gunsten ausfallen würde, doch er wollte seinem Mandanten nicht die ganze Wahrheit sagen. »Ich weiß nicht, Cole«, erwiderte er. »Ich habe offen gestanden den Eindruck, dass er es einfach vergessen hat.«

Auch was den nächsten Zeugen betraf, hatte Freeman richtig geraten. Es war der Experte der Spurensicherung, der nun von Torrey zu den verschiedenen Testergebnissen befragt wurde. Lennard Faro war ein zierlicher Mann Anfang dreißig mit einem dünnen Schnurrbart und dichtem, schwarzem Haar. Er benutzte Pomade und trug einen blauen Blazer über einem orangefarbenen Hemd. Ein winziges Goldkreuz baumelte an seinem linken Ohr. Er bestätigte, die ballistische Untersuchung habe ergeben, dass die Kugel aus der Mordwaffe abgefeuert worden war. Faro hatte den Schmauchtest durchgeführt und die Ergebnisse analysiert. Nun war Torrey in seinem Element. »Und deshalb schlossen Sie auf der Basis dieses Tests darauf, dass sich auf den Händen des Angeklagten Schmauchspuren befanden, die nur vom Abfeuern einer Waffe herrühren konnten?«

Eine einfachere Frage gab es nicht und Faro hatte nicht die geringsten Zweifel. »Ja, Sir.« Dann war Hardy an der Reihe.

»Mr. Faro«, begann er. »Haben Sie auf der Waffe Fingerabdrücke entdeckt?«

»Nein, Sir.«

»Ist das ungewöhnlich?«

Der Laborant zuckte die Achseln. »Das kommt häufiger vor, Sir. Die Oberfläche der Waffe war mit Armor-All, einem Pflegemittel für Autopolster, behandelt worden, weshalb sich keine Fingerabdrücke festsetzen konnten.«

»Ich verstehe. Sie sagten gerade, so etwas käme häufiger vor. Wie oft in etwa?«

Mit dieser Frage hatte der Zeuge nicht gerechnet. Der junge Mann hielt inne, überlegte und antwortete dann: »Ungefähr alle paar Monate.«

»Alle paar Monate? Also nicht jeden Tag?«

»Nein, ganz und gar nicht. Mit häufig meinte ich nicht alltäglich.«

»Schon gut. Mich wundert nur, dass jemand auf den Gedanken kommt, eine Waffe mit Polsterpflegemittel zu behandeln, damit keine Fingerabdrücke zurückbleiben. Woher weiß man so etwas?«

Faro schwieg, und Hardy wurde klar, dass er keine Frage gestellt hatte. Torrey erhob bereits Einspruch. »Relevanz. Worauf will der Herr Verteidiger hinaus, Euer Ehren?«

»Ein berechtigter Einwand, Herr Staatsanwalt. Mr. Hardy?«

Hardy saß in der Klemme. Das Polsterpflegemittel war eines der vielen Details, die vielleicht etwas zu bedeuten hatten, aber auf keinen Fall ein Beweis. Obwohl es ziemlich unwahrscheinlich war, dass Cole – im Gegensatz zu einem Polizisten oder einem erfahrenen Kriminellen – wusste, dass man damit Fingerabdrücke vermeiden konnte, war es durchaus möglich. Vielleicht hatte er sich ja wirklich dieses Tricks bedient. Auch wenn die Versuchung groß war, jede Einzelheit weiterzuverfolgen, musste er auf der Hut sein.

Also entschuldigte sich Hardy und schlug einen anderen Weg ein. »Mr. Faro, wie viele Kugeln befanden sich in der Waffe, als Sie sie überprüften?«

»Tja, es handelt sich um einen fünfschüssigen Revolver. Ich habe drei scharfe Geschosse und zwei leere Hülsen sichergestellt.«

»Zwei Hülsen?«

»Korrekt.«

Hardy sah den Richter an, vollführte eine halbe Drehung und wandte sich wieder an den Zeugen. »Nun, Mr. Faro, haben Sie die galvanischen Hautreaktions-Abstriche bei Mr. Burgess selbst vorgenommen?«

»Ja.«

»Und Sie haben ausgesagt, dass Sie dabei Schmauchspuren festgestellt haben. Ist das richtig?«

»Ja.«

»Waren sie stark?«

»Nein, ziemlich schwach.«

»Ziemlich schwach«, wiederholte Hardy. »Werden Schmauchspuren bei jedem Schuss stärker, wenn man eine Waffe mehrfach abfeuert, Mr. Faro?«

»Ja, natürlich.«

»Natürlich. Und dennoch haben Sie bei Mr. Burgess nur sehr schwache Spuren festgestellt?«

»Ja.«

»Können Sie sagen, ob diese Spuren von mehr als einem Schuss herrühren?«

»Nein.«

»Und es können auch Schmauchspuren zurückbleiben, wenn man eine kürzlich abgefeuerte Waffe zur Hand nimmt. Ist das richtig?«

»Ja.«

Da es hier nichts mehr zu holen gab, beschloss Hardy, fortzufahren. »Wann haben Sie die Hände des Angeklagten untersucht, Mr. Faro? Mitten in der Nacht?«

»Ja, Sir. Der Angeklagte wurde in Handschellen zur Befragung in die Mordkommission gebracht. Ich war am Tatort und folgte, nachdem wir dort fertig waren.«

»Wissen Sie noch, um wie viel Uhr Sie den Test vorgenommen haben?«

»Ja, Sir. Bevor ich anfing, habe ich die Uhrzeit notiert. Es war vier Uhr siebenunddreißig morgens.«

»Und während Sie sich am Tatort aufhielten, saß Mr. Burgess in Handschellen in einem Befragungszimmer im Justizgebäude?«

Faro nickte. »Das haben mir wenigstens die Polizisten gesagt, Sir. Sie wollten verhindern, dass er sich die Hände wäscht. Das ist die übliche Vorgehensweise«, fügte er hilfsbereit hinzu.

»Ich bin nur neugierig, Mr. Faro. Warum haben Sie den Test nicht sofort am Tatort durchgeführt?«

»Vermutlich wollte man ihn so rasch wie möglich ins Justizgebäude schaffen. Aber ich weiß es nicht genau.«

Nachdenklich ging Hardy eine Weile auf und ab. »Gut, Mr. Faro, als Sie im Justizgebäude eintrafen, war Mr. Burgess seit mindestens drei Stunden in Haft. Könnten Sie uns schildern, in welchem Zustand er sich befand, als Sie den Test durchführten?«

»Einspruch, Euer Ehren. Der Zeuge wird zu Vermutungen verleitet.«

Aber Hardy war darauf vorbereitet. »Ganz im Gegenteil, Euer Ehren. Die Schlussfolgerungen überlasse ich Ihnen. Ich frage den Zeugen nur, was er gesehen hat.«

Der Richter ließ sich erweichen. »Gut, Einspruch abgelehnt.«

»Mr. Faro?« Da der Laborant vor Gericht für gewöhnlich nicht solche Fragen zu hören bekam, rutschte er unbehaglich auf seinem Stuhl herum. »Dann will ich mich ein wenig deutlicher ausdrücken«, meinte Hardy. »Schlief Mr. Burgess?«

»Nein, Sir, er saß auf einem Stuhl.«

»Saß er aufrecht oder war er in sich zusammengesackt?«

Wieder erhob Torrey Einspruch. »Euer Ehren, die Sitzhaltung des Angeklagten tut hier nichts zur Sache.«

Doch wieder lehnte Hill den Einspruch ab und fügte barsch hinzu: »Ich habe diese Fragen zugelassen, Mr. Torrey.« Die Botschaft war klar: Wehe dem, der Widerworte gab.

»Er hing auf dem Stuhl, zusammengesackt, wie Sie sagten«, entgegnete Faro.

»Haben Sie mit Mr. Burgess gesprochen?«

»Ja. Ich erklärte ihm, was ich mit seinen Händen vorhatte.«

»Und was hat er geantwortet?«

Faro überlegte eine Weile. »Unzusammenhängendes Zeug. Er war ziemlich fertig. Schließlich habe ich ihm einfach die Arme festgehalten und die Abstriche genommen.«

»Hat er deutlich gesprochen oder gelallt?«

»Gelallt. Oder eher gemurmelt.«

»Mr. Faro, roch sein Atem nach Alkohol?«

»Puh!« Endlich zeigte der Zeuge Gefühle. »Er stank wie eine Brauerei.«

»Eine Brauerei«, wiederholte Hardy, dem der Ausdruck gut gefiel. »Das heißt ja, oder? Sie haben Alkoholgeruch wahrgenommen.«

»Ja«, erwiderte Faro.

»Und das war gut drei Stunden nach seiner Verhaftung?«

»Ja, Sir. Mindestens.«

»Noch eine letzte Frage, Mr. Faro. Haben Sie im Befragungszimmer Videokameras bemerkt, als sie die Tests durchführten?«

»Nein, Sir.« Und dann verplapperte sich der Zeuge: »Als ich an dem Monitor im Nebenzimmer vorbeikam, hatten sie die Kameras noch nicht eingeschaltet.«

»Danke, Mr. Faro. Mr. Torrey, Ihr Zeuge.«

Der Staatsanwalt wandte sich wieder Hardys wichtigstem Punkt zu. »Noch einmal zu den Schmauchspuren: Kann man sie abwischen oder abwaschen?«

»Abwaschen schon. Das mit dem Abwischen dauert eine Weile; das ist der Grund, warum wir uns mit den Tests ziemlich beeilen.«

»Aber Sie haben ausgesagt, dass Sie in diesem Fall die Tests nicht sofort durchgeführt haben. In drei Stunden könnte jemand doch einen Großteil der Schmauchspuren beseitigen, indem er sich die Hände beispielsweise an der Kleidung abwischt.«

»Ja.«

»Allerdings nicht alles?«

»Nein, nicht unbedingt.«

»Also ist es durchaus möglich, dass der Angeklagte die Waffe mehr als einmal abgefeuert hat und dennoch nur geringe Schmauchspuren an den Händen aufwies?«

»Ja, absolut.«

Nachdem der Zeuge entlassen worden war, bat Hardy um Erlaubnis, an die Richterbank treten zu dürfen. Die Anwälte versammelten sich vor dem Richter. »Euer Ehren«, begann Hardy. »Ich möchte gerne beantragen, die Aussage meines Mandanten – sein so genanntes Geständnis – sofort auszuschließen. Bei seiner Festnahme war er offensichtlich betrunken, und es ist ebenso offensichtlich, dass Officer Petrie Anweisung hatte, dies abzustreiten. Wir sollten diese Frage sofort klären und Inspector Banks und die anderen aufrufen, bevor die Staatsanwaltschaft sie weiter beeinflusst.«

Hardy wusste, dass er mit dieser Strategie keine Chance hatte. Die Anklage konnte ihre Zeugen in jeder beliebigen Reihenfolge benennen und die Beeinflussung war ohnehin bereits geschehen und nicht mehr rückgängig zu machen. Doch wenigstens würde dieser Antrag dazu dienen, Torrey und Pratt zu verärgern. Und niemand wusste, was passieren würde, wenn der Richter sie wirklich zwang, die Reihenfolge der Zeugen zu ändern. In diesem Fall würde er vielleicht sogar seine Wette mit Freeman gewinnen.

»Verschonen Sie mich, Mr. Hardy«, höhnte Pratt und wandte sich an den Richter. »Es war fast fünf Uhr morgens. Er war benommen, möglicherweise übermüdet.«

Aber David Freeman war nicht nur zur Dekoration mitgekommen. Er trat einen halben Schritt vor. »Euer Ehren«, sagte er. »Drei Stunden?« Er ließ den Blick über die kleine Versammlung schweifen. »Mr. Burgess wird am Tatort ertappt und festgenommen. Man findet bei ihm den Schmuck des Opfers und die mutmaßliche Mordwaffe. Und drei Stunden später hat man ihm noch keine einzige Frage gestellt? Angesichts dessen ist dieses Geständnis nicht zulässig. Die Polizei hat sich der Pflichtverletzung schuldig gemacht.« Er erhob die Stimme. »Er durfte nicht telefonieren …«

»Er hat seine Mutter angerufen. Einen Anwalt hat er abgelehnt. Das haben wir auf Video«, wandte Torrey ein.

»Schwachsinn!«

Hill war so erschrocken über diese Ausdrucksweise, dass er nur noch mit dem Finger auf David zeigen konnte. »Hey!«

»Es ist auf Band, David«, entgegnete der Staatsanwalt. »Damit müssen Sie sich wohl abfinden.«

Flehend wandte sich Freeman an den Richter. »Wo leben wir, Euer Ehren? In der Türkei? Im Irak?«

»Mein Gott!« Angewidert drehte Pratt sich um. »Euer Ehren, niemand bekämpft Fehlverhalten bei der Polizei leidenschaftlicher als ich. Es handelte sich um einen Mörder, der vernommen werden musste. Er hat unterschrieben, dass er über seine Rechte aufgeklärt wurde. Niemand hier hat seine Pflichten verletzt.«

Endlich begriff Hill, was hier gespielt wurde. Er schlug mit dem Hammer auf den Tisch, denn inzwischen war im Gerichtssaal Tumult ausgebrochen. Als sich die Anwesenden wieder beruhigt hatten, wandte der Kadaver sein schreckliches Gesicht Hardy und Freeman zu. »Ich sagte, ich würde über diese Punkte entscheiden, wenn die Anklage die entsprechenden Beweise in die Verhandlung einbringt. Und ich habe nichts gehört, was meine Meinung geändert hätte«, erwiderte er barsch. »Mr. Freeman«, fügte er dann hinzu, »ich dulde in meinem Gerichtssaal keine Beschimpfungen. Ich ordne eine fünfminütige Unterbrechung an und erwarte, dass die Gemüter sich beruhigt haben, wenn wir wieder zusammentreten. Wir sind hier in einem Gerichtssaal und nicht in einem gottverdammten Zirkus.«

31

Pratt höchstpersönlich übernahm den nächsten Zeugen. »Die Staatsanwaltschaft ruft Anthony Feeney auf.«

Hardy kannte Staatsanwalt Feeney schon seit über zwanzig Jahren und hielt ihn für einen anständigen Kerl – ehrlich, fleißig und hilfsbereit. Am Dienstag hatte Hardy mit ihm gesprochen, da er im Auftrag der Staatsanwaltschaft Cullen befragt hatte, und er war nach dieser Unterredung ziemlich niedergeschlagen gewesen. Die Hintergründe von Cullens Rolle als Informant, die ihm und dem jungen Pflichtverteidiger Saul Westbrook entgangen waren, waren kein Geheimnis. Offenbar gab sich niemand Mühe, etwas zu verbergen. Hardy hatte gehofft, nun etwas – vor allem gegen Torrey – in der Hand zu haben, aber er war bitter enttäuscht worden. Feeney war kein

Lügner, und Hardy ging davon aus, dass er auch jetzt die Wahrheit sagen würde – und das konnte ziemlich unangenehm werden.

Feeney war etwa in Hardys Alter, aber in den letzten zehn Jahren viel stärker als dieser gealtert. Sein Haar war schneeweiß geworden. Außerdem hatte er ein Bäuchlein angesetzt und seine früher auffällige Kleidung gegen eine konservative, altmodische Aufmachung eingetauscht. Das ein wenig merkwürdig geformte, dreieckige Gesicht wirkte wie in sich zusammengesunken, die einst gut sichtbaren Muttermale auf beiden Wangen waren zwischen Leberflecken und einem leichten Ekzem verschwunden.

Nachdem Pratt Feeney nach seinen Qualifikationen gefragt hatte, kam sie sofort auf den Punkt. Sie wollte beweisen, dass sich Cole Burgess mindestens einen Tag vor der Tat im Besitz der Mordwaffe befunden hatte, weshalb man aller Wahrscheinlichkeit nach von einem Vorsatz ausgehen konnte. »Mr. Feeney, kennen Sie einen jungen Mann namens Cullen Leon Alsop?«

»Ja, oder besser, ich kannte ihn. Er ist tot.«

Wieder breitete sich im Gerichtssaal ein Unheil verkündendes Raunen aus. Pratt drehte sich um, wartete, bis es verebbt war, und fuhr dann fort. »Woher kannten Sie Mr. Alsop?«

Feeney war ein Bürokrat geworden, ein Bürohengst ohne Emotionen, ein Mann ohne Eigenschaften, sehr tüchtig und stets diplomatisch. Auch jetzt wollte er sich nicht in die Nesseln setzen. »Ich habe ihn wegen verschiedener Drogendelikte angeklagt. Er handelte mit Crack und war deshalb schon mehrere Male verurteilt worden.«

»Ich verstehe. Wann haben Sie ihn zuletzt gesehen?«

»Ich habe am Dienstag, dem 9. Februar, im Gefängnis ein Gespräch mit ihm geführt.«

»Könnten Sie uns bitte schildern, worum es bei diesem Gespräch ging?«

»Natürlich.« Feeney machte es sich auf dem Zeugenstuhl bequem. »Ich erhielt am Morgen einen Anruf von einem Aufseher im Gefängnis. Er sagte, Mr. Alsop wolle mit mir sprechen. Er habe Informationen zum Fall Elaine Wager, die die

Staatsanwaltschaft sicher interessieren würden. Als Gegenleistung für seine Aussage verlange er eine Strafverkürzung oder sogar eine Freilassung.«

»Und was taten Sie?«

»Ich hielt mich an den Dienstweg, Ma'am, und machte dem obersten stellvertretenden Staatsanwalt Mr. Torrey Meldung. Er wies mich an, mit dem Informanten – mit Mr. Alsop also – zu reden und mir seine Bedingungen anzuhören. Dann würden wir weitersehen. Also habe ich mit ihm gesprochen. Er war noch nicht angeklagt worden und hatte zu diesem Zeitpunkt keinen Anwalt. Deshalb war es mir möglich, ihn direkt zu sprechen.«

Pratt machte zweifellos eine gute Figur. Sie hielt den Kopf hoch erhoben, und ein leichtes Lächeln spielte um ihre Lippen, als sie zum Tisch der Anklage zurückkehrte. Sie griff nach einer dünnen Mappe, drehte sich anmutig um, ging zum Richter und reichte ihm die Unterlagen. Die Zuschauer beobachteten sie schweigend. »Wurde Ihr gesamtes Gespräch mit Mr. Alsop auf Band aufgenommen?«

»Ja.«

»Wenn die Verteidigung nichts dagegen hat« – wieder wandte sie sich charmant lächelnd um – »würde ich den Zeugen die Unterredung lieber zusammenfassen lassen, anstatt das ganze Band abzuhören.«

Hardy wollte schon aufspringen, um lautstark Einspruch einzulegen. Hier handelte es sich eindeutig um Hörensagen, da biss die Maus keinen Faden ab. Der Zeuge war kein Polizist, weswegen eine derartige Aussage nicht einmal in einer Anhörung zugelassen war. Und selbst wenn dem nicht so gewesen wäre, war Alsop tot. Da man ihn bei einem Prozess nicht ins Kreuzverhör nehmen konnte, durfte seine Aussage ohnehin nicht verwendet werden. Also würden die Geschworenen niemals im Leben von der Existenz dieses Tonbandes erfahren.

Pratt spielte nur Theater, um die Zuschauer, den Richter und nicht zuletzt die Reporter zu beeindrucken. Sie erinnerte sie alle daran, dass es – ganz gleich ob zulässig oder nicht – eine Aussage gab, Cole sei im Besitz der Waffe gewesen. Also bestehe kein vernünftiger oder anders gearteter Zweifel daran, wer Elaine Wager getötet habe. Sie hatte Hardy regelrecht zu dem Einspruch provoziert.

Also verkniff er sich ihn.

Falls er sich erwartungsgemäß verhielt und Cole nach allen Regeln der anwaltlichen Kunst verteidigte, würde er den Prozess verlieren. Zwar mochten ihn seine Kollegen für diese Glanzleistung in einer hoffnungslosen Sache beglückwünschen, aber sein Mandant würde im Gefängnis sterben – entweder sofort in der Gaskammer oder irgendwann später an Altersschwäche. Deshalb musste er die Spielregeln ändern.

Wenn er die Vorschriften zur Beweisaufnahme umging, würde alles zur Sprache kommen. Vielleicht würde Pratt oder Torrey, die beide zu schlampiger Arbeit neigten, ein derart schwer wiegender Fehler unterlaufen, dass es ihre Chancen vor Gericht schmälerte. Und möglicherweise – ein kleiner Silberstreif am Horizont – würden sie Hardy unabsichtlich etwas verraten, was ihm bis jetzt entgangen war.

Hardy erhob sich. »Solange es nur im Rahmen dieser Anhörung geschieht, kein Einspruch, Euer Ehren.«

Sichtlich verdattert, zögerte die Staatsanwältin und neigte dann gnädig den Kopf. »Danke. Mr. Feeney?«

Hardy hatte die ganze Geschichte fast wortwörtlich erst vor ein paar Tagen gehört und war deshalb nicht überrascht. Er hatte die Mitschrift gelesen und kannte auch die Bandmitschnitte von Cullens Gesprächen mit Feeney und Ridley Banks. Der Hergang war nicht weiter kompliziert und klang logisch. Doch da Hardy nun eine neue Strategie verfolgte, musste er ein paar Keile hineintreiben.

Als Pratt ihm den Zeugen überließ, blätterte er eine Weile in seinen Papieren herum, ein alter Trick von Freeman, um den Zeugen nervös zu machen. Was zum Teufel suchte er da bloß? Dann richtete er sich auf und näherte sich dem Zeugenstand.

»Mr. Feeney, haben Sie Mr. Alsop bei Ihrem Besuch im Gefängnis zum ersten Mal wegen der Informationen gesprochen, die er Ihnen angeboten hatte?«

Der Zeuge blickte Hardy argwöhnisch an. Offenbar überlegte er sich, worauf der Verteidiger damit hinauswollte. Die Frage war zwar zulässig, aber Hardy kannte seine eigentliche Absicht selbst nicht. Feeney dachte eine Weile nach und nickte dann. »Ja.«

»Und Sie waren persönlich dort? Am Dienstag, dem 9. Februar, ist das richtig?«

»Ja, das stimmt.«

Hardy ging auf und ab und hoffte, dass ihm eine weitere Frage einfallen würde. Als sie ihm endlich auf der Zunge lag, wusste er nicht, wie er darauf gekommen war. »Hat Mr. Alsop Ihnen erzählt, wie er vom Mord an Elaine Wager erfahren hatte?«

Hardy hörte, wie Pratt Einspruch erhob. War das relevant? Hill erkundigte sich ebenfalls danach.

»Natürlich ist es relevant, Euer Ehren. Wenn Mr. Alsops Geschichte der Wahrheit entspricht, wird die Position der Staatsanwaltschaft um einiges gestärkt. Andererseits war Mr. Alsop ein Mann, der nichts mehr zu verlieren hatte und eine lange Gefängnisstrafe befürchten musste. Der Ablauf der Verhandlungen – wer sich zuerst an wen wandte und wer wem was erzählte – ist wichtig, um Mr. Alsops Glaubwürdigkeit zu ermitteln. Wenn die Staatsanwaltschaft ihn angesprochen und ihm die Fakten eingeflüstert hat …«

»Euer Ehren!« Pratt war wieder aufgesprungen und trat vor. Hardy drehte sich ein Stück weit zu ihr um. »Ich bin empört über diese Unterstellung. Er deutet an, wir hätten einen Zeugen zum Meineid ermutigt, um ohnehin schon wasserdichte Beweise zu untermauern.«

Hardy ließ sich nicht in die Falle locken. »Wenn die Beweise ohne die Pistole so wasserdicht sind, Euer Ehren, frage ich mich, warum Ms. Pratt sie überhaupt erwähnt. Die Beweise sind bei einem Prozess eindeutig nicht zulässig. Also ist es doch relevant – außer die Frau Staatsanwältin gibt zu, dass sie nur Theater für die Presse spielt. Und ich habe das Recht, Mr. Alsops Glaubwürdigkeit zu überprüfen.«

»Euer Ehren, das ist doch absurd.«

Hill richtete sich in seinem Stuhl auf. Seine Augen hatten sich zu Schlitzen verengt und er zeigte mit einem knochigen

Finger auf die Staatsanwältin. »Bitte nehmen Sie Platz.« Er starrte sie an, bis sie gehorchte, und fuhr dann fort: »Ms. Pratt, Sie haben die Beweise selbst eingebracht. Nun kann Mr. Hardy sie unter die Lupe nehmen.« Er wandte sich an Hardy. »Bitte machen Sie weiter.«

Hardy neigte leicht den Kopf. »Danke, Euer Ehren. Lassen Sie mich die Frage, wie Mr. Alsop vom Mord an Elaine Wager erfahren hat, für den Moment zurückziehen und eine andere stellen.« Er kehrte zu seinem Tisch und zu Freeman zurück. Dieser hatte übrigens wieder einmal richtig geraten und auf Feeney als nächsten Zeugen getippt. David war bereit und reichte ihm das gewünschte Papier, die Mitschrift von Cullen Alsops Vernehmung durch Ridley Banks. Hardy ließ sie als Beweisstück aufnehmen und wandte sich wieder an seinen Zeugen. »Mr. Feeney, hatten Sie vor Ihrem Besuch bei Mr. Alsop einen Teil des Beweisstückes A der Verteidigung gelesen?«

»Nein.«

»Und woran lag das?«

Feeney runzelte die Stirn. Natürlich wusste Hardy, dass der Staatsanwalt zu diesem Zeitpunkt die Mitschrift noch nicht einmal erhalten hatte. Doch wenn es ihm gelang, ihn glauben zu machen, dass ihm ein Fehler unterlaufen war, würde er ihn vielleicht in die Defensive drängen können – und das konnte nur von Vorteil für ihn sein. »Da Inspector Banks erst am Vorabend mit Mr. Alsop gesprochen hatte. Die Mitschrift war noch nicht abgetippt worden.«

»Also hatten Sie noch keine Zeit gehabt, sie zu lesen?«

Pratt erhob Einspruch, wie Hardy es vorausgeahnt hatte. »Frage gestellt und beantwortet.« Hill gab dem Einspruch statt.

Allerdings hatte sich Feeneys Miene inzwischen verfinstert, er lauschte aufmerksam und war argwöhnisch geworden. Von den Zuschauerbänken war ein leises Raunen zu hören. »Wussten Sie überhaupt von der Vernehmung durch Inspector Banks?«

Feeney warf Pratt einen Blick zu und sah dann wieder Hardy an. »Ja?«, meinte er.

»Ich habe Sie etwas gefragt, Mr. Feeney. Sie haben zwar ja gesagt, aber es klang wie eine Gegenfrage.«

»Pardon. Ja, ich wusste davon.«

»Aber Sie haben sich das Band nicht selbst angehört?«

»Nein.«

»Oder mit Inspector Banks geredet? Oder eine Mitschrift gelesen?«

Wieder meldete sich Pratt zu Wort. Sie schlug ärgerlich auf den Tisch. »Wie oft müssen wir uns noch mit diesem Punkt beschäftigen, Euer Ehren?«

Hardy vollführte eine entschuldigende Geste in Richtung des Richters.«Ich wollte nur klarstellen, Euer Ehren, dass Mr. Feeney nicht mehr über die Unterredung zwischen Inspector Banks und Cullen Alsop wusste, als dass sie stattgefunden hatte. Also keinerlei Details.«

»Das ist Ihnen ja jetzt gelungen, Mr. Hardy. Fahren Sie fort.«

»Mr. Feeney, haben Sie nicht ausgesagt, Ihr erstes Gespräch mit Mr. Alsop im Zusammenhang mit diesem Fall hätte erst bei Ihrem gemeinsamen Treffen am Dienstag, dem 9. Februar, stattgefunden?«

»Ja.«

»Und Sie waren Ihres Wissens nach der erste und einzige Staatsanwalt, der bis dahin überhaupt mit ihm geredet hatte?«

»Ja.«

»Und sagten Sie nicht ebenfalls aus, Sie hätten ihm geraten, seine Informationen mit Mr. Torrey zu erörtern?«

»Ja, das stimmt.«

»Haben Sie Mr. Alsop während Ihrer Unterredung am 9. Februar irgendeine Art von Abmachung in Verbindung mit den besagten Informationen angeboten?«

»Nein.«

»Haben Sie angedeutet, es könnte zu einer derartigen Abmachung kommen?«

»Nein.«

»Nein?«, wiederholte Hardy in gespieltem Erstaunen. Er erhob die Stimme, um das Gemurmel im Hintergrund zu übertönen. »Mr. Feeney, haben Sie ihm nicht eine Freilassung unter gerichtlichen Auflagen in Aussicht gestellt, wenn er zu der Waffe im Fall Elaine Wager eine Aussage machte?«

Nun hatte er Feeney wie beabsichtigt aus der Reserve gelockt. »Ganz und gar nicht! Ich habe ihm gar nichts angeboten! Für derartige Fälle gibt es Dienstvorschriften, und an diese habe ich mich buchstabengetreu gehalten. Ich habe mir lediglich von ihm die Informationen geben lassen. Wir haben sie erörtert und sind zu einer Entscheidung gelangt. Erst am nächsten Tag boten wir ihm eine Abmachung an.«

»Am 10. Februar? Dem Tag seiner Entlassung?«

»Genau.«

Nach einer langen Kunstpause holte Hardy tief Luft und reichte dem Zeugen das Beweisstück. »Mr. Feeney, wären Sie bitte so nett, die ersten Zeilen dieser Mitschrift nach Inspector Banks Einleitung laut vorzulesen?«

Es dauerte nicht lange. Als Feeney bei dem Satz »Ich habe eine Abmachung mit der Staatsanwaltschaft« angekommen war, fiel Hardy ihm freundlich ins Wort. »Haben Sie eine Erklärung dafür, Mr. Feeney? Am Abend vor Ihrem Gespräch mit Cullen Alsop sagte er zu Inspector Banks, er habe schon eine Abmachung mit der Staatsanwaltschaft.« Eine kurze Pause. »Worin bestand diese Abmachung? Mit wem wurde sie getroffen?«

Der Zeuge überlegte angestrengt und gab es schließlich auf. »Ich habe keine Ahnung. Vielleicht hat er sich geirrt oder geblufft.«

Obwohl Hardy wusste, dass er sich dafür einen Tadel einhandeln würde, musste er weitermachen. »Möglicherweise hatte ein anderer Mitarbeiter der Staatsanwaltschaft ihm bereits ein Angebot unterbreitet.«

Wieder ging Pratt in die Luft und der Tumult im Zuschauerraum steigerte sich derart, dass Hill zum ersten Mal mit dem Hammer auf den Tisch schlug und um Ruhe bat. Streng ermahnte er Hardy, er habe sich im Ton vergriffen und möge sich in Zukunft derartige Spekulationen verkneifen.

»Verzeihung, Euer Ehren«, erwiderte Hardy. »Doch das führt wieder zu meiner vorherigen Frage zurück. Ich möchte mich gern erneut diesem Punkt zuwenden. Könnte die Gerichtsstenographin die Frage noch einmal vorlesen?«

Nach kurzem Zögern ließ der Richter es zu und die Gerichtsstenographin suchte die entsprechende Stelle. »Hat Mr. Alsop Ihnen erzählt, wie er vom Mord an Elaine Wager erfahren hatte?«

»Oder von der Verhaftung meines Mandanten?«, fügte Hardy hinzu.

»Euer Ehren, ich erhebe immer noch Einspruch«, ließ sich Pratt mit Nachdruck vernehmen. »Die Frage ist weiterhin irrelevant.«

Doch etwas hatte Hills Neugier geweckt. »Abgelehnt«, entgegnete er knapp und wies den Zeugen an zu antworten.

Feeney schüttelte erschöpft den Kopf. »Keine Ahnung. Er hat es mir nicht verraten.«

»Haben Sie sich danach erkundigt?«

Wieder der Vorwurf, etwas übersehen zu haben. Entkräftet seufzte Feeney auf. »Wie Sie sicher wissen, Mr. Hardy, gibt es in San Francisco Zeitungen. Außerdem wird im Gefängnis viel getratscht. Und wenn jemand wie Elaine Wager stirbt, spricht es sich eben herum.«

»Mag sein. Aber Sie haben meine Frage noch nicht beantwortet. Haben Sie sich bei Cullen erkundigt, woher er wusste, dass Cole Burgess Elaine Wager mit seiner Pistole erschossen hatte?«

»Nein.«

»Erschien es Ihnen nicht seltsam, dass er darüber im Bilde war?«

Feeney zuckte die Achseln. »Vielleicht hat er es in der Zeitung gelesen oder im Fernsehen gesehen. Woher soll ich das wissen?«

»Gut«, räumte Hardy ein. »Kann sein.« Er kehrte zum Tisch der Verteidigung zurück und trank einen Schluck Wasser, um Zeit zu gewinnen. Ihm fehlte noch ein Verbindungsstück, und er überlegte, wie er es ausfindig machen sollte. Die erste Regel bei der Zeugenvernehmung lautete, nie eine Frage zu stellen, auf die man die Antwort nicht bereits kannte. Allerdings hatte Hardy Feeney in die Enge getrieben. Da er glaubte, sich rechtfertigen zu müssen, und an seinem eigenen Handeln zweifelte, würde er sich vielleicht verplappern. Natürlich war es durchaus möglich, dass der Schuss nach hinten losging, aber Hardy fand, dass es das Risiko wert war. »Noch ein paar Fragen, Mr. Feeney. Sie haben dem Gericht gesagt, Sie hätten Cullen Alsop aufgrund früherer Verhaftungen und Gerichtsverfahren gekannt. Ist das richtig?«

»Ja. Drei, um genau zu sein.«

»Aber Sie hatten natürlich nie persönlich mit ihm gesprochen. Stimmt das?«

»Ja.«

»Doch Sie haben ihn verschiedene Male bei Gericht gesehen? Vielleicht ein Dutzend Mal oder öfter?«

Feeney war erschöpft und wollte die Sache so schnell wie möglich hinter sich bringen. Schicksalsergeben nickte er mit dem Kopf. Im Zuschauerraum hinter Hardy war es totenstill. »Ja, schon, so in etwa.«

»Ist Mr. Alsop in besagten Fällen, also vor dem vergangenen Dienstag, je in Begleitung eines Mitangeklagten erschienen?«

Das Nicken hörte auf. Feeney rutschte auf seinem Stuhl nach vorne, stützte die Ellenbogen auf die Knie und beugte die Schultern vor. Nun hob er den Kopf, als wäre ihm plötzlich ein Licht aufgegangen. »Bei zwei oder drei der Verfahren wegen Drogendelikten hatte er einen Komplizen.«

»Und wer war das?«

Diese Frage gefiel Feeney gar nicht. »Der Angeklagte. Cole Burgess«, stieß er widerstrebend hervor.

»Also waren die beiden Freunde«, meinte Hardy, »oder sie kannten einander zumindest gut. Nun, Mr. Feeney, bitte versuchen Sie, sich zu erinnern. Es ist sehr wichtig. Fiel Ihnen Cole Burgess' Freundschaft mit Cullen Alsop ein, als Sie von seiner Verhaftung hörten?«

»Bitte, Euer Ehren. Was hat das zu bedeuten?«

Hill hob den Kopf und blickte über Hardy hinweg. »Ist das ein Einspruch, Ms. Pratt?«

»Ja, Euer Euren. Relevanz.«

»Abgelehnt.«

Diesmal jedoch ließ Pratt nicht so schnell locker. »Euer Ehren, wenn Sie gestatten …«

»Nein, ich gestatte nicht, Ms. Pratt. Ich habe Ihren Einspruch abgelehnt. Hier gelten nicht dieselben Einschränkungen wie bei einer Gerichtsverhandlung und außerdem handelt es sich um ein Kapitalverbrechen. Ich habe den Eindruck, dass Mr. Hardy ein bestimmtes Ziel verfolgt, und ich beabsichtige, ihn seine Befragung zu Ende führen zu lassen.«

Pratt gab immer noch nicht auf. »Aber er braucht ziemlich lange dafür, Euer Ehren.«

»Nicht so lange, wie ein Berufungsverfahren dauern würde, Frau Staatsanwältin, wenn ich mich nicht irre. Weiter bitte.« Er wies die Gerichtsstenographin an, die letzte Frage vorzulesen: Hatte Feeney sich an Cole Burgess' Freundschaft mit Cullen Alsop erinnert, als er von seiner Verhaftung erfuhr?

»Offen gestanden erst, als ich einige Tage später hörte, Cullen sei ebenfalls festgenommen worden«, erwiderte der Zeuge ruhig. »Da fiel es mir wieder ein.«

»Es fiel Ihnen ein, dass sie Freunde waren? Dass zwischen den beiden jungen Männern eine Verbindung bestand?«

»Ja.«

»Haben Sie das irgendjemandem gegenüber erwähnt?«

Ein bedrückter Blick. »Ganz sicher. Es war in der Kaffeeküche. Der Fall Burgess war heiß. Mr. Torrey sprach darüber, allerdings nur im Allgemeinen. Ms. Pratts neue Pläne zur Verbrechensbekämpfung. Ich habe einen Witz darüber gemacht, dass sich in der Drogenszene die Kreise immer wieder schließen, und dabei ist der Name des anderen Jungen, Cullen, gefallen, der eben verhaftet worden war.«

Hardy sah ihn nachdenklich an, wandte sich an Hill und sagte, er habe keine weiteren Fragen.

Nach einem ausgesprochen langen Vormittag ordnete Hill endlich eine Mittagspause an. Sofort kam ein Justizbeamter, um Cole abzuholen. »Essen Sie nicht mit mir zu Mittag?«, fragte er kläglich, und Hardy verstand ihn sehr gut. Bei Prozessen versuchte er für gewöhnlich, mit seinem Mandanten in der Zelle zu essen, ihn auf dem Laufenden zu halten und ihn am Durchdrehen zu hindern. Also entschuldigte er sich bei Cole und versprach ihm, es werde nicht wieder vorkommen.

Nachdem Cole seiner Mutter rasch über die Absperrung hinweg zugewinkt hatte, wurde er abgeführt. Hardy verbrachte einige Minuten damit, Jody zu trösten, und verabredete sich dann mit Jeff und den drei Musketieren zum Mittagessen. Glitsky und Treya waren schon fort. Gina Roake hatte sich über die Absperrung gebeugt und besprach etwas mit Freeman.

Als Hardy seine Papiere zusammensuchte, erhob sich Freeman, streckte sich, umrundete den Tisch und baute sich vor Hardy auf. »Wie hast du das mit Feeney hingekriegt?«, fragte er. »Es war ein Genuss.«

»Ich hatte eine Vision.«

»Du wusstest es nicht?« Ein Tadel.

»Ich wusste, dass sie gemeinsam verhaftet worden waren. Ich konnte nur nicht beweisen, dass auch Torrey davon wusste.« Gelassen zuckte Hardy die Achseln. »Nur mit der Ruhe, David. Es hat geklappt. Manchmal muss man eben etwas riskieren. Und es hat sich bezahlt gemacht.« Er stopfte seine Sachen in den Aktenkoffer. Rechts von sich bemerkte er, dass am Tisch der Staatsanwaltschaft eine kleine Konferenz im Gange war.

Er senkte die Stimme. »Erinnerst du dich an die Beschwerde, die wir einlegen wollten?«

Es ging um Freemans Brief an die Anwaltskammer, in dem er sich über Torrey beschwerte. Er, Hardy und Gina hatten die Frage am letzten Wochenende erörtert und widerstrebend einräumen müssen, dass sie nicht genug in der Hand hatten. Das Zusammentreffen so vieler Zufälle war zwar verdächtig, bewies aber leider nichts. Deshalb hatten sie schweren Herzens beschlossen, damit mindestens bis nach Cole Burgess' Anhörung zu warten. »Vielleicht tun wir es jetzt doch.«

Freeman rückte näher heran. »Wie willst du das anstellen? Wir waren uns doch einig, dass wir nichts beweisen können.«

»Das stimmt nicht ganz, David. Wir können nackte Tatsachen präsentieren. Torrey manipuliert an mindestens zwei Fällen herum.«

»Mag sein, aber wie wollen wir das belegen? Und wir können ihm nicht nachweisen, dass er sich dadurch Vorteile verschafft. Die Anwaltskammer wird fragen …«

Hardy schüttelte den Kopf. »Vergiss die Anwaltskammer. Hill soll sich darum kümmern. Er wird uns nie abkaufen, dass die Staatsanwaltschaft jemanden zum Meineid angestiftet hat, um diesen Prozess zu gewinnen, solange er Torrey für einen gesetzestreuen Mitarbeiter hält. Der Gedankensprung ist einfach zu groß. Doch wenn wir ihn davon überzeugen können, dass die Staatsanwaltschaft an einem der Beweise herumgedoktert hat, wird er auch den Rest gründlich unter die Lupe nehmen müssen. Wir müssen ihn dazu bringen, dass er sich wenigstens anhört, was wir wissen.«

»Oder was wir zu wissen glauben.«

»Meinetwegen. Die Anwaltskammer können wir vermutlich nicht überzeugen, doch hier wird es uns möglicherweise nutzen.«

Dieser Gedanke gefiel David, obwohl er sich keine großen Chancen ausrechnete. »Was meinst du genau? Sollen wir nicht mehr argumentieren, dass zwischen unseren beiden Fällen ein Zusammenhang besteht?«

»Nein, obwohl das dann gar nicht mehr nötig wäre. Man kann Hill die Botschaft auch auf anderem Wege übermitteln. Er könnte sie lesen, zum Beispiel in der Zeitung.« Er wies auf Jeff Elliot, der zwei Reihen hinter ihnen immer noch mit Gina sprach. »Schließlich kennen wir den richtigen Mann dafür.«

Es war typisch Freeman, dass Hardy ihm sein Vorhaben gar nicht mehr genauer zu schildern brauchte. Als er an die Möglichkeiten dachte, begannen seine Augen zu funkeln. Wenn Freeman – innerhalb und außerhalb des Gerichtssaals – mit vollen Händen in die Trickkiste greifen konnte, war er in seinem Element. »Wir müssen nur Argwohn säen«, fuhr Hardy fort. »Hill braucht es uns gar nicht zu glauben; es reicht, wenn er Verdacht schöpft, Torrey könnte zu so etwas fähig sein.«

David hatte immer noch Zweifel. »Selbst wenn er persönlich davon überzeugt wäre, würde er seine Entscheidung nie davon beeinflussen lassen, solange er keine Beweise hat«, wandte er ein.

»Wahrscheinlich nicht«, gab Hardy zu. »Doch andererseits kann es nicht schaden. Wir haben nichts zu verlieren.«

Freeman überlegte. »Wenn du es so ausdrückst, könnte man sich direkt für den Gedanken erwärmen. Übrigens«, fügte er hinzu, »schuldest du mir zweihundert Dollar, auch wenn ich mich nicht so richtig darüber freuen kann.«

Verdattert blickte Hardy auf. »Erst am Abend.«

»Das kannst du vergessen. Torrey ruft keine Zeugen mehr auf.«

Hardy betrachtete seinen Partner, als hätte dieser den Verstand verloren. »Natürlich wird er. Er hat noch zwölf Namen auf der Liste. Mit dem Tatort hat er sich noch gar nicht befasst und ...«

Aber Freeman schüttelte bedächtig den Kopf. »Er hat klargestellt, dass es sich um ein Verbrechen mit strafverschärfenden Umständen handelt. Außerdem hat er nachgewiesen, dass Cole mit Elaines Schmuck und Geldbörse in der Tasche am Tatort ertappt wurde. Damit ist das Thema für ihn erledigt. Er braucht das Geständnis gar nicht mehr, obwohl er ein Narr wäre, wenn er es nicht verwenden würde. Weiterhin glaube ich, dass du ihm mit Feeneys Vernehmung einen Dämpfer versetzt hast. Ganz bestimmt will er kein zweites Fiasko riskieren.«

Doch Hardy nahm ihm das nicht ab. »Was hältst du von doppelt oder nichts?«

Traurig schüttelte Freeman den Kopf. »Diz, es würde mir keinen Spaß machen, dir das Geld abzunehmen. Wenn wir vor der Grand Jury stünden, wäre die Sache bereits vorbei. Offen gestanden wundert es mich, warum er sich nicht gleich an die Grand Jury gewandt hat.«

Ein Achselzucken. »Ich habe ihm, was das Timing anging, nicht widersprochen. Wahrscheinlich dachte er, es läuft auf dasselbe hinaus. Denn vor Gericht endet die Sache seiner Ansicht nach sowieso.«

Der alte Mann schnalzte missbilligend mit der Zunge. »Ach, der Hochmut der Jugend.«

32

Glitsky kaute auf einem Eiswürfel herum und schob sein Eisteeglas über den feuchten Ring auf der Tischplatte. Er saß an einem Tisch im hinteren Teil des Lokals bei Lou, dem Griechen, hatte der Tür den Rücken zugewandt und wartete auf seinen Termin. Dabei wurde er den Gedanken nicht los, dass es unklug gewesen war, sich hier zu verabreden. Zu nah am Justizgebäude und der Mordkommission. Was war, wenn er Bekannte traf? Es würde sich herumsprechen.

Das Fenster neben ihm befand sich zur Hälfte unterhalb der Straße. Wenn er aufblickte, sah er einen Streifen blauen Himmels zwischen den Gebäuden. Da das Wetter schön war, hatte Lou die Fenster einen Spalt weit geöffnet, um frische Luft und vor allem ein wenig Sauerstoff hereinzulassen. Allerdings stieg Glitsky nur der Gestank einer Mülltonne in die Nase. Er griff nach seinem Glas, steckte noch einen Eiswürfel in den Mund und kaute weiter.

Treya war zurück in Hardys Büro gefahren. Dort im Solarium stand der große Karton aus Elaines Wohnung, und sie beabsichtigte, den gesamten Inhalt zu katalogisieren, nur für den Fall, dass sich ein wichtiger Hinweis darunter befand. Doch die Wahrscheinlichkeit war gering.

Allerdings hatte Glitsky den Eindruck, dass sie sich alle blindem Aktionismus hingaben. Hardy und Freeman jonglierten mit juristischen Tricks, Treya machte Listen und Jeff Elliot lauerte auf eine Gelegenheit, die Bezirksstaatsanwältin zur Strecke zu bringen. Die drei Musketiere hatten sich die Begeisterung bewahrt und verfolgten fasziniert das Treiben.

Doch schließlich waren sie alle nichts weiter als Anwälte. Hardy ließ sie Anträge auf Unzurechnungsfähigkeit, vorübergehende geistige Verwirrung und polizeiliches Fehlverhalten aufsetzen. Und vielleicht war es nur verständlich, dass sie sich inzwischen mehr für die Strategien im Gerichtssaal mit dem Ziel, Cole Burgess freizubekommen, interessierten als dafür, Elaines wahren Mörder zu finden.

Für Abe hingegen war dies weiterhin die wichtigste Frage. Jemand hatte seine Tochter getötet. Er war es ihr – und auch sich selbst – schuldig, den Täter aufzuspüren.

Was als schlichte Reue wegen seiner eigenen Versäumnisse begonnen hatte, hatte sich nun zu der Sorge ausgewachsen, ein Unschuldiger könnte in das Netz aus Intrigen und Selbstgerechtigkeit geraten sein. Und wenn das so war, war es seine Pflicht, nahezu ohne Hilfe – denn immerhin war er der einzige erfahrene Ermittler in Hardys Traumteam – den Mörder dingfest zu machen.

So sehr er sich auch mit dem Gedanken anzufreunden versuchte, erschien es ihm unwahrscheinlich, dass Jonas Walsh es gewesen sein könnte. Richtig, der Arzt hatte kein Alibi. Er hatte gelogen, was den Zustand seiner Beziehung mit Elaine anging. Und außerdem war er unfreundlich, desinteressiert und arrogant. Aber Glitsky führte das eher auf seine Trauer zurück, ein Gefühl, das er selbst nur allzu gut nachvollziehen konnte. Er spürte es instinktiv, und obwohl er bereit war, seine Meinung zu ändern, falls neue Beweise auftauchen sollten, die den Verdacht auf Jonas lenkten, rechnete er eigentlich nicht damit.

Genauso ging es ihm mit Muhammed Adek. Was das Verhören von Mördern betraf, konnte Glitsky auf eine fünfzehnjährige Erfahrung zurückblicken. Und seit seinem Gespräch mit dem Jurastudenten am Montag war er überzeugt, dass der junge Mann nichts damit zu tun hatte. Wäre er weniger wütend gewesen und hätte er sich nicht so sehr von Elaine im Stich gelassen gefühlt, Abe hätte vielleicht anders geurteilt. Doch nachdem er sich als Polizist – und das war er nun einmal, auch eine Suspendierung vom Dienst konnte daran nichts ändern – vorgestellt hatte, hatte Muhammed im Gegensatz zu den meisten Mördern mit seinen Gefühlen nicht hinter dem Berg gehalten. Dieser Junge hatte Elaine geliebt und sie hatte sich für einen anderen Mann entschieden. Das konnte zwar durchaus ein Mordmotiv sein, doch es passte nicht zu dem, was Abe von der letzten Nacht in Elaines Leben wusste.

Außerdem – und das war der Dreh- und Angelpunkt – wäre Elaine am Sonntagnachmittag Treya gegenüber offener gewesen, wenn sie tatsächlich eine Verabredung mit Muhammed gehabt hätte. »Sie hätte sich nie privat mit ihm getroffen, Abe. Und wenn er sie doch dazu überredet hätte, hätte sie mir nicht vorgeschwindelt, sie habe eine Sitzung. Glaub mir. Sie hätte ihn namentlich erwähnt und bestimmt unschmeichelhafte Dinge über ihn gesagt. Es ist ganz und gar unmöglich.«

Glitsky stimmte ihr zu. Seine Theorie war ganz simpel. Elaines Mörder war zumindest ein guter Geschäftsfreund, wenn nicht sogar mehr. Die beiden hatten gemeinsam zu Abend gegessen und waren möglicherweise intim geworden. Allerdings war Abe im Innersten seines Herzens davon überzeugt, dass es sich nicht um ein Verbrechen aus Leidenschaft handelte. Es ging nicht um verschmähte Liebe oder eine häusliche Auseinandersetzung, sondern um einen kaltblütigen Plan, der mit Berechnung in die Tat umgesetzt worden war.

Glitsky zerkaute noch einen Eiswürfel, klopfte mit den Fingern auf den Tisch und sah auf die Uhr. »Komm schon, Paul«, murmelte er.

»Hier bin ich, Lieutenant.« Inspector Paul Thieu und ein anderer Mann nahmen ihm gegenüber Platz. »Entschuldigen Sie die Verspätung. Lieutenant, das ist Jan Falk vom Drogendezernat.«

»Abe«, sagte Glitsky. Die Männer schüttelten einander die Hand. »Nett, Sie kennen zu lernen. Ich nehme an, Paul hat Ihnen erzählt, dass ich zurzeit suspendiert bin. Vielleicht für immer.«

Falk hatte eine Rasur bitter nötig; der Gestank der Mülltonne schien plötzlich stärker zu werden. Er grinste lässig.

»Manchmal wünsche ich mir, bei mir wäre es auch so. Nein, eigentlich wünsche ich es mir ständig. Mit Ausnahme von jetzt vielleicht.« Er blickte zwischen Glitsky und Thieu hin und her. »Also, was gibt es?«

Glitsky sah sich noch einmal prüfend im Raum um. Nun, zur Mittagszeit, war es ziemlich voll geworden, sodass sie wegen des Gedränges und des Lärmpegels sicher niemand belauschen würde. Dennoch beugte er sich über den Tisch, um leiser sprechen zu können. »Paul sagte, Sie wüssten etwas über Ridley.«

Falk zuckte die Achseln. »Um ehrlich zu sein, bin ich nicht sicher, was ich weiß. Am Montag habe ich gehört, dass er vermisst wird, und ich habe mich erinnert, dass ich letzte Woche wegen eines Falls von Überdosis im Mission District mit ihm gesprochen habe. Wie wir uns begegnet sind, ist eine lange Geschichte. Aber er hat eine Spur verfolgt, und ich dachte mir, ihr Jungs – also die Mordkommission – wärt vielleicht daran interessiert. Aber mich hat nie jemand zurückgerufen.«

»Bei uns herrscht das absolute Chaos, Lieutenant, Sie würden Ihren Augen nicht trauen«, mischte sich Thieu ein.

»Ich kann es mir vorstellen.«

Doch Thieu fühlte sich verpflichtet, Abe die Zustände ein wenig eingehender zu schildern. »Für Sie wurde keine Vertretung abgestellt, nicht einmal vorübergehend. Niemand nimmt die Anrufe entgegen, alle sind ständig unterwegs. So als ob ein Auto in Höchstgeschwindigkeit fährt, ohne dass jemand hinter dem Steuer sitzt.«

»Sie brechen mir das Herz«, erwiderte Abe und wandte sich wieder an Falk. »Und was ist passiert?«

Allerdings kam es zu einer erneuten Unterbrechung, denn Lou erschien, um die Bestellungen aufzunehmen. Er empfahl das Angebot des Tages, ein Gericht namens Lamm im Tonpfännchen. Thieu blickte auf. »Woraus besteht das genau?«

»Ich weiß nicht«, gab Lou zu. »Ich glaube, eine Mischung aus Reisnudeln, Lamm und irgendeiner Sauce. Ziemlich lecker. Dreimal also?«

Glitsky stellte fest, dass alle sich einig waren. »Gut, drei Pfännchen«, sagte er.

»Es wird nicht in Pfännchen serviert«, meinte Lou. »Es heißt nur so. Wahrscheinlich hat es was mit den Ursprüngen des Gerichts zu tun. Meine Frau könnte es Ihnen besser erklären, aber sie ist gerade sehr beschäftigt.«

»Ich habe einen Vorschlag, Lou«, sagte Glitsky.

»Was?«

Ein verkniffenes Lächeln. »Gehen Sie und sorgen Sie dafür, dass sie noch mehr zu tun kriegt.«

Lou verstand den Wink und verschwand. Wieder beugte sich Abe über den Tisch und richtete das Wort an Falk. »Sie wollten mit jemandem bei der Mordkommission sprechen?«

»Genau. Aber als mich einen Tag später immer noch niemand zurückgerufen hatte, habe ich mich erkundigt. Banks wurde weiterhin vermisst. Also habe ich beschlossen, persönlich ins Justizgebäude zu gehen und festzustellen, was das Problem ist.«

»Das Problem«, wandte Thieu ein, »ist, dass niemand die Verantwortung trägt. Pardon, reden Sie weiter.«

»Als ich reinkam, saß Paul da, und ich habe mich ein bisschen mit ihm unterhalten ...«

»... und ich bin rauf zum Chef, um ihm Meldung zu machen. Und jetzt raten Sie mal, was der mir geantwortet hat.« Thieus Stimme klang heiser vor Entrüstung. »Banks sei als vermisst gemeldet. Es handle sich also nicht um einen Mord. Ich solle wieder runtergehen und mich um meine Arbeit kümmern. Wenn man seine Leiche fände, könnte ich mich ja damit beschäftigen. Kaum zu fassen, diese Leute. Da habe ich mich daran erinnert, Abe, dass Sie mich wegen Rid angerufen hatten, weil Sie ihn zu Hause erreichen wollten. Ich dachte mir, dass Sie vielleicht was wissen.«

»Also«, fuhr Falk fort, den die Unterbrechungen nicht zu stören schienen. Er erzählte einfach weiter. »In den Fernsehnachrichten wurde über Ridley berichtet. Über seinen Fall. Und es hieß, er sei ein wichtiger Zeuge im Mord an Elaine Wager, und die Sache mit der Überdosis stünde ebenfalls damit in Zusammenhang.«

»Stimmt«, erwiderte Glitsky. »Und welche Spur verfolgte er Ihrer Ansicht nach?«

Endlich durfte Falk ungehindert sprechen und er nutzte die Gelegenheit. Die verdeckten Ermittlungen des Drogendezernats im Jupiter. Cullen Alsops Erscheinen im Lokal. Falks und Banks' gemeinsame Festnahme von Damien. Gene Visser, der Ex-Cop, von dem vermutlich das reine Heroin stammte. »Darauf ist Banks sofort angesprungen. Ihn interessierte, ob Visser mit dem Jungen in der Absteige war.«

»Was würde das heißen?«, fragte Glitsky.

»Ich weiß nicht genau«, entgegnete Falk. »Schließlich war der Junge ein Informant… die Sache ist die, dass Tote ihre Geschichte nicht mehr so leicht ändern können.«

»Ganz richtig«, stimmte Thieu zu.

»Aber aussagen können sie auch nicht, also hätte der Informant eigentlich keinen Nutzen mehr.« Glitsky kaute wieder auf einem Eiswürfel und überlegte. Nachdem er ihn verschluckt hatte, sprach er weiter. »Ich habe eine Frage, Jan. Sie haben im Fernsehen gehört, dass es mit dem Fall Wager zu tun hat. Sicher wissen Sie, dass die Anhörung in diesem Augenblick stattfindet. Warum wenden Sie sich also nicht an die Staatsanwaltschaft?«

Fast wäre Falk an seinem Eistee erstickt. »Können Sie sich vorstellen, wie oft meine Leute und ich ein Jahr lang in einer Sache ermitteln, bis alle Beweise absolut wasserdicht sind? Eine berechtigte Festnahme, der Dealer sitzt im Knast, Thema erledigt. Und zwei Wochen später ist alles Essig. Ganz plötzlich gibt es keine Beweise mehr. Oder es wird nie Anklage erhoben. Oder sonst irgendwas geht schief. Meine Dealer werden auf freien Fuß gesetzt, ich bin in der Gegend bekannt und darf anderswo wieder von vorne anfangen. Und in den meisten Fällen wurden meine Informanten enttarnt und ich werde deshalb fertig gemacht.« Er trank einen Schluck Eistee und beruhigte sich ein wenig. »Es ist… Und wissen Sie, was ich inzwischen tue? Ich gehe direkt zum Justizminister. Und wenn es den nicht interessiert, übergebe ich die Fälle hin und wieder an unsere großzügigen Brüder beim FBI, obwohl die immer eine Methode finden, die Lorbeeren

allein zu ernten. Aber zur Staatsanwaltschaft? Nur über meine Leiche!«

»Die haben auch dem Lieutenant ein Bein gestellt«, erklärte Thieu.

Falk lächelte verschwörerisch. »Ich glaube, davon habe ich gehört. Mir ist sogar zu Ohren gekommen, dass Sie womöglich für die Gegenseite arbeiten.«

»Das ist ein böswilliges und hässliches Gerücht«, erwiderte Glitsky. »Aber falls es doch stimmt, habe ich einen Freund, mit dem Sie vielleicht reden sollten. Sie könnten mit von der Partie sein.«

»Und Pratt und Torrey eins auswischen? Wo muss ich mich melden?«

Glitsky nickte. »Ich denke, Sie gehören schon dazu.«

»Bitte, meine Herren. Dreimal Lamm im Tonpfännchen.«

Falk nahm Thieus Teller und reichte ihn weiter. Dann griff er nach seinem eigenen. »Hoffentlich ist es noch halbroh«, meinte er zu Lou. »Wenn ich etwas nicht ausstehen kann, ist es durchgebratenes Lamm.«

So sah richtige Polizeiarbeit aus, dachte Glitsky. Endlich. So würden sie es schaffen.

Erstaunlicherweise hatte ihn niemand als Zeuge zur Anhörung vorgeladen. Torrey nicht, weil er sicher ein feindselig eingestellter Zeuge sein und der Staatsanwaltschaft nicht sehr weiterhelfen würde. Und Hardy ging ohnehin von Glitskys Anwesenheit im Gerichtssaal aus. Also konnte er ihn, wenn nötig, auch spontan aufrufen.

Nach dem Gespräch mit Falk und Thieu kehrte Glitsky in den Gerichtssaal zurück. Die Anhörung hatte bereits wieder begonnen. Aus dem kurzen Geplänkel schloss er, dass die Anwälte sich darüber stritten, wie viel des Videobandes man sich ansehen würde. Wie immer machte es den Anschein, als ob es nicht so bald zu einer Einigung kommen würde.

Er tippte Treya auf die Schulter und forderte sie auf, ihn zu begleiten. Draußen auf dem Flur nahm sie seine Hand, und dann gingen sie gemeinsam durch die Vorhalle hinaus zu den

Stufen vor dem Gebäude. Es war noch immer warm und windstill.

»Mein Gott!« Genüsslich atmete sie durch und reckte das Gesicht der Sonne entgegen. »Weißt du, woran mich das erinnert. In der High School im hübschen Daly City, wo ein Tag wie heute vielleicht alle siebzehn Jahre vorkommt, hatte ich eine Lehrerin. Mrs. Barile. Ich erinnere mich an einen schönen Tag, es war kurz nach der Mittagspause, wir hatten gerade Englisch. Sie nahm uns alle mit nach draußen, wir setzten uns auf den Rasen und dann las sie uns vor. Die Hemdszene aus *Der große Gatsby*. Kennst du die? Wenn Daisy weint? Aber egal …« Verlegen verzog sie das Gesicht. »Entschuldige. Ich habe mich nur eben genauso gefühlt. Das interessiert dich sicher nicht.«

»Offen gestanden interessiert es mich sogar sehr.« Glitsky hätte ihr den ganzen Tag lang zuhören können. Am liebsten wäre er für immer auf den Stufen vor dem Justizgebäude stehen geblieben und hätte sich von ihr all die schönen Momente erzählen lassen, die sie je erlebt hatte. Zum ersten Mal in fünf Jahren empfand er selbst wieder etwas und hatte einen Blick für andere Dinge als für Pflicht, Verlässlichkeit und seelenlose Ehre. Er traute seinen Gefühlen noch nicht ganz und konnte deshalb nicht darüber sprechen. Aber sie waren da: Wärme, Hoffnung und Zuversicht.

Er sehnte sich wirklich sehr danach, und das war seiner Ansicht nach ein sicheres Indiz dafür, dass es nicht lange dauern würde. Und darum wandte er sich lieber wieder Themen zu, bei denen er sich sicherer fühlte. »Aber deshalb habe ich dich nicht aus dem Gerichtssaal geholt.« Er erklärte ihr, dass er gehen müsse, um mit jemandem zu sprechen. Deshalb würde er nicht da sein, falls Hardy beschloss, ihn als Zeugen aufzurufen.

»Hat das mit deinem Termin beim Mittagessen zu tun?«

Er nickte und hätte beinahe gelächelt. »Es freut mich, dir mitteilen zu können, dass bei der Mordkommission seit meiner Beurlaubung das Chaos ausgebrochen ist. Niemand kümmert sich mehr um die Organisation, mit Ausnahme von Paul Thieu, und der steht auf meiner Seite. Er besorgt mir Kopien der Laborberichte und den Bericht vom Fundort von Cullen Alsops Leiche. Außerdem gibt es einen Ex-Polizisten, der nach Ridleys Ansicht in die Sache verwickelt ist.«

»Hast du Ridley Banks gesehen? Geht es ihm gut?«

Abes vergnügte Miene war mit einem Mal wie weggeblasen. »Nein. Er hat es einem Typen vom Drogendezernat erzählt. Thieu hat uns einander vorgestellt.«

»Und wer ist dieser Mann? Hat Ridley sich mit ihm getroffen?«

»Das weiß niemand, Treya.«

»Aber vielleicht hatte er mit ihm den Termin, von dem er Diz erzählt hat.«

»Das hoffe ich.«

Treya trat einen halben Schritt zurück und verschränkte die Arme vor der Brust. »Danach hat kein Mensch mehr von ihm gehört«, meinte sie gedehnt.

»Stimmt.« Er ahnte, was sie dachte. Es war ein kritischer Moment: Wer sich mit einem Polizisten einließ, musste sich damit abfinden, dass dieser sich hin und wieder in Gefahr begab. Einige Menschen kamen damit nicht zurecht. Andere erkannten es zu spät. Doch irgendwann musste jeder sich damit auseinander setzen.

»Wie heißt der Mann?«, fragte sie.

»Gene Visser.«

Wieder eine Pause. »Vielleicht könnte dein Freund Paul Thieu ja mitgehen.«

»Dann würde niemand mehr auf den Laden aufpassen. Außerdem habe ich Visser noch gar nicht gefunden.« Er berührte sie leicht am Arm. »Treya, das ist mein Beruf. Kein Problem. Wie war dein Mittagessen?«

Ihre Augen schimmerten. Wieder sprach sie übertrieben langsam und deutlich. »Bitte wechsle jetzt nicht das Thema, Abe. Was ist, wenn dieser Mann Ridley getötet hat?«

»Dann wäre es ganz schön dämlich von ihm, es bei mir ebenfalls zu versuchen. Als Erstes erzähle ich ihm nämlich, dass alle wissen, wo ich bin. Ich hätte es sogar in den Dienstplan eingetragen.«

»Und dann kann dir nichts passieren?«

»Tja«, meinte er, »es gibt keine absolute Sicherheit ...« Er hielt inne und leichte Panik trat in seine Augen.

»Was ist?«

»Nichts. Ich glaube, ich habe das Lamm nicht vertragen.« Er holte tief und mühsam Luft.

»Abe? Alles in Ordnung?«

»Ja«, erwiderte er automatisch. »Nur ein bisschen ...« Wieder holte er Luft und hielt sich die Brust. »Ich glaube, ich setze mich lieber.«

Im Gerichtssaal schickte sich Richter Hill an, über die Zulässigkeit des Geständnisses zu entscheiden. Hardy vertrat die Ansicht, man müsse sich die gesamten sechs Stunden des Verhörs ansehen. Er wollte jetzt, vor dem Prozess, klarstellen, dass sein Mandant unter Druck gesetzt worden war.

Torrey erhob Einspruch. »Euer Ehren, Kinofilme strotzen nur so von wundervollen Darstellungen von Menschen, die augenscheinlich betrunken sind oder unter Drogeneinfluss stehen. Wir können Mr. Burgess den ganzen Tag dabei zuschauen, ohne dem Beweis auch nur einen Schritt näher zu kommen, dass er tatsächlich nicht ganz nüchtern war. Bei ihm wurde nie ein Alkoholtest durchgeführt. Vielleicht befand er sich, wie Sie behaupten, im Anfangsstadium des Heroinentzugs ...«

Hardy fiel ihm ins Wort: »Und in diesem Zustand hätte er alles gesagt und getan ...«

Hill schlug mit dem Hammer auf den Tisch. »Unterlassen Sie die Unterbrechungen, Herr Anwalt. Ich habe Ihre Begründung in Ihrem Antrag gelesen. Auch wenn der Angeklagte ein Motiv hatte zu lügen, beweist das noch lange nicht, dass er wirklich die Unwahrheit gesagt hat. Wenn Sie dem nichts Neues hinzuzufügen haben, bleibt es bei meiner Entscheidung. Sie können den Punkt ja wieder zur Sprache bringen, sofern es nach dieser Anhörung zu einem Prozess kommt.«

Da man die Feindseligkeit zwischen Hardy und Hill fast mit Händen greifen konnte, hielt Freeman es für seine Pflicht, für seinen Freund in die Bresche zu springen. »Darf ich an die Richterbank treten, Euer Ehren?«

Hill seufzte entnervt auf. Die Debatte dauerte nun schon seit über einer halben Stunde. Er hatte entschieden. Und plötzlich kam der alte Löwe aus seiner Höhle. »Meinetwegen, Mr. Freeman.«

Langsam stand David auf. Wie das Protokoll es vorschrieb, näherten sich alle vier Anwälte der Richterbank. »Euer Ehren«, begann Freeman. »Wie Sie wissen, haben wir eine Kurzzusammenfassung vorbereitet, welche die Widersprüche in dem angeblichen Geständnis aufzeigt.«

»In der Tat, Herr Anwalt. Und ich habe sie auch gelesen.«

»Mit allem Respekt, Euer Ehren, aber in diesem Fall müssen wir weiterhin grundsätzlich gegen dieses Geständnis protestieren. Wer kann sagen, ob es sich um eine vollständige, unveränderte Kopie des Bandes handelt, solange Inspector Banks es uns nicht bestätigt?«

»Euer Ehren!«, riefen Pratt und Torrey im Chor.

Hill unterbrach sie mit einer Handbewegung und sah sie finster an. Dann wandte er sich wieder an Freeman. »Die Verteidigung verlangt nun schon seit fast einer Stunde, Mr. Freeman, dass dieses Gericht ein sechsstündiges Video über sich ergehen lassen soll, um festzustellen, ob der Angeklagte zu seinem Geständnis gezwungen wurde. Und nun wollen Sie, dass wir es überhaupt nicht zu Gesicht bekommen. Habe ich Sie richtig verstanden?«

Freeman ließ sich nicht aus der Ruhe bringen. »Selbst wenn bei diesem Verhör alles mit rechten Dingen zugegangen wäre«, erwiderte er, »ist der Beamte, der es durchgeführt hat, nicht verfügbar, um zu beschwören, dass es sich um die echte und vollständige Aufzeichnung handelt.«

Hinter ihnen brach Stimmengewirr aus. Eine Sekunde lang klang es, als redeten alle Anwesenden im Gerichtssaal gleichzeitig. Dann knallte Hills Hammer wie ein Gewehrschuss und übertönte das Gemurmel. Totenstille breitete sich aus.

»Euer Ehren«, meinte Freeman freundlich.

»Ruhe!« Hill hatte genug. Er bedachte die Anwälte und das Publikum jenseits der Absperrung mit finsteren Blicken.

Die Staatsanwälte gerieten vor Wut ins Stammeln. Schließlich seien weitere Polizisten, auch einige Beamte der Mordkommission, während der Befragung immer wieder ins Vernehmungszimmer gekommen. Sie seien in der Lage zu bestätigen, dass das Band echt sei. Außerdem zeige das der bloße Augenschein. Es sei eine vollständige Kopie, was auch jeder Techniker feststellen könne.

Hill beschloss, das Beste aus dem Problem zu machen. Wenn er das Band wegen unbewiesener Echtheit nicht zuließ, brauchte er sich nicht mehr mit dem Thema zu befassen, ob der Angeklagte unter Alkoholeinfluss gestanden hatte oder unter Druck gesetzt worden war. Und da es genug andere Beweise gab, um das Verfahren gegen Cole Burgess zu eröffnen, schlug er mit dem Hammer auf den Tisch und meinte barsch: »Das Gericht ordnet eine Unterbrechung von einer halben Stunde an, um diese Angelegenheit und auch noch weitere zu überdenken.«

Wortlos stand er auf und verließ den Raum, ohne sich umzublicken.

»Diz!« Jeff Elliot raste in seinem Rollstuhl den Flur entlang.

Hardy, dessen eine Hand schon die Toilettentür offen hielt, blieb stehen. »Was gibt es?«

»Hast du vor dieser letzten Diskussion die Sirene gehört?«

»Nein.«

»Aber ich. Ich bin der Sache nachgegangen. Es war Abe.«

»Was war Abe?« Doch Hardy kannte die Antwort. Mit einem unterdrückten Fluch stürmte er den Flur hinunter.

33

Glitsky stand auf keiner Zeugenliste, war weder offizieller Teilnehmer der Anhörung noch mit Hardy verwandt.

Und deshalb weigerte sich Hill, Hardy für den restlichen Nachmittag zu entschuldigen.

Also ging die Sitzung weiter, als wäre nichts geschehen. Nach einer Reihe abgelehnter Anträge – vor allem der Beteuerung, nicht er entscheide hier darüber, ob die Polizei Zwang ausgeübt habe oder ob das Videoband im Falle eines Prozesses zulässig sei –, verkündete Hill, man werde sich die Aufzeichnung nicht ansehen. Freemans Argument habe etwas für sich, und er beabsichtige nicht, sich auf eine endlose Diskussion über Form und Inhalt des Videos einzulassen.

Torrey und Pratt protestierten noch zehn Minuten weiter und fanden sich schließlich mit der offensichtlichen, wenn auch unausgesprochenen Absicht des Gerichts ab, den Angeklagten auch ohne das Video zur Verantwortung zu ziehen. Eigentlich war Hardy gar nicht so sicher, ob Freeman durch seine Bitte an den Richter, das Band auszuschließen, ihrem Mandanten einen Gefallen getan hatte. Nun gab es im Protokoll dieser Anhörung nichts mehr, was den Indizien widersprochen oder ihre Beweiskraft abgeschwächt hätte. Darüber hinaus konnte das Video nun nicht mehr als Grundlage für eine Berufungsverhandlung dienen. Aber Hill hatte entschieden, die Sache zu einem raschen Abschluss zu bringen. Die bis jetzt vorgelegten Beweise reichten absolut aus, um den Prozess gegen Cole zu eröffnen.

Allerdings fiel es Hardy schwer, sich auf die Sitzung zu konzentrieren, und er verließ sich auf Freemans Instinkt. Er wusste nicht, wie es um Glitsky stand oder wohin man ihn gebracht hatte. Außerdem hatte er keine Ahnung, wo und mit wem Glitsky beim Mittagessen gewesen war. Wo Treya steckte, konnte er ebenfalls nicht sagen, doch er vermutete, dass sie Glitsky im Krankenwagen begleitet hatte.

Jeff Elliot war losgezogen, um Erkundigungen über Abe einzuholen. Und da Hardy sicher bald etwas erfahren würde, musste er sich zwingen, nicht mehr daran zu denken.

Er hatte keine Zeit dafür. Die Staatsanwaltschaft hatte ihren Vortrag beendet. Nach Hills letzter Abfuhr kochte Hardy noch immer vor Wut, weshalb er befürchtete, die Beherrschung zu verlieren, wenn er jetzt das Wort ergriff. Aber er war an der

Reihe, die Argumente der Verteidigung vorzubringen, und er musste seinen ersten Zeugen aufrufen.

Hardy starrte auf die Notizen, die vor ihm lagen, und hörte, wie er mit heiserer Stimme den ersten Namen auf der Liste hervorstieß: Sergeant Billie Oh, die Leiterin des Spurensicherungsteams am Tatort in der Maiden Lane. Während die Polizistin die Absperrung durchschritt und vereidigt wurde, versuchte Hardy krampfhaft, sich daran zu erinnern, was er sie eigentlich hatte fragen wollen.

Er blieb an seinem Platz sitzen. Alle sahen ihn abwartend an.

»Mr. Hardy?« Offenbar stand Hill kurz davor, die Geduld zu verlieren – falls das bei ihm überhaupt noch möglich war.

»Verzeihung, Euer Ehren.« Hardy sprang auf und näherte sich der Zeugin. Worte kamen aus seinem Mund. »Sergeant Oh, können Sie dem Gericht schildern, wie Elaine Wagers Leiche dalag, als Sie am Tatort eintrafen?«

Sofort erhob die Staatsanwaltschaft nachdrücklich Einspruch. Die Verteidigung könne nur Beweise vorbringen, die Gegenansprüche darstellten oder die Behauptungen der Anklage widerlegten. Schließlich handle es sich hier nicht um eine eidesstattliche Versicherung. Wie solle diese Aussage die Unschuld des Angeklagten belegen?

Allerdings hatte Hill nicht vor, Hardy weiter zu demütigen. Das Geständnis war gestrichen, dem Angeklagten würde der Prozess gemacht werden, und er hatte nicht vor, einen Verfahrensfehler zu riskieren. Also beschloss der Richter, Hardy mehr oder weniger freie Bahn zu lassen, da es ohnehin keine Rolle spielte, und lehnte sämtliche Einsprüche ab.

Oh war eine gute und präzise Zeugin und schilderte die Tatsachen und ihre Eindrücke ohne jeglichen persönlichen Kommentar. Sie hatte Folgendes gesehen; so lagen die Dinge. Nachdem sie fertig war, bedankte sich Hardy bei ihr. Inzwischen hatte er sich so weit gefasst, dass er mit der Vernehmung beginnen konnte. »Trug Ms. Wager eine Strumpfhose, Sergeant?«

»Ja. Eine schwarze aus Nylon.«

»Und in welchem Zustand befand sich diese Nylonstrumpfhose?«

Oh überlegte. »In einem verhältnismäßig guten. Sie war an den Stellen feucht, wo sie mit der Straße in Kontakt gekommen war. Und natürlich im Schritt, da die Verstorbene Wasser gelassen hatte.«

»War der Stoff selbst beschädigt?«

»Nein.«

»Keine Laufmaschen? Keine losen Fäden?«

»Nein.«

»Also war die Strumpfhose völlig intakt?«

»Ja.«

»Sergeant Oh«, fuhr Hardy fort. »Hatten Sie den Eindruck, dass das Opfer nach dem Schuss auf die Straße gestürzt war?«

»Wie könnte es sonst gewesen sein?«

»Zum Beispiel hätte der Täter die Tote sanft zu Boden gleiten lassen können.«

»Einspruch. Der Verteidiger verleitet die Zeugin zu Mutmaßungen.«

»Stattgegeben. Bitte eine andere Frage, Mr. Hardy.«

Hardy zermarterte sich das Hirn nach einer Alternative. Seinem Verhör fehlte der richtige Schwung, und er hatte inzwischen ganz vergessen, warum er Sergeant Oh überhaupt aufgerufen hatte. Allerdings war er überzeugt davon, dass der Täter Elaine vorsichtig auf den Boden gelegt hatte, und das schien im Widerspruch zu der groben Behandlung durch Cole zu stehen, als dieser ihr den Schmuck abriss. Inzwischen aber fand Hardy diesen Aspekt bestenfalls weit hergeholt, vielleicht sogar belanglos.

Er kehrte an seinen Tisch zurück, um einen Blick in seine Notizen zu werfen, in der Hoffnung, dass David für ihn in die Bresche springen würde. Doch anstatt einen Vorschlag zu machen, zuckte der alte Mann nur die Achseln. Man konnte eben nicht immer gewinnen.

Hardy drehte sich um. »Vielen Dank, Sergeant. Ihr Zeuge«, sagte er zu Torrey gewandt.

Der Staatsanwalt baute sich vor dem Zeugenstand auf. Obwohl er sich dabei Zeit ließ, hatte Hardy nicht das Gefühl, dass er absichtlich verzögerte. Sobald er vor der Zeugin stand, stellte er seine erste Frage. »Sergeant Oh, hatten Sie angesichts der Position der Leiche und des Zustands ihrer Strumpfhose den Eindruck, der Täter hätte das Opfer möglicherweise gezwungen, sich hinzuknien, bevor er es kaltblütig hinrichtete?«

»Ja, das kommt durchaus in Frage.« Und dann fügte sie zum ersten Mal eine persönliche Meinung hinzu. »So kam es mir von Anfang an vor.«

Hardy musste zwar im Gerichtssaal verharren, aber er war sicher, seinem Mandanten keinen Gefallen zu tun, indem er bei der Befragung der Zeugen herumstümperte. Da ihm seit der vergangenen Woche eine Unmenge von Details im Kopf herumschwirrten – ganz zu schweigen von seiner ständigen Sorge um Glitsky –, hatte er gar nicht bemerkt, dass man die Tatsachen auf eine viel offensichtlichere und fatalere Weise deuten konnte.

Als Glitsky ihm den Floh ins Ohr gesetzt hatte, der Täter hätte Elaine sanft zu Boden gleiten lassen, hatte Hardy das als Tatsache akzeptiert und nicht weiter hinterfragt. Und nun hatte Torrey ihn bei diesem Versäumnis ertappt. In Zukunft musste er vorsichtiger sein, aber er bezweifelte, dass er das schaffen würde.

Wieder erhob sich Hardy und wieder rief er einen Zeugen auf: »Daniel Medrano.« Er überlegte, ob er die Befragung Freeman überlassen sollte, doch während er noch über diese Entscheidung nachgrübelte, trugen ihn seine Beine schon zum Zeugenstand.

»Officer Medrano, Sie und Ihr Partner waren die ersten Beamten am Tatort. Ist das richtig?«

Der Polizist hätte ein Zwillingsbruder von Stalin sein können – ein kantiges, dunkelhäutiges Gesicht und ein dicker, schwarzer Schnurrbart. Er wirkte nervös, wie er da im Zeugenstand saß, was vermutlich daran lag, dass er als Zeuge der Verteidigung hier erschienen war. Aus seinem früheren Gespräch mit ihm wusste Hardy, dass er in seiner Dienstzeit noch nie mit einem derartigen Schwerverbrechen zu tun gehabt hatte. Doch daran war nichts zu ändern. »Ja, das stimmt.«

»Können Sie dem Gericht beschreiben, was genau Sie gesehen haben?«

»Klar. Mein Partner Officer Petrie und ich fuhren Streife in der Innenstadt, als wir in der Maiden Lane eine Person bemerkten, die sich über jemanden beugte. Wir leuchteten die Person mit dem Scheinwerfer an. Da stand der Mann auf und lief davon. Ich war Beifahrer, stieg aus, gab mich als Polizist zu erkennen und machte mich an die Verfolgung.«

»Sprechen Sie weiter.«

»Er hatte einen Vorsprung von etwa zehn Metern, aber da es ziemlich dunkel war, prallte er gegen einen Hydranten und stürzte. Deshalb gelang es mir, ihn festzunehmen und ihm Handschellen anzulegen.«

»Erkennen Sie den Verhafteten von jener Nacht hier im Gerichtssaal wieder?«

»Ja, es ist der Angeklagte Cole Burgess, der da drüben sitzt.«

»Gut. Nun, Officer Medrano, haben Sie während der Verfolgung ein ungewöhnliches Geräusch gehört?«

»Ja, Sir.«

»Würden Sie dem Gericht bitte sagen, was es war?«

»Tja ...« Medrano antwortete nur ungern auf diese Frage, da er damit dem Bericht seines Partners widersprach (allerdings nicht seiner eigenen Aussage, da Torrey vergessen hatte, sich bei ihm danach zu erkundigen). Doch man musste ihm zugute halten, dass er nicht um den heißen Brei herumredete. »Etwa zeitgleich mit dem Sturz des Verdächtigen ertönte ein Schuss. Dann hörte ich, wie die Waffe auf die Straße fiel. Nach einer Weile fand ich sie und stellte sie sicher.«

»Soll das heißen, dass der Angeklagte auf Sie geschossen hat?«

»Nein, das glaube ich nicht. Er ist weder stehen geblieben noch hat er sich umgedreht. Er rannte einfach los, stieß gegen den Hydranten und stürzte. Vermutlich hat sich der Schuss beim Aufprall auf den Boden gelöst.«

»Und Sie sind sicher, dass es ein Schuss war? Nicht etwa die Fehlzündung eines Wagens oder etwas dergleichen?«

»Es war ein Schuss. Ich habe das Mündungsfeuer gesehen und sogar den Querschläger gehört. Eindeutig ein Schuss«, wiederholte er.

»Gut, Officer Medrano. Vielen Dank.«

Aus einem für Hardy unerfindlichen Grund erhob sich nun Pratt, um den Zeugen für die Staatsanwaltschaft ins Kreuzverhör zu nehmen. »Ich möchte noch einige Kleinigkeiten klarstellen, Officer«, begann sie freundlich und lächelte ihm aufmunternd zu. »Sie haben doch bestimmt mit Ihrem Partner Officer Petrie über den Schuss gesprochen.«

»Er hat ihn nicht gehört. Er war im …«

Pratt unterbrach ihn mit einer Handbewegung. »Sie haben also darüber gesprochen?«

»Ja.«

»Und er sagte, er hätte ihn nicht gehört?«

»Ja.«

»Danke.« Wieder ein Lächeln. »Als Sie den Angeklagten bemerkten, wie er sich auf der Straße über die Leiche beugte, haben Sie da gesehen, wie er etwas vom Boden aufhob?«

Medrano ließ die Szene Revue passieren. »Nein.«

»Sie erinnern sich also nicht, dass er einen Gegenstand aus dem Rinnstein holte? Die Waffe zum Beispiel?«

»Nein.«

»Also hielt er die Pistole offenbar bereits in der Hand. Oder etwa nicht?«

»Wahrscheinlich. Dann stand er einfach auf und rannte los.«

Hardy mischte sich ein. »Einspruch. Mutmaßungen. Der Zeuge wird zu Schlussfolgerungen verleitet.«

Hill gab dem Einspruch statt und ließ die Antwort streichen.

Doch Pratt ließ sich nicht beirren. »Lief der Angeklagte schnell?«

Ein verständnisheischendes Grunzen. Da Medrano nun wieder für die richtige Seite aussagte, schien er sich um einiges wohler zu fühlen. »Viel schneller als ich.«

»Gewann der Angeklagte an Vorsprung, als er gegen den Hydranten stieß, Officer Medrano?«

»Ja. Er rannte wie der Blitz.«

»Er taumelte und schwankte also nicht?«

»Nein. Der Typ hatte ein Höllentempo drauf.«

»Ein Höllentempo also. Danke, Officer. Keine weiteren Fragen.«

Seit drei Jahren hatte Jeff Elliot keine Gehaltserhöhung mehr bekommen, und er beschloss, dass sich dieser Zeitpunkt vorzüglich eignete, um endlich eine zu verlangen. Er stand bereits in Verhandlungen mit seinem Chefredakteur und ging davon aus, in der nächsten Woche in die Redaktion zurückkehren zu können. Inzwischen jedoch hatte ihm der *Examiner* zu seiner freudigen Überraschung das Angebot gemacht, seine Kolumne ›Stadtgespräch‹ in Zukunft dort zu veröffentlichen. Trotz der hohen Auflage des *Democrat* war der *Examiner*, was die Nachmittagsausgabe betraf, der schärfste Konkurrent des *Chronicle*. Und deshalb glaubte Jeff, dass ein oder zwei Gastkolumnen seine Verhandlungsposition beim *Chronicle* um einiges stärken würden.

Außerdem hatten Hardy und Freeman ihm beim Mittagessen ein Thema auf dem silbernen Tablett serviert. Nun war es Mittwochnachmittag. Jeff Elliot saß im Presseraum im zweiten Stock des Justizgebäudes und tippte aus den Notizen, die er sich vor ein paar Stunden gemacht hatte, einen Artikel zusammen. Der *Examiner* würde ihm für eine Kolumne ein volles Wochenhonorar bezahlen, weshalb beim Schreiben ein Lächeln um Jeffs Lippen spielte.

Stadtgespräch
von Jeffrey Elliot

Der Ehrlichkeit halber gebe ich zu, dass der Anwalt Dismas Hardy ein guter Bekannter, ja, sogar ein Freund von mir ist. Zurzeit verteidigt er meinen Schwager Cole Burgess in einer Anhörung in Abteilung 20 des städtischen Gerichts. Cole wird des Mordes an Elaine Wager beschuldigt. Die Anklage wird von Bezirksstaatsanwältin Sharron Pratt höchstpersönlich und ihrem leitenden Assistenten und Lakaien Gabe Torrey vertreten. Einige Informationen, auf denen diese Kolumne basiert, stammen von Mr. Hardy selbst.

Wenn Mr. Torrey nicht gerade mit Mordfällen beschäftigt ist, befasst er sich mit der Unzahl an Zivil- und Strafsachen, die bei der Staatsanwaltschaft eingehen, ehe sie vor Gericht kommen. In dieser Funktion obliegt ihm auch die Verteilung der Fälle an die diversen Richter, die Vermittlerrolle bei außergerichtlichen Einigungen, die Einstellung von Strafverfahren (aus verschiedenen Gründen, zum Beispiel aus Mangel an Beweisen, wegen polizeilichen Fehlverhaltens, des Nicht-Vorhandenseins von Zeugen, etc.) und das Durchführen von vorprozesslichen Verhandlungen. Sein Wort ist für jeden Mitarbeiter der Staatsanwaltschaft Gesetz, nur Sharron Pratt hat ihm etwas zu sagen.

Der Autor dieses Artikels weiß von mindestens zwei Fällen, in denen bei Ms. Pratts Behörde Strafanzeige gegen eine Person gestellt wurde, gegen die auch eine Zivilklage anhängig ist. Beide Male erbot sich Mr. Torrey, eine Abmachung zu vermitteln, laut der die Staatsanwaltschaft das Strafverfahren im Austausch gegen die Zahlung einer hohen Geldsumme in der Zivilsache einzustellen bereit wäre. Rechtsvertreter in beiden Zivilsachen ist Dash Logan, einer der buntesten Vögel und umstrittendsten Anwälte in dieser Stadt.

(Stammleser dieser Kolumne erinnern sich vielleicht an Mr. Logans kurzzeitige Verhaftung im vergangenen Jahr. Es kam zu einer kleinen Verfolgungsjagd im Wagen, nachdem Logan vor dem Virgin Records Building in der Market Street eine rote Ampel überfahren und fast zwei Fußgänger getötet hätte. Die Staatsanwaltschaft erhob aus zwei Gründen keine Anklage wegen dieses Vorfalls: Erstens hatte jemand anscheinend die Bremsen an Mr. Logans Wagen manipuliert – er hätte angeblich nicht anhalten können, auch wenn er es gewollt hätte. Und zweitens war der Bericht über die Blutprobe nicht mehr auffindbar.)

Die heutige Kolumne befasst sich mit dem ersten dieser beiden Fälle. Morgen geht es um den zweiten, der seinem Vorgänger in vielerlei Hinsicht erstaunlich ähnelt.

Rich McNeil, 62, ist Vizepräsident von Terranew Industries hier in dieser Stadt. Außerdem besitzt er ein fünfstöckiges Mietshaus in der …

Hardy stürzte auf den Flur vor dem Gerichtssaal hinaus und sofort zum nächsten Telefon. Er musste es herausfinden. Ein junger Mann mit asiatischen Gesichtszügen, der ihm entfernt bekannt erschien, klopfte ihm auf die Schulter. »Paul Thieu«, sagte er und hielt Hardy die Hand hin. »Mordkommission.«

Eine quälende Viertelstunde war vergangen, seit Hill die Sitzung für den Tag geschlossen hatte. Hardy spürte, dass sein Gesicht glühte. Vermutlich war sein Blutdruck in ungeahnte Höhen geschossen. Eine unendliche Reihe von Banalitäten hatte ihn daran gehindert, den Gerichtssaal so schnell wie möglich zu verlassen. Doch er war gezwungen gewesen auszuharren, um seinen Mandanten aufzumuntern und seinen Truppen – Freeman, Jody, Jeff Elliot – neue Anweisungen zu geben.

Endlich konnte er seinen Aktenkoffer zuklappen und sich aus dem Staub machen. Er musste wirklich los. Und zwar sofort.

Und jetzt lief er ausgerechnet einem Mitarbeiter von Abe in die Arme. Er musste sich zu der Frage zwingen: »Haben Sie von Glitsky gehört?«

Ein Nicken. »Ich weiß, wo er ist. Sie haben ihn wieder ins St. Mary's gebracht, obwohl das ein weiterer Weg war. Er sollte vom selben Arzt behandelt werden.«

»Und sonst?«

»Das Krankenhaus konnte mir keine Auskünfte geben. Also habe ich den Rettungsdienst angerufen – genauer gesagt sämtliche Rettungsdienste, bis ich den richtigen an der Strippe hatte. Bei seiner Einlieferung in die Notaufnahme lebte er noch.«

»Danke.« Hardy wollte weitergehen.

»Mr. Hardy!« Thieu sah sich auf dem Flur um und heftete sich an seine Fersen. »Heute habe ich mit Abe zu Mittag gegessen«, meinte er leise. »Ich wäre Ihnen dankbar, wenn Sie mich zu meinem Wagen begleiten könnten. Ich parke hinten.« Als er Hardys Zögern und Ungeduld bemerkte, fügte er hinzu: »Abe fand, es könnte wichtig sein. Und er selbst ist im Moment ja lahm gelegt.«

Dieser Wahrheit konnte Hardy sich nicht verschließen. »Sie haben Recht.«

»Hier entlang.«

Sie gingen die Treppe hinunter zur Hintertür und dann an dem langen Freigang am Gefängnis und Dr. Strouts Büro vorbei. Draußen auf dem Parkplatz stand ein alter, zerbeulter, orangefarbener Datsun. Wieder blickte Thieu sich um – weit und breit war niemand zu sehen. Dann öffnete er die Beifahrertür. »Steigen Sie ein«, sagte er.

Hardy gehorchte. Thieu nahm auf dem Fahrersitz Platz und startete den Motor. »Wenn Sie mit dem Auto da sind, fahre ich Sie nachher wieder zurück.« Es war noch warm und dämmerte schon, als sie den Parkplatz verließen.

Thieu griff in seine Jacke und holte einige dreimal gefaltete Blätter heraus, die er Hardy reichte.

»Was ist das?«

»Glitsky hat sie angefordert. Es sind der Labor- und der Spurensicherungsbericht im Fall Cullen Alsop. Aber ich fürchte, die bringen uns auch nicht weiter, wenigstens nicht, wie ich es sehe. Aber Glitsky wollte sie gründlich unter die Lupe nehmen.«

»Glitsky hat sie verlangt? Biegen Sie hier links ab. Warum?«

Thieu bog um die Kurve und drehte sich zu Hardy um. »Keine Ahnung. Vielleicht glaubte er, Visser könnte Spuren hinterlassen haben, möglicherweise einen Fingerabdruck, ich weiß nicht. Aber Fehlanzeige.«

Hardy schreckte zusammen wie unter einem Elektroschock. »Visser? Gene Visser?«

»Ja.«

»Was ist mit ihm?«

Wieder sah Thieu hin, um festzustellen, ob Hardy ihn auf den Arm nehmen wollte. Doch Paul Thieu wusste, wann er einen aufrichtig interessierten Menschen vor sich hatte.

Außerdem hätte Hardys Blick in diesem Moment Stahl durchdringen können. »Sind Sie darüber etwa nicht im Bilde?«

»Ich kenne Gene Visser«, erwiderte Hardy, »aber ich kann mir nicht denken, was er mit Cullen Alsop zu tun hat.«

Paul Thieu überlegte eine Weile und trat dann auf die Bremse. »Wir halten besser an und plaudern ein bisschen«, sagte er.

34

»Dresslersches Syndrom«, erklärte Abe. »Wie ein Herzinfarkt, nur besser, da es kein richtiger Herzinfarkt ist.«

»Viel besser«, stimmte Treya zu. »Viel, viel besser.«

Es war kurz nach halb sieben Uhr abends. Sie saßen bei Glitskys am Küchentisch. Raney und Orel machten hinten im Haus vor dem Fernseher ihre Schularbeiten. Ihr Gelächter hallte bis in die Küche.

Nach seinem Gespräch mit Thieu hatte Hardy der Kopf geschwirrt. Thieu setzte ihn an seinem Wagen ab, und als er zwanzig Minuten später im St. Mary's Hospital eintraf, erfuhr er, dass Glitsky in die Notaufnahme eingeliefert und von Dr. Campion untersucht worden war. Sie hatten ihn schon nach wenigen Stunden entlassen.

Vom Krankenhaus aus rief Hardy Frannie an, und sie erzählte ihm, dass Abe sich bereits bei ihr gemeldet hatte. Alles sei in Ordnung. Er sei wieder zu Hause. Obwohl heute eigentlich sein gemeinsamer Abend mit Frannie war, fuhr Hardy sofort hin. Glitsky saß am Tisch, war voll bekleidet und beendete gerade sein Abendessen. Am liebsten hätte ihm Hardy eine verpasst, dafür, dass er sich seinetwegen so aufregen musste.
»Ich habe angerufen«, sagte Glitsky. »Und überall Nachrichten hinterlassen.«

Er fühlte sich wohl. Nur seine Herzmembran hatte sich entzündet. Die Symptome ähnelten einem Herzinfarkt. Der Arzt hatte ihm neue Medikamente verschrieben, und in ein paar Tagen würde die Sache ausgestanden sein.

Was den Fall anging, waren inzwischen einige Zusammenhänge ans Licht gekommen, über die Hardy dringend sprechen musste. Außerdem lagen ihm ein paar Bemerkungen über Gene Visser und Cullen Alsop auf der Zunge. Also reichte er Glitsky Thieus Laborberichte und meinte: »Hast du schon mal davon gehört, dass Chemiker einfach von der Existenz eines bestimmten Elements ausgehen, weil es in ihre Theorie passt? Und siehe da, irgendwann finden sie es tatsächlich? Genauso fühle ich mich in diesem Fall.«

»Wegen Visser?«

»Nein, wegen Dash Logan.«

Abe und Treya, die offenbar nicht verstanden, worauf Hardy hinauswollte, wechselten Blicke. »Ich gebe mich geschlagen«, verkündete Abe.

Hardy war so nervös, dass er sich bis jetzt nicht gesetzt hatte. Endlich zog er sich einen Stuhl heran und ließ sich rittlings darauf nieder. »In gewisser Weise geht die Gleichung jetzt auf«, sagte er. »Visser unterhält offenbar Verbindungen zu Torrey und zu Logan. Sie stecken alle unter einer Decke.«

Glitsky hatte einen Teil des Laborberichts überflogen. Nun ließ er die Papiere sinken und lehnte sich zurück. »Und was haben sie ausgeheckt?«

Hardys Augen funkelten vor Begeisterung, als er seine Vermutungen aufzählte: Torrey, Logan und Visser haben sich miteinander verbündet und außergerichtliche Einigungen erzwungen, indem sie die Beteiligten unter Druck setzten. Ganz sicher wollten sie auch Hardys Mandanten Rich McNeil auf diese Weise aufs Kreuz legen. Und bestimmt war es Visser, der die Skandalgeschichte mit Abby Oberlin ausgegraben hatte, weshalb Hardy morgen die drei Musketiere auf diese Sache ansetzen wollte. Logan war der Anwalt in diesem Fall. Torrey hatte die außergerichtliche Einigung vermittelt. »Und jetzt haben wir endlich eine Verbindung zwischen Visser und Cullen Alsop.«

»Ich verstehe nicht ganz«, meinte Treya. »Was hat Logan mit Cullen zu tun?«

Ein triumphierendes Lächeln. »Er saß mit Visser im Jupiter, als Cullen seinen Lohn abholte.«

»Eine Tüte Heroin?«, fragte Glitsky.

»Genau. Alles passt zusammen, Abe. Sie sind Komplizen. Es muss einfach so sein.«

Glitsky, ganz Polizist, schnalzte zweifelnd mit der Zunge. »Das gute alte ›es muss so sein‹. Du wärst überrascht, wie häufig es doch nicht so ist. Soll das heißen, dass einer dieser Witzbolde Cullen umgelegt hat?«

»Visser hat ihm das ungestreckte Heroin beschafft. Cullen hat es genommen und ist daran gestorben. Das würde ich als Mord bezeichnen.«

»Aber was ist das Motiv?«, erkundigte sich Treya.

»Torrey hat ihm das Märchen mit der Mordwaffe eingeflüstert. Meiner Ansicht nach hat Cullen diese Pistole niemals besessen, geschweige denn sie Cole gegeben. Aber Torrey brauchte jemanden, der genau das behauptete. Dann ist Cullen zu gierig oder zu leichtsinnig geworden. Oder die drei haben plötzlich bemerkt, dass Cullen keinen glaubhaften Zeugen abgeben und einem Kreuzverhör niemals standhalten würde. Vielleicht hat Torrey Cullen ja auch als Zeugen präsentiert, ohne Visser zu informieren. Und Visser hat ihm einen Strich durch die Rechnung gemacht, indem er Cullen zu einer Überdosis verhalf. Wieder ein unzuverlässiger Junkie weniger. Und tschüss.«

Glitskys Miene konnte man bestenfalls als skeptisch bezeichnen. »Willst du behaupten, der leitende stellvertretende Staatsanwalt der Stadt und des Bezirks San Francisco hätte einen Mord in Auftrag gegeben?«

»Irgendjemand hat es getan.«

»Mein Gott! Im neuen Jahrtausend treibt die Phantasie offenbar Blüten.« Glitsky hatte die Arme verschränkt. Seine Narbe auf den Lippen trat weiß hervor. »Und die Beweise ...?«

Hardy räumte mit einem knappen Nicken ein, dass hier das Problem lag. »Ganz sicher gibt es welche. Wir haben sie nur noch nicht gefunden.«

Abe tippte auf den Laborbericht. »Tja, hier drin stehen sie nicht. Wenigstens nicht, soweit ich es erkennen kann. Keine Anzeichen dafür, dass Visser überhaupt am Tatort war.«

»Abgesehen von dem, was Falk beobachtet hat.«

»Also praktisch nichts. Ich habe ihn beim Mittagessen eingehend danach gefragt. Falk hat gesehen, wie Cole im Jupiter aufs Klo ging und dass Visser ihm dorthin folgte. Als ich es das letzte Mal nachgelesen habe, war das noch legal.«

»Aber«, wandte Treya ein, »warum wolltest du dann heute Nachmittag Visser aufsuchen, Abe? Bestimmt hast du dir etwas Ähnliches gedacht.«

»Ich wollte mich nur bei ihm nach Ridley erkundigen«, erwiderte Glitsky freundlich.

Doch Hardy ließ noch nicht locker. »Ridley hat mir bei unserem Gespräch gesagt, er sei ›in dieser Sache‹ unterwegs. Das waren seine Worte. *In dieser Sache.* Also wegen Cullen und demzufolge auch wegen Elaine.«

»Und vielleicht stimmt es ja auch. Allerdings wissen wir nicht, ob er sich wirklich mit Visser treffen wollte.«

Hardy verzog keine Miene. »Es muss einfach so sein.«

»An diesem Punkt waren wir doch schon mal, Diz. Muss so sein, muss so sein. Tatsache ist aber, dass gar nichts sein muss.« Er beugte sich vor, stützte die Ellenbogen auf den Tisch und breitete die Hände aus. »Pass auf, ich finde deine Argumente logisch und sehr interessant, aber bis jetzt habe ich nicht die Spur eines Beweises gesehen.«

Nachdenkliches Schweigen entstand. »Ich habe eine Frage, Diz«, meinte Treya schließlich.

Hardy sah sie an. »Eins zweiundachtzig, dreiundachtzig Kilo.«

»Und ein dämliches Grinsen spielte um seine markanten Züge«, fügte Glitsky hinzu. Er legte die Hand auf Treyas. »Kündige diesem Menschen nie an, dass du ihm eine Frage stellen willst. Dann antwortet er nämlich so etwas.«

»Nicht immer«, widersprach Hardy. »Manchmal sage ich auch: ›Und ich habe eine Antwort.‹ Dann erwiderst du: ›Was für eine?‹ Und ich sage: ›Babe Ruth, Baseballmeisterschaft 1927.‹ Oder: ›Umfang geteilt durch Durchmesser.‹ Oder so ähnlich.«

»Es ist wirklich lustig«, meinte Abe. »Du wärst erstaunt.«

»Darauf wette ich«, entgegnete Treya. »Jedenfalls lustiger als das, was ich heute erlebt habe.«

»Verstehst du, was ich meine?«, fuhr Glitsky fort. »Es ist immer so und hört nie auf.«

»Schon gut«, gab Hardy sich geschlagen. »Was wolltest du mich denn fragen?«

Treya zögerte, offenbar befürchtete sie, den anderen die Stimmung zu verderben. Doch sie musste es einfach wissen. »Soll das heißen, dass einer dieser drei Männer vielleicht Elaines Mörder ist?«

Genau das war der springende Punkt. Hardy schwieg nachdenklich. »Ich denke, dass sie während ihrer Tätigkeit als Sonderbeauftragte in Logans Unterlagen etwas Belastendes entdeckt hat. Logan war entweder betrunken oder high und hat sie laufen lassen. Das habt ihr beide mir bestätigt. Jedenfalls bin ich überzeugt, dass sie auf die Beweise gestoßen ist, von denen wir hier reden und die wir nach Abes Ansicht brauchen, um den Herrschaften das Handwerk zu legen. Was dann geschah«, wieder hielt er inne, »weiß ich nicht. Vielleicht hat sie Torrey mit Enthüllungen gedroht oder Logan gefragt, was hier gespielt wird. Oder sie haben einfach nur vermutet, dass sie etwas gefunden haben muss.«

»Und was passierte danach? Hat Visser sie getötet?« Abe hatte erneut die Arme vor der Brust verschränkt. Er hatte es sich in dem Küchenstuhl aus Chrom mit der geflochtenen Sitzfläche bequem gemacht und die Beine ausgestreckt. Ein Muskel an seinem Kiefer zuckte.

»Keine Ahnung«, sagte Hardy und fügte dann ernst hinzu: »Vielleicht hat er Ridley auch beseitigt.«

»Wir wissen noch nicht, ob Ridley tot ist«, widersprach Treya hoffnungsvoll.

Doch Hardy sah sie eindringlich an. »Doch, das wissen wir«, erwiderte er leise. »Abe?«

Glitsky nickte. »Vermutlich schon.«

»Nun ... dann ...« Treya waren die Tränen in die Augen getreten. »Wir sollten ...« Sie blickte zwischen den beiden Männern hin und her.

»Dasselbe Problem«, meinte Glitsky. »Wir brauchen Beweise. Gene war früher bei der Mordkommission. Er kennt die Tricks und hat sicher keine Spuren hinterlassen.«

Hardy stand auf, ging zum Kühlschrank, öffnete ihn, hielt inne und drehte sich um. »Ich habe mal eine Frage an dich, Treya: Weißt du, ob einer der Musketiere auf der Liste für die Sonderbeauftragten steht?«

Schniefend rieb sie sich die Augen. »Ich glaube, alle. Wir haben uns darüber unterhalten. Warum?«

»Weil der Fall, an dem Elaine in Logans Kanzlei gearbeitet hat, noch nicht abgeschlossen ist. Der Richter hat mich sogar gebeten, ob ich nicht ...«

»Dann mach es!« Glitsky fuhr aufgeregt hoch.

Hardy sah ihn bedrückt an. »Ich muss zwar noch in meinem Terminkalender nachsehen, doch ich glaube, ich habe in den nächsten Tagen andere Verpflichtungen.« Dann wandte er sich an Treya. »Aber wenn einer unserer Leute ...«

Endlich war Hardy nach Hause gegangen. Rita scheuchte Abe und Treya aus der Küche, damit sie in Ruhe das Geschirr spülen konnte. Nun standen sie zusammen in dem engen Wohnzimmer, wo der Platz kaum reichte, um sich umzudrehen, ohne einander zu berühren. Seit inzwischen schon fünf Minuten vermieden es Abe und Treya, einander anzusehen, und versuchten, nicht auf das erotische Knistern zu achten, das zwischen ihnen in der Luft hing. Seit dem ersten Abend hatten sie sich nicht mehr geküsst, geschweige denn, dass es zu mehr gekommen wäre.

Treya holte die zwei gefalteten Blätter heraus, die sie aus ihrem Notizblock gerissen hatte. »Du hast doch mit Diz über Beweise gesprochen, Abe, aber den Karton, den Curtis aus Tiburon mitgebracht hat, hast du dir noch gar nicht angesehen. Vielleicht findest du dort ja etwas.«

»Ich habe reingeschaut.«

»Du brauchst dich nicht zu rechtfertigen.«

»Ich rechtfertige mich doch gar nicht. Aber ich habe reingeschaut«, beharrte er.

Bei sich bezeichnete Glitsky diesen Augenausdruck bereits als den jahrtausendealten Blick, als hätten sie sich schon so lange gekannt. »Und als du auf Lorettas Foto gestoßen bist, hast du aufgehört, richtig?«

Mehr als das. Er hatte das Bild aus dem Karton genommen und mit dem Gesicht nach unten auf den Tisch im Solarium gelegt. Er wollte Loretta nicht ansehen, sich nicht an Elaines Mutter erinnern, vor allem jetzt nicht, da seine Beziehung mit Treya gerade begann. Denn in Wahrheit war seit seinem letzten Kontakt mit Loretta kein Vierteljahrhundert vergangen. Erst vor vier Jahren hatte sie sich aus heiterem Himmel wieder gemeldet, und ihm war es erschienen, als wollte sie ihre alten Ansprüche auf seine Gefühle wieder geltend machen. Und da er sich nach Flos Tod nach einer Beziehung gesehnt hatte, hätte er sie beinahe gewähren lassen. Er schämte sich immer noch dafür. Und er wollte nicht an seine eigene Verführbarkeit und Schwäche denken.

Und daran, dass es für Loretta nur ein Spiel gewesen war.

Bei Treya war alles ganz anders, sagte er sich. Alles an ihr war anders. Und sie hatte Recht: Es war albern, dass er versuchte, sich zu rechtfertigen. Also streckte er die Hand aus. Seine Mundwinkel hoben sich den Bruchteil eines Zentimeters. »Okay, dann zeig mir die verdammte Liste.« Er faltete sie auseinander und merkte sofort auf. »Was bedeutet der erste Eintrag? Leere Schublade?«

Zufällig berührten sich kaum merklich ihre Beine, als sie sich auf das Sofa setzte. »Ich habe es als Erstes aufgeschrieben, weil ich es nicht vergessen wollte.« Sie erzählte ihm von ihrem Gespräch mit Curtis.

»Aber was heißt es?«, fragte Abe.

»Wir sind nicht dahinter gekommen, doch wir sind für jede neue Theorie dankbar.«

Nachdem Abe eine Weile nachgedacht hatte, gab er es auf und wandte sich wieder der Liste zu. Treya stand auf und meinte, sie wolle nach den Kindern sehen und Rita vielleicht in der Küche helfen. Sie fühle sich nicht wohl, wenn jemand sie bediente. Als Glitsky später in die Küche kam, trug sie eine Schürze, plauderte in einigermaßen fließendem Spanisch mit der Haushälterin und trocknete eine Vorlegeplatte ab. »Unten auf der ersten Seite«, verkündete er. »Was bedeutet ›unbekannter Schlüssel‹?« Er kam näher und zeigte ihr die Stelle.

»Ach, den habe ich«, erwiderte sie. »Er ist in meiner Handtasche.«

Sie entschuldigte sich bei Rita, legte das Geschirrtuch weg und kehrte eine Minute später zurück. »Er lag im Handschuhfach von Elaines Wagen in der Tiefgarage von Rand & Jackman. Ich glaube, John hat ihn gefunden und in den Karton getan. Weißt du, wozu er passt?«

»Ja«, entgegnete Glitsky. »Ich denke schon.«

»Wir sollten aufhören, Abe. Es ist fast halb zwölf. Du brauchst Ruhe.«

»Ganz und gar nicht. Und Ruhe kann ich sowieso vergessen. Zumindest, bis wir das Schloss zu diesem Schlüssel gefunden haben.«

»Bist du sicher, dass er zu einem Schließfach gehört?«

Ein kurzes Nicken. »Ja.« Dann sah er sie an, streckte die Hand aus und tätschelte ihren Oberschenkel. »Tut mir Leid«, meinte er und fügte in versöhnlicherem Ton hinzu. »Soll ich dich heimfahren und allein weitermachen?«

Wieder bedachte sie ihn mit dem tausendjährigen Blick und lächelte. »In deinen kühnsten Träumen vielleicht, Lieutenant.«

»Meine Träume sehen anders aus.« Abe blickte sie an. »Außerdem können wir Rita die Schuld geben. Sie hat uns rausgeschmissen. Sie ist der Bösewicht.«

»Sie hat uns nur ins Wohnzimmer geschickt.«

»Wo du mich dazu gebracht hast, mir deine Liste anzusehen, und deshalb sind wir jetzt hier.«

»Und die Kinder …?«

»Den Kindern geht es gut. Wir brauchen jeden Beweis, und zwar am besten schon seit gestern, Trey. Verstehst du?«

Sie nickte schicksalsergeben. »Ich weiß.«

»Also dann ...«

Der Busbahnhof lag am nächsten bei Glitskys Haus und verfügte über die größte Schließfachanlage in der Innenstadt. Doch Glitsky beschloss, es zuerst im Parkhaus am Union Square zu versuchen, etwa hundert Meter von der Stelle entfernt, wo Elaine ermordet worden war. Doch der Schlüssel passte zu keinem der Schließfächer. Und da es gleich in der Nähe war, gingen sie zu Fuß zum Parkhaus im Zentrum – ebenfalls vergeblich.

Glitsky wusste, dass seine Suche vielleicht sinnlos, ja, sogar albern war. Für eine solche Aufgabe hätte er in einem wichtigen Fall als Lieutenant drei oder vier Teams abgestellt und ihnen eine Woche Zeit gegeben. In dieser Stadt gab es einige Tausend Schließfächer, womöglich sogar mehr. Außerdem stand nicht einmal fest, ob sich besagtes Schließfach überhaupt in San Francisco befand. Aber er wollte es unbedingt versuchen. Es konnte ja sein, dass sie auf dem Heimweg am Busbahnhof Glück haben würden.

Es war Mittwoch kurz vor Mitternacht, und als Glitsky seinen Wagen im Parkverbot abstellte, fiel ihm auf, dass rings um den Busbahnhof dieselbe Pracht herrschte wie eh und je. Seit fünf Jahren war er nicht mehr hier gewesen, doch Geruch, Aussehen und Atmosphäre hatten sich seit damals nicht verändert.

Er hielt Treyas Hand, um ihr die Angst vor den herumlungernden Gestalten und dem Lärm zu nehmen. Das Gebäude strahlte Einsamkeit und Verzweiflung aus. Eine Stimme aus dem Lautsprecher übertönte die Rapmusik von Snoop Doggy Dog und kündigte das Eintreffen des Busses aus Bakersfield an. Links von Glitsky begann auf einem der Plastiksitze ein Baby zu weinen. Nachdem Treya und er einen Blick gewechselt hatten, beschlossen sie, es für heute gut sein zu lassen und es morgen wieder zu versuchen. Außerdem war es wahrscheinlich ohnehin sinnvoller, sich an Paul Thieu zu wenden, der ihnen nach einem Blick auf den Schlüssel sicher sagen würde, das rote Schlüsselkäppchen mit der aufgedruckten Nummer 1138 mache die Antwort doch offensichtlich.

Und da sahen sie es vor sich, in der untersten Reihe im dritten Gang nach der Tür: das Schließfach mit genau dieser Nummer.

Plötzlich waren Rapmusik, Babygeschrei und das Gefühl der Verlassenheit wie weggeblasen. Glitsky steckte den Schlüssel ins Schloss. Er ließ sich drehen.

Im Schließfach befand sich eine kleine, schwarze Tasche ohne besondere Kennzeichen, wie Flugbegleiter sie benutzen. Darauf lag ein Papierbündel, das von einem stabilen Gummiband zusammengehalten wurde. Glitsky nahm es heraus, hielt es ans Licht und entfernte das Band. Obenauf lag ein Reisepass, darunter ein ziemlich dickes Heft Reiseschecks zu je hundert Dollar. In einem Etui steckten Tickets der Alitalia. »Hat sie mal eine Reise nach Italien erwähnt?«

Treya zählte noch immer das Geld. Sie blickte auf, überlegte und schüttelte den Kopf. »Nein.«

Glitsky hielt in seiner Suche inne. »Bestimmt weißt du, was wir hier vor uns haben. Den Inhalt der leeren Schublade.« Er blätterte den Rest des Stapels durch, der zum Großteil aus Briefumschlägen zu bestehen schien. Es waren hauptsächlich Rechnungen: Telefon, PG&E, Kreditkarten, Quittungen von Macy's.

Ganz unten entdeckte er einen letzten Umschlag, mit einer Briefmarke versehen und in einer energischen Handschrift an Abraham Glitsky privat adressiert.

Lieber Lieutenant Glitsky (Abe?) (Dad?) –

Es ist schon komisch. Du weißt, wovon ich spreche, obwohl wir nie darüber geredet haben. Ist das nicht seltsam? Vielleicht auch nicht. Nicht wirklich.

Dieser Brief trägt keine Absenderadresse, denn wenn du ihn erhältst, werde ich verschwunden sein, und woher er kommt, spielt dann keine Rolle mehr. Doch da ich nun fort bin, wollte ich dir sagen, dass ich nicht zurückkommen werde. Zumindest nicht so bald. Möglicherweise nie.

Warum habe ich bloß das Bedürfnis, dir das zu erzählen? Weil du mein einziger Blutsverwandter bist? Hat Verwandtschaft heutzutage noch etwas zu bedeuten? Ich weiß es nicht. Es gibt eine ganze Menge, das ich nicht weiß. Und ich frage mich, ob all meine Bildung überhaupt zu etwas nütze war, weil ich, was die wirklich wichtigen Dinge angeht, noch immer im Dunkeln tappe. Du hattest keinen Anteil an meiner Kindheit und Jugend. Dana, der Mann, den ich als Vater kannte, war schon ziemlich alt und hatte keine Geduld mit Kindern. Ob er wohl einen Verdacht hatte? Denn ich kann nicht behaupten, dass wir uns sehr nah gestanden hätten. Möglicherweise ist das die Erklärung für meine Schwierigkeiten mit Männern, hauptsächlich mit älteren Männern. Sehne ich mich nach der Zuneigung eines Vaters, den ich nie hatte? Auch das weiß ich nicht.

Nachdem ich den Brief bis zu diesem Absatz noch einmal gelesen habe, finde ich, dass er klingt, als würde ich dir Vorwürfe machen. Mir ist klar, dass du bis vor kurzem nichts von meiner Existenz geahnt hast. Ich glaube, du wärst sonst für mich da gewesen, ich bin einfach fest davon überzeugt. Es würde zu dir passen.

Als du es erfahren hattest, und ich wusste genau, dass du die Hintergründe inzwischen kanntest, habe ich zuerst nicht verstanden, warum du nicht zu mir gekommen bist. Das stimmt. Und wie du dir sicher vorstellen kannst, hat es mir wehgetan. Nach einer Weile jedoch konnte ich es akzeptieren und es war in Ordnung so. Hin und wieder haben wir uns beruflich getroffen und wir sind gut miteinander ausgekommen. Ich habe dich bewundert, und ich glaube, dir ging es umgekehrt ganz ähnlich. Wenigstens hoffe ich das.

Du hattest deine eigene Familie, deine Söhne. Siehst du? Ich weiß alles über sie, über meine Halbbrüder. Aber ich habe ebenfalls mein eigenes Leben geführt – in der Öffentlichkeit sehr engagiert, privat chaotisch. Glaub mir, dich hätte das alles nur unnötig belastet. Ich finde, dass du eine kluge Entscheidung gefällt hast. Dazu noch die älteren Männer, deren Kontakt ich gesucht habe und denen ich beruflich imponieren wollte. Doch dann musste ich immer weitergehen und eine persönliche Bindung entstehen lassen – Chris Locke, danach

Gabe, Aaron Rand. Nun, ich brauche sie dir nicht alle aufzuzählen, doch es waren noch einige mehr. Die Hälfte meiner Mandanten. Und alle Beziehungen sind gescheitert. Dazu waren sie von Anfang an verurteilt. Ich war zu bedürftig und zu fordernd und habe es vermasselt. Ich glaube, das ist auch einer der Gründe, warum ich mich nie an dich gewendet habe. Ich wollte nicht noch mehr kaputtmachen.

Einerseits wünschte ich, wir hätten miteinander gesprochen, darüber, was wir füreinander bedeuten. Doch andererseits sagt mir etwas, dass das nicht klug gewesen wäre. Wie so viele andere Entscheidungen, die ich getroffen habe.

In gewisser Hinsicht konnte ich dir am besten nah sein, indem ich schwieg. Ich konnte zusehen, wie du deine Würde bewahrt und Mutters Tod und den deiner Frau verkraftet hast. So viele Abschiede. Und vielleicht habe ich etwas daraus gelernt. Nach einer Weile hatte ich das Gefühl, dass du auf diese Weise mit mir in Verbindung trittst. Indem du mir ein Beispiel gibst. Solange wir keine offizielle Verbindung zueinander hatten, konnte ich dich für mich haben, ohne meine üblichen Fehler zu machen. Verstehst du, was ich meine?

Die Wahrheit ist, Abe, dass ich eigentlich nicht in das Leben passe, das ich hier führe. Das war schon immer so. Ja, ich weiß, es machte den Anschein. Meine Mutter, die Senatorin und ihre guten Beziehungen. Mein Lebensweg war bis ins kleinste Detail vorgezeichnet, wer ich bin und welche Rolle ich einmal spielen würde. Die Politik. Wer ich geworden bin. Deshalb habe ich mein Jura-Examen gemacht und sofort bei der Staatsanwaltschaft angefangen, bei Chris Locke … nun, den Rest kennst du ja.

Ich dachte, er liebt mich. Ich wusste, dass ich ihn liebte.

Doch danach – nach Mutters und Chris' Tod – brach alles in sich zusammen. Ich hatte mein Möglichstes getan, um zuerst Mutter und dann Chris zu gefallen, und plötzlich waren sie beide verschwunden. Und mit ihnen alle Gründe, so weiterzuleben wie bisher.

Allmählich dämmerte mir die schreckliche Wahrheit, dass ich nicht die war, für die alle mich hielten. Tief in meinem Innersten bin ich es nie gewesen. Aber ich hatte mir nie die Zeit genommen, über diese Dinge nachzudenken und meine eigene Identität zu finden.

Mutter war das einzige Vorbild, das ich in meinem bisherigen Leben kennen gelernt hatte. Es war typisch für sie, dass ihr das gefiel, denn sie war mit Leib und Seele Politikerin. Sie definierte sich über all ihre Ziele und Themen, ihr Engagement und ihre Beziehungen. Man betätigte sich ehrenamtlich, man tat Gutes, man kämpfte für die Unterdrückten und fand so das Glück im Leben.

Aber es war nicht mein Leben, Abe, sondern Lorettas. Und plötzlich war sie tot, und ich musste es als Thronfolgerin weiterführen, so sein wie sie, ihre Ideale verkörpern. Ich war die Reinkarnation meiner Mutter, Tag für Tag, mit Haut und Haaren. Alle verlangten, dass ich sie ersetzte, in ihre Fußstapfen trat, ihre Arbeit fortführte.

Dass man eine Lüge lebt, ist etwas, das man nicht auf Anhieb erkennt. Erst wenn man häufig genug Kopfschmerzen und Bauchkrämpfe hat und nachts wachliegt, weil man zwei oder drei verschiedene – nein, widersprüchliche – Leben führt. Und selbst der begriffsstutzigste Mensch merkt nach einigen Jahren, dass da irgendetwas nicht stimmt.

Und was tut man dann? Alles läuft auf Hochtouren. Man kann sich nicht einfach aus dem Staub machen. Besonders, wenn es einem im Blut liegt, anderen gefallen zu wollen. Wenn man der Universität, an der man ehrenamtlich lehrt, der Bürgerinitiative, die man organisiert, oder selbst dem eigenen Chef sagt, man müsse die Arbeit einschränken, um wieder mehr Zeit für sich selbst zu haben, ist es, als spräche man eine fremde Sprache. Nur noch ein einziges Seminar, Elaine, noch eine Amtsperiode im Vorstand, noch einen wichtigen Mandanten.

Und ein Mensch wie ich lässt sich irgendwann breitschlagen, wenn es hart auf hart geht. Weil er das Lob braucht. Das Lob der anderen. Im Innersten seines Herzens ist er darauf angewiesen, dass sie ihn mögen. Er ist nichts, wenn er nicht gefallen kann. Er muss geliebt werden. Also sagt er sich …

Nein, nicht er, sondern ICH.

Also habe ich mir eingeredet, ich würde bald etwas dagegen unternehmen. Eine Weile leisertreten, mir eine Pause gönnen.

Nicht etwa ganz aussteigen, sondern einen langen Urlaub nehmen, um neue Pläne für meine Zukunft zu schmieden.

Und bis dahin war ich jeden Tag so abgrundtief unglücklich.

Ich betrüge meinen Verlobten und er betrügt mich. Mein Chef will mich übers Ohr hauen. Und ich habe herausgefunden, dass ein anderer meiner Mentoren, dem ich immer vertraut, mit dem ich zusammengearbeitet, auf den ich mich verlassen und mit dem ich natürlich auch geschlafen habe, mich ebenfalls belügt und betrügt. Es gibt keine Ehrlichkeit, nicht einmal in dem System, für das ich mich so abgemüht habe und zu dem ich unbedingt gehören wollte. Doch das geht nun nicht mehr. Alles – meine Karriere, mein Privatleben, das Rechtssystem selbst, Abe – ist für mich zerbrochen.

Und plötzlich wusste ich, dass ich keinen weiteren Tiefschlag mehr verkraften kann. Ich war am falschen Ort und tat das Falsche. Es würde mich umbringen.

Deshalb musste ich alles verändern.

Ich durfte es keinem Menschen verraten, nicht einmal meiner lieben Assistentin, einer Frau namens Treya Ghent. Sie wäre vernünftig gewesen und hätte mir geraten zu bleiben und meine Probleme hier zu lösen. Aber ich glaube nicht, dass das möglich ist. Nicht mehr. Ich habe das Vertrauen in dieses Leben verloren. So viele Dinge konnte ich nicht einmal ihr erzählen. Dass ich Jonas betrüge. Andere Verfehlungen. Ihre Kritik hätte mir ganz besonders wehgetan.

Also bin ich jetzt fort. Es ist die richtige Entscheidung, und ich bin glücklich darüber. Ein klarer Schnitt, keine Rechtfertigungen gegenüber anderen Menschen, die sowieso nur Forderungen an mich stellen.

Nur dir wollte ich es sagen.

Es hat nichts mit dir zu tun.

In Liebe, deine Tochter Elaine

Sie lasen den Brief im Busbahnhof und brachten dann Päckchen und Koffer hinaus zum Auto. Auf dem Heimweg begannen sie, über die überraschenden Enthüllungen zu sprechen. Gabe Torrey? Aaron Rand, Clarence Jackmans Partner?

Die Hälfte ihrer Mandanten? Doch nach einer Weile konnten sie es nicht mehr ertragen und verfielen in Schweigen. Elaine hatte das Land verlassen wollen? Das Ticket der Alitalia war auf ihren Todestag ausgestellt, Abflug viertel nach sechs in der Frühe.

Im Doppelhaus war es still. Als sie hereinkamen, stellten sie fest, dass Raney vor dem Fernseher eingeschlafen war. Orel war in sein Zimmer gegangen und schlief auf seinem Bett – voll bekleidet und mit offenem Mund. Im dunklen Wohnzimmer schnarchte Rita leise auf ihrem Klappbett hinter dem gefälschten japanischen Wandschirm aus dem Importladen.

Sie lasen den Brief noch einmal, diesmal an Glitskys Küchentisch. Über ihren Köpfen baumelte die einzige Lampe. Als sie bei der letzten Zeile angelangt waren, drückte Treya Abes Hand und las sie laut vor: »Es hat nichts mit dir zu tun.«

»Das weiß ich«, erwiderte er. »Mein Verstand weiß es.« Er seufzte tief auf. »Bitte sag jetzt, dass es zu spät ist, Diz anzurufen.«

Sie warf einen Blick auf die Uhr, die über dem Herd hing: zwanzig Minuten nach zwölf. »Es ist zu spät, um Diz anzurufen«, meinte sie. »Denkst du, der andere Mann, den sie erwähnt und der angeblich das System verraten hat, ist Gabe Torrey?«

»Ja. Vermutlich hat sie etwas in Dash Logans Kanzlei gefunden.«

»Genau wie Dismas glaubt.«

»Mag sein. Zumindest teilweise.«

Sie tippte auf den Brief. »Und was willst du damit tun?«

Glitsky schüttelte den Kopf. Eine schwierige Überlegung. »Ich weiß nicht.«

»Nun, er ist an dich adressiert ...«

»Schon gut. Wenn sie ihn in einen Briefkasten gesteckt hätte und er ausgetragen worden wäre, wäre er mein Eigentum, und ich könnte ihn behalten.« Wieder seufzte er. »Doch dazu hatte sie keine Gelegenheit mehr.«

»Also ist es ein Beweisstück?«

»Selbstverständlich ist es ein Beweisstück. Wenn ich jetzt im Dienst wäre ...« Er hielt inne, schob seinen Stuhl zurück und sah sie an. »Aber vergessen wir die Juristerei, Trey. Es ist persönlich. Ich würde gerne wissen, was du denkst.«

Sie wandte sich zu ihm um. »Wenn eine Offenlegung dieses Briefes zur Beseitigung von einigen der Missstände führen würde, die sie beschreibt, würde sie wollen, dass du ihn vorzeigst.«

Seine Mundwinkel hoben sich leicht. »Ständig erwarte ich die falschen Antworten von dir.«

»Raney geht es genauso.« Kurz stand ein Funkeln in ihren müden Augen. »Du musst eine Entscheidung fällen. Und was tun wir bis dahin?«

Darauf hatte Glitsky eine Antwort parat. »Diz muss ihn dem Richter vorlegen«, sagte er. »Wenn sie mit der Hälfte ihrer Mandanten schlief und am nächsten Tag das Land verlassen wollte …«

»Muss es keine Zufallstat sein.«

»Genau«, meinte er mit Nachdruck. »Das habe ich auch nie vermutet.«

Er beugte sich vor, stützte die Ellenbogen auf die Knie, flocht die Finger ineinander und betrachtete mit gesenktem Kopf den Fußboden zwischen seinen Schuhen. Als sie dieselbe Sitzposition einnahm, berührte ihre Stirn sanft seinen Scheitel. »Schon gut, Abe«, sagte sie. »Schon gut.«

Er erschauderte und hob den Kopf, sodass sein Gesicht nur wenige Zentimeter entfernt von ihrem war. »Weißt du, welches Problem ich habe?«

»Welches?«

»Ich sage oft nicht die Dinge, die nötig sind. Wie bei Elaine zum Beispiel.«

Sie nahm seine Hände und sah ihn abwartend an.

»Aber ich muss dich einfach fragen …«

Sie küsste ihn auf die Lippen und berührte sein Gesicht. Als sie erst zehn Sekunden später ihren Mund wieder von seinem nahm, flüsterte sie ihm zu. »Die Antwort ist ja.«

35

Kurz bevor das Gericht wieder zusammentrat, herrschte in Hills Büro eine aufgebrachte und angespannte Stimmung. Torrey war aufgesprungen und lief vor dem Schreibtisch des Richters auf und ab. Als Requisite hatte er die heutige Ausgabe des *Examiner* mitgebracht. »... in meiner gesamten Zeit bei der Staatsanwaltschaft bin ich nie derart verantwortungslosen Anfeindungen ausgesetzt gewesen. Ich traue der Verteidigung ja alle möglichen Unsäglichkeiten zu, aber so etwas ...«

»Da Sie Menschen wie Dash Logan zu Ihren Freunden zählen, ist Ihnen das sicher nicht fremd«, wandte Hardy in versöhnlichem Ton ein. Er lehnte an der Tür. David Freeman und Sharron Pratt, die beide bevorzugte Behandlung verlangten, hatten sich in den Sesseln niedergelassen, welche auf einem Läufer vor Richter Hill standen. Die Gerichtsstenographin – schließlich musste jeder während einer Anhörung wegen Mordes geäußerte Satz ins Protokoll aufgenommen werden – saß mit ihrer Schreibmaschine rechts vom Richter und tippte eifrig vor sich hin.

Torrey wirbelte herum. »Ich spreche hier nicht von Dash Logan!«, zischte er. »Sondern von dieser verleumderischen ...«

»Dann verklagen Sie mich doch.« Hardy näherte sich dem Richter. »Verzeihen Sie, Euer Ehren, aber was tut das zur Sache? Ein Reporter hat einen Tatsachenbericht verfasst, der in diesem Fall nichts ...«

»Ich scheiße auf Ihren Tatsachenbericht. Es handelt sich eindeutig um ...«

»Mr. Torrey!«, donnerte Hill. Wie bei Hardys Besuch in seinem Büro am Vortag strahlte er in diesem Raum viel mehr Autorität aus als im Gerichtssaal. Er trug noch nicht seine Robe, und der Anzug ließ ihn um einiges gewaltiger wirken. »Ich habe es verdammt noch mal satt, mir tagein, tagaus Beschimpfungen anzuhören. Also lassen wir das in Zukunft, einverstanden?«

»Entschuldigen Sie, Euer Ehren, aber …«

Hill hielt einen Finger hoch. Er hatte die Stimme erhoben, sein Tonfall war streng. »Kein Aber. Ich habe genug davon. Und damit Schluss.«

Da Torrey keine Möglichkeit zur Flucht blieb, warf er Hardy einen giftigen Blick zu, richtete sich zu voller Größe auf und stolzierte zum einzigen Fenster. Sharron Pratt blickte ihm mitleidig nach. Dann machte sie es sich in ihrem Sessel bequem und wandte sich wieder dem Richter zu. Ihre Stimme klang ruhig und aalglatt. »Allerdings muss ich zugeben, dass Gabe in gewisser Hinsicht Recht hat, Euer Ehren. Mr. Hardy wird in dieser Kolumne als Quelle genannt. Man könnte doch erwarten, dass er während der Anhörung der Presse gegenüber ein wenig mehr Zurückhaltung walten lässt.«

»Wie oft muss ich es noch wiederholen?« Hardy lehnte mit verschränkten Armen am Bücherregal. Doch seine lässige Haltung stand ganz im Gegensatz zu seinen wahren Gefühlen. »Der Artikel hat mit diesem Fall nichts zu tun, Euer Ehren. Ich hatte keine Ahnung, wann Mr. Elliot ihn bringen wollte. Und es steht kein Wort darin, das nicht den Tatsachen entspricht.«

Wieder protestierte Torrey. »Das ist eine Lüge. Ich habe Ihnen niemals eine Abmachung angeboten.«

»Das behauptet der Artikel auch gar nicht«, erwiderte Hardy freundlich.

»Doch er deutet es an, verdammt.« Als Torrey auffiel, dass er sich wieder im Ton vergriffen hatte, wandte er sich an den Richter. »Entschuldigen Sie, Euer Ehren.« Hill tat es mit einer Handbewegung ab.

»Das ist Ihre Interpretation«, entgegnete Hardy. »Und wenn sich jemand angesprochen fühlt …« Er zuckte die Achseln.

»Aber, aber, meine Herren, es reicht.« Hill schob ein paar Stifte auf seiner Schreibunterlage zurecht. »Ms. Pratt, ich habe Ihnen und Mr. Torrey ausreichend Gelegenheit gegeben, Ihr Missfallen über Mr. Hardy auszudrücken. Doch er hat Recht. Der Artikel steht in keinem Zusammenhang mit dem aktuellen Fall. Und wir befinden uns auf seine Bitte hin in meinem Büro, nicht etwa auf Ihre. Haben Sie etwas dagegen, wenn wir fortfahren?« Er drehte sich zu Hardy um. »Bei Ihrem Anliegen geht es, wie ich annehme, um diese Sache, richtig?«

»Ja, Euer Ehren, das stimmt.« Hardy beugte sich vor, öffnete die Schließen seines Aktenkoffers, holte einige Blätter Papier heraus und wedelte damit herum. »Gestern Nacht hat Lieutenant Glitsky einige Gegenstände aus dem Besitz von Elaine Wager durchgesehen, die zu mir in die Kanzlei gebracht wurden ...«

»Mein Gott, Euer Ehren!«, rief Torrey entgeistert aus und stürmte auf den Richter zu. »Was beabsichtigt Mr. Hardy jetzt schon wieder? Welches Recht hat er, Ms. Wagers Eigentum zu durchsuchen? Lieutenant Glitsky ist aufgrund seiner Einmischung in diesen Fall bereits vom Dienst suspendiert worden und deshalb gar nicht befugt, eine irgendwie geartete Durchsuchung vorzunehmen. Es ist ungesetzlich. Das schlägt dem Fass doch den Boden aus!«

Ruhig wandte sich Hardy an den Richter. »Ich möchte Mr. Torrey bitten, hier nicht die Nerven zu verlieren. Es hat nie einen Durchsuchungsbefehl gegeben. Wir haben Ms. Wagers Verlobten gebeten, uns in ihrer Wohnung ein wenig umsehen zu dürfen. Er war einverstanden. Ganz einfach also.«

Torrey knurrte gereizt. »Was hoffte die Verteidigung denn in der Habe des Opfers zu finden, Euer Ehren? Wenn ich mir diese Frage erlauben darf.«

Freeman konnte sich diese unerwartete gute Gelegenheit nicht entgehen lassen. »Einen Hinweis auf den Täter.« Breit grinste er Pratt und den Richter an. »Vielen Dank.«

In dem Versuch, den Schaden zu begrenzen, beugte sich Pratt vor. »Also haben Sie offenbar nach Zeichen dafür gesucht, dass Mr. Burgess in der Wohnung gewesen war. Aber ich habe eine andere Frage an Mr. Hardy. Sie haben doch eben Lieutenant Glitsky erwähnt. Arbeitet er in Ihrem Auftrag an diesem Fall?«

Hardy zuckte die Achseln. »Wie Sie bereits sagten, ist er suspendiert. Er kann also tun und lassen, was ihm gefällt. Und offenbar interessiert ihn, wer Elaine Wager umgebracht hat. Selbstverständlich werden wir Ihnen alles, was er herausfindet, zugänglich machen.«

»Und warum interessiert ihn das?«, erkundigte sich Pratt.

»Weil er für die Gerechtigkeit ist. Seiner Ansicht nach hat die Polizei einen Fehler gemacht. Und Sie haben sich bereits politisch festgelegt.« Sein Lächeln hätte Freeman alle Ehre gemacht. »Wenn Sie mich so direkt fragen.«

»Ja, Sie haben Recht«, gab sie gnädig zu. »Und worin besteht Lieutenant Glitskys Rolle? Will er die Schnitzer der Polizei wieder gutmachen?«

»Ganz sicher ist das auch ein Teil der Wahrheit. Aber es geht ihm noch um etwas anderes.«

»Oh? Und was wäre das?«

Freeman, der neben Pratt saß, kicherte. Sie hatte schon wieder eine Frage gestellt, auf die sie die Antwort noch nicht kannte, und das war immer ein schwerer Fehler.

Hardy sah erst Pratt, dann Torrey und schließlich den Richter an. »Euer Ehren, Lieutenant Glitsky ist Elaine Wagers Vater.«

Nach einigen Sekunden Totenstille fand Torrey endlich die Sprache wieder. »Mein Gott«, sagte er ungläubig. »Hört das denn niemals auf? Offenbar sind die Herren Hardy und Freeman zu jeder Verdrehung der Tatsachen bereit, um Verwirrung zu stiften. Das ist doch wohl die lächerlichste ...« Ihm fehlten die Worte, und nach einem abfälligen Grunzen wandte er sich, Trost suchend, an den Richter. »Euer Ehren, bitte?«

Inzwischen war Hill ganz Ohr. Gleichgültig, wie die Hintergründe auch aussehen mochten, mit einer derart erstaunlichen Wendung hatte er noch nie zu tun gehabt – sofern es sich überhaupt um Fakten handelte. Er wandte sich zu Hardy um, bereit, ihn sofort zurechtzuweisen, falls sich seine Behauptung als schlechter Scherz erweisen sollte. »Ich hoffe doch stark, dass Sie Beweise dafür haben, Herr Anwalt.«

»Selbstverständlich, Euer Ehren.« Hardy trat mit seinen Papieren an den Schreibtisch. »Wie ich schon vor einer Weile sagte, hat Lieutenant Glitsky gestern Abend einige von Elaines Besitztümern durchgesehen, die zu mir in die Kanzlei gebracht worden waren. Unter den Gegenständen befand sich ein Schlüssel, der, wie er vermutete, zu einer öffentlichen Schließfachanlage gehörte.« Er redete weiter, um ja niemandem die Gelegenheit zu einer Unterbrechung zu geben. »Wie sich herausstellte, ist es ein Schließfach im Busbahnhof, das Lieutenant Glitsky öffnete …« Er hinderte Torrey mit einer Handbewegung daran, ihm ins Wort zu fallen »… immerhin ist er ihr nächster Angehöriger, Euer Ehren, und handelte nicht als Polizist. Jedenfalls enthielt das Schließfach persönliche Gegenstände von Elaine, unter anderem einen Brief, der an Lieutenant Glitsky adressiert war …«

Torrey konnte sich nicht länger bremsen. »Oh, bitte …«

Doch Hardy merkte Hill an, dass er ihm aufmerksam folgte, und er fuhr fort: »Ich habe eine Kopie dieses Briefes bei mir. Das Original befindet sich an einem sicheren Ort und kann dem Gericht kurzfristig vorgelegt werden. Einige Passagen des Briefes sind von großer Wichtigkeit für diesen Fall, Euer Ehren, und ich wollte sie dem Gericht so rasch wie möglich vortragen.«

»Mit welchem Zweck, Mr. Hardy? Wenn es sich um Beweise handelt, können Sie diese bei der Beweisvorbringung präsentieren. Ich will nichts davon hören, weder hier noch anderswo.«

»Euer Ehren.« Freeman erhob sich langsam aus seinem Sessel. »Mit allem Respekt. Ich habe das Schriftstück gelesen. Und es stehen Dinge darin, die es möglicherweise nötig erscheinen lassen, dass sich die Staatsanwaltschaft in diesem Fall für befangen erklärt – oder dass Sie ihn ihr aus diesem Grund entziehen.«

»Das muss doch ein Witz sein«, zischte Pratt.

»Ganz und gar nicht, Sharron«, erwiderte Freeman. »Unserer Ansicht nach ist der Justizminister eher befähigt, diesen Fall objektiv zu bewerten, Euer Ehren. Einiges weist auf eine Voreingenommenheit der Staatsanwaltschaft hin, welche …«

»Genug geredet«, unterbrach Hill. »Da draußen im Gerichtssaal findet eine Anhörung statt, mit der ich mich eines

Tages gern wieder befassen würde. Mr. Hardy, lassen Sie sehen, was Sie da mitgebracht haben. Wenn Sie einen Antrag parat haben, stellen Sie ihn, und ich treffe eine Entscheidung.«

»Natürlich wusste ich, dass der Richter sie nicht zwingen würde, sich für befangen zu erklären. Dass Torrey irgendwann in der Vergangenheit eine private Beziehung mit Elaine hatte, genügt nicht, selbst wenn wir es ohne Hörensagen beweisen könnten. Das hat Euer Ehren klipp und klar festgestellt.« Freeman war in Hochstimmung und erzählte seinem Mandanten am Tisch der Verteidigung von den neuesten Entwicklungen. Nach der langen Besprechung im Richterzimmer warteten sie nun darauf, dass Hill wieder im Gerichtssaal erscheinen würde. »Außerdem brauchen wir einen schriftlichen Antrag, eine Eingabe an den Justizminister und viel mehr Beweise.« Als Cole fragte, weshalb man überhaupt gefordert habe, die Staatsanwältin für befangen zu erklären, verzog David ungeduldig das Gesicht. Doch auch dieses Unverständnis konnte ihm die Freude über das Ergebnis nicht nehmen. »Pratt hatte keine Chance, sich aus der Affäre zu ziehen.«

»Okay. Und trotzdem haben Sie sie dazu aufgefordert, weil …?«

Enttäuscht über die Begriffsstutzigkeit seines Schülers, schlug Freeman einen dozierenden Ton an. »Weil wir wollten, dass der Richter den Brief liest, Cole. Er musste wissen, dass Glitsky Elaines Vater ist. Deshalb ist es so wichtig, dass er bei Ihrer Verteidigung hilft und sich sogar mit seinen Kollegen anlegt. Außerdem musste der Richter erfahren, dass unser Freund Torrey ein Verhältnis mit Elaine hatte. Aber hauptsächlich geht es um Torreys Charakter, den wir aus Gründen, die Mr. Hardy vielleicht besser erklären kann, in Zweifel ziehen wollen. Denn ganz gleich, was man sagt, war Torrey Elaines Vorgesetzter, und in unserer Kultur riecht das so sehr nach sexueller Nötigung, dass Hill stutzig werden wird. Und ganz unter uns, es hat auch nicht geschadet, dass Pratt von Torreys kleinem Seitensprung gehört hat.

Alles in allem«, fuhr Freeman mit einem Lächeln fort, das einem das Blut in den Adern gefrieren ließ, »verarschen wir sie, Cole, und zwar, weil sie uns verarschen wollten. Wir zeigen ihnen, dass sie diesen Fall nicht zu Wahlkampfzwecken missbrauchen können, indem sie Sie in die Todeszelle bringen.«

Und wirklich saßen die beiden Staatsanwälte am anderen Ende des Gerichtssaals demonstrativ schweigend da, waren so weit wie möglich auseinander gerückt und schoben Wassergläser und andere bedeutende Gegenstände auf dem Tisch herum.

»Doch das war nicht der wichtigste Grund. Da wir nicht die Spur eines Beweises haben, dass ein anderer Elaine umgebracht hat, ist die nächstbeste Alternative darzustellen, wie problembeladen und kompliziert Elaines Leben war. Sie hatte Schwierigkeiten mit Männern und Ärger in der Arbeit und mit dem Gesetz. Persönliche Themen. Vielleicht ist sie zufällig Opfer eines Raubüberfalls geworden, das mag sein. Aber inzwischen glaubt der Richter eindeutig, dass sie keine Durchschnittsbürgerin war, die in einer Sonntagnacht zurück ins Büro ging. Schließlich lag in ihrem Leben einiges im Argen, sie wollte sogar am nächsten Tag das Land verlassen. Was würden Sie in so einem Fall denken?«

»Dass es ein ziemlich großer Zufall war, dass sie ausgerechnet in dieser Nacht ermordet wurde.«

»Genau. Und es lässt es um einiges wahrscheinlicher aussehen, dass einer dieser Leute Grund hatte, sie zu töten.« Freeman zuckte die Achseln. »Ich will Sie zwar nicht frustrieren, Cole, aber um ehrlich zu sein, beweist das alles eigentlich gar nichts. Jedenfalls nicht, dass Sie nicht der Täter sind, und darum geht es uns hier schließlich. Doch es hat dem Richter etwas Luft verschafft, und dafür gibt er uns vielleicht ein wenig mehr Spielraum. Und darauf, mein Freund, kommt es hier an.«

Glitsky, der Polizist, war an diesem Vormittag in eigener Sache unterwegs.

Seit er den Brief seiner Tochter gelesen hatte, hatte sich seine Sichtweise verändert. Plötzlich schienen Hardys Theorie von letzter Nacht und all die unzusammenhängenden

Aspekte zueinander zu passen. Elaine hatte etwas entdeckt. Jemand, dem sie vertraut hatte, hatte vor kurzem dafür gesorgt, dass sie den Glauben an Recht und Gesetz verlor. Sie hatte mit Gabe Torrey geschlafen. Sie war gerade dabei gewesen, gegen Dash Logan zu ermitteln, der wiederum mit Visser unter einer Decke steckte. Und der hatte Kontakt zu Cullen Alsop gehabt.

Also kam allmählich Ordnung in den verwirrenden Faktendschungel. Außerdem musste man nicht länger die Stadt nach dem großen Unbekannten durchkämmen. Stattdessen hatte Glitsky nun ein klares Ziel vor Augen: Auch wenn Hardys Theorie sich als falsch erwies, Abe musste sie auf Herz und Nieren prüfen, bevor er sie endgültig verwarf.

Da er im Justizgebäude nicht willkommen war und sich dort auch nicht sonderlich wohl fühlte, richtete er seinen Stützpunkt im Solarium ein. Alle Mitglieder des Teams, einschließlich Jan Falk, trafen um halb acht ein. Glitsky reichte den Brief herum und erzählte die Geschichte. Um acht zogen Amy Wu und Gina Roake los, um die verschiedenen Zeugen zu befragen, die sich wegen des angefochtenen Testaments von Abby Oberlins Mutter gemeldet hatten. Falls Gene Visser eine dieser Personen bedroht hatte …

Curtis Rhodin hatte einen guten Freund im Justizministerium. Hardy und Freeman waren zu dem Schluss gekommen, dass er mit diesem Freund sprechen und ihn über die neuesten Entwicklungen informieren sollte. Elaine hatte Logans Unterlagen durchsucht, als sie ermordet wurde. Und das Verhältnis des Justizministers zu Bezirksstaatsanwältin Pratt als angespannt zu bezeichnen, wäre untertrieben. Da Torrey eine Affäre mit dem Mordopfer gehabt hatte, würde man im Justizministerium vielleicht zu der Vermutung gelangen, Logans Akten enthielten Beweise für eine Vertuschungsaktion der Bezirksstaatsanwaltschaft, was auf noch ungeklärte Weise zu einem Mord geführt habe. Das alles war zwar äußerst nebulös und basierte nur auf Verdachtsmomenten, gab jedoch zu einigen Fragen Anlass. Außerdem handelte es sich um ein Kapitalverbrechen, weshalb ein Richter derartige Dinge für gewöhnlich nicht auf die leichte Schulter nahm. Die Verteidigung hoffte auf einen neuen Durchsuchungsbefehl für Logans Kanzlei. Nur dass diesmal nicht nur ausgewählte Mandantenakten gesichtet werden sollten. Stattdessen wollte man die Person Dash Logan selbst gründlich unter die Lupe nehmen. Es war zwar ziemlich weit hergeholt – schließlich war gegen Logan kein Verfahren anhängig –, doch wenigstens würde man so die Beteiligten aufschrecken und möglicherweise zu einer unüberlegten Tat verleiten.

Jon Ingalls hatte die Aufgabe, Visser und Logan aufzusuchen und ihnen Vorladungen zuzustellen, damit sie im Gerichtssaal anwesend waren, falls Hardy sie aufrufen wollte. Dann sollte er mit Treya und vielleicht mit Glitsky – falls dieser bis dahin seine Telefonate erledigt hatte – losziehen, um weitere Restaurants und Hotels abzuklappern.

Glitsky war überzeugt, dass jemand Elaine in jener Nacht gesehen hatte. Außerdem konnte er sich nicht vorstellen, dass sie um ein Uhr morgens allein durch die menschenleere Innenstadt gegangen war. Ganz sicher war sie in Begleitung ihres Mörders gewesen.

Allerdings waren sich Glitsky, Hardy und Freeman einig, dass sich ihre Chancen um einiges erhöhen würden, wenn sie nicht nur Beweise fanden, sondern auch ihre Theorie in die Verhandlung einbrachten – und die lautete, dass eine wie auch immer geartete Verbindung zwischen Cullen Alsop, Ridley Banks, Gene Visser und Jan Falk bestand. Falk, dessen Aussage sie in diesem Fall dringend brauchten, wollte Hardy und Freeman ins Gericht begleiten. Er hasste Torrey und die gesamte Staatsanwaltschaft wie die Pest und war auf ihrer Seite, ein wertvoller Zeuge, der der Gegenpartei gern Schaden zufügen wollte.

Doch da Abneigung allein nicht genügte, telefonierte Glitsky im Moment mit Paul Thieu und erläuterte ihm seine Idee. »Richtig«, meinte er gerade. »Das weiß ich. Aber das Labor hat doch gar nicht nach den Fingerabdrücken einer bestimmten Person gesucht.«

»Abe«, erwiderte Thieu ruhig. Er wollte gerne etwas zum Gelingen beitragen, da er Abe mochte und respektierte, aber wenn er sich zu weit aus dem Fenster lehnte, gefährdete er seinen Job. Wegen eines Mordfalles, für den er nicht einmal zuständig war, ins Labor zu gehen und um eine dringende Zweitanalyse der Daten zu bitten, hätte nur Aufmerksamkeit erregt und sich rasch im Haus herumgesprochen. »Was soll ich denn fragen? Es war ein Zimmer in einer Absteige. Auch ich habe den Bericht gelesen. Dort wurde nicht allzu häufig sauber gemacht. Es gab Dutzende deutlicher Fingerabdrücke. Die Zimmermädchen, frühere Gäste, und so weiter. Die im Labor werden sich weigern, jeden Fingerabdruck in diesem Zimmer zu überprüfen.«

»Und auf der Tüte selbst? Paul, ich habe den Bericht hier vor mir liegen. Es befand sich ein weiterer deutlicher Abdruck darauf, der nicht von Cullen stammt. Ein einziger.«

Thieu seufzte entnervt auf. »Er war nicht klar genug, um ihn in den Computer einzuscannen, Abe, und er gehörte niemandem, der in der Nähe war oder dort wohnte, als die Polizei eintraf. Keine Übereinstimmung.«

»Ich weiß. Aber wenn der Abdruck deutlich genug war, kann man ihn doch mit der Datenbank vergleichen.« Es handelte sich um die Datenbank des Staates Kalifornien, in der die Fingerabdrücke aller verurteilten Straftäter eingespeichert waren und mit der die Forensiker am Tatort sichergestellte Fingerabdrücke abglichen. Dazu jedoch war ein klarer Fingerabdruck notwendig. Doch der aus Cullen Alsops Zimmer war nur teilweise vorhanden und verwischt. Ein fähiger Spezialist konnte vielleicht Übereinstimmungen feststellen, ein Computer nicht.

»Verlangen Sie etwa, dass jemand die ganze Kartei per Hand durchforstet? Das würde einen Monat dauern und ...«

»Nein, nur ein einziger Vergleich: Visser. Mehr nicht.«

Das war keine übertrieben große Bitte. Visser war Privatdetektiv und Ex-Polizist. Also waren seine Fingerabdrücke bestimmt gespeichert. Thieu war sicher, sie irgendwo finden zu können, vielleicht sogar bei der Mordkommission. In einer halben Stunde könne er sie zur Überprüfung ins Labor bringen, doch wann er mit einem Ergebnis aufwarten könne ...

»Bitten Sie nicht«, ordnete Glitsky an. »Befehlen Sie.«

Im Gerichtssaal versuchte Hardy, so viel Zeit wie möglich zu schinden, indem er sich eingehend mit Cullen Alsops Tod befasste. Saul Westbrook saß im Zeugenstand, der junge Pflichtverteidiger, mit dem Hardy am Anfang der Woche gesprochen hatte.

»Also wurde Mr. Alsop verhaftet und teilte Ihnen erst nach sechs Tagen im Gefängnis mit, dass er eine Abmachung mit der Staatsanwaltschaft getroffen hatte. Er habe Informationen über die Mordwaffe angeboten. Ist das korrekt?«

»Ja.«

»Hatten Sie in diesen sechs Tagen Gelegenheit zu einer persönlichen Unterredung mit ihm?«

Westbrook konsultierte die Notizen, die auf seinem Schoß lagen. »Ich sah ihn am Vormittag des 4. Februar, also an dem Donnerstag, an dem er unter Anklage gestellt wurde, und zwar hier im Justizgebäude. Unser nächstes Treffen fand am folgenden Tag, am 5. Februar, nachmittags, im Gefängnis statt.«

»Waren die Gespräche lang?«

»Das erste, hier im Gericht, war ziemlich kurz. Wir sprachen darüber, ob er sich schuldig oder unschuldig bekennen wollte, über seine Bewährungsauflagen und Organisatorisches.«

»Und was ist mit dem zweiten Gespräch im Gefängnis? Dauerte das länger?«

Wieder warf der junge Mann einen Blick auf seine Notizen. »Ja. Wir redeten eine knappe Stunde miteinander.«

»Fiel im Laufe dieser Unterhaltung der Name des Angeklagten in diesem Fall – also Cole Burgess?«

»Ja. Die beiden Männer kannten sich. Cullen hatte gehört, Mr. Burgess sei wegen Mordes festgenommen worden, und fragte mich, ob ich etwas darüber wisse.«

»Und was haben Sie geantwortet?«

»Dass ich gelesen hätte, es sehe nicht sehr gut für ihn aus.«

»Hat er eine Waffe erwähnt?«

»Nein.«

»Das nächste Mal trafen Sie Mr. Alsop nur vier Tage später, nach seiner Abmachung mit der Staatsanwaltschaft, Mr.

Westbrook. Haben Sie ihn bei dieser Begegnung auf sein Versäumnis angesprochen? Dass in der vergangenen Woche kein Wort über eine Waffe gefallen war?«

»Ja, das habe ich.«

»Und was hat er erwidert?«

»Er habe befürchtet, sich selbst zu belasten, wenn er mir erzählte, er habe eine Waffe besessen. Er wollte nichts mit einem Mordprozess zu tun haben.«

»Aber offenbar hatte er in den dazwischen liegenden vier Tagen beschlossen, diese Information dennoch preiszugeben. Ist das richtig?«

»Nun, anscheinend hatte er diese Entscheidung getroffen.«

»Ohne sie mit Ihnen, seinem eigenen Anwalt, zu erörtern?«

»In der Tat.«

Hardy kehrte zu seinem Tisch zurück und trank einen Schluck Wasser. Diese Befragung führte zu nichts. Bei den früheren Gesprächen hatte er sich mit dem jungen Mann gut verstanden, der Cullen schließlich seine Geschichte abgekauft hatte. Hardy hatte auf einen Geistesblitz gehofft, um etwas Leben in dieses Verhör zu bringen, doch offenbar war aus diesem Zeugen nicht mehr herauszuholen. Er sah Freeman an und dieser nickte nach kaum merklichem Zögern. Hardy wandte sich an den Richter: »Euer Ehren, wenn das Gericht es gestattet, hätte mein Partner ein oder zwei Fragen an den Zeugen.«

Hill gefiel das zwar gar nicht, doch er war ohnehin ein Mann, der nicht leicht zufrieden zu stellen war. »Mr. Hardy, Sie kennen die Regeln, ein Zeuge, ein Anwalt. Und das hier ist Ihr Zeuge.«

»Ja, Euer Ehren. Wenn Sie es wünschen, lasse ich Mr. Freeman die Fragen aufschreiben, damit ich sie Mr. Westbrook stellen kann, doch im Interesse der Zeitersparnis …«

Hill war nicht eben ein geduldiger Mensch. »Ich mache eine Ausnahme, Mr. Hardy«, seufzte er. »Aber nur einmal, ein einziges Mal und nie mehr wieder. Mr. Freeman, Sie dürfen fortfahren.«

Freeman erhob sich am Tisch der Verteidigung und warf einen Blick auf seine Notizen. Dann sah er auf und meinte mit übertrieben ruhiger Stimme: »Mr. Westbrook, Sie haben gerade ausgesagt, Mr. Alsop hätte diese ausgesprochen wichtige juristische Angelegenheit nie mit Ihnen besprochen, ist das richtig?«

»Ja, Sir.«

Unvermittelt fuhr Freemans Kopf hoch und er brüllte: »WARUM NICHT?« Er stürmte um den Tisch herum. »Haben Sie Ihren Mandanten je gefragt, mit wem er diese dringende Sache erörtert hat? Waren Sie denn nicht besorgt, er hätte die Entscheidung eigenmächtig gefällt und schwebe nun in Gefahr, sich eine Mordanklage einzuhandeln?«

»Einspruch!« Dieser unvermittelte Angriff hatte Torrey kalt erwischt, weshalb er nicht gleich die richtigen Worte fand. »Hörensagen, Mutmaßungen«, stammelte er schließlich.

Aber Freeman war nicht mehr aufzuhalten. »Alles, was mit Cullen Alsops Abmachung mit der Staatsanwaltschaft, seiner Haftentlassung und seinem Tod zu tun hat, ist äußerst wichtig«, donnerte er.

Schweigen herrschte im Gerichtssaal. Die Hände in die Hüften gestemmt, sah Freeman den Richter an. Er verhielt sich ungebührlich und dachte sich nicht das Geringste dabei – und Hill ließ sich davon einschüchtern. »Einspruch abgelehnt«, sagte er.

Freeman nickte kurz, bedankte sich beim Richter und wandte sich wieder dem naiven, reizenden und völlig verdatterten Westbrook zu. »Sie haben Ihren Mandanten doch sicher gesehen, nachdem dieser die Abmachung getroffen hatte?«

»Ja, Sir, das habe ich.«

Freeman näherte sich dem Zeugenstand und setzte zur Attacke an. »Warum haben Sie ihn nicht danach gefragt?«

»Ich weiß es nicht.«

»Sie wissen es nicht? Ich glaube, das tun Sie sehr wohl, Sir.« Er bombardierte den Zeugen mit Fragen. »Sie wussten, dass an dieser Abmachung etwas faul war, richtig? Dass der Schuss nach hinten losgehen würde. Oder etwa nicht?«

Westbrook war rot angelaufen und ahnte offenbar nicht, worauf Freeman hinauswollte. »Aber …«, stotterte er.

»Einspruch!«, rief Torrey, der aufgesprungen war.

Als ob er einen wichtigen Punkt bewiesen hätte, breitete Freeman triumphierend die Arme aus. »Tja«, meinte er, »und jetzt hat es ihn tatsächlich erwischt. Keine weiteren Fragen.«

»Ich weiß nicht, was du da eigentlich gemacht hast, David«, meinte Hardy, »aber es war ein erhebender Anblick.«

Nach Westbrooks Vernehmung gab es eine Pause. Freeman und Hardy waren am Tisch sitzen geblieben, während Cole vom Gerichtsdiener zur Toilette geführt wurde. Sie waren allein. Freeman schien wegen seiner kleinen Darbietung keine Genugtuung zu empfinden. Er senkte die Stimme. »Wenn wir nicht bald mit Tatsachen aufwarten, können wir einpacken. An Hills Stelle – Kapitalverbrechen oder nicht – hätte ich schon längst eine Entscheidung gefällt und den Prozess gegen unseren Jungen eröffnet.«

Hardy drehte sich um und betrachtete den Gerichtssaal hinter sich. Kein Glitsky, keine Treya. Die Musketiere waren mit verschiedenen Aufträgen unterwegs. Hardy malte kleine Kreise auf den Schreibblock, der vor ihm lag. Obwohl er glaubte, so viel über diesen Fall zu wissen, fiel ihm kein Weg ein, diese wichtigen Informationen Hill vorzutragen. »Wir müssen anfangen, über diese wackeligen Zusammenhänge zu sprechen, und hoffen, dass es den Richter interessiert.«

Freeman schüttelte den Kopf. »Nein. Wir brauchen Fakten«, wiederholte er. »Jetzt.«

Hardy hörte auf zu kritzeln. »Haben Ridley Banks und seine Verbindung zu Cullen auch damit zu tun? Der eine ist tot, der andere wird vermisst. Das sind Fakten.«

Der alte Mann war nicht überzeugt; er kicherte. »An den Haaren herbeigezogen«, meinte er.

Doch bis Glitsky oder einer der anderen auf etwas Wissenswertes stieß, hatten sie nicht mehr in der Hand.

Ankläger und Richter waren offensichtlich erstaunt, als Jan Falk aufgerufen wurde. Nachdem er vereidigt worden war und ausgesagt hatte, dass er als verdeckter Ermittler beim Drogendezernat arbeitete, unterbrach Hill Hardys Befragung und bat ihn an die Richterbank. »Mr. Hardy, soweit ich feststellen kann, hat Ihr letzter Zeuge nichts Verwertbares zu dieser Anhörung beigetragen. Bis jetzt habe ich Ihnen einen außergewöhnlich großen Spielraum gegeben, und das werde ich angesichts der Schwere des Falles auch weiterhin tun. Allerdings dulde ich keine Experimente mehr. Wenn Sie von diesem Zeugen etwas erfahren wollen, sollten Sie dies besser innerhalb kürzester Zeit klarstellen. Sonst entlasse ich ihn. Habe ich mich deutlich genug ausgedrückt?«

Hardy schluckte. Sein Mund war wie ausgetrocknet. »Ja, Euer Ehren.«

Treya öffnete die oberste linke Schublade ihres alten, inzwischen fast vergessenen Schreibtisches bei Rand & Jackman. Sie hatte eine Ewigkeit nicht mehr hier gearbeitet. Erschrocken verzog sie das Gesicht. »Ich weiß genau, dass ich es nicht verloren habe. Aber ich bin so müde, dass ich nicht mehr klar denken kann.«

Glitsky tätschelte ihr die Schulter. »Hast du nicht genug Schlaf bekommen?«

Sie drehte sich im Stuhl um und berührte sanft mit der Handfläche sein Gesicht. »Hör auf.«

Nachdem er sie geküsst hatte, richtete er sich auf und setzte sich auf die Schreibtischkante. »Gut«, meinte er. »Überleg dir, wo du warst, als sie es dir gegeben hat.«

»In ihrem Büro.«

»Dort, wo wir schon die ganze Zeit nach Akten suchen?«

»Ja.« Unvermittelt stand Treya auf. Glitsky folgte ihr über den Flur in das ihm inzwischen vertraute Büro, wo sie auf einen niedrigen Aktenschrank zusteuerte. »Da stand ich. Sie hatte ihren ledernen Aktenkoffer mit Schulterriemen bei sich, als sie hereinkam …« Treya schloss die Augen und versuchte sich zu erinnern.

Glitsky, dem es Spaß machte zu beobachten, wie ihr Gesicht sich veränderte, ließ sie gewähren.

»Ich hatte – das war es! Ich hatte einen Aktenstapel in der Hand. Sie warf den Aktenkoffer auf den Tisch, nahm ein paar braune Mappen heraus und gab sie mir, während wir miteinander redeten. Sie hatte eine Sitzung und war sehr in Eile.«

»Sie legte sie auf deine anderen Akten?«

Treya nickte. »Aber ich wollte auch nach Hause. Es war kurz vor Feierabend.« Sie holte Luft und schloss wieder die Augen. »Und am nächsten Morgen habe ich gehört, dass sie ermordet worden ist, und dann passierte so viel ...«

»Also hast du die Akten nie abgelegt?«

Sie gingen wieder zu ihrem Schreibtisch, wo sie sich setzte und nachdachte. Plötzlich drehte sie sich um und rollte mit dem Stuhl zu einer Reihe metallener Aktenschränke ganz in der Nähe. Nachdem sie die oberste Schublade geöffnet hatte, seufzte sie erleichtert auf. »Da sind sie.« Sie nahm einen losen Stapel Mappen heraus, es waren etwa zwanzig Stück. Dann schlug sie die oberste davon auf, seufzte wieder und reichte Abe die Akte. »Das hat sie aus Logans Kanzlei mitgebracht. Sieht aus wie ein Geschäftsbuch, ein Ausgabenkontrollbogen«, meinte sie.

Glitsky blätterte die zwanzig bis dreißig fotokopierten Seiten durch. Bei einer hielt er mit verdatterter Miene inne. »Hier fehlen einige Eintragungen«, sagte er und schlug die nächste Seite auf. »Und hier noch ein paar. Was hältst du davon?«

Sie betrachtete die Seiten. »Ich weiß nicht genau. Stornierte Schecks vielleicht«, antwortete sie. »Und du?«

»Ich finde es ein wenig seltsam«, entgegnete Abe. »Ein kleines bisschen seltsam.«

36

Obwohl Jan Falks Aussage nur einen äußerst losen Zusammenhang mit dem Fall Cole Burgess hatte, war Hardy nach Beendigung des Verhörs um drei Uhr sicher, dass ihm ein Durchbruch gelungen war: Er hatte wieder ein neues Glied in der Kette geschmiedet, die die Unzahl verschiedener Details und den Mord an Elaine Wager miteinander verknüpfte.

Trotz der unablässigen Einsprüche von Pratt und Torrey, Hardys Fragen seien nicht relevant, ließ Richter Hill ihn gewähren. Gebetsmühlenartig schmetterte er einen Einspruch nach dem anderen ab:

»Mr. Torrey, es handelt sich um ein Kapitalverbrechen. Ich werde alles zulassen und zum Schluss Ordnung in die Sache bringen.«

»Mr. Torrey, wir sind um einiges schneller fertig, wenn sie Mr. Hardy nicht ständig unterbrechen.«

»Ja, mir ist klar, dass der Herr Verteidiger seine Beweise präsentiert. Aber schließlich haben Sie die Todesstrafe gefordert, und wenn Sie damit durchkommen, Mr. Torrey, wird jede einzelne Instanz des Appellationsgerichts sich mit diesem Fall befassen. Man wird eine komplette Auflistung der einzelnen Punkte fordern, und ich beabsichtige, sie ihnen auch zu geben.«

»Ms. Pratt, wenn diese Fragestellung, wie Sie sagen, tatsächlich irrelevant ist, kann es Ihnen wohl kaum schaden, wenn wir uns die Antwort anhören.«

»Ich kenne meine Aufgaben, Mr. Torrey, und ich werde alles ablehnen, was nicht hierher gehört. Aber ich habe Ihnen bereits mitgeteilt, dass ich dem Herrn Verteidiger einen ungewöhnlich großen Spielraum gewähren werde. Insbesondere angesichts der Enthüllungen in Ms. Wagers Brief an Lieutenant Glitsky.«

Hardy wusste, dass kein Urteil jemals angefochten worden war, weil der Richter der Verteidigung einen Gefallen getan hatte. Er konnte nicht sagen, ob es an Jeff Elliots Artikel im *Examiner*, an Hills langjähriger Erfahrung mit der Staatsanwaltschaft und deren Integrität oder an Elaines Brief lag. Doch ganz gleich, was auch der Grund sein mochte, er hatte den Richter offenbar davon überzeugt, dass die Begleitumstände von Cullen Alsops Überdosis Hinweise auf Coles Schuld oder Unschuld sein konnten.

Hardy hatte keine Indizien vorgelegt – der Richter hatte einfach Hörensagen und Begründungen zugelassen. Falk bestätigte, dass Cullen Alsop sich am Tag seiner Haftentlassung und seines Todes mit Gene Visser im Jupiter getroffen hatte. Außerdem erläuterte er die dem Drogendezernat bekannte Tatsache, dass beträchtliche Mengen des bei der Festnahme von Dealern beschlagnahmten Heroins und Kokains irgendwann wieder auf der Straße auftauchten. Seiner Ansicht nach war die Asservatenkammer im Keller des Justizgebäudes möglicherweise doch kein so sicherer Aufbewahrungsort wie vermutet. Eine kürzliche interne Überprüfung des Drogendezernats hatte zum Beispiel ergeben, dass zwischen der im Keller gelagerten und eingetragenen Rauschgiftmenge und der tatsächlich in den Schränken vorhandenen eine Differenz von gut fünfhundert Gramm bestand.

Darüber hinaus hatte Falk ausgesagt, Banks habe Visser am Tag seines Verschwindens vernehmen wollen. Während der Inspector noch im Zeugenstand saß, verkündete Hardy, es seien weitere Ermittlungen notwendig, denn schließlich seien zwei wichtige Zeugen in diesem Fall innerhalb der letzten beiden Wochen entweder verstorben oder verschwunden. Da die Beweislast der Anklage obläge, müsse für diese ungewöhnlichen Ereignisse eine Erklärung gefunden werden.

Trotz aller Einsprüche sparte sich der Staatsanwalt die Mühe, Inspector Falk ins Kreuzverhör zu nehmen. Welche Fragen sollte er auch stellen? Ob er ihnen Märchen auftischte? Aber er wusste genau, dass der Inspector die Wahrheit sagte. Er war Hardys Zeuge, und Torrey und Pratt sahen ihn mit offensichtlicher Erleichterung ziehen.

Hill erhob sich und meinte, er werde sich für eine Viertelstunde zurückziehen, die letzte Pause des Tages. Cole ging mit dem Gerichtsdiener zur Toilette, und Hardy und Freeman erörterten, ob sie eine Unterbrechung der Anhörung beantragen sollten, bis die offenen Fragen untersucht und/oder geklärt worden waren.

Während der letzten halben Stunde waren Abe und Treya in den Gerichtssaal zurückgekehrt. Nachdem es Glitsky gelungen war, sich durch den Zuschauerraum und die Absperrung zu drängen, hörte er eine Weile zu und fiel den beiden Anwälten dann ins Wort: »Ich glaube, das lassen wir lieber.«

Als Hardy die Laborantin Nikki Waller in den Zeugenstand rief, hatte er plötzlich den Eindruck, dass die Dynamik sich verändert hatte. Der Beweis, den Freeman so herbeigesehnt hatte, war nun endlich da. Selbstbewusst und beschwingt trat die mollige, hübsche junge Frau aus dem Zuschauerraum und nahm fröhlich im Zeugenstand Platz. Da es nur selten vorkam, dass jemand im Gerichtssaal Begeisterung ausstrahlte, lächelte Hardy ihr dankbar zu. Er freute sich nicht nur über ihre gute Laune, sondern auch darüber, dass sie wichtige Informationen für ihn hatte. Nachdem er sie nach ihrem Namen und ihren Qualifikationen gefragt hatte, kam er sofort auf den Punkt.

»Ms. Waller, hatten Sie in letzter Zeit Gelegenheit, einige Gegenstände in dem Raum, in dem Cullen Alsop starb, auf Fingerabdrücke zu untersuchen?«

»Ja, ich habe es heute erst getan.«

»Hatten Sie nicht bereits eine derartige Untersuchung durchgeführt?«

»Ja.« In knappen Worten erläuterte sie das Problem mit der Analyse per Computer und meinte abschließend: »Der mir vorliegende Abdruck war nicht deutlich genug, um ihn mit den in der Datenbank gespeicherten zu vergleichen. Deshalb habe ich natürlich auch nichts gefunden.«

»Aber das Zimmer strotzte doch nur so von Fingerabdrücken.«

»O ja.« Fast hätte sie gekichert. »Daran bestand wirklich kein Mangel. Sie waren überall.«

»Und was hat Sie heute Morgen dazu bewogen, erneut nachzusehen?«

»Tja, Inspector Thieu von der Mordkommission kam ins Labor und bat mich, die Fingerabdrücke noch einmal mit denen einer bestimmten Person zu vergleichen, die in den Akten abgelegt waren.«

»Und taten Sie das?«

»Ja.«

»Ms. Waller, auf welchem Gegenstand haben Sie den Fingerabdruck entdeckt?«

Sie rümpfte reizend die Nase. »Auf einem Stück Klebeband – der klebrigen Innenseite, um genau zu sein –, das dazu verwendet worden war, das Tütchen mit dem Heroin zu verschließen.«

»War der Fingerabdruck verwendbar?«

»Er war zwar ein wenig verschwommen, aber man konnte ihn erkennen.«

»Und haben Sie diesmal eine Übereinstimmung festgestellt?«

»Ja, Sir, das habe ich.«

Hardy richtete sich auf und holte tief Luft. »Würden Sie bitte dem Gericht den Namen der Person nennen, deren Fingerabdruck sich auf dem Klebeband befand, mit dem das Herointütchen verschlossen war?«

Nikki Waller sah den Richter hilfsbereit an. »Eugene Visser.«

Visser saß im Zeugenstand und spielte den ehrlichen Kumpel. »Natürlich kann ich das erklären. Es war doch der Junkie auf dem Klo, richtig?«

Hardy zuckte die Achseln. »Das müssen Sie dem Gericht sagen, Mr. Visser, nicht mir.«

»Nun.« Entspannt lehnte Visser sich zurück. »Zuerst einmal sollten Sie verstehen, dass es im Jupiter ziemlich hoch hergeht. Ich habe gehört, was Ihr letzter Zeuge – Falk? – erzählt hat, und den habe ich auch schon dort gesehen. Auf der Toilette.«

»Das Thema ist jetzt nicht Sergeant Falk, Mr. Visser, sondern Ihre Erklärung, wie Ihr Fingerabdruck auf eine Tüte reines Heroin kommt, durch das ein junger Mann sein Leben verloren hat.«

»Schon gut«, erwiderte Visser. »Kurz gesagt, ich habe sie aufgehoben.«

»Sie haben sie aufgehoben?«

»Auf dem Klo. Ich stand am Pissbecken, es war mitten am Nachmittag, und da hörte ich aus der Kabine neben mir ein Geräusch. Sie wissen ja, wie es ist, man guckt normalerweise nicht drüber und fragt denjenigen nach seinem Befinden.« Im Zuschauerraum brach Gekicher aus. »Aber im nächsten Moment fluchte der Mann, als wäre ihm was runtergefallen, und dann flog mir ein Tütchen mit weißem Pulver vor die Füße.«

»Vor die Füße?«

»Ja, keine Ahnung, wie das passiert ist. Vielleicht hat er es weggestoßen, als er danach griff. Ich habe so was im Jupiter schon öfter erlebt. Schließlich ist es kein familienfreundliches Restaurant. Es verkehren eine Menge Gesetzeshüter dort, so wie ich. Also dachte ich mir, der Typ in der Kabine ist vielleicht ein verdeckter Ermittler wie Ihr Freund Falk, richtig? Und er will mir was anhängen.« Auch das fand das Publikum sehr komisch. »Deshalb beugte ich mich vor, nahm das Tütchen und klebte es wieder zu. Inzwischen kam der Typ panisch aus der Kabine gestürmt. ›Wo ist mein Stoff? Wo ist mein Stoff?‹, hat er gebrüllt. Da habe ich ihm das Zeug zurückgegeben.«

»Sie haben es ihm zurückgegeben?«

Visser lächelte, was allerdings völlig anders wirkte als bei Nikki Waller. »Zugeklebt. Aber Sie können mir glauben, mittlerweile wünsche ich, ich hätte es liegen gelassen.«

Wieder Gelächter. Visser grinste, als hätte er einen besonders guten Witz gemacht, und wollte vom Zeugenstuhl aufstehen. Aber Hardy hielt ihn mit einer Handbewegung zurück. »Entschuldigen Sie, Mr. Visser, aber wir sind noch nicht fertig. Inspector Falk hat ausgesagt, Sie seien nach Mr. Alsop zur Toilette gegangen, und Sie beide seien eine ganze Weile dort geblieben, möglicherweise sogar zehn Minuten. Könnten Sie das dem Gericht erklären?«

Kopfschüttelnd über so viel Dummheit, nahm Visser wieder Platz und sah Hardy lange und ernst an. »Sie werden's nicht glauben, aber ich habe mit ihm geredet.«

»Mit Cullen Alsop geredet? Worüber?«

Visser warf dem Richter einen Blick zu und drehte sich dann wieder zu Hardy um. »Ach, vergessen Sie's. Schon gut. Sie würden mich bloß auslachen.«

»Ich verspreche Ihnen, nicht zu lachen, Mr. Visser. Bitte beantworten Sie die Frage.«

Der Privatdetektiv zupfte verlegen an seinem Sakko herum. Nach einer Weile zuckte er die Achseln. »Ich habe ihm gesagt, er soll mit diesem Zeug vorsichtig umgehen, weil es ihn umbringen könnte.« Hinter Hardy hatten die Zuschauer zu raunen begonnen, aber diesmal wurde nicht gelacht. »Also haben wir uns ein bisschen unterhalten, eine Minute, fünf Minuten, ich weiß nicht genau. Er machte einen netten Eindruck und erzählte mir, er sei gerade aus dem Gefängnis gekommen und sofort wieder rückfällig geworden. Ihm sei klar, dass er clean werden müsse, aber er schaffe es einfach nicht. Also schlug ich ihm vor, den Inhalt des Tütchens hier an Ort und Stelle zum Klo runterzuspülen. Und wissen Sie was? Kurz glaubte ich wirklich, er würde es tun. Er hat es sich ernsthaft überlegt. Aber dann meinte er nur, das könne er noch nicht.« Der massige Mann stieß einen sehr überzeugenden Seufzer aus. »Ich war ganz dicht dran«, sagte er bedrückt.

Mühsam beherrscht durchquerte Hardy den Gerichtssaal und trank an seinem Tisch einen Schluck Wasser. Freeman sah ihn an. »Lass ihn gehen«, flüsterte er. Der alte Mann ahnte, dass Hardy sich den Zeugen weiter vorknöpfen wollte, ohne seine Fragen, geschweige denn die Antworten, im Voraus zu kennen. Aber Hardy achtete nicht auf Freeman, und als er sich dem Zeugen zuwandte, hatte er sich wieder gefasst. »Mr. Visser, haben Sie über dieses Thema bereits mit der Polizei gesprochen?«

»Ja, das habe ich.«

»Wann war das?«

Visser kramte demonstrativ in seinem Gedächtnis. »Ich weiß nicht genau, wahrscheinlich am letzten Mittwoch oder Donnerstag. Ich habe dem Inspector dasselbe erzählt wie Ihnen.«

»Sie haben mit einem Inspector geredet?«

»Ja. Es war ein Schwarzer. Banks? Er hat sich auch im Jupiter mit dem Typen getroffen. Am nächsten Tag, nach dem Tod des Jungen, kam er zurück und stellte eine Menge Fragen.« Ein kühles Achselzucken. »Er verfolgte eine Spur.«

»Wo haben Sie mit ihm gesprochen?«

»Er kam zu mir ins Büro am Pier 38. Da ich an diesem Abend lange gearbeitet habe, hat er mich noch erwischt. Er fragte mich noch einmal dasselbe, allerdings nicht so genau nach dem Tütchen – ich wusste nicht, dass ich einen Fingerabdruck hinterlassen hatte. Doch im Großen und Ganzen hat er sich wiederholt.«

»Und was geschah dann?« Hardy war so wütend, dass er sich kaum noch bremsen konnte.

»Was geschah wann?«

»Als Nächstes«, zischte Hardy. »Nach Ihrem Gespräch.«

Visser zuckte theatralisch die Achseln. »Keinen Schimmer. Er ging wieder.«

Hardy erhob die Stimme. »Wollen Sie diesem Gericht weismachen, Sie wüssten nicht, dass Inspector Banks seit jener Nacht vermisst wird?«

Erschrocken fuhr der Zeuge zurück. »Soll das ein Scherz sein? Vermisst?«

Hinter Hardy erlitt Freeman einen Hustenanfall. Offenbar hatte er sich beim Trinken verschluckt, prustete, schien kurz vor dem Ersticken und stieß dabei sein Wasserglas um. Alle im Gerichtssaal glaubten, sein letztes Stündlein hätte geschlagen. Cole sprang auf und klopfte ihm auf den Rücken. Der Gerichtsdiener näherte sich. Hardy bat den Richter, ihn für einen Moment zu entschuldigen, und eilte seinem Freund zu Hilfe.

Offenbar erholte sich Freeman schon wieder. Er blickte auf, sah Hardy an und deutete auf seinen Notizblock, wo eine unterstrichene Frage stand.

Dieser Fuchs, dachte Hardy. Dieser schlaue, gerissene Fuchs.

Er hatte Hardy in seinem Schwung gebremst und ihn zum Nachdenken gebracht. Denn er durfte nicht zulassen, dass ihnen ein Fehler unterlief, nur weil Hardy provoziert worden war. Hardy blieb noch eine Weile, um sich zu vergewissern, dass Freeman wieder atmete. Schließlich erhob sich der alte Anwalt, entschuldigte sich, und Hardy wandte sich erneut an den Zeugen.

»Mr. Visser«, sagte Hardy mit lauter Stimme und baute sich dicht vor dem Privatdetektiv auf. In seiner Verzweiflung hatte Freeman ihm eine Frage aufgeschrieben, die vermutlich gegen seine Grundeinstellung verstieß. Allerdings war sie so allgemein formuliert, dass es gar keine falsche Antwort geben konnte. Aber vielleicht – ja, nur vielleicht – eine, die sie weiterbrachte. »Hatten Sie je Gelegenheit«, meinte Hardy, »die Asservatenkammer im Keller des Justizgebäudes zu betreten?«

Angesichts dieses Richtungswechsels war Vissers selbstzufriedene Miene wie weggeblasen. »Ja.«

Hardy gelang es, den triumphierenden Tonfall zu unterdrücken. Endlich hatte er genau ins Schwarze getroffen. »Und wann waren Sie das letzte Mal dort?«

Visser gab sich weiterhin lässig, wirkte nun aber nicht mehr so überzeugend wie zuvor. »Das weiß ich nicht genau.«

»Sie wissen es nicht?«, wiederholte Hardy. »Wir können es innerhalb von fünf Minuten herausfinden, indem wir unten anrufen, Mr. Visser. Sollen wir das tun oder können Sie sich erinnern? Schließlich muss man beim Betreten des Raums auf einer Liste unterschreiben.«

»Ja, ich weiß es aber nicht genau«, entgegnete der Zeuge. »Vor ein paar Wochen vielleicht. Oder auch weniger.«

»Vor ein paar Wochen«, sagte Hardy. »Oder auch weniger.«

Aus dem Augenwinkel fing er Hills Blick auf. Der Richter hatte sich aufgesetzt, beugte sich nun zum Zeugen vor und starrte ihn aufmerksam an.

»Nun, Mr. Visser, soweit ich informiert bin, darf ein Normalbürger die Asservatenkammer nur in Begleitung eines Anwalts oder Polizeibeamten betreten. Ist das richtig?«

»Ich glaube schon.«

»Wurden Sie bei Ihrem letzten Besuch dort von jemandem begleitet? Vor ein paar Wochen?« Hardy konnte sich diesen Zusatz nicht verkneifen.

»Ja. Normalerweise gehe ich mit dem Anwalt hin, mit dem ich zusammenarbeite.«

»Und mit wem haben Sie vor zwei Wochen zusammengearbeitet?«

Vissers Fassade bekam die ersten Risse. Er blickte zu Boden und kratzte sich nervös am Kinn. »Ich denke … wahrscheinlich war es Dash Logan«, erwiderte er.

»Sie denken? Sind Sie sicher?«

Wieder eine Pause. »Ja, ich bin sicher. Es war Dash Logan.«

»Mr. Logan«, begann Hardy. »Mit welcher Absicht haben Sie vor ein paar Wochen mit Mr. Visser die Asservatenkammer aufgesucht?«

Logan breitete die Hände aus, drehte sich um und sah den Richter an. »Das ist doch lächerlich, Euer Ehren. Was hat das zu bedeuten?«

»Beantworten Sie einfach die Frage«, zischte Hill.

Hardy hatte das Gefühl, auf einer heißen Spur zu sein. Endlich bewegte sich die Strömung in die richtige Richtung und er würde sich von ihr tragen lassen, so weit es ging. »Mr. Logan«, fuhr er fort, »soll ich die Frage wiederholen?«

»Nein.« Während Visser Hardys Angriffe durch Unverschämtheit abgewehrt hatte, versuchte Logan es mit Arroganz. Doch seine Augen funkelten wütend. Er schob den Kiefer vor. »Ich war dort, um Beweise in einem meiner Fälle zu sichten. Das ist der Grund, warum man in die Asservatenkammer geht, Mr. Hardy, um Beweise zu sichten.«

Doch Hardy ließ sich davon nicht provozieren. Eine kühle Gelassenheit hatte ihn ergriffen. Es gelang ihm sogar ein schiefes Lächeln. »Danke für den Hinweis, Mr. Logan. Ich werde es mir merken. Nun zu dem Fall, an dem Sie arbeiteten. Wie würden Sie ihn beschreiben?« Wieder eine Frage, auf die Hardy die Antwort nicht kannte – obwohl er ganz sicher war, wie sie ausfallen würde.

»Ich beschreibe meine Fälle nicht, ich arbeite für meine Mandanten. Ihre Frage verstehe ich nicht.«

»Nun, wurde Ihr Mandant beispielsweise des Raubes beschuldigt? Des Mordes? Der Vergewaltigung?«

»Nein, keines dieser Verbrechen.«

»Ging es um ein Verkehrs- oder Drogendelikt?«

»Das fällt unter das Anwaltsgeheimnis«, entgegnete Logan. »Ich muss meine Fälle weder mit Ihnen noch mit sonst jemandem erörtern.«

Hardy wandte sich an den Richter. »Euer Ehren?«

Hill hatte sich weit über den Rand des Podiums gebeugt. Noch nie hatte er einem Kadaver ähnlicher gesehen. »Ihre Fälle sind in öffentlich zugänglichen Protokollen verzeichnet, Mr. Logan. Sagen Sie dem Gericht, worum es sich handelte.«

Logan blickte hin und her. Als er keinen Fluchtweg erkannte, lehnte er sich zurück, schlug die Beine übereinander und setzte eine gekränkte Miene auf. »Ja, es war ein Drogendelikt.«

»Und Sie waren mit Mr. Visser in der Asservatenkammer?«

»Ja.«

»Und danach gingen Sie beide ins Jupiter?«

»Ja, was ist schon dabei?«

Pratt, die das Treiben in den letzten anderthalb Stunden nur als Zuschauerin verfolgt hatte, stand endlich auf. Man hörte ihrer Stimme zwar die unterdrückte Wut an, aber es gelang ihr, sich zu beherrschen. »Euer Ehren, wenn ich mir die Bemerkung erlauben darf, sehe ich keinen Zusammenhang zwischen Mr. Logans und Mr. Vissers Besuch in der Asservatenkammer vor knapp zwei Wochen und dem Tod von Elaine Wager, der schon weiter zurückliegt. Sie war bereits tot, als die Ereignisse stattfanden, die Mr. Hardy so interessieren. Ich habe Verständnis dafür, dass Sie der Verteidigung in diesem Fall einen großen Spielraum gewähren, doch all diese Dinge tun doch wirklich nichts zur Sache. Mr. Logan ist berechtigt, die Asservatenkammer zu betreten. Mr. Visser ebenfalls. Und was ist schon dabei, wenn er einen Drogendealer vertritt? Das tun fast alle Strafverteidiger. All das ist doch nur eine Verschleierungstaktik, eine reine Verzweiflungstat und außerdem in höchstem Maße unethisch.«

Als Sharron Pratt klar wurde, dass sie auch Publikum hatte, vollführte sie eine halbe Drehung, denn die Zuschauer hinter ihr waren unruhig geworden. Offenbar verstand die Staatsanwältin das Schweigen des Richters als Zustimmung. Denn sie holte tief Luft und setzte mit lauter, schriller Stimme zu einer Tirade an, während der Lärm im Zuschauerraum zunahm. »In dieser Anhörung geht es um die Tat, die Cole Burgess begangen hat, Euer Ehren. Nicht um Dash Logan oder Gene Visser. Sie sind hier nicht angeklagt. In unserem Streben nach Gerechtigkeit dürfen wir das Ziel nicht aus den Augen verlieren.« Ihre Stimme steigerte sich zu einem Kreischen, als sie sich zum Tisch der Verteidigung umdrehte und mit der Faust drohte. »Dieser Junge ist ein kaltblütiger Mörder. Er hat Elaine

Wager getötet, daran besteht kein Zweifel. Sehen Sie sich die Fakten an, Euer Ehren. Mein Gott, das ist doch Wahnsinn. Sehen Sie sich die Fakten an.«

Hoch aufgerichtet stand sie da und nickte mit dem Kopf. Sie war stolz auf ihren Mut und darauf, die Wahrheit laut ausgesprochen zu haben, um dem Richter endlich die Augen zu öffnen. Sie, nicht er, bestimmte hier die Regeln. Auch wenn Hill als Richter Machtbefugnisse hatte, war die Wahrheit auf ihrer Seite. Das Volk hatte sie gewählt, und es war ihre Pflicht, diesen Fall zu einem Kreuzzug für die Moral zu machen. Die Gerechtigkeit musste siegen – nicht etwa die Anwälte mit ihren Tricks. Genug war genug.

Der Richter hatte sich zurückgelehnt. Hardy deutete seine Miene als Unglauben, vielleicht sogar Ehrfurcht. Er hielt den Hammer in der rechten Hand und ließ ihn wenige Zentimeter über der Tischplatte schweben. Anstatt damit auf den Tisch zu schlagen, wartete er ab, bis der Lärm im Gerichtssaal verebbte, was eine halbe Ewigkeit zu dauern schien, obwohl es vermutlich kaum vierzig Sekunden waren. Endlich, nachdem es still geworden war, legte Hill den Hammer vorsichtig weg und sagte mit gedämpfter Stimme:

»Da Sie in Ihr Amt gewählt wurden, Ms. Pratt, tue ich Ihnen aus reiner Höflichkeit den Gefallen, Sie nicht einsperren zu lassen. Allerdings verurteile ich Sie aufgrund dieses Ausbruches wegen Missachtung des Gerichts zu einer Geldstrafe von tausend Dollar, zahlbar an meinen Referendar bis morgen Mittag zwölf Uhr. In Übereinstimmung mit den Standesregeln werden Sie diesen Vorfall bei der Anwaltskammer dieses Staates melden.«

Erneut brach Getuschel aus. Nun schlug Hill ohne zu zögern dreimal hintereinander mit dem Hammer auf den Tisch, bis wieder Grabesstille herrschte. »Damit keine Missverständnisse entstehen: Es handelt sich hier um eine Anhörung vor Gericht, nicht um eine Wahlkampfveranstaltung! Nun«, wandte er sich an die Anwesenden, »wird Mr. Hardy den Zeugen weiter befragen, bis er fertig ist oder bis fünfundzwanzig Minuten vergangen sind. Danach wird die Verhandlung für heute unterbrochen.« Kurz hielt er inne und fuhr dann fort.

»Fürs Protokoll, Ms. Pratt und Mr. Torrey, bis jetzt bin ich mehr oder weniger überzeugt davon, dass die Aussagen der letzten Zeugen und auch die dem Gericht vorgelegten Beweise jeder von Ihnen vorgeschlagenen Überprüfung auf Relevanz standhalten werden. Deshalb würde ich es vorziehen, wenn diese Zeugenbefragung eine Weile mit einem Minimum an Einsprüchen fortgesetzt werden könnte. Habe ich mich klar genug ausgedrückt, Ms. Pratt?«

Hardy hatte sich umgedreht und Pratt während dieser Strafpredigt beobachtet. Mit vor Wut funkelnden Augen starrte sie den Richter wortlos an. Wollte sie Hill dazu bringen, eine Antwort von ihr zu verlangen? Wenn ja, war das nicht gerade ein Geniestreich. Aber Torrey, der das spürte, legte ihr, in der Hoffnung, den Schaden zu begrenzen, die Hand auf die Schulter und stand auf. »Selbstverständlich behält sich die Staatsanwaltschaft das Recht auf Einspruch vor, Euer Ehren.«

Wie eine Geistererscheinung funkelte Hill die beiden Staatsanwälte an und nickte dann barsch. »Natürlich«, erwiderte er mit einer Miene, die wohl ›aber reizen Sie mich bloß nicht‹, besagen sollte. Nach einer kurzen Pause forderte er Hardy auf, mit der Zeugenvernehmung fortzufahren.

Dieser grinste Logan gekünstelt an. Wenn Sharron Pratt seine letzten Fragen bereits für irrelevant gehalten hatte, würde sie vermutlich bei den nächsten vor Wut in die Luft gehen. Allerdings hatte der Richter ihm gerade freie Bahn gegeben, und wenn er die Gelegenheit nutzen wollte, war nun der richtige Zeitpunkt dafür. »Mr. Logan, waren Sie im vergangenen Jahr an einem Verkehrsunfall Ecke Fifth und Market Street beteiligt?«

Der Zeuge rutschte auf seinem Stuhl herum und räusperte sich nervös. »Ja, jemand hatte die Bremsen meines Wagens beschädigt. Ich hätte tot sein können.«

»Außerdem haben Sie beim Überfahren einer roten Ampel beinahe zwei Fußgänger touchiert, ist das richtig?«

»Ich konnte nicht anhalten. Was hätte ich tun sollen?«

Hardy erwiderte nichts darauf und fragte stattdessen: »Standen Sie während dieses Zwischenfalls unter dem Einfluss von Alkohol oder Drogen?«

Entrüstet richtete Logan sich auf. »Absolut nicht. Und ich bin nie deswegen angeklagt worden.«

Aber Hardy hatte schon eine Antwort parat. »Stimmt es nicht, dass die Staatsanwaltschaft nach Ihrer Festnahme durch die Polizei alle mit diesem Unfall zusammenhängenden Anklagepunkte niedergeschlagen hat?«

»Na ja, das ist ...«

»Und sind Sie sich dessen bewusst, dass Mr. Torrey persönlich diese Entscheidung getroffen hat?«

»Es gab keine ...«

Hardy erhob die Stimme. »Für das Protokoll: Das heißt ja, oder?«

Logan schmeckte das zwar gar nicht, aber er hatte keine Ahnung, was Hardy wusste oder beweisen konnte. »Ja«, zischte er angewidert.

»Danke«, meinte Hardy. Da nun im Protokoll stand, dass Visser mit Logan und dieser wiederum mit Torrey Verbindungen hatte, konnte Hardy seinen letzten Trumpf aus dem Ärmel zaubern. Als er Hill ansah, glaubte er zu bemerken, dass dieser fast verschwörerisch nickte – doch ganz bestimmt ging vor lauter Müdigkeit schon seine Fantasie mit ihm durch. »Mr. Logan, kannten Sie Elaine Wager, das Mordopfer?«

»Ja, allerdings nur beruflich, nicht privat.«

»In anderen Worten kannten Sie sie als Anwaltskollegin?«

»Entschuldigen Sie, Mr. Hardy?«, unterbrach der Richter. »Ich bin froh, endlich Fragen zu hören, die mit einem der Beteiligten an diesem Fall in Zusammenhang stehen. Und falls die Anklage keinen Einspruch erhebt«, fügte er spitz hinzu, »würde ich es für heute gern gut sein lassen und morgen fortfahren. Es war eine lange Sitzung, und ich bin sicher, dass wir alle ein wenig Zeit brauchen, um über die Ereignisse dieses Tages nachzudenken. Irgendwelche Einsprüche?« Es gab keine. »Also gut. Die Sitzung ist unterbrochen.«

37

Glitsky hatte Logans Aussage nicht abgewartet. Gleich nach Gene Vissers Befragung und der Antwort, Ridley Banks habe ihn in der Nacht seines Verschwindens in seinem Büro am Pier 38 aufgesucht, entschuldigte er sich bei Treya und eilte aus dem Gerichtssaal in die Mordkommission zwei Stockwerke höher.

Die Hälfte seiner Mitarbeiter war anwesend, blickte auf und begrüßte ihn freundlich, als er hereinkam. Zufrieden stellte Glitsky fest, dass seine Leute nicht unbedingt zur Obrigkeitshörigkeit neigten. Sie ähnelten ihm in vieler Hinsicht und versuchten, einen sehr gefährlichen Job so gut wie möglich zu erledigen – trotz aller Steine, die Medien, Politiker und Vorgesetzte ihnen in den Weg legten. Und plötzlich interessierte es ihn nicht mehr, ob er überhaupt hier sein durfte. Sollten seine Chefs ihm doch kündigen, solange sie ihn nur heute nicht an seinem Vorhaben hinderten. Es gab Polizeiarbeit zu tun; Elaines Mörder musste gefunden werden. Und Glitsky war fest dazu entschlossen, diese heilige Pflicht zu erfüllen, die er sich selbst auferlegt hatte.

»Wonach suchen wir?«, fragte Paul Thieu, während er die Durchsuchungsbefehle für Vissers und Logans Büros ausfüllte. Hardy, der an diesem Morgen Elaines Brief und Jeff Elliots Artikel aus dem *Examiner* bei Richter Thomasino abgegeben und ihn auch über die neuesten Entwicklungen in Kenntnis gesetzt hatte, hatte ihm gesagt, der Richter werde die Durchsuchungsbefehle vermutlich unterschreiben. Schließlich musste man erfahren, was Ridley Banks zugestoßen war. Und wenn ein Inspector der Mordkommission nun die Büros unter die Lupe nehmen und einen Zusammenhang zwischen drei Morden finden wollte, würde Thomasino gewiss das Seine dazu beitragen.

Da Logan inzwischen Verdächtiger und nicht mehr nur unbeteiligter Verwahrer von Akten war, war auch kein Sonderbeauftragter notwendig.

»Eigentlich suchen wir nach allem«, erwiderte Glitsky. »Waffen, Drogen, stornierte Schecks, Anzeichen eines Kampfes. Nehmt die verdammte Bude auseinander. Vielleicht hat Visser Ridley erschossen, als der vor seinem Schreibtisch saß, und in diesem Fall entdeckt ihr vielleicht Blutspuren.«

Aufgeregt hob der junge Sergeant den Kopf. Marcel Lanier stand von seinem Schreibtisch auf und kam näher. Glitsky nickte ihm zu. Jorge Batavia und Sarah Evans waren ebenfalls da. Bis jetzt war den Mitarbeitern der Mordkommission nicht ganz bewusst gewesen, was es mit Glitskys heimlichen Ermittlungen auf sich hatte. Doch inzwischen dämmerte es allen, dass es um den Mord an einem Polizisten ging. Ihr Kollege Ridley war in die Sache verwickelt. »Also das volle Programm?«

»Jeden, den ihr auftreiben könnt«, meinte Glitsky zu seiner Truppe. »Und zwar so bald wie möglich. Die beiden unternehmen bestimmt etwas, wenn die Sitzung zu Ende ist. Darauf könnt ihr wetten.«

»Kommst du mit, Abe?«, fragte Jorge.

Hätte Vincent Hardy Glitskys Miene gesehen, sein Vater wäre eindeutig gezwungen gewesen, ihm zu erlauben, sich den Kopf zu rasieren. »Ich bin überhaupt nicht hier«, erwiderte Glitsky. »Das alles passiert gar nicht.«

Außerdem hatte er selbst etwas vor, und er machte sich, ausgerüstet mit dem Foto von Elaine, das er in seinem Schreibtisch aufbewahrte, auf den Weg.

Die drei Musketiere hatten bereits siebenundsechzig Kneipen und Restaurants im Umkreis der Maiden Lane aufgesucht. Offenbar musste Glitsky sich damit abfinden, dass er sich mit seiner Theorie geirrt hatte – oder sie hatten die falschen Fragen gestellt.

Er entschied sich für die zweite Möglichkeit.

Elaine hatte sich kurz vor Feierabend bei Rand & Jackman von Treya verabschiedet, und zwar um halb sechs, da sie eine Verabredung mit einem Bekannten habe. Als sie erschossen wurde, war sie auf dem Rückweg ins Büro gewesen. Und das nicht allein. Maiden Lane war eine Fußgängerzone. Selbst wenn Glitsky nicht gewusst hätte, in welchem Zustand die Leiche aufgefunden worden war, sie hatte jedenfalls so weit in der Straße gelegen, dass sie unmöglich aus einem fahrenden Auto geworfen worden sein konnte. Er stand neben seinem Schreibtisch und betrachtete den Stadtplan, den er kurz nach seiner Beförderung zum Lieutenant dort aufgehängt hatte. Die Nadel mit dem roten Köpfchen steckte noch immer an der Stelle, wo Elaine gestorben war.

Er fühlte sich wie ein Idiot, so, als habe er unnötig Zeit vergeudet, indem er seine Leute nur wegen eines Hirngespinsts die Gegend rund um den Tatort durchkämmen ließ. Denn als er sich nun die Karte ansah, wurde ihm klar, dass er den Radius viel zu groß angesetzt hatte. Schließlich hatte sie keinen gemütlichen Abendspaziergang unternommen. Es war nach Mitternacht, und deshalb war sie auf dem kürzesten Weg von einem Ort zurückgekehrt, der, wie er nun ahnte, durch eine mehr oder weniger gerade Linie mit der Maiden Lane verbunden war. Endpunkte dieser Linie waren zwei Koordinaten: die Kanzlei Rand & Jackman an der Ecke Montgomery Street und Bush Street und die Ecke Maiden Lane und Grant Avenue.

Und wenn er die Straßen nachfuhr, die er für wahrscheinlich hielt – also die, die er selbst genommen hätte –, konnte er alle Lokale nördlich seiner imaginären Linie und östlich der Grant Avenue ausschließen. Hätte Elaine sich für eine dieser Straßen entschieden, sie hätte ein Stück zurückgehen müssen, um zur Ecke Maiden Lane und Grant zu kommen. Und da sie sich in der Stadt gut auskannte, hätte sie das nie getan.

Inzwischen war es nach sechs am Dienstagabend. Draußen vor seiner Bürotür herrschte Dämmerlicht. Alle seine Mitarbeiter hatten Thieu begleitet, um die beiden Büros zu durchsuchen. Nachdem Glitsky seine Koordinaten gründlich studiert hatte, wusste er, wohin er wollte. Nun schaltete er sein Licht aus, schloss die Bürotür und setzte sich. Er hatte Treya gesagt, wie seltsam es sich seiner Ansicht nach anhörte. Aber er wollte Elaine ein paar Minuten schenken und abwarten, ob seine Tochter zu ihm sprechen würde. Ob sie eine Botschaft für ihn hatte.

Als er in der Dunkelheit an seinem Schreibtisch verharrte, geriet er ins Tagträumen, und er erinnerte sich an eine Geschichte, die er irgendwo gehört oder gelesen hatte. Sie handelte von einer Frau, die gleich nach ihrer Geburt adoptiert worden und ihrer Mutter begegnet war. Immer, wenn etwas sie besonders aufbrachte, sodass sie nachts wachlag, stand sie wieder auf, setzte Wasser auf und kochte sich einen Teller Spaghetti ohne Sauce. Nach dem Essen konnte sie wieder einschlafen.

Im Alter von fünfunddreißig Jahren beschloss diese Frau, ihre leibliche Mutter zu suchen, und hatte nach vielen Bemühungen endlich Erfolg. Sie schrieb ihr, stellte sich vor und bat um ein Treffen. Ihre Mutter war einverstanden und lud sie ein, sie übers Wochenende zu besuchen, damit sie einander kennen lernen konnten.

Das Treffen verlief harmonisch, doch als es Schlafenszeit wurde, war die Tochter so aufgewühlt, dass sie die halbe Nacht wachlag. Nachdem sie sich stundenlang im Gästezimmer ihrer Mutter herumgewälzt hatte, gab sie es schließlich auf und ging nach unten in die Küche.

Dort traf sie ihre Mutter an, die sich gerade einen Teller Spaghetti kochte. Sie sagte, sie täte das immer, wenn sie nicht schlafen könne, und bot auch ihrer Tochter etwas an.

Ruckartig kehrte Glitsky in die Gegenwart zurück. Warum hatte er daran gedacht?

Zu seinem Ärger klopfte sein Herz wie wild gegen seinen Brustkasten. Doch als er aufstand, um wieder Licht zu machen, hatte er keine Schmerzen. Er glaubte, nun genau zu wissen, wohin er wollte, aber er beschloss, noch einmal nachzusehen.

Ja, da war es. Genau in der Mitte zwischen den beiden Koordinaten, die er vorhin festgelegt hatte – und etwa einen halben Block außerhalb des Radius', den die Musketiere durchsuchten.

Hardy aß zu Hause. Um acht Uhr war er wieder im Büro. Alle Anwälte – Freeman, Roake, Wu, Ingalls und Rhodin – hatten sich am Tisch im Solarium versammelt und erörterten Informationen und Theorien.

Heute konnte Amy Wu von allen Musketieren den größten Erfolg verzeichnen. Sie hatte sich mit der Sache Abby Oberlin befasst und festgestellt, dass einige Angestellte des Pacific-Gardens-Seniorenheims, wo Oberlins Mutter gelebt hatte, von Gene Visser befragt worden waren. Er hatte zwar mehr Zurückhaltung walten lassen als gegenüber Rich McNeil, aber dennoch zwei Aushilfsschwestern und den Heimleiter eingeschüchtert. Wenn sie sich in diesen Fall von Patientenmisshandlung einmischten, so drohte er, liefen sie Gefahr, ihre Lizenzen zu verlieren.

Hardy lobte Wu für ihr Ergebnis, meinte aber, es werde vermutlich nicht mehr gebraucht. »Inzwischen haben wir genug in der Hand, um Visser eine Verbindung zu Logan nachzuweisen«, sagte er. »Der Richter hat es kapiert – da bin ich ganz sicher. Meiner Ansicht nach ist nun ein wasserdichter Beweis dafür nötig, dass er Kontakt zu Elaine hatte, was uns wiederum zu Torrey führen würde. Vielleicht haben Lieutenant Glitsky und Treya heute etwas für uns herausgefunden ...« Er hob den Kopf und sah seine Jünger am Tisch einen nach dem anderen an. »Doch bevor wir darüber reden, würde ich gerne hören, welche Vorschläge es sonst noch gibt.«

David Freeman, eingehüllt in Zigarrenrauch und ein bauchiges Rotweinglas vor sich, saß wie ein nachdenklicher Gnom am anderen Ende des Tisches. Bis jetzt war er während des Gesprächs untypisch still gewesen. Nun räusperte er sich und beugte sich vor. »Wir dürfen nicht vergessen, dass wir noch mitten im Wald stehen, Leute. Zugegeben, es sind sehr schöne Bäume, sie bilden hübsche Muster auf dem Waldboden und ihre Blätter sind eine wahre Augenweide.«

Die jungen Anwälte wechselten Blicke, froh, dass sie auch abends ihren Verstand nicht mit Alkohol umnebelten. Auch Hardy und Gina Roake sahen einander an, aber sie kannten David besser, weshalb sie nicht missbilligend die Gesichter verzogen. Gleich würden sie einen wichtigen, wenn auch unwillkommenen Einblick zu hören bekommen.

Seine Waldmetapher für das juristische Thema hatte Freeman längst vergessen, als er sich vorbeugte und die Gesichter am Tisch musterte. Als sein Blick an Hardy hängen blieb, fuhr er ernst fort: »Auch wenn du deine drei Jungs zu einem hübschen Paket verschnürst und es Hill auf den Tisch legst, reicht es immer noch nicht.«

Ingalls und Rhodin wollten widersprechen, aber sie kamen nicht weit, denn Freeman schüttelte den Kopf, sodass wieder Schweigen einkehrte. »Stellt euch mal eine ganz einfache Frage: Ergibt sich aus den bei der Anhörung vorgelegten Beweisen – wenn wir das Theater um Torrey, Visser und Logan einmal vergessen –, dass Cole Burgess zufällig eine Frau traf, die allein durch eine Seitengasse ging, und sie wegen ihres Geldes und ihres Schmucks tötete? Ja oder nein?« Es herrschte weiterhin Stille. »Stimmen wir ab. Gina?«

Sie zögerte. »Wahrscheinlich«, erwiderte sie widerstrebend.

»Amy?«

»Ich sage es ja nur ungern, aber ja, ich denke schon.«

Rundum beantworteten sie die Frage. Hardy war als Letzter an der Reihe. Alle waren einer Meinung.

»Aber warum«, meinte Ingalls, »lässt der Richter es dann zu? Ganz bestimmt sieht er Zusammenhänge mit dem Verbrechen. Oder etwa nicht?«

Hardy, der sich hatte überzeugen lassen, entgegnete: »Es kann auch andere Gründe haben, Jon. Vielleicht will er uns einfach an der langen Leine führen. Er wird Cole zur Verantwortung ziehen. Und zuvor lässt er uns noch ein bisschen zappeln. Außerdem macht es ihm vielleicht Spaß, Pratt und Torrey ins Schwitzen zu bringen.«

Doch Freeman fiel ihm ins Wort. »Ich fürchte, es steckt noch mehr dahinter, Diz. Er erlaubt dir, eine andere Deutung der Ereignisse in allen Einzelheiten darzustellen, damit es keine Möglichkeit für eine Revision gibt, falls du den Prozess verlierst. Er sieht zu, wie wir uns unser eigenes Grab schaufeln.«

»Aber diese Typen«, meinte Rhodin. »Die Hintergründe von Cullens Tod. Das muss doch etwas zu bedeuten haben.« Flehend sah er Freeman an.

Dieser nickte, offenbar hatte der Einwand etwas für sich. »Natürlich hat es etwas zu bedeuten. Nämlich dass diese drei Männer Dreck am Stecken und möglicherweise versucht haben, den Prozess mithilfe unlauterer Mittel zu gewinnen, weil er so überaus wichtig für Torreys Vorgesetzte ist. Gut, sie sind dabei ins Fettnäpfchen getreten. Aber heißt das automatisch, dass sie Cullen absichtlich reines Heroin gegeben haben, damit er sich aus Versehen umbringt? Und vor allem: Beweist es, dass Cole Elaine vermutlich nicht getötet hat? Das glaube ich nicht. Dem Richter ist es sicher lieber, wenn die Geschworenen entscheiden, und da bei einem Prozess Hörensagen nicht zulässig ist, haben wir überhaupt nichts mehr in der Hand.«

Auf diese schlichte Wahrheit gab es nichts zu erwidern. Hardy stand auf und lief hin und her. »Was meinst du damit, David? Soll das heißen, wir brauchen uns nicht mehr um die Zusammenhänge zu kümmern?«

»Nein, wir sind immer noch darauf angewiesen.«

»Was dann?«, fragte Gina Roake.

Freeman nahm kurz die kalte Zigarre aus dem Mund, um genüsslich einen großen Schluck Wein zu trinken. »Wir müssen uns eindeutig darüber im Klaren sein, dass es sich hier nicht um eine schlaue und letztendlich sinnlose juristische Spiegelfechterei handelt. Und wir müssen uns dem stellen, was wir hier tun, und dürfen die Augen nicht vor dem Ernst der Lage verschließen.«

»Meinen Sie, dass wir jemand anderen des Mordes an Elaine bezichtigen sollen?«, erkundigte sich Amy Wu.

Freeman nickte. »Ansonsten hätte Pratt Recht, wenn sie es als Verschleierungstaktik bezeichnet.«

Hardy blieb stehen und starrte den alten Mann an. Gina nickte heftig. Jon Ingalls ließ den Blick über die Anwesenden schweifen und sprach dann das aus, was seiner Ansicht nach alle dachten: »Visser.«

»Das wissen wir nicht. Noch nicht«, ermahnte Freeman ihn freundlich. »Es hätte genauso gut Logan sein können. Oder Torrey.«

»Wenn ich mir die Bemerkung erlauben darf, Mr. Freeman, aber das glaube ich nicht«, wandte Curtis Rhodin ein. »Die beiden hätten die Drecksarbeit doch sicher Visser überlassen.«

Freeman zuckte die Achseln. »Das können wir nicht mit Bestimmtheit sagen. Vielleicht hatte Logan gekokst. Oder Torrey stand mit dem Rücken zur Wand. Keine Ahnung. Und möglicherweise ist es auch keiner von ihnen gewesen.« Abwartend sahen die anderen ihn an. »Die Sache ist, dass wir bestenfalls ein Motiv haben, falls es Dismas gelingt, die Verbindungen zwischen diesen drei Männern aufzudecken, was er zweifellos tun wird.«

»Aber so könnten wir ihnen eine Gelegenheit zur Tat nachweisen, David, oder nicht?«, meinte Gina. »Jeder der drei hätte in den Besitz der Pistole kommen können. Schließlich haben sie alle in der ein oder anderen Weise mit Verbrechern zu tun und deshalb sicher Zugang zu Waffen.«

»Meinetwegen«, räumte Freeman ein. »Mag sein. Doch wenn sie in dieser Nacht bis zwei Uhr zusammen Karten gespielt haben – oder das wenigstens behaupten –, können wir einpacken. Und falls sie spitzkriegen, worauf Dismas hinauswill, und sich heute Nacht miteinander absprechen, zum Beispiel …« Er beendete den Satz nicht.

Jon Ingalls schob seinen Stuhl zurück. »Sie wollen also, dass wir Ihre Alibis überprüfen.«

»Ich sage nur«, meinte Freeman mit Nachdruck, »dass es verdammt nachlässig von uns wäre, an diesem Punkt unser eigentliches Ziel aus den Augen zu verlieren.«

»Und das wäre?«

»Nachzuweisen, dass ein anderer als unser Mandant Elaine umgebracht haben kann. Keine Theorie, eine reale Person. Das ist unsere einzige Chance.«

»Und das noch heute Nacht?«, fragte Curtis Rhodin. »Wie sollen wir …« Er sah auf die Uhr. »… in drei oder vier Stunden?«

»Keine Ahnung«, erwiderte David. »Ich gebe zu, dass die Polizei ziemlich schlampig gearbeitet hat, sodass wir das Versäumte jetzt nachholen müssen. Und die Zeit ist ausgesprochen knapp. Aber ohne diese Informationen steht uns kurz vor dem vermeintlichen Sieg eine böse Überraschung bevor. Wir könnten es immer noch schaffen, aber …« Er brauchte nicht weiterzusprechen.

Nach einer Weile schüttelte sich Amy Wu und setzte sich lächelnd auf. »Okay«, sagte sie. »Wie fangen wir es an? Und wo?«

Nachdem die Musketiere sich mit verschiedenen Aufträgen auf den Weg gemacht hatten, blieben David Freeman und Gina Roake noch mehr als eine Stunde und rätselten, was die Lücken in Logans Ausgabenkontrollbogen wohl zu bedeuten hatten. Hardy fand es typisch für Logan, dass das Ausstellen von Schecks und die Buchführung in seiner Kanzlei noch ohne Computer und mit Durchschlägen erledigt wurde. Bevor die moderne Technik Einzug in sein Büro gehalten hatte, war Hardy genauso verfahren, und er kannte deshalb dieses System. Man schrieb den Scheck aus und riss ihn vom Block ab. Ein hellblauer Durchschlag dieses Schecks – der Beleg für die Transaktion, die man soeben getätigt hatte – befand sich als Quittung direkt darunter. Ganz unten im Block lag eine Liste, in die der Scheck auf diese Weise automatisch eingetragen wurde. Die leeren Zeilen konnten also alles Mögliche bedeuten: stornierte Schecks, eine zerstreute Sekretärin, die versehentlich ein Blatt Papier zwischen Liste und Schecks eingeschoben hatte – oder ein absichtliches Verstecken der Belege. Die letzte Vorstellung gefiel Hardy am besten. Doch er, Gina und David konnten keinen Beweis dafür entdecken. Man konnte es schlichtweg nicht mit Sicherheit sagen.

Die Aufträge, mit denen die Musketiere unterwegs waren, waren gefährliche Verzweiflungstaten, aber notwendig. Amy, die sehr hübsch war, würde – aus sicherer Entfernung bewacht von Jon – einige Zeit im Jupiter verbringen, wo sich, wie der Barmann telefonisch bestätigt hatte, zurzeit Dash Logan aufhielt und sich ein paar Drinks genehmigte. Offenbar plante er eine lange Nacht.

Vom Solarium aus hatte Curtis seinen Freund aus dem Justizministerium zu Hause angerufen. Es war ihnen am Vormittag nicht geglückt, von einem Richter einen Durchsuchungsbefehl für Logans Kanzlei zu bekommen. Die beiden waren enttäuscht und brannten auf einen zweiten Versuch. Und nun bot sich ihnen eine neue Gelegenheit. Da es zu dritt sicherer war, würden sie in Begleitung eines Ermittlers Visser zuerst im Büro und dann zu Hause aufsuchen. Wenn sie ihn antrafen, würden sie ihn fragen, wo er in der Nacht, als Elaine ermordet wurde, gewesen war.

Allerdings war diese Methode bei Torrey nicht sonderlich Erfolg versprechend. Und außerdem gingen Freeman, Roake und Hardy gar nicht davon aus, dass Pratts oberster Stellvertreter persönlich abgedrückt hatte. Wie alle sich einig waren, hätte er in diesem Fall Visser damit beauftragt. Also brauchten sie einen Vorwand, damit Torrey sie überhaupt empfing. Curtis, seinen Freund und den Ermittler würde er sicher sofort abwimmeln. Und selbst wenn es ihnen gelang, sich Zutritt zu verschaffen und ihn nach seinem Alibi zu fragen, würde er sie schlichtweg vor die Tür setzen. Er würde genau wissen, was sie damit beabsichtigten, und in Zukunft noch vorsichtiger sein.

Doch da Freeman nichts unversucht lassen wollte, hatte er einen Einfall. Er glaubte, dass es ihm gelingen würde, Torrey am nächsten Morgen vor Eröffnung der Sitzung zu einer unbedachten Bemerkung zu provozieren.

Inzwischen war es fast halb elf und Hardy saß allein in dem verglasten Raum.

Die Ausgabenkontrollbögen aus Logans Kanzlei lagen aufgefächert vor ihm. Offenbar waren sie wichtig, denn Elaine hatte sich die Mühe gemacht, sie zu kopieren und mitzunehmen – was illegal war. Ihre Anweisungen als Sonderbeauftragte waren eindeutig, was die Pflichten bei der Durchsuchung einer Anwaltskanzlei anging. Für einen Sonderbeauftragten gab es nur zwei Möglichkeiten des Umgangs mit derartigen bei einer Durchsuchung sichergestellten Dokumenten. Zuerst musste man ermitteln, ob sie unter eine der in der richterlichen Anordnung detailliert aufgeführten Kategorien fielen. Wenn das zutraf und der Anwalt sich auf das Anwaltsgeheimnis berief, wandte man sich an einen Richter. Standen die Papiere in keinem Zusammenhang mit dem fraglichen Fall, ließ man sie liegen. Und man sprach mit niemandem, nicht einmal mit einem Richter, darüber. So einfach lagen die Dinge.

Und dennoch hatte sie ihre Zulassung und womöglich ihr Leben riskiert, indem sie diese Papiere kopierte und einsteckte.

Warum? Warum denn nur?

Freeman hatte ein paar Schlucke Wein in der Flasche zurückgelassen. Hardy stand auf, um nachzusehen, an welchem Tröpfchen er sich heute Abend gelabt hatte. Er umrundete den Tisch und ließ sich auf Davids Stuhl nieder. Aber er griff nicht sofort nach der Flasche. Denn auf dem Stuhl rechts von ihm ruhte der Pappkarton mit Elaines persönlicher Habe.

Obenauf und mit dem Gesicht nach unten lag ein gerahmtes Bild. Als Hardy es zur Hand nahm, stellte er fest, dass es sich um ein Foto von Elaines Mutter Loretta handelte. Treya hatte es auf den Tisch gelegt, als sie den Karton hierher ins Büro brachten. Gestern Vormittag hatte Abe die anderen Anwesenden gefragt, ob es sie störe, wenn er es zurück in den Karton steckte. Er wolle bei der Arbeit nicht den ganzen Tag ihr Gesicht ansehen müssen. Hardy hatte geglaubt, die Gründe dafür zu kennen.

Nun hielt er den Rahmen in der Hand und strich geistesabwesend mit dem Finger über die Pappe, die Foto und Glas zusammenhielt. Dabei betrachtete er die vertrauten Züge der überall bekannten Senatorin. Wie ihre Tochter war sie eine Schönheit gewesen – und wie ihre Tochter lebte sie nicht mehr.

Hardy seufzte erschöpft auf. Vielleicht hatte seine eigene Tochter ja Recht, wenn sie vor allem und jedem Angst hatte. Möglicherweise gab es wirklich keine Sicherheit. Eine Zeile aus *Dover Beach* von Matthew Arnold fiel ihm ein ›… weder Liebe noch Hoffnung noch Gewissheit und keine Linderung für die Schmerzen …‹

Vorsichtig stellte er das Foto auf den Tisch und griff nach der Weinflasche. Groth Reserve Cabernet Sauvignon, 1990. Er ließ die Flüssigkeit in der Flasche kreisen, schnupperte daran und hielt sie dann an die Lippen. Wie er beim Kosten dachte, war es wirklich kein Wunder, dass David die meiste Zeit über gute Laune hatte.

Unvermittelt stand er auf. Die Flasche in der Hand, ging er über den Flur zur Kaffeeküche, wo er Licht machte und ein Weinglas aus dem Schrank nahm. Dieser Tropfen war zu unverschämt gut, um ihn zu verschwenden oder hinunterzukippen. Er schenkte ein, stellte die Flasche weg, und plötzlich war jeder Gedanke an den Wein wie weggeblasen. Denn ihm war eine Reihe zuvor ungeahnter Möglichkeiten eingefallen.

Hardy sah auf die Uhr.

Es war zu spät für einen Anruf bei Richter Thomasino. Also würde er ihn gleich morgen früh in seinem Büro aufsuchen. Doch die Asservatenkammer hatte die ganze Nacht geöffnet. Wenn er sich beeilte, konnte er noch hinfahren, sich vergewissern, ob er Recht hatte und – vielleicht – noch fünf Stunden Schlaf abbekommen, damit er den nächsten Tag überlebte.

Als er ins Solarium zurückkehrte, um das Licht auszuknipsen, bemerkte er, dass Lorettas Foto noch immer auf dem Tisch stand. Zwar würde Abe es sofort sehen, wenn er zur morgendlichen Besprechung eintraf, aber Hardy hatte nicht mehr die Kraft, noch einmal um den Tisch herumzugehen und es wieder in den Karton zu legen. Abe war ein großer Junge. Er würde schon damit klarkommen.

38

»Entschuldigen Sie, Mr. Torrey.«

Es war eine Stunde vor Sitzungsbeginn. Torrey thronte hinter seinem gewaltigen Schreibtisch und las den zweiten Teil von Jeff Elliots Artikel über Abby Oberlin in der gestrigen Nachmittagsausgabe des *Examiners*. David Freeman hatte sich nicht gescheut, die Sekretärin, die die Tür des Staatsanwalts hütete, mit seiner vierzigjährigen Berufserfahrung und geistigen Überlegenheit einzuschüchtern. Es war Torrey deutlich anzumerken, dass er sich von Davids unangemeldetem Erscheinen überrumpelt fühlte. Als er sah, wer ihn da störte, ließ er ruckartig die Zeitung sinken. Zu spät gelang es ihm, sein Erstaunen zu verbergen. »Mr. Freeman«, meinte er barsch und neigte den Kopf. Eine Pause entstand. »Hatten wir einen Termin?«

»Nein, Sir. Ein reiner Höflichkeitsbesuch.«

Torrey lachte höhnisch auf. »Sie kommen wie gerufen.« Er wies auf die Zeitung. »Haben Sie die jüngsten absurden Verleumdungen gelesen? Tja, ich denke, da frage ich den Falschen. Selbstverständlich kennen Sie den Artikel, falls Sie nicht sogar einer der Mitverfasser sind.«

Freeman zuckte theatralisch die Achseln, trat einen Schritt näher ins Zimmer und wartete ab.

Nachdem Torrey die Zeitung auf den Tisch gelegt hatte, richtete er sich zu voller Größe auf, bei ihm ein Anzeichen dafür, dass es um etwas Geschäftliches ging. »Aber vermutlich ist es vergebliche Liebesmüh, an Ihre Fairness zu appellieren.« Dann meinte er plötzlich: »Wie sind Sie überhaupt hier reingekommen?«

»Ich hatte in einer anderen Sache eine Verabredung mit einem Ihrer Mitarbeiter. Und da ich schon einmal im Haus war …« Wieder ein beiläufiges Achselzucken. »Und um eines klarzustellen: Ich habe weder ein Wort dieses Artikels geschrieben noch etwas dazu beigetragen, obwohl ich den Inhalt natürlich kenne. Schließlich hat Mr. Hardy seine Kanzlei im selben Gebäude.« Freeman tat dieses Thema ab. »Doch das ist nicht der Grund meines Besuchs. Nicht Mr. Hardy ist mein Problem, sondern unser gemeinsamer Mandant. Cole Burgess«, fügte er erklärend hinzu.

»Was ist mit ihm?«

Der alte Mann trat dicht an den Schreibtisch heran, nahm allerdings nicht Platz. »Passen Sie auf, man muss kein Genie sein, um zu erkennen, worauf Mr. Hardy in dieser Anhörung hinaus will. Die ganze Verhandlung hat sich in eine berufliche und persönliche Attacke gegen Sie verwandelt. Und wenn ich Richter Hill korrekt einschätze, und das verhält sich gewiss so, wird er dem auch keinen Einhalt gebieten.« Mit einer Handbewegung verhinderte Freeman Torreys Einwand. »Allerdings interessiert mich Ihr Wohlbefinden weniger als die Zukunft meines Mandanten.«

»Gut. Und was wollen Sie?«

»Es geht um Folgendes, Sir: Mr. Hardy wird die Befragung im selben Stil fortsetzen wie gestern. Er wird in

Ihren Beziehungen zu Mr. Visser und Mr. Logan herumstochern.«

»Und vermutlich wollen Sie mich davor bewahren. Sie müssen schon verzeihen, wenn ich Ihren selbstlosen Motiven nicht ganz traue.«

Doch Freeman ließ sich davon nicht provozieren. Stattdessen schüttelte er den Kopf und erwiderte freundlich: »Ich habe keine selbstlosen Motive, Mr. Torrey. Falls ich diesen Eindruck erweckt haben sollte, entschuldige ich mich dafür.«

»Was dann ...«

Freeman fiel ihm ins Wort. »Wie ich bereits sagte, geht es mir um meinen Mandanten. Mr. Hardy und ich sind uns, was die Strategie betrifft, nicht in allen Punkten einig. Meiner Ansicht nach ist der Kreuzzug gegen Sie bei ihm zur fixen Idee geworden, womit er Cole Burgess nur schadet. Und ich sage Ihnen, dass der Richter ihn gewähren lassen wird.«

»Soll er nur, Mr. Freeman. Er schaufelt sich lediglich sein eigenes Grab.«

»Damit keine Missverständnisse entstehen«, meinte Freeman. »Mr. Hardy beabsichtigt, Cole rauszupauken, indem er Sie drei des gemeinsamen Mordes an Elaine bezichtigt. Und ich glaube, der Richter wird es ihm gestatten.«

Torrey richtete sich weiter in seinem Sessel auf. »Das ist die lächerlichste ...«

»Mag sein, aber Hill wird nichts dagegen unternehmen. Außer, Sie alle können für die Tatzeit ein wasserdichtes Alibi vorweisen ...«

»Verschonen Sie mich ...«

»Halten Sie das für einen Scherz? Denken Sie, so weit wird es nicht kommen? Wissen Sie übrigens, wo Sie in der fraglichen Nacht waren?«

Angewidert schüttelte Torrey den Kopf. »Zufällig ja, da ich mich wegen des Mordes an Elaine besonders gut an diese Nacht erinnere. Ich war mit Sharron Pratt beim Abendessen. Es wurde sehr spät.« Herausfordernd sah er Freeman an. »Doch selbst wenn das nicht so wäre ...«

Freeman unterbrach ihn. »Selbst wenn das nicht so wäre, sind da immer noch Visser, Logan und vielleicht eine dritte Person. Ganz zu schweigen von dieser …« – er wies auf den *Examiner* – »Schmutzkampagne. Ich mache Ihnen einen Vorschlag, der dazu beitragen wird, dass Sie dieser ganzen Sache noch heute Morgen ein Ende bereiten können. Lassen Sie die Anklage – zumindest die strafverschärfenden Umstände – gegen meinen Mandanten fallen und treffen Sie eine Abmachung mit Mr. Hardy. Dann ist alles ausgestanden.«

Ungläubig starrte Torrey Freeman über den Schreibtisch hinweg an. »Sie verlangen, dass ich einen Mörder laufen lasse, um mir Schwierigkeiten zu ersparen? Halten Sie das etwa für die Arbeitsweise dieser Behörde?«

»Lassen Sie uns lieber keine schmutzige Wäsche waschen«, zischte Freeman. »Vorhin sagte ich, es handle sich um einen Höflichkeitsbesuch. Und bis jetzt bin ich höflich geblieben.«

Torreys Tonfall war eiskalt. »Die Höflichkeit eines Erpressers, Herr Anwalt. Ich habe mit Elaine Wagers Tod nicht das Geringste zu tun, Mr. Freeman. Und ihre unverhohlene Drohung mit den Beschuldigungen, die Ihr Partner gegen mich erheben könnte, ist hier fehl am Platz.« Torrey war empört. »Ich lasse mich nicht von Ihnen unter Druck setzen.«

»Ich bedaure, dass Sie es so sehen.« Eine leicht enttäuschte Miene. »Schließlich ist es Ihre Beerdigung.«

Auf dem Weg zum Gerichtssaal kicherte Freeman in sich hinein. Natürlich war sein Angebot völlig aus der Luft gegriffen gewesen. Ganz gleich, was auch geschah, Torrey konnte nicht riskieren, die Anklage gegen Cole zu mindern. Allerdings hatte es Freeman einen Heidenspaß gemacht, ihn ein bisschen in Versuchung zu führen.

Vermutlich dachte Torrey nun, dass Freeman im Begriff war, endgültig senil zu werden. Und wahrscheinlich hatte er gar nicht bemerkt, dass er dem alten Mann sein Alibi genannt hatte – und das war der eigentliche Zweck der Übung gewesen.

Entgegen aller Erwartungen begann Hardy seine Zeugenvernehmung nicht mit Dash Logan, sondern bat Hill um Erlaubnis, zuerst Elaine Wagers Assistentin aufzurufen. Er müsse die

Herkunft einiger Dokumente klären, die die Verteidigung als Beweisstück Nummer sechs hatte eintragen lassen, denn diese seien für die Befragung von Mr. Logan von Bedeutung.

Als Dash Logan in den Zeugenstand trat, wirkte er um einiges mitgenommener als noch vor sechzehn Stunden. Er war bis spät nachts durch die Kneipen gezogen und hatte seiner neuesten Eroberung – einer gewissen Amy soundso – irgendwann anvertraut, er sei in der Nacht von Elaines Ermordung in Los Angeles gewesen. Nachdem er eine Ewigkeit auf sie eingeredet und einiges Geld in Drinks investiert hatte, war er sicher, sie rumgekriegt zu haben. Doch dann hatte sie sich entschuldigt, war zur Toilette gegangen und nicht wiedergekommen. Am Morgen hatte er dann zu seinem Leidwesen erfahren, dass die Polizei seine Kanzlei durchsuchte und noch immer an der Arbeit war, diesmal offensichtlich in Zusammenhang mit Elaine. Die Beamten durchkämmten Akte um Akte. Und zu allem Überfluss war Patsy im Büro. Allerdings war Logan sicher, dass die Polizei nichts finden würde, denn schließlich hatten er und Visser ein ganzes Wochenende lang das Büro gründlich gesäubert. Dennoch war es keine angenehme Vorstellung.

Er hatte fast kein Auge zugetan. Da der Kaffee kaum gewirkt hatte, hatte er beschlossen, seine Nerven mit ein paar Prisen Koks zu beruhigen. Allerdings war das sehr früh am Morgen gewesen, und er wagte nicht, hier im Justizgebäude etwas nachzulegen. Deshalb war er fast wieder nüchtern.

Er saß im Zeugenstand. Und nun näherte sich Hardy, dieser Mistkerl, und schnappte wie ein Pitbull nach seinen Hosenbeinen.

»Mr. Logan, gestern haben Sie hier vor Gericht ausgesagt, Sie hätten Elaine Wager beruflich gekannt. Ist das richtig?«

»Ja, das stimmt.«

»Erinnern Sie sich an Ihre letzte Begegnung mit ihr?«

»Ja. Ich habe sie irgendwann Mitte oder Ende Januar in meiner Kanzlei gesehen.« Logan beantwortete weitere Fragen, die mit ihrer Aufgabe als Sonderbeauftragte, seiner Weigerung, mit der Polizei zu kooperieren, und seinen angeblichen Gründen dafür zusammenhingen.

Anschließend holte Hardy einen dünnen Papierstapel von seinem Tisch und kehrte damit zum Zeugenstand zurück. »Sie haben gehört, wie die vorangegangene Zeugin, Ms. Ghent, bestätigte, es handle sich bei diesen Papieren – dem Beweisstück Nummer sechs der Verteidigung – um den Teil des Inhalts einer Mappe, die sie von Elaine Wager erhalten habe. Und zwar nach ihrer Rückkehr aus Ihrer Kanzlei, wenige Stunden vor ihrer Ermordung. Können Sie dem Gericht sagen, was das für Papiere sind?«

Logan betrachtete sie lange und blätterte sie durch. Beim bloßen Anblick krampfte sich ihm der Magen zusammen.

»Mr. Logan?«

»Sie sehen aus wie Fotokopien meiner Geschäftsbücher.«

»Sie sehen so aus, Mr. Logan? Lassen Sie sich Zeit und studieren Sie sie aufmerksam. Sie wissen doch sicher, welche Schecks Sie ausgeschrieben haben?«

Logan starrte auf die Seiten für Oktober und November, traute aber noch immer seinen Augen nicht. Zugegeben, ein paar Monate lang war er ein wenig leichtsinnig gewesen. Er hatte sich zu viel in den Kneipen herumgetrieben und das Geschäftliche schleifen lassen. Patsy hatte einige Schecks auf Gabe persönlich ausgestellt, anstatt sie auf das übliche Konto zu überweisen, er selbst hatte sie unterschrieben und abgeschickt.

Dabei hatte Patsy, das Dummerchen, zwar daran gedacht, ein Blatt dazwischen zu legen, damit das Kohlepapier nicht auf die Liste durchschrieb – aber sie hatte den Durchschlag des Schecks in der Akte Gironde abgelegt.

Nach einigem Suchen hatten er und Visser die Schecks gefunden, aus der Ablage entfernt und irgendwelchen Unsinn in den Ausgabenkontrollbogen eingetragen. Sie hatten alles erledigt, daran erinnerte sich Logan ganz genau.

Nun musste er die Frage beantworten. »Ja, es handelt sich um eine Kopie meines Ausgabenkontrollbogens, aber jemand hat einen Teil der Eintragungen gelöscht. Irgendwas stimmt hier nicht.«

»Irgendwas stimmt hier nicht?«

»Genau.«

Hardy nickte, als könne ihn das überhaupt nicht beirren, als habe er damit gerechnet. Dann ging er wieder zum Tisch der Verteidigung und griff nach einer anderen Mappe. »Also gut. Was ist mit diesen Papieren, Mr. Logan? Gefallen die Ihnen besser?«

In seiner Nervosität war Logan so froh über den Anblick der von ihm manipulierten Seiten, dass er gar nicht danach fragte, woher Hardy sie hatte – nämlich von Glitsky, der sie ihm nach der polizeilichen Durchsuchung von Logans Kanzlei letzte Nacht gegeben hatte; die Listen waren als Erstes kopiert worden. Statt dessen musterte er die Seiten eine Weile und erwiderte, ja, sie sähen seinen Aufzeichnungen schon viel ähnlicher.

»Sie sehen ihnen ähnlich? Oder sind sie es?«

»Ja, sie sind es.«

Hardy ließ die Papiere als Beweisstück H der Verteidigung eintragen und wandte sich wieder an den Zeugen. »Mr. Logan, wenn Sie die Ausgabenkontrollbögen, Beweisstücke der Verteidigung H und I ansehen, wird Ihnen auffallen, dass sich auf dem zweiten sechs Eintragungen befinden, die Zahlungen an verschiedene Unternehmen betreffen und später storniert wurden. Können Sie diese Eintragungen erklären?«

»Wahrscheinlich hat meine Sekretärin Mist gebaut. Keine Ahnung.«

»Wie Sie gewiss bemerkt haben, sind besagte Zeilen auf Beweisstück H leer. Woran könnte das liegen?«

Ein Achselzucken. »Das weiß ich auch nicht. Vielleicht hat jemand die Eintragung überpinselt und das Blatt dann kopiert, damit es aussieht, als stünde nichts darauf.«

»Es könnte aber auch sein, dass die Daten der betreffenden Schecks absichtlich nicht in die Liste eingetragen wurden. Ist das nicht der wirkliche Grund für die leeren Zeilen, Mr. Logan? Stimmt es nicht, dass die stornierten Schecks rein fiktiv sind, um zu verschleiern, wer die tatsächlichen Empfänger des Geldes waren?«

»Nein. Wovon reden Sie? Lassen Sie mich mit diesem Unsinn in Ruhe.«

Pratt, die sich eine Weile mit den Einsprüchen zurückgehalten hatte, hielt es für an der Zeit, sich wieder am Geschehen zu beteiligen. »Euer Ehren, wenn diese Fragestellung auch nur am Rande mit dem Mord an Elaine Wager zu tun haben sollte, ist mir der Zusammenhang entgangen. Wissen Sie, worauf der Herr Verteidiger hinaus will?«

Richter Hill runzelte die Stirn. »Ich verstehe das als einen weiteren Einspruch mit der Begründung Relevanz, Frau Staatsanwältin. Mr. Hardy, ich bin geneigt, ihm stattzugeben, sofern Sie nicht endlich auf den Punkt kommen. Was beabsichtigen Sie?«

»Aufzudecken, wer die wirklichen Empfänger dieser Schecks waren, Euer Ehren. Wir haben in dieser Anhörung große Bemühungen unternommen, um die unausweichliche Schlussfolgerung zu belegen, dass Mr. Logan und Mr. Visser Komplizen bei einem Verbrechen waren. Vielleicht haben sie Cullen Alsop sogar das reine Heroin verschafft, das letztlich zu seinem Tod führte. Da Ms. Wager diesen Machenschaften auf den Grund gekommen war …«

»Euer Ehren«, protestierte Pratt. »Diese Schlussfolgerung ist weder unausweichlich noch überhaupt korrekt. Elaine Wager konnte überhaupt nichts über Cullen Alsops Tod herausfinden, da er erst eine Woche nach ihr starb.«

»Und sie wurde getötet«, übertönte sie Hardy, »weil sie etwas entdeckte, das Mr. Logan lieber unter den Teppich gekehrt hätte.« Obwohl die Zuschauer hinter Hardy zu tuscheln begannen, sprach er mit lauter Stimme weiter. »Und auf diesen Beweis stieß sie, als sie in ihrer Funktion als vom Gericht bestellte Sonderbeauftragte Mr. Logans Kanzlei durchsuchte …«

»Euer Ehren!« Torrey sprang auf und fiel ihm entrüstet ins Wort. »Es ist ein Skandal. Für diese ungeheuerlichen Anschuldigungen gibt es keinerlei Beweise. Mr. Hardy spekuliert einfach und schustert sich eine Verschwörungstheorie zusammen, für die er keine Unterlagen oder sonst irgendwelche Belege präsentieren kann. Er verleumdet Mr. Logan und noch andere Personen auf die übelste Weise. Wir verlangen greifbare Beweise für diese illegalen Machenschaften, diese Verschwörung mit dem Ziel, eine Straftat zu vertuschen und einen Mord zu begehen. Wenn Mr. Hardy keine hat, sollten Sie diesem Treiben jetzt Einhalt gebieten.«

Das Stimmengewirr in den Zuschauerbänken nahm zu, und Hill brachte es zum Verstummen, indem er mit dem Hammer auf den Tisch schlug. Dann blickte er finster von der Richterbank hinunter. »Mr. Hardy, Mr. Torrey hat Recht. Wenn Sie für diese Anschuldigungen Beweise haben, muss das Gericht sie jetzt sehen.«

Hardy stand allein mitten im Gerichtssaal, in dem nun Totenstille herrschte. »Natürlich, Euer Ehren«, erwiderte er und drehte sich zu David und Cole am Tisch der Verteidigung um. Er griff nach dem Ordner, den David ihm hinhielt, und kehrte zur Richterbank zurück. Seine Schritte hallten im Raum wider.

Wie erwartet war Glitsky gleich in der Frühe ins Solarium gekommen. Selbstverständlich hatte er das Foto von Loretta Wager bemerkt, das Hardy auf dem Tisch stehen gelassen hatte. Und bei diesem Anblick war ihm etwas eingefallen: Das Foto war der einzige Gegenstand im Karton, den zu untersuchen er noch nicht über sich gebracht hatte. Also machte er sich an die Arbeit. Er entfernte die Rückwand aus Filz vom Rahmen und entdeckte die Durchschläge der Schecks, die Elaine nach der Durchsuchung von Logans Kanzlei dort versteckt hatte.

Und nun legte Hardy diese dem Gericht vor. »Euer Ehren, ich übergebe dem Gericht zur Überprüfung die Fotokopien von Mr. Logans angeblich stornierten Schecks Nummer 314, 322, 337, 343, 351 und 374; als Verwendungszweck ist immer einer der verschiedenen Subunternehmer von Gironde Industries eingetragen, eine Firma, die dem Gericht sicher bekannt ist. Sämtliche Schecks sind auf denselben Empfänger ausgestellt.«

Er drehte sich zum Tisch der Staatsanwaltschaft um. »Gabriel Torrey.«

Nachdem der Tumult im Gerichtssaal verklungen war, brannte besonders Pratt darauf, diese verblüffende Nachricht im Richterzimmer zu erörtern. Doch falls sie geglaubt haben sollte, die Tatsache zu ihrem Vorteil nutzen zu können, heilte sie der inzwischen sichtlich erboste Richter rasch von ihren Illusionen.

Zu seiner Erleichterung brauchte Hardy dem Richter die Sache nicht näher zu erklären. Im Richterzimmer angekommen, nahm sich Hill nicht einmal die Zeit, die Robe abzustreifen. Stattdessen wirbelte er herum und überhäufte die Anwesenden mit einer Schimpfkanonade, mit der die Gerichtsstenographin kaum mithalten konnte. Dass sich der oberste stellvertretende Bezirksstaatsanwalt an solchen Machenschaften beteiligt hatte, war nicht nur unentschuldbar, sondern vermutlich auch eine schwere Straftat. Der Richter schlug Torrey vor, sich einen guten Anwalt zu nehmen.

»Euer Ehren, es gibt eine einfache Erklärung. Ich …«

Doch Hill fiel ihm ins Wort. »Das interessiert mich nicht. Ob Sie etwas Unethisches oder gar Illegales getan haben, ist hier völlig belanglos. Außerdem bin ich sicher, dass Sie noch ausreichend Gelegenheit erhalten werden, Erklärungen abzugeben.« Dann wandte er sich an die Bezirksstaatsanwältin. »Darüber hinaus weist so vieles auf unlautere Machenschaften hin, dass ich gelinde gesagt über Ihr Verhalten erstaunt bin. Wie konnten Sie Ihren Stellvertreter unter diesen Umständen weiter vor Gericht erscheinen lassen? Nein, ich bin nicht erstaunt, sondern viel mehr als das: Ich bin entsetzt. Kann es wirklich sein, dass Sie von der Beteiligung Ihres Assistenten an dieser Sache keine Kenntnis hatten?«

Pratt, eben noch hochrot angelaufen, war inzwischen erbleicht, und ihre Wut wurde von Panik abgelöst. Nervös presste sie die Lippen zusammen und offenbar fehlten ihr die Worte. Doch das kümmerte den Richter nicht, der sich nun an Hardy wandte. »Also, Mr. Hardy?«

Da die beiden Verteidiger kein Öl auf die Wogen gießen wollten, hatten sie wie zwei Statuen abseits am Fenster gestanden. Auf Aufforderung des Richters trat Hardy ein paar Schritte vor und nahm eine lässige Haltung ein. »Ja, Euer Ehren.«

»Offenbar haben Sie den Beweis gefunden, der Mr. Torrey mit seinen Freunden draußen im Zuschauerraum in Verbindung bringt. Ich bin gewillt zu glauben, dass in Mr. Logans Kanzlei etwas versteckt worden war und dass Ms. Wager es entdeckt hat. Und um des lieben Friedens willen gehe ich sogar von einer Verabredung zu einer Straftat aus – die Vernichtung der Schecks, die Kopien, die Manipulation der Eintragungen.

Aber ich muss Sie warnen. Es handelt sich hier um die Anhörung in einem Mordfall …«

»Entschuldigen Sie, Euer Ehren.« Hardy konnte kaum glauben, dass Torrey es wagte, das Wort zu ergreifen und zu unterbrechen. Doch offenbar kannte die Arroganz dieses Mannes keine Grenzen. Ohne eine Sprecherlaubnis abzuwarten, kam er direkt auf den Punkt. »Das Gericht sollte wissen, dass ich dieses Problem vor einigen Wochen mit Elaine erörtert habe. Das war nach ihrem ersten Besuch in Logans Kanzlei, als sie zufällig auf die Durchschläge der Schecks stieß. Sie wusste, dass sie gesetzlich betrachtet nicht befugt war, sie zu kontrollieren. Und sie wandte sich an mich, weil wir früher einmal Freunde waren.«

»Mehr als nur Freunde«, verbesserte Freeman ihn wohlwollend.

Torrey tat das mit einem Achselzucken ab. Pratt hingegen wirkte fast wie nach einem Schlag in die Magengrube. »Die Sache ist, dass sich Notizen zu diesem Gespräch in meinen Akten befinden. Sie können gerne jemanden hinaufschicken, der sie sich ansieht. Es gab nichts zu vertuschen. Und fürs Protokoll, Euer Ehren: Ich bin mir dessen bewusst, welchen Eindruck es auf Sie machen muss. Aber Dash ist nicht unbedingt ein begnadeter Buchhalter und seine Sekretärin … jedenfalls handelte es sich um Zahlungen für private Spielschulden …«

Hardy konnte nicht mehr an sich halten. »Das schlägt doch dem Fass den Boden aus!«

Aber Hill unterbrach ihn mit einer Handbewegung. »Wir sprechen hier von achtzehntausend Dollar, Mr. Torrey.«

»Ja, Euer Ehren.« Kurz ließ Torrey den Kopf hängen, als wolle er Verlegenheit und Reue demonstrieren. »Ich habe bereits mit Ms. Pratt darüber gesprochen. Wir haben beschlossen, dass ich einen Therapeuten aufsuchen sollte …«

Hardy und Freeman wechselten angewiderte Blicke. Sie beide wussten, dass sie eigentlich mit so etwas hätten rechnen müssen: mit der Anrufung von San Franciscos höchster Instanz, dem mächtigen Gott der Opfer. Der arme, arme Gabe litt also an Spielsucht. Und ganz sicher gab es dafür ein mit Steuergeldern finanziertes Hilfsprogramm.

Offenbar hatte Hill ebenfalls seine Zweifel. Doch obwohl er verächtlich das Gesicht verzog, hakte er nicht weiter nach. »Nun, Mr. Torrey, wie ich bereits sagte, werden Sie in den kommenden Wochen ausreichend Gelegenheit erhalten, Ihr Gewissen zu erleichtern und Ihre Sünden zu beichten. Und das, Mr. Hardy, bringt mich zurück zu meinem ursprünglichen Thema.« Er holte tief Luft. »Wir sind hier, da wir feststellen müssen, ob die Beweise aussagekräftig genug sind, um gegen Ihren Mandanten den Prozess wegen Mordes an Elaine Wager zu eröffnen. Die Beweise«, wiederholte er feierlich. »Und ich muss Ihnen sagen, dass die bisherige Beweislast gegen Mr. Burgess erdrückend ist. Ich hoffe, Sie haben das nicht aus den Augen verloren.«

»Nein, Euer Ehren.«

»Möchten Sie also mit Ihrem Vortrag fortfahren. Wenn Sie einen Antrag stellen wollen, die Bezirksstaatsanwaltschaft von diesem Fall zu entbinden und stattdessen das Justizministerium einzuschalten, werde ich ihn mir anhören. Doch bis jetzt ist mir noch nichts zu Ohren gekommen, was Zweifel an Mr. Burgess Schuld weckt.«

»Wir haben noch einige Zeugen, Euer Ehren.«

Der Richter traute seinen Ohren nicht. Er hatte den Anwesenden doch unmissverständlich mitgeteilt, dass kein von Hardy aufgerufener Zeuge die Beweise entkräften konnte, die bereits gegen Cole vorlagen. Allerdings handelte es sich um ein Kapitalverbrechen und die Anklagevertreter hatten ihre Unfähigkeit und mögliche – nein, wahrscheinliche – Bestechlichkeit und zudem ihr klägliches Unvermögen deutlich zur Schau gestellt. Eine Niederlage in diesem Fall, den Pratt zum politischen Meilenstein erklärt hatte, würde ihr recht geschehen. Vielleicht würde sie ja etwas daraus lernen, obwohl Hill das stark bezweifelte. »Also gut«, meinte er schließlich zu

Hardy. »Aber ich rate Ihren Zeugen, zu den Beweisen im Mordfall Wager auszusagen. Wenn Sie nicht beim Thema bleiben, werde ich sie sofort entlassen. Habe ich mich deutlich genug ausgedrückt?«

»Ja, Euer Ehren«, erwiderte Hardy.

Während Paul Thieu die Fragen zu seinem Rang und seinen dienstlichen Aufgaben beantwortete, saß er kerzengerade auf dem Zeugenstuhl – selbstbewusst, aufmerksam, professionell und hilfsbereit. Nur Hardy wusste, dass er seit mehr als vierundzwanzig Stunden nicht geschlafen hatte, denn Thieus Augen waren klar. Außerdem hatte er sich frisch rasiert und trug einen makellos gebügelten Anzug. Der Mann war ein Wunder.

Nun war der Zeitpunkt gekommen, die Sache zum Abschluss zu bringen. »Sergeant Thieu, können Sie als Inspector der Mordkommission erklären, in welcher Weise Sie vor der heutigen Anhörung mit diesem Fall befasst waren?«

»Selbstverständlich. Ein Kollege aus meiner Abteilung, Inspector Ridley Banks, wird nun seit über zehn Tagen vermisst. Man nimmt an, dass er Opfer eines Verbrechens wurde. Einer der Zeugen in diesem Fall, Gene Visser, hat im Zeugenstand zugegeben, er habe mit Inspector Banks gesprochen. Und zwar offenbar in der Nacht, in der er verschwand. Unserer Meinung nach ging es bei diesem Gespräch um den Mord an Elaine Wager, aber wir kannten Inspector Banks' genaue Absichten nicht. Aufgrund dieser Informationen und da Mr. Visser der Letzte ist, der Banks lebend gesehen hat, habe ich einen Durchsuchungsbefehl für Mr. Vissers Geschäftsräume beantragt.«

»Und wonach haben Sie gesucht?«

»Die beste Antwort ist wohl: Wir haben nach allem gesucht, was in Zusammenhang mit besagtem Gespräch steht, einschließlich möglicher Dokumente, die Hinweise darauf enthalten, ob es tatsächlich stattfand und wie lange es dauerte.«

»Wann ging die Durchsuchung vonstatten, Inspector Thieu?«

»Tja, wir haben heute Morgen gegen sieben damit angefangen, und ich glaube, sie ist zur Stunde noch nicht beendet.«

»Vielen Dank.« Hardy machte kehrt und ging zum Tisch der Verteidigung, unter dem er den Pappkarton aus dem Solarium abgestellt hatte. Er holte einen großen, wieder verschließbaren Plastikbeutel heraus, der eine Pistole enthielt, und brachte sie zum Zeugenstand.

Als die Zuschauer bemerkten, worum es sich handelte, brach wieder Geraune aus und hielt an, bis Hardy den Zeugen erreicht hatte. Er erhob ein wenig die Stimme. »Also, Sergeant Thieu, erkennen Sie diese Pistole?«

Thieu nahm die Waffe entgegen, betrachtete das Etikett, das sie als Beweisstück kennzeichnete, blickte in den Beutel und nickte. »Ja, Sir.«

»Würden Sie dem Gericht bitte alles über diese Waffe erzählen?«

»Es ist die Glock .38 Automatik, die wir bei unserer Durchsuchung von Mr. Vissers Büro in der linken obersten Schublade seines Schreibtisches sichergestellt haben.«

Hardy hörte Stimmengewirr hinter sich. Doch es brach abrupt ab, als Pratt es übertönte und lautstark Einspruch erhob. »Die Mordwaffe in diesem Fall wurde bereits als Beweisstück registriert. Was tut diese neue Pistole zur Sache?«

Hill sah Hardy fragend an, und dieser erwiderte: »Euer Ehren, die Herkunft der Mordwaffe in diesem Fall war von Anfang an ein heikles Thema.«

»Aber diese weitere Pistole ist nicht die Mordwaffe?«

»Nein, das ist richtig. Doch wie Euer Ehren bei der Befragung des nächsten Zeugen sehen werden, hat sie mit dem Mord zu tun.«

»Gut, ich lasse sie zu. Fahren Sie fort.«

Hardy atmete erleichtert auf und ließ die Glock als Beweisstück J der Verteidigung eintragen. Dann entließ er den Zeugen. Pratt zog es vor, auf ein Kreuzverhör zu verzichten.

Verstohlen warf Hardy einen Blick über die Absperrung. Er glaubte, die Anspannung im Zuschauerraum mit Händen greifen zu können. Logan und Visser saßen nebeneinander in der ersten Reihe hinter dem Tisch der Staatsanwaltschaft. Jeder im Saal hatte ihre Aussagen von gestern und heute gehört. In der Pause hatte Glitsky Hardy zugeflüstert, er habe sie beide vom Gerichtsdiener darauf hinweisen lassen, dass sie den Saal nicht vor Ende der Sitzung verlassen durften, da die Vorladung immer noch galt. Falls sie zur Toilette müssten, würde ein anderer Gerichtsdiener sie gerne begleiten.

Außerdem lümmelte sich Jonas Walsh hinter dem Tisch der Verteidigung in der drittletzten Reihe, vier Reihen hinter Muhammed Adek und seinen Freunden.

In der Mitte hinter Hardy hatten sich die drei Musketiere, Treya, Glitsky, Gina Roake und einige andere Mitarbeiter von Rand & Jackman niedergelassen. Als Logan vor der ersten Pause den Zeugenstand verließ, stellte Hardy fest, dass er offenbar Amy Wu als seine Kneipenbekanntschaft von letzter Nacht erkannte. Anscheinend in der Absicht, sie zumindest zu beschimpfen, stürmte er auf sie zu. Doch Jackman erhob sich, nahm eine einschüchternde Pose ein und versperrte ihm den Weg. Vor Beginn der Sitzung wäre Torrey beinahe Jeff Elliot wegen seines Artikels im *Examiner* körperlich angegangen, während seine Frau Dorothy, die ihre harte Haltung gegenüber ihrem Bruder inzwischen aufgegeben hatte, ihn den Mittelgang entlangschob. Inzwischen war Jeff von einem schützenden Kordon von Berufskollegen umringt, von denen auch ein Großteil des Geraunes im Saal stammte. Zu guter Letzt, ganz vorne in der Mitte, saß, jeden Tag am selben Platz, Coles Mutter, die mit ihren täglichen Besuchen im Gefängnis und ihrer unerschütterlichen Hoffnung dafür sorgte, dass ihr Sohn den Mut nicht verlor.

Jetzt betrachtete Hardy seinen Mandanten, nickte ihm aufmunternd zu und benannte seinen nächsten Zeugen. »Die Verteidigung ruft Officer Gary Bellew auf.«

Bellew war wie Thieu Polizist, doch ansonsten hatten der aufgeweckte, hochintelligente Inspector vietnamesischer Abstammung und der junge, mürrische Bewacher des Waffenarsenals in der Asservatenkammer nichts gemeinsam. Bellews Uniform war seit Tagen weder gewaschen noch gebügelt worden, und er hatte einen Friseurbesuch bitter nötig. Allerdings konnte als Entschuldigung gelten, dass er erst heute Morgen von seiner Vorladung erfahren hatte. Viel sagend war jedoch, dass Bellew offenbar nur widerwillig als Zeuge auftrat. Anscheinend glaubte er, sich rechtfertigen zu müssen, und befürchtete, sich mit seiner Aussage selbst zu belasten. Hardy wusste, dass er damit gar nicht so falsch lag.

»Officer Bellew, können Sie dem Gericht die Aufgaben schildern, mit denen Sie zurzeit betraut sind?« Er bemühte sich, seine Fragen einfach zu formulieren und einen freundlichen Ton anzuschlagen, damit der Zeuge sich nicht unter Druck gesetzt fühlte. Doch nichts konnte den Dominoeffekt aufhalten. »Wechseln Sie sich mit Ihren Kollegen turnusmäßig ab?« »Wie lange führen Sie schon Aufsicht über die Waffenkammer?« »Und wozu dient sie genau?« »Wer hat Zutritt?« »Handelt es sich ausschließlich um Beweisstücke in bestimmten Fällen?« »Werden dort auch noch andere Waffen aufbewahrt?« »Wie läuft das ab?«

Nach einer Weile gelang es Hardy, Bellew zum Reden zu bringen, sodass sich seine anfängliche Feindseligkeit allmählich legte. »Wie läuft was ab? Oh, das mit den anderen Waffen? Normalerweise bringt ein uniformierter Kollege eine Kanone … eine Pistole vorbei, die er irgendwo auf der Straße gefunden hat. Wenn sie nicht registriert ist, steckt er sie ein und übergibt sie mir. Da sie nicht zu einem Fall gehört, ist sie eigentlich kein Beweisstück, nur eine Waffe, die nicht im Umlauf sein dürfte.«

»Und was geschieht dann?«

»Wir tragen die Registriernummer in ein großes Buch ein und werfen die Waffe in eine Kiste.«

»Sie werfen die Waffe in eine Kiste?«

»Ja. Wir nennen sie das Kanonenlager.«

»Das Kanonenlager, ich verstehe. Und wie viele Waffen befinden sich für gewöhnlich in diesem Kanonenlager?«

»Genau weiß ich das nicht. Wenn sie voll ist, vielleicht hundert. So ungefähr.«

»Einhundert Pistolen. Und diese Kiste steht einfach da, wo jeder sie sehen oder sich bedienen kann?«

»Na ja, schon.« Bellew ahnte zwar, dass es sich um einen Tadel handelte, war aber machtlos dagegen. »Aber es kann ja sowieso niemand rein. Man muss sich eintragen und steht die ganze Zeit über unter Aufsicht.«

»Also könnte niemand hereinspazieren und eine unregistrierte Waffe in der Hosentasche rausschmuggeln?«

»Nein.« Ein Kopfschütteln. »Das geht nicht.«

»Meinen Sie, das wäre schwierig?«

»Absolut unmöglich.«

»Also gut. Jetzt zu den Waffen. Was passiert mit ihnen, nachdem sie einige Zeit in der Kiste gelegen haben?«

»Sie bleiben normalerweise einen Monat dort, manchmal ein bisschen länger. Dann wird die Kiste geleert. Wir geben die Seriennummern in den Computer ein, und dann werden die Waffen vernichtet. Eingeschmolzen. Und das Ganze fängt wieder von vorne an.«

Hardy hatte sich auf einen gemütlichen Rhythmus eingependelt und blieb ganz lässig, als er zu Freeman und Cole zurückschlenderte. Er holte das alte, schwere Buch aus dem Karton und trug es zum Zeugenstand. »Officer Bellew, haben Sie auf meine Bitte von heute Morgen hin einige Dokumente mit in den Gerichtssaal gebracht?«

Er antwortete wie aus der Pistole geschossen: »Klar. Zuerst einmal das Waffenbuch, von dem ich eben geredet habe.«

Hardy wollte keine Missverständnisse aufkommen lassen. »Das Buch, in das die Feuerwaffen eingetragen werden, die die Polizei Ihnen übergibt und die in einer Kiste in der bewachten Asservatenkammer im Keller des Justizgebäudes lagern?«

»Ja.«

»Und die Eintragungen werden bei Einlieferung der Waffe handschriftlich gemacht, ist das richtig?«

Bellews blätterte ein paar Seiten um und klappte das Buch zu. »Ja, Sir, das ist richtig.«

»Ausgezeichnet«, begeisterte sich Hardy. Er ließ das Buch als Beweisstück I der Verteidigung eintragen. Während er nach wie vor am Tisch für die Beweisstücke vor der Richterbank stand, suchte er eine bestimmte Eintragung im Buch und wies darauf. »Was ist mit dieser Pistole geschehen, Officer?«

Bellew beugte sich über das Buch und blickte dann zu Hardy auf. »Sie wurde ins Waffenbuch eingetragen, und zwar am ...«

»Nein, tut mir Leid«, unterbrach ihn Hardy. »Ich meinte danach. Irgendwann später.«

»Sie wurde vernichtet.«

»Wann?«

»Das müsste Ende letzten Monats gewesen sein. Im Januar.«

»Im Januar«, wiederholte Hardy. »Officer Bellew, könnten Sie die fragliche Waffe bitte beschreiben und dem Gericht die Seriennummer vorlesen?«

»Klar. Es war eine Glock .38, Seriennummer WGA15443889.«

»Danke.« Endlich ging es voran. »Und kurz bevor diese Waffe Ende Januar vernichtet wurde, haben Sie die Seriennummer in den Computer eingegeben. Ist das korrekt?«

»Ja.«

»Und haben Sie auf meine Aufforderung hin einen Ausdruck der Computerauflistung aller Waffen mitgebracht, die Ende Januar vernichtet wurden?«

»Ja, Sir, das habe ich.«

»Also gut. Würden Sie die Glock .38 bitte auf dieser Liste suchen?«

Während Bellew zum ersten Mal die Liste durchging, herrschte im Gerichtssaal angespanntes Schweigen. Das Problem wurde offensichtlich, als er die Liste zum zweiten Mal überprüfte. Sein Gesicht lief rot an. »Sie steht nicht drauf.«

»Also wurde diese bestimmte Glock nicht vernichtet? Ist das richtig?«

Bellew sah die nächste Beförderung in unerreichbare Ferne rücken. »Doch, natürlich wurde sie vernichtet. Eine andere Möglichkeit gibt es nicht.«

»Schön«, erwiderte Hardy zweifelnd. »Belassen wir es für den Moment dabei. Ich möchte Sie noch etwas fragen: War Mr. Visser Ihres Wissens nach während des letzten Monats in der Waffenkammer?«

Bellews Blick schweifte zum Zuschauerraum. »Ja.«

»Hat er, soweit Sie persönlich im Bilde sind, eine der Waffen in der Kiste berührt?«

»Ja, aber er hat sie zurückgelegt.«

»Er hat nicht etwa eine Waffe mitgenommen? Wäre das wirklich unmöglich gewesen? Wollen Sie das damit sagen? Haben Sie mit eigenen Augen gesehen, dass er jede Waffe, die er berührte, auch wieder zurücklegte?«

»Nein, aber er konnte nicht …« Bellew verstummte.

Hardy holte die kleine North American Arms Derringer Kaliber .25 vom Tisch für die Beweisstücke und näherte sich wieder dem Zeugen. »Ich zeige Ihnen nun das Beweisstück Nummer vier der Staatsanwaltschaft, Officer Bellew. Diese Pistole wurde als Mordwaffe in diesem Fall identifiziert. Wären Sie bitte so nett, dem Gericht die Registriernummer vorzulesen? Sie steht hier unter dem Lauf.«

Hardy reichte dem Polizisten die Waffe, der sie in den Händen drehte und die Augen zusammenkniff. Während Hardy wieder an den Tisch für die Beweisstücke trat, las Bellew laut vor: »NA-773422-25.«

»Danke.« Bellew legte die Pistole in Hardys ausgestreckte Hand und nahm erneut das Waffenbuch entgegen. »Also, Officer Bellew. Jetzt lesen Sie uns bitte den Eintrag vom 14. November letzten Jahres vor, Zeile vier. Waffentyp und Seriennummer.«

Bellew fand die Seite, zögerte, blickte auf und Hardy nickte. »North American Arms, Derringer Kaliber .25, Seriennummer NA-773422-25.«

Erstaunlicherweise war es im Gerichtssaal endlich still geworden, als Hardy den Zeugen zu diesem Thema befragte. Nun brach schlagartig Tumult aus, den Hill durch einige Schläge mit dem Hammer auf den Tisch prompt zum Verstummen brachte. Die Zuschauer murrten leise. Dann gab der Richter den Gerichtsdienern ein Zeichen, worauf diese durch die Seitengänge zur Hintertür marschierten. Endlich war ein wirkliches Beweisstück aufgetaucht, das sowohl greifbar als auch relevant war. Und Hill brannte darauf zu erfahren, wohin das noch führen mochte.

Hardy war gern bereit, seine Neugier zu stillen. »Officer Bellew, da Sie schon einmal das Buch in Händen halten, könnten Sie uns bitte die zweite Zeile des Eintrags vom 29. Januar vorlesen, das war vor drei Wochen.«

Bellew fand die fragliche Stelle im Nu und las, während Hardy eine weitere Waffe vom Tisch für die Beweisstücke holte. »Glock Automatik, Kaliber .38, Seriennummer WGA-15443889.«

Hardy hatte genug vom Hin-und-her-Gelaufe. Die Glock in der Hand, stand er vor der Richterbank. »Euer Ehren, lassen Sie ins Protokoll aufnehmen, dass Officer Bellew die Seriennummer der Pistole, die als Beweisstück J der Verteidigung aufgenommen wurde, vorgelesen hat. Diese Waffe wurde heute Morgen in Eugene Vissers Büro sichergestellt.« Wieder tuschelten die Zuschauer.

Hill schlug so heftig mit dem Hammer auf die Richterbank, dass alle zusammenzuckten. »Gerichtsdiener!«, rief er. »Keiner verlässt den Saal!«

Hardy bemerkte, dass Visser aufgesprungen war, ein paar Schritte den Gang hinuntereilte und wie angewurzelt stehen blieb. Der Privatdetektiv drehte sich um und sah zuerst den Richter, dann Torrey und Pratt und schließlich Hardy an. Der Gerichtsdiener, der die hintere Tür bewachte, trat vor, doch er brauchte sich nicht zu bemühen, denn Visser setzte sich wieder und redete leise und heftig auf Dash Logan ein.

39

Allerdings blieb ihm nicht viel Zeit zum Flüstern, denn Dismas Hardy rief ihn wieder in den Zeugenstand. Der Geräuschpegel im Saal steigerte sich zunehmend. Dash Logan erhob sich und verkündete, er sei Mr. Vissers Rechtsbeistand. Und angesichts dessen, wie die Verteidigung in diesem Fall die Tatsachen verdrehe, berufe sich sein Mandant auf den fünften Verfassungszusatz, der ihm das Recht gäbe zu schweigen. Daraufhin schimpfte Visser so laut, dass alle es hören konnten, Logan solle den Mund halten, da er auf seine Hilfe verzichten könne. Dennoch begleitete Logan Visser zum Zeugenstand.

Es war ein heikler Moment. Denn ganz gleich, was man von Logans moralischen Grundsätzen und seiner Vorliebe für chemische Stimulanzien halten mochte, war er ein erfahrener

Anwalt, dem es möglicherweise gelingen würde, Hardys Attacke abzuschwächen oder zu kontern. Andererseits hoffte Hardy, auf diese Weise zwei Fliegen mit einer Klappe zu schlagen. Schließlich hatte er bereits bewiesen, dass Visser Zugriff zur Mordwaffe gehabt hatte.

Nachdem die beiden Kumpane die Absperrung durchschritten hatten, erinnerte der Gerichtsdiener Visser daran, dass er noch immer unter Eid stand. Auf die Frage, ob ihm das klar sei, antwortete der Privatdetektiv nur mit einem Grunzen. Doch Hill ließ es ihn so lange wiederholen, bis alle das Wort »ja« verstanden hatten. Dann nahm Visser im Zeugenstand Platz; sein Anwalt verharrte neben ihm.

»Mr. Visser«, begann Hardy. »Haben Sie eine Erklärung dafür, wie das Beweisstück J der Verteidigung, die Glock Automatik, in Ihre Schreibtischschublade geraten ist?«

»Keine Ahnung«, erwiderte Visser kühl. »Vermutlich hat einer Ihrer Polizistenfreunde sie mir untergeschoben.«

»Wirklich? Sie haben sie nicht eigenhändig aus der Asservatenkammer im Keller entwendet?«

»Nein.«

»Haben Sie die Waffe nie berührt?«

»Nein, niemals.«

»Also haben Sie nicht Griff und Lauf mit Polsterpflegemittel der Marke Armor-All behandelt?«

Endlich zeigte Visser den Anflug einer Reaktion. Er warf Logan einen raschen Blick zu und sah dann Hardy an. »Nein.«

Scheinbar tief in Gedanken versunken, machte Hardy ein paar Schritte zur Seite. »Mr. Visser, Sie waren doch früher Inspector bei der Mordkommission.«

»Ja. Na und?«

»Haben Sie während dieser Tätigkeit Armor-All nicht als Substanz kennen gelernt, mit der man das Ansetzen von Fingerabdrücken auf Oberflächen wie beispielsweise Metall oder dem Griff einer Waffe verhindern kann?«

»Klar. Das weiß doch jeder.«

»Also haben Sie die Waffe, Beweisstück J der Verteidigung, tatsächlich nie berührt?«

»Euer Ehren«, unterbrach Logan. »Mr. Visser hat diese Frage bereits beantwortet. Er hat die Waffe nie berührt.«

Hardy protestierte. »Ich wollte Mr. Visser nur Gelegenheit geben, seine Antwort noch einmal zu überdenken, Euer Ehren. Um sicherzugehen.«

Logan nickte Visser fast unmerklich zu und der Zeuge antwortete: »Ich bin sicher.«

»Dann wundert mich etwas«, fuhr Hardy übertrieben ruhig fort. Er war im Begriff, ein kalkuliertes Risiko einzugehen. Es war nichts als Bluff, aber unvermeidlich. Die beiden Komplizen waren zu gerissen, um sich zu verplappern. Also musste er einen von ihnen aufscheuchen, damit er vor Schreck einen Fehler beging. »Nämlich wie Sie erklären wollen, dass sich Ihre Fingerabdrücke auf den Geschossen in der Waffe befinden.«

Visser schluckte sichtlich. Er antwortete zu rasch und suchte Rettung bei einem Polizeitrick, den er kannte. »Bestimmt haben Sie den Fingerabdruck vom Klebeband auf dem Heroinbeutel übertragen. Das ist ein Kinderspiel.«

»Wirklich?« Hardy lächelte kalt und bohrte weiter. »Und wie verwandelt man einen Daumen in einen Zeigefinger?«

»Ich weiß nicht. Sie …« Visser lief rot an. Er warf Logan einen Angst erfüllten Blick zu, doch diesem fehlten plötzlich die Worte. »Also gut. Aber ich …«

»Also gut?«, fuhr Hardy auf ihn los. »Also gut, Sie haben die Waffe aus der Asservatenkammer entwendet. Meinen Sie etwa das damit, Mr. Visser?«

»Was ist schon dabei?«, zischte Visser.

Endlich schaltete Logan sich ein. Er hatte zu spät bemerkt, dass Visser aufs Kreuz gelegt worden war. »Sag kein Wort mehr, Gene.« Dann wandte er sich an den Richter. »Euer Ehren, mein Mandant verweigert die Aussage.«

Aber Hardy näherte sich rasch dem Zeugenstand und redete eindringlich auf den Privatdetektiv ein. »Mr. Visser, kommen wir nun zur Mordwaffe in diesem Fall. Haben Sie sich diese auf dieselbe Weise angeeignet?«

Der Zeuge schwieg. Als Hardy seinem verzweifelten Blick folgte, sah er, dass Torrey mit gesenktem Kopf auf die Tischplatte starrte. Logan stand stumm vor Schreck neben ihm. Vissers Verbündete ließen ihn offenbar im Stich. »Ich habe nie …«, stammelte er.

»Gene!«, rief Logan warnend.

»Nachdem Sie die Waffe gestohlen hatten, Mr. Visser, haben Sie sie dann ebenfalls mit Armor-All behandelt, um keine Fingerabdrücke zu hinterlassen? Gehen Sie immer so vor?«

Vissers Kiefer mahlten. Obwohl es im Gerichtssaal alles andere als warm war, standen ihm Schweißperlen auf der hohen Stirn. »Ich habe die Waffe nicht genommen. Das können Sie mir nicht nachweisen.«

»Wirklich nicht? Ich glaube, ich habe es soeben getan«, entgegnete Hardy gelassen. Es war ihm eigentlich gleichgültig, denn er hatte sein Ziel erreicht. Visser konnte leugnen, bis er blau im Gesicht war, er wusste, dass der Richter ihm, Hardy, was die Mordwaffe anging, glaubte. Nun musste er nur noch belegen, wie die Pistole am 1. Februar in die Maiden Lane gekommen war. »Euer Ehren, vielleicht muss ich diesen Zeugen noch einmal aufrufen, aber im Moment bin ich fertig mit ihm.«

Hill sah Hardy erstaunt an und fragte dann Pratt, ob sie Visser ins Kreuzverhör nehmen wolle. Doch zu seiner Verblüffung lehnte sie ab. Visser und Logan waren noch kaum an ihre Plätze zurückgekehrt, als Hardy sich der Richterbank zuwandte. »Die Verteidigung ruft Estelle Gold auf.«

Die lebhafte Mrs. Gold war knapp sechzig Jahre alt. Ihr Haar hatte sie flammend rot gefärbt, damit es zu Lippenstift und Nagellack passte. Um die geschmacklosen, von ihr bevorzugten Blechohrringe vorzuzeigen, hatte sie es aus dem Gesicht gekämmt und mit großen Spangen festgesteckt. Unter einem Daunenmantel trug sie eine schlichte weiße Kittelschürze aus Baumwolle und bequeme Laufschuhe. Sie stand von ihrem Platz in Glitskys Reihe auf und marschierte auf O-Beinen an den übrigen Zeugen vorbei und durch die Absperrung. Die Zuschauer tuschelten neugierig. Wer zum Teufel war diese Frau?

Doch Hardy hatte nicht vor, das Publikum unnötig auf die Folter zu spannen. »Mrs. Gold, könnten Sie uns bitte sagen, was Sie von Beruf sind?«

»Ich bin Kellnerin, junger Mann, und stolz darauf. Seit vierzig Jahren bediene ich nun schon die Gäste, und ich hoffe, es werden noch mal zwanzig, wenn meine Beine mitmachen. Aber ich sehe keinen Grund, der dagegenspräche.«

»Ich auch nicht, Mrs. Gold. Bitte erklären Sie dem Gericht, wo Sie zurzeit beschäftigt sind.«

»In David's Deli.«

»In der Geary Street?«

»Ganz richtig, junger Mann. Seit etwa hundert Jahren an der gleichen Adresse. David's in der Geary Street.« Sie nickte und fügte hinzu: »Gegenüber vom American Conservatory Theater.«

»Ja, Ma'am, das war eine klare Antwort. Und hatten Sie am Abend des 31. Januar dieses Jahres, einem Sonntag, Dienst?«

»Ja, hatte ich. Ich arbeite immer sonntags. Bessere Trinkgelder, als man meinen würde.« Sie spielte ein wenig an ihrem Nackenhaar herum und nahm eine bequemere Sitzposition ein.

»Mrs. Gold, kannten Sie Elaine Wager, das Mordopfer in diesem Fall, persönlich?«

Bedrückt verzog sie das Gesicht. »Ja, ich kannte sie.«

»Woher? War Sie Stammgast?«

»Ja, Sir. Sie aß mindestens alle zwei Wochen bei uns. Und sie fragte immer nach mir!«, fügte sie stolz hinzu.

»Hat sie am Sonntag, dem 31. Januar, bei David's einen Imbiss zu sich genommen?«

Mrs. Gold nickte. »Es war mehr als ein Imbiss. Den Großteil des Abends saß sie an einem der hinteren Tische.«

»Den Großteil des Abends?«, wiederholte Hardy. »War sie allein?«

»Nein, Sir. Und ich glaube, sie hat kaum etwas angerührt. Sie trank nur eine Menge Tee und führte ein sehr ernsthaftes Gespräch. Mir jedenfalls kam es ernst vor.« Stirnrunzelnd dachte sie nach. »Sie bat mich sogar, nicht ständig an den Tisch zu kommen. Sie würde mich rufen, wenn sie etwas brauchte. Normalerweise war sie nicht so.«

»Würden Sie sagen, dass sie sich verhielt, als hätte sie Schwierigkeiten?«

»Ja. Irgendwie gereizt. Aufgebracht.«

»Aber sie blieb den Großteil des Abends, ist das richtig?«

»Richtig.«

»Wissen Sie ungefähr, wann sie ging?«

»Tja, wir hatten den Rest des hinteren Raums schon zugemacht, also muss es nach Mitternacht gewesen sein. So etwa halb eins.«

»Halb eins in der Nacht, in der sie ermordet wurde«, meinte Hardy und blickte Hill an. »Und war sie die ganze Zeit über in Begleitung?«

»Ja, Sir. Sie haben sich an der Eingangstür getroffen und sind zusammen reingekommen.«

Hardy trat an die Seite des Zeugenstandes. »Nun, Mrs. Gold. Ich möchte Sie bitten, sich Zeit zu lassen, genau hinzusehen und mir zu sagen, ob Sie die Person erkennen, mit der Elaine Wager am letzten Abend ihres Lebens Streit hatte. Befindet sich diese Person im Gerichtssaal?«

»Ja, Sir«, erwiderte Mrs. Gold, ohne zu zögern, hob die Hand und zeigte mit dem Finger. »Gleich da drüben am Tisch. Die Frau, nicht der Mann.«

»Mrs. Gold, meinen Sie Sharron Pratt, die Bezirksstaatsanwältin von San Francisco?«

»Ist sie das? Egal, wie dem auch sei, jedenfalls war sie es.«

40

Erschrocken über Estelle Golds Aussage, schien der gesamte Gerichtssaal gleichzeitig den Atem anzuhalten. Pratt selbst öffnete und schloss einige Male den Mund, erhob sich schließlich und rang nach Worten. »Ich habe sie nicht getötet«, flüsterte sie. Dann wiederholte sie, ein wenig lauter: »Ich habe sie nicht getötet.«

Hardy, der in der Mitte des Saales stand, meinte leise: »Nein, das denke ich auch nicht, Ms. Pratt.«

»Aber dann ...« Fast wäre Hill ins Stottern geraten. »Mr. Hardy?«

»Die Verteidigung ruft Gabriel Torrey auf.«

Trotz seiner misslichen Lage gab sich der Staatsanwalt anscheinend noch nicht geschlagen. Kerzengerade saß er auf dem Zeugenstuhl, seine Miene war ernst, aber keineswegs ängstlich. Er machte eher einen kriegerischen Eindruck.

Hardy baute sich in etwa anderthalb Metern Entfernung vor ihm auf. »Mr. Torrey, haben Sie sich in der Mordnacht mit Elaine Wager getroffen?«

»Nein, natürlich nicht.«

»Nein? Ist der Grund, dass Sie den ganzen Abend mit Ms. Pratt verbracht haben?«

»Nein, ich war nicht mit Ms. Pratt zusammen.«

»Das stimmt. Denn in diesem Fall hätte Estelle Gold Sie in David's Deli bemerkt. Richtig?«

»Wahrscheinlich schon, wenn sie, wie sie sagt, Sharron gesehen hat.«

»Aber erst heute Morgen haben Sie meinem Partner David Freeman gegenüber behauptet, Sie erinnerten sich genau, Sie hätten den gesamten Abend des Tages, an dem Elaine Wager ermordet wurde, mit Sharron Pratt verbracht.«

Zum ersten Mal zögerte der Zeuge leicht. »Na und, dann war es eben so.«

»Aber es stimmt nicht?«

»Nein.«

»Soll das heißen, dass Sie schon wieder gelogen haben?«

Ein höhnisches Schnauben. »Sie drehen mir die Worte im Mund herum. Die Antwort lautet, dass ich ihn abwimmeln wollte. Er ist eine Landplage. Also habe ich ihm irgendetwas erzählt, damit er verschwindet.«

»Gut.« Hardy warf Richter Hill einen Blick zu und wandte sich wieder an Torrey. »Würden Sie dem Gericht, und zwar wahrheitsgemäß, sagen, was Sie in der Mordnacht getan haben?«

»Ich war allein in meiner Wohnung.«

»Und wo wohnen Sie?«

»Bush Street Nummer 564.«

Hardy wiederholte die Nummer. »Wie weit entfernt ist das von der Maiden Lane?«

Torrey zuckte die Achseln. »Keine Ahnung. Ich habe die Kilometer noch nie gezählt.«

»Interessant«, meinte Hardy. »Ich an Ihrer Stelle hätte es getan. Und heute Morgen habe ich mich vergewissert: Es sind drei Häuserblocks.«

Entrüstet und in seiner Ehre gekränkt, drehte sich Torrey zur Richterbank um und meinte: »Euer Ehren? War das eine Frage? Das ist doch lächerlich. Ich möchte Sie bitten, mich zu entschuldigen.«

Aber Hill war da anderer Ansicht. »Nein, Mr. Torrey. Mr. Hardy, fahren Sie fort.«

»Danke, Euer Ehren.« Hardy wandte sich an den Zeugen. »Also haben Sie sich die ganze Nacht in Ihrer Wohnung, drei Häuserblocks entfernt von der Maiden Lane, aufgehalten. Ist das korrekt?«

»Ja.«

»Und Sie haben die Wohnung nicht verlassen? Kein einziges Mal?«

»Nein.«

Frustriert versuchte Hardy, seine Enttäuschung zu verbergen, und wechselte das Thema. »Ist es richtig, Mr. Torrey, dass Mr. Visser Ihnen eine Schusswaffe zur Verfügung gestellt hat?«

Der Zeuge lachte tatsächlich auf. »Ganz und gar nicht. Ich besitze keine Schusswaffe und habe noch nie eine besessen.«

»Sie haben also keine Waffe von Mr. Visser erhalten?«

»Genau.«

»Ist Ihnen klar, dass Ihr Freund Mr. Visser Sie verraten wird, um straffrei auszugehen?«

Obwohl es sich um keine sehr sachdienliche Frage handelte, erhob niemand Einspruch. Hardy hatte genug. Er wollte Torrey die Tat nachweisen.

Und dass Hardy mit seiner Bemerkung Recht hatte, versetzte dem Staatsanwalt einen merklichen Dämpfer. In seinem Gesicht lag plötzlich Bestürzung. Und Hardy ließ nicht locker.

»Visser war doch auch an dem Gironde-Komplott beteiligt, richtig? Und Logan? Wenn sie erst einmal wegen gemeinsamem Mordes an Ms. Wager unter Anklage stehen ...«

»Kommen Sie runter auf den Boden. In dieser Nacht waren sie beide in Los Angeles.«

Hardy drehte sich zur Staatsanwältin um. »Gut, dann bleibt nur noch Ms. Pratt übrig, oder? Sie hat sich mit Ms. Wager getroffen ...«

Torrey überlegte kurz und zuckte dann die Achseln. »Davon weiß ich nichts. Ich bezweifle es.«

Hardy beobachtete Pratt, während ihr die Wahrheit dämmerte. Wenn er dazu gezwungen war – und es machte ganz den Anschein, als ob dieser Punkt bald erreicht sein würde –, würde ihr oberster Stellvertreter, Liebhaber und Parteifreund auch sie verraten.

Und diese Erkenntnis war mehr, als sie ertragen konnte. Sie sprang auf. »Du bezweifelst es also!«, rief sie mit sich überschlagender Stimme. »Nein, Gabe, du weißt es genau. Du weißt, dass ich es nicht gewesen bin.«

Torrey starrte wie ein Ölgötze geradeaus. Hardy bemerkte, dass Pratt schmerzerfüllt das Gesicht verzog. Dann wurde ihre Miene hart, denn sie hatte sich offenbar endlich mit einer Tatsache abgefunden, vor der sie sich die ganze Zeit über gefürchtet und die sie dennoch stets abgestritten hatte. Hardy hatte den Eindruck, dass sie in den letzten zehn Sekunden um zehn Jahre gealtert war.

Er sprach sie direkt an: »Sie haben am fraglichen Abend mit Mr. Torrey telefoniert, während Ihres Streits mit Elaine in David's Deli. Richtig, Ms. Pratt? Nachdem klar wurde, dass die Sache nicht sehr gut lief. Sie haben es nicht geschafft, sie dazu zu bringen, die Angelegenheit auf sich beruhen zu lassen.«

»Es ging um Gironde.« Langsam hob Pratt den Kopf. »Die Subunternehmer, die zu wenig Angehörige von Minderheiten beschäftigten. Diese Dinge waren ihr heilig. Und deshalb konnte sie Gabe seine Manipulationen nicht verzeihen.«

»Halt den Mund, Sharron«, zischte Torrey.

»Ich soll den Mund halten?«, erwiderte sie ungläubig. »Du hast mich belogen. Du hast alle belogen.«

»Um Himmels willen.« Er erhob sich vom Zeugenstuhl. »Mach jetzt keine Dummheit.«

Sie lachte erbittert auf. »Das soll wohl ein Witz sein. Ich bin auf dich hereingefallen, Gabe, und wahrscheinlich hast du dich die ganze Zeit über mich totgelacht.« Sie zitterte vor Wut. »Nein! Es reicht! Merkst du nicht, dass es zu viel ist? Wolltest du seelenruhig zusehen, wie sie mir den Mord in die Schuhe schieben? Das hättest du wohl auch noch fertig gebracht.«

Sie drehte sich zu Hardy und dem Richter um. »Er hat gelogen. Er hatte keine Spielschulden bei Logan. Es handelt sich um Schmiergelder von Girondes Mitbewerbern. Als Elaine sich anfangs an ihn wandte – schließlich mochte sie ihn einmal – und ihn zur Rede stellte, versprach er ihr, die Vorwürfe wegen sexueller Belästigung fallen zu lassen. Doch auch das entpuppte sich als Lüge, und deshalb kam sie zu mir …«

»Sharron, du kannst doch nicht …«

Aber sie war nicht mehr aufzuhalten. »Und jetzt, in diesem Augenblick, hat er wieder gelogen. Er war nicht zu Hause, als ich ihn in jener Nacht besuchen wollte. Er hat behauptet, er wäre nach meinem Anruf so aufgebracht gewesen, dass er einen Spaziergang gemacht hätte, um wieder einen klaren Kopf zu bekommen …«

»Sharron!« Torrey gab sich noch nicht geschlagen. »Lass das. Begreifst du denn nicht? Es gibt immer noch keine Beweise. Niemand kann belegen, dass ich die Waffe hatte …«

»Visser hat dir die Pistole gegeben, Gabe, und alle im Gerichtssaal wissen das. Bist du denn so vernagelt?«

»Nichts kann …«

»Doch, Gabe, das Spiel ist aus. Verstehst du denn nicht? Du weißt doch, wie der Hase läuft.« Bedrückt schüttelte sie den Kopf. »Jetzt werden sie alle notwendigen Beweise finden. Sie werden deine Kleidung überprüfen und die Fasern mit den Rückständen an Elaines Sachen vergleichen. An deinen Schuhen werden sie Blut entdecken …«

Pratt wandte sich an den Richter. »Ich wollte es so gerne glauben … er hat gesagt, er wäre es nicht gewesen … und als dann der Junge …« Sie sah Cole an. »Alle Indizien sprachen gegen ihn und ich hab es als eine Art Zeichen genommen … o Gott … ich weiß nicht … ich weiß überhaupt nichts mehr …«

Im totenstillen Gerichtssaal kehrte Hardy feierlich an den Tisch der Verteidigung zurück, trat hinter seinen Mandanten und legte dem jungen Mann die Hände auf die Schultern. »Euer Ehren«, verkündete er, »die Verteidigung hat dem nichts mehr hinzuzufügen.«

41

Er musste es geträumt haben. Wie so oft wusste seine linke Hand nicht, was die rechte tat. Es war wie eine Erleuchtung.

Am Sonntagmorgen wachte Glitsky schlagartig allein in seinem Bett auf. Noch ehe er richtig die Augen aufgeschlagen hatte, griff er nach dem Telefon. Sergeant Ridley Banks hatte sich einen Dienstwagen geben lassen, bevor er am Abend Eugene Visser in seinem Büro an einem der Piers aufsuchte. In Glitskys Traum hatte Ridley den Wagen in einer freien Parklücke, einen Block entfernt vom Embarcadero, abgestellt. Nach einem Telefonat kannte Glitsky die Autonummer des Dienstwagens. Und dann rief er bei der städtischen Kraftfahrzeug-Verwahrstelle an.

Ja, hieß es, man habe das Auto. Wenn er es zurückbekommen wolle, müsse er hundertfünfundzwanzig Dollar berappen.

Glitsky, Hardy, Thieu, ein Team der Spurensicherung, eine Tauchmannschaft und ein Dutzend uniformierter Beamter, ein beträchtlicher Menschenauflauf also; überall bedrückte Mienen. Der eisige Sturm mit einer Windgeschwindigkeit von vierzig Stundenkilometern, der über Nacht aufgekommen war, und der Dauerregen trugen nicht eben dazu bei, die Laune zu verbessern.

Thieu stand unten am Ufer, um die Männer bei der Arbeit zu beobachten. Glitsky hatte seine Neugier in dieser Hinsicht bereits vor Jahren an einer aus dem Lake Merced geborgenen Wasserleiche befriedigt. Nun stand er schweigend am Geländer der Fußgängerbrücke über die Bucht. Er hatte die Hände in die Taschen gesteckt und den Kragen seines Regenmantels über die Ohren geklappt. Hardy, immer bereit zu einer guten Tat, hatte ihm zwar einen Schirm mitgebracht, doch dieser war durch den Wind bereits einmal umgeschlagen und funktionierte nun nicht mehr so, wie der Hersteller es eigentlich beabsichtigt hatte. Auch Glitsky beobachtete die Taucher und das Schlepptau im Wasser und wartete schweigend darauf, dass die Männer etwas heraufziehen würden.

Die Stille zerrte an seinen Nerven. Doch als unten am Ufer Geschrei ausbrach – offenbar hatte man etwas gefunden –, verbesserte auch das nicht gerade die allgemeine Stimmung.

Glitsky warf Hardy einen Blick zu. Bei dieser Art von Unternehmungen wünschte man sich buchstäblich ein Scheitern herbei. Nun setzten sich die beiden Freunde langsam in Bewegung. Ridley Banks Lieblingsjacke war aus schwarzem Leder, und Abe sah sie zuerst, als sie aus dem schlammigen, grünen Wasser auftauchte. Die Narbe quer über seine Lippen spannte sich an.

Als sie die Stelle erreichten, wo Thieu stand, hing die Leiche bereits an der Leine, knapp oberhalb der Wasseroberfläche. Die drei Männer verharrten mit niedergeschlagen gesenkten Köpfen.

»Wie bist du darauf gekommen?«, fragte Hardy schließlich.

Glitsky achtete nicht auf den Regen, der ihm übers Gesicht lief, und wies hinter sich. »Er hatte sein Auto dort hinten geparkt. Wir wussten, dass er bei Visser war, aber niemand konnte sich erklären, wohin er nach diesem Besuch wollte. Doch als ich herausfand, wo sein Wagen abgeschleppt worden war, wurde mir klar, dass er überhaupt nirgendwo hingefahren ist.« Er sah über das Geländer. »Und jetzt liegt er hier.«

Hardy konnte den Blick kaum von der Leiche abwenden. »Ich begreife das nicht«, meinte er nach einer Weile. »Visser hatte es doch gar nicht nötig, ihn umzubringen.«

Thieu zuckte die Achseln. »Na und? Der Mord an Cullen Alsop war doch auch überflüssig. Vielleicht hat er Geschmack am Töten gefunden. Oder Ridley hatte ihm zu viel verraten und er fühlte sich bedroht.«

»Langsam, Paul«, erwiderte Glitsky. Offenbar verkraftete der junge Sergeant den Tod seines Kollegen nur schwer. »Ich habe eine Theorie«, fügte Glitsky hinzu. »Will sie jemand hören?« Er wartete die Antwort nicht ab. »Die drei Komplizen – Torrey, Logan und Visser – machen eine Menge Kohle, teilen sie untereinander auf und arbeiten mehr oder weniger gleichberechtigt zusammen. Bei den verschiedenen Aktionen hat jeder seine Aufgabe. Torrey benützt seine Behörde. Logan akquiriert die Kunden. Visser erledigt die Dreckarbeit.«

»So weit, so gut«, sagte Thieu.

Glitsky nickte. »Als Elaine sich zum ersten Mal an Torrey wandte, dachte er anschließend, er hätte sie überzeugt. Er war sicher, dass sie ihn und die anderen nicht anschwärzen würde. Vielleicht hat er sich sogar seinen Kumpanen gegenüber damit gebrüstet. Das traue ich ihm durchaus zu.«

Glitsky hielt inne und beobachtete das Treiben am Wasser. Die Mannschaft war damit beschäftigt, die Leiche von der Schleppleine zu befreien. Aus der Ferne konnte er nicht sehen, welche Schäden das Meer und seine Bewohner verursacht hatten. Doch man konnte den Toten jetzt zweifelsfrei erkennen: Es war Ridley.

»Also hat Torrey vor den anderen damit angegeben«, riss Hardy ihn aus seinen trüben Gedanken. Doch auch er hatte Schwierigkeiten, den Blick von den dramatischen Geschehnissen an der Schleppleine zu lösen.

»Ja«, sagte Glitsky. »Okay. Also wussten sie, dass Elaine ihnen auf die Schliche gekommen war. Doch hauptsächlich stellte sie eine Bedrohung für Torrey dar, und zwar in verschiedener Hinsicht. Auch wenn sie alle dran waren, falls er enttarnt werden würde, hatte er am meisten zu verlieren. Und als sie ermordet aufgefunden wurde, wusste Visser, der schließlich kein Idiot ist, sofort, dass Torrey der Täter war.«

»Woher wusste er das?«, fragte Thieu.

Glitsky pustete sich Regentropfen von den Lippen. »Zuerst einmal deshalb, weil er ihm die Pistole gegeben hatte. Doch inzwischen hatte ich der Staatsanwaltschaft bereits den idealen

Verdächtigen geliefert. Und da Torrey das System in der Vergangenheit stets zum Vorteil aller Beteiligten ausgenutzt hatte, beschloss Visser, zunächst einmal abzuwarten. Vielleicht würde ja alles glatt gehen. Allerdings hatte sich etwas verändert: Da Visser nun über Elaine im Bilde war, konnte er Torrey unter Druck setzen.«

Da Thieu die Beteiligten nicht so gut kannte wie Glitsky, brauchte er mehr Klarheit. »War das bei Logan nicht auch so?«

Glitsky schüttelte den Kopf. »Ich bezweifle, dass Logan es überhaupt mitbekommen hatte.«

»Sein einziges Interesse bestand vermutlich darin, Elaine so schnell wie möglich loszuwerden«, fügte Hardy hinzu. »Damit sie sich weiter ein schönes Leben machen konnten. So ist er nun mal.«

»Wie dem auch sei«, fuhr Glitsky fort, »Visser hatte jetzt Macht über Torrey. Und der beging einen schweren Fehler. Er traf eine Abmachung mit Cullen Alsop.«

»Warum war das ein Fehler?«, erkundigte sich Thieu.

»Weil Torrey, von Vissers Warte aus betrachtet, einen unzuverlässigen Junkie in die Sache hineingezogen und damit die Wahrscheinlichkeit erhöht hatte, dass ein bereits abgeschlossener Fall noch einmal aufgerollt wurde. Jedenfalls hielt Visser sich für schlauer als Torrey, der bisher immer das Denken übernommen hatte. Er fand, dass sein Weg der beste war, um sie alle vor den Folgen von Torreys dummem Schnitzer zu bewahren …«

»… und dieser Weg bestand darin, dafür zu sorgen, dass Cullen nicht mehr aussagen konnte«, beendete Hardy den Satz.

»Also drückte er ihm eine Tüte China White in die Hand.« Thieu nickte zustimmend. »Ich verstehe.«

»Ich glaube, wir werden bald Genaueres wissen.« Visser und Torrey waren gestern noch im Gerichtssaal festgenommen worden. Nun, nach dem Auffinden von Ridleys Leiche und der forensischen Untersuchung, würde man die beiden schon in naher Zukunft befragen können. »Diese Ratten werden sich förmlich überschlagen, den anderen zu verraten, um ihren eigenen kläglichen Arsch zu retten. Ihr werdet schon sehen.«

»Also hat Ridley ihm die Pistole auf die Brust gesetzt?«, erkundigte sich Hardy, dem bei Abes Theorie noch die Pointe fehlte.

»Ein reiner Zufallstreffer, wenn du mich fragst«, erwiderte Abe. »Aber er hat ihn damit kalt erwischt. Visser hatte Cullen gerade mit reinem Heroin versorgt und ihn damit getötet. Alles klappte wie am Schnürchen, und plötzlich, aus heiterem Himmel, steht Ridley bei ihm vor der Tür, ohne einen Partner, und er legt Visser Daumenschrauben an. Visser ist Ex-Polizist. Er weiß, dass das Spiel für ihn aus ist. Banks tut zwar so, als wäre alles in bester Ordnung, doch er wird nicht locker lassen. Und da Visser nichts anderes übrig bleibt, macht er ihn kalt.«

»Denken Sie, mit der Glock?«, meinte Thieu.

Glitsky blickte wieder über die Reling nach unten, wischte sich mit der Hand über die Augen und drehte sich zu seinen Begleitern um. »Mit irgendwas eben.«

Epilog

Nach der Anhörung im Fall Cole Burgess wurde klar, dass der Mord an Elaine Wager weit reichende Auswirkungen auf die Neugestaltung von San Franciscos politischer Landschaft haben würde. Richter Timothy Hills Anordnung, Gabe Torrey und Gene Visser noch in Gerichtssaal 20 zu verhaften, läutete den Beginn einer neuen Ära der Rechtspflege in dieser Stadt ein – und auch das Ende von Sharron Pratts Karriere.

Öffentlich und privat gedemütigt, vergrößerte die Bezirksstaatsanwältin den Schaden noch durch eigenes Zutun und bewies wieder einmal Malraux' berühmte Worte, dass Charakter Schicksal ist. Fast zwei Wochen lang brütete sie über einer Rechtfertigung, in der sie – nicht sehr glaubwürdig – versuchte, ihr eigenes unentschuldbares Verhalten in der Nacht von Elaines Tod zu beschönigen. Sie wisse, sie habe Elaine nicht getötet, schrieb sie. Und deshalb habe sie es nicht für nötig gehalten zuzugeben, dass sie den ganzen Abend mit ihr verbracht hatte. Außerdem habe sie wegen ihrer privaten Beziehung zu ihrem obersten Stellvertreter ihre eigentlichen Pflichten vergessen. Sie sei ein Opfer der Liebe und der falsch verstandenen Treue, denn sie habe einem Mann vertraut, der es nicht wert gewesen sei. Und das war selbst in San Francisco zu dick aufgetragen.

Anfang März trat Sharron Pratt, verlassen von ihren engsten Beratern und von allen Seiten unter Beschuss genommen, von ihrem Amt zurück. Eine Woche später verließ sie die Stadt und zog, wie es hieß, nach Albuquerque, wo sie Verwandte hatte. Am Tag ihres Rücktritts klagte die Grand Jury Gabe Torrey offiziell des Mordes an Elaine Wager an.

Der Bürgermeister ernannte Clarence Jackman – einen berüchtigten Workaholic und Menschenschinder – bis zu den Wahlen im November zum amtierenden Bezirksstaatsanwalt.

Das Wahlergebnis stand plötzlich wieder offen. Zugegeben, Jackman war kein Liberaler, doch wie immer hatte der Bürgermeister einen feinen Instinkt für die Stimmung in der Stadt bewiesen. Die Ernennung wurde allgemein gutgeheißen. Jackman selbst konnte man zum Teil deshalb zur Übernahme des Postens bewegen, da es zu einem Zerwürfnis mit seinem Kompagnon Aaron Rand gekommen war. Stein des Anstoßes war Rands intime Beziehung mit Elaine Wager, kurz nachdem die Kanzlei sie eingestellt hatte.

Jackmans erste Amtshandlung bestand in einer Überprüfung des Umgangs seiner eigenen Behörde mit den Subunternehmern von Gironde, was ihre Personalpolitik im Bezug auf Minderheiten betraf. Obwohl er herausfand, dass die meisten sich nicht strikt an die städtischen Vorgaben hielten, war keiner der Verstöße gravierend genug, um die von seiner Vorgängerin erhobenen Betrugsvorwürfe zu rechtfertigen. Er ließ die meisten der anhängigen Verfahren einstellen und verschickte dann einige Dutzend Mahnschreiben. Zwei Monate später sah es so aus, als würde man bald endlich wieder mit den Bauarbeiten am Flughafen beginnen. Seine Kritiker hatte Jackman auf die für ihn typische knappe Art abgefertigt: »Gironde mag keine Wohltätigkeitsorganisation sein, aber das Unternehmen hat bei dieser Ausschreibung das günstigste Angebot abgegeben und den Auftrag auf ehrliche Weise erhalten. Und jetzt lassen wir sie endlich an die Arbeit gehen.«

Er stellte Treya Ghent als seine persönliche Assistentin ein – eine Ganztagsstelle mit vollen Sozialleistungen. Ihr neuer Arbeitsvertrag rechnete ihr die sieben Jahre, die sie bereits bei der Staatsanwaltschaft tätig gewesen war, voll an, sodass ihr Anfangsgehalt fast doppelt so hoch war wie das, was sie als Rechtspflegerin bei Rand & Jackman verdient hatte.

Liebe Mom,

heute sind es vier Monate, genau einhundertundzwanzig Tage. Ich weiß, dass du mich am Memorial Day besuchen wolltest, aber ich glaube, es ist besser, wenn du es lässt. Ich bin noch nicht der Mensch, der ich sein möchte. Doch beim

Schreiben komme ich meinem Ideal näher. Aber ich würde es nicht ertragen, dass du mitansiehst, wie ich versuche, von einem Tag zum nächsten zu überleben. Es tut mir Leid, doch ich fühle mich so wohler. Hoffentlich verstehst du das.

Jedenfalls rede ich mir ein, dass es nicht mehr allzu lange dauern kann. Mr. Hardy sagt, bei der chronischen Platzknappheit hier dauert eine einjährige Haftstrafe im Durchschnitt nur einhundertvierundachtzig Tage, weil die Zellen gebraucht werden. Auch wenn ich mir keine falschen Hoffnungen machen darf… aber ich kann es kaum erwarten. Wenn ich nur noch vierundsechzig Tage hätte, würde ich am 2. August rauskommen.

Danke für das Angebot, aber ich will mir nach meiner Entlassung eine eigene Wohnung suchen. Es gibt Programme hier – Mr. Hardy lacht über das Wort, obwohl sie gar nicht so schlecht sind –, die mir helfen, einen Job zu finden, wenn ich draußen bin. Es ist zum Großteil körperliche Arbeit, aber das macht mir nichts. Vielleicht kriege ich ja was in einem Fitnessstudio.

Hauptsache ist, dass ich jetzt clean bin. Das soll auch so bleiben. Möglicherweise mache ich ja irgendeine Ausbildung. Es heißt, man soll einen Tag nach dem anderen angehen, doch ich glaube, es wird keine Hilfe für mich sein, wenn ich mich wieder nur auf dich verlasse.

Jeff und Dorothy haben mir eine Geburtstagskarte geschickt. Die Kinder haben auch unterschrieben. Vielleicht haben sie es dir ja erzählt. Ich bin ihnen eine Menge schuldig. Wenn ihr darüber reden solltet, sag ihnen, dass es mir immer noch sehr Leid tut, wie ich sie behandelt habe.

Ich wiege jetzt fünfundachtzig Kilo. Heute habe ich zweihundert Liegestützen geschafft.

Es hat gerade zum Einschluss geläutet. Ich muss aufhören.

Glitsky hatte den Papierkrieg hinter sich gebracht und endlich seine alte Stelle zurückbekommen. Obwohl er nur eine Etage über Treya im selben Gebäude arbeitete, hatten sie einander seit elf Tagen nicht gesehen.

Ihr letztes Gespräch war ein wenig angespannt verlaufen. Und es hatte damit geendet, dass Treya lange nach Mitternacht sein Haus verlassen hatte – offenbar ohne die Absicht wieder zu kommen.

Es war der erste Sommertag, kurz nach sieben. Glitsky stand auf der überdachten Vortreppe des Hauses, in dem sie wohnte, drückte auf die Klingel und wartete. Nach einer Weile läutete er noch einmal: Keine Reaktion.

»Na großartig«, sagte er.

Er drehte sich um, trat auf den Gehweg, blickte nach oben und sah dann die Straße entlang. Es war ein wunderschöner Abend. Der Himmel über seinem Kopf war leuchtend blau, die Sonne stand tief. Glitsky verharrte im Schatten der gegenüberliegenden Häuser. Die warme Brise trug den köstlichen Duft aus einem der Restaurants in der ein paar Blocks entfernten Clement Street zu ihm herüber – Knoblauch, Ingwer, Schweinefleisch.

Unschlüssig machte er kehrt. Schließlich konnte er auch noch später zurückkommen. Anrufen. Eine Verabredung treffen.

Aber nein. Er wusste, dass er bleiben und warten musste. Es war zu wichtig.

Also drehte er sich um und setzte sich auf die Treppe. Ein paar Fitnessfanatiker joggten, radelten und marschierten in verschiedenen Stadien des Wohl- und Unwohlseins an ihm vorbei. Zwei Männer schlenderten, in ein ernstes Gespräch vertieft, mit ihrem Hund die Straße entlang. Ein Stück weiter die Straße hinauf, stürmten vier Kinder aus einer Haustür und fingen mitten auf der Fahrbahn an, mit einem Ball zu spielen. Glitsky erinnerte sich an seine eigene Kindheit. Und obwohl es die falsche Jahreszeit war, roch es leicht nach Holzapfel.

Schließlich rappelte er sich wieder auf und ging zum Randstein. Der Abendhimmel hatte sich sichtlich verdunkelt. Die hoch stehenden Wolken schimmerten lilafarben und rosa. Treyas Haus lag nun völlig im Schatten. Und über den Hausdächern auf der anderen Straßenseite ging die Venus auf.

Er wusste, dass sie es war, bevor er sie richtig sehen konnte. Sie war noch zwei Häuserblocks entfernt und hatte den Arm um jemanden – ihre Tochter? – gelegt. Glitsky holte tief Luft und nahm all seinen Mut zusammen.

Gut. Er würde es tun.

Er ging ihnen entgegen.

Als sie ihn bemerkte, blieb sie stehen. Glitsky verharrte ebenfalls auf der Stelle. Ein halber Häuserblock lag noch zwischen ihnen. Dann wandte sie sich zu Raney um und sagte etwas. Ihre Tochter antwortete. Sie berührte Treya an der Schulter und lief dann auf Glitsky zu.

Als sie ihn erreicht hatte, hielt sie inne, betrachtete ihn feierlich und nickte. »Bitte meinen Sie es ernst«, verkündete sie, und bevor ihm eine passende Antwort einfiel, war sie schon weitergegangen.

Sie näherten sich einander. Als sie bis auf ein paar Meter herangekommen waren, blieben sie stehen.

Glitsky stellte fest, wie sehr ihr Anblick ihn anrührte. Sie trug das Haar streng aus dem markanten Gesicht zurückgekämmt und hatte ausgewaschene Jeans an, dazu ein ärmelloses T-Shirt mit dem Emblem der New York Yankees auf der linken Brust. Das T-Shirt schien bei jedem Atemzug – vielleicht auch bei jedem Herzschlag – zu zittern.

»Früher konnte ich die Yankees nicht leiden«, sagte er. »Bis Derek Jeter kam.«

Sie hatte die Lippen zusammengepresst, nickte aber. »Ich auch nicht. Aber jetzt mag ich sie. Raney hat es mir zum letzten Geburtstag geschenkt. Ich habe nur selten Gelegenheit, es anzuziehen.«

»Ja«, meinte Glitsky. »Das kann ich mir denken.« In San Francisco brauchte man meistens einen Pullover – ärmellose Kleidung würde wohl erst dann ihren Aufschwung erleben, wenn Gänsehaut in Mode käme. Hilflos blieb er eine schiere Ewigkeit vor ihr stehen. Schließlich sagte er: »Orel zieht in zwei Jahren aus. Er ist der Letzte. Dann habe ich es hinter mir. Ich habe meine Pflicht getan.«

»Aber du hattest nur Söhne. Vielleicht wird es ein Mädchen. Eine Tochter hattest du noch nicht.«

Wenn alles anders gewesen wäre. Die Anspielung auf Elaine war wie ein Schlag in die Magengrube und ließ ihn nach Luft schnappen. »Ich bin zweiundfünfzig«, erwiderte er nach einer Weile.

»Ich weiß.«

»Wenn das Kind zwanzig wird, bin ich mindestens dreiundsiebzig. Ist dir das klar?«

»Natürlich. Und ich bin dann siebenundfünfzig. Na und?«

»Also werden viele Dinge …«

Abwartend und zornig sah sie ihn an. »Das haben wir doch bereits durchgekaut, Abe.«

»Schon gut, schon gut …«

»Und wenn deine Antwort noch dieselbe ist, können wir es uns sparen.«

Er nickte. Die Zeit hatte aufgehört zu existieren. »Wenn die Antwort noch dieselbe wäre, wäre ich nicht hier«, stieß er mühsam hervor.

Sie schwieg.

»Ich wollte dir sagen, dass ich, wenn du immer noch willst …«

Er hielt inne, denn er hatte sich bei dem Versuch, sich richtig auszudrücken, in seinen Satz verheddert. »Ja«, war das Einzige, was er herausbrachte.

Tränen stiegen ihr in die Augen und sie kamen aufeinander zu. Er schloss die Arme um sie.

»Es könnte sehr, sehr schwierig werden«, flüsterte er. »Vielleicht lebe ich gar nicht so lang. Wir könnten …«

Sie wich ein Stück zurück und legte den Finger auf die Narbe auf seinem Mund. Dann sah sie ihn eindringlich an. Ein Lächeln spielte um ihre Lippen. »Was willst du eigentlich?«, fragte sie und brachte ihn mit einem Kuss zum Schweigen.

Danksagung

Dass die Welt der Juristerei, die ich in diesem Buch schildere, sich mit der Wirklichkeit deckt, verdanke ich der gnadenlosen Logik und dem scharfen Verstand meines guten Freundes und rettenden Engels Al Gianni, der seine Brötchen mit Mordprozessen in San Francisco verdient. Ohne seine Hilfe wären die juristischen Details, die die Grundlage des vorliegenden Romans – und auch seiner Vorgänger – darstellen, ungenau, unsinnig oder schlichtweg fehlerhaft. Er ist ein Fels in der Brandung.

Außerdem muss ich noch Don Matheson, meinen ewigen guten Geist, erwähnen, der sich immer wieder bereit erklärt, auch aus sechshundert Kilometern Entfernung meine Schaffenskrisen und anderen Ängste über sich ergehen zu lassen. Trotz seiner bedauerlichen Neigung, das Essen zu zerkochen, ist und bleibt er eines der vielen vernachlässigten Wunder dieser Welt. Etwas näher wohnen die Dietrichs – Pete & Sandy, Margaret, Chris und Jason – die mich immer wieder aufmuntern. Pete, also Dr. med. Peter Dietrich, ist zudem mein oberster medizinischer Berater und Martini-Vorkoster.

Auch andere haben viel zu diesem Buch beigetragen: Fred Williams von der Polizei in Davis hat mir einmal den Tag gerettet. Niko hat mir alles Wissenswerte über die Aufgaben eines Sonderbeauftragten erläutert. Joe Toomey und Charles Lyons von der Mordkommission in San Francisco haben mit mir eine aufschlussreiche Führung durch das Archiv des Justizgebäudes veranstaltet. Außerdem schulde ich Richard B. Seymour, Geschäftsführer von Haight-Ashbury Publications, und Dr. David E. Smith von den Haight-Ashbury Free Clinics Dank für die Einblicke in die schrecklichen Folgen des Drogenmissbrauchs, die sie mir eröffnet haben.

Immer wieder freue ich mich über die Großzügigkeit, das Fachwissen und die Unterstützung meiner vielen Freunde und Mitarbeiter: Jackie Cantor und Anne Williams – beide die besten Lektorinnen, die man sich wünschen kann. Bill Wood, Richard Herman jr., Max Byrd, Anita Boone, Nancy Berland, Frank Seidl, Gary F. Espinosa, Peter J. Diedrich, Kathryn und Dr. Mark J. Detzer, Justine und Jack und natürlich Taffy, der Wunderhund.